Raça

Geraldine Brooks

Raça

Tradução: Gabriela Peres Gomes

Copyright © 2023 by Editora Globo S.A. para a presente edição
Copyright © 2022 by Geraldine Brooks

Todos os direitos reservados. Nenhuma parte desta edição pode ser utilizada ou reproduzida — em qualquer meio ou forma, seja mecânico ou eletrônico, fotocópia, gravação etc. — nem apropriada ou estocada em sistema de banco de dados sem a expressa autorização da editora.

Texto fixado conforme as regras do Acordo Ortográfico da Língua Portuguesa (Decreto Legislativo nº 54, de 1995).

Título original: Horse

Editora responsável: Amanda Orlando
Assistente editorial: Isis Batista
Preparação de texto: Wendy Campos
Revisão: Laize Oliveira e Marcela Oliveira Ramos
Diagramação: Abreu's System
Imagem de capa: Divisão de Arte, Impressões e Fotografias Miriam e Ira D. Wallach: Coleção de Fotografia, Biblioteca Pública de Nova York. "Lexington (cavalo de corrida)". Coleções Digitais da Biblioteca Pública de Nova York. 1850-1930.
Capa: Renata Zucchini

1ª edição, 2023

CIP-BRASIL. CATALOGAÇÃO NA PUBLICAÇÃO
SINDICATO NACIONAL DOS EDITORES DE LIVROS, RJ

B888r

Brooks, Geraldine
    Raça / Geraldine Brooks ; tradução Gabriela Peres. – 1. ed. – Rio de Janeiro : Globo Livros, 2023.
    464 p. ; 23 cm.

    Tradução de: Horse
    ISBN 978-65-5987-085-1

    1. Estados Unidos – História – Guerra Civil, 1861--1865 – Ficção. 2. Escravos – Ficção. 3. Ficção australiana. I. Peres, Gabriela. II. Título.

22-81716   CDD: 828.99343
                        CDU: 82-3(94)

Meri Gleice Rodrigues de Souza – Bibliotecária – CRB-7/6439

Direitos exclusivos de edição em língua portuguesa para o Brasil adquiridos por Editora Globo S.A.
Rua Marquês de Pombal, 25 — 20230-240 — Rio de Janeiro — RJ
www.globolivros.com.br

Para Tony

"Será passado
E lá viveremos para sempre"

PATRICK PHILLIPS, *Heaven*

"Ele era tão superior a todos os cavalos que o precederam quanto os raios de um sol tropical são superiores ao brilho tênue e quase indistinto da estrela mais distante."

— JOSEPH CAIRN SIMPSON, *Turf, Field and Farm*

"Depois dele, os outros não passavam de meros cavalos."

— CHARLES E. TREVATHAN, *The American Thoroughbred*

THEO

Georgetown, Washington, D. C.
2019

As formas enganosamente *reducionistas da obra do artista contradizem a densidade de sentido forjada por uma existência bifurcada. Tais glifos e ideogramas nos transmitem sinais das interseções: liberdade e escravidão, branco e negro, rural e urbano.*

Não. De jeito nenhum. O texto cheirava a doutorado. E a intenção era que fosse lido por pessoas comuns.

Theo apertou uma tecla e observou as letras retornarem ao limbo. Só restou o cursor, piscando com impaciência. O rapaz suspirou e desviou o olhar, esquivando-se daquela importunação. Da escrivaninha, espiou pela janela e avistou a senhora que morava na decrépita casa geminada do outro lado da rua. A mulher idosa arrastava um aparelho de supino em direção ao meio-fio, e as pernas de metal guinchavam pela calçada. O barulho assustou Clancy, que ergueu a cabeça e levantou-se de um salto antes de apoiar as patas dianteiras na escrivaninha, bem ao lado do notebook de Theo. As orelhonas imensas, parecidas com antenas de um radar, tremelicaram em direção ao ruído. Juntos, Theo e o cão observaram a senhora arrastar o aparelho até o zigurate bambo que ela havia montado na rua. Escorado na pilha, via-se um cartaz escrito à mão: pegue o que quiser.

O rapaz não entendia por que ela não tinha feito um bazar de garagem. Alguém teria pagado por aquele aparelho de supino. Ou até mesmo pelo escabelo marroquino falsificado. Quando a mulher apareceu carregando um amontoado de roupas masculinas, Theo se deu conta de que todos os itens da pilha deviam ter pertencido ao falecido marido dela. Talvez a senhora só quisesse deixar a casa livre de quaisquer vestígios dele.

Mas tudo aquilo não passava de uma suposição, já que Theo não conhecia a vizinha muito bem. Ela era aquele tipo de pessoa lacônica e reservada que não dava trela para cumprimentos cordiais, muito menos para um convívio mais íntimo. E o marido dela tinha deixado bem claro, por meio de sua postura, o que achava da ideia de ter um homem negro morando na vizinhança. Ao se mudar para a residência estudantil da Universidade de Georgetown alguns meses antes, Theo tinha feito questão de sempre cumprimentar os vizinhos. A maioria respondia com um sorriso amigável, mas o sujeito que morava do outro lado da rua nem olhava na cara dele. Theo só escutava a voz do homem quando ele estava aos berros com a esposa.

A ambulância havia chegado uma semana antes, na calada da noite. Como a maioria dos habitantes da cidade, Theo não deixava que o uivo doppleriano de uma sirene qualquer perturbasse seu sono, mas aquele havia retumbado no silêncio repentino. Ele acordou assustado com as luzes giratórias que tingiam suas paredes de azul e vermelho. Levantou-se de um salto, pronto para ajudar como pudesse. No fim das contas, porém, ele e Clancy ficaram inertes ali, assistindo enquanto os paramédicos acomodavam o corpo coberto na ambulância, apagavam as luzes e se afastavam em silêncio.

Na casa da avó dele, em Lagos, qualquer morte na vizinhança era recebida por uma grande comoção na cozinha. Nas férias que passara lá durante a infância, muitas vezes foi encarregado de levar os pratos de comida fumegantes para os enlutados. Por isso, no dia seguinte à chegada da ambulância, preparou um ensopado, escreveu um cartão de condolências e levou tudo para a casa do outro lado da rua. Como ninguém apareceu para abrir a porta, ele deixou as coisas no alpendre. Uma hora depois, o ensopado foi devolvido à sua soleira, acompanhado de um bilhete sucinto: *Obrigada, mas não gosto de frango.* Theo limitou-se a olhar para Clancy e encolher os ombros. "Achei que todo mundo gostasse de frango." Os dois comeram tudo sozinhos. Estava delicioso, enriquecido com os sabores complexos de pimentas grelhadas e de seu caldo caseiro, que passava por uma cocção lenta. Não que Clancy, um kelpie australiano, ligasse para nada disso. Com a despreocupação típica de sua raça resistente, o cão seria capaz de comer qualquer coisa.

Theo ficou com água na boca só de pensar naquela caçarola. Conferiu o relógio no cantinho inferior do notebook. Quatro da tarde. Muito cedo para dar o trabalho por encerrado. Quando começou a digitar, Clancy rodeou a mesa e se aninhou aos pés de Theo.

Até onde se sabe, essas imagens ~~impressionantes~~ envolventes são as únicas obras que restaram desse artista ~~nascido na escravidão~~ escravizado. Vernaculares, ainda que eloquentes, elas se tornam semáforos de um mundo conflagrado. Ao ~~viver~~ sobreviver à Guerra Civil e ~~abandonar~~ fugir da tirania das plantações para levar uma vida marginalizada na cidade, o artista parece compelido a testemunhar a realidade em que vive, paradoxalmente exigente, ainda que rica.

Péssimo. Ainda parecia um artigo acadêmico, não uma matéria de revista.

Ele deu uma olhada nas imagens dispostas sobre a escrivaninha. O artista fez um retrato fiel daquilo que conhecia: o mundo apinhado e vibrante da vida doméstica da população negra do século XIX. Theo precisava manter o texto tão simples e direto quanto aquelas imagens.

Bill Traylor, nascido escravizado, nos deixou o único…

Um movimento do outro lado da rua chamou sua atenção, e ele desviou o olhar da tela. A vizinha estava tentando carregar uma poltrona estofada até a pilha, e o objeto bambeava no degrau mais alto enquanto a mulher se esforçava para segurá-lo.

Uma ajuda viria a calhar. Theo fez um rápido inventário pessoal: bermuda, ok. Camiseta, ok. Como não havia ar-condicionado em seu apartamento, às vezes passava o dia trabalhando apenas de cueca, e só voltava a se dar conta de sua nudez quando recebia um olhar intrigado do carteiro.

Ele chegou ao outro lado da rua assim que a gravidade levou a melhor sobre a vizinha, fazendo a poltrona despencar no chão. Theo saltou sobre o degrau e bloqueou o móvel com o corpo. A vizinha limitou-se a soltar um grunhido e a erguer ligeiramente o queixo. Depois, ela se curvou e segurou a parte de baixo da poltrona, enquanto Theo escorava a lateral. Avançaram de lado, feito caranguejos, e arrastaram o móvel até o meio-fio.

A mulher se empertigou, afastou os finos cabelos cor de palha do rosto e esfregou os punhos na lombar. Em seguida, apontou para o zigurate.

— Pode pegar o que quiser...

Com isso, deu as costas e tornou a subir os degraus da casa.

Theo não se imaginava querendo nada daquela pilha de descartes tão impregnada de tristezas. Seu apartamento tinha poucos móveis: uma escrivaninha moderna de meados do século XX e um sofá Nelson arrematado em um brechó. Quase todo o restante do espaço era preenchido por livros de arte, dispostos em tábuas de madeira e caixotes de plástico pintados com uma tinta preta.

Por ser filho de diplomatas, porém, Theo crescera com a ideia de que a falta de educação era um pecado mortal. Tinha ao menos que fingir dar uma olhadinha. Avistou alguns livros velhos enfiados em um engradado de cerveja e, como sempre tinha curiosidade de saber o que as outras pessoas liam, abaixou-se para conferir os títulos.

E foi aí que se deparou com o cavalo.

JESS

Centro de Referência do Museu Smithsonian, Maryland
2019

Jess tinha sete anos quando desenterrou o cachorro, que havia morrido doze meses antes. Ela e a mãe o enterraram sob o liquidâmbar florido do quintal, em uma cerimônia regada a lágrimas das duas.

A mãe quis chorar outra vez quando Jess pediu potes de plástico grandes o bastante para abrigar os ossos que acabara de exumar. Via de regra, a mãe de Jess era o tipo de pessoa que deixaria a filha incendiar a casa de bom grado se achasse que isso poderia lhe ensinar algo sobre oxigênio e gás carbônico. Daquela vez, contudo, foi atingida por uma pontada de preocupação: será que desenterrar um bichinho de estimação querido e macerar seu cadáver era um sinal de que a filha tinha tendência à psicopatia?

Jess fez de tudo para explicar que só tinha desenterrado Milo porque o *amava*, e por isso precisava ver como era o esqueleto do cãozinho. Era algo belo, como ela sabia que seria: a sinuosidade da caixa torácica, a profundidade das órbitas oculares.

A menina era fissurada pela arquitetura interna dos seres vivos. Costelas, o abraço protetor que forneciam, a forma como envolviam os órgãos delicados em um enlace que durava a vida toda. Órbitas oculares: nenhum artesão tinha sido capaz de criar um recipiente mais elegante para abrigar tamanha preciosidade. Os olhos de Milo tinham o mesmo tom de um quartzo fumê. Ao tocar os declives das laterais de seu crânio delicado, Jess conseguia enxergar aqueles olhos outra vez: o olhar gentil de seu primeiro amigo, ávido por mais brincadeiras.

Ela cresceu em uma das ruas apinhadas de bangalôs de tijolinhos vermelhos que se deslocaram rumo ao oeste no início do século xx, graças ao primeiro surto de crescimento de Sydney. Se morasse em uma região rural, certamente poderia ter se valido de cangurus, vombates ou wallabies mortos na estrada para pôr em prática o seu fascínio. No centro de Sydney, porém, teria sorte se conseguisse encontrar um rato morto, ou talvez um pássaro que houvesse se chocado contra a vidraça de uma janela. O espécime mais digno de nota foi um morcego frugívoro eletrocutado que a garota encontrou em meio às árvores que circundavam as torres de energia elétrica. Ela passou uma semana dissecando o bicho: a membrana que revestia as asas, fina como papel, desdobrando-se como o fole plissado de um acordeão. Os ossos metatarsais, semelhantes aos dedos humanos, ainda que mais leves, tinham evoluído não apenas para segurar, mas para ajudar o animal a planar. Uma vez terminada a inspeção, Jess pendurou o morcego na luminária de teto no quarto. Ali, despojado de tudo o que poderia apodrecer, ela o viu entregue a um voo eterno através de noites sem fim.

Com o tempo, o quarto da menina se tornou um minimuseu de história natural, repleto de esqueletos de lagartos, camundongos e pássaros, dispostos em pedestais feitos de carretéis e carretilhas, devidamente identificados com os nomes científicos em latim. Esse hábito não a tornou muito popular entre as as meninas da escola. A maioria das colegas de classe via a obsessão de Jess por matéria necrótica como algo nojento e assustador. Ela se tornou uma adolescente solitária, o que pode ter contribuído para seu desempenho elevado em três disciplinas nos exames finais do ensino médio. Depois disso, continuou a se destacar como estudante de graduação, ganhou uma bolsa de estudos e se mudou para Washington para fazer mestrado em zoologia.

Esse tipo de coisa tinha um certo apelo para os australianos. Eles gostavam de passar um ou dois anos no exterior para conhecer o resto do mundo. No primeiro semestre do mestrado, o Museu Smithsonian a contratou como estagiária. Quando descobriram que ela sabia fazer raspagem de ossos, foi mandada para o departamento de osteologia do Museu de História Natural.

Afinal, Jess tinha adquirido uma vasta experiência ao trabalhar com espécimes pequenos. Um esqueleto de baleia-azul poderia impressionar o público, mas Jess e seus colegas de trabalho sabiam que era muito mais difícil articular a ossada de uma carriça-azul.

Ela adorava o termo "articular". Era tão apropriado. Se bem-feita, a montagem permitia que a espécie contasse sua própria história, que dissesse como era respirar e correr, mergulhar ou voar. Às vezes, Jess desejava ter vivido na era vitoriana, quando os taxidermistas competiam para ver quem reproduzia a sensação de movimento com mais esmero: era necessário um equilíbrio absoluto na estrutura de arame para retratar um cavalo empinado, e um burro virado para coçar o flanco exigia um grande senso de curvatura do escultor. Confeccionar essas montagens virou moda entre os homens abastados da época, que se esforçavam para produzir espécimes dedicados à beleza e à arte.

Não havia muito espaço disponível para tais coisas nos museus contemporâneos. A montagem de ossos destruía a informação contida ali — adicionando metal, removendo tecido —, de modo que poucos esqueletos eram articulados. A maioria dos ossos era preparada, numerada e guardada em gavetas para medição comparativa ou coleta de DNA.

Quando Jess se dedicava a esse tipo de trabalho, sua nostalgia pela taxidermia do passado dava lugar ao fascínio pela ciência. Cada partezinha contava uma história. Cabia a ela ajudar os cientistas a extrair o relato de cada fragmento fossilizado. Os espécimes que chegavam ao museu eram fruto de pura sorte ou de dias extenuantes de esforço científico. Um amador poderia se deparar com a tíbia de um mamute depois de uma tempestade de inverno tê-la trazido à superfície. Ou um paleontólogo poderia coletar o dente de um minúsculo rato-do-campo depois de semanas árduas peneirando o solo. Jess fazia as etiquetas com a ajuda de uma impressora a laser e incluía as coordenadas geográficas do local onde o espécime havia sido encontrado. Os cartões dos antigos curadores eram feitos à mão em tinta sépia, o que lhes conferia um aspecto mais pessoal.

Aqueles preparadores do século XIX haviam exercido seu ofício sem saber nada sobre o DNA e todos os dados vitais que um dia forneceria. Jess se enchia de empolgação ao pensar que a gaveta que abrigava um espécime recém-

-arquivado por ela poderia ser aberta dali a cinquenta ou cem anos por um cientista buscando respostas para perguntas que ela mesma ainda não sabia formular, usando instrumentos de análise que ela não podia sequer conceber.

Não tinha planejado continuar nos Estados Unidos, mas o rumo de uma carreira pode ser tão inesperado quanto um acidente de carro. Assim que concluiu o mestrado, o Smithsonian lhe ofereceu um trabalho de quatro meses, que consistia em ir à Guiana Francesa para coletar espécimes da floresta tropical. Poucas garotas de Burwood Road, no oeste de Sydney, tiveram a oportunidade de explorar a mata da Guiana Francesa a bordo de um jipe, com escorpiões dependurados na lataria feito roupas em um varal. Depois veio outra proposta de trabalho: ir ao Quênia para comparar espécies contemporâneas no monte Kilimanjaro com aquelas coletadas pela expedição de Teddy Roosevelt um século antes.

Ao fim dessa viagem, Jess estava guardando seus poucos pertences na mala, pronta para voltar para casa e seguir adiante com o que ainda considerava ser sua vida real, quando o Smithsonian lhe ofereceu um cargo permanente: gerenciar o Laboratório de Preparação Osteológica de vertebrados no Centro de Referência do museu em Maryland. Tratava-se de uma instalação novinha em folha, e a vaga de emprego chegou de forma inesperada. O gerente responsável pelo laboratório tinha sido acometido por uma súbita alergia ao excremento macio e pulverulento dos besouros dermestídeos. Não havia jeito melhor de limpar os ossos do que contar com a ajuda desses insetos, então era evidente que uma pessoa incapaz de trabalhar com eles sem ser acometida por urticárias precisava ser substituída.

O Smithsonian era conhecido como "o sótão dos Estados Unidos". O Centro de Referência era o sótão do sótão, uma instalação de dezenove quilômetros de comprimento que abrigava coleções científicas e artísticas de valor inestimável. Antes, Jess acreditava que não gostaria de trabalhar nos subúrbios, afastada da face pública do museu. Mas bastou percorrer o vasto corredor de conexão conhecido como "a rua", que ligava o zigue-zague de edifícios com revestimento de metal climatizados nos quais todos os tipos de ciência aconteciam, para perceber que havia chegado ao epicentro de sua profissão.

Depois da entrevista, ela e o diretor percorreram um campus verdejante ladeado pelas estufas do departamento de botânica. O homem apontou para um galpão de armazenamento recém-construído, que assomava sem janelas sobre as estufas.

— Acabamos de inaugurar aquele ali para guardar a coleção em via úmida — comentou ele. — Depois do Onze de Setembro, percebemos que não era prudente abrigar vinte e cinco milhões de espécimes biológicos conservados em fluidos combustíveis em um porão a poucos quarteirões do Capitólio. Então, eles estão aqui agora.

O Laboratório de Preparação Osteológica ficava mais adiante, em um prédio próprio, escondido na beirada do campus e bem perto da rodovia.

— Se recebermos uma carcaça de elefante do Zoológico Nacional, por exemplo, vai ter um odor muito pungente — explicou o diretor. — Por isso, seu laboratório fica bem afastado dos demais.

Seu laboratório. Jess não se considerava uma pessoa ambiciosa, mas de repente se deu conta de como queria arcar com aquela responsabilidade. O interior do laboratório cintilava: uma sala de necropsia com mesa hidráulica, um guincho de duas toneladas, portas duplas largas o bastante para permitir a entrada de uma carcaça de baleia e uma parede coberta de serras e facas que pareciam ter saído de um filme de terror. Era a maior instalação do tipo no mundo, e não poderia ser mais diferente do laboratório improvisado que Jess montara na área de serviço de sua casa em Burwood Road.

Ela adorava trabalhar lá. Havia algo novo a cada dia, com um fluxo de espécimes interminável. A inclusão mais recente era de uma coleção de passeriformes de Candaar. As aves já tinham passado por um preparo prévio, e a maioria das penas e da carne tinha sido removida. Maisy, a assistente de Jess, estava curvada sobre a caixa que continha os pequenos embrulhos, cuidadosamente amarrados para que nenhum ossinho se perdesse.

— Hoje à noite vou buscar aquele crânio de baleia em Woods Hole — avisou Jess. — Você tem tudo de que vai precisar enquanto eu estiver fora?

— Com certeza. Depois destes passeriformes aqui, tenho que colher as amostras de DNA daquelas mandíbulas de veado. Eles querem que seja feito o quanto antes, então isso vai me manter ocupada.

Ao fim do expediente no laboratório, Jess tinha noção de que seu cheiro não devia estar lá dos melhores. Já havia desistido de pegar o ônibus para voltar para Washington, D. C., com os outros funcionários, pois percebera que o assento ao seu lado sempre ficava vago, mesmo quando o transporte estava lotado. Tinha se dado ao luxo de comprar uma bicicleta boa, uma Trek Cross Rip com guidão *drop*, e era grata pela ciclovia que se estendia do Centro de Referência até a cidade.

Ela prendeu o longo rabo de cavalo em um coque e o enfiou por baixo do capacete. A ciclovia era malcuidada, e Jess tinha que desviar do lixo e dos buracos, mantendo o corpo curvado para não resvalar na folhagem densa que surgira com a chegada da primavera. Em Sydney, as estações iam e vinham com sutileza: o ar ficava mais cálido ou mais fresco, a duração do dia e a qualidade da luz passavam por uma pequena mudança. Em Washington, porém, as estações do ano a sobrepujavam: o calor escaldante do verão; a extravagância das cores de fogos de artifício que revestiam as árvores do outono; a algidez do inverno; a explosão inebriante de flores, pássaros e fragrâncias da primavera. Até mesmo a ciclovia abandonada irrompia em exuberância, e com o sol baixo no oeste, o rio Anacostia cintilava como prata polida.

Jess virou à direita na rua South Capitol e chegou a um bairro tranquilo e antigo apinhado de casas geminadas altas, separadas da rua por jardins amplos. Nessa época do ano, tulipas e azaleias tingiam os canteiros com tons de magenta, coral e roxo. Jess ficou relutante em visitar algo rotulado como "apartamento no subsolo", já que seu coração australiano ansiava por luz. Mas, como a casa geminada tinha passado por uma reforma, o andar subterrâneo em plano aberto contava com duas janelonas voltadas para a rua e um amplo clerestório nos fundos, permitindo que os raios do sol se infiltrassem ao longo do dia. Durante o verão, a luz que banhava o ambiente tinha um tom aquoso de verde por conta das madressilvas e trepadeiras floridas que se derramavam em uma profusão impressionante sobre a parede dos fundos.

Ela passou o cadeado na bicicleta (fechaduras duplas) e destrancou a porta (fechaduras triplas). Tomaria um banho, trocaria de roupa, arrumaria uma mala para passar a noite fora e depois cochilaria por algumas horas para evitar o engarrafamento do trânsito de Washington. Planejava pegar uma caminhonete na garagem do Smithsonian por volta das dez e dirigir noite adentro até o Laboratório de Biologia Marinha em Woods Hole.

Estava a caminho do chuveiro quando o telefone tocou.

— Desculpe ligar para seu número pessoal, mas é Horace Wallis, da Affiliates, que está falando. Sua assistente comentou que você ia passar uns dias fora, então achei melhor entrar em contato logo para ver se você pode me ajudar com uma questão.

Jess reconheceu vagamente a voz do homem, mas não conseguiu associá-la a nenhum rosto em particular.

— Claro — respondeu ela. — Do que você precisa?

— Para ser sincero, chega a ser um pouco embaraçoso... Uma pesquisadora do Royal Veterinary College está vindo da Inglaterra para dar uma olhada em um dos nossos esqueletos do século XIX. Ela tem interesse em estudá-lo, mas só tem um problema: não sabemos onde ele está. Estava no Castelo Smithsonian em 1878, depois foi para o Museu de História Americana... embora o motivo de tal transferência não esteja muito claro. Enfim, agora eles estão alegando que o esqueleto não está mais lá. Você acha que tem alguma chance de que ele tenha ido parar no seu Laboratório de Preparação Osteológica? Vasculhei o banco de dados e não encontrei nada, mas não consigo pensar em nenhum outro lugar além dele.

— É um esqueleto articulado, imagino?

— Isso.

— Não temos nenhum esqueleto articulado no laboratório no momento, mas o Centro de Referência conta com noventa e oito por cento dos espécimes armazenados, então é bem provável que você o encontre por lá. Você tem o número de acesso, não tem?

— Tenho, claro. É...

— Só um segundinho. Preciso pegar alguma coisa para anotar...

Jess vasculhou os papéis espalhados pela mesa. As margens de cada uma das folhas estavam preenchidas com seus rabiscos de arcos zigomáticos ou vértebras cervicais. Por fim, encontrou um cartão de embarque amassado ainda em branco.

— Vou fazer uma checagem no meu banco de dados. Se estiver no Centro de Referência, tenho certeza de que consigo rastrear. Qual é a espécie?

— *Equus caballus*. Um cavalo.

JARRET, PROPRIEDADE DE WARFIELD

The Meadows, Lexington, Kentucky
1850

Ninguém diria que ela era uma égua fácil. Não era cruel, mas era nervosa. O que poderia até dar no mesmo.

Jarret sabia como se aproximar do animal. De modo firme e decidido. Sem hesitar nem demonstrar incerteza, mas se agisse de forma muito autoritária, ela não deixaria barato. Poderia se virar de súbito e arrancar um naco de seu braço ou dar um coice capaz de quebrar-lhe a canela. O próprio dr. Elisha Warfield tinha sido responsável pela criação e a batizado em homenagem à nora, Alice Carneal. No estábulo, pipocavam piadas sobre o que o homem quisera dizer com isso e qual mensagem poderia estar tentando passar ao filho.

Mas Alice Carneal nunca machucou Jarret. Nenhum cavalo jamais o machucou.

— Olhe só para ele — dizia o dr. Warfield, levantando um dos braços magros e compridos de Jarret. — Ele mesmo é metade potro.

Jarret encarava isso como um elogio, pois de que adiantaria encarar de outra forma? E era verdade que levava jeito com cavalos. Era uma habilidade arraigada bem lá no fundo. A primeira cama de que conseguia se lembrar ficava em uma baia de cavalos. Ele dividia o feno com os dois capões na cocheira enquanto a mãe, ama do bebê da sinhá, dormia na casa-grande. Jarret quase não a via. Os gestos e sons sutis dos cavalos constituíram sua primeira forma de linguagem. Tinha demorado para dominar a fala humana, mas conseguia entender os cavalos: seus humores, suas alianças, seus desejos mais simples e seus inúmeros temores. Passou a acreditar que os cavalos viviam em um mundo dominado pelo medo, e, uma vez que se deu conta disso, a convivência com os animais ficou mais fácil.

Os dois capões com quem dividira a cocheira foram figuras paternas mais presentes do que a mãe na casa-grande poderia ter sido, ou até mesmo que o pai, Harry, que morava do outro lado da cidade, treinando cavalos de corrida para Robert Burbridge. Harry visitava Jarret e a mãe uma vez por mês, aos domingos. O garoto amava aqueles dias. Sabia que o pai era especial, pois sempre chegava montado em um cavalo puro-sangue e se vestia igual ao sinhô, com sobrecasaca acinturada e gravata de seda, e era tratado com deferência por todos na estrebaria. Parecia velho para Jarret, mesmo naquela época. O cabelo curto era salpicado de fios grisalhos, mas quando sorria para o menino, todas as rugas e linhas de seu rosto pareciam sumir. Jarret se esforçava para conquistar aquele sorriso. Quando o pai encurtou os estribos e fez Jarret montar em seu garanhão, o menino logo aprendeu a se equilibrar e a não demonstrar o menor sinal de medo. E, a bem da verdade, depois da primeira sensação repentina de estar bem lá no alto, deixou de se sentir amedrontado. Por mais que fosse grande e poderoso, o cavalo também era gentil, e Jarret percebeu a consideração com que o animal se movia, ajustando-se àquele novo fardo leve em seu lombo, mantendo-o firme no lugar. Era algo digno de nota: um bom cavalo vai colaborar com você, não tentar machucá-lo.

Jarret tinha três anos na época. Dois anos depois, a mãe ficou doente e morreu. Foi naqueles dias que ele conheceu o medo de verdade, vulnerável como um potro sem uma matriz para protegê-lo. O pai, Harry Lewis, tinha gastado todas as suas economias para pagar pela própria liberdade e não lhe sobrou nada para comprar a alforria do filho. Por isso, tinha implorado ao dr. Warfield que comprasse o menino, assim poderia mantê-lo por perto e criá-lo. O médico ficou reticente no início, alegando que a última coisa de que precisava era mais uma criança perambulando pela propriedade. Mas quando a habilidade de Harry garantiu aos cavalos de Warfield uma temporada excepcional nas pistas de corrida, o médico cedeu e comprou Jarret da família Todd.

O tempo passou e Jarret, a essa altura com treze anos, dormia na cabana do pai. Ainda assim, todas as horas que passava acordado eram dedicadas aos cavalos. Conhecia a natureza, os hábitos e a história de cada um dos animais dos estábulos de Warfield. Cada vício, cada virtude. A maioria dos cavalos relinchava quando o via, soltando uma lufada de ar quente pelas narinas aveludadas. Depois, estendiam o pescoço luzidio em busca de seu toque.

Mas Jarret sabia que não devia esperar tal comportamento de Alice Carneal. Na maioria das vezes, a égua mal desviava o olhar do feno. Naquela noite, porém, quando ele adentrou o estábulo para a última inspeção do dia, ela imitou os outros cavalos e foi para a frente da baia, com as orelhas voltadas para a frente em vez de retraídas, lançando-lhe um olhar sério e penetrante.

Assim que o garoto se aproximou, a égua apoiou a cabeça em seu ombro. Jarret passou um bom tempo imóvel, aceitando aquele gesto inusitado. Em seguida, abriu a porta da baia bem devagar — sempre devagar — e entrou. "Movimente-se como se o ar fosse feito de melaço", o instruíra o pai, e foi exatamente isso que fez. Ergueu a mão em um gesto lânguido e se pôs a acariciar a cernelha da égua, alisando a pelagem exuberante que ainda trazia um pouco da espessura do inverno. Ela se inclinou para mais perto, aceitando a carícia, e ele deixou a mão deslizar pelo ventre abaulado. Quando o focinho úmido resvalou em seu pescoço, Jarret ficou de cócoras para examiná-la.

Como ele imaginava, a cera já havia se formado sobre o úbere: uma teia de aranha fina e esbranquiçada em forma de lágrima que impedia o leite de vazar. Jarret se pôs de pé e, bem devagar, deslizou as mãos até a garupa dela. Ali, entre o quadril e o curvilhão, ficava o ponto sensível das éguas, e as mais amigáveis do estábulo adoravam quando ele acariciava o local. Elas baixavam a cabeça e suavizavam o olhar, como se estivessem sonhando acordadas. Mas Jarret não se atrevia a tomar tal liberdade com Alice Carneal, que poderia se virar e bater com o casco no chão para demonstrar sua insatisfação perante o gesto. Naquele momento, porém, a égua permitiu que ele alisasse os músculos maleáveis da cauda e se inclinou ainda mais para perto do rapaz.

Esse animal amável não se parecia em nada com a égua enérgica que, apenas um ano antes, empinava e dava pinotes enquanto Jarret tentava conduzi-la até o galpão do vizinho para a cruza. Foi a primeira temporada em que o menino recebeu permissão para ajudar o pai — antes de completar treze anos, não tinha força o suficiente para esse trabalho. A égua havia se debatido até, enfim, conseguirem fazer a contenção com o pito. E então, nos poucos minutos que ficaram esperando pelo garanhão, dava para sentir o cheiro do suor amedrontado dos homens. Mesmo os mais experientes — até mesmo Harry, o pai de Jarret — traziam o brilho do medo na pele.

Violento. Era isso o que diziam sobre Boston desde o início da vida do garanhão. Todos, desde o menino que limpava o esterco do cavalo até o proprietário que embolsava seus ganhos. Ninguém se atrevia a montá-lo, apenas os garotos escravizados, que não tinham escolha. Depois que o garanhão derrubou um menino e o pisoteou até deixá-lo em frangalhos, o treinador disse ao proprietário que era melhor castrar ou matar o animal, e garantiu que se encarregaria ele mesmo de puxar o gatilho. Mas não fizeram nenhuma dessas coisas, pois quando Boston decidiu correr, mostrou-se tão rápido quanto feroz. Ao longo de sete anos, venceu quarenta das quarenta e cinco corridas das quais participou, muitas delas com mais de seis quilômetros de percurso, e quase nunca tinha tempo de descansar propriamente entre uma e outra. Havia muitos homens como o dr. Warfield, dispostos a desembolsar uma quantia considerável para que suas éguas procriassem com o garanhão, mesmo que o animal já estivesse cego e mostrando os sinais de uma vida fatigante. Mas o estado precário do animal não aplacou em nada o seu temperamento. Pelo contrário, isso só serviu para deixá-lo ainda mais irascível e perigoso.

Tudo terminou em questão de minutos no galpão. Um borrão de homens e cordas e um garanhão castanho de uma tonelada charreteando. Uma arremetida, um estremecimento. E depois, quando o velho cavalo foi levado embora, Harry enxugou a testa com a manga da camisa e apoiou a mão no filho, que ainda tremia.

— O que acabamos de fazer neste galpão determina nosso sucesso ou nosso fracasso.

Aquele cruzamento tinha sido ideia de Harry. De todas as éguas de Meadows, o homem nutria uma admiração especial por Alice Carneal, embora ela tivesse vencido apenas uma corrida ao longo de sua breve carreira.

Era rápida quando estava em casa, mas bastava se afastar da familiaridade do estábulo para que sua condição se deteriorasse antes mesmo de chegar à pista. Na hora da corrida, estaria toda trêmula, suando e puxando as rédeas, nervosa com a multidão e o barulho, quase impossível de controlar. Mas Harry ignorava tudo isso. Gostava da constituição da égua, com um cilhadouro profundo para abrigar pulmões poderosos, e patas traseiras compridas para garantir uma propulsão vigorosa no galope.

— Os problemas dela estão na parte da frente, não na de trás — explicou.

Como tinha sido um ano de vacas magras, ele teve que se valer de todos os seus argumentos para justificar a elevada taxa de cobertura do garanhão. Conseguiu convencer o dr. Warfield de que não tinham muito tempo: a aparência de Boston não estava lá das melhores, e o animal talvez não sobrevivesse até a próxima temporada de reprodução.

— O mesmo pode ser dito sobre nós dois, que dirá do garanhão — respondeu o médico com um sorrisinho sarcástico.

Já na casa dos setenta e acometido por várias doenças, o dr. Warfield estava levando uma vida menos acelerada, criando menos potros a cada ano. Mas Harry não desistiu.

Naquele inverno, Boston foi encontrado morto em sua baia. Partiu ainda furioso com o mundo: as laterais da baia estavam tingidas de sangue com a violência de seus espasmos finais. O potro de Alice seria um dos últimos descendentes do campeão.

E, àquela altura, o potro já estava para nascer. Jarret pegou uma forquilha e limpou toda a baia antes de forrar o chão com uma nova camada de feno. Alice passou o tempo todo o observando calmamente. Ele lhe deu um último tapinha para reconfortá-la. Depois, correu os olhos pelas outras baias — nenhum cavalo deitado muito perto das laterais a ponto de não conseguir se levantar, bastante água nos cochos — e saiu do estábulo em direção à noite de primavera.

O céu estava limpo, com estrelas fragmentadas feito cacos de vidro. Nenhuma lua à vista. Se Alice estivesse parindo ao ar livre, o manto da escuridão a encobriria durante as horas silenciosas da madrugada. As éguas tinham a capacidade de retardar o parto para que o potro pudesse aprender a andar em meio ao breu e estar pronto para fugir de predadores ao raiar do dia. Gotas roliças de orvalho revestiam a grama que havia brotado com a primavera. Jarret sentiu a umidade empapar a bainha de seu macacão enquanto atravessava o campo não aparado. Sentiu o frescor das primeiras violetas em meio ao odor bafiento das folhas apodrecidas do ano anterior. Então, se pôs a correr em um ritmo lento, seu lampião lançando uma bola de luz amarelada sobre a grama.

As melhores lembranças de Jarret tinham aquela paisagem como pano de fundo. O dr. Warfield havia comprado aquele pedaço de terra, localizado ao norte da cidade, depois de ter sido forçado a abandonar a carreira como obstetra, repleta de horários imprevisíveis, por conta da saúde. O homem não se arrependia da aposentadoria. Construiu uma mansão com dezesseis cômodos e se dedicou aos seus inúmeros negócios e à sua primeira paixão: os cavalos. Tinha sido um dos fundadores do Jockey Club da cidade e supervisionara a construção da primeira pista de corrida propriamente dita. Antes disso, os cidadãos tinham o costume de usar a rua principal de Lexington como palco das corridas de cavalos, e às vezes ainda dava para assistir ao espetáculo da varanda do apartamento que o dr. Warfield mantinha na cidade, em cima de sua movimentada loja de aviamentos na rua principal.

Jarret tinha ficado contente em deixar a cidade para trás. Não gostava do raspar metálico das rodas das carruagens, do amontoado de construções de tijolinhos com fachada austera e de todas aquelas pessoas cujos nomes ele desconhecia. Quando o dever o obrigava a voltar para lá, não via a hora de cumprir logo sua tarefa e retornar para Meadows. Havia um grande fluxo de mensagens e mercadorias entre Meadows e a cidade, e como Jarret era o que menos se demorava por lá, quase sempre era ele o escolhido para essa missão, em vez dos meninos que adoravam ir à cidade para perambular a esmo. A vida parecia funcionar desse jeito para ele: sempre ao contrário.

Ele viu as luzes bruxuleando entre as árvores. O jantar ainda estava sendo servido na casa-grande. Todas aquelas velas, e a sra. Warfield insistia que fossem trocadas todos os dias. Os tocos parcialmente queimados eram levados para a senzala, e recebidos como uma bênção por aqueles que conseguiam encontrar os meios para trabalhar por conta própria ao fim das incumbências do dia. Quase todos eram homens de seu pai, tratadores e cavalariços. Harry levava jeito para coordenar as coisas, e delegava a cada um dos homens as tarefas para as quais estivessem mais aptos, de modo que trabalhassem até o limite de suas capacidades mas jamais o superassem. Harry sabia como aquelas pessoas ansiavam por comprar a própria alforria, assim como ele havia feito, então encorajava aqueles que desejavam oferecer seus serviços como reparadores de arreios ou seleiros. O dr. Warfield não se opunha a essa prática, desde que não interferisse no trabalho feito em sua propriedade.

O silêncio reinava na alameda, pois a maioria das pessoas já tinha ido dormir. Ainda assim, Jarret podia ouvir o ruído do tear vindo da cabana escura de Jane Cega enquanto suas mãos habilidosas passavam pela lançadeira e urdiam a trama. A luz do dia não significava nada para a mulher; ela seguiria tecendo até sucumbir à exaustão.

O pai de Jarret gostava de trabalhar para o dr. Warfield, pois já tinha sido contratado como um homem livre, e o médico sempre lhe pagava o que era devido e lhe dava os créditos por ter mais do que dobrado seus ganhos nas pistas de corrida. Quando ficou com a saúde mais debilitada, o médico passou a confiar em Harry para cuidar dos cavalos e aumentou seu salário para quinhentos dólares por ano, mais do que muitos treinadores brancos ganhavam.

As condições do antigo cargo de Harry como treinador do sr. Burbridge tinham sido muito mais precárias. Durante os dez anos de serviço, o homem nunca deixou o pai de Jarret se esquecer de que era "Harry, propriedade de Burbridge". No fim da vida, o velho teimou que era um faraó e puxou um facão para Harry, proclamando que ele deveria acompanhá-lo para treinar seus cavalos no além.

Jarret não se lembrava de nada disso, pois estava na casa da família Todd na época, mas via a lividez que tomava o semblante do pai quando tocava no assunto. Não há limites para as desgraças que podem acontecer quando se tem um homem negro, um branco e um facão no mesmo cômodo, ainda que nenhuma gota de sangue seja derramada.

A cabana deles ficava um pouco além da alameda, afastada das demais e com um quintalzinho próprio. O pai deve ter visto o brilho do lampião, pois a porta se abriu antes mesmo de Jarret alcançar o portão. Uma coluna cálida de luz amarela se estendeu em direção ao garoto, acompanhada pelo aroma denso e amarronzado de toucinho e cebola frita.

Jarret parou na soleira, tirou as botas e as sacudiu para se livrar dos torrões de terra úmida que haviam se entranhado na sola.

— O potro de Alice está para nascer — anunciou. — Já tem cera no úbere e ela está mais amigável do que o normal.

Harry assentiu.

— Ela sempre fica assim quando chega a hora. Bem, então ande logo, vá se lavar e coma alguma coisa. Ela não é de ter problemas para parir, mas nunca se sabe. Já tem catorze anos, está velha. Talvez tenha uma longa noite pela frente.

Jarret derramou o jarro de água sobre as mãos e os pulsos, substituindo o aroma suave de cavalo pelo odor mordaz de lixívia. Em seguida, foi até a lareira. Havia uma panela de feijão cremoso dependurada no suporte e uma caçarola recheada de pão de milho. Ele se serviu de uma cumbuca cheia e comeu com avidez, depois usou um naco do pão para raspar os cantinhos.

Harry acendeu dois dos lampiões maiores e entregou um ao filho. Enquanto caminhavam em direção ao estábulo, o homem envolveu os ombros do garoto em um gesto carinhoso. Precisava espichar o cotovelo para chegar à altura de Jarret, o que lhe enchia de satisfação. O garoto ainda não tinha parado de crescer, mas já dava para ver que se tornaria um homem de altura considerável.

Harry não tivera a mesma chance. Tinha apenas cinco anos, um moleque franzino e leve para a idade, quando o obrigaram a montar seu primeiro puro-sangue. Levava uma surra sempre que caía, então logo aprendeu a se manter firme na sela. Se ganhasse peso, a alimentação já escassa era reduzida para um único nabo no jantar e um litro de leite no almoço. Se a privação não bastasse para impedir o ganho de peso, eles o obrigavam a caminhar por quinze quilômetros ao fim das tarefas do dia, e, se mesmo isso não adiantasse, o faziam suar de outras formas. Nos dias mais quentes do verão, sentia o corpo descarnado derreter quando o soterravam até o pescoço em pilhas fumegantes de estrume. Passou a juventude com o estômago dolorido e a cabeça anuviada. Quando se conhece a fome desse jeito, jamais se esquece a intensidade da dor, mesmo que a privação tenha servido para engordar a pilha de dinheiro que mais tarde lhe garantiria a liberdade. Os jóqueis vitoriosos recebiam prêmios em dinheiro, e Harry guardou todos eles. Observou os treinadores de perto e com os melhores aprendeu como agir, e com os piores, o que evitar. Por fim, esse conhecimento o tornou mais valioso no chão do que na sela.

Harry decidiu que o filho não conheceria a dor da fome, ainda que se provasse um bom cavaleiro. E seguiu firme nessa decisão, mesmo quando Jarret acabou por montar em um cavalo como se ele e o animal fossem uma coisa só. O menino era dotado de uma graciosidade natural, mesmo nas extenuantes corridas longas, que punham à prova tanto a resiliência do cavalo quanto a do cavaleiro e demandavam velocidade, resistência e estratégia. Houve anos em que todos tentaram persuadir Harry a transformar o filho em jóquei. Mas o homem estava decidido, e o dr. Warfield não insistiu. Por mais que ainda fosse um rapazote, Jarret já tinha braços e pernas compridos, e o médico sabia que a qualquer momento o estirão de crescimento chegaria e acabaria por afastá-lo das corridas justamente quando estivesse ganhando renome. Um dia, quando tivesse dinheiro suficiente, Harry pretendia comprar o menino para que não precisasse se submeter ao destino que qualquer outro homem tentasse escolher por ele. Até lá, Jarret já estaria crescido o bastante para silenciar qualquer especulação. Ainda cavalgava todos os dias, domando os cavalos, e não tardaria a virar um treinador por mérito próprio.

Quando chegaram ao estábulo, Alice Carneal estava inquieta e andava em círculos pela baia, a pelagem cintilando de suor. Harry e Jarret assumiram suas posições fora da linha de visão da égua. Harry se dirigiu a ela em uma voz baixa e melodiosa, quase um sussurro, dizendo-lhe que era uma boa menina e que seu potrinho seria grande e forte. Era um som reconfortante, e, conforme a noite se estendia, Jarret se pegou caindo no sono mais de uma vez.

O garoto acordou com a bolsa da égua se rompendo. O animal relinchou baixinho e se curvou ligeiramente no feno que revestia o chão. Harry se ajoelhou ao lado dela ao ver o saco amniótico despontar. Os minúsculos cascos em meia-lua eram perfeitamente visíveis através da membrana perolada, dobrados com delicadeza e virados para baixo, encaixados na posição correta para um parto livre de complicações. E assim foi. Quando as patas dianteiras já estavam quase na altura dos joelhos, veio o focinho molhado e escorregadio. O potro estava perfeitamente posicionado, disposto como uma ponta de flecha.

— Agora começa a parte complicada — murmurou Harry.

Era a vez dos ombros, a parte mais larga do potro. O homem continuou a dirigir seus sussurros de incentivo para Alice. Conseguia ver os cascos brancos e pequeninos pressionando a membrana do saco amniótico. Minutos depois, o saco se rompeu e o potro escorregou para a frente. O cavalinho deslizou para o feno como se fosse um presente caído de um embrulho.

Era um potro baio de pelagem brilhante como a mãe, com quatro patas alvas, uma estrela branca na fronte e uma beta da mesma cor entre as narinas. Harry apanhou um pano no outro lado da baia e o entregou para Jarret. Em seguida, os dois começaram a enxugar o corpinho escorregadio com delicadeza. Alice os empurrou para o lado e começou a lamber o filhote. Um tempo depois, a égua se pôs graciosamente de joelhos, rompendo o cordão umbilical. Antes que ela tivesse se levantado por completo, o potro já estava de pé, bambaleando sobre as patas trêmulas.

— Eu nunca tinha visto uma coisa dessas — comentou Harry. — O potro conseguiu se equilibrar sobre as quatro patas antes da mãe.

Poucos minutos depois, Alice tornou a se deitar, cutucando as laterais do corpo até a placenta sair. Harry e Jarret ficaram sentados em silêncio, fazendo companhia enquanto Alice lambia e aninhava seu filhote. Enfim, o potro encontrou o úbere, e se pôs a sacudir o rabinho molhado enquanto saboreava o colostro denso. Cerca de uma hora depois, excretou sem esforço os dejetos pegajosos e cor de ferrugem que indicavam que suas entranhas estavam em perfeitas condições.

Harry ficou de cócoras e soltou um suspiro de satisfação.

— Nosso trabalho aqui acabou, por menor que tenha sido. Ele é um pouquinho franzino, mas vamos ver como se sai.

— E as patas brancas? Dão azar, não dão?

Harry sorriu enquanto juntava os panos espalhados.

— Há quem acredite nessa tolice. Os entusiastas das corridas depositam muita fé na sorte. E você pode tirar vantagem disso, se souber usar essa convicção a seu favor. Pode aumentar ou diminuir as apostas com um pouco de conversa fiada nos bastidores. A meu ver, porém, um bom cavalo não tem cor. É o que está dentro dele que conta.

Harry bocejou e se virou para a porta.

— Acho que vou ficar por aqui — avisou Jarret. — Quero ficar de olho nele.

— Não faz diferença para mim, filho — respondeu Harry. — Mas você sabe que deve deixar os dois em paz agora. Eles precisam se familiarizar um com o outro. E é bom você dormir um pouco nesse restinho de noite. Os cavalos vão dormir. E vão estar descansados quando você chegar para o trabalho pela manhã, então é melhor que você também esteja.

Jarret observou o potro se aninhando junto à mãe. As tábuas do estábulo rangeram. Um casco bateu com força no chão de uma das baias. O menino ouviu o relinchar suave de lábios macios e narinas úmidas. Sentia-se leve e aquecido, cansado e desperto. O estábulo cheirava a feno fresco, mas também ao odor mineral de um animal recém-nascido. Depois de apagar o pavio do lampião, preparou para si uma cama perfumada de capim-timóteo e ramos de trevo e se cobriu com um cobertor velho. Estava quase adormecendo quando ouviu um som arrastado vindo do palheiro logo acima. Concluiu que era um gato caçando ratos e tornou a se deitar. No instante seguinte, contudo, ouviu uma tosse.

Levantou-se de um salto e esticou a mão para pegar o lampião, esquecendo-se de que tinha acabado de apagar a chama.

— Quem está aí? — perguntou, espiando a escada que conduzia ao palheiro mergulhado em escuridão.

— Sou eu, Jarret. Mary Barr. Por favor, não fique zangado.

— Não é comigo que deveria se preocupar, senhorita Clay. O que está fazendo aqui? Não tem nada que perambular por essas bandas no meio da noite. Vai se meter em encrenca se sua avó descobrir.

Mary Barr Clay, de onze anos, desceu a escada de costas. Estava descalça e vestia apenas uma camisola.

— Eu achei que o potrinho da Alice poderia nascer hoje à noite. Ela estava tão boazinha mais cedo. Nem parecia que era ela. Então, quando todos estavam jantando, vim até aqui para espiar. Aí ouvi você e seu pai chegando e me escondi lá em cima, mas quando ele começou a cantar para a égua, caí no sono.

A menina espanou alguns fiapos de feno que tinham ficado presos na renda da camisola e em seguida caminhou até a baia. Cruzou os braços pálidos e os apoiou sobre o parapeito antes de olhar para o potro, cerrando os olhos para enxergá-lo em meio à escuridão.

— Ele é uma belezura, não acha?

Mary Barr achava que todos os potros eram uma belezura, e Jarret não tinha a menor intenção de discordar, porque pensava exatamente como ela. O pai podia dizer o que fosse sobre soldras angulosas, jarretes de vacas ou esparavões, mas a verdade era que todos os cavalos eram belos e bons. Só era necessário descobrir o que cada um deles fazia melhor.

— Ora, já deveria saber que não é uma boa ideia vir descalça para o estábulo, senhorita Clay — repreendeu-a Jarret, tentando imitar o tom de censura dos adultos.

— Eu sei disso — respondeu a menina, com uma expressão arrependida no olhar. — Mas eu não queria que ninguém me ouvisse. Já tive até que arrancar uma farpa bem grandona. — Ela levantou um pé imundo e mostrou-lhe o machucado. — Você não vai me dedurar, vai?

— Eu bem que deveria — retrucou ele. — Mas, se a senhorita voltar para casa neste exato minuto, não vou dizer nada a ninguém.

— Obrigada, Jarret. E se eu for pega no flagra, não vou contar a ninguém que você me viu aqui.

Ele a observou se afastar, uma silhueta esbranquiçada em meio ao breu, andando às pressas na trilha inclinada que levava até a casa. Em vez de galgar os degrauzinhos de pedra que desembocavam na grande porta de entrada, a menina contornou a varanda lateral. Quando ele viu o borrão esbranquiçado desaparecer no corredor da cozinha, soube que ela ficaria bem. Annie, a copeira, dormia em um quartinho ao lado da despensa, e a escada dos fundos permitiria que a garota se esgueirasse de volta para o quarto sem ser vista. Jarret sabia que Annie era muito bondosa com a menina, que era neta do dr. Warfield e filha de Cassius Clay. Segundo diziam, o pai dela era um sujeito assustador, capaz de arranjar briga com o próprio vento se ele soprasse em uma direção que não lhe agradasse. Talvez fosse por isso que a menina e a mãe passassem mais tempo em Meadows do que em uma de suas lindas casas — a grande mansão da família Clay, White Hall, ou a elegante casa geminada em Lexington. O sr. Clay tinha um jornal que se opunha à escravidão e havia libertado todos os escravos que herdara. Era um comportamento inusitado e estranho em Kentucky, e talvez fosse um dos motivos pelos quais Annie gostava tanto da garota. Jarret não sabia muito sobre o assunto, já que Harry tratava de desencorajar qualquer conversa sobre emancipacionistas e seus feitos. Mas aquilo intrigava o garoto, que não entendia como um homem como Cash Clay conseguia viver às turras com um mundo e uma família que prosperavam graças a algo que ele desprezava. Jarret voltou para o ninho que havia feito para si em meio ao feno e passou as primeiras horas da madrugada entregue ao mesmo torpor semiacordado dos cavalos.

Pouco antes de o dia raiar, quando os tratadores chegaram para alimentar os animais, Jarret se aprumou e espiou a baia. O potro parou de mamar e levantou a cabeça, com as orelhas em riste e as narinas escancaradas. Potro e égua se viraram a um só tempo para encarar o menino. A pelagem do filhote já estava seca, reluzindo como bronze lustrado aos primeiros raios de sol. Jarret se esgueirou para a névoa perolada que precedia o amanhecer. Estalou o pescoço para um lado e para o outro e alongou os ombros. Depois, correu em direção ao farto prato de ovo e mingau de milho que sabia que o pai estaria preparando em casa.

THEO

Georgetown, Washington, D. C.
2019

Theo apertou a tecla para iniciar a impressão. Estava satisfeito com o artigo e esperava que o editor também ficasse. Enfim, tinha conseguido se livrar da escrita acadêmica, e a sensação era a de tirar um paletó para vestir um moletom. Sabia que a revista precisava publicar o artigo antes da exposição de Traylor no Museu de Arte Americana, então tinha trabalhado com um prazo bem apertado. Mas não pretendia enviar por e-mail. Iria de bicicleta e entregaria o trabalho em mãos ao editor. Os pais diplomatas haviam incutido nele o valor de um contato mais pessoal: jamais escreva um bilhete se puder fazer uma ligação, jamais faça uma ligação se puder marcar um encontro presencial. Theo estava interessado em pegar mais trabalhos, se pudesse. Era revigorante escrever para o público geral em vez de só para estudiosos e acadêmicos e, para coroar, a revista do Smithsonian pagava bem, e o dinheiro era um complemento bem-vindo ao seu parco salário de professor assistente.

Ele se levantou e se espreguiçou enquanto as folhas deslizavam para fora da impressora, pousando em um montinho satisfatório. Olhou pela janela. A pilha de descartes no meio-fio estava cada vez menor. Os transeuntes curiosos tinham desfeito a estrutura do zigurate, que se esparramava pela calçada em uma fileira de objetos desordenados. Bem naquela hora, um estudante com uma camiseta da universidade pegou uma luminária articulada na pilha.

Apoiado na escrivaninha de Theo estava seu próprio achado: uma tela desbotada envolta por uma moldura cheia de lascas. Admirou a pintura. Fazia sentido que a única obra de arte na pilha de descartes retratasse um cavalo. Aos sábados, sempre via o velho esparramado nos degraus de sua casa, rodeado de latas de cerveja e bitucas de cigarro, enquanto o locutor narrava a corrida aos berros pelo rádio.

O rapaz acreditava que a pintura fosse bem antiga. Talvez do século XIX. A metade inferior não passava de um borrão turvo, revestida por uma camada de sujeira que obscurecia toda a imagem. A metade superior, contudo, parecia impecável. Ele puxou a luminária de mesa para que a luz incidisse sobre a pintura. Um potro baio de pelagem brilhante o encarava da tela, com uma expressão inusitada e inquietante no olhar. Estava evidente que o pintor, quem quer que fosse, sabia um bocado sobre cavalos. Theo foi até a cozinha e pegou uma sacola no armarinho embaixo da pia para embrulhar a pintura, determinado a levá-la consigo no dia seguinte. O editor da revista *Smithsonian* com certeza conheceria alguém da área de conservação e restauro de pinturas disposto a dar uma olhada. Talvez Theo até conseguisse transformar aquilo em um artigo — como descobrir se o quadro que você achou no lixo é valioso ou não.

Tinha um conhecimento amplo na área, mas conforme observava seu achado, Theo percebeu que não era muito versado em arte equestre norte-americana. Conhecia bem os britânicos, como Stubbs e Landseer. Tinha sido educado no exterior, como era praxe para muitos filhos de diplomatas. Os pais dele — Abiona e Barry, ela iorubá, ele californiano — tinham se conhecido durante o primeiro posto para o qual tinham sido designados, ela no Quênia, ele no Sudão, quando ainda eram terceiro-secretários. O encontro aconteceu em um bar à beira-mar durante um período de descanso em Mombaça. Conseguiram engatar um namoro a distância, seguido por um casamento nos mesmos moldes. Theo tinha quatro anos quando os pais, enfim, foram designados para o mesmo posto, em Canberra, e foi lá que o garoto viveu seus momentos mais felizes. Mas os pais eram ambiciosos e logo se candidataram a postos mais relevantes para tratar dos assuntos mais prementes da política externa de seus países.

Quando se mudaram para Londres, Theo tinha acabado de completar sete anos. Sentia saudade de tudo relacionado a Canberra: as noites longas e cálidas, o quintal gigantesco, as salas de aula repletas de crianças de todas as partes do mundo, também filhas de diplomatas. Acima de tudo, sentia saudade de passar os sábados cavalgando com o pai. Barry havia frequentado um internato com centro equestre e amava montar a cavalo, então tratara de comprar um par de botinhas Blundstone para o filho e o colocara sobre uma sela na primeira oportunidade. Passavam os sábados cavalgando por um grande rancho de criação de ovelhas a poucos quilômetros da cidade.

Atravessar um parque londrino no lombo de um pônei exaurido não era a mesma coisa que montar um cavalo de trabalho nas savanas australianas. A princípio, o pai sugeriu encontrar um estábulo melhor no interior da Inglaterra, mas nunca levou o plano adiante. Em quase todos os fins de semana parecia haver algum trabalho urgente que o arrebatava para a grande embaixada na Grosvenor Square.

Mais tarde, quando já estava mais velho, Theo se deu conta de que o pai não parava em casa porque seu casamento tinha começado a ruir. A casa deles em Mayfair, cujo andar térreo fora construído para abrigar um estábulo aos moldes do século XIX, tornou-se uma prisão repleta de sofrimento. Palavras breves, portas batidas. Lábios crispados e lágrimas repentinas. Na noite em que os pais o chamaram para uma conversa e contaram que tinham aceitado postos separados e planejavam se divorciar, Theo ficou mais aliviado do que triste. O que o deixava apreensivo de verdade era que lhe pedissem que escolhesse entre um dos dois. Mas foi uma preocupação infundada: os pais tinham aceitado fazer uma "viagem solo" — o pai no Afeganistão e a mãe na Somália — e decidido mandar o filho para um internato. O pai sugeriu o colégio que ele havia frequentado, na Califórnia, mas Abiona nem quis saber.

— Uma escola *americana*? Onde fazem uma roda para falar sobre os próprios *sentimentos* em vez de aprender programação e matemática?

O pai fez uma tentativa vã de argumentar a favor da criatividade e da autoexpressão, mas logo nos primeiros meses de casamento percebera que era inútil discutir com Abiona, que tinha sido campeã da equipe de debates nigeriana. Por isso Theo ficou na Inglaterra, em um internato masculino de elite escolhido pela mãe.

Era um colégio muito tradicional, com direito a dormitórios gélidos e relações frias. Solitário e isolado, Theo passou a frequentar os estábulos, onde encontrou um punhado de meninos de cabelos claros com calças polo brancas, sobrenomes dinásticos e casas que já eram antiquíssimas antes mesmo da Batalha de Azincourt. Era só quando estava em cima de uma sela que Theo não se sentia deslocado. O estilo de cavalgada que aprendera em um padoque australiano, com galopes e esbarros ligeiros, era perfeito para o esporte, e ele era bom demais para ficar de fora do time de polo, do qual logo se tornou capitão.

Como um astro de polo de um colégio de elite, era comum que frequentasse mansões e solares repletos de pinturas equestres. Mesmo naquela época, antes de saber que um dia seria arrebatado pelo estudo da arte, Theo escapulia de qualquer evento para o qual o time fosse convidado depois das partidas e ia admirar os quadros. No início, contemplar aquelas obras lhe dava algo com que se ocupar quando era excluído das conversas. Mas também serviu para desenvolver sua visão artística. Quando retornava ao colégio, ele se debruçava sobre os livros de arte da biblioteca para contextualizar as pinturas que tinha visto.

Não fazia ideia de quem poderiam ser os equivalentes norte-americanos de Stubbs e Landseer, mas tinha certeza de que existiam. Cavalos eram um tema universal: tinham sido retratados pelos seres humanos em suas primeiras manifestações artísticas. Seria interessante descobrir a que momento da história aquela pintura negligenciada pertencia. Theo guardou o embrulho no alforje da bicicleta e o deixou ao lado da porta.

Na manhã seguinte, uma sexta-feira, já estava no meio do caminho quando se deu conta de que tinha esquecido o alforje em casa. No fim das contas, porém, nem precisou sugerir um tema para o próximo artigo. Seu editor, Lior, já tinha outro trabalho em mente: um perfil do pintor californiano Mark Bradford. A ideia agradou a Theo, pois Bradford era um de seus artistas contemporâneos preferidos.

Naquele fim de semana, decidiu que estava na hora de fazer uma boa faxina em seu apartamento. Guardou o alforje em uma prateleira do armário para poder passar pano no chão. No domingo, já não restava quase nada da pilha de pertences do vizinho. Bem cedinho na segunda-feira, os garis recolheram o que ainda jazia no meio-fio, incluindo a placa com os dizeres PEGUE O QUE QUISER.

Sem aquele lembrete, Theo acabou se esquecendo do quadro, e o cavalo ficou no armário, embrulhado e negligenciado.

THOMAS J. SCOTT

The Meadows, Lexington, Kentucky
1850

Não me lembro da última vez que fiquei tão feliz por deixar uma cidade para trás. Foi um alívio imenso abandonar o fedor e o burburinho de Cincinnati. Rios de lama e sangue, um coro de gritos. Carcaças de porcos por todos os lados. Matadouros não são nenhuma novidade para mim. Meus estudos de anatomia equina me levavam a frequentar esse tipo de lugar. Animais mortos em escala industrial, contudo, é algo completamente diferente. Nosso cocheiro, que tem a infelicidade de morar naquela pocilga, apelidou a cidade de "Porcópolis". Que alívio atravessar o rio Ohio e dar de cara com as margens esverdeadas do rio Kentucky.

Em todo o país, parece-me quase impossível existir um passeio de coche mais agradável do que este. Que coisa encantadora se deparar com uma estrada calcetada com macadame, de modo que não se é chacoalhado feito um saco de batatas pelo pavimento. E já que o clima estava fresco, pedi ao cocheiro para me sentar com ele na boleia. Assim, poderia dar uma olhada neste novo lugar, onde espero encontrar trabalho suficiente para me estabelecer.

A profusão de suínos sendo conduzidos a seu destino nos impediu de avançar muito depressa, o que poderia ser considerado uma bênção, já que me permitiu contemplar o imenso parque natural que se estendia logo adiante: plantações de milho dispostas em terrenos planos e exuberantes, polvilhadas com a vegetação verdejante da primavera, e os pequenos pomares adornados com flores róseas. Entre as plantações, belos espécimes de carvalhos e faias tinham sobrevivido ao gume do machado, revestidos com uma folhagem nova em matizes de verde e ouro. As casas e os celeiros pelos quais passávamos não acrescentavam muita coisa à paisagem: meros abrigos construídos com desmazelo, evidenciando a pobreza e a escassez do local. Eram o lar da primeira ou segunda geração de pioneiros que ainda não tinham prosperado em sua aventura para o oeste. Um ou dois me pareceram mucambos de escravos, ainda mais tristes e desmazelados. As belezas naturais da região ainda não foram realçadas pelo homem, mas as colinas ondulantes, muitas ainda não submetidas ao arado, conferem certo dramatismo bem-vindo à paisagem.

Quando um vilarejo simples e bastante insípido despontou no horizonte, o cocheiro tocou a corneta para avisar o estalajadeiro de que deveria selar os cavalos descansados. Eu e meus companheiros de viagem apeamos para comer alguma coisa em uma pousadinha com poucos atrativos, mas desisti assim que vi o cardápio do dia: um pão de milho gorduroso e uma carne cozida até ficar cinza, acompanhados de um café com cor de água suja para ajudar a comida a descer. Nem precisei pensar muito para recusar a oferta e agucei meu apetite à espera da comida mais saborosa que esperava encontrar na mesa de meus anfitriões. Ainda bem que tomei essa decisão, pois meus companheiros de viagem mal tinham levado o garfo à boca quando veio o grito "Hora de partir!", e todos tiveram que abandonar a refeição quase intocada.

O sol afundou no horizonte no fim da segunda etapa da viagem, e as colinas e pequenas propriedades deram lugar a pastagens onduladas, tingidas de azul pela luz oblíqua. Conforme o dia desvanecia, meu coração alçava voo. Era evidente que tínhamos chegado ao ponto próspero da região, onde o acúmulo de riquezas parecia se manifestar de modo mais palpável. Não havia mais fazendinhas desmazeladas no horizonte, apenas propriedades senhoriais caríssimas e de grande requinte empoleiradas no topo das colinas e, até que enfim! — meu objetivo, meu objeto de inspiração —, os elegantes cavalos puros-sangues deambulando pelas pastagens verdejantes.

Já percebi há muito tempo que o turfe e seus interesses são tratados com um estímulo mais gentil e generoso nos estados centrais e no Sul, ao contrário do Norte, onde um pavor mórbido de prejuízos catastróficos tende a ser associado muito prontamente a qualquer menção a corridas de cavalos. E por isso deixei minha casa para trás, movido pela esperança de encontrar um emprego mais estável entre tais cavalheiros e seus cavalos esplêndidos.

O pôr do sol trouxe consigo uma queda na temperatura, e uma brisa fria começou a soprar. Por isso, quando mais uma procissão de porcos nos obrigou a estancar na estrada, aproveitei a oportunidade para retomar meu assento no interior do coche. Os três homens lá dentro abriram espaço para mim com demasiada presteza. Um deles me cumprimentou com um aceno do chapéu de couro e disse que reconhecia a marca gravada nos porcos.

— São os animais de Cash Clay — observou. O comentário despertou meu interesse, já que a esposa de Clay era filha do homem que me hospedaria na noite seguinte. — O motorista deve ser um dos tais escravos que ele libertou.

— É, deve ser — concordou seu companheiro. — Ouvi dizer que ele paga salário para todos eles e permite que deixem seu serviço, se assim desejarem. Ora, pelo menos ele libertou os dele antes de sair por aí pregando que todo mundo deve fazer o mesmo. O homem herdou um bocado de escravos, pelo que sei.

— Bem, faz sentido, já que o pai dele tem mais escravos do que qualquer outro homem no estado. Eu não gosto desses abolicionistas, mas devo dizer que admiro um homem que não tem medo de dizer o que pensa e que luta por si mesmo quando é necessário.

— O sujeito leva jeito com a faca — comentou o homem que havia reconhecido a marcação de Clay nos porcos. — Eu estava naquele discurso que ele fez, quando um rapaz se levantou e acertou um tiro bem no peitoral de Clay. Qualquer outro homem teria caído aos prantos, mas Clay partiu direto para cima do atirador, desembainhou a faca e quase retalhou o homem até a morte. Deu-lhe um golpe tão poderoso na barriga que as tripas saltaram para fora. Foi uma coisa impressionante de se ver. Jamais vou me esquecer da cena.

O homem tirou um lenço do bolso e enxugou a testa.

— Eu tenho vinte escravos — continuou — e fui lá no discurso para defender meus direitos, mas tenho que admitir que fiquei impressionado com a coragem do sujeito. Mesmo que seja um inimigo...

O homem se calou de súbito, parecendo refletir sobre como era paradoxal admirar uma pessoa cujos ideais diferiam tanto dos seus. Achei que poderia arriscar uma pergunta a essa altura, já pondo as barbas de molho. Perguntei se a família da esposa de Clay, os Warfield, compartilhavam as opiniões radicais do homem.

A resposta veio em um coro de negativas. O dr. Warfield, segundo me garantiram, era um senhor de escravos, assim como eles.

— De vez em quando, devem acontecer algumas discussões bem acaloradas na mesa de jantar.

Os homens riram e eu me juntei a eles. Fiquei me perguntando se deveria mesmo me envolver nisso. Sou um trabalhador livre, mas sabia que, ao vir para o Sul, teria que ficar de bico calado em relação a esse assunto. Pois o trabalho, se é que arranjaria algum, viria da classe escravocrata, como a desse médico que havia me atraído com a possibilidade de uma encomenda artística. Achei que era melhor aproveitar a deixa para tirar daqueles sujeitos o máximo de informações que pudesse.

Perguntei se os cavalos eram a principal fonte da fortuna do dr. Warfield.

Os cavalos eram a alegria do homem, me responderam, mas a renda vinha de diversas fontes. Por mais que tivesse se aposentado da prática da medicina, ainda era dono de uma loja de aviamentos na cidade e de uma plantação de cânhamo, além da renda vinda de investimentos bancários e de algumas especulações fundiárias.

Foi uma notícia mais do que bem-vinda. Tive que me conter para não pedir mais informações, pois temia que meu interesse fosse recebido com desconfiança por aqueles homens. De todo modo, as pastagens silvestres estavam começando a dar lugar a um povoado cada vez mais denso, e não demorou para que passássemos pela cidade de Lexington, com suas casas de tijolinhos, ruas arborizadas, universidade imponente e lojas bem abastecidas. Recolhi minha bagagem e desci diante da loja de Warfield. Lá, fui recebido pelo cocheiro encarregado de me conduzir pela estrada Winchester Pike por pouco mais de um quilômetro até chegar a Meadows, onde jaziam minhas esperanças de um futuro emprego, e onde eu desejava causar uma boa impressão.

Eu já tinha visto casas requintadas antes — muitas delas mais grandiosas e certamente de linhagem mais impressionante do que Meadows —, mas poucas pareciam mais felizes e mais naturais em seu terreno, dispostas de modo a desfrutar da vista dos campos e jardins que as circundavam. A carruagem passou por lindos pilares de pedra e subiu um caminho largo de brita ladeado por magnólias ainda jovens, mas já graciosas, que seriam um espetáculo dali a uma geração.

Alertados pelo ruído das rodas da carruagem, dois garotos de libré brotaram da casa para carregar meus rolos de linho, meu cavalete e meu baú pela curva rasa dos degraus de pedra que conduziam até a porta, passando por um par de colunas achatadas.

Eu não sabia se deveria me considerar um hóspede ou uma espécie de empregado de alto escalão, por isso fiquei radiante quando o médico e a esposa apareceram para me receber. A sra. Warfield tomou a dianteira e me cumprimentou com uma saudação respeitosa. O marido, um sujeito pequeno e reservado, parecia satisfeito em deixá-la bancar a anfitriã, mostrando-me o panorama geral da casa e dando instruções a mais um rapaz bem-vestido de pele escura a levar minhas coisas para "o quarto de hóspedes azul".

— Não teremos companhia para o jantar esta noite, mas espero que você não fique muito entediado — anunciou a sra. Warfield, à guisa de desculpas. — Eu tinha pensado em convidar algumas pessoas, mas meu marido achou melhor poupá-lo de muita interação depois da viagem. Ou pelo menos foi isso que ele alegou. — A mulher lançou um olhar de soslaio para o médico e abriu um sorriso digno de uma jovem coquete. — Mas imagino que na verdade ele queira lhe pedir informações sobre as perspectivas das corridas lá no Norte, e isso não é algo que gostaria de compartilhar com seu amplo círculo social.

O médico riu do comentário, então me juntei a ele.

— Ela consegue me ler direitinho, como se eu fosse um livro — declarou ele. — É isso o que acontece quando se está casado com alguém há tanto tempo... Mas você, que ainda é solteiro, não deve estar familiarizado com esse tipo de coisa.

— Mas talvez possamos mudar isso durante sua estada conosco — sugeriu a sra. Warfield. — Eu adoraria apresentar-lhe algumas moças...

Ergui a mão para recusar tal sugestão.

— É muita gentileza sua, mas ainda não estou tão bem estabelecido na minha profissão a ponto de me permitir pensar em casamento. A senhora não faria nenhum favor a suas adoráveis amigas se incentivasse um enlace com um pintor e escritor itinerante como eu, que vive de quadro em quadro e dos troquinhos que recebe ao reportar corridas. Então, não me tente, eu lhe imploro!

Descobri que é mais fácil alegar pobreza do que dizer a verdade nua e crua: que o matrimônio, com seus grilhões atados a um lar e às inanidades cotidianas da conversa feminina, não desperta o menor interesse em mim.

— Pois bem, sr. Scott — respondeu a sra. Warfield. — Sendo assim, devo rever meus objetivos com essa empreitada. Vou apresentá-lo apenas para aquelas que podem lhe pedir encomendas artísticas, não encontros românticos.

Esse plano muito me convinha, então estava bem-humorado quando subi ao meu belo quarto para escrever este relato, que narra o que aconteceu na minha viagem até então. Estou decidido a fazer deste diário um hábito e praticá-lo todos os dias.

JARRET, PROPRIEDADE DE WARFIELD

The Meadows, Lexington, Kentucky
1850

JARRET ESFREGOU o pungente óleo de mocotó no loro do estribo. Passou a tira pelo polegar e o indicador bem devagar, permitindo que o líquido viscoso penetrasse nas reentrâncias do couro cru. Orgulhava-se até mesmo das tarefas mais simples do estábulo e ficava irritado quando os outros não as faziam com o mesmo cuidado. Um loro quebradiço poderia custar a vida de um homem, se arrebentasse durante o galope. Ergueu o olhar quando ouviu um batucar característico. Era a ponteira de prata da bengala do médico batendo nas pedras que revestiam o chão. O doutor estava acompanhado de um homem jovem. Não era um comprador — as botas gastas e as mangas puídas do paletó deixavam isso bem claro. Ainda assim, era um sujeito bonito, com cabelos louros aparados e um lenço amarrado no pescoço.

Ainda espalhando o óleo no couro — Harry não gostava que fizessem corpo mole —, Jarret se aproximou do pai, que estava à espera do dr. Warfield na porta do estábulo, com o chapéu já na mão.

— Você sabe quem é aquele sujeito?

— Ainda não o conheço, mas sei quem é. O dr. Warfield disse que traria um pintor de animais para cá. Está querendo encomendar um retrato de um dos cavalos.

Jarret já tinha visto a garota Clay pintando em meio às flores do jardim, e, por mais que ela fizesse um belo trabalho, ele não conseguiu deixar de pensar que aquilo era apenas um passatempo comum para moças refinadas. Também tinha visto os quadros nas paredes do casarão de Warfield, mas, de certo modo, nunca tinha associado a pintura a algo que um homem pudesse ser contratado para fazer.

— É uma profissão esquisita para um homem feito desse — comentou. — E, pelo jeito, não paga muito bem.

— Ora, não tenho certeza quanto a isso. Um cavalheiro suíço pintou um retrato meu quando Willa Viley era meu patrão. Na época, eu estava treinando Richard Singleton, aquele cavalo lindo dele. O patrão estava querendo encomendar um retrato do cavalo, então contratou o suíço, o nome dele era Troye, se bem me lembro, e quando o sujeito chegou, disse: "Capitão Viley, você tem esse cavalo lindo, e também tem esse jovem jóquei e esse treinador aqui, que é bem apresentável..." Eu era um rapaz jovem na época, é claro. E aí o sujeito nos botou de pé, e essas baboseiras todas, vestidos com nossas melhores roupas, e fez o retrato do cavalo. Eu apareci na pintura, todo pomposo de cartola e sobrecasaca, e o jóquei e o cavalariço também, com um montão de árvores ao fundo. Acho que o camarada estava cansado de pintar só cavalos, e queria se dedicar a um trabalho diferente. Bem, no fim das contas, era um retrato dos bons, embora tenha sido maçante posar para o sujeito enquanto ele tentava nos focalizar assim e assado, do jeitinho que queria. O patrão colocou o quadro no salão principal, bem à vista de qualquer visitante. Até onde sei, continua lá.

Com um gesto de cabeça, Harry apontou os dois homens que se aproximavam.

— Esse rapaz que está com o dr. Warfield aprendeu o ofício com aquele mesmo pintor, foi o doutor que disse. Disse também que o sujeito escreve reportagens de corridas lá no Norte. — Olhou para o filho e abriu um sorrisinho. — Talvez ele coloque o nome do doutor nos jornais.

O médico desejou um bom-dia a Harry antes de acrescentar:

— Sr. Thomas Scott, este é meu treinador, Harry Lewis.

Quase todos da família Warfield se referiam ao pai de Jarret como Velho Harry, mesmo diante dele. O garoto não gostava nada disso, então ficou feliz quando o dr. Warfield chamou Harry pelo nome.

— Que tal darmos uma olhada no nosso novo potrinho, hein? A ideia lhe agrada, sr. Scott?

— E como. Nada como um filhote de cavalo para alegrar o dia.

Harry fez sinal para Jarret, que se adiantou para abrir a porta do estábulo. O potro e a égua ergueram o olhar ao mesmo tempo. As orelhas de Alice estavam voltadas para trás, um indício de que seu bom humor em relação aos humanos tinha sido varrido junto com a sujeira pela manhã.

O dr. Warfield fez uma careta.

— Quatro patas brancas e um focinho branco... pode jogá-lo aos lobos. — Em seguida, o médico desatou a rir. — Esse negócio de julgar um cavalo pela cor das patas não passa de crendice.

Scott permaneceu em silêncio, examinando o potro. O dr. Warfield batucou nas tábuas do celeiro com a ponteira da bengala, impaciente para ouvir a opinião do sujeito.

— Você se importaria se eu entrasse na baia deles? — perguntou Scott. — Quero dar uma olhada nas patas do potro.

Harry pareceu contrariado, mas Warfield assentiu.

— Pode ir. — O médico se virou para Harry. — O sr. Scott aqui estava estudando para ser médico antes de ouvir o chamado do pincel.

Scott riu.

— Não era bem o chamado do pincel, e sim o dos credores — explicou. — A verdade é que eu não tinha condições de arcar com os custos da faculdade de medicina. Mas estudei um pouco de anatomia equina, e adoraria dar uma olhada neste potro aqui.

Harry respondeu com um aceno breve — não lhe restava muita alternativa —, mas os lábios crispados mostravam a Jarret o desagrado do pai. Ainda assim, Scott parecia saber o que estava fazendo, pois permaneceu imóvel enquanto Alice serpenteava a cabeça na direção dele, e esperou até que as orelhas da égua relaxassem e virassem para a frente. O pintor deixou que o animal o cheirasse de cima a baixo, e foi só quando Alice flexionou a nuca que ele se aproximou do potro bem devagar, pondo-se de cócoras. Em seguida, passou as mãos pelas perninhas finas, sentindo a ligação entre ossos e tendões, assim como Harry tinha feito mais cedo. Depois, apoiou cada um dos cascos pequeninos na palma da mão, conferindo a temperatura. Ao olhar para o pai, Jarret notou que sua carranca tinha se suavizado. Scott ergueu o olhar, sorridente.

— Forte e saudável, ao que parece — declarou.

Em seguida, levantou-se e saiu da baia em silêncio.

— É um animal pequeno, e logo de cara não dá para ver muita semelhança com Boston. Mas aí você percebe a inclinação dos ossos pélvicos, igual à que Boston tinha, e a matriz também tem algo parecido. Metacarpos compridos, joelhos proeminentes. O aprumo curvado típico da família Boston, o melhor do mundo para garantir potência. O pai e a mãe têm uma anatomia muito parecida. Foi inteligente da sua parte — comentou ele, virando-se para Warfield — cruzar dois animais de aspecto tão semelhante.

— Foi ideia de Harry — explicou o médico. Jarret viu o pai assentir, satisfeito com o reconhecimento. — Ele cismou com isso e continuou insistindo até que finalmente concordei. E foi bem a tempo.

— É verdade — concordou Scott. — Não haverá muitos dos preciosos potros de Boston. — O homem inclinou a cabeça e estreitou os olhos conforme fitava o potro. — Você conhece o quadro que John Sartorius fez do puro-sangue árabe de Edward Darley? Aquele garanhão tinha patas brancas. Este potro aqui me faz lembrar daquela pintura.

— Você acha? — questionou Warfield. — Mas o potro não descende dele. A linhagem paterna remonta ao Byerley Turk, e a materna, ao Cullen Arabian. De todo modo, é uma ótima relação, e um nome bom o bastante. Vamos chamá-lo assim: Darley.

Warfield tornou a bater a bengala no chão para dar o assunto como encerrado e virou-se para encarar o treinador.

— Agora, Harry, vamos levar o sr. Scott para dar uma olhada no Glacier. Estou querendo encomendar um retrato, pois ontem à noite, durante o jantar, o sr. Scott comentou que pintar um cavalo branco é um desafio e tanto.

Mais tarde naquele dia, enquanto se encarregava da limpeza do piquete, Jarret avistou Scott, o corpo esguio dependurado sobre a cerca de pedra, observando Glacier. O cavalo, que já estava com quatro anos de idade, pastava na parte mais ampla do campo, que começava no pasto e se estendia até a beira do riacho, através de bosques de carvalho-branco. Jarret levava um bom tempo para limpar aquela área, pois era meticuloso e tratava de remover qualquer vestígio de estrume. Nem mesmo essa tarefa modesta lhe causava incômodo. Era uma forma de ficar a par do estado de saúde dos cavalos. Certa vez, tinha salvado um dos animais de uma crise de cólica só de observar o estado de seus excrementos.

Jarret já estava empenhado na tarefa havia quase meia hora quando Scott finalmente tirou o bloco de desenho do bolso. O garoto estava morto de curiosidade para dar uma olhadinha, então se pôs a caminhar naquela direção. Quando Scott parou para se empertigar e alongar os braços, avistou Jarret e o chamou com um aceno. O garoto se aproximou, empurrando a carriola.

— Como ele é? — quis saber Scott, apontando o cavalo com um aceno de cabeça.

Jarret desviou o olhar e alisou a grama com a ponta da bota. Não era uma boa ideia abrir a boca sem antes pensar no que dizer. As palavras podiam ser traiçoeiras. Quanto menos falasse, menores seriam as chances de cair em uma armadilha.

— Bem tranquilo antes da corrida. Tem um arranque bem rápido.

— Não — respondeu Scott, e Jarret estremeceu. Lá estava. Menos de uma dúzia de palavras e, pelo jeito, tinha metido os pés pelas mãos. Em seguida, Scott tornou a falar, dessa vez de forma menos brusca: — O que eu quis dizer é: como ele *é*? Sonhador ou pé no chão? Mandão ou dócil? Eu quero saber como ele se sente em relação ao mundo... quero saber como é a alma dele.

Jarret nunca tinha escutado alguém se referir aos cavalos daquele jeito, embora ele mesmo os visse dessa forma. O pai era especialista em fazer um cavalo dar o melhor de si, o que demandava um grande conhecimento sobre o assunto. O dr. Warfield tinha a perspicácia necessária para avaliar o melhor momento para comprar e vender um animal. Mas Jarret achava que tanto o pai quanto o médico tratavam os cavalos como engenhocas mecânicas: faça algo assim, receba o resultado tal. O garoto não concordava com essa postura, mas nunca tinha se pronunciado. Tratar cavalos como criaturas com sentimentos, até com alma, podia parecer algo tolo ou até pecaminoso aos olhos do Deus zangado da igreja frequentada por brancos como o dr. Warfield. Mas lá estava aquele sujeito, falando sobre tais coisas com a maior naturalidade.

Pela primeira vez, Jarret tentou exprimir seus pensamentos em palavras.

— O Glacier.... Bem, eu diria que ele é atinado — declarou o garoto com timidez.

— Atinado? O que isso significa? — perguntou Scott. — Não dizemos isso lá no Leste, de onde venho.

Jarret pensou na melhor forma de explicar.

— Atinado significa... ser esperto, mas sem fazer alarde. Não é um sabichão. Também não tem a ver com astúcia, porque isso envolve desonestidade, e Glacier não é assim. Ele é um pensador, o que é bom, porque significa que não vai cometer uma estupidez como ficar com o casco preso em um buraco ou se assustar se um pássaro sair voando de um arbusto. Mas também é ruim, porque significa que não vai seguir comandos sem mais nem menos. Precisa de um tempo para pensar por si mesmo. Nem todo jóquei percebe que um cavalo pode se comportar desse jeito, então acho que a performance dele na pista sempre depende de quem dá os comandos. Está vendo aquilo ali? Percebe como o rabo dele balança de um lado para o outro? Ele sabe como usar, mas nem sempre aproveita a força do lombo durante a corrida. É preciso dar o comando do jeito certo. E então, quando volta para casa, não tenta bancar o mandachuva no piquete. Não se lança atrás da comida porque não quer irritar os outros cavalos, mas também não passa fome. Ele observa, pensa, e quando os outros começam a se alvoroçar por um fardo de feno qualquer, ele se afasta e vai atrás de outro, e assim pode comer em paz. Isso é ser atinado.

Ele respirou fundo. Não sabia se já tinha falado tantas palavras de uma vez antes. Mas a verdade era que nunca houvera alguém tão disposto a ouvir o que ele tinha a dizer.

Scott abriu um sorriso.

— Obrigado, isso vai me ajudar a encontrar a melhor forma de pintá-lo.

Jarret não tinha o hábito de questionar seus superiores, especialmente se fossem brancos, pois eles costumavam não gostar desse tipo de comportamento. Mas o garoto era curioso além da conta.

— Como faz isso?

Scott sorriu.

— Por que você acha que os homens gostam tanto desses cavalos puros-sangues?

— Acho que por causa do dinheiro — respondeu Jarret.

— Bem, às vezes é possível ganhar dinheiro com esses animais, mas quase nunca é o suficiente para cobrir os gastos. Então, tem que haver mais alguma coisa.

— Eles são belos.

— São mesmo, e homens endinheirados gostam de ter coisas belas. Belas propriedades, belas esposas. — O pintor abriu um sorriso. — Mas vou lhe dizer uma coisa, e é a mais pura verdade: muitos cavalheiros estão dispostos a me pagar cinquenta ou sessenta pratas por um retrato de seus cavalos, mas não gastariam nem metade disso em uma pintura da esposa, por mais bela que seja.

Jarret chutou a terra.

— Então talvez tenha a ver com as corridas. As pessoas ficam empolgadas com o evento. Aparece todo tipo de gente, de todas as classes.

Scott assentiu.

— Bem, é o que dizem: todos os homens são iguais ao bater as rédeas... ou as botas. Para os donos dos cavalos, porém, o turfe é mais do que um mero dia cheio de emoções. E eis a explicação, a meu ver: um cavalo de corrida é um espelho, e um homem enxerga o próprio reflexo ali. Quer sentir que é da mais alta estirpe. Quer se ver como alguém corajoso. Será que consegue derrotar todos os outros? Em caso negativo, será que tem o domínio necessário para aceitar a derrota, manter a compostura e ser destemido o bastante para tentar outra vez? Essas são as qualidades de um grande cavalo de corrida e de um grande cavalheiro. E os cavalheiros gostam de ter um cavalo que dará as respostas certas a essas perguntas, pois assim podem acreditar que o mesmo vale para eles. Para fazer minha parte, preciso produzir um retrato que não mostre apenas a beleza do cavalo, e sim como o homem enxerga aquela beleza.

As palavras de Scott reverberaram em Jarret como as badaladas de um sino, e a verdade incutida nelas ressoou por todo o corpo do menino.

— Talvez você nem precise ser um cavalheiro para se sentir assim — declarou ele. — Aquele potro, Darley. Ele me enche de... esperança. Como se, depois de sua chegada, o futuro tivesse mais importância.

Scott concordou com a cabeça.

— Parece plausível. Um cavalo novo é cheio de promessas.

Os dois mergulharam em um silêncio confortável e se puseram a observar Glacier, que pastava em meio à grama exuberante da primavera. Jarret não estava acostumado a se sentir tão à vontade na presença de um branco que ele não conhecia.

— Você deve gostar muito de trabalhar aqui. Caso contrário, você e seu pai poderiam simplesmente montar em um desses cavalos velozes e sair em disparada. O rio não fica tão longe daqui, afinal de contas.

Jarret sentiu o sangue subir ao rosto e um gosto de fel se instalou bem no fundo de sua garganta. Não gostava nem um pouco do rumo que a conversa estava tomando. Mesmo em Meadows, sob o comando da família Warfield — que, afinal, tolerava um notório emancipacionista como genro —, Jarret sabia que não deveria se envolver em nenhuma conversa sobre fuga. Ainda assim, não poderia ficar de braços cruzados diante do equívoco de Scott. Pela primeira vez, sustentou o olhar do pintor.

— Meu pai é um homem livre. Ele pode ir e vir quando quiser, a cavalo ou a pé.

Scott conteve uma risada e deu um tapinha nas costas de Jarret.

— É verdade, garoto. Eu tinha esquecido. Não quis ofender. Mas isso me deixa encafifado. Conheço um montão de treinadores de cavalos, não homens livres como seu pai e, sim, Charles, propriedade do coronel Johnson, ou Hark, propriedade do sr. Wells. Ora, Charles leva os melhores cavalos do coronel para todos os cantos do país, atravessa as fronteiras dos estados, e ninguém dá a mínima. Nunca se sabe onde ele vai estar em seguida: Virgínia, Kentucky, Louisiana, até mesmo Nova York. Ele poderia muito bem ter montado em qualquer um daqueles puros-sangues e partido para bem longe mais rápido que um coice de mula.

Jarret pegou os braços da carriola e deu as costas. Ao que parecia, esse tal de Scott era um doido varrido, falando desses assuntos tão abertamente mesmo sabendo que qualquer pessoa poderia passar por ali.

— Eu tenho trabalho a fazer — murmurou o garoto.

Em seguida, começou a empurrar a carriola. Por mais que o pintor fosse do Norte do país, como poderia não estar ciente dos sofrimentos que homens como Hark ou Charles haviam enfrentado para conquistar o cargo que tinham, nem saber que colocariam tudo a perder caso fugissem? Como arranjariam trabalho, já que os homens ligados ao turfe no Norte e no Sul eram tão próximos quanto unha e carne? E como poderiam deixar a família para trás? O sujeito podia até entender de cavalos, mas definitivamente não sabia nada sobre os homens que os treinavam.

Para a irritação de Jarret, Scott o seguiu, e se pôs a escalar as muretas de pedra e a abrir caminho pela relva sinuosa do piquete.

— Não me leve a sério, garoto. Só estou falando da boca para fora. Não estou tentando insinuar nada. Seu pai é um dos melhores. Sei que o dr. Warfield o tem em alta estima. Cá entre nós, ele me disse até que está pensando em oferecer o potro Darley como pagamento ao seu pai no próximo ano. É uma oferta e tanto, um potro com aquela linhagem... O dr. Warfield me contou que seu pai insistiu muito para fazerem esse cruzamento, e logo depois Boston partiu dessa para a melhor. Ele disse que seu pai merece o crédito e o lucro, se houver algum. Vai ser interessante acompanhar o futuro do potro. Desejo boa sorte a ele, e a você também.

O pai com um cavalo de corrida. Que maravilha seria. Mas Scott devia estar equivocado. Não permitiriam que um homem negro tivesse um cavalo de corrida. Era tolice, assim como aquela conversa fiada sobre fugitivos. Discorrer sobre esses assuntos poderia ser normal no Norte, mas as coisas eram diferentes em Kentucky, onde o poder dos escravagistas ganhava cada vez mais força. Ainda assim, Jarret conseguia entender como um sujeito como Scott poderia ficar confuso em um lugar como Meadows. A vida parecia boa o bastante por aquelas bandas. Mas era o que estava longe dos olhos que deixava a alma em carne viva.

— Vou lhe dizer uma coisa — começou Scott. — Você ajudou bastante com as coisas que disse sobre este cavalo aqui. E, quando eu estiver pronto para começar o retrato, um pouquinho mais de ajuda viria a calhar. A primeira coisa que preciso fazer é tirar as medidas do animal... Ciência em prol da arte, sabe como é. Bem, eu ficaria muito agradecido se você o segurasse enquanto passo a fita para medir. Em troca, farei uma pintura de Darley quando ele estiver um pouquinho maior, e você poderá ficar com ela.

Tudo bem, pensou Jarret. Não existia nenhuma lei que proibisse um homem negro de ter um quadro de um cavalo de corrida.

Então aquela foi a primeira vez, mas não a última, que Jarret segurou um cavalo enquanto Scott media cada osso e articulação com esmero. Em seguida, o garoto aprumou Glacier e escovou a pelagem até que ficasse tão brilhante quanto a geleira que lhe inspirara o nome. Depois, ficou parado e observou Scott abrir o rolo de linho irlandês, prendê-lo em uma moldura e apoiá-lo no cavalete. O homem se ajoelhou para fazer o esboço.

— O cavalo fica mais vistoso de um ângulo mais baixo — explicou. — É melhor que eles fiquem um pouquinho acima da sua linha de visão, não no mesmo nível.

Jarret ficou maravilhado ao ver a leveza com que a mão de Scott se movia, preenchendo a tela branca com traços firmes. O homem desenhou o cavalo como se conseguisse enxergar os ossos e os músculos por baixo da pele.

Quando Scott ficou de pé para alongar os braços e avaliar as linhas que havia traçado com carvão, Jarret arriscou uma pergunta.

— Você aprendeu isso aí, os músculos e todo o resto, na época que trabalhava com medicina?

— Aprendi na época que trabalhava com abate. Passei seis meses em um abatedouro na Filadélfia, talhando carcaças de cavalo até não ter mais forças nem para levantar um pincel. Mas, quando saí de lá, eu sabia diferenciar cada osso e cada tendão de um cavalo.

Scott espremeu uma dúzia de tintas diferentes sobre a paleta, formando montinhos coloridos. Jarret admirou o espectro brilhante na superfície daquele pedaço de madeira, dos tons quentes aos mais frios. O pintor nomeou cada pigmento enquanto espremia os filetes vermiculares de tinta brilhante para fora dos tubos, e Jarret assimilou os nomes desconhecidos: o siena queimado que ele julgava ser um mero marrom, o ultramarino francês que ele conhecia simplesmente como azul. Para Scott, porém, o azul não era algo tão trivial. Ele tinha azul-prussiano, cerúleo, cobalto, azul-esverdeado, azul-marinho. Tantas palavras complicadas para uma coisa tão simples. Jarret conhecia o nome das cores dos cavalos — baio, alazão, lobuno, tordilho, ruão —, mas de repente lhe parecia que, se analisadas de perto, todas as outras coisas seriam igualmente variadas.

O garoto estava encarregado de atrair a atenção do cavalo, fosse assobiando ou remexendo em um balde cheio de feno.

— O intuito é captar a tensão — explicou Scott. — O cavalo fica mais vistoso quando o pescoço está curvado. Ele parece mais ágil, mais elegante.

Jarret descobriu que quando Scott estreitava os olhos, não significava que estava com a vista cansada, e sim que precisava se livrar de alguns detalhes para encontrar áreas mais amplas de luz e sombra. O garoto viu Scott encher a mão esquerda com seis ou oito pincéis de formatos diferentes e se perguntou por que precisava de tantos, mas logo se deu conta: um pincel para cada montinho de tinta, assim cada cor conservava a pureza, sem se misturar com as outras. Ele viu como Scott trabalhava na pintura inteira, não apenas em um cantinho, dando pinceladas aqui, ali e acolá. Focinho, costas, rabo. Outro pincel, outra cor. Curvilhões, crina, ancas. Outro pincel, outra cor. Casco, nuca, cernelha. Outro pincel, outra cor.

Jarret costumava achar que os quadros pendurados no casarão dos Warfield eram algo plano. Naquele momento, porém, ele entendeu que não eram planos, e sim construídos em muitas camadas, como um muro de pedra. Descobriu que as sombras não eram pretas ou marrons, mas ricamente coloridas pela luz arroxeada ou pelos verdes refletidos na grama. Viu que Scott quase não usou tinta branca para pintar a pelagem alva de Glacier, e sim tons vivos e diluídos de rosa, malva e cinza, uma camada sobre a outra.

E ainda assim, uma vez terminada, a pintura retratava um cavalo branco: Glacier, todo atinado.

JESS

Woods Hole, Massachusetts
2019

JESS CRUZOU A Bourne Bridge bem no instante em que o céu ganhava vida ao leste. Alguns quilômetros depois, ela pegou uma saída à direita e seguiu por uma estradinha lateral que desembocava no mar, parando no acostamento para assistir ao nascer do sol.

Quando saiu da caminhonete, uma brisa fria atravessou o tecido fino de seu cardigã. Ali, a primavera ainda não passava de um rumor. Jess se apoiou no capô da picape, grata pelo calor que o motor irradiava, e inclinou o rosto para sentir a maresia. Sentia saudade disso, talvez mais do que de qualquer outra coisa relacionada a sua casa em Sydney. A sensação de estar perto da água, de virar uma esquina e dar de cara com o sol refletindo nas ondas, de ver uma faixa sinuosa de areia sob um promontório rochoso. A praia adiante era muito diferente; ondulante, impassível, suavizada por dunas baixas. Observou o talho que o nascer do sol carmesim deixava nas nuvens arroxeadas, como fendas em uma manga elisabetana. O focinho canino de uma foca despontou para fora da água, e as duas se encararam enquanto o sol lançava um raio oblíquo para pratear a relva da praia.

— Em que você está pensando, hein? — perguntou Jess à foca, que parecia contente em olhar para ela, sem demonstrar a menor pressa em nadar para longe. — Não está na hora de começar o dia? Não tem lugares para visitar, peixes para pescar? Eu, por exemplo, tenho um compromisso com uma baleia. O que acha disso?

Quando a foca, enfim, desapareceu na crista cintilante de uma onda, Jess conferiu o relógio. Já passava um pouco das sete. A viagem tinha sido mais rápida do que o esperado, e a reunião só começaria às nove. Avaliou suas opções: tirar um cochilo ou sair em busca de café. Voltou para a caminhonete e puxou a alavanca para deitar o banco, mas não adiantou muita coisa. Ela se contorceu, sem conseguir encontrar uma posição confortável. Era melhor resistir ao sono, coletar o crânio e acomodá-lo na carroceria, e só depois encontrar um hotelzinho na beira da estrada para descansar antes da viagem de volta.

A temperatura estava cálida na cafeteria perto do terminal de balsas de Woods Hole, e o ambiente, tomado pelo aroma de grãos torrados e pão recém-saído do forno. Jess envolveu a caneca com as mãos e se acomodou em uma mesinha perto da janela. Uma das enormes balsas brancas que cruzavam as águas entre Cape Cod e Martha's Vineyard embicou no cais. Ela observou o fluxo duplo de passageiros: ilhéus desembarcando para trabalhar na área continental e funcionários subindo a prancha de embarque rumo a um dia de trabalho em Vineyard. De capuzes postos, cabeças baixas, passavam uns pelos outros em silêncio, como monges a caminho das matinas. Um pouco mais além no porto, embarcações científicas repletas de instrumentos de pesquisa assomavam sobre iates elegantes e barquinhos de pesca repletos de redes. Enquanto bebericava o café, Jess entreouvia fragmentos de conversas — uma mesa de pescadores discutia o preço do achigã enquanto dois biólogos marinhos esmiuçavam uma reportagem sobre a dinâmica sazonal dos grupos de anfípodes.

Ela gostou do lugar, da mistura de marujos e cientistas, das correntes rápidas fluindo em direção aos recortes ziguezagueantes da linha costeira, da pequena ponte levadiça subindo e descendo como algo saído de um trenzinho de brinquedo.

O Centro de Pesquisas Marinhas ficava no campus de Quissett, bem no topo da colina. Jess havia discutido a visita por e-mail com Tom Custler, o responsável pelo crânio de baleia no departamento de mamíferos marinhos, então qual não foi sua surpresa ao chegar ao escritório designado e se deparar com uma mulher alta, loura, com as sobrancelhas claras ligeiramente franzidas conforme analisava informações nas telas de computador sobre a mesa.

— Tom é apelido de Thomasina, como o gato da Disney — explicou a mulher, cumprimentando-a com um aperto de mãos firme. — É o filme preferido da minha mãe. É um nome idiota, então é claro que tive que recorrer a um apelido. A Baleia Peregrina, como passamos a chamá-la depois da datação por carbono, está lá no galpão. Imagino que você queira dar uma olhada, certo?

Enquanto as duas percorriam os corredores iluminados, Tom passou a contar sobre a descoberta do crânio.

— A erosão das dunas de Cape Cod tem acontecido bem mais rápido por conta das mudanças climáticas e das tempestades, que estão mais intensas. Alguns hóspedes de um resort à beira-mar em Brewster praticamente tropeçaram na pontinha da carcaça, logo depois de uma tempestade ter remexido a areia da praia. O gerente do resort achou que se tratava de uma pedra e enviou uma equipe para fazer a escavação. Eles nos chamaram assim que se deram conta da verdadeira natureza da coisa. A princípio, só sabíamos que devia ser anterior a 1974, que foi quando começamos a manter registros de baleias encalhadas, e não tínhamos nada sobre essa em particular. Ficamos de queixo caído quando os resultados da datação por carbono saíram... E pensar que ela passou todos esses séculos lá, coberta pelas dunas! E o resort queria usar para decorar o lobby.

Ela riu antes de continuar:

— Você deveria ter visto a cara deles quando expliquei, com toda a delicadeza, que isso seria ilegal. É difícil não dar uma cartada como se tivesse a mão vencedora em uma partida de pôquer. Mas aí, é claro, descobrimos que não era a nossa mão.

— Não era?

— Não era a mão vencedora. Vocês é que deram a cartada final.

— Ah, sim, o direito de preferência do Smithsonian.

— Bem, vocês têm os recursos necessários para extrair os dados. Alimentação, temperatura da água, salinidade...

— Como eram as coisas antes de arruinarmos os oceanos.

— Exatamente.

Um sensor de movimento acionou as luzes assim que chegaram ao galpão. Jess assobiou.

— Eu vou precisar de uma caminhonete maior.

Tom sorriu diante da referência a *Tubarão*.

— Bem, eu espero que você tenha muitas placas de espuma para facilitar o transporte. *Muitas* mesmo.

O crânio da baleia tinha um metro e oitenta de largura e pesava quase duzentos quilos. Como ainda estava na empilhadeira, Jess conseguiu içá-lo para inspecionar a parte de baixo. O osso estava erodido e muito frágil, como ela já imaginava.

Ela se virou para Tom.

— Sem dúvida um misticeto e, a julgar pela morfologia do crânio, possivelmente se trata de uma baleia-franca-do-atlântico-norte, não acha?

Tom assentiu.

— Não vemos a hora de você confirmar isso.

Jess passou a manhã envolvendo o crânio colossal com espumas de densidades variadas. Já era meio-dia quando achou que estava protegido o bastante para ser colocado na caçamba acolchoada da picape. Uma vez acomodado, ela deu várias voltas com uma rede para que o crânio ficasse protegido contra qualquer movimento.

— Parece bem confortável — comentou Tom Custler. — Aqui, deixe que eu ajudo a cobrir com a lona.

As duas trabalharam em silêncio, empenhadas em prender os fixadores de lona.

— Ninguém imaginaria que tem um crânio de baleia do século XVII na sua caçamba. Quer almoçar antes de ir embora?

Apanharam o transporte do Laboratório de Biologia Marinha e foram até a Quicks Hole Tavern, onde se acomodaram no bar e comeram tacos de peixe ao lado dos sujeitos que provavelmente os tinham pescado. Tom parecia conhecer toda a frota pesqueira e chamava todos pelo nome.

— Nós contamos com eles — declarou. — Eles conhecem a situação precária dos nossos oceanos melhor do que ninguém. Os mais velhos presenciaram tudo em primeira mão. O declínio catastrófico das populações de peixes... Isso mudou a vida dessas pessoas.

— Ganhar uns trocados ficou mais difícil?

— Se ficou mais difícil tirar o sustento? Bem mais. E eles se importam de verdade. Quando algum animal fica encalhado ou preso em uma rede, geralmente eles são os primeiros a ajudar.

Um rapaz de barba ruiva e longos cabelos louros se aproximou das duas.

— Obrigado por dar um jeito no Hank — disse. — Ele está ótimo, já voltou a andar de barco comigo e tudo.

— Hank é o cachorro dele — explicou Tom. — Foi atropelado por um carro e quebrou a pata. Eric não tinha como bancar um veterinário, então remendei o osso para ele.

— Sério?

— Bem, eu sou formada em medicina veterinária. Vim para cá para desenvolver um protocolo de sedação para ser usado em grandes cetáceos que ficam presos em redes de pesca. Aí fiquei obcecada com as baleias-francas--do-atlântico-norte. Depois que a caça foi proibida, a espécie austral se recuperou, mas a do Atlântico Norte continuou em declínio. Nós urbanizamos este oceano: colisões com embarcações, equipamentos de pesca. Tornamos as águas tão barulhentas com motores de barco, sonares da Marinha e mineração marítima que os animais não conseguem se valer da audição para se locomover. Só restam quatrocentas baleias dessa espécie, e agora estão instalando parques eólicos em alto-mar. É claro que precisamos de energia sustentável, mas cada um dos aerogeradores vai ocupar um bloco de concreto do tamanho de um quarteirão. Bem no meio da zona de migração. Não estamos deixando espaço suficiente para elas.

— Parece que não deixamos espaço suficiente para mais nada além de nós mesmos.

De repente, ouviram o rugido de uma buzina náutica.

— É a balsa de uma e quinze. Hora de voltar ao trabalho.

Elas pegaram o transporte para voltar ao campus de Quissett, e de lá Jess pegou a caminhonete e dirigiu até um hotelzinho na saída de Bourne. Uma vez lá, fechou as cortinas blecaute, jogou-se na cama ainda de roupa e mergulhou em um sono profundo. Na longa viagem de volta, continuou ouvindo o audiobook de *Moby Dick* gravado pela Plymouth University. Ficou se perguntando se a Baleia Peregrina ainda estava viva durante as caçadas de Melville. Imaginou as batidas do coração poderoso conforme a grande criatura se esquivava dos arpões. Será que era pior do que ficar presa em redes de pesca e ser condenada a uma morte lenta por inanição? Jess queria saber o que causara a morte da Baleia Peregrina, e se perguntou se o crânio poderia lhe revelar a resposta.

Quando o guarda fez sinal para que passasse pelo portão do Centro de Referência, Jess fitou o aglomerado de galpões assomando ao longe e pensou em tudo o que eles continham: os holótipos que forneciam a base para identificar uma espécie e os espécimes que representavam a mais absoluta verdade científica como registro da biodiversidade. Ficou se perguntando quantos deles já tinham sido extintos. De repente, os galpões lhe pareceram mais trágicos do que impressionantes: o armário onde eram guardadas as provas dos crimes cometidos pela humanidade.

Mas nos galpões também estavam as criações da humanidade: os melhores exemplos da maestria e da engenhosidade de nossa própria espécie. Como era possível que fôssemos tão criativos e destrutivos ao mesmo tempo? Ela sentiu a ardência cálida de lágrimas prestes a irromper e se deu conta da própria exaustão. Estava dando ré até a doca de carga e descarga, prestando atenção redobrada, quando o celular tocou.

— Alô? Aqui é Horace, da Affiliates. Eu queria saber se você teve alguma sorte com aquela questão?

Jess tentou se concentrar. Quem era Horace mesmo? Em seguida, praguejou baixinho. Tinha se esquecido completamente do assunto. O *Equus* desaparecido.

— Estou cuidando disso, Horace. Será que posso retornar a ligação mais tarde? Acabei de voltar de Woods Hole e estou totalmente acabada.

Ela ouviu a respiração abafada do outro lado da linha. Tinha que se lembrar de perder o costume australiano de usar tantas gírias e expressões casuais. Os norte-americanos não estavam acostumados com esse tipo de coisa. Não parecia muito profissional.

— Se você puder me fazer essa gentileza... Aquela pesquisadora da Inglaterra vai chegar amanhã.

— Tudo bem, Horace. Pode deixar.

Ela foi pegar um café — dose dupla — e em seguida supervisionou a equipe que descarregou o crânio e o transportou até o laboratório. Deixou Maisy encarregada de vistoriar a remoção das espumas e vasculhou a carteira em busca do cartão de embarque amassado que tinha usado para anotar os números passados por Horace. Nº de acesso 121040, nº de catálogo 16020, catalogado em 7 de novembro de 1878, e a essa altura um dos aproximadamente dez milhões de espécimes registrados na ala de mamíferos vertebrados.

Normalmente, bastava digitar o número e pressionar a tecla de busca para encontrar um determinado item. Mas nem todos os itens estavam no banco de dados, especialmente os mais antigos. Às vezes ainda era necessário folhear fichas catalogadas à mão e livros de registro, os cartões desbotados depois de anos de manuseio, a caligrafia cuidadosa dos colegas do passado. Cogitou delegar a tarefa a Maisy, para que pudesse ir logo para casa descansar. Mas Horace parecia ansioso, e Jess sabia que seria mais rápido fazer a pesquisa por conta própria. Antes de voltar para casa, daria uma passadinha no Castelo Smithsonian e resolveria o problema.

Duas horas depois, ergueu os olhos de um livro de registro amarelado, pegou o celular e ligou para Horace. Tinha rastreado a caligrafia araneiforme desde o comprovante de aquisição de 1878, passando pelas primeiras oito décadas de exibição até o item ser encaixotado e armazenado em uma reestruturação em 1956, para depois ser emprestado para uma exposição especial em 1974. Por fim, encontrou uma anotação mais recente que revelava sua localização.

— Nós não estamos com o seu *Equus* — anunciou ela.

— Quê? Quer dizer que o perdemos?

— Não, não. Quis dizer que ele não está aqui nos galpões do Centro de Referência. Bem, eu disse que mantínhamos noventa e oito por cento dos espécimes armazenados, mas seu *Equus* faz parte dos dois por cento que não estão conosco. Mas a boa notícia é que você não vai ter que trazer sua visita até Maryland amanhã. Basta atravessar a rua e visitar o Museu de História Natural. Ele esteve no Salão dos Mamíferos de lá, depois passou um tempinho na Ala de História Americana... Alguma exibição sobre a medição do tempo, ao que parece. Enfim, quando a exibição acabou, o pessoal do museu não sabia muito bem o que fazer com ele, então eles o enfiaram no sótão.

— Nossa, que desagradável.

— É, é um pouquinho mesmo. Na última vez que estive por lá, e olha que já faz um tempo, o lugar estava um caos. Leve uma tocha... quer dizer, uma lanterna. Duas, na verdade. A iluminação lá é péssima. Mas pelo menos você não vai ter grandes dificuldades para encontrá-lo. Vai ser o item etiquetado como "Cavalo".

Horace soltou uma risadinha nervosa.

— Hum, Jess... Já que você parece estar bem familiarizada com o lugar, será que...

Ela sabia o que estava por vir. O departamento de Horace, Affiliates, era uma espécie de corpo diplomático do Instituto Smithsonian, e seu principal diplomata estava aflito com a possibilidade de haver um manuseio incorreto de um artefato que parecia ser tão importante para outra instituição. Alguém estava prestes a passar a bola.

O homem começou a balbuciar. Algo sobre o jogo de lacrosse da filha lá em Reston. Será que Jess poderia, seria possível, será que estaria disposta... a filha queria muito que ele comparecesse ao jogo...

Jess riu baixinho. Deixou a dúvida pairar por um ou dois minutos, e então:

— Será um prazer, Horace. Por favor, diga à sua filha que eu desejei boa sorte.

THEO

Georgetown, Washington, D. C.
2019

Depois de ler a versão final do artigo, Theo clicou no botão de salvar. Tinha sido bem mais fácil dessa vez. Nem precisara lutar contra o jargão acadêmico. O fato de ter uma pessoa para entrevistar ajudou, principalmente quando o entrevistado em questão era uma pessoa tão engraçada e atenciosa quanto Bradford. Theo tinha começado o artigo com uma anedota sobre o artista: nos anos em que não tinha dinheiro para comprar tinta, Bradford fazia arte com os papéis de permanente que a mãe usava para cachear o cabelo das clientes no salão.

Theo reuniu os materiais de consulta e arrumou a escrivaninha. Clancy ergueu o olhar, a cabeça inclinada para o lado, doido para sair para um passeio. O rapaz vasculhou o cesto de roupa suja em busca de uma camiseta da equipe esportiva da universidade. Não gostava de usar os trajes daquela universidade de elite, mas seu trajeto preferido de corrida passava pelo quadrante noroeste de Washington, uma vizinhança branca como lírio, e Daniel, seu melhor amigo em Yale, tinha lhe dado um alerta: se quisesse correr, um homem negro deveria se vestir de forma defensiva.

Theo pegou a carteirinha da Universidade de Georgetown. O cão abanava o rabo de um lado para o outro enquanto o rapaz procurava a guia da coleira. Não que Clancy precisasse de coleira. Era comportado por natureza, mas a avidez de sua expressão e a intensidade das orelhas pontudas poderiam causar nervosismo nas pessoas que não estavam acostumadas com cachorros. Theo prendeu a coleira na guia e tratou de pedir desculpas.

— Sinto muito, amigão. Vamos nos livrar disso assim que chegarmos ao parque.

Ao abrir a porta, Theo avistou a vizinha do outro lado da rua, lutando com um carrinho de compras — aqueles de lona antiquados. Sem dúvida estava sofrendo com o calor. Quando chegou aos degraus diante de sua casa, a mulher se deteve e escorou o corpo no portão. O rapaz deu o comando para que Clancy ficasse onde estava e, enquanto atravessava a rua, lembrou-se da última vez que ajudara a vizinha. Aquela pintura de cavalo... Que fim tinha levado?

Quando ele chegou por trás e estendeu a mão para pegar o carrinho, a mulher se empertigou, alarmada. Apertou a alça com tanta força que os nós dos dedos chegaram a ficar esbranquiçados, como se achasse que o carrinho seria arrancado de suas mãos. A costumeira onda de raiva percorreu o corpo de Theo, e ele teve que respirar fundo. Só uma mulher branca fazendo branquices. Ele deu um passo para trás e abriu os braços em um gesto apaziguador.

— Sou eu, Theo, que mora do outro lado da rua — declarou. — Eu só queria saber se a senhora precisa de uma ajudinha para levar isso lá para cima...

A mulher estreitou os olhos, concordou com um levantar silencioso de queixo e largou o carrinho antes de pousar a mão no corrimão da escada, ofegante.

— Eu não enxergo muito bem de perto — respondeu ela com a voz rouca.

Theo a observou galgar os poucos degraus com dificuldade e subiu logo atrás com o carrinho. Enquanto o deixava no topo da escada, espiou o interior e viu um frango congelado. Sem dizer uma palavra sequer, a mulher deu as costas, enfiou a chave na fechadura e desapareceu na escuridão da casa.

— De nada! — exclamou ele.

Enquanto atravessava a rua, Theo viu Clancy parado na calçada, com o rabinho abanando. Depois de fazer carinho entre as orelhas pontudas do cão, os dois partiram rumo ao Rock Creek Park. Theo usou a corrida para espairecer, deixando a raiva se dissipar enquanto percorria seu trajeto habitual pela estreita seção sul, passando pelo zoológico até chegar ao Peirce Mill. Quando voltou para casa, colocou ração e água fresca para o cachorro e foi tomar um banho. Ainda molhado, com a toalha enrolada na cintura, vasculhou o armário até encontrar o alforje no qual tinha guardado a pintura. Tirou a bicicleta do suporte na parede e prendeu o acessório na garupa.

A redação da revista ficava no sexto andar de um edifício envidraçado que assomava sobre a estação de metrô L'Enfant Plaza. Ao enveredar pelo átrio, Theo passou por uma espelunca que alegava ser "a cafeteria com o melhor sushi da cidade". Achou difícil de acreditar, e enfrentou a fila da Starbucks para comprar dois macchiatos. Em outra ocasião, tinha reparado que Lior, seu editor, estava bebendo um café desses, e um pouco de bajulação não fazia mal a ninguém. A questão é que ele gostava de Lior, um israelense direto e reto — ele se perguntou se dizer "israelense direto e reto" era mesmo uma coisa redundante ou se só estava propagando um estereótipo. Não tinha feito muitos amigos naqueles poucos meses atribulados desde sua mudança para D. C. O Departamento de Belas Artes de Georgetown era minúsculo e, com exceção de seu orientador, todos eram tão brancos que chegava a doer os olhos. Lior era metade etíope, e Theo esperava que a relação entre os dois evoluísse para uma amizade se continuassem trabalhando juntos.

O editor estava à espera dele no elevador e o cumprimentou com um tapa nas costas que quase o fez derramar o café. Em seguida, Lior o conduziu até o escritório.

— Você é a única pessoa da face da Terra que ainda me entrega o artigo impresso!

Enquanto lia, o editor usava uma caneta vermelha para fazer algumas anotações.

— Está bom, está legal — comentou. — Vou dar mais uma lida e enviar algumas correções e perguntas amanhã. — Ele se recostou na cadeira. — E agora, o que você pretende escrever para mim?

Theo pegou a pintura do cavalo e explicou sua ideia de estabelecer um passo a passo para identificar o valor de achados daquele tipo.

— Gostei. É diferente. Vou mexer os pauzinhos com o Departamento de Conservação do Centro de Referência. Enquanto isso, se quiser descobrir um pouco mais sobre a peça, talvez devesse dar uma passada na Reserva Técnica Visitável e no Centro de Estudos do nosso Museu de Arte Americana.

Theo saiu do escritório em posse de um mapa que Lior havia rabiscado às pressas. Do lado de fora do prédio, um cantor de ópera solitário entoava "E lucevan le stelle", de *Tosca*, em meio aos *food trucks*. Theo atirou um dólar para o homem, e ainda estava cantarolando a ária baixinho quando estacionou a bicicleta diante do Museu de História Natural. No instante seguinte, praguejou em silêncio. O que faria com a pintura? Não podia deixar o alforje ali na bicicleta — era praticamente implorar para ser roubado. Mas entrar em um museu de artes munido de uma pintura também não era lá uma ideia das mais geniais — poderia trazer complicações na hora de sair. Virou-se para olhar para o Museu de História Natural. Decidiu que a deixaria lá, no guarda-volumes, e a pegaria na volta.

Lior tinha explicado como chegar à área de estudos, um lugarzinho escondido em uma antiga biblioteca em cima das galerias, um amplo recôndito de pinturas que ocupavam cada centímetro das paredes. Não demorou muito para que Theo encontrasse a seção referente ao século XIX e restringisse sua busca a artes equestres. Passou por ilustrações de cavalos mustangues galopando em currais terrosos e por cenas de batalha da cavalaria norte-americana. De repente, Theo se deteve. Lá em cima, alto o bastante para que ele tivesse que espichar o pescoço, havia uma pequena pintura a óleo. A pose do cavalo na tela deixava a constituição do animal em evidência, exatamente como na obra que ele havia tirado da pilha de descartes. Neste quadro, porém, um jovem negro segurava as rédeas do cavalo e fitava o observador com uma expressão séria. O rapaz estava bem-vestido: sobrecasaca, colete de brocado, lenço no pescoço. Theo conferiu as informações na ficha: "*Star Maris com seu cavalariço*, Kentucky, 1857, de Edward Troye". Em seguida, analisou as pinceladas primorosas que Troye tinha usado para representar a textura intrincada do brocado e as dobras nítidas do lenço no pescoço. Trajes dignos de um cavalheiro. E, no entanto, como se tratava de Kentucky antes da Guerra de Secessão, era bem provável que aquele jovem negro, o cavalariço sem nome, fosse um rapaz escravizado.

Theo retornou ao catálogo e buscou outras pinturas de Troye no banco de dados. Havia mais dois quadros na coleção. Guiado pelos números do catálogo, ele se pôs a esquadrinhar as paredes. Uma das pinturas mostrava um cavalo com uma paisagem sulista reproduzida com maestria ao fundo. O outro quadro, pendurado tão baixo que a grande moldura quase resvalava o chão, trazia uma imagem muito mais elaborada. Retratava um cavalo de corrida cercado por três servos negros — um jóquei segurando uma sela; um cavalariço com colete de cetim e camisa de linho; e um homem de sobrecasaca, calça risca de giz e um chapéu de pele de castor estilo Lincoln. O título dizia: *Richard Singleton com Harry, Charles e Lew, propriedades de Viley.*

Theo ficou de cócoras para analisar a pintura. Esse tal de Viley, quem quer que fosse, tinha encomendado um quadro que retratava vários de seus bens mais valiosos: o cavalo de corrida puro-sangue e três homens que ele escravizara. O artista, ao que parecia, havia incentivado de bom grado tamanha gabarolice. Um verso de "Ozymandias" despontou na mente de Theo, algo sobre o artista *saber ler bem aquelas paixões que, estampadas em coisas inertes, ainda sobreviveram. O coração que os nutriu, e as mãos que os escarneceram.*

E, no entanto, não havia escárnio ali. Ao contemplar a pintura, Theo ficou impressionado com a individualidade de cada um dos homens. Troye retratara os três como personalidades distintas. A *presença* deles se fazia notar. O pintor não os reproduzira de forma caricata — não havia exagero nas feições. Tivera um cuidado minucioso ao detalhar o rosto, as roupas e o porte de cada um deles.

A tese de Theo pretendia abordar as representações de africanos nas obras de arte britânicas. O título provisório era "Sambo, Otelo e Pai Tomás: Caricaturizar, Exotizar, Subalternizar, 1700-1900". A intenção era escrever sobre as caricaturas Coon, as fantasias orientalistas, o servo escravizado de libré ornamentada servindo de decoração enquanto oferece frutas ou usa um leque de penas de pavão para abanar o mestre branco. Sua dissertação argumentava que a intenção dessas pinturas jamais tinha sido retratar essas pessoas como indivíduos, e sim como meros símbolos do privilégio, da riqueza e do poder dos brancos que figuravam nos quadros. A realidade do dia a dia das pessoas negras não era digna de ser retratada. O argumento de Theo seguia a mesma linha do ensaio mordaz de Frederick Douglass, sugerindo que nenhum artista branco jamais havia pintado um retrato verdadeiro de um africano; que os artistas brancos não conseguiam enxergar nada além de seus próprios estereótipos arraigados de negritude. O artigo de Douglass, publicado no *Liberator*, zombava dos retratos caricatos feitos por pintores brancos, com nariz largo e lábios carnudos, e perguntava aos leitores se já tinham visto, ao longo da vida, um rosto que apresentasse todas essas feições exageradas ao mesmo tempo.

Mas ali estava uma pintura que contrariava sua dissertação. Em particular, o retrato do homem de cartola, que Theo supunha ser o treinador, apresentava uma autoridade distinta. Parecia até irritado com o artista por interromper seu importante trabalho. O semblante corajoso fitava através da pintura, encontrando o olhar do observador com um quê de desafio. Theo nunca tinha visto um quadro que enfatizasse a autoridade e o alvedrio da pessoa escravizada.

E, no entanto, havia a questão do nome da pintura.

Harry, Charles e Lew, propriedades de Viley. Theo não sabia o que pensar. Troye podia até ter retratado esses homens como indivíduos, mas talvez apenas com a mesma acurácia clínica com que representara a esplêndida musculatura do cavalo puro-sangue. Era inevitável não pensar que poderia haver certa equivalência entre o animal e os homens: valorizados, sem dúvida, mas vivendo à mercê das vontades de seu escravizador, submetidos ao chicote. Ser obediente e dócil: características valorizadas em um cavalo, mas também em um humano escravizado. Ambos só podiam se mover sob o comando do dono. Ser leal, forte e disposto: qualidades de um cavalo, mas também de uma pessoa escravizada. E o cavalo tinha dois nomes, ao passo que os homens, apenas um. Theo permitiu que o ressentimento fervilhasse em seu interior. Em seguida, como tinha se treinado a fazer, tratou de esmagá-lo. Assim como um pedaço de carvão poderia se tornar um diamante sob pressão, Theo havia aprendido a transformar a raiva em algo mais útil.

Talvez explorar essa área pudesse render frutos: representações de pessoas escravizadas na arte equestre dos países sulistas antes da guerra. Através dos dois séculos que os separavam, Theo encontrou o olhar do treinador confiante.

Bem nessa hora, uma campainha discreta soou para avisar que a galeria estava fechando. Ele nem tinha percebido que já era tão tarde. Ao se levantar, porém, sentiu um formigamento no quadril que indicava que tinha passado muito tempo agachado, perdido na contemplação da pintura. Lançou um último olhar ao treinador.

— Harry? Charles? Lew? — sussurrou. — Eu não sei quem é você, mas estou determinado a descobrir, se puder.

Saiu apressado da galeria, ansioso para tirar o quadro do guarda-volumes do Museu de História Natural antes que fechasse. As portas já estavam se fechando quando ele correu escada acima, e a princípio o funcionário não o deixou entrar. Por sorte, havia uma mulher batendo boca com o segurança sobre uma mala no guarda-volumes, então o porteiro o deixou passar e esperar atrás dela.

O ar parecia dividido em camadas quando ele voltou para a rua: o calor retido pelo asfalto se elevando para encontrar a brisa fria da noite. Theo se acomodou em um banco no Passeio Nacional e começou a fazer anotações. Queria registrar tudo o que tinha sentido ao ver a pintura, anotar todas as suas impressões e como reagira a elas. Nunca se recebe uma segunda chance para se ter uma primeira impressão.

JARRET, PROPRIEDADE DE WARFIELD

The Meadows, Lexington, Kentucky
1850

JARRET RECOSTOU-SE NA nova mureta de calcário. O clima estava abafado naquela manhã de fim de maio, por isso era agradável sentir o toque frio da pedra nas costas. Os botões de flor azulados começavam a se espalhar sobre a relva irlandesa viçosa, com as folhas lanceoladas e a estrutura intrincada de que o dr. Warfield tanto gostava. De rabo de olho, Jarret observava a garota, Mary Barr Clay. Estava encarapitada no topo da mureta e tentava avançar com dificuldade, com os braços estendidos para não cair. Não era uma tarefa fácil, pois as pedras lá em cima eram estreitas e tinham sido dispostas quase na vertical. Jarret arrancou uma madressilva do caule e sorveu a doçura da flor, rindo sozinho enquanto a menina se balançava de um lado para o outro em sua tentativa de manter o equilíbrio.

Quando enfim o alcançou, Mary Barr saltou da mureta com um floreio.
— Viu só? Consegui fazer o caminho todinho.

Em seguida, ela usou a ponta do avental para enxugar o suor da testa, afastando as mechas de cabelo com impaciência. Jarret podia ver que alguém, talvez a criada da própria sra. Warfield, tivera um trabalhão para arrumar aquele cabelo — que poderia ser chamado de baio, pensou ele, se a menina fosse uma égua —, preso em uma trança francesa elaborada. Bem naquele instante, Mary Barr começou a passar os dedos pelas mechas, soltando o que restava do penteado e atirando os grampos na grama.

— Acho melhor recolher esses grampos, senhorita Clay — sugeriu Jarret de forma branda. — Se ficar preso no casco de um potrinho, pode machucar.

Ela se ajoelhou sobre o gramado sem protestar e se pôs a recolher os grampos, guardando-os no bolso. Depois, chegou mais perto e se postou ao lado de Jarret, apoiando as costas e um dos pés contra a mureta.

E ali ficaram, confortáveis, enquanto observavam Darley e Alice Carneal. O pintor tinha dito a verdade, no fim das contas, contrariando as expectativas de Jarret. O dr. Warfield tinha mesmo oferecido o potro de Alice a Harry como pagamento. O médico continuaria sendo o dono no papel, pois só assim o cavalo poderia participar das corridas. Nenhum negro, livre ou escravizado, seria admitido no clube de cavalheiros que tinham cavalos de corrida. Mas Warfield dizia que já estava velho demais para se encarregar de um potro cujo primeiro páreo só aconteceria dali a três anos, e, como a cruza tinha sido ideia de Harry, Darley deveria ser dele, para ver o que poderia ser feito do animal.

Durante toda aquela primavera, Jarret tentou apelar para a boa índole da égua. Um potro sempre vai se basear no comportamento da mãe, e o garoto não queria que Darley pegasse os trejeitos arredios de Alice. O temperamento era temerário de ambos os lados, já que o garanhão Boston tinha tendências violentas. Pelo que Harry lhe contara, porém, Jarret estava inclinado a acreditar que muito da natureza perversa do garanhão vinha de uma criação com maus-tratos. Aos dois anos de idade, Boston, à época ainda não domado, tinha sido entregue para pagar uma dívida de jogo no valor de oitocentos dólares. Um ano depois, ainda dava pinotes e atacava qualquer um que tentasse montá-lo. Foi enviado para um treinador notoriamente severo, que ordenou que vários homens segurassem o animal enquanto outro o açoitava até a pelagem ficar coberta de vergões avermelhados. O chicote precisou estalar mais vezes para minar a coragem do cavalo, e quando ele enfim aquiesceu, seu espírito já estava amargo. No fim, os passos de Boston podiam ser controlados, mas ao custo de um temperamento que jamais conseguiriam domar.

Jarret estava determinado a impedir que Darley, o potrinho deles, crescesse assim. Um animal furioso não pensa com clareza, e o garoto tinha a firme convicção de que era com a cabeça que os cavalos venciam as corridas. Ademais, mesmo que o potro não se saísse bem na pista, um cavalo de montaria de boa índole valia muito mais do que um arisco.

A passos lentos, Jarret se encaminhou ao lugar sombreado onde Alice e Darley pastavam, com a pelagem tremulando conforme agitavam o corpo para afastar as moscas. Mary Barr o seguiu, mas manteve certa distância. A menina sabia como se comportar perto dos cavalos, e não apenas ficar parada com seus trajes de equitação enquanto um cavalariço buscava sua montaria. Primeiro, Jarret cumprimentou Alice, depois Darley, que roçou o focinho na manga da camisa do menino em um gesto afetuoso. Jarret o afastou com delicadeza, pedindo que o animal respeitasse seu espaço. Por mais encantador que fosse receber os afagos de um potro, um garanhão que crescesse sem noção de limites poderia dar trabalho. O garoto ficou de cócoras e deixou as mãos deslizarem pelas patas do potro, do mesmo jeito que Scott havia feito naquela primeira manhã. Harry o ensinara a tatear em busca de calor — o ideal era não sentir nada — e depois conferir os filetes compridos de cartilagem que se estendiam na lateral dos ossos. Não podiam estar muito firmes, nem muito moles — apenas a robustez necessária para manter os ossos, que cresciam com rapidez, no lugar. Segurou os cascos pequeninos, um de cada vez, para que o filhote se acostumasse com a posição que teria que assumir para colocar as ferraduras, e também para verificar se havia algum ferimento no tecido ainda delicado que os revestia. Por fim, Jarret tirou uma escova de cerdas macias do bolso de trás e se pôs a escovar o potro.

— Posso fazer isso? — pediu Mary Barr.

O garoto assentiu e cedeu seu lugar. Em seguida, observou com aprovação enquanto ela permitia que Alice, seguida do potro, cheirasse suas mãos e visse o objeto antes de começar a escovação, que foi embalada por sua cantoria.

— Quando é que vamos poder montar nele? — quis saber a menina.

— Ah, ainda vai demorar, senhorita Clay. Primeiro os ossos dele têm que crescer. É melhor não apressar as coisas.

Harry não concordava com as noções ultramodernas de colocar cavalos de dois anos para correr.

— Será que vou poder montar nele algum dia?

Jarret sorriu. Mary Barr tinha recebido permissão para participar das corridas na última temporada e apresentara uma concentração ferrenha e um bom equilíbrio ao montar seu pônei. Mas um puro-sangue adulto era outra história.

— Acho difícil, senhorita. Uma mocinha miúda montando um garanhão puro-sangue em cima de um silhão... Não posso dizer que nunca existiu coisa igual, mas não sei o que o dr. Warfield acharia disso.

— Bem, eu sei que meu pai não se oporia a isso de jeito nenhum. Ele gosta que eu faça coisas desafiadoras. E, além disso, nem sempre preciso montar o silhão de lado. Minha professora, madame Mentelle, é um exemplo disso.

— Ah, é? Bem, vamos ver. Mas, antes de tudo, precisamos desmamar o potro.

Em Meadows, o costume era colocar todos os potros e éguas juntos no piquete. Então, quando chegava a hora do desmame, tiravam uma égua de cada vez. Alguns potros ficavam desorientados e passavam dias sem se alimentar, correndo a esmo pelo cercado. Outros desistiam de procurar a própria mãe e decidiam que estavam seguros o suficiente com o restante da manada.

Quando levaram Alice para outro pasto, Darley se pôs a correr em desvario de um lado para o outro da cerca. Um tempo depois, acabou se distraindo com as brincadeiras de dois outros potros e foi se juntar a eles. Ao longo das semanas, todas as éguas foram tiradas de lá até que só restaram os potros. Rex, o alazão, possivelmente era o filhote mais bonito que nascera aquele ano, e o preto, Onyx, era o mais rápido. Mas Darley tinha o porte atlético e a resistência. Conforme os jovens foram ganhando músculos e equilíbrio, passaram a apostar corridas pelo pasto. Às vezes, Darley era o último a dar largada, distraído pelo farfalhar das folhas ou pelo cricrilar de um grilo, mas quando avistava os outros ao longe, saía em disparada atrás de seus rivais, alcançando-os sem demora, determinado a assumir a dianteira. Exauria um potro, depois o outro, e os deixava comendo poeira, com a cabeça baixa e os flancos arfantes, enquanto ele próprio trotava em uma espécie de dança celebratória.

Sempre que Jarret se aproximava do pasto de Darley, o potro tratava de empertigar a cabeça ao sentir o cheiro do amigo. Nessas ocasiões, ele trotava até a cerca e esperava o garoto com um relincho de boas-vindas. Certa manhã, Jarret deixou uma guia de cabresto pendurada na cerca. Darley a abocanhou e saiu em disparada, girando a cabeça para fazer a corda rodopiar. Em seguida, ele a soltou. A guia foi arremessada por cima da cerca e caiu aos pés de Jarret.

— Por que você fez isso? — perguntou o garoto, recolhendo a guia e a pendurando na cerca outra vez.

Darley baixou a cabeça e o encarou. Em seguida, trotou até o cercado, abocanhou a guia de novo e repetiu o giro e o arremesso, e mais uma vez a corda foi parar bem aos pés de Jarret. Dessa vez, o garoto caiu na risada.

— Ah, então você inventou um joguinho?

Durante o jantar, Jarret se dedicava a contar ao pai sobre as travessuras do potrinho.

— Enérgico e corajoso, pelo jeito — comentou Harry, em tom de aprovação. Em seguida, abriu um pãozinho e o recheou com uma fatia generosa de presunto. — Ao que parece, ele está se revelando um cavalo fundista, e é isso que queremos — continuou, entregando o prato para o filho. — Nenhum arruador consegue galopar direto por um quilômetro e meio, que dirá seis, e hoje em dia o mundo das corridas só se importa com os gloriosos cavalos de longa distância.

Jarret assentiu, mas tinha a atenção voltada para o pãozinho. Ainda estava quente, fumegante, com o miolo macio e a casca crocante. Os pãezinhos vinham da casa-grande, o que levou o garoto a pensar que Harry devia estar passando mais tempo com Beth, a governanta dos Warfield. O assunto deixava o garoto dividido. Beth era uma boa mulher, linda e inteligente, cujos dons incomuns a tinham feito passar de empregada a governanta ainda bem jovem. Possuía a mesma beleza da mãe de Jarret, com maçãs do rosto proeminentes e olhos grandes, e um jeito direto, ainda que gentil, que tornava fácil gostar dela. Jarret queria que o pai fosse feliz, e o humor de Harry sempre melhorava depois de passar um tempo com Beth. Mas o garoto não sabia se o pai tinha ido muito longe com o assunto, nem até onde pretendia ir, e isso o enchia de apreensão. Um casamento entre uma mulher escravizada e um homem livre era sempre difícil e arriscado, pois envolvia no mínimo três pessoas: o marido, a esposa e o sinhô. Jarret sabia que o pai estava juntando dinheiro para comprar a alforria dele, mas se perguntava se o desejo de contrair matrimônio não poderia fazer a liberdade da nova esposa parecer mais urgente. Mas o garoto não podia fazer nada além de guardar todas essas preocupações apenas para si. O pai havia conquistado o direito de fazer o que bem entendesse.

Enquanto Jarret lavava e enxugava os pratos, Harry levou as duas cadeiras ripadas para o alpendre. Os primeiros vaga-lumes da noite começavam seu voo lento e cintilante. "Estrelas na grama", era como Jarret os chamava quando era pequeno, e o voo dos insetos lembrava a Harry de que estava na hora de colocar o filho para dormir. Quando o primeiro vaga-lume alcançava o galho mais baixo do espinheiro, Jarret tinha que ir para seu catre. Quando criança, sempre tentava se demorar um pouco mais, mas tinha crescido e passado a acordar tão cedo e a trabalhar tanto que já não precisava mais receber ordem para ir para a cama.

As tábuas do alpendre rangeram quando o garoto se acomodou na cadeira ao lado do pai.

— A linhagem de Alice Carneal até o Cullen Arabian — pediu Harry.

O pai devia estar mesmo de bom humor, pois essa era fácil. Jarret fechou os olhos e jogou o corpo para trás, de modo que a cadeira balançasse no mesmo ritmo de sua resposta.

— Alice Carneal, por Sarpedon. Primeira matriz Rowena, por Sumpter. Segunda matriz Lady Gray, por Robin Gray.

Ele gostava de nomes assim, que mantinham uma ligação entre a matriz, o garanhão e o potro.

— Terceira matriz Maria, por Melzar — continuou —, que era filho de Medley. Quarta matriz...

Jarret se deteve por um instante, pois nada lhe vinha à mente, mas logo se lembrou de que o nome da matriz tinha se perdido ao longo dos anos.

— Por Highflyer, que era um garanhão importado. — A árvore genealógica se ramificava na cabeça do garoto. — Quinta matriz por Fearnought. Sexta, por Ariel. Sétima, por Jackof Diamonds. Oitava matriz Diamond, por Cullen Arabian.

Ele soltou o ar, sorridente.

— Muito bem — elogiou Harry. — Agora, a linhagem de Cricket até o Godolphin Arabian.

Essa era mais complicada. Jarret só conseguiu chegar à metade, pois se esqueceu da quarta matriz e Harry teve que refrescar a memória do filho. O garoto tinha aprendido a atribuir uma aparência distinta a cada um deles, mesmo que a imagem da égua ou do garanhão de sua imaginação não condissesse com a dos animais que de fato tinham galopado, relinchado e cruzado o oceano para procriar e parir potrinhos.

Certa vez, ao levar um recado para o dr. Warfield, Jarret encontrou o homem na biblioteca de seu casarão, entretido com um livro de registros genealógicos. Ao ver o fascínio do garoto, o médico lhe mostrou uma profusão de volumes encadernados em couro que narravam a descendência e o desenvolvimento das grandes linhagens de cavalos puros-sangues. O médico, todo orgulhoso, disse que aquela era a única coleção de livros do tipo a oeste dos montes Allegheny. Ao mencionar os livros para o pai, Jarret recebeu um comentário sucinto como resposta: "Memorize tudo, garoto, aí não vai precisar recorrer a livro nenhum". O próprio Harry tinha uma memória estupenda para linhagens. Sempre que comprava um novo cavalo para os estábulos de Warfield, fazia o antigo proprietário ditar a ancestralidade uma ou duas vezes enquanto ele próprio a repetia, alojando-a com todas as outras linhagens que já residiam em sua memória. Uma vez feito isso, jamais se esqueceria.

Jarret se deitou no catre e, quando adormeceu, os nomes melodiosos ainda lhe rondavam a mente. Naquela noite, sonhou com uma árvore gigantesca. O tronco era grosso e volumoso como uma montanha, com galhos largos como rios, e os ramos estiravam-se para cima, em direção ao céu. E, na ponta de cada um deles, havia uma fruta das mais magníficas: cavalos puros-sangues com pelagem reluzente e crinas esvoaçantes, com os cascos poderosos empinados no ar. No sonho, Jarret viu a própria mão adquirir um tamanho colossal. Ele estendeu o braço por entre os galhos e, com delicadeza, colheu o mais brilhante dos baios: Darley, por Boston, filho de Timoleon. Quando o garoto colocou o cavalo no chão, todos os garanhões de sua longa linhagem relincharam e saudaram seu descendente, fazendo a grande árvore sacudir com seu coro.

JESS

Centro de Referência do Museu Smithsonian, Maryland
2019

QUANDO JESS SAIU do laboratório climatizado, um pouco depois das quatro, ainda estava abafado do lado de fora. Tirou a camisa que vestia por cima da regata e a dobrou com cuidado antes de guardá-la no alforje da bicicleta. Passou direto pela saída que costumava pegar para chegar ao apartamento e continuou pedalando pela South Capitol. Desceu a colina em direção ao museu, deliciando-se com a brisa que soprava. As folhas já tinham brotado nos olmos, e a copa das árvores, outrora revestidas de dourado, passara a fornecer uma sombra mais do que bem-vinda. Ela prendeu a bicicleta no suporte, enxugou o suor dos braços e do pescoço e vestiu a camisa amassada. Atravessou a rua e se pôs a subir as escadas, lutando para abrir caminho em meio à maré de turistas e estudantes.

Adorava o rugido ensurdecedor que ecoava na rotunda, as vozes infantis animadas reverberando pelos corredores de mármore dos três andares. Jess gostava de parar em um canto e procurar pela única criança que não estava vidrada no celular, aquela que a lembrava de como ela própria tinha sido na infância, absorta por algum espécime qualquer.

Naquela manhã, Horace tinha lhe enviado um e-mail com mais detalhes sobre a visitante, que pegaria um voo em Kentucky e pousaria no Aeroporto Dulles. A mulher estivera pesquisando anatomia equina no Museu do Cavalo, a filial do Smithsonian naquele estado. O fato de Horace não ter lhe contado qual era o escopo da pesquisa da visitante a incomodava. Por isso, Jess ligou para ele, mas o pegou em uma reunião, distraído.

— Hum, o que era mesmo? Alguma coisa sobre mecânica de motores? Não, não pode ser...

— Biomecânica? — sugeriu Jess.

— É, acho que pode ser isso. Mas é melhor você perguntar a ela. Eu não entendo tanto do assunto quanto você.

Jess esquadrinhou o átrio, tentando identificar a visitante britânica no meio daquela multidão, que ficava menor a cada minuto. Havia uma mulher parada ali, serena e paciente, um ponto imóvel em meio ao torvelinho de movimento. Cabelos claros presos em um coque frouxo, calça de linho, cachecol estampado... e um cardigã de caxemira, dispensável no clima primaveril de Washington, D. C. Sentindo-se desleixada e amarrotada, Jess se aproximou para cumprimentar a mulher.

— Dra. Morgan? Seja bem-vinda ao Smithsonian.

Quando trocaram um aperto de mãos, Jess percebeu que, apesar das roupas elegantes, a mulher tinha "mãos de laboratório", tão ásperas ao toque quanto as dela.

— Sinto muito por não estar tão informada sobre o que podemos fazer por sua pesquisa, dra. Morgan, mas estou à disposição para ajudar como puder.

— Pode me chamar de Catherine, por favor. E isso é muita gentileza sua. Antes de tudo... será que você poderia dar uma palavrinha com a equipe de segurança? Meus equipamentos foram retidos... Seria ótimo se você pudesse recuperá-los para mim.

— Claro, claro. Sinto muito por isso.

Jess pegou a ficha de Catherine e se encaminhou para o guarda-volumes, deixando o crachá à mostra. O segurança examinou as credenciais, depois balançou a cabeça.

— Acho melhor confirmar com meu supervisor primeiro...

— Ah, qual é! — disparou Jess.

Em seguida, respirou fundo. O homem só estava fazendo seu trabalho.

Ela se inclinou sobre o balcão, reuniu toda a paciência que tinha e baixou a voz antes de continuar:

— Este equipamento pertence a uma pesquisadora renomada, uma convidada do Instituto. Por favor, não vamos atrasar ainda mais o trabalho dela.

— Hum, não sei. Tem umas coisas bem estranhas naquelas maletas.

— Bom, mas *eu* sei. São equipamentos científicos de vital importância. Aqui, pode ficar com meu crachá. — Ela tirou o cordão do pescoço. — Eu assumo a responsabilidade.

O homem a dispensou com um aceno de mão.

— Não, isso não é necessário... Vou buscar os equipamentos.

Jess conduziu Catherine pela Ala dos Mamíferos, depois subiram as escadas e seguiram pelo corredor que levava ao recinto de Ossos e Múmias. Era a única área de exposição do museu que ainda não tinha passado por uma reforma. Abrigava uma coleção antiquada, desprovida de recursos digitais interativos sofisticados, e Jess gostava mais dela do que de todas as outras. Era uma pena que o esqueleto do cavalo não estivesse ali, em um expositor bonito e iluminado.

Mas, como não era o caso, Jess teve que liderar o caminho para fora da área aberta ao público e seguir até o lance estreito de escadas de metal que conduziam ao telhado abobadado do edifício, construído em 1910.

— Não sei se dá para levar essas maletas lá para cima... Talvez seja melhor darmos uma olhadinha, e depois eu posso vir buscar o que você precisa. Que tal?

— Ainda bem que vim com sapatos apropriados — comentou Catherine, fitando o saltinho baixo de seus scarpins.

A grade de metal rangeu sob os passos das duas, e elas tiveram que atravessar uma plataforma improvisada para chegar ao galpão. No meio do caminho, Jess olhou para baixo, mas logo se arrependeu. Estavam bem em cima de uma parte do teto que tinha sido removida para acomodar uma carcaça de baleia-azul suspensa no ar. "Um passo em falso e serei engolida feito Jonas", pensou Jess.

Amaldiçoou Horace em silêncio. Era vergonhoso levar a pesquisadora para um recinto tão jogado às traças. Quando, enfim, chegaram ao esqueleto, viram que os ossos estavam cobertos por uma fina camada de poeira. O esqueleto havia sido cuidadosamente montado sobre uma elegante plataforma de mogno, que àquela altura estava entulhada com galhadas de alces, a ossada de um ocapi e uma foca-monge-do-caribe empalhada.

— Bem, aí está o que você procura — anunciou Jess. — Desculpe por estar armazenado desse jeito.

Catherine examinou o esqueleto do cavalo.

— É um belo exemplo de articulação do fim do século XIX. A estrutura foi montada com esmero.

Jess assentiu.

— Está em excelentes condições, se considerarmos que é uma montagem bem antiga.

O crânio trazia uma elegância particular, com um declive suave entre a fronte larga e achatada e os delicados ossos nasais.

— É impressionante que até mesmo os ossos mais frágeis continuem intactos depois de todos esses anos.

— Acho que, por enquanto, só vou precisar do meu paquímetro e da trena a laser — declarou Catherine. — Depois, vou querer o ultrassom portátil.

— Você se importa se eu perguntar qual é o escopo da sua pesquisa? — quis saber Jess, enquanto ajudava Catherine a carregar o equipamento.

— Uma das minhas áreas de pesquisa é o efeito da constituição física na biomecânica da locomoção em equinos. Em suma, estou tentando determinar qual estrutura óssea permite que eles corram tão rápido sem se lesionar. E, para isso, estou tirando medidas e fazendo relatórios sobre todos os grandes cavalos de corrida puros-sangues que ainda têm restos mortais acessíveis. Este vai ser o décimo oitavo que examino.

— Desculpe — respondeu Jess, confusa. — Acho que estou um pouco perdida. Mas como você sabe que este esqueleto aqui pertencia a um cavalo de corrida?

Catherine endireitou os ombros e se virou para encará-la.

— Como eu sei? Céus, como é que você *não* sabe? — Catherine chegou mais perto da placa informativa e pôs os óculos para enxergar melhor. — Cavalo! — leu em voz alta. — Eu não acredito em uma coisa dessas! Francamente! Por acaso vocês têm a *Monalisa* escondida aqui em algum lugar com uma placa que diz *Mulher sorridente*?

Ela passou um dos dedos sobre a placa de identificação concisa.

— Não é um cavalo qualquer — continuou. — É *o* cavalo. O que vocês têm aqui é simplesmente o maior garanhão de corrida da história do turfe norte-americano.

THOMAS J. SCOTT

The Meadows, Lexington, Kentucky
1852

Sou um trabalhador livre, sempre fui. Mas eis a verdade, embora a escreva neste diário para que apenas eu a veja e mais ninguém: se tivesse condições de comprar Jarret de Warfield, acredito que o faria. E assim nós, que nos julgamos superiores ao ato de escravizar nossos semelhantes, somos corrompidos. Basta nos mostrar o controle absoluto sobre os aptos e dispostos, e de repente encaramos a obstinação dos proprietários como algo muito menos odioso. Preciso me proteger contra as tentações que este lugar oferece.

A questão é que nunca tive um ajudante tão competente quanto aquele rapaz. E o trabalho de hoje serviu como prova. Quando soube que eu estava retornando a Meadows, o garoto se encarregou de descobrir qual cavalo o bom dr. Warfield queria que eu pintasse, e tratou de escová-lo e deixá-lo em plena forma antes mesmo de eu chegar à soleira. Lembrou-se de como montar meu cavalete e adivinhou as tintas de que eu precisaria, e não chegou sequer a errar as cores. Ora, eu colocaria o garoto na pintura se tivesse habilidade para tanto, tal como Troye fez com o velho Harry, mas me falta a instrução que meu colega teve nas grandes academias de arte da Europa. Meu conhecimento se limita aos cavalos, seus músculos e ossos.

O garoto pode ser arredio como um potro. No início, tive que medir cada palavra. Mas sou bom nesse tipo de coisa. Se quiser que os clientes encomendem seus quadros, precisa saber o que eles desejam ouvir. Precisa banhá-los em mel como um biscoito que acabou de sair do forno. Esse tipo de comportamento se faz necessário no meu ofício, e não tenho a menor vergonha de admitir que me tornei um especialista no assunto. Às vezes, encontrar a palavra certa é mais importante do que saber fazer um retrato fidedigno. Não precisei de muito tempo para descobrir que o garoto era sensível em relação ao pai, e que agia de forma protetora a respeito do que lhe era devido. E não foi nem um pouco difícil, uma vez que entendi as necessidades do rapaz, demonstrar respeito. Era demasiado fácil soltar uma ou duas palavras que tinha ouvido da boca do pessoal do turfe que tanto confiava nele. Era tudo o que bastava para que o garoto continuasse se desdobrando para me agradar. Lembrei-me de que havia prometido uma pintura de Darley a ele, então fiz um rápido estudo a óleo do animal. Como às vezes acontece quando não há muito em jogo, o resultado foi de uma beleza incomum. Consegui captar o jogo de luz naquela exuberante pelagem baia e a expressão inteligente no olhar. As pinceladas espalhavam-se pela tela com tamanha naturalidade, e o efeito me agradou tanto que considerei ficar com o quadro para mim. No fim das contas, ao ver a alegria no rosto do garoto, fiquei contente por ter mudado de ideia. Ocorreu-me que, graças à sua condição, não havia muitos bens que ele pudesse reivindicar como seus.

 Passei a entender um pouco mais sobre essa condição durante minha estadia, quando Mary Jane, a linda filha do médico, apareceu para jantar, acompanhada de seu infame marido emancipacionista. Sinto-me tentado a registrar os detalhes da noite, que transcorreu com uma porção de reviravoltas reveladoras.

 Desde a conversa que tive naquela carruagem, na estrada de Porcópolis, estava curioso para conhecer Cash Clay, o notório proprietário de White Hall que libertara os próprios escravos e sobrevivera a algumas tentativas de assassinato. A curiosidade era aguçada pelo fato de seu tio, Henry Clay, ser o maior criador de cavalos de Kentucky, e estabelecer uma relação por aquelas bandas bem que me viria a calhar.

 Clay tinha acabado de retornar da Guerra do México como um herói, pois salvara seus homens da execução após a captura, cuidando dos doentes e carregando os enfraquecidos no lombo de seu próprio cavalo durante as marchas forçadas. A conduta tinha trazido fama à sua antiga infâmia.

Estávamos reunidos na grande sala de estar quando ele adentrou o cômodo e o dominou por completo. Não apenas por seu tamanho, embora tivesse mais que um metro e oitenta, com um peitoral largo e constituição densa. Um pintor usaria linhas planas para retratar seu rosto, com intensos olhos castanhos sob sobrancelhas arqueadas, os cabelos brilhantes jogados para o lado em um topete extravagante. O peitoral e o queixo pareciam elevados, e a postura era digna de um cervo, dominante e alerta.

Ainda assim, dava para sentir a frieza que se instalou no ambiente com a sua chegada. Às vezes é possível dizer, pelo andar da carruagem, que uma noite não vai terminar bem. Ao ver o marido adentrar o cômodo, Mary Jane limitou-se a dar um breve aceno de cabeça. Anne, a irmã dela, deu as costas para o cunhado e se pôs a cochichar com a mãe, e as duas trataram de ignorá-lo. Devo dizer que nunca vi duas irmãs compartilharem menos semelhanças do que aquelas duas. Mary Jane tinha olhos grandes e bondosos, com rosto em forma de coração e uma linda covinha no queixo, com lábios que pareciam sempre curvados para cima, conferindo-lhe uma aparência disposta e amável. A pobre irmã mais velha, Anne, era uma mulher sardenta com cara de fuinha, e o prognatismo fazia com que o nariz adunco quase encostasse no queixo pontudo. Seus modos eram repletos das afetações tolas que muitas garotas adquirem ao frequentar as escolas de boas maneiras. Ela cruzava as mãos sobre o colo com tamanha rigidez que mais pareciam esculpidas em mármore e estreitava os olhos como se olhares diretos representassem uma grave violação do comportamento feminino. Por trás da falsa fachada recatada, contudo, eu tinha ouvido dizer que ela era dada a tramoias e mexericos.

Clay tentou puxar conversa com a filha, Mary Barr, mas a menina não demonstrava interesse em nenhum dos assuntos. Já ouvi muitos veteranos dizerem que a relação com os filhos pequenos havia mudado depois da guerra, então achei que poderia ser o caso. Ou talvez a garota fosse apenas tímida demais para conversar na frente dos outros, como parece acontecer com algumas moçoilas. Por isso, coube a mim entreter o homem. Pensei em pedir que me contasse sobre o tempo que passou no México e perguntar sobre como tinha conseguido conservar os ânimos de seus homens enquanto estavam nas mãos do inimigo.

Bem nessa hora, Anne Warfield virou-se e fez contato visual com o cunhado pela primeira vez naquela noite.

— Talvez as *mulheres* mexicanas tenham dado uma ajudinha — comentou ela com um risinho. — Ou pelo menos uma delas, de todo modo.

A menina, Mary Barr, remexeu-se na cadeira. Mary Jane, a esposa de Clay, ficou vermelha. Cash franziu o cenho. O dr. Warfield pôs panos quentes e tratou de mudar de assunto, discorrendo sobre o próximo retrato que eu pintaria, o de sua velha égua reprodutora, Alice Carneal. Considerando o temperamento arredio da égua, essa encomenda prometia ser desafiadora, então perguntei se poderia contar com a ajuda de Jarret. De cenho franzido, o médico quis saber se outro cavalariço não serviria, pois as responsabilidades de Jarret tinham aumentado desde minha última visita. Em seguida, comentou que nutria grandes esperanças de que o garoto se tornasse um treinador tão habilidoso quanto o pai, pois tinha uma excepcional afinidade com os cavalos.

Em seguida, um comentário infeliz. O médico se gabou de ter comprado Jarret por meros oitocentos dólares e disse estar confiante de que, no dia seguinte, conseguiria vendê-lo pelo dobro do valor para um grande recinto de corridas do Sul. A esposa o silenciou com um sussurro, indicando com um aceno de cabeça o negro idoso que estava junto à parede, de prontidão para encher nossas taças. O que aconteceria, sussurrou a mulher, se tal comentário chegasse aos ouvidos do Velho Harry? Em seguida, elevou a voz e declarou que tal coisa — vender uma criança para o Sul enquanto o pai ainda era vivo — jamais aconteceria em Meadows.

— *Vocês* podem até fazer diferente, mas saiba que essas barbaridades são cometidas todos os dias, e por homens que vocês consideram amigos — respondeu Cassius Clay.

A sra. Warfield levantou-se com um farfalhar abrupto de tafetá e disse que não permitiria discussões acaloradas sob seu teto, e que, de todo modo, já estava na hora de nos sentarmos para jantar. Em seguida, virou-se para o genro e acrescentou:

— Se prometer que vai conter a língua, pode me acompanhar.

Clay fez uma mesura e estendeu o braço revestido de veludo, sobre o qual a sogra pousou a mão repleta de joias. O médico ofereceu um dos braços a Mary Jane e o outro a Mary Barr, e coube a mim acompanhar a desagradável Anne.

Em meio ao arrastar de cadeiras e ao esvoaçar de guardanapos, fitei um rosto por vez, tentando adivinhar que rumo tomaria a conversa daquele grupo dividido.

À primeira vista, a família Clay e os Warfield pareciam ter sido feitos uns para os outros: grandes latifundiários com influência política. Mas as divergências haviam estado lá desde o início. Era de meu conhecimento — e do público, já que ele havia fundado um jornal dedicado à causa — que Cash tinha retornado de Yale com ideias emancipacionistas. Tinha argumentos convincentes, ou assim me pareceu depois de ter lido algumas edições de seu folhetim radical. Alegava que a escravidão era um fardo econômico, e não uma vantagem. Os sulistas, escrevia ele, tinham escravizado as pessoas, ao passo que os nortistas haviam acorrentado os elementos — os "escravos onipotentes" da energia hidráulica e dos minérios. Os Warfield não gostavam que divulgassem que quase tudo que vendiam em sua loja da cidade era fabricado por trabalhadores livres no Norte. Corriam boatos de que a sra. Warfield tinha sido contra o casamento da filha com um homem tão controverso e, até o dia do casamento, tentara de tudo para pôr fim ao noivado. Entregara-lhe um bilhete no qual um pretendente desolado contestava a honra de Clay. Furioso, Clay partira a cavalo para desafiar o homem para um duelo e acabara chegando atrasado para o próprio casamento.

Mal tínhamos terminado a sopa quando Anne Warfield, ciente de que sua provocação surtira efeito na sala de estar, pôs-se a esporear outra vez. Seu primeiro comentário pareceu bastante inofensivo. Um mordomo negro começou a fatiar o generoso carré de cordeiro e um rapaz colocou os pratos diante de nós. Nesse momento, Anne observou que os mexicanos, segundo ouvira dizer, temperavam a carne de um jeito estranho, sempre carregada de alho, o que devia ser medonho para o hálito. Em seguida, virou-se para Clay e acrescentou que era uma bênção que ele não fosse obrigado a abraçar ninguém. E foi aí que ela fincou a roseta:

— Ou pelo menos qualquer pessoa que não tenha compartilhado sua refeição odorosa.

Isso, ao que pareceu, foi demais para a jovem Mary Barr. A menina se levantou, arrastando a cadeira para trás, e deixou o cômodo às pressas. O dr. Warfield teceu um comentário sobre o vinho em uma tentativa de apaziguar o clima, e até mesmo a sra. Warfield, parecendo se dar conta de que as coisas tinham ido longe demais, adotou outra postura e passou a se dirigir ao genro com mostras de civilidade. Dava para ver o sangue pulsar em uma veia na testa de Clay, mas o duelista, conhecido por seu pavio curto, dessa vez permaneceu impassível e estendeu o mesmo tratamento à sogra. Depois que a sobremesa foi servida, ele se virou para Mary Jane e perguntou, em voz baixa, por que a filha não havia retornado à mesa. Vou reproduzir a breve conversa que se passou entre os dois, tanto quanto me lembro.

— Talvez ela não esteja se sentindo muito bem.

— Então é melhor você ir ver como ela está.

— Não há necessidade, sei que não.

— Então pode deixar que eu vou.

— Não acho que isso vá fazer com que ela se sinta melhor.

— Eu sou o pai dela. Você não acha que tenho o direito de ficar preocupado?

— Tenho certeza de que não é nada. Não interrompa o jantar. Papai vai querer que você tome um vinho do Porto com o sr. Scott.

— E eu tenho certeza de que, se não fosse nada, minha filha não teria sido tão malcriada a ponto de sair da mesa sem pedir licença.

Em seguida, virou-se para mim e pediu licença, dizendo que era apenas um pai apreensivo. Enquanto ainda se dirigia a mim, Clay se levantou, fez uma mesura para a sogra, deu um aceno de cabeça para o dr. Warfield e agradeceu-lhes pela noite esplêndida. Seguiu-se um silêncio constrangedor enquanto ouvíamos o piso lustroso do corredor ranger sob os passos do homem, mas logo retomamos a conversa. Tendo em vista que só tratamos de assuntos frívolos e irrelevantes, acho que está na hora de descansar a pena e o corpo para enfrentar o trabalho de amanhã.

JARRET, PROPRIEDADE DE WARFIELD

The Meadows, Lexington, Kentucky
1852

Quando o assunto era iniciar o treinamento de um cavalo de corrida, a opinião de Jarret diferia da do pai. Harry sempre adotava a doma tradicional, que consistia em botar um garoto na sela enquanto o jovem cavalo pinoteava e rodopiava tentando arremessá-lo ao chão. A prática se estenderia até que o cavalo, desencorajado, aceitasse o cavaleiro a contragosto.

Por mais que presenciasse a cena, Jarret a via sob o ponto de vista do animal. Um potro não entendia a diferença entre um menino inofensivo e uma onça-parda com potencial para lhe rasgar a garganta. Jarret conseguia sentir o medo instintivo do potro, uma presa vulnerável na natureza, quando um predador saltava sobre seu lombo.

A princípio, Harry o ignorava, acreditando que aquilo não passava dos devaneios de uma criança. Mas um dia, cansado e frustrado por conta de um cavalo particularmente teimoso, permitiu que o filho tentasse fazer as coisas à sua maneira. Os resultados foram tão impressionantes que Jarret se tornou o principal domador de cavalos de Meadows.

O garoto trabalhava na baia dos próprios animais, pois lá os potros e as potras se sentiam mais relaxados. Jarret sempre começava com o bridão e o desmontava para que o cavalo primeiro aprendesse a aceitar a cabeçada que contornaria suas orelhas sensíveis e, por último, a embocadura. Em seguida vinham a manta e a barrigueira, colocadas bem devagar, e só depois o peso extra da sela. Por fim, Jarret pedia que um dos meninos mais franzinos passasse alguns minutos sobre o dorso do cavalo, pois assim o animal se acostumaria com a ideia de carregar o peso de um humano. Jarret acariciava e elogiava o cavalo a cada etapa, assegurando-lhe que não havia nada de errado. Quando o animal parava de se debater, o menino se acomodava na sela. O mais importante era continuar montado, pois se um cavalo aprendesse que era capaz de arremessar o cavaleiro, tentaria repetir o movimento no futuro.

Muitas vezes, os cavalos jovens pinoteavam e empinavam e precisavam ser contidos por dois cavalariços fortes. Mas Darley não demonstrava nem um pingo de medo. Passou a aceitar ser montado bem depressa, mais rápido do que qualquer cavalo que Jarret havia treinado.

— Ele ergueu a pata traseira e baixou a cabeça, como se estivesse prestes a tirar um cochilo — contou Jarret ao pai naquela noite, enquanto jantavam. — Então eu disse a John para andar logo e montar.

John Porters era o jóquei preferido de Harry, um rapaz corajoso feito um garnisé.

— John passou a perna por cima da sela — continuou Jarret — e Darley levantou a cabeça, e juro que se cavalos pudessem sorrir... Ele se empertigou e olhou para mim como quem diz: "Já não era sem tempo, chefe. E agora?". Depois, saiu trotando com o garoto no lombo como se tivesse passado a vida toda fazendo isso.

Desde que Beth havia se mudado da casa-grande e se tornado a sra. Lewis e uma mulher livre, os jantares tinham ficado mais elaborados. Ela insistia que houvesse três pratos durante a refeição: sopa, depois algum preparo com carne e torta ou creme doce para arrematar. Tudo servido no jogo de porcelana florida que haviam ganhado dos Warfield como presente de casamento. Com essa mudança, já não bastava apenas lavar as mãos antes de se sentar à mesa. Era necessário tirar o macacão de trabalho e vestir as calças e camisas de linho limpas que Beth tinha costurado e engomado para Jarret e Harry. O pai parecia se deleitar com os novos requintes, o que deixava o garoto contente.

— Deus sabe o quanto eu gostava da sua mãe, e você também — dissera Harry a Jarret ao dar a notícia de que Beth passaria a morar com eles.

— Ela era uma linda potrinha jovem, e deve ter me visto como um matungo carcomido. Mas não era como se tivéssemos muita escolha. Nós recebíamos ordens do mesmo sinhô naquela época, e ele enfiou na cabeça que daríamos um bom par. Não teve cerimônia, nem padre, nem nada do tipo. Ela apenas começou a morar nos meus aposentos. E depois, quando o sinhô decidiu que queria vender sua mãe para a família Todd, também não tivemos escolha. Demos sorte de ela ter ficado nas redondezas, na cidade, em vez de ser mandada para o Sul, rio abaixo, como tantos outros. Desse jeito, ainda podíamos viver como marido e mulher de vez em quando, e foi assim que você veio ao mundo. Depois que ela morreu, eu disse a mim mesmo: "Harry, é melhor continuar solteiro, a menos que consiga libertar uma mulher e se casar com ela no papel". E é isso que estou tentando fazer.

Mas ele tinha gastado todas as suas economias para garantir a alforria de Beth.

— Eu não estaria fazendo isso se você recebesse ordens de qualquer outra pessoa aqui além de mim — continuou Harry. — Você ainda é jovem. Temos tempo.

O homem não disse nada, para não dar azar, mas os dois sabiam que ele esperava que Darley ganhasse o preço da liberdade de Jarret. Se o cavalo fosse tão bom quanto imaginavam, os ganhos de uma única temporada seriam mais do que suficientes, mesmo depois de dividir os lucros com Warfield.

Enquanto isso não acontecia, Jarret encontrava um pouco de consolo no creme doce de Beth. Deu uma última colherada na sobremesa cítrica, depois pousou os talheres no prato e limpou a boca com um guardanapo de linho, do jeito que ela ensinara.

Harry sorriu.

— Bem, continue com o treinamento, acostume-o a usar o bridão, e aí vamos ver como ele se sai no galope.

Com a chegada de Beth, Jarret e Harry tinham parado de desfrutar da companhia um do outro na varanda, onde costumavam repassar as linhagens de cavalos noite afora. Ela tinha preferência sobre as noites de Harry, então Jarret saía para longas caminhadas para dar um pouco de privacidade aos dois. O garoto chamava essas andanças de inspeção noturna, mesmo que já tivesse concluído e verificado todos os seus afazeres horas antes. A noite tinha caído mais cedo, então já estava escuro quando ele saiu da cabana. Observou os cavalos ao luar, os movimentos vagarosos das silhuetas sombreadas que pastavam a um ritmo sonolento.

Quando chegou à campina que ladeava o rio, ficou surpreso ao ver uma luz acesa no picadeiro. Não havia motivo para ter alguém ali àquela hora da noite. A arena já tinha sido irrigada e preparada para o dia seguinte. Jarret apertou o passo, irritado. Ao chegar mais perto, ouviu o ressoar de cascos — um cânter acelerado. Alguém estava montando a cavalo. Montando para valer. A irritação deu lugar à raiva.

— Porteira! — gritou o garoto, e puxou o trinco.

— Porteira! — respondeu Mary Barr, interrompendo o galope da égua com maestria.

O rosto da menina, sujo por conta da terra que revestia a arena, estava manchado de lágrimas.

Jarret baixou a cabeça.

— Senhorita Clay, não foi minha intenção... Eu não sabia... Quer dizer, ninguém nos contou que a senhorita estava aqui em Meadows. Você deveria ter avisado que queria montar. Eu teria pedido para alguém deixar sua égua preparada.

— Posso muito bem selar meu próprio cavalo e não preciso da permissão de um escravo para montar.

Jarret se retraiu. A menina nunca tinha falado com ele daquele jeito.

— Sei disso, senhorita Clay. Mas não é seguro. É melhor ter alguém aqui com você.

— Eu só quero ficar sozinha, será que dá para entender?

Ela bateu as botas nos flancos da égua e a pôs a meio-galope, chegando tão perto de Jarret que uma nuvem de terra lhe atingiu o rosto e sujou sua camisa de linho. O garoto não arredou o pé. Não era uma boa ideia trazer emoções tempestuosas para o lombo de um cavalo, e ele não permitiria que uma menina de treze anos exaurisse uma das éguas de Meadows. Por mais que o animal pertencesse a ela, Jarret ainda era responsável por seu bem-estar. Por isso, ficou parado onde estava e a observou traçar pequenos círculos em zigue-zague pelo picadeiro, incitando a égua até que os flancos estivessem cobertos de suor. Por mais que estivesse irritado, Jarret tinha que admitir que a menina se tornara uma amazona habilidosa. Stellamaris era uma puro-sangue de temperamento espirituoso, mas Mary Barr sabia lidar com ela. Montava com firmeza e usava o bridão para manter a égua sob controle.

Passado um tempo, Jarret ergueu a mão.

— Acho que já chega, senhorita Clay. Pode apear.

Para a surpresa dele, a menina concordou e começou a diminuir o ritmo do galope aos poucos, até que a égua estivesse avançando a passos lentos.

Quando o animal, enfim, estacou, Mary Barr já havia recobrado a compostura. Jarret segurou as rédeas enquanto ela desmontava, depois afrouxou a cilha e recolheu os estribos.

— Eu posso escová-la e levá-la para o estábulo, se você quiser — ofereceu o garoto.

— Obrigada, Jarret, mas não precisa. Ainda não estou pronta para voltar para casa.

Os olhos da menina ficaram marejados outra vez.

— Meu pai está aqui e... bem. Você já deve saber. Parece que todo mundo sabe.

E Jarret sabia mesmo. Beth estava a par do que acontecia na casa-grande, então o garoto estava bem ciente de que a animosidade entre Cash Clay e a família Warfield havia perdido qualquer traço de civilidade graças aos boatos de que, durante seu tempo como prisioneiro de guerra no México, Clay encontrara conforto nos braços de uma beldade ruiva de dezoito anos chamada Lolu.

Jarret tomou as rédeas e conduziu Stellamaris para fora do picadeiro, seguindo à frente para que Mary Barr pudesse se recompor. Assim que chegou ao estábulo, pegou uma escova e começou a tirar as manchas de suor da pelagem da égua, enquanto Mary Barr se encarregava de limpar os cascos. Ela era a única pessoa da casa-grande que se dava ao trabalho de cuidar do próprio cavalo, e Jarret gostava disso. Os dois trabalharam em silêncio. Depois que a pelagem estava seca, cada um apanhou uma escova e se pôs a escovar a égua em movimentos longos e vagarosos, desde a nuca até a cernelha. Stellamaris resfolegou baixinho, relaxando sob o toque.

Os dois a escovaram por muito mais tempo do que o necessário. Jarret sabia como podia ser relaxante sentir a calidez que o cavalo emanava.

Um tempo depois, Mary Barr deixou a escova de lado e apoiou as mãos na lombar.

— Por que as pessoas se casam? — disparou ela sem rodeios. — Eu não vou me casar nunca.

Jarret fitou o chão do corredor. Se a menina esperava uma resposta, não seria ele quem a daria. Não podia abrir brecha para trocar confidências sobre assuntos familiares tão particulares.

— Meu pai se diz emancipacionista, mas só sei que faz da minha mãe a maior escrava que conheço.

Jarret sentiu o sangue subir ao rosto.

— Sabe? Ora, senhorita Clay, você não sabe de nada. Acho que terminamos por hoje.

Ele jogou a escova na caixa de arreios.

— Jarret...

Em seguida, ele desarreou a égua e a conduziu até a baia.

— Jarret? Não foi isso que...

Sem virar para trás, o garoto murmurou:

— Boa noite, senhorita Clay.

Assim que alcançou o fim do corredor, a porta do estábulo chacoalhou enquanto as ripas de madeira deslizavam pela roldana. A sombra de Cassius Clay, com a lamparina em riste, projetou-se pelo corredor.

— Mary Barr — rosnou. — Passei mais de uma hora atrás de você. Como se atreve a sair da mesa de jantar daquele jeito? E que raios você está fazendo aqui, acompanhada deste... — O homem deu um passo em direção a Jarret, perto o bastante para que o garoto sentisse seu hálito de uísque. — Mas que diabos! Quem é você?

Branco. Nervoso. Bêbado. Jarret lutou contra o ímpeto de sair correndo daquela ameaça tripla.

— Eu sou Jarret, mestre Clay. Propriedade do dr. Warfield — murmurou o garoto.

— Eu não sou seu mestre, rapaz! Não me chame disso. Olhe para mim.

Jarret ergueu o rosto e encontrou o olhar soturno de Clay.

— É de você que andam falando? O filho do treinador Lewis?

O garoto assentiu.

— Ora, Jarret *Lewis*, então por que diabos você não fala seu nome direito?

— Não é permitido, mestr... Quer dizer, sinhô. Só os homens livres podem usar o próprio nome.

— Seu pai é um homem livre. Imagino que, quando crescer, você também vai querer ser.

Jarret engoliu em seco.

— Não, sinhô — mentiu.

Nenhuma pessoa escravizada se atreveria a dizer que desejava ser livre. Não para um homem branco.

— Ora, qual é o seu problema, rapaz? Não há escravo no mundo que acredite que nasceu para ser escravizado. Não é natural. Ou você é um idiota desvairado, ou é mentiroso. Por acaso você é idiota, rapaz?

— Não, sinhô.

— É, também acredito que não. Então é um mentiroso?

Jarret se pôs a fitar as tábuas do assoalho. Um rato-do-campo invadiu seu campo de visão. Depois de achatar o corpo feito uma moeda, a pequena criatura espremeu-se por uma frestinha nas tábuas do estábulo e escapou para a escuridão da noite. "Aquele rato é mais livre que eu", pensou Jarret.

— Responda logo, rapaz. E não minta. O que você acha que está fazendo sozinho aqui com minha filha?

— Ele só queria se certificar de que eu estava segura — respondeu Mary Barr.

Jarret percebeu que os músculos da menina estavam retesados, e ela tremia como um potro prestes a fugir em disparada. Então, ela também tinha medo daquele homem.

— Eu... Eu quis dar umas voltas com Stellamaris no picadeiro. Jarret ficou preocupado ao me ver montando sozinha.

Clay, que ainda bloqueava a porta do estábulo com seu corpanzil sombreado, desviou o olhar da filha e o pousou em Jarret.

— Mas que diacho, garota! Não passou pela sua cabeça que, em vez de bancar a babá, esse rapaz deveria estar desfrutando de um descanso mais do que merecido? Ora, você ouviu o que seu avô disse sobre como ele é importante por aqui.

Em seguida, o homem deu um passo para o lado e estendeu o braço, indicando que Jarret deveria passar.

— Obrigado por cuidar da minha filha. Pelo jeito, a mãe não a ensinou a ter respeito pelo pai nem consideração pelos servos.

Depois de passar por Clay, Jarret seguiu rumo à escuridão da noite. Ao olhar para trás, viu o homem se aproximar de Mary Barr. O que faria — o que poderia fazer — se o homem levantasse a mão contra a filha? O garoto se deteve, paralisado. Mas, bem nessa hora, Clay a puxou para um abraço. Ela ficou imóvel, a cabeça mal alcançando o peito do pai.

— Por favor, minha menina, não deixe sua mãe a envenenar contra mim desse jeito.

Jarret não ficou para ouvir o resto. Saiu em disparada pela campina e atravessou a alameda até chegar ao seu jardim, onde o pai tinha deixado uma única vela acesa na janela para iluminar seu caminho para casa.

O garoto pegou a vela no parapeito e usou a luz da chama para se guiar até o sótão, onde havia colocado seu catre depois que Beth e o pai passaram a dividir o quarto do andar de baixo. Tratava-se de um lugarzinho estreito entre as vigas do telhado, e não havia espaço para mais nada além de sua cama improvisada. Era necessário engatinhar para subir os poucos degraus que conduziam até o catre, e o único item de decoração naquele espaço confinado era a pintura que Scott fizera de Darley. Jarret a contemplou por alguns instantes, como sempre fazia, antes de apagar a vela.

No escuro, tentou se esquecer do encontro com os Clay. Era difícil interpretar as pessoas, mesmo quando se achava que as conhecia. Ele tinha ajudado Mary Barr a montar em seu primeiro pônei. Ela mesma não passava de um potrinho na época, ainda com dificuldade de se equilibrar nas próprias pernas. Depois de se acomodar na sela do pônei, seus pezinhos gorduchos não alcançavam os estribos, mas a menina relinchara de alegria mesmo assim. Jarret se lembrou daquela manhã, de rir com aquela garotinha, de compartilhar aquela felicidade tão singela. Mas o comportamento dela tinha mudado desde então, e passou a ser tão desconcertante quanto o de qualquer estranho. Quanto ao pai dela... Bem. Era um enigma. Falava como um antiescravagista do Norte, mas tinha a aparência e os modos de um mestre que o açoitaria até tirar sangue se recebesse um olhar atravessado.

Jarret se revirou na cama. Estava feliz em saber que tinha sido elogiado na casa-grande. Mas isso também o preocupava. Ser notado podia ser perigoso. A espiga mais vistosa pode ser a primeira a ser colhida do pé. E se ele se tornasse valioso demais? E se Warfield o vendesse?

Não era bom ficar pensando nessas coisas antes de dormir, não se quisesse descansar e estar disposto para lidar com os cavalos quando o dia raiasse. Deu soquinhos para afofar o catre, fazendo um apoio confortável para acomodar a cabeça. Não ganharia nada se desperdiçasse uma boa hora de sono se preocupando com essas coisas.

Pensar nos cavalos — era isso que deveria fazer. Permitiu que as lembranças do dia de trabalho inundassem sua mente. Avaliou cada um dos cavalos que havia treinado, mas deixou Darley por último. O potro estava se mostrando cada vez mais forte e inteligente, disposto a fazer qualquer coisa que lhe pedissem. Na verdade, Jarret mal precisava pedir. Parecia até que bastava pensar no que queria para que o cavalo o fizesse. O vínculo criado fazia com que todas aquelas horas passadas no pasto — horas à toa, diriam alguns — valessem a pena. O garoto começou a pensar no treinamento do dia seguinte, e no das muitas semanas por vir, detalhando a estratégia que usaria para acostumar o potro a disputar corrida contra outros cavalos. Planejava usar John Porters como cavaleiro até que Darley estivesse totalmente crescido. A partir daí, ele próprio assumiria as rédeas e passaria a galopar todo dia, devagar no primeiro quilômetro, e depois cada vez mais rápido. Com o passar das semanas, conforme o cavalo ganhasse força, avançariam mais e com mais afinco, até Darley conseguir aguentar uma manhã inteira em movimento. Um galope a toda velocidade colina acima, depois um longo trajeto mais vagaroso. Outro galope, dessa vez mais intenso, seguido por uma longa caminhada ao passo de volta para casa. Era assim que se criava um cavalo fundista: ossos, músculos e fôlego.

Jarret mostraria a Darley como controlar seu ritmo, como entender os comandos do cavaleiro quando lhe pedisse que parasse ou seguisse em frente. Depois, com o peso leve de Porters sobre a sela na hora da corrida, o cavalo praticamente alçaria voo. O mais importante era manter a disposição de Darley a cada passo. Os dois adorariam aquela jornada, Jarret se certificaria disso. "E é assim", pensou o garoto, enquanto se entregava ao sono, "que vamos vencer."

JESS

Museu Nacional de História Natural Smithsonian, Washington, D. C.
2019

ENQUANTO USAVA o paquímetro e anotava as medidas no notebook, Catherine Morgan soltava um ou outro comentário sussurrado.

— Espinha dorsal bem forte — murmurou para si mesma. — Absolutamente extraordinário.

Enquanto a visitante trabalhava, Jess estava sentada no chão, encostada em uma coluna, lendo as correspondências que as duas instituições haviam trocado no século XIX. Os documentos antigos tinham sido compilados por Catherine, que, graças a eles, descobrira que o Smithsonian abrigava o esqueleto do cavalo de corrida mais notável dos anos 1800.

A Royal Veterinary College, onde Catherine trabalhava, tinha sido fundada no Reino Unido em 1792 para estudar o esqueleto de Eclipse, um célebre cavalo de corrida inglês invicto, popular por sua alta velocidade. O arquivo da pesquisadora continha recortes de jornais com reportagens entusiasmadas sobre as corridas de Eclipse, bem como seus obituários. A primeira universidade de medicina veterinária da Inglaterra tinha sido criada graças ao desejo de estudar a ossada do animal para entender o que o tornava tão veloz e resistente. O esqueleto de Eclipse podia ser visto no átrio do campus da faculdade em Hertfordshire, entregue a uma corrida eterna.

Quase um século depois, quando o Smithsonian recebeu os restos mortais do cavalo de corrida mais célebre dos Estados Unidos, um curador escreveu à Royal Veterinary College em busca de aconselhamento técnico sobre esqueletos de equinos. Eclipse tinha passado por uma autópsia logo após a morte, mas seria necessário exumar o famoso garanhão norte-americano. Ao que parecia, ele tinha sido enterrado com certa cerimônia, em um caixão feito sob medida. Uma nota dizia que, ao visitar o cavalo ainda vivo, o general Custer comparara a experiência a "estar na presença sagrada da realeza". Então, tudo indicava que o cavalo era tão célebre e querido que ninguém se opusera à ideia de desenterrá-lo e enviar seus restos mortais para Washington, D. C.

Jess estava feliz e entretida ao folhear as cartas trocadas por seus colegas do século xix — impressionada, como de costume, pela elegante cadência literária dos cientistas da época de Darwin. A última correspondência, de 1878, era uma carta do curador do Smithsonian para seu correspondente da Royal Veterinary College, agradecendo-lhe pelos conselhos e enviando um retrato em cianotipia. A imagem azulada mostrava o esqueleto no pátio do Castelo Smithsonian, recém-articulado sobre uma plataforma de madeira e cercado por um jardim exuberante. Durante anos, ocupara uma posição de destaque no espaço expositivo. À medida que a fama do cavalo diminuiu, porém, a natureza das exposições do Smithsonian também mudou, passando a dar mais ênfase à ciência do que a artefatos chamativos e curiosos. O esqueleto foi guardado no galpão. Depois, houve um aumento de interesse durante uma exposição sobre a história da medição do tempo. O esqueleto estava exposto para ilustrar a invenção do cronômetro, usado para medir o tempo com mais precisão durante as corridas de cavalos. Ao fim da exposição, o esqueleto voltou para o sótão, apenas mais um entre milhões de artefatos, enterrado na vastidão de burocracia institucional.

Jess guardou a cianotipia e pegou o retrato seguinte. Tratava-se de um registro fotográfico real do cavalo: uma antiga imagem estereoscópica dos primórdios da fotografia. Ficou impressionada com a nitidez do retrato. O fotógrafo tinha capturado não apenas a pelagem reluzente, mas também a expressão terna do rapaz negro ao lado do garanhão. O homem e o cavalo estavam parados do lado de fora de um belo estábulo, em cujos beirais a madeira havia sido entalhada em padrões intrincados. Jess analisou a fotografia mais de perto. Não havia guia. O rapaz não estava segurando o garanhão. Ela olhou outra vez. A mão do jovem estava pousada sobre a cernelha do animal, como se fizesse carinho na crina. Jess não era uma grande especialista em cavalos, mas sabia como as fotografias eram tiradas naquela época. Conseguia até imaginar o fotógrafo coberto pelo tecido preto ondulante, o clarão do tungstênio e o estalo alto ao expor a chapa fotográfica. Isso não teria assustado o garanhão e, portanto, borrado o retrato? Como o rapaz tinha conseguido manter o animal tão imóvel?

Jess ficou de pé, com a imagem laminada em uma das mãos, e se pôs a rodear o esqueleto. Nunca tivera a oportunidade de comparar o retrato de um animal vivo com os restos mortais articulados de quase um século e meio de idade.

Catherine se deteve em meio às anotações e olhou para ela.

— É uma fotografia e tanto, não acha? Bem detalhada, considerando a época. Infelizmente não tem data, mas sabemos quem a tirou. James Mullen, um fotógrafo do exército. Ele estava com o Corpo de Engenheiros durante a Guerra Civil do seu país.

— Não é do meu país — respondeu Jess. — A menos que você considere a Austrália como parte do Extremo Sul dos Estados Unidos.

— Ah, desculpe. Eu deveria ter reconhecido o sotaque. Bem, esse registro fotográfico é um achado. No finzinho da vida desse garanhão, a história da fotografia ainda estava em seus primórdios. É interessante poder comparar esse registro com os retratos a óleo do animal. Há muitas pinturas dele, é claro, quase todas feitas durante a época em que participava das corridas. Na pasta, há cópias de todos os retratos de que se tem conhecimento, a maioria feita pelos mesmos pintores, Edward Troye e seu aprendiz, Thomas Scott.

Jess se alternava entre olhar a foto e o esqueleto, avaliando a estrutura óssea que havia sido montada no século XIX.

— Como você mesma comentou mais cedo, é um belo exemplo de articulação. Talvez seja só uma primeira impressão ao ver o retrato, mas você não acha, como uma veterinária de equinos, que a cernelha está muito elevada em relação ao lombo?

Catherine deixou as anotações de lado e passou a analisar a fotografia com atenção.

— Acho que você tem razão. E, agora que estou procurando as diferenças, ainda acrescentaria que os jarretes estão muito angulosos e as quartelas muito retas. Imagino que a pessoa responsável por fazer a articulação nunca tenha visto o cavalo em vida, já que a montagem só aconteceu muitos anos após a morte do animal.

— Eu faria muito melhor.

— Mas você não se daria ao trabalho, não é? Quer dizer, desarticular todo o esqueleto, depois começar do zero...

Jess pareceu confusa.

— Por que não?

— Bem, imagino que isso só faria sentido se você tivesse a intenção de fazer mais alguma coisa com o artefato, não? Analisar o contexto, a história, ou colocá-lo em exposição? Não é como se ele estivesse em uma posição de destaque por aqui...

— E é justamente por isso que quero articulá-lo — respondeu Jess. — Este cavalo não deveria estar enfurnado aqui no sótão.

— Não mesmo. Eu estive no Museu Internacional do Cavalo esta manhã, lá em Kentucky, e eles adorariam tê-lo em exposição. O diretor ficou com dor de cotovelo quando contei o que eu vinha fazer aqui. É claro que, se você tiver tempo para isso, seria uma oportunidade de pesquisa valiosíssima para mim. Podemos escanear os principais ossos locomotores, e depois eu poderia reproduzi-los em 3D com resina esculpida a laser. Tenho o equipamento necessário para isso na minha universidade. E, com isso, eu conseguiria reproduzir o movimento mecânico dos membros. Seria de um valor inestimável para o meu estudo da relação entre constituição física e lesão em equinos.

— Bem, sendo assim, já temos uma finalidade: a pesquisa. Então, vamos nessa.

Por ser diretora do laboratório, Jess tinha ampla liberdade para iniciar projetos, mas não conseguia se livrar da sensação de clandestinidade. Era como se tivesse dez anos outra vez, tendo que esconder um rato morto da mãe para que pudesse articular o *Rattus norvegicus domestica* e guardá-lo em seu quarto. Tinha encontrado o animal no lixão da cidade, um pesadelo ambiental que já fora extinto desde então, graças à regulamentação dos anos posteriores. Era um lugar repleto de colinas fumegantes e fétidas de lixo doméstico e industrial, uma espécie de Mordor com gaivotas. As outras crianças do bairro iam lá para procurar brinquedos descartados. Jess ia atrás de carcaças. Guiada pelo instinto de que um rato morto tirado do lixão poderia testar os limites da mãe, a garota tinha escondido seu achado na composteira do jardim, deixando-o lá até que o processo de decomposição o extirpasse de quaisquer traços murídeos.

Mas ela não precisaria se valer de nenhum desses subterfúgios para levar o cavalo para seu laboratório. Bastava fazer um pedido ao responsável pelo acervo, que provavelmente ficaria feliz em desentulhar um pouco o sótão.

Até onde o homem sabia, aquele *Equus* era igual a qualquer outro, mas é claro que Jess contaria a ele a verdade sobre o célebre artefato.

Só não seria naquele momento.

JARRET, PROPRIEDADE DE WARFIELD

The Meadows, Lexington, Kentucky
1853

A PRIMAVERA DE 1853 transcorreu de forma peculiar. As chuvas que geralmente vinham em abril só chegaram em meados de maio, quando se precipitaram em um aguaceiro implacável que extirpou as mudas e encharcou as peônias até que suas pétalas lastimosas resvalassem a lama. No calor do início de tarde, um cheiro pútrido enchia o ar. Os potros vagavam cobertos de lama pelos pastos, parecendo pequenas estatuetas de barro.

A despeito do clima, Jarret montava Darley todos os dias. A chuva escorria por eles como se tivesse sido arremessada por um balde, mas não era páreo para os torrões de terra que os cascos agitados lançavam ao ar. Ao fim da montaria, o casaco impermeável de Jarret ficava tão rígido que quase parava em pé sozinho. O garoto, então, se punha a limpar a sujeira que revestia o corpo do potro como se fosse uma segunda pele. Quanto mais encharcada a pista, mais Darley parecia gostar, chafurdando na lama como uma criança travessa.

— Ele é como uma pega-cotovia, que gosta da lama, e não como uma andorinha — comentou Harry. — Não há razão para temer a pista molhada, e é certo que vai continuar assim no torneio Phoenix, e provavelmente no Citizen também.

Harry decidira que esses dois torneios eram as melhores escolhas para a estreia de Darley nas corridas. O primeiro consistia em uma corrida de dois páreos de uma milha e o segundo, que só aconteceria quatro dias depois, era mais desafiador, com três páreos de duas milhas cada.

Como ninguém na Associação de Kentucky poderia saber que Darley pertencia a um homem negro, o jóquei usaria as cores do dr. Warfield na corrida: boné azul-claro e jaqueta branca. Além disso, Harry teve que pedir ajuda ao médico para custear a taxa de inscrição. Como eram torneios importantes, a taxa para o primeiro era de cem dólares, e Harry só tinha conseguido juntar cinquenta desde que comprara a alforria da esposa. De bom grado, o dr. Warfield concordou em dividir os custos e o prêmio, que consistia em uma placa de prata avaliada em cem dólares além da soma principesca de mil e setecentos dólares.

Quando os doze competidores foram anunciados, o dr. Warfield se encaminhou cambaleante até o estábulo para ler a lista de nomes para Harry. Ali estava a nata dos cavalos criados em Kentucky: oito dos participantes eram filhos do grande garanhão Glencoe, a primeira geração de sua prole desde que se tornara reprodutor. Havia também um filho de Grey Eagle, além de outro potro baio de Boston, que ainda não tinha nome.

A chuva não deu trégua naquela manhã de 23 de maio. Deitado em seu catre uma hora antes de o dia raiar, Jarret ouvia a torrente golpear o telhado a poucos centímetros de sua cabeça. Ele se levantou, vestiu o casaco impermeável e seguiu em direção ao estábulo, abrindo caminho através da lama que chegava a suas perneiras. Dois dias antes, tinha levado Darley até as baias da Associação, que ficava a uma curta distância dali, para acomodar o cavalo e ajudá-lo a se acostumar com a pista de corrida. Ao chegar ao estábulo, o garoto selou Timon, um velho ruão que já conhecia a pista e seria uma presença relaxante para conduzir Darley até a linha de partida. Os dois avançaram a um trote tranquilo pela cidade adormecida, percorrendo os poucos quilômetros que os separavam da Associação. O sol, àquela altura um disco pálido, esgueirou-se vagaroso para trás das nuvens carregadas, tingindo o céu de estanho.

Quando chegaram, Darley ainda cochilava na baia, com uma das patas traseiras brancas em repouso, apoiada sobre o casco claro. Assim que Jarret abriu a porta do estábulo, o cavalo ergueu a bela cabeça e relinchou. O garoto conduziu Timon para uma baia vazia e chamou um cavalariço para escová-lo. Depois, foi para a área de alimentação dos animais e se secou como podia com um saco de juta. Começou a servir uma porção leve de ração para o dia de corrida e, ao ouvir os grãos sendo despejados no balde, os cavalos pisotearam e se agitaram em suas baias. Darley esvaziou o recipiente em segundos e lançou um olhar recriminador para Jarret.

— Prometo que vai ter muito mais depois — disse, enquanto alisava o flanco do cavalo, sentindo os músculos contraídos sob a linda pelagem.

Não havia como negar que Darley estava em excelentes condições. Depois de conduzir o potro para o corredor, Jarret prendeu uma guia de cada lado do cabresto e apalpou todo o corpo do animal em busca de lesões. Darley chegou mais perto, caloroso e amigável. A hora seguinte transcorreu em silêncio conforme o garoto escovava a pelagem até deixá-la lustrosa e, por fim, cobria o potro com um tecido leve.

A manhã lúgubre se arrastou sob um véu de chuva e, mesmo assim, a área da Associação começou a lotar. Carruagens chapinhavam pela lama e conduziam damas e cavalheiros de sobrecasaca a uma passarela improvisada que levava à arquibancada. Aqueles que não tinham acesso a um espaço coberto se apinhavam nos fundos da pista e se amontoavam nas cercas, agrupando-se debaixo das árvores ou escalando os galhos, usando lonas e sacos para montar tendas improvisadas. Jarret abriu caminho pela multidão. A cidade inteira parecia ter se espremido nos arredores da pista: juízes começavam a chegar em suas carruagens depois de adiar as audiências, seguidos pelos réus que eles deveriam estar julgando naquele dia. Lá estavam os pastores que tinham abandonado o púlpito, assim como os pecadores que poderiam ter se beneficiado de uma visita a suas igrejas. Lá estavam também os ladrões, os gatunos e as alcoviteiras; os nobres e os ilustres; os sapateiros, os tanoeiros e os comerciantes em cujas lojas se via um aviso de "voltamos mais tarde". Jarret era mais um rosto escuro entre muitos. Era comum que os mestres deixassem seus escravizados tirarem uma folga nos dias de corrida. Era igualmente comum que os mais jovens arriscassem desfrutar daquele tempo livre sem permissão e fossem açoitados no dia seguinte. Jarret escutou os palpites gritados em meio ao burburinho e tentou ter uma noção de como andavam as apostas iniciais. Não demorou para se dar conta de que Garrett Davis, um dos potros de Glencoe, era um franco favorito, ao passo que Darley provavelmente começaria quase sem apostas. O páreo do torneio Phoenix seria o primeiro evento do dia, então Jarret não se demorou por ali.

O garoto abriu caminho de volta ao estábulo, de cabeça baixa para se proteger do vento. A certa altura, teve que se afastar para permitir a passagem de uma carruagem puxada por dois lindos pôneis cinzentos. O condutor estava todo empertigado no assento, como se estivesse alheio ao temporal, e usava uma cartola do mesmo tom de cinza dos animais. Conforme avançava, virou-se e cumprimentou Jarret com um aceno cordial de cabeça.

Assim que a carruagem se afastou, Jarret ouviu um sujeito comentar com seu companheiro:

— Aquele ali é Richard Ten Broeck, de Nova Orleans. É dono do Hipódromo de Metairie, que fica lá por aquelas bandas. Aposto que está aqui para ficar de olho nos cavalos favoritos.

A carruagem do dr. Warfield estava parada perto do estábulo e, quando Jarret se aproximou, Mary Barr saiu pela porta. A criada segurava uma sombrinha encharcada sobre a cabeça da garota, que estava tão ocupada tentando não afundar os pés naquele mar de lama que não avistou Jarret logo de cara. No momento seguinte, contudo, ergueu o olhar e se dirigiu a ele:

— Darley vai ganhar, não vai? É o dia mais emocionante de todos os tempos, não acha?

A cabeça revestida por um chapeuzinho se virava em todas as direções, observando a multidão cada vez maior: negros, brancos, ricos, pobres, gente muito velha e muito jovem. Privilegiada e protegida que era, a garota nunca estivera em meio a uma multidão tão diversa.

— *Todo mundo* está aqui. Eu implorei para que me deixassem vir. Mamãe não queria nem saber, mas o jovem pintor, aquele que você sempre ajuda, convenceu o vovô a me trazer para cá.

E lá estava Thomas Scott, ao lado do dr. Warfield e de Harry Lewis enquanto os cavalariços conduziam Darley para fora do estábulo. Jarret já tinha visto o pai se vestir com elegância para as corridas muitas vezes, mas Beth havia conferido um toque extra de requinte aos trajes dele. Tinha polido os botões de latão da sobrecasaca até que ficassem brilhando, e lavado e engomado a gola alta da camisa até que o tecido cintilasse de tão branco. De alguma forma, mesmo naquele lamaçal, os sapatos de Harry estavam tão lustrosos quanto a superfície de um espelho. Ao lado dele, Scott e até mesmo Warfield pareciam maltrapilhos. Jarret conduziu Darley e entregou a corda ao pai enquanto se encarregava de tirar a coberta do animal. O cavalo sacudiu o corpo, um aglomerado de músculos sob uma camada de cetim. Scott assoviou baixinho. Warfield abriu um sorriso radiante e olhou do cavalo para o treinador.

— Você fez um ótimo trabalho, Harry — comentou o médico.

Harry assentiu, aceitando o elogio. Darley ergueu o focinho delicado enquanto as narinas largas farejavam o ar, tentando identificar os cheiros e sons desconhecidos que emanavam da multidão. O cavalo avançou de lado até alcançar Jarret, que pousou a mão em sua cernelha para tranquilizá-lo. Porters, vestido com o traje azul e branco de Warfield, tremia de frio e nervosismo. Jarret tirou o próprio casaco e o colocou ao redor dos ombros estreitos do menino. Era tão comprido que batia em seus tornozelos, envolvendo-o por completo. No torneio Phoenix, os potros tinham que carregar jóqueis de pelo menos trinta e nove quilos, e Porters pesava quarenta e um. Mas isso não era motivo de preocupação, pois Darley já tinha feito boas corridas enquanto carregava os cinquenta e sete quilos de Jarret nas costas.

O tempo parecia suspenso enquanto aguardavam a chamada para a corrida e aproveitavam até o último momento para se manter secos e cobertos. Então, quando veio a chamada, Jarret segurou a cabeça de Darley entre as mãos. Os dois permaneceram assim por um instante, cavalo e menino imersos em uma troca silenciosa. Em seguida, Jarret montou Timon e o posicionou ao lado de Darley. Harry acomodou John Porters na sela e, com uma voz calma, desejou-lhe uma boa corrida.

Jarret estendeu o braço para segurar as rédeas de Darley enquanto os dois cavalos avançavam lado a lado sob a chuva, cujas gotas eram impelidas pelo vento. Foi difícil abrir caminho pela multidão indisciplinada. Um comissário de corridas seguia à frente deles, empunhando um chicote e fazendo o que podia para repelir o mar de gente. Jarret sentiu alívio quando, enfim, chegaram à pista e avançaram a meio-galope até a linha de partida, com o peso do corpo apoiado nos estribos.

Os doze jovens cavalos pinoteavam, agitados, serpenteando e esquivando-se em uma tentativa vã de posicionar os flancos contra a chuva trazida pelo vento, que, àquela altura, os atingia em cheio no focinho. Jarret teve que levantar a voz para se fazer ouvir em meio ao tumulto.

— Ele está sob controle aí, John? — perguntou.

O menino, com os trajes já encharcados e colados ao peitoral estreito, posicionou as rédeas em ponte, com os nós dos dedos esbranquiçados de tensão. Em seguida, respondeu com um aceno de cabeça, então Jarret se afastou e conduziu Timon para longe da área de largada.

Um rapaz de libré estava encarapitado no topo de uma plataforma, esperando o sinal do comissário para tocar o tambor que anunciaria a largada. O comissário estava com o braço levantado, pronto para dar o sinal assim que os jóqueis terminassem de conduzir suas montarias para a linha de partida. Quando os cavalos estavam quase todos alinhados, o vento mudou de direção. Uma rajada forte soprou por trás. Darley empinou a cauda emplumada, como o cavalo árabe que lhe inspirara o nome, e saiu em disparada. Garrett Davis, o potro favorito à esquerda, e a potra Madonna, que estava à direita, partiram em seu encalço — um trio de energia revolta lançando-se prematuramente na pista lamacenta.

— Puxe as rédeas! Ande! — gritou Jarret.

Mas não adiantou: seus apelos foram abafados pelos gemidos da multidão e pelo sibilar do vento. Os três cavalos em fuga seguiram em debandada. Jarret deixou o corpo cair para a frente e enterrou o rosto na crina molhada de Timon. Tanto trabalho, tantos treinos, e tinham perdido a corrida antes mesmo de começar. Ele se obrigou a erguer os olhos e, bem na hora, o jóquei de Madonna, seguido pelo garoto que montava Garrett Davis, conseguiram desacelerar suas montarias e dar meia-volta. Mas não havia nada que Porters pudesse fazer em relação a Darley. O potro era implacável. Ele continuou avançando, contornou a reta final e passou zunindo pela largada. Já percorrera mais de três quilômetros quando Porters, enfim, conseguiu puxar as rédeas e reduzir o ritmo a um meio-galope.

Aborrecido, Jarret desceu da sela e entregou Timon a um cavalariço.

Os responsáveis de Garrett Davis já se amontoavam ao redor do cavalo, preocupados com sua condição e cogitando tirá-lo da corrida. Jarret passou por eles e avançou em direção à cerca, onde estava seu pai, estoico e inexpressivo. O garoto sentiu as lágrimas quentes escorrendo pelo rosto molhado de chuva.

— Acabou — disse com a voz embargada. — Agora você vai ter que tirar Darley da corrida.

Harry fitou o filho com uma expressão impassível no rosto e sacudiu a cabeça de leve.

— Ele só se aqueceu um pouquinho, nada mais. Os outros continuam frios feito pedra. Agora, assista só para ver.

Quando os cavalos inquietos estavam mais ou menos alinhados, o comissário baixou o braço e o rapaz finalmente deu o sinal para anunciar a largada. Os competidores saíram em disparada ao som do tambor, um rio de cores serpenteando por aquele mundo de água e lodo.

Darley se estirou feito um elástico, avançando sem dificuldade pela lama. Corria feito uma raposa, com movimentos longos, baixos e nivelados. Saiu na frente e manteve a dianteira, a liderança aumentando a cada minuto. Porters, com os braços já doloridos depois dos três quilômetros de debandada, empoleirou-se na cernelha do cavalo e não tentou detê-lo. Quando passaram por baixo do arame que marcava o primeiro quilômetro, só havia mais três cavalos na raia, galopando a uma boa distância. Darley cruzou a linha de chegada sozinho. O potro alazão Wild Irishman terminou em segundo, com vários metros de diferença, e a potra baia Madonna chegou em um distante terceiro lugar. Apenas mais um cavalo cruzou a linha de chegada, a potra alazã Fanny Fern, que ocupou a quarta posição. Os oito competidores restantes tinham avançado com dificuldade pelos torrões pegajosos de lama e ficado para trás, de modo que seus jóqueis reduziram o ritmo para uma marcha lenta, na esperança de poupá-los para um desempenho melhor no segundo páreo.

Harry Lewis, que havia treinado muitos vencedores, mas nunca fora dono de um, limitou-se a demonstrar sua alegria com um ligeiro sorriso e um aceno de agradecimento àqueles que o rodearam para lhe dar os parabéns. Jarret, por outro lado, não conseguia conter a emoção. Estava grato pela chuva, que escondia suas lágrimas. Chorou de alívio, mas também de felicidade. Queria dar um abraço em Harry, mas sabia que tal demonstração poderia ofender a dignidade do pai. Por isso, seguiu em direção ao padoque para ajudar Porters a apear. O menino estava coberto de lama do chapéu às perneiras, e os trajes estavam tão encharcados que mal dava para distinguir as cores do tecido. Apesar disso, Jarret abraçou aquela pequena silhueta incrustada de lama. Em seguida, acenou para dispensar o cavalariço, pegou as rédeas e avisou que ele mesmo se encarregaria de levar o cavalo para esfriar o corpo, ainda quente depois da corrida. Darley bufou e arfou enquanto avançavam, mas logo recobrou o fôlego. Manteve o olhar fixo em Jarret durante todo o trajeto, prestando atenção enquanto o rapaz lhe dizia que era um excelente cavalo e que, sem dúvida, havia mostrado seu valor para todos.

Quando chegou a hora do segundo páreo, a chuva finalmente deu uma trégua. Porters, vestido com trajes limpos, segurou a rédea de Darley com firmeza durante todo o trajeto até a linha de partida. Dessa vez, porém, o cavalo não parecia disposto a fugir em disparada. Parecia entender que não demoraria muito para conseguir abrir a dianteira. Dessa vez, estava disposto a esperar pelo sinal.

Foi mais fácil colocar os cavalos em posição, uma vez que a chuva forte já não lhes açoitava o rosto. Deram a largada no momento certo, mas mal dava para chamar aquilo de corrida. Darley assumiu a liderança e a manteve até o fim, sem ninguém para lhe oferecer concorrência. Além dele, apenas dois outros cavalos conseguiram ultrapassar a bandeira que marcava a distância.

Jarret e Harry conduziram o cavalo até o pódio para receber as guirlandas e o prêmio em prata, que foi entregue ao dr. Warfield, é claro, pois todos achavam que fosse o proprietário. Em público, tudo o que Harry podia receber eram elogios, mas estes foram distribuídos em abundância.

Jarret deixou o pai no pódio, desfrutando de toda aquela atenção, e levou Darley para esfriar o corpo. Mais tarde, quando já estavam na baia, removeu a camada de lama que revestia a pelagem do cavalo, que, enfim, se alimentava depois da corrida. O coração do garoto batia acelerado enquanto se encarregava desses afazeres habituais, com a mente voltada para os oitocentos e cinquenta dólares de prêmio. Descontando a taxa de inscrição para o torneio Citizen, que o pai não precisaria dividir com o dr. Warfield, eles estariam setecentos e cinquenta dólares mais perto de garantir sua liberdade. Jarret estava encostado na porta da baia de Darley, ouvindo o cavalo faminto mastigar a ração, quando Scott adentrou o estábulo acompanhando uma Mary Barr ofegante e sorridente.

— Foi uma corrida e tanto, não acha? Nem me lembro da última vez que fiquei tão empolgada.

— Havia alguns bons cavalos por lá, mas não foram páreo para ele — comentou o pintor. — Já vi um ou dois deles praticamente voarem em pistas mais secas.

— Não é só a pista. — O fato de Jarret se sentir à vontade para dar sua opinião era um indício de seu bom humor. — Darley nem precisou se esforçar para ganhar as corridas de hoje. Ele poderia voltar lá agora mesmo e fazer tudo de novo sem nem sentir.

— Você acha mesmo? Então não tem a menor dúvida de que ele estará pronto para o próximo torneio daqui a quatro dias, certo?

— Dúvida nenhuma.

— Ora, então é melhor eu ver se o dr. Warfield não me adianta um dinheirinho da próxima encomenda. Quero fazer uma aposta o quanto antes. Darley vai ser o favorito na próxima corrida.

— Por acaso, o dr. Warfield já disse qual vai ser o tema do próximo quadro?

— Disse, claro que disse. Ele ficou tão satisfeito com a vitória de hoje que encomendou uma pintura de Darley. Ora, eu diria que foi um ótimo dia para todos nós.

Jarret se perguntou por que o médico desejaria um retrato do cavalo deles, mas logo supôs que o homem só devia estar orgulhoso por ter criado um campeão tão cheio de potencial. O garoto esperava ser chamado para ajudar Scott com a pintura. Estava ansioso para ver quais cores seriam misturadas para retratar a linda pelagem baia de Darley e seus reflexos dourados. Estava evidente que o próprio Scott já estava pensando nisso.

— Você e seu pai realmente fizeram um excelente trabalho com ele — declarou. — Um cavalo de cabo a rabo, sem tirar nem pôr.

O pintor se virou bem nessa hora, pois Harry adentrou o estábulo, acompanhado pelo dr. Warfield e por um cavalheiro elegante e esbelto. Jarret o reconheceu: era o homem que lhe dera um aceno cordial do alto da carruagem.

Scott fez uma mesura.

— O que achou da nossa corrida em Kentucky, sr. Ten Broeck?

— Bem mais lenta que a de Metairie, sr. Scott, pelo menos a de hoje.

O homem falava com um sotaque do Norte parecido com o de Scott, ainda que mais rebuscado e formal.

— Ora, todos ficamos sabendo que, desde que você assumiu a propriedade, as corridas andam muito velozes. Dizem que é a pista mais bem conservada do país hoje em dia.

— Muito obrigado. De fato, fiz algumas melhorias, mas nem tudo é mérito meu. Metairie Ridge é o terreno mais elevado de nossa cidade úmida e, sendo assim, tem a melhor drenagem. Mas, como fica em cima de um pântano, o subsolo é bastante irrigado, o que o torna resistente e cheio de vida. Meus jóqueis o chamam de trampolim.

Enquanto falava, o homem não tirava os olhos do cavalo.

— Parece-me que o senhor tem um interesse particular na prole de Boston, não? — perguntou Scott. Jarret percebeu que Scott havia abandonado seu costumeiro jeito tranquilo e adotado um ar mais formal, espelhando o de Ten Broeck. — Gostei muito do retrato de Arrow que o sr. Troye lhe fez.

— Sim, é um belíssimo quadro. Arrow é um bom cavalo. É uma pena que tenha sido castrado antes de eu tê-lo comprado, mas ouvi dizer que tinha um temperamento tão ruim quanto o do pai.

— Não é o caso deste aqui — comentou o dr. Warfield. — Ele tem o temperamento ideal: feroz na pista e dócil no estábulo. Quer que o garoto o tire da baia, para que você possa fazer sua própria avaliação?

— Seria muita gentileza — respondeu e se virou para Jarret — se não for um incômodo para o rapaz.

Jarret não estava acostumado a ser tratado com tamanha bondade. O dr. Warfield era sempre cordial, mas, perto dos modos daquele homem, todos os outros pareciam grosseiros.

— Excelente — disse Ten Broeck, enquanto Jarret conduzia o cavalo pelo corredor até chegar a um ponto mais iluminado. — O tamanho da espinha dorsal e do ombro é bastante incomum para um cavalo dessa estatura... Quanto ele mede? Um metro e sessenta?

— Exatamente. O senhor tem um olho bom para a coisa — elogiou Warfield.

— Uma abundância de músculos. Curva admirável até o pescoço, espaço de sobra para a traqueia. Ora, dr. Warfield, creio que nunca vi um cavalo tão bonito quanto este que você tem aqui.

Um tom rosado tingiu as faces do médico. Ele se virou para Harry e fez uma pequena reverência.

— É meu treinador aqui que merece o crédito. Foi graças a ele — continuou, e então olhou para Jarret — e ao filho dele aqui que o cavalo chegou a essas condições que você vê hoje.

— Ora, você é um homem de sorte em todos os aspectos.

Bem nessa hora, um cavalariço apareceu para avisar que a carruagem estava pronta para levar o grupo de Meadows para casa.

— Não quer jantar conosco esta noite, sr. Ten Broeck? O capitão Viley também se juntará a nós, e acho que vocês dois se conhecem bem.

— É muita gentileza, mas sou eu quem conduzo minha carruagem e não conheço o caminho.

— Vou enviar um rapaz a seus aposentos para lhe dar as instruções. Ou quem sabe... Jarret, você mesmo pode acompanhar o sr. Ten Broeck.

Harry pigarreou.

— Eu estava pensando em deixar Jarret aqui com o cavalo — explicou. — Só para garantir que vai ficar tudo bem, sabe, já que só faltam quatro dias para o próximo torneio...

O dr. Warfield baixou a voz.

— Prudente da sua parte, Harry, mas talvez um pouco prudente demais. Um dos outros cavalariços pode ficar de olho nele.

Quando os cavalheiros saíram, Harry pousou o braço no ombro do filho.

— Acompanhe o homem, como seu sinhô disse para fazer. Mas eu não vou arredar o pé daqui. Não quero correr nenhum risco com nosso Darley.

Jarret seguiu Ten Broeck até a carruagem e o ajudou a subir, depois virou-se para se dependurar na parte de trás da carroceria.

— Venha cá — chamou Ten Broeck, e usou a mão enluvada para dar um tapinha no assento a seu lado. — Você está aqui para me dar instruções, não está? Não vou conseguir escutar uma só palavra se você estiver sacolejando lá atrás.

— Isso não é permitido.

— Eu estou dando permissão. Suba aqui.

Jarret estava acostumado a fazer tudo o que lhe pediam, mas teve dificuldade de lidar com o desconforto causado por essa quebra de costume. Subiu com relutância e se empoleirou bem na beirada do assento, mantendo os olhos fixos à frente.

Ten Broeck olhou para o garoto.

— Ora, desse jeito até parece que esses excelentes assentos de couro são um canteiro de urtigas.

Para agravar ainda mais o desconforto de Jarret, mal tinham passado pelos portões da Associação quando Ten Broeck começou um interrogatório. A princípio, pediu que o garoto desse detalhes sobre o treinamento de Darley, em especial os aspectos menos convencionais.

— Talvez seja por isso que o temperamento dele é tão bom — ponderou o homem. — Esse seu método poderia ter impedido que cavalos como Arrow fossem para a faca do castrador.

Como Ten Broeck estava hospedado na cidade, foram até lá para que ele pudesse vestir roupas mais apropriadas para o jantar. Jarret ficou com os cavalos até que o homem retornasse.

As perguntas continuaram por todo o trajeto até Meadows, sondando cada aspecto do patrimônio do dr. Warfield — a quantidade de cavalos puros-sangues, os tipos de colheita, a renda advinda da loja na cidade, o nível de participação do médico nos afazeres do dia a dia. Jarret respondeu com as informações que eram do conhecimento de todos e se calou em relação ao restante. O homem era um convidado do médico, afinal, e dos mais ilustres, ao que parecia. O garoto não queria parecer grosseiro, mas não via necessidade de dar detalhes sobre assuntos que só diziam respeito ao médico.

— Devo dizer que, para um homem daquela idade, o dr. Warfield tem muitos interesses — comentou Ten Broeck. — Quantos anos ele tem? Setenta? E ainda com a disposição de um garoto.

Jarret não queria contradizer o homem, mas todos em Meadows estavam cientes da fragilidade do médico e sabiam que estava se afastando cada vez mais dos negócios da propriedade. Se não fosse pelo pulso firme da sra. Warfield, muitos aspectos da fazenda e das finanças poderiam ter sido afetados pela falta de atenção do médico.

Assim que a carruagem desacelerou para fazer a curva na entrada de Meadows, Jarret pediu para descer. Não queria que o vissem sentado ao lado de Ten Broeck. Estava cansado até os ossos, exausto demais para selar um cavalo e voltar para os estábulos da Associação, exaurido demais até mesmo para ir até a cabana, pois lá teria que conversar com Beth. Seria bom vestir roupas limpas, mas isso poderia esperar até o dia seguinte. Ainda ficava encabulado na presença da mulher quando o pai não estava em casa. E o garoto sabia que ela não dependia dele para ficar a par dos acontecimentos do dia. As notícias fluíam na direção de Beth em enxurrada. Por isso, Jarret decidiu seguir para os estábulos, onde uma pilha de sacos no palheiro seriam o suficiente para passar a noite. Como Darley teria folga no dia seguinte, Scott havia sugerido que aproveitassem esse tempo livre para começar a pintura, então Jarret teria que acordar bem cedo para preparar o cavalo.

O garoto olhou na direção da casa. Ainda era dia, então as velas não tinham sido acesas, mas ele já conseguia imaginar o alvoroço na cozinha enquanto o jantar de comemoração era preparado.

Eles poderiam muito bem se fartar sozinhos. Jarret não queria nada além da própria cama.

JESS

Museu Nacional de História Natural Smithsonian, Washington, D. C.
2019

JÁ ERAM QUASE seis da tarde quando Catherine terminou o trabalho e começou a guardar seus equipamentos. Jess sacudiu a cabeça feito um cachorro para se livrar da poeira do sótão entranhada no cabelo. Estava morta de vergonha por aquela cientista de aparência imaculada ter sido submetida a condições de trabalho tão lastimáveis.

— Você tem planos para mais tarde? Se não tiver, posso preparar um jantar para nós... Eu moro aqui perto. Nada muito requintado, mas podemos grelhar umas costeletas de cordeiro, caso você coma carne.

Catherine parecia grata pela oferta de uma refeição caseira. Como o equipamento da pesquisadora era muito pesado, Jess chamou um táxi para ela antes de sair para buscar sua bicicleta.

— É bem pertinho, então acho que vou chegar primeiro que você. Mas, se você chegar antes, peça ajuda ao motorista para descarregar o equipamento.

Algumas pessoas jogavam as últimas partidas de futebol do dia no National Mall. Outras tinham saído para correr, aproveitando o ar fresco da noite. Enquanto descia os degraus, Jess se sentiu bem com a brisa suave, com seu pequeno ato de bondade para com uma estranha e com o projeto que desenvolveriam juntas.

Bem nessa hora, viu um negro alto curvado sobre sua bicicleta, tentando abrir o cadeado. Os colegas tinham mesmo dito que não era uma boa ideia ter uma bicicleta cara daquelas em Washington.

Jess começou a correr.

— Ei! — gritou. — Mas que...

Raios você acha que está fazendo? Ela engoliu as palavras acusatórias. Não queria ser esse *tipo* de mulher.

— ... coincidência! Eu tenho uma bicicleta igualzinha a essa.

O homem ergueu o olhar, assustado, com uma cascata de cachos grossos balançando atrás da cabeça.

— Perdão? O que foi que você disse?

Tinha um sotaque britânico elegante e delineado, como uma topiária.

— Hum, acho que é só coincidência — continuou Jess. — Minha bicicleta é idêntica a essa, com esse mesmo tom de azul-escuro. Tive que mandar fazer dessa cor por encomenda. Demorou semanas para ficar pronta.

— Ah, é?

Ele olhou para baixo e segurou o cilindro do cadeado.

— Meu cadeado também é igualzinho.

Nesse momento o rapaz se empertigou — ele era muito alto — e olhou feio para ela, com os olhos semicerrados.

— Senhora — começou o rapaz, pronunciando à maneira britânica, com uma cadência diferente ao enunciar as sílabas. — Esta bicicleta aqui não é a sua.

Depois, olhou para as grades do bicicletário e, com a elegância de um dançarino, apontou o dedo longo para o lado.

— Acredito que a sua esteja logo ali.

Jess seguiu seu olhar e avistou uma Trek CrossRip idêntica, também azul-escura, com o mesmo guidão curvado.

Sentiu o rubor subir pelo pescoço, espalhar a coloração febril pelo rosto e pinicar o couro cabeludo. Queria que a terra a engolisse ali mesmo. Ergueu o olhar, forçando-se a manter contato visual enquanto gaguejava um pedido de desculpas. Os lábios do rapaz estavam crispados em uma linha fina, e seus olhos pareciam magoados e zangados. Jess se preparou para levar a bronca que sabia que merecia.

Mas, então, ele sorriu. Um sorriso caloroso que chegava aos olhos, que tinham o mesmo tom e o brilho de xarope de bordo.

— Bem, deu para ver que nós dois temos um ótimo gosto para bicicletas. Seu sotaque é australiano, não é?

— É, sim — respondeu ela com a voz aguda.

— Bem que imaginei. Eu morei em Canberra por alguns anos.

Mais tarde, Jess se lembraria daquela primeira gentileza — a forma disciplinada com que ele fizera a raiva se dissipar do rosto, a rápida mudança de assunto. Era muito mais do que ela merecia depois do que não tinha sido uma discriminação sutil, e sim racismo escancarado. E, mesmo assim, ele a deixara se safar. O rapaz se despediu com um aceno indiferente, passou a perna por cima da bicicleta e pedalou para longe. Ela observou a silhueta se afastar, sentindo-se envergonhada.

Enquanto pedalava para casa, Jess refletiu sobre o que havia acontecido, repreendendo a si mesma e imaginando como as coisas poderiam ter sido diferentes se ela tivesse parado por um momento para resistir ao preconceito. Só um momento, e ela teria visto a própria bicicleta e talvez até feito algum comentário educado sobre ser parecida com a daquele rapaz simpático de olhos bonitos. Poderiam até ter conversado sobre a vida em Canberra. Mas, pensando bem, quem ela estava tentando enganar? Por que aquele cara daria atenção a uma mulher coberta de poeira, com a camisa amarrotada e um leve cheiro de insetário?

Jess chegou em casa um pouquinho antes de Catherine. Serviu uma generosa taça de vinho para cada uma e, então, pôs as mãos na massa, picando alho, desfolhando alecrim e regando as costeletas com azeite enquanto Catherine contava histórias envolventes de uma infância que poderia ter sido fruto da imaginação de James Herriot. Tanto o pai quanto a mãe dela haviam trabalhado como veterinários rurais e, contrariando os estereótipos, a mãe é quem havia se especializado em animais de grande porte.

— Vivia com o braço enfiado até o cotovelo na vagina das vacas, inseminando animais da raça Hereford ou arrancando cordeirinhos do ventre das ovelhas na calada da noite. Meu pai cuidava dos cachorrinhos fofos e dos gatos velhos. Mas eu sempre gostei mesmo dos cavalos. Ia para os estábulos para os afazeres diários antes da aula, depois voltava para cavalgar... Podia estar chovendo ou o maior breu, mas eu não estava nem aí. Fiz tudo o que dava para fazer: CCE, adestramento, polo...

— Polo? — repetiu Jess enquanto colocava as costeletas na grelha. — Eu nem sabia que mulheres praticavam isso.

— Na verdade, é um dos poucos esportes coletivos em que as mulheres competem com os homens em pé de igualdade, por assim dizer. Eu era péssima, porque sou canhota e é necessário jogar com a mão direita, e cavalgar bem só ajuda até certo ponto. Enfim, eu ainda adoro assistir quando posso. É um esporte maravilhoso, rápido e emocionante. Os australianos são muito bons nisso. Acho que deve ser porque tem muitos fazendeiros com criação de cavalos por aquelas bandas.

— Não sei muito sobre o assunto — admitiu Jess. — Não sou muito fã de esportes. As pessoas só se importavam com isso onde cresci, então, em um ato de rebeldia, fiz questão de não ligar para essas coisas. Museus, galerias de arte, bibliotecas: isso era mais a minha cara. Mas eu gosto de cavalos... Quer dizer, gosto de olhar para eles. Nunca cavalguei.

— Isso é uma pena.

Catherine começou a rasgar a alface para a salada, depois procurou no armário o vinagre balsâmico e vasculhou a geladeira para pegar a mostarda.

— Não tem nada igual, sério — continuou. — Aquele momento em que você manda seu cavalo saltar uma mureta de pedra sem ter a menor ideia do que há do outro lado...

— Nossa! — exclamou Jess. — Isso parece assustador!

Catherine sorriu.

— Dá para argumentar que todo mundo que cavalga a sério é um pouquinho desequilibrado — disse, e arregaçou a barra da calça para mostrar uma canela de formato estranho. — Não é muito bonita, é? Placas, parafusos... praticamente uma loja de ferragens. É a maior confusão quando tenho que passar por um detector de metais. Depois da segunda cirurgia, a ortopedista me perguntou se eu ficaria triste por ter que parar de andar a cavalo. Eu a encarei como se *ela* fosse a louca da história, e disse que voltaria a cavalgar assim que tirasse os pontos.

Jess colocou os pratos na mesa e serviu mais um pouco de vinho.

— Pelo jeito, você estava destinada a ser veterinária de equinos.

— Ah, com certeza. Nunca quis fazer outra coisa. Quer dizer, acho que eu teria sido muito feliz limpando estábulos ou dando aula de equitação para crianças mimadas se as coisas tivessem tomado esse rumo, mas eu era bem CDF na escola e, quando entrei em Oxford, meu caminho já estava praticamente traçado. Era a corrida que dava dinheiro, então é claro que me enveredei por esse lado. No começo foi muito empolgante. Os garotos de Coolmore com sotaques maravilhosos, a família Maktoum, até a rainha... Sabe, para uma garota do interior como eu, de repente a vida parecia cheia de possibilidades. Os bilionários mandavam me buscar de jatinho para cuidar de seus cavalos. Era fácil ser seduzida por esse estilo de vida. Fácil se convencer a fazer coisas que...

Catherine se deteve, pousou o garfo na mesa e ergueu a taça de vinho. Jess percebeu como o rosto dela estava corado. Os efeitos do vinho estavam nítidos naquela pele delicada, apesar de só terem ingerido uma taça. Catherine pegou um guardanapo e enxugou a testa, depois deu batidinhas para secar os olhos.

— Onde fica o banheiro? — perguntou, levantando-se abruptamente e arrastando a cadeira para trás.

Catherine retornou alguns minutos depois, já recomposta. Jess serviu a salada.

— Desculpe por isso. Deve ser por conta do fuso. Não é do meu feitio ficar assim... Mas pensar naqueles anos... não trouxe boas lembranças. Havia muitos maus-tratos direcionados aos cavalos, sabe? E, infelizmente, percebi tarde demais que estava sendo conivente. Ou, melhor dizendo, percebi logo de cara que eu tinha um papel naquilo tudo, mas continuei o desempenhando mesmo assim. O "princípio de nunca causar dano ou mal" se aplica tanto a animais quanto a pessoas. Ou pelo menos foi isso que concluí quando deixei de me deslumbrar por toda aquela opulência.

— O que aconteceu?

— Nada incomum. Nada ilegal. Só o negócio em si: botar cavalos para participar de corridas antes mesmo de terem idade para ser montados, acabar com os ossos deles quando ainda estão em fase de crescimento. Bem, naquela época sobre a qual estávamos conversando mais cedo... Eclipse, por exemplo, só foi chegar perto de uma pista de corrida quando já tinha cinco anos. Mas agora obrigamos os cavalos a correr aos dois anos, depois de passar por uma série intensa de treinamentos. Enchemos os coitados de butazona para mandá-los para a pista quando estão machucados e precisam de repouso. Tantos treinadores me pediram que desse um jeito no cavalo para disputar só mais uma corrida. E então, se eu fizesse isso, e se o cavalo conseguisse correr mesmo com toda a dor que mascarei com esteroides e analgésicos, seria só mais umazinha depois dessa. No fim, aquele mesmo cavalo, aquele belo e corajoso animal que tinha se esforçado ao máximo, sofreria uma lesão catastrófica que acabaria com ele ou o faria parar de vencer as corridas, e ele seria basicamente descartado. Eles foram ensinados a correr a toda velocidade em uma única direção, ficam doloridos e irritados e apenas alguns são aptos a ser treinados para outro tipo de trabalho. É simplesmente cruel demais... e um desperdício tão, tão perverso.

Ela virou a taça.

— E tudo isso a troco de quê? Só para que os ricaços possam competir para ver quem tem o pau maior?

Catherine apoiou a taça no tampo da mesa com um baque, depois levou a mão ao cabelo.

— Desculpe.

— Não tem por que se desculpar — tranquilizou-a Jess. — Mas... se me permite a pergunta, por que você parou?

— Por causa de uma manada de cavalos árabes nas dunas de Abu Dhabi — respondeu ela.

Catherine tinha ido passar um ano por lá, contratada por um já idoso xeque Zayed, que havia liderado as tribos antes da chegada da riqueza do petróleo, antes mesmo que a região fosse conhecida como Emirados.

— Ele era um cara do deserto das antigas, vigoroso e forte feito uma pedra mesmo com seus noventa e tantos anos. Bem diferente dos tipos principescos decadentes dos dias de hoje, que andam de carrão para lá e para cá. Não ficou nada feliz ao saber que os melhores puros-sangues árabes tinham sido mandados para a Europa no século XIX, então decidiu fazer algo a respeito. Comprou de volta algumas das melhores matrizes e garanhões. E, como acreditava que o cavalo árabe se dá melhor no deserto, construiu um estábulo magnífico e os deixou correr livres pelas dunas.

Seu rosto assumiu um ar sonhador.

— Os potros que nasceram lá no deserto desenvolveram uma constituição física diferente. Ou, melhor dizendo, retomaram a antiga forma. O peitoral ficou mais largo com o esforço de correr na areia, os cílios ficaram mais grossos para manter os grãos de areia longe dos olhos. Eu ia para as dunas com meus cavalariços pachtuns em busca da manada, que se aproximava a toda velocidade pela areia. Eles sabiam que os cavalariços sempre levavam um punhado de tâmaras como agrado. De repente, você se via rodeada por aqueles cavalos magníficos que podiam simplesmente ser cavalos e nada mais. Tinham o corpo e a mente sãos, e eram gentis, confiantes, brincalhões. Eu nunca tinha visto cavalos como aqueles. Foi uma experiência reveladora para mim. Depois disso, eu simplesmente soube que jamais conseguiria voltar ao meu antigo emprego.

Depois de retornar para a Inglaterra, Catherine enveredou pela área de pesquisa, determinada a influenciar as práticas de reprodução.

— Não é lá grandes coisas, mas é o que posso fazer por eles, já que não vamos conseguir acabar com a indústria de corridas da noite para o dia. Nem vou estar viva quando isso acontecer. Mas é possível se atentar para algumas características no processo de procriação para que a estrutura óssea os torne menos sujeitos a lesões, especialmente se eu conseguir provar que, além de tudo, isso melhora o desempenho do animal. É por esse motivo que estou medindo esqueletos antigos a torto e a direito. É importante recuperar o conhecimento perdido. Os cavalos do século XIX eram mais fortes e mais saudáveis, com uma resistência física impressionante, além da velocidade de tirar o fôlego. Eles corriam mais de seis quilômetros, sabe, às vezes até três páreos em um único dia. Eram resistentes. Tinham que ser. Era melhor para os cavalos, e as pessoas adoravam. Era muito mais divertido assistir a essas corridas, pois a longa distância permitia um leque variado de estratégias e havia muita rivalidade entre os competidores. A profusão de gente que costumava aparecer para assistir... Uma multidão que seria o sonho dos organizadores de qualquer corrida moderna.

"É por isso que seu cavalo ficou tão famoso. Centenas de milhares de pessoas o seguiam para toda parte. Chegaram a inventar um cronômetro produzido em massa porque as pessoas queriam acompanhar os recordes que quebrava. Até escreveram poemas em homenagem a ele. Hum, será que eu consigo..."

Catherine ergueu o queixo e cruzou as mãos em uma pose antiquada que lembrou a Jess do Festival Eisteddfod. Em seguida, pigarreou e começou a declamar:

> *Pendurado no meu quarto há um retrato descolorido pelo tempo*
> *Uma velha pintura a óleo que o futuro trará ao pensamento*
> *A lembrança das antigas lendas dessas corridas do passado,*
> *Quando os invernos eram de prata e os verões tingidos de dourado,*
> *É o retrato de um garanhão, parado onde o tordo entoa seu tormento*
> *No jardim onde a hera se espalha pelas ruínas de um antigo monumento.*
> *E as gavinhas penduradas quase fazem seu lombo de guarida,*
> *E ele me parece tentar ouvir os batuques da corrida.*

Catherine descruzou as mãos e pegou a taça de vinho.

— Tem muitos outros versos, mas acho que só consigo me lembrar desses. Por que será que os poemas ruins grudam mais no cérebro do que os bons? Fico até imaginando que conceito de química orgânica temos que desaprender para liberar espaço para que os versos mal escritos grudem na nossa cabeça desse jeito.

— É verdade — concordou Jess, rindo. — Minha avó vivia me fazendo decorar uma porção de baladas australianas. Não consigo lembrar o que li no trabalho ontem, mas ainda sei recitar "The Man from Snowy River" tintim por tintim.

— Ah, então você vai ter que recitar para mim.

— Primeiro, eu precisaria de mais algumas taças de vinho — respondeu Jess, entre risos.

— Então, vai ficar para outro dia — declarou Catherine. — Já bebi além da conta.

— Eu também.

As duas se levantaram para recolher os pratos.

— Mas é impressionante que as pessoas fossem tão fissuradas por este cavalo — comentou Jess. — E que agora ele tenha caído no esquecimento... mesmo depois de todos aqueles poemas, quadros e artigos de jornal. Será que seu poeta tinha uma pintura verdadeira em mente quando escreveu aqueles versos?

— Acho bem provável.

Catherine foi até a bolsa e pegou a pasta que Jess havia folheado mais cedo naquele dia.

— Eu acho que pode ser esta aqui, mas não tenho certeza... — continuou enquanto pegava a cópia do retrato. — É uma pintura excelente, não acha? Ele deve ter sido um cavalo muito impressionante. — Depois, virou a página. — Ora, isso é interessante. Está escrito que o retrato original está bem aqui, no acervo do seu museu... Talvez tenha chegado ao Smithsonian na mesma leva que o esqueleto.

Jess enxugou as mãos em um pano de prato e pegou o papel que Catherine segurava. Então, deu uma olhada nos números de referência no verso do retrato.

— Não. A data de aquisição é bem posterior. Mas vou descobrir onde está armazenado e conferir com meus próprios olhos.

— Eu sempre quis saber como conseguem fazer um cavalo de corrida posar para o retrato. Bem, eu sei que não está posando de verdade, mas você entendeu. Eles sempre parecem tão tranquilos, tão calmos, mas não pode ser verdade. Cavalos de corrida não são assim, especialmente os garanhões. É impossível obrigá-los a ficar parados por um segundo que seja.

THOMAS J. SCOTT

Sede da Associação, Lexington, Kentucky
1853

NÃO CONSEGUI FAZER nada direito esta manhã. Parecia que não estava com cabeça para o trabalho. Mal conseguia encarar o garoto. Nem conseguia olhá-lo nos olhos.

Mas, pelo jeito, ele nem percebeu. Taciturno como sempre, toda a sua atenção voltada para o cavalo.

Ele tinha feito seu trabalho como de costume, ou seja, com perfeição. O animal brilhava. O garoto havia montado o cavalete e esticado o linho de acordo com as minhas instruções. Estava tudo nos conformes quando cheguei. Os dois estavam no pasto, entretidos com algum tipo de jogo: o garoto avançava com alguns passos rápidos e o cavalo o imitava. Quando se detinha, o cavalo também parava. Depois fazia um sinal com a mão, girando o braço em um círculo, e o cavalo dava meia-volta sobre as ancas. Por fim, fazia o cavalo repetir tudo desde o começo apenas respondendo aos comandos de voz. Observei essa dança até que o garoto notou minha presença e foi buscar uma guia.

Quando comecei a desenhar, ele segurou o cavalo com suavidade, mas entre os dois havia uma conexão que transcendia meras guias e cabrestos. Bastava o rapaz mexer um ombro ou inclinar a cabeça e o cavalo se movia em harmonia com ele, como se estivessem travando uma conversa silenciosa. Dava para ver que ele amava aquele potro. Seria difícil de engolir, quando descobrisse.

Quanto mais ele facilitava meu trabalho, menos eu conseguia me dedicar à pintura. Não parava de pensar em Richard Ten Broeck e Willa Viley e em como tinham emboscado o velho Elisha Warfield bem ali, em sua própria mesa de jantar.

Estive estudando Ten Broeck. Ele vem do Norte, assim como eu, mas aprendeu a usar os maneirismos do Sul sem ficar caricato. Em uma tentativa de nos ver livres de nossa reticência ianque, muitos de nós acabamos passando do ponto. Miramos nos *chevaliers*, mas o exagero nos torna, em vez disso, ridículos Quixotes.

Ten Broeck é um homem inescrutável, o que não é surpresa. Não se faz fortuna jogando cartas revelando o que se tem na mão. Pela reputação, eu esperava um dissoluto apostador de cassino flutuante, mas seus modos são mais condizentes com os de um professor de literatura clássica do que os de um príncipe dos jogos de azar. Dizem que era um aluno brilhante antes do escândalo de West Point. É um sujeito tranquilo, taciturno, esguio e de estatura mediana, e, ainda assim, emana certa aura. Dizer "ameaçadora" seria um exagero, mas percebe-se que é um homem a ser levado a sério, talvez até temido.

E ele tem uma coisa que jamais terei: o refinamento do privilégio. Seus trajes são imaculados, mas não extravagantes, típicos de uma linhagem tradicional endinheirada, que é de onde ele vem, uma das primeiras famílias holandesas a se assentar em Nova York: oficiais do Estado-Maior da Guerra de Independência de ambos os lados. Estava destinado, segundo dizem, a seguir a distinta carreira militar tradicional da família. Ouvi duas versões de sua dispensa de West Point, uma de um admirador, outra de um sujeito que foi humilhado por ele na jogatina. O primeiro disse que um instrutor o insultou e, já que cadetes não podiam desafiar capitães para um duelo, o jovem Ten Broeck pediu dispensa, desafiou-o como civil e saiu com uma vitória e um pedido de desculpas. O outro alegou que o rapaz agrediu seu superior e se safou de uma expulsão desonrosa graças à influência da família. Talvez essa seja a versão mais provável, dada a desavença que se seguiu.

De todo modo, deixou West Point sob o véu da infâmia, foi rejeitado pela família e "desceu o rio", como se costuma dizer, para fazer fortuna. Passados dez anos, foi parar em Nova Orleans, um *chevalier d'industrie*, rico o bastante para comprar os melhores cavalos puros-sangues, que lhe renderam o suficiente para adquirir a própria pista em que corriam. Em suma, é um homem acostumado a conseguir tudo o que quer. O velho Warfield não era páreo para ele.

No jantar, exalava charme sem o menor esforço. Até mesmo a azeda Anne Warfield se rendeu a seus encantos, e sua adorável irmã, a sra. Clay, conseguiu revelar a sagacidade e a natureza brincalhona que tinham sido abafadas pelas tensões durante minha última visita. O marido agitador não compareceu — banido para o lar conjugal, ao que parecia —, o que surtiu um efeito maravilhoso nos modos da dama. Era como uma égua que de repente se via livre de um pito de contenção. E também a filha, cujos ânimos tinham parecido tão agitados naquela última reunião, estava amável e dócil, destinando-me um belo agradecimento por tê-la acompanhado às corridas. Estava deslumbrante em um vestidinho de seda coral que acentuava sua silhueta esguia e realçava as mechas acobreadas nas madeixas escuras. Ten Broeck sem dúvida reparou na garota, entabulando uma longa conversa sobre como poderia tornar sua pista de Metairie mais atraente para mocinhas como ela.

A noite tinha sido das mais agradáveis até que chegou o momento de as damas se retirarem. O vinho do Porto entrou; os criados negros saíram. Ten Broeck foi astuto o bastante para esperar que estivéssemos a sós, assim ninguém de fora daria com a língua nos dentes antes mesmo de termos nos levantado de nossas cadeiras.

O próprio Warfield deu a abertura necessária para Ten Broeck quando lhe perguntou sobre seus planos para a Great State Post Stakes, que seria sediada em Metairie na primavera seguinte. Ten Broeck respondeu que almejava que a corrida servisse como uma prova nacional da supremacia dos puros-sangues; cada estado foi convidado a inscrever seu melhor cavalo por uma vultosa quantia de cinco mil dólares, para garantir que apenas competidores de excelência fossem incluídos. O vencedor levaria o dinheiro apostado com o desconto de um prêmio de consolação de mil dólares para qualquer cavalo que terminasse a corrida. Além desse prêmio considerável, o vencedor também colheria os louros por ter criado ou treinado o melhor puro-sangue de longa distância do país.

Vi Ten Broeck olhar para Viley, que respondeu com um aceno quase imperceptível.

— O capitão e eu acreditamos que seu potro Darley tem exatamente a velocidade e a energia necessárias para ser o vencedor — declarou Ten Broeck.

Depois, pegou o decanter e encheu a taça de Warfield. A dele próprio estava quase intocada.

Warfield assentiu, contente com o elogio.

— Agradeço a ambos, e devo concordar, pois o que vimos hoje foi muito promissor. Agora resta descobrir se ele manterá tal desempenho na próxima sexta-feira. Vocês já estão cientes, creio, de que ele vai competir outra vez, no torneio Citizen, nos páreos de cinco quilômetros. Acredito que ele se sairá igualmente bem em uma distância mais longa.

E bebericou seu vinho do Porto, pensativo, sem dúvida com a mente absorta na corrida.

Ten Broeck pegou o decanter outra vez e tornou a encher a taça do médico, embora ainda estivesse pela metade.

— Willa e eu concordamos. Na verdade, estamos tão confiantes que desejamos comprar o potro de você agora mesmo, do jeito que está, e assumir os riscos.

Warfield abriu um sorriso.

— Ora, cavalheiros, fico lisonjeado, mas esta não é a primeira oferta que recebo. Veja bem, Louis Smith me abordou na corrida hoje, enquanto os cavalos retardatários ainda se esforçavam na pista. Queria que eu lhe vendesse Darley. Tinha a intenção de levá-lo para seus estábulos no Alabama, quem sabe até com o prêmio de seu torneio em mente. "Diga seu preço", pediu-me. Agradeci-lhe a oferta, como agradeço a vocês agora. Mas disse a ele o que também devo repetir a vocês; isto é, devo recusar.

Willa Viley se levantou, então, e aproximou-se de Elisha Warfield, pousando a mão em seu ombro com delicadeza.

— Pense bem, meu amigo. Conversamos sobre sua saúde, sua idade. Você mesmo disse em muitas ocasiões que sente a necessidade de sossegar um pouco. Cuidar da carreira de um jovem garanhão tão promissor em escala nacional é trabalho para um homem mais jovem, não acha?

— Certamente que sim. Por isso mesmo decidi oferecê-lo como pagamento ao meu treinador, Harry Lewis, no ano em que o potro nasceu. Foi ele quem sugeriu o cruzamento. A bem da verdade, insistiu com afinco que o fizesse... E acredito que aquele menino dele tem a capacidade, o talento e a garra para acompanhar Darley em uma carreira de sucesso.

— É mesmo? — perguntou Ten Broeck. — Ora, de todo modo, foi um gesto generoso. E bastante incomum.

— Generoso? Pode ser. Mas não inteiramente desprovido de interesse próprio.

Warfield estava corado, sentindo os efeitos acumulados do vinho Tokaji e do Porto. Dessa vez, ele mesmo se encarregou de pegar o decanter e encher a própria taça.

— Por que diz isso? — quis saber Ten Broeck, recostando-se na cadeira. — Ora, presumo que você continue arcando com os custos do estábulo e da alimentação do cavalo. Parece-me altruísmo puro.

— Ah, mas eu divido a taxa de inscrição com o Velho Harry e fico com metade do prêmio, como felizmente ocorreu hoje... É um arranjo dos mais vantajosos. Ou seja, cavalheiros, embora eu ainda tenha um certo envolvimento com o potro, e mesmo que quisesse acatar seus pedidos e lhes vender este cavalo, a verdade é que ele não me pertence, então não posso vendê-lo.

Willa Viley tirou a mão do ombro de Warfield.

— Cheguei a ouvir um boato sobre isso, mas não lhe dei crédito. Mas que coisa lastimável, meu caro amigo.

Ele enfiou a mão no bolso do casaco e pegou um papel. Vi que era uma cópia do estatuto da pista da Associação de Kentucky.

— Você reconhece este documento? — continuou o capitão. — Certamente deve reconhecer, pois você mesmo ajudou a formulá-lo em nossa juventude, quando inauguramos a pista. Quantos anos tínhamos à época? Ainda estávamos na casa dos vinte, se bem me lembro...

Viley folheou as páginas com um floreio exagerado até chegar ao ponto que havia assinalado com tinta. Em seguida, apontou as linhas com o dedo indicador.

— E aqui está o que escrevemos àquela época, e que foi mantido desde então: "Nenhum negro ou mulato tem permissão para inscrever competidores em nenhum torneio a ser sediado nesta pista".

Ele tirou os olhos dos escritos e bateu na folha com o dorso da mão.

—Aqui está! Você, eu e os outros concordamos com estas palavras. Não tenho nenhuma animosidade em relação ao Velho Harry. Ora, como você bem sabe, embora talvez não seja do conhecimento do sr. Scott aqui — continuou, e nesse ponto olhou para mim —, ele já foi minha propriedade quando garoto. Sempre foi um jovem competente, e não fiquei nem um pouco surpreso quando conquistou a alforria. Mas o caráter dele não está em jogo aqui.

"Ora, Elisha, acompanhe meu raciocínio: se ele de fato é o dono daquele cavalo, e você conspirou com ele, então lamento dizer, mas você infringiu as regras da Associação. Caso isso se torne de conhecimento público, você terá que arcar com um sério opróbrio. Consequências desagradáveis, sem dúvida. A bem da verdade, é possível que você nunca consiga recuperar a reputação que tem agora, como o homem a que todos recorremos: o árbitro, se uma linhagem estiver sendo contestada; a autoridade, se uma regra precisar de interpretação. E, no entanto, acredito que goze de tamanha reputação na cidade que será absolvido com o tempo. As consequências para o Velho Harry, todavia, serão muito mais sérias. Sempre há opiniões contrárias à liberdade de crioul... de gente como ele. Não é prudente inflamar tais ânimos. Ele pode muito bem vir a ser afastado das corridas, o que, convenhamos, seria o fim de sua carreira. Ou pior. Os rufiões que perderam dinheiro nas apostas podem muito bem decidir cuidar do assunto com as próprias mãos. E, nesse caso, quem sabe dizer o que aconteceria com o velho? Certamente você não gostaria de ter as mãos sujas de sangue, não é?"

O rubor intenso havia se dissipado do rosto de Warfield por completo. As pregas de suas bochechas pendiam flácidas e cinzentas. De repente, parecia de fato muito velho. A mão, que segurava com força o punho prateado da bengala, começou a tremer.

Vi Ten Broeck pousar os olhos perscrutadores no médico.

— Ora, já chega disso, Willa. Não falemos de coisas tão desagradáveis. — Sua voz era baixa e cordial. — Estamos entre amigos aqui, apenas cavalheiros que amam o turfe e, em certa medida, dedicam a vida a divulgar seus vastos prazeres. Talvez tenha havido um mal-entendido entre o doutor e seu treinador a respeito do que significa essa "propriedade". Sem dúvida, o médico tinha em mente algum tipo de arrendamento, não? Um acordo a respeito dos direitos de corrida do cavalo, talvez? Algo desta natureza, que não teria impossibilitado o envolvimento do negro com o cavalo até este ponto, mas que também não limitaria o doutor caso desejasse mudar de ideia para dar outro destino ao animal. Se fosse este o caso, eu estaria disposto, ao lado do capitão Viley aqui, a oferecer dois mil e quinhentos dólares pelo cavalo e, além disso, a inscrevê-lo no Post Stakes no ano que vem… Não como representante de Louisiana, e sim do grande estado de Kentucky. Se ele ganhar, nós lhe pagaremos mais dois mil e quinhentos dólares. E você ainda receberia todos os créditos por sua criação e pelo início da carreira do animal. Talvez o doutor pense no assunto e nos dê uma resposta amanhã. Ora, creio que já esteja na hora de retornarmos para a companhia das damas, não?

De minha parte, devo dizer que fiquei feliz com a oportunidade de sair dali, então me levantei de pronto e comecei a enveredar para a sala de estar. Ao fazer isso, tive um vislumbre de seda coral — lá estava a garota, Mary Barr, atravessando o corredor a passos rápidos.

JARRET, PROPRIEDADE DE WARFIELD

Sede da Associação, Lexington, Kentucky
1853

Jarret tinha acabado de servir a ração matinal de Darley quando se virou e deu de cara com Mary Barr parada na porta, com os trajes de montaria salpicados de lama.

— Chegou mais cedo para a montaria, senhorita Clay?

— Eu vim procurar você. Tentei ontem à noite, pois achei que estivesse em Meadows, mas, quando fui à cabana do seu pai, Beth disse que você não tinha voltado para casa. E eu sabia que você estaria aqui esta manhã... com ele.

Ela chegou mais perto e acariciou a nuca de Darley.

— Vim o mais cedo que pude. Jarret, você precisa saber: aquele homem, o tal do Ten Broeck, está decidido a comprar Darley. Só se falou disso no jantar ontem à noite. O capitão Viley também estava à mesa e pretende firmar uma parceria com ele. Os dois já tinham combinado de antemão... essa ideia de fazer uma oferta pelo cavalo.

Jarret passou a mão pelo cabelo, tentando achar algum sentido nas palavras da garota.

— Mas eles não podem comprar Darley. Meu pai não o colocou à venda.

— Era isso que eu queria dizer a você — continuou ela. — Meu avô contou aos dois cavalheiros que tinha dado o cavalo para o Velho Ha... para seu pai, mas o capitão Viley estava com uma cópia das leis da pista, e lá tem uma regra que proíbe qualquer negro de colocar o cavalo para correr aqui.

Você sabe o que este lugar significa para meu avô, e seu pai pode se meter em uma enrascada ainda maior se alguém descobrir. Jarret, você precisa falar com ele. Peça que não faça nada precipitado. Sem dúvida, vai ficar muito chateado quando ouvir a notícia.

Jarret mal conseguia escutar a garota através do burburinho que invadira sua mente. Mas ela tinha razão; Harry Lewis poderia dizer ou fazer qualquer coisa se de repente descobrisse que estava sendo espoliado daquela maneira.

Ele murmurou um agradecimento para a garota. Mesmo com os pensamentos embaralhados, sabia que era a coisa certa a fazer. Mary Barr não precisava ter se dado ao trabalho de avisar os dois. Ela ainda estava parada na porta do estábulo, com uma expressão tensa e ansiosa no rosto, quando Jarret saiu correndo para encontrar o pai.

Como o garoto já imaginava, Harry Lewis estava nos fundos da pista, supervisionando os galopes matinais. Sua reação à notícia não veio na forma de um rompante explosivo como Jarret esperava. A expressão impassível foi traída por uma leve contração no canto dos lábios, o único indício de que tinha sentido o golpe. O homem engoliu em seco.

— Eu já devia ter imaginado — declarou. — Já devia ter imaginado que eles viriam com essa história de que aquele cavalo é bom demais para pessoas como nós.

— Você... você não pretende permitir que o levem para longe de nós, não é?

— O que você acha? O cavalo nunca esteve no meu nome. Não temos provas de que ele já foi meu, então não temos escolha. Só nos resta ficar de braços cruzados e assistir enquanto o melhor cavalo que já treinei é levado do meu estábulo.

— Você não pode fazer isso — murmurou Jarret.

Ele mal conseguia falar. A garganta estava apertada de raiva. O mero pensamento de perder Darley era demais para suportar. Nunca mais o veria, nunca mais cuidaria dele, nunca mais montaria naquele dorso poderoso e sentiria a energia fluir através de seu corpo... Não entendia como o pai podia estar tão calmo diante de uma perda de tal magnitude.

— Você não pode fazer isso!

Dessa vez, ele gritou. Harry olhou assustado para o filho. Mal dava para reconhecer o garoto calmo e sereno de ar cabisbaixo e modos tranquilos naquele rapaz alto e esguio de olhar enfurecido e músculos retesados. Harry deu um passo à frente, mas Jarret recuou.

— Diga que você não vai permitir que isso aconteça.

— Filho, você acha que eu gosto disso? Não gosto nem um pouco. Mas me diga então: o que podemos fazer nesse caso? Warfield e Viley têm a cidade inteira na palma da mão. E eu? O que tenho?

— Você tem Darley. E tem a mim.

— Você não é *meu*, garoto. — Harry esticou os braços e agarrou os ombros do filho. — É do dr. Warfield. Você não entende que ele poderia estar fazendo os preparativos para vender *você* ao Sul, em vez do cavalo? E, se isso acontecesse, eu também teria que ficar de braços cruzados. O único jeito de mudar isso é com o consentimento dele. Se aquele cavalo ganhar de novo, pode ser, e não há nenhuma garantia, que ele me deixe usar minha parte do prêmio para comprar você. E acha mesmo que ele vai me dar ouvidos se eu criar caso por causa da venda do cavalo? A essa altura do campeonato, vai ser um milagre se eu vir a cor desse dinheiro.

— Ele não pode tirar isso de você também, pode?

— Filho, esse tipo pega o que bem entender. Ora, que tipo de garoto criei? Como você não sabe dessas coisas? A culpa é minha por ter permitido que você crescesse tão ignorante assim.

Ele sentiu o garoto se encolher sob suas mãos e rechaçar seu toque. *Essa gente está levando isso também*, pensou. Estavam roubando o amor de seu filho, roubando o respeito de seu próprio filho.

— Pois bem. Você aprendeu na marra como este mundo realmente funciona. Agora, vá cuidar daquele cavalo, antes que o jovem sinhô Scott chegue aqui procurando por ele. E fique de bico calado. Nada de sair falando o que não deve para aquele homem.

O pai deu as costas, sem querer sentir o olhar furioso do filho. Jarret saiu chutando a terra enquanto caminhava para os estábulos. Darley sacudiu as orelhas para a frente e relinchou quando o garoto apareceu no corredor. Jarret sentiu a raiva se esvair de seu corpo, esmagada por uma bigorna de tristeza. Passou pelo cavalariço que varria o chão e adentrou a baia do cavalo.

Apoiou a cabeça naquele pescoço vigoroso e entrelaçou os dedos na crina sedosa.

Sentiu a calidez do corpo do animal. Inalou o odor agridoce tão familiar. Nem tentou conter as lágrimas. Se Scott chegasse e o visse daquele jeito, tanto pior. Não estava nem aí para Scott, não estava nem aí para nenhum deles. Como podia ter pensado bem daqueles homens um dia, com todas as suas promessas e palavras bonitas? Até mesmo o próprio pai. Nenhum deles tinha sido fiel à própria palavra. Jarret enxugou o nariz no antebraço e esticou a mão para apanhar a escova. Não porque se importava em deixar o cavalo pronto para Scott, e sim porque amava fazer aquilo. E, naquele momento, não conseguia pensar em mais nada que pudesse apaziguar seu coração agitado. Ele se inclinou para o flanco de Darley e sentiu o cavalo assentir com delicadeza. No fim das contas, apenas os cavalos eram honestos.

Escovou e lustrou o cavalo e depois o conduziu para fora até um pequeno curral. O sol, enfim, havia despontado no céu. Jarret encarou Darley fixamente, como sempre fazia antes de tirar o cabresto. O cavalo curvou a cabeça enquanto a faixa era removida da testa e, conforme havia sido instruído, esperou pelo sinal de Jarret. O garoto estalou a língua e o cavalo relinchou em resposta, depois recuou, escoiceou o ar e sacudiu a crina, sentindo a energia em seu corpo depois de passar a noite confinado na baia. Deu duas voltas no curral, galopando no sentido horário, depois girou sobre as ancas e correu para o outro lado, pinoteando mais algumas vezes para relaxar as costas. Em seguida, reduziu a velocidade para um trote e retornou para onde Jarret estava, baixando a cabeça para receber um afago. A pelagem reluzia à luz do sol. Uma efemérida pousou em seu lombo, e a pele ondulou sobre os músculos retesados.

Jarret lhe deu alguns comandos de voz, depois fez alguns sinais com a mão, para manter sua mente ativa antes da tediosa tarefa de posar para o pintor.

— Ele é mesmo magnífico. Espero conseguir fazer um retrato fiel.

Ao se virar, Jarret avistou Scott dependurado sobre a cerca. Estreitou os olhos. Será que o pintor sabia? Se o acordo tinha sido firmado durante o jantar, devia saber. Mais uma traição. Sentiu a raiva fervilhar enquanto se aproximava da carroça para descarregar os suprimentos de arte de Scott.

Tinha se permitido gostar desse homem, mas eles eram todos farinha do mesmo saco. Quando o pintor começou a fazer os primeiros esboços, Jarret tentou desanuviar a mente que fervilhava de raiva e tristeza, buscando a intensa conexão mental que daria a Darley uma pose alerta e bela. Sabia do que Scott precisava. Tinha aprendido muito desde aquele primeiro retrato de Glacier no pasto.

Então, veio a sombra de uma lembrança, leve como o roçar das asas de um inseto: a raiva também o dominara naquele dia. Tinha se irritado com a língua solta e perigosa de Scott. *Você e seu pai poderiam simplesmente montar em um desses cavalos velozes e sair em disparada. O rio não fica tão longe daqui, afinal de contas.*

Uma vez — apenas uma vez em todos os anos que havia passado treinando cavalos novatos — ele tinha caído de uma potra imprevisível e entusiasmada com a liberdade adquirida em seu primeiro galope. Ela empinou e corcoveou, depois pinoteou outra vez antes que Jarret tivesse tempo de recobrar o equilíbrio, e ele não conseguiu se segurar. O mundo girou e, então, o atingiu em cheio. Não esperava que a terra fosse tão dura. O golpe foi tão forte que lhe tomou todo o fôlego. A força dessa lembrança surtiu o mesmo efeito.

Não fica tão longe daqui. Mas quão longe era "não tão longe"? Ele não fazia ideia. Nunca lhe ocorrera perguntar. Houvera rumores na senzala, é claro, de escravos que haviam fugido, rumores de cães, correntes e grilhões no pescoço, de açoites e membros decepados, de homens vendidos para o Sul ao longo da trilha de Natchez para morrer em pântanos febris e canaviais incendiados. Era tolice pensar nessas coisas. Sabia disso desde que se conhecia por gente.

Não fica tão longe. Harry tinha contado tantas histórias sobre as viagens de sua juventude, acompanhando as corridas de Richard Singleton e Grey Eagle e os outros cavalos magníficos que haviam pertencido a Burbridge e a Viley. Jarret tentou recordar se ele havia mencionado algo sobre o rio. Um dia de cavalgada? Dois? Um cavalo em forma como Darley, que conseguia galopar por mais de seis quilômetros, com certeza poderia percorrer trinta, quarenta quilômetros em um ritmo menos intenso. Mas precisaria conservar um pouco de energia para o caso de haver uma perseguição e os capitães do mato tentarem alcançá-los. Teria que levar um suprimento de ração se quisesse exigir tanto do cavalo, e como conseguiria arranjar os grãos sem ser notado?

Ele estremeceu. Percebendo a inquietação do garoto, Darley recuou para o lado. Jarret tentou se acalmar. Tinha que se concentrar no cavalo e dar um basta àqueles pensamentos tolos. Não tinha nada a ganhar com essa linha de raciocínio. Esfregou a cabeça com a mão, como se quisesse se livrar da ideia. Os dedos cheiravam a couro, suor de cavalo e feno. O cheiro de Darley. Jarret sentiu os olhos arderem em lágrimas.

Scott, ele próprio agitado, não estava fazendo muito progresso na tela. Pousou o carvão e disse:

— Acho que já chega por ora. Obrigado, Jarret. Não estou conseguindo captar a essência dele hoje. Quem sabe não tentamos outra vez amanhã, bem cedinho, quando estivermos todos descansados.

Jarret assentiu, sem encontrar seu olhar.

— Amanhã, bem cedo. Claro.

Depois de ajudar Scott a recolher os materiais, Jarret os levou até a carroça e em seguida saiu à procura do pai. Precisava dizer a ele que queria passar a noite nos estábulos da pista, cuidando de Darley. Harry apenas assentiu e nada mais disse. Parecia-lhe muito natural que Jarret quisesse estar ao lado do cavalo durante o pouco tempo que lhes restava. Só desejava que o menino não o olhasse daquele jeito.

Jarret fitou atentamente o pai, que de repente lhe parecia velho e curvado. Como não tinha percebido as bochechas flácidas, as rugas profundas, o leve tremor nas mãos? O garoto envolveu o pai em um abraço repentino.

— Eu sei que você fez tudo que podia — murmurou.

Em seguida, soltou-o e se virou rapidamente.

Havia uma cumbuca de mingau e algumas fatias de pão de milho para os ajudantes do estábulo. Jarret se forçou a engolir o máximo que podia. Guardou alguns nacos de pão no bolso para mais tarde e se ocupou com seus afazeres. Dobrou o cobertor de Darley, depois ajeitou a sela de corrida. Em seguida, foi até a baia e se estirou sobre a palha limpa, apoiando a cabeça em um fardo de feno. Darley cheirou o feno, procurando os talos mais doces. Vez ou outra, deixava o focinho pairar por um instante sobre a cabeça do menino, que estendia a mão e acariciava seu pescoço. Ele inalou o aroma de feno e cavalo, tentando acalmar sua mente acelerada. Depois de terminar de comer, Darley curvou a nuca e apoiou a enorme cabeça no ombro de Jarret. O peso trazia uma sensação de paz e conforto. O garoto acalmou a respiração para ficar no mesmo ritmo do tremelicar suave das narinas do cavalo e, em seguida, fechou os olhos.

Quando a porta da baia se abriu com um baque, Jarret tomou um susto. Darley recuou para o lado, chocando-se contra a parede.

Irritado, Jarret se pôs a exclamar:

— Senhorita Clay, sabe muito bem que não pode assustar o...

Mas então se deteve ao ver a aparência da menina: sem fôlego, com o rosto corado e os cabelos úmidos.

Ele se levantou, espanando a roupa para se livrar do feno.

— Senhorita Clay?

— Eu vi seu pai, Jarret. Ele está com uma aparência péssima. Bem, ele me disse que você pretende passar a noite aqui, então eu vim, cavalguei até aqui, porque eu sei que... — Ela se deteve. — Não é bom conversarmos aqui. — Apontou a porta do estábulo com um aceno de cabeça. — Vamos lá para fora.

Ela se encaminhou em direção à porta, e Jarret seguiu sua pequena silhueta pelo corredor. Um menino enxugava o suor da égua dela, e a própria garota suava em bicas por baixo do casaco.

— Você não deveria cavalgar tão rápido pela cidade, senhorita Clay — comentou Jarret.

— Não me diga o que devo ou não devo fazer — sibilou a garota em resposta. — Não quando você mesmo pretende fazer algo muito mais imprudente.

Ela caminhou apressada até que estivessem a sós na sala de arreios. Depois, fechou a porta e se virou para encará-lo.

— Eles podem *matar* você... Sabe muito bem disso.

— Eu não sei do que a senhorita está falando.

— Nem comece — retrucou ela. — Não se atreva a me olhar com essa cara de espanto. Eu sei que você está planejando pegar esse cavalo e ir embora na calada da noite.

— Não, senhorita. De jeito nenhum.

— Tem certeza?

Ela se virou para o suporte de selas e pousou a mão sobre a sela de corrida de Darley. Depois, enfiou a mão no bolsinho que deveria abrigar os pesos de chumbo e tirou de lá um punhado de grãos.

— Você não vai conseguir chegar nem ao rio.

— O rio fica muito longe daqui?

Lá estava: ele tinha mesmo dito aquilo.

Mary Barr crispou os lábios.

— Cento e trinta quilômetros pela rodovia. Mas você não vai conseguir passar pela cabine de pedágio.

— Vou, sim, se a senhorita me escrever um bilhete de permissão. Diga que é o sinhô Warfield e que tenho que levar o cavalo para Cincinnati.

— Jarret...

— Sabe que o que fizeram é errado, senhorita Clay. Sabe que esse potro foi oferecido como pagamento ao meu pai. Não é porque o transformamos em algo extraordinário que eles têm o direito de simplesmente pegá-lo de volta.

— Eu sei disso. Mas eles não vão encarar as coisas dessa forma. Para eles, será uma propriedade roubada e um escravo fugitivo. Você pode acabar morto.

— Senhorita Clay. — Jarret baixou o tom de voz. — Eu poderia muito bem estar morto — continuou, erguendo as mãos com as palmas para cima e encolhendo os ombros — se é assim que a vida vai ser.

Já era quase fim de tarde quando Jarret conduziu Darley para fora do estábulo, montou em seu lombo e seguiu em direção à pista. Mary Barr os observou até chegarem aos fundos da pista. Em seguida, caminhou até a porteira do pasto e puxou o trinco. Ninguém conseguia ver o punhado de grãos que ela trazia na mão, mas os potros sentiram o cheiro. Três correram para perto da cerca. Mary Barr fingiu tropeçar e a porteira se abriu. Ela se pôs a gritar por socorro, e os cavalariços vieram correndo em seu auxílio. Durante a confusão, com todos os olhares voltados para os potros que haviam escapado, Jarret deu um comando para que Darley saltasse a cerca, e em seguida o incitou ao galope.

Depois, rezou para que ninguém os visse partir.

MARY BARR CLAY

Residência de Cassius Marcellus Clay, Lexington, Kentucky
1853

Mary Barr deixou a égua aos cuidados do cavalariço e se encaminhou para a entrada dos fundos da casa. Estava coberta de suor, poeira e calafrios.

— Você está doente, senhorita Clay? — perguntou a cozinheira, alarmada. — Está com uma aparência de dar pena!

— Eu sei disso, Ester. E não, não estou doente. É só que... nada, não. Talvez esteja um pouco doente, sim. Pode levar um pouco de água quente para o meu quarto, por favor? Vou subir para trocar de roupa. Não quero que mamãe me veja neste estado.

— Nem precisa se preocupar com isso, senhorita Clay. Sua mãe foi jantar em Meadows esta noite. — Então, Ester baixou a voz e acrescentou: — Mas seu pai está na cidade.

— Ele está aqui? Agora? Nesta casa?

Mary Barr ficou consternada. Tinha esperança de conseguir evitar a mãe, mas era impreterível evitar o pai. Já mal conseguia manter a compostura na presença dele em circunstâncias normais.

— Ester, por favor, diga a ele que estou doente e não vou descer para jantar.

— Não sei se é uma boa ideia, senhorita Clay. Ele não vai gostar nada disso. Deixou avisado que está esperando por você. Até pediu que eu preparasse a torta de que a senhorita tanto gosta...

— Bem, mas diga a ele mesmo assim — respondeu a garota. — Vou subir pela escada dos fundos.

Ester se afastou para deixar a garota passar pela portinha estreita que conduzia à escada dos empregados. Quando chegou ao último degrau, Mary Barr se deteve, tirou as botas de montaria e avançou só de meia pelo assoalho, tomando o cuidado de contornar a tábua solta que rangia. Uma vez no quarto, fechou a porta e soltou o ar.

Quando ouviu a batida alguns minutos depois, imaginou que fosse Ester com a jarra de água morna.

— Pode entrar — avisou.

Cassius Clay abriu a porta.

— Disseram que você estava doente, então vim ver se...

A expressão preocupada do pai se alterou ao ver as roupas empoeiradas e empapadas de suor da filha, além do cabelo emaranhado e do rosto corado.

— Por Deus, menina! O que foi que você *aprontou*?

— Nada, papai. Só saí para cavalgar. Eu... eu levei um tombo na terra, só isso. Achei que você fosse a criada trazendo a água para a tina. Minha aparência não está das melhores agora. Não queria que você me visse neste estado.

As palavras saíram em uma profusão ofegante. Clay franziu ainda mais a testa.

— Onde você estava cavalgando? Com quem?

— Eu estava sozinha. Saí de Meadows e fui até a pista da Associação. Queria ver se o cavalo já tinha se recuperado depois da corrida de ontem. Foi tão empolgante, papai, você deveria ter...

— Você estava com aquele garoto outra vez? Aquele lá, o filho do treinador?

Seu tom era contundente. O coração de Mary Barr começou a bater mais acelerado.

— Eu não estava *com* ele, por assim dizer...

— Mary Barr. Aquele garoto tentou fazer alguma coisa com você? Você teve que enfrentá-lo? É por isso que está nesse estado?

— Claro que não! Ele não fez nada desse tipo. Eu...

— Você está mentindo para mim. Está estampado na sua cara. Não consegue nem me olhar nos olhos.

Ele chegou mais perto e ergueu o queixo da filha.

— Olhe para mim, menina.

Ela teve que fazer um esforço tremendo para tirar os olhos do tapete turco de estampa floral. Mesmo assim, não conseguiu suportar o olhar do pai e tornou a virar o rosto.

— Vou perguntar outra vez. Não tente proteger o garoto. O que ele fez com você?

A essa altura, a garota já estava aos prantos.

— Ele não fez nada comigo. Fui eu... Eu que fiz uma coisa por ele e agora tenho medo de que ele morra por causa disso.

A voz de Clay ficou mais branda.

— Diga-me o que foi.

O pai ficou em silêncio enquanto Mary Barr contava o que tinha acontecido. Em seguida, ele lhe estendeu um lenço.

— Acho que você já sabe o que penso a respeito da escravidão. E também sabe que sou a favor da emancipação legal e negociada, mas não da ferrovia subterrânea dos abolicionistas. Ainda assim, não posso dizer que você agiu errado. Na verdade, foi um ato de extrema coragem. Mas tem razão em temer as consequências que aquele garoto pode vir a sofrer. Podem ser fatais. Ele pode até conseguir chegar ao rio com a permissão que você forjou. Talvez até consiga atravessar. Mas não estará seguro em Cincinnati, nem em qualquer lugar de Ohio. E ele vai se destacar na multidão. Todo mundo vai reparar naqueles dois. Todo palerma do sertão que nunca viu um garanhão tão esculcural e jamais tornará a ver; todo cidadão de língua solta...

Clay foi até a janela e passou a mão pela vasta cascata de cabelo. Parou junto ao parapeito e se pôs a fitar a rua com o olhar anuviado. Em seguida, virou-se e sacudiu a cabeça com firmeza.

— Como isso é sua responsabilidade, você deve me ajudar a resolver as coisas. O melhor é sairmos a cavalo agora mesmo e ver se conseguimos alcançá-lo. Se eu for sozinho, ele fugirá de mim, e tenho certeza de que aquele cavalo me deixaria comendo poeira. Não daria certo. Bem, não vejo alternativa. Você terá que ir comigo para convencer o garoto de que ele está a salvo. Existe uma chance, ainda que diminuta, de que eu consiga jogar uma pá de cal no assunto se o alcançarmos depressa. Mas devemos partir agora mesmo. Onde estão suas botas? Vá calçá-las.

Ao chegar à cocheira, Clay praguejou ao ver que Stellamaris já tinha sido alimentada.

— Você não pode montá-la assim, com a barriga cheia — murmurou. — Vai ter que montar Ryolite.

Ryolite era um puro-sangue de pelagem manchada, tão resistente e inflamado quanto a pedra vulcânica que lhe inspirara o nome. Tinha sido a principal montaria de Clay até o início da Guerra do México, quando o homem fora obrigado a comprar um cavalo treinado para a cavalaria chamado Marquis. Enquanto Clay se acomodava no lombo de Marquis, Mary Barr avistou uma pistola em sua cintura. Ela sabia que, sob o casaco do pai, estava a faca de caça que ele sempre levava presa às costas.

O cavalo se agitou sob o peso leve da garota, a princípio sem querer ceder a ela. Mary Barr encurtou as rédeas e o impeliu para a frente, sem diminuir a pressão até que ele reagisse. Partiram em meio ao crepúsculo, enquanto os últimos pássaros cantavam em um coro agitado. O ar estava limpo e fresco por conta das chuvas fortes.

Quando chegaram à rodovia, Clay incitou Marquis a um meio-galope, e Ryolite o seguiu. Deixaram a cidade para trás em questão de minutos e, uma hora depois, as fazendas foram ficando cada vez mais espaçadas, seus prados ondulantes dando lugar a hectares de floresta.

Os últimos raios de sol estavam se dissipando rapidamente no céu ocidental. Clay diminuiu a velocidade do galope e esperou que Mary Barr emparelhasse com ele.

— Como o garoto é inteligente, imagino que ele tenha se mantido fora da rodovia até o pôr do sol. Então, mesmo que tenha saído quase uma hora antes de nós, deve ter avançado em um ritmo mais lento. Eu ficaria surpreso se ele exigisse muito daquele cavalo. Provavelmente pretende poupá-lo para o caso de haver uma perseguição. Creio que o melhor a fazer é seguirmos em frente, se você sentir que consegue, para que possamos ganhar a dianteira e, assim, interceptá-lo.

Mary Barr assentiu, mas o pai viu o cansaço estampado em seu rosto.

— Não esgote suas forças — disse ele. — Se você precisar descansar um pouco, podemos fazer uma pausa.

— Não, pai. Como você mesmo disse, o melhor a fazer é seguir em frente.

Cavalgaram por mais meia hora antes de chegarem a um pequeno vilarejo. Um pouco além da fronteira da cidadezinha, Clay estancou diante de uma pequena trilha que desembocava na floresta. Deslizou para fora da sela, depois ajudou Mary Barr a descer do cavalo.

— Acredito que vamos alcançá-lo por aqui — explicou ele. — Arrisco dizer que o garoto deve ter começado a seguir pela rodovia assim que a noite caiu, mas vai evitar os vilarejos. Ele provavelmente usaria esta trilha para voltar à estrada, uma vez que passa por trás da cidadezinha. Acho que devemos esperar aqui. Logo vamos descobrir se calculamos bem sua linha de raciocínio. Você vai ficar na trilha, bem à vista, e chamar por ele. Vou esconder meu cavalo na floresta para não assustar o garoto. Só nos resta torcer para que ele pare ao ver você e que ouça a voz da razão.

Clay conduziu o cavalo para as sombras enquanto Mary Barr se acomodava em um tronco, com os olhos atentos e os ouvidos alertas para identificar qualquer sinal de movimento na pista. O tronco estava úmido por conta da chuva e não demorou mais que alguns minutos para que seu vestido de montaria ficasse encharcado. Estava exausta, assustada e tremia de frio. Será que valia a pena todo esse esforço, perguntou-se ela, por aquele garoto imprudente e zangado? Por que ele não podia simplesmente ser como os outros e entender qual era seu devido lugar?

Ouviu um bater de asas: uma coruja sobrevoando, rasteira e silenciosa. Depois o ganido de um animalzinho, que logo foi abafado. O forte e o fraco, pensou ela. Predador e presa. A ordem natural das coisas. A ordem de Deus. Até os patriarcas da Bíblia tinham escravos. Quem Jarret pensava que era para se opor a isso com tanta teimosia, se até seu próprio pai, que tinha sido mais afetado pelo negócio, aceitara de bom grado? Por que ela deveria ficar passando frio naquela escuridão por causa dele?

A garota tirou as luvas e se preocupou ao ver uma unha quebrada. O pai era outro enigma. Por que tinha feito questão de intervir de forma tão drástica? Para proteger a filha, supunha ela, já que tinha forjado a permissão e ajudado Jarret a fugir. Ou talvez tivesse sido motivado pela animosidade em relação ao avô dela... Sem dúvida, as relações haviam ficado mais estremecidas nos últimos anos — qualquer um podia ver que as desavenças entre os dois só aumentavam.

Esse turbilhão de pensamentos era o responsável por mantê-la acordada apesar da exaustão que se instalava em seus membros. A lua se elevou no céu, marcando o lento arrastar de uma hora. Sua inquietação se dissipou em um instante quando ouviu o bater de cascos no pavimento de macadame. Alguém se aproximava, mas pela rodovia, não pela trilha. Dois cavalos, não apenas um, acompanhados do raspar metálico das rodas de uma carruagem. Ela agarrou as rédeas e, depressa, conduziu seu cavalo para a linha de árvores. O pai pousou a mão em seu ombro. A carruagem chegou mais perto. Dois cavalos cinzentos, a pelagem clara reluzindo no escuro. Mary Barr prendeu a respiração.

— É Ten Broeck!

Ela olhou para o pai, o rosto lívido. A carruagem diminuiu o ritmo. Ten Broeck puxou as rédeas e os cavalos interromperam o trote. Ele devia ter avistado os dois. Mary Barr sentiu as lágrimas brotarem nos olhos. Não conseguiriam salvar Jarret, não com aquele homem em seu encalço. E, tão veloz quanto esse pensamento, veio a súbita percepção de que isso era muito importante para ela.

Mas Ten Broeck não estava olhando na direção dos dois. Ele sacudiu as rédeas em um movimento suave e instigou os cavalos adiante. A garota ouviu o riscar de uma pederneira e piscou diante do súbito clarão de luz. Ten Broeck ajustou a chama do lampião e o ergueu, tentando ver o ponto onde a rodovia e a trilha se encontravam.

— Mas que raios — praguejou Clay em um sussurro. — Ele pensou o mesmo que eu. Pretende esperar pelo menino bem aqui.

Marquis relinchou em desafio aos cavalos recém-chegados. Quando Ten Broeck se virou para olhar, Clay saiu da floresta e o saudou com um aceno de mão.

— Boa noite, senhor. Ainda não fomos apresentados, mas creio que conheça minha filha, Mary Barr.

Clay pendeu a cabeça para o lado, indicando que ela deveria se aproximar.

— De fato, sr. Clay — respondeu Ten Broeck enquanto fazia uma ligeira mesura. — É um lugar estranho para se fazer novas amizades, mas devo dizer que fico satisfeito em conhecer o senhor, pois já ouvi muitos relatos sobre sua coragem no duelo e nesta última guerra que passou.

— Todos exagerados, não tenho dúvidas. Qualquer homem que dê valor à própria vida e à própria honra faria o mesmo se estivesse em meu lugar.

— Pode ser que sim, pode ser que não. Eu adoraria me sentar para debatermos a questão algum dia desses, mas o senhor há de convir que agora não é a hora nem o lugar para tal.

Ten Broeck ergueu o lampião e fitou a figura desgrenhada e trêmula de Mary Barr.

— Ora, sua filha não parece nada bem, senhor. É inevitável se perguntar por que resolveu submetê-la a uma cavalgada noturna em condições tão inclementes.

— Minha filha só diz respeito a mim, senhor.

Mary Barr conhecia aquele tom de voz do pai — ela o temia.

Ten Broeck fez outra mesura.

— Por certo que sim, eu jamais pensaria de outra forma. E tenho certeza de que o que o traz aqui é um assunto dos mais urgentes. Assim como o meu. Talvez... — Ele fez uma pausa. — Talvez estejamos aqui atrás da mesma coisa.

Clay não disse nada, mas Mary Barr viu sua mão deslizar para a coronha da pistola.

Ten Broeck também viu, mas continuou a falar no mesmo tom baixo e comedido:

— Talvez seja interessante trabalharmos juntos, assim aumentaremos nossas chances de sucesso.

— Ainda que esteja dizendo a verdade, algo de que não tenho certeza, duvido que nossa ideia de sucesso seria a mesma.

— Não seria? Talvez tenha me julgado mal, e não o culpo por isso, uma vez que não nos conhecemos. Mas talvez, se eu disser que espero poupar dois jovens das consequências de uma ação precipitada, o senhor possa mudar de ideia a meu respeito. Oh, sim. Sei muito bem o que sua filha está fazendo aqui. Já faz tempo que aprendi a jamais fazer um grande investimento sem tomar certas medidas para protegê-lo. Tenho olhos vigiando esse potro desde o instante em que decidi comprá-lo. E esses olhos viram sua filha forjar uma autorização para o garoto e testemunharam o papel que ela desempenhou em sua fuga.

Mary Barr arfou, mas bastou o olhar sombrio do pai para mergulhar em silêncio.

— Parece-me, sr. Clay, que sua filha puxou ao senhor, tanto nas crenças quanto na ousadia. Já li seu jornal, e não posso dizer que sou totalmente contrário a suas opiniões. Não passei tanto tempo no Sul a ponto de esquecer as virtudes da mão de obra livre do Norte.

— Então vai deixar o menino ir?

— Não foi isso que eu disse.

— Nesse caso, receio que estejamos mesmo em desacordo — respondeu Clay, e tirou metade da pistola do coldre. — Faça o favor de apear.

Ten Broeck permaneceu imóvel e, ao falar, baixou ainda mais o tom de voz:

— Não é minha intenção, como o senhor diz, "deixá-lo ir". Quero que venha comigo, para continuar treinando aquele cavalo que ele ama tanto a ponto de arriscar a própria vida. Eu vou comprar o garoto de Warfield.

— Mas o pai dele já pretende comprá-lo — apressou-se a dizer Mary Barr.

— O pai do menino não pode oferecer uma quantia tão generosa quanto eu. E não pode proporcionar ao filho a experiência que pretendo oferecer. Em Metairie, ele pode aperfeiçoar seu ofício. Se o fizer, permitirei que compre a própria alforria em um momento oportuno. E se o dr. Warfield aceitar minha proposta, como tenho certeza de que fará, a tolice desta noite pode cair no esquecimento.

— E não haverá consequências para o garoto? O senhor precisa me prometer que ele não vai ser vítima de açoites ou de qualquer barbaridade do tipo.

— Eu dou a minha palavra. Talvez o senhor fique feliz em saber que, embora eu utilize escravos de outros homens para as mais diversas tarefas, em geral não sou dono de nenhum. Só farei isso agora com o bem-estar do garoto em mente, pois pretendo levá-lo para Natchez e, como tenho certeza de que o senhor bem sabe, os negros livres costumam ser tratados com hostilidade no Mississippi. Por ora, planejo que o cavalo passe alguns meses em treinamento na fazenda do coronel Adam Bingaman. O senhor o conhece, creio eu. Foi o melhor aluno da turma em Harvard e está no partido de seu tio. Na verdade, é um de seus principais apoiadores na Assembleia Legislativa do Mississippi. A meu ver, seu treinador, John Pryor, é o melhor profissional do ramo nos dias de hoje. Ele se encarregará de preparar o cavalo para o torneio Post Stakes, e o garoto será um ajudante valioso.

— Acredito, e espero, que você seja um homem de palavra, sr. Ten Broeck — declarou Clay, e enfiou a pistola de volta no coldre. — Minha filha e eu estamos à disposição para ajudar o senhor.

— Pai, eu...

— Silêncio, minha menina. Talvez ainda seja jovem demais para se lembrar de Delia Webster. Os bons cidadãos de Lexington a deixaram apodrecer na cadeia por ajudar fugitivos, e não tenho dúvidas de que, se tivessem a oportunidade, fariam o mesmo com você, só para me atingir. Você não tem mais nada a dizer sobre o assunto, exceto as palavras que vão ajudar aquele garoto tolo a recobrar o juízo.

— Mas eles roubaram o cavalo dele!

Clay suspirou.

— Escravos não podem ter posses, minha filha, então como é que aquele cavalo poderia ser dele? Negros não podem inscrever cavalos nas corridas, então como é que o pai do garoto poderia se dizer dono de um potro que acabou de ganhar uma corrida tão importante? E mocinhas não podem se envolver em aventuras imprudentes sem sofrer as mais terríveis consequências. O mundo é assim. Se não gostou, pode me ajudar a tentar fazer dele um lugar melhor. Caso contrário, é melhor se calar. O sr. Ten Broeck está agindo de forma muito sensata.

Ten Broeck curvou-se em uma mesura.

— Fico feliz que pense assim.

— Pois penso. E sugiro que nos deixe lidar com o garoto a sós. Se ele, de fato, tomar este caminho, acredito que conseguiremos alcançar o resultado desejado sem uma perseguição que sobrecarregaria seus cavalos. Mas se o garoto vir você aqui, pode acabar...

— Entendo, e creio que o senhor tenha razão. Então, é melhor eu seguir meu rumo. Pela manhã, espero encontrar o cavalo nos estábulos da Associação, acompanhado de Jarret, propriedade de Warfield.

THEO

Centro de Referência do Museu Smithsonian, Maryland
2019

— SALIVA.
— Saliva?
— É, saliva. É um ótimo solvente. É levemente viscosa, tem pH neutro e tensoativos úteis como ácido cítrico, além de estar na temperatura certa. Quando preciso fazer a limpeza de um quadro, sempre começo usando saliva.

Theo varreu o laboratório com os olhos. Milhões de dólares em espectroscópios e microscópios, prateleiras lotadas de solventes químicos, e, ainda assim, o restaurador debruçado sobre sua pintura fazia o trabalho com nada além da própria saliva e um cotonete com haste de bambu.

Theo havia chegado pela manhã, depois de embarcar no ponto de ônibus dos funcionários do Smithsonian que ficava bem em frente ao Museu do Ar e do Espaço. Lior tinha conseguido que o Instituto de Conservação do Smithsonian avaliasse a obra de arte enquanto Theo observava o processo e escrevia sobre o retrato. Era uma oportunidade de ouvir a opinião de um especialista sobre seu achado e ganhar uma renda extra, tudo em uma tacada só.

Theo desembarcou na guarita de segurança para esperar pelo restaurador, Jeremy Raines.

— Temos que fazer seu cadastro e o da obra também — explicou Raines. — Caso contrário, eles não vão deixar você ir embora com ela.

Ele pediu a Theo que desembrulhasse a pintura e depois colou uma etiqueta com código de barras no verso.

— Agora, sim, podemos ter certeza de que você vai sair levando a mesma pintura com que entrou — continuou. — Ah, e você precisa assinar uns termos de responsabilidade. Este aqui diz que não posso ser responsabilizado por qualquer dano à obra durante minha avaliação, e este outro aqui diz que não me responsabilizo por nenhuma opinião que eu possa acabar emitindo. — Raines sorriu. — Não é lá muito bom para estabelecer confiança, hein?

Theo pegou os documentos, um tanto perplexo.

— Parece um pouco exagerado para algo que achei em uma pilha de lixo — comentou.

— Bem, você nem imagina as coisas que já encontraram no meio do lixo — respondeu Raines enquanto encaixava a tela suja em uma moldura e a acomodava em um carrinho. — Sempre presumimos que se trata de uma obra-prima até que se prove o contrário.

Depois que chegaram ao laboratório, Raines passou o que Theo julgou ser uma quantidade excessiva de tempo apenas contemplando o pequeno retrato. Começou pelo verso, analisando as fibras da tela e a madeira da moldura.

— A primeira coisa a fazer é avaliar a qualidade do linho. Este aqui é dos bons, então o artista provavelmente era profissional. Depois, é importante avaliar a moldura. É incrível o quanto ela pode revelar, se for a original. Até pouco tempo atrás, ninguém se dava ao trabalho de analisá-las. Muitas molduras antigas foram simplesmente removidas e jogadas no lixo. Todas as informações que poderiam estar ali foram perdidas. Dá para inferir muita coisa sobre a história de uma pintura com base no tipo de madeira usado, ao avaliar se as bordas foram chanfradas à mão ou à máquina, se há alguma etiqueta ou quaisquer números de acesso. Até mesmo os pregos ou tachinhas podem conter informações sobre as origens da pintura.

Theo fazia anotações enquanto o restaurador falava.

— Esta moldura aqui é bem antiga. É feita de pinheiro-branco, uma escolha muito comum para artistas norte-americanos. Eles gostavam bastante de coníferas. Outra coisa: está vendo que as tachinhas de ferro estão corroídas? E foram chanfradas à mão. Essas duas coisas indicam que provavelmente foi feita no início ou em meados do século xix, antes de as molduras industriais serem amplamente utilizadas e as tachas de aço se tornarem mais comuns. Mas talvez tenha sido redimensionada em algum momento para se encaixar nesta pintura. Pelo que vejo, diria que foi cortada e depois remontada. Não há etiquetas ou outras marcações que possam nos fornecer alguma pista, a não ser de que o retrato provavelmente tenha ficado na mão de colecionadores particulares desde que foi pintado. Ah, espere aí. — Raines aproximou o rosto da pintura e estreitou os olhos. — Dê uma olhada aqui — pediu, abaixando a lupa. — Está bem fraquinho, muito desgastado. A lápis. Bem ali, na borda do quadro: "Lexington". Então é bem provável que tenha sido pintado em Kentucky.

O restaurador se pôs a deslizar o cotonete na metade inferior da tela, removendo lentamente as camadas de poeira.

— Tenho certeza de que esta pintura ficava pendurada em cima de um aquecedor. Ao subir, o ar quente levava cada partícula de poeira, fuligem e fumaça direto para as fibras da tela. É por isso que o desgaste é tão simétrico. Dá para afirmar que o antigo proprietário era fumante. Fica evidente pelas partículas que estou removendo aqui, típicas de alcatrão e nicotina.

— Ah, sim — concordou Theo. — Ele parecia uma chaminé.

Visualizou o homem no alpendre em uma tarde de sábado, todo largado, ouvindo as corridas e jogando bitucas em uma sarjeta que desembocava em um bueiro com os dizeres "Vamos preservar a baía de chesapeake". O restaurador descartou o cotonete sujo na lixeira ao lado. Algumas dúzias de cotonetes depois, a pintura completa começou a aparecer: um puro-sangue baio de pelagem brilhante em uma campina coberta de relva. O trabalho de limpeza era meticuloso, e Theo, sem nenhuma novidade para ver, começou a se remexer com inquietação. No laboratório havia uma janela que se abria para "a rua" — o amplo corredor que interligava os laboratórios e os galpões. Estupefato, Theo se pôs a observar as estranhas cargas sendo transportadas por ali: um crânio de tricerátops, um palanquim chinês laqueado.

Decidiu anotar o que via — talvez acrescentasse um toque de cor ao seu artigo —, mas parou de escrever ao ouvir uma batida no vidro. Havia uma mulher de jaleco branco na janela, a testa franzida em um vinco.

Raines desviou a atenção do trabalho e se virou para olhar.

— Pode entrar, Jess.

— Desculpe interromper, Jeremy. Eu estava a caminho do refeitório, mas acabei reparando que... essa pintura aí é muito parecida com uma que eu estava estudando...

— A pintura? Isso é um pouco fora da sua área, não?

Jeremy virou-se para Theo e Jess seguiu seu olhar.

Cachos bem definidos, olhos cor de âmbar. Trek CrossRip de Canberra. Ela sentiu o rubor subir pelo pescoço. Estava torcendo para que ele não a reconhecesse.

— A Jess aqui é quem cuida do nosso laboratório de osteologia de vertebrados — explicou. — É nossa especialista em crânios e ossos.

— E tem um gosto excelente para bicicletas — acrescentou Theo.

— E é muito sem educação — murmurou Jess.

Ela estava com o rosto em chamas. Sentiu vontade de apanhar um béquer na bancada de Raines e se dar um banho de água fria.

— Vocês dois já se conhecem?

— Não, exatamente — responderam os dois ao mesmo tempo.

Seguiu-se uma pausa constrangedora.

— Eu não fazia ideia de que você trabalhava aqui — murmurou Jess.

— Mas não trabalho — retrucou Theo, enquanto mostrava o crachá de visitante.

— Theo está escrevendo uma matéria sobre o Instituto de Conservação e Restauro para a revista *Smithsonian* — explicou Raines. — Ele trouxe esta pintura velha e bem castigada para cá e vai escrever sobre como a identificamos e avaliamos.

— Talvez eu possa ajudar com isso — comentou Jess. — Eu sei que não é nada provável, mas estou trabalhando no esqueleto de um cavalo de corrida e essa pintura é muito parecida com as que vi dele.

— Esqueleto? — perguntou Raines. — Mas este retrato foi pintado há uns cento e cinquenta anos, no mínimo.

— O esqueleto também é dessa época. É uma longa história. A questão é que as pinturas contemporâneas que estou usando como referência têm a mesma paleta de cores que essa aí, e as manchas brancas no nariz e na testa são idênticas. Mas acho que você vai ter que remover mais umas camadas de sujeira para ver se as patas são iguais. Meu cavalo tinha quatro patas brancas.

— Bem... Logo, logo vamos descobrir — respondeu Raines, estendendo a mão para pegar um cotonete limpo. — Jess, por que você não mostra seu laboratório para o sr. Northam? Traga as cópias das pinturas para cá, assim podemos compará-las com esta aqui. Essa parte que vou começar agora não é muito interessante e vai levar um tempinho.

Ele se virou para Theo.

— Vá tomar um café, se quiser... Jess pode mostrar o caminho. Quando voltarem, vamos descobrir se tem ou não patas brancas por baixo de toda essa sujeira.

Theo seguiu Jess pelo corredor e se pôs a admirar cada laboratório com calma.

— Esse aí é o de Antropologia — informou Jess. — Eles têm registros sonoros de linguagens obsoletas e ameaçadas de extinção. E ali está o de Paleologia, onde ficam os fósseis de dinossauros e as plantas antigas. O biorrepositório armazena DNA de praticamente todas as espécies conhecidas. Um lugar repleto de pautas interessantes para um jornalista.

— Sou historiador de arte, na verdade. Ou pelo menos estou tentando ser. Acabei de começar o doutorado. Os bicos esporádicos em revistas servem para bancar meu luxuoso estilo de vida estudantil.

Jess apontou para o fim do corredor.

— Então, acho que você vai gostar mais do que tem no galpão três. O acervo conta com coleções do museu Freer, da galeria Sackler e de todos os museus de arte do Instituto Smithsonian.

Eles chegaram a uma porta fechada, e Jess usou seu crachá para liberar a passagem. Uma garoa fina tinha começado a cair do lado de fora.

— É, acho que vamos ter que correr até lá — sugeriu Jess. — Me siga.

Theo observou o rabo de cavalo balançar sobre os ombros estreitos de Jess enquanto ela corria pelo gramado. Ele teve que diminuir seu ritmo de corredor para não a ultrapassar.

— Aqui fica o laboratório de osteologia de vertebrados, onde limpamos os espécimes e os deixamos prontos para os cientistas — contou ela enquanto digitava a senha no painel de segurança. — Quer conhecer meus colegas de trabalho?

No instante seguinte, empurrou com o ombro uma porta maciça e vedada.

— O nome oficial deste lugar aqui é Suíte Ambiental, mas chamamos apenas de salinha dos insetos.

Assim que entrou, Theo foi atingido por um fedor desagradável, e franziu o nariz.

— Excremento de besouro... Bem, em termos menos técnicos, cocô de besouro e carne em decomposição. Aqueles carinhas ali, os dermestídeos, não são bem-vindos em nenhum outro ponto deste complexo. Aqui, precisamos que eles comam coisas, e isso não é lá algo muito desejado em galpões de armazenamento de museus.

— Isso parece um pouco... primitivo? — comentou Theo.

Jess encolheu os ombros.

— Limpar ossos é um trabalho delicado, e os dermestídeos causam menos danos ao fazer isso do que qualquer outro método que conseguimos inventar. Isso sem contar que são eficientes. Limpam cerca de três mil espécimes por ano para nós, desde beija-flores a um elefante que morreu no Zoológico Nacional. Conseguem limpar um rato em um dia... Um golfinho pode levar de duas a três semanas. Espere aí, vou pegar um agradinho para eles.

Ela foi até a câmara fria e examinou os espécimes em dessecação. A carcaça do lobo-do-ártico parecia pronta para uso, então Jess pegou a bandeja e a levou até a salinha dos insetos.

— Agora, preste atenção — disse, enquanto acomodava a bandeja na mesa.

Em questão de segundos, os besouros avistaram a carcaça e se amontoaram sobre ela.

— Parece um time de rúgbi em um restaurante a quilo — comentou Theo.

Dava para ouvir a mastigação de todos aqueles insetos juntos — um leve crepitar acompanhado de estalidos suaves.

— É, eles são bem animados. Mas isso não significa que não sejam exigentes. Não gostam de carne muito fresca, então as carcaças precisam passar algumas semanas no refrigerador para secar um pouco. Mas isso não ajuda em nada com o cheiro. E se eu deixar lá por muito tempo, se ficarem muito secas, eles perdem o interesse. Nesses casos, eu tenho que besuntar a carcaça com gordura de bacon para tentar abrir o apetite deles. — Ela se virou para Theo e sorriu. — É um trabalho bem estranho, não?

— Sem dúvida, é bastante incomum — concordou ele.

Os dois deixaram a umidade da salinha dos insetos para trás e adentraram o frio do laboratório de necropsia.

O esqueleto do corpo do cavalo estava desembalado em cima do pedestal, pronto para ser desarticulado por Jess. O crânio, que tinha sido separado do corpo para o transporte, estava na bancada do laboratório, ainda cuidadosamente envolto em espuma.

— Você está olhando para o cavalo de corrida mais famoso do século XIX — anunciou Jess.

Em seguida, ela se pôs a explicar como pretendia desmontar o esqueleto para que pudessem escanear os ossos e criar modelos precisos para estudos de movimento.

— Depois disso, vou montá-lo de novo. Espero fazer um trabalho melhor do que o último cara. Quero que o esqueleto fique mais fiel à anatomia do cavalo em vida.

— Mas como você vai saber como ele era em vida? Não disse que morreu há uns cento e cinquenta anos?

— É aí que entram as pinturas. Os retratos tinham que ser muito precisos naquela época, já que eram usados para vendas e para promover o garanhão como procriador. Pelo jeito, serviam mais como propaganda do que como arte. Por isso, estou analisando todas as pinturas dele de que se tem conhecimento. Espero encontrar informações úteis sobre a anatomia dele.

Jess pegou uma pasta e espalhou as reproduções das pinturas sobre a bancada de trabalho.

—Ah, você tinha razão — comentou Theo. — Realmente parece o mesmo cavalo. Um baio com as mesmíssimas manchas, e meu palpite é que o retrato foi feito na época da Guerra de Secessão mesmo.

Jess bateu o dedo sobre uma das imagens.

— O original deste retrato está bem aqui em Washington, na Galeria Nacional. Estão separando o quadro para mim, e vou passar para dar uma olhada neste sábado.

— Posso ir junto?

Jess ergueu o olhar. Será que ele estava dando em cima dela? Mas logo descartou a ideia. Não podia ser — não depois do erro estúpido que ela havia cometido.

— Minha tese tem a ver com elementos da arte equestre norte-americana do século XIX, então essa visita me interessa muito. E como você tem acesso...

— Claro, claro.

Ela pegou as cópias das pinturas e as guardou de volta na pasta.

— Venha — continuou. — Vamos tomar um café, depois podemos mostrar isso a Jeremy e ver qual é a opinião dele.

Enquanto a máquina de expresso chiava na cafeteria, Jess estendeu a mão por cima do balcão e pagou a conta. Theo tentou pagar sua parte, mas ela não deixou.

— É o mínimo que posso fazer... para me desculpar pelo... — Ela inclinou a cabeça para o lado, na direção da cidade. — Pelo que aconteceu aquele dia, sabe. Eu fui grossa pra caramba.

Theo não protestou. Que ela desembolsasse alguns dólares, se isso a fizesse se sentir melhor.

Eles se acomodaram em uma mesa perto da janela.

— Mas que raios você foi fazer em Canberra? — quis saber Jess.

— Sua memória é boa.

— Bem, dizem que o trauma deixa marcas nos neurônios, e meu péssimo comportamento naquele dia me deixou traumatizada.

Típico, pensou Theo. Ele tinha sido a vítima, mas era ela quem estava traumatizada.

— Então... Por que você foi para Canberra?

Theo fez um breve relato da história de seus pais.

— As primeiras lembranças que tenho são de lá. Boas lembranças. Eu amava aquele lugar.

— Sério? Eu sempre vi Canberra como um lugar muito planejadinho e arquitetado, como D. C. Prefiro Sydney, com todo aquele caos criado pelos prisioneiros deportados do Reino Unido.

— Bem, se você gosta de coisas caóticas, ia adorar Lagos. Quando minha avó ainda era viva, eu sempre passava as férias escolares por lá. Minha mãe está morando lá agora, depois de ter se aposentado do serviço diplomático, mas já faz um tempo que não a visito. É um lugar muito exaustivo. O estilo de vida em Canberra era mais minha praia. Tínhamos um quintal enorme com um eucalipto gigantesco que dava para escalar, e toda tarde os galhos ficavam lotados de cacatuas... Mas nem preciso descrever para você. Era o paraíso para uma criança.

— Era mesmo. A saudade vem fácil. Depois que meu pai se aposentou, ele e minha mãe saíram de Sydney e foram morar na Tasmânia, em uma cidadezinha litorânea adorável chamada Cygnet. Ele trabalhava como mecânico, era o responsável por manter o transporte público funcionando. Depois de anos tendo que ir trabalhar em uma garagem imunda na cidade, agora ele está no paraíso. Dá uma mãozinha para os vizinhos sempre que os equipamentos da fazenda precisam de conserto, e minha mãe se tornou uma ativista ambiental em tempo integral. Chegou até a ser presa por protestar contra o desmatamento de matas virgens. Foi um acontecimento e tanto, aquela mulher grisalha de setenta anos sendo levada para a prisão. Virou manchete em todos os jornais. Ela é odiada pelas madeireiras. Enfim, eu sempre os visito no Natal. Ficamos sentados na beira da praia, tomando sol e bebericando vinho branco, e vivo me perguntando por que diabos não estou morando lá com eles.

— Por que continua aqui, então? Você se casou com um... como os australianos chamam mesmo? Com um *séptico*?

Fazia anos que Jess não ouvia aquela gíria antiquada, que vinha da rima de *"tanque* séptico com *ianque".*

— Não, eu não me casei com um ianque — respondeu, e levantou a mão esquerda para mostrar o dedo sem aliança. — Nem casada sou.

Por que ela estava com tanta pressa para compartilhar isso?

Theo notou sua franqueza. Será que ela estava dando em cima dele? Depois de se recostar na cadeira, ele se pôs a contemplá-la.

Não usava maquiagem, e tinha uma leve camada de sardas salpicadas no nariz. A estrutura óssea era delicada, angulosa, quase felina. Unhas curtas e sem esmalte. Cabelo cor de caramelo, com largas mechas escuras e alguns fiozinhos loiros mais claros, penteados para trás e presos com um elástico simples. Theo se lembrou das tranças elaboradas de Abiona, e de como a mãe viajava para Peckham uma vez por mês para ir ao seu único cabeleireiro de confiança. Lembrou-se de que ela ia à manicure toda semana, religiosamente, e de como não queria que ninguém, nem mesmo ele, a visse sem maquiagem. Imaginou como ela desdenharia da beleza desalinhada e despretensiosa da mulher que estava à frente dele, com seus olhos verdes e seu frescor de maresia. De repente, ele se deu conta de que a estava encarando e desviou o olhar. Passou a fitar a paisagem pela janela, onde as estruturas vultuosas dos galpões se estendiam por hectares de terra.

— Acho que ainda estou aqui porque amo meu trabalho, e lá não existem laboratórios como o que administro aqui. Na verdade, não existem laboratórios iguais a esse em nenhum outro lugar.

— Nossos impostos sendo usados para alguma coisa útil, para variar — comentou Theo. — Todos esses laboratórios diferentes... "Todos os ofícios, seus aparatos e indumentária".

— Ah, isso é Hopkins — disse Jess. — É um dos meus poetas preferidos. Minha mãe vive citando os versos dele: "O molhado e o silvestre... deixe-os estar...".

— "O deserto e as daninhas aqui têm que ficar."

Declamaram o último verso juntos, depois abriram um sorriso envergonhado ao perceber o olhar do barista.

Theo conferiu o relógio.

— Acho que é melhor eu voltar para lá. Era para eu estar observando todo o processo com atenção...

Munidos de seus copos de café, seguiram de volta ao laboratório de Jeremy Raines, com Jess liderando o caminho. O restaurador deu um passo altivo para o lado e mostrou o progresso que havia feito. A metade inferior da pintura estava mais nítida, revelando as quatro patas brancas reluzentes.

— É uma obra encantadora. E posso confirmar seus palpites: a pintura foi feita no século XIX, por um artista profissional.

— Como você sabe?

— Bem, tirando as pinceladas habilidosas e outras questões, tem uma assinatura bem ali. Dei uma olhada no banco de dados e, embora não fosse um pintor de alto nível, era bem respeitado.

— Não consigo enxergar a assinatura — confessou Theo.

— Ah, ela vai ficar bem mais nítida quando a limpeza estiver concluída. Ainda há muito trabalho pela frente. Mas você não está conseguindo enxergar porque está procurando no lugar errado.

Jeremy Raines ajustou a luz e baixou o suporte da lupa.

— A maioria dos artistas assina no canto direito, mas nesta obra está à esquerda... Bem ali, viram? — perguntou, enquanto apontava para umas manchinhas de tinta que Theo havia confundido com folhas de grama. — Aquilo ali é um S... Estão vendo as serifas curvadas? O resto da assinatura vai aparecer depois de uma limpeza mais profunda, mas bem ali, o S e o T no final, viram? Isso foi o suficiente para o banco de dados sugerir o nome Thomas J. Scott.

— Scott? É como se chama um dos artistas que pintou o cavalo de corrida em que estou trabalhando. Então é bem provável que seja o mesmo cavalo. Nossa, mas que coincidência.

— Não é uma coincidência tão grande quanto você imagina — respondeu Jeremy. — Naquela época, a arte equestre era um ofício dominado por poucos especialistas, e não prosperou por muito tempo. Depois da Guerra de Secessão, logo foi substituída pela fotografia. Não havia muitos pintores dignos de nota. Troye, é claro, era o mestre. De acordo com o banco de dados, Scott era seu aprendiz. Os dois foram parar em um mundinho pequeno, repleto de ricos entusiastas de turfe, que recomendavam pintores entre si. — Jeremy se levantou e alongou as costas antes de se virar para Theo. — Mas infelizmente não há muitas informações sobre Scott. Não existem muitos trabalhos acadêmicos sobre ele.

Theo ficou radiante. Era exatamente o que um aspirante a historiador buscando aprofundar a tese de doutorado queria ouvir. Se, assim como Troye, Scott também tivesse pintado os cavaleiros negros...

— Bem, então agora confirmamos o artista — continuou Raines — e também temos a localização escrita no retrato: Lexington...

— Não — interrompeu Jess. — Não é a localização. É o cavalo. O cavalo recebeu o nome da cidade... O nome do cavalo nesta pintura é Lexington.

JARRET, PROPRIEDADE DE TEN BROECK

Barco Fashion, rio Mississippi
1853

Do parapeito do convés superior do barco a vapor *Fashion*, Richard Ten Broeck observava os currais dois andares abaixo. O garoto estava ocupado com o cavalo, mas fazendo o quê, exatamente, ele não sabia dizer.

Não devia ser a escovação, pois a pelagem já brilhava. Mas, fosse o que fosse, o cavalo aceitava em silêncio, sem se perturbar com o ronco do motor ou o chapinhar da roda de pás, nem com o zurrar do gado ou o cheiro fétido dos porcos. Os outros dois cavalos a bordo estavam enlouquecidos com a presença dos porcos — debatendo-se e escoiceando o chão das baias, com olhos dardejantes e espumando de suor. Depois de embarcar, Jarret havia conduzido o cavalo até os chiqueiros e o deixado observar e farejar até que as orelhas pendessem para a frente e a nuca relaxasse. Feito isso, ele o levara para a baia sem complicações. Além disso, Ten Broeck percebeu que o rapaz, sem pedir a permissão de ninguém, tinha recolhido a palha mofada fornecida pelos barqueiros e a atirado na água. Em seguida, forrara o piso com um dos vários sacos de maravalha fresca que havia empacotado antes de partirem de Meadows, duas semanas antes. Depois de recusar o beliche que Ten Broeck havia reservado para ele, o garoto passara a dormir com o cavalo no curral. Apesar dos protestos de Ten Broeck, ele se mantivera inesperadamente inflexível:

— Darley não sabe nada sobre barcos — declarara o garoto —, mas sabe que está seguro comigo.

Esses detalhes enchiam o homem de satisfação. Ao que parecia, tinha feito um bom juízo de caráter do menino. Havia desembolsado uma quantia alta demais, é claro, para superar a oferta do pai. Correra um risco. Gostava de riscos mais do que a maioria dos homens, mas gostava ainda mais quando eles valiam a pena. Ele alongou os ombros e deslizou os dedos por dentro do colarinho. A lavadeira do barco tinha pesado a mão ao engomar suas camisas. Mas pelo menos a cabine era confortável e espaçosa, e era bom estar de volta ao rio, especialmente porque dessa vez viajava sem a urgência açoitando-lhe as costelas feito um aguilhão. Ao observar as mesas de carteado, lembrou-se de como costumava ser: a espera vigilante por uma vantagem, as jogadas arriscadas, os nervos à flor da pele, o esforço de se manter alerta até tarde da noite à espera de que o oponente se cansasse ou afogasse o bom senso na bebida. Ele havia zarpado por um rio de riscos naqueles anos e, embora a Deusa Cega da Justiça lhe tivesse sorrido, estava feliz por não depender mais de suas graças.

Mas o risco oferecido pelo garoto era diferente. Era como escolher um bom cavalo. E ele sentia que tinha avaliado ambos muito bem. A viagem para Kentucky rendera frutos, mas ele estava satisfeito por se ver cada vez mais perto de casa. Uma vez lá, sabia que seus linhos franceses seriam lavados do jeito certo. O colarinho pinicava-lhe o pescoço, que se eriçava com os pelos esparsos. Tinha que fazer a barba e cortar o cabelo. Ele se encarregaria disso quando chegasse a Natchez.

Não tinha feito perguntas sobre o que se passara na floresta naquela noite em que Clay e a filha interceptaram Jarret. Apenas ficou satisfeito ao ver o cavalo e o garoto na sede da Associação logo cedo, seguindo o regime de treinamento de costume. Isso não o surpreendeu. Clay era um homem convincente e o garoto parecia esperto. Aquelas horas cavalgando sozinho pela floresta sem dúvida o familiarizaram com o medo e lhe deram tempo o bastante para imaginar uma miríade de desfechos desfavoráveis para seu ato irrefletido.

Três dias depois da fuga, o cavalo vencera outra vez, após competir contra um número muito reduzido de participantes, pois o boato de sua invencibilidade se espalhara. Naquela sexta-feira do torneio Citizen, a manhã estava clara e sem chuva. Dez competidores tinham desistido de correr. Os outros seis bem que poderiam ter desistido, pensou Ten Broeck, sorrindo. Apenas Midway, uma potra alazã, e o potro Garrett Davis haviam chegado a correr para valer, e os outros quatro cavalos retardatários acabaram sendo desclassificados. Mais uma vez, Darley tinha mostrado suas passadas longas e elásticas e vencido sem esforço.

Harry Lewis não arredara o pé em relação ao prêmio. Ten Broeck e Viley haviam nutrido a esperança de ficar com metade dos ganhos, mas o velho nem quis saber.

— Não sei nada sobre essa história de dividir — anunciou ele. — O combinado era dividir com o dr. Warfield, não com vocês.

Viley estava determinado a insistir, mas Ten Broeck achou melhor deixar o assunto de lado.

— Haverá prêmios maiores logo, logo. Deixe o negro ficar com os ganhos, Willa. Nós dois sabemos muito bem que ele os mereceu.

Mas Harry não ficou com o valor do prêmio. Naquela noite, pediu a Beth que costurasse o dinheiro no forro de um colete de brocado amarelo que ela havia feito para Jarret.

— Este é o dinheiro da sua liberdade, filho. Essa era minha intenção desde o início, mas agora aquele sujeito resolveu oferecer quase o dobro ao sinhô Warfield.

Os olhos leitosos de Harry estavam úmidos. O tremor na mão havia piorado. A aparência abatida era um testemunho da vida difícil que levara.

— Não pense que eu não tentei. Falei para ele que não arranjaria um treinador melhor para tomar o meu lugar quando eu partir. Mas ele disse que já está velho demais para cavalos de corrida e que está pensando em vender os estábulos. "Harry", ele falou, "você e eu nos saímos bem ao longo de todos esses anos, mas não vai ter trabalho para o seu filho por aqui. Deixe-o ir embora com aquele homem, porque ele vai ajudá-lo a conseguir um bom ofício." Ten Broeck prometeu a ele que você vai ser visto e reconhecido por aquela gente endinheirada com quem ele anda por aquelas bandas. Foi isso o que ele disse, e não consegui fazer nada para que mudasse de ideia.

Jarret ficou de pé, colocou a mão no ombro do pai e permaneceu em silêncio. Depois, saiu para a amena noite de primavera, embalado pelo tear de Jane Cega e pelo banjo de Otis enquanto descia a alameda. Sentiria saudade daquele lugar, dos sons e dos aromas familiares; das pessoas que o viram crescer. E, acima de tudo, dos cavalos. Primeiro, foi ao estábulo da égua. Como fazia um fim de tarde agradável, a porta estava aberta, e o sol poente lançava uma faixa de luz cálida pelo corredor central. Assim que Alice Carneal o viu, suas orelhas penderam para trás, como de costume, enquanto todas as outras éguas esticaram o pescoço sobre as portas da baia em busca de um afago. Jarret passou de baia em baia, conversando com uma égua por vez.

De repente, percebeu que uma sombra assomava a suas costas. As tábuas do estábulo rangeram. Ele se virou, esperando ver o cavalariço que faria a checagem noturna.

— Olá, Jarret.

Lá estava Mary Barr, já pronta para o jantar, com um vestido de organza claro. Calçava sandálias brancas de cetim, que àquela altura estavam salpicadas de marrom por conta da terra dos estábulos.

— Senhorita Clay, você não tem nada que perambular por essas bandas vestida assim. Olhe só para os seus pés!

— Foi exatamente o que você me disse na noite em que Alice Carneal pariu Darley. Lembra?

— Claro que lembro. Naquela noite, a senhorita enfiou o pé em uma farpa grandona, e agora vai levar uma baita bronca quando sua avó vir o seu estado.

— Não me importo com isso. Eu precisava ver você, Jarret. Tinha que me despedir e ver se está bem. Você... você não me culpa pelo que aconteceu, culpa?

Jarret passou a mão na cabeça e fitou a garota. O que essa gente queria dele? O rosto de Mary Barr estava todo contorcido, como se ela estivesse com febre ou algo do tipo. Parecia até que era ela quem tinha sido vendida e mandada para longe da própria casa e da própria família.

Ele fez que não.

— Não, senhorita Clay, eu não culpo você.

— Não mesmo, Jarret? Está falando sério?

— Olhe, senhorita Clay, eu não sei se isso vai ser uma coisa boa ou ruim, e estou com um pouco de medo. Mas o medo seria maior se eu ainda estivesse sendo perseguido rio acima ou se preso em algum lugar esperando o carrasco. Eu teria sido visto como um ladrão de cavalos, mesmo que Darley pertencesse a meu pai por direito. A senhorita tinha razão, e teria sido tolice da minha parte não dar ouvidos a isso.

— Meu pai disse que o sr. Ten Broeck é um homem de palavra. Ele nos prometeu que vai deixar você comprar sua liberdade aos pouquinhos...

Ela se calou por um instante. Começou a enrolar uma faixa do vestido no pulso, torcendo-a em um nó apertado.

— Jarret, não é igual a ser vendido para o Sul do jeito convencional. Ele é um nortista, afinal de contas...

Como se isso fizesse diferença, pensou Jarret. Mas limitou-se a dizer:

— Senhorita Clay, vai acabar rasgando o vestido.

— Que se dane o vestido! Jarret, eu...

— Quem diria, a senhorita Clay praguejando! O que sua mãe acharia disso?

Ele abriu um sorriso, mas a garota já estava aos prantos.

— Calma, senhorita, nada de chorar, hein? Para ser sincero, acho que vou me sair bem com aquele treinador, o sr. Pryor. A senhorita sabe que ninguém consegue botar o Darley para trabalhar tão bem quanto eu, não sabe? O tal do Pryor não é bobo nem nada, porque é impossível chegar aonde chegou sendo bobo, então vai enxergar isso. O sinhô Ten Broeck disse que Natchez é a cidade mais rica do país inteirinho. Talvez eu possa me sair bem por lá. Agora, volte para casa e limpe suas sandálias antes que alguém a veja.

Mary Barr deslizou os polegares pelo rosto para enxugar as lágrimas e conseguiu abrir um sorriso abatido.

— Mamãe disse que posso ir com o vovô para o Great State Post Stakes, então vamos nos ver por lá.

— Então, isso aqui não é uma despedida. A senhorita vai estar lá e com certeza vai ver alguma coisa boa. Darley e eu planejamos vencer essa corrida.

Do convés inferior do *Fashion*, Jarret ergueu o olhar e viu que Ten Broeck o observava. Aquele homem era um enigma para ele. E, no entanto, Darley tinha se afeiçoado ao sujeito logo de cara, o que era digno de nota. Se o cavalo conseguia ficar tranquilo na presença dele, Jarret supôs que pudesse fazer o mesmo. O homem estava sendo gentil durante a viagem; tinha lhe enviado lençóis macios quando ele recusara o beliche, além de porções extras de comida quando fazia as refeições no porão, acompanhado dos outros criados que estavam ali com seus senhores. Conforme seu medo do desconhecido diminuía, Jarret passou a aproveitar a viagem — as paisagens variadas ao longo do rio durante o dia; a vista de outros barcos a vapor durante a noite, que passavam como penhascos resplandecentes.

Ten Broeck levantou a mão e Jarret respondeu com um aceno de cabeça. Em seguida, voltou ao trabalho. Encontrou a pequena cova ao redor do olho do cavalo e pousou os dedos ali, deslizando-os com calma e suavidade ao longo do sulco da espinha dorsal e descendo por uma das patas traseiras. Quando se levantou para repetir o gesto do outro lado, ficou surpreso ao dar de cara com Ten Broeck, apoiado no parapeito da baia.

— Seja lá o que você estiver fazendo, Lexington parece gostar.

— Lexington? — repetiu Jarret.

— Willa Viley e eu decidimos mudar o nome dele. Como vai competir pelo estado de Kentucky no torneio da próxima primavera, achamos que ele deveria ter um nome que remetesse à sua terra natal. Se tem uma coisa que aprendi é que os aficionados por corrida gostam da boa e velha rivalidade. Basta colocar a cidade natal de um homem contra a de outro, ou a região, e pronto, eles ficam empenhados em torcer e em gastar. Além disso, Darley era o nome de um cavalo inglês. Eu quero que este seja claramente norte-americano.

— Ele sempre será Darley, para mim — retrucou Jarret. — É o nome que recebeu no dia em que veio ao mundo.

— Pode se referir a ele como bem entender, mas, para o mundo, ele vai ser conhecido como Lexington. E não vai demorar.

Ten Broeck virou-se de costas e se pôs a contemplar o Mississippi. Naquele ponto, o leito do rio se estendia por quase dois quilômetros de uma margem à outra.

— O que você acha do rio? Não é igual ao Ohio... Não tem como atravessar a nado.

Jarret engoliu em seco. Ten Broeck não dissera nada sobre sua tentativa de fuga. O garoto olhou para a vasta extensão de água, marrom e brilhante. Em alguns pontos, o rio meandrava-se em uma curva suave, como o tronco formoso de um garanhão robusto. Em outros pontos, a superfície ondulava, esculpida por correntes invisíveis como uma soldra musculosa.

— E então, rapaz? O que acha disso?

Jarret fitou os próprios pés enquanto respondia.

— Me faz pensar em um cavalo grande e poderoso.

Ten Broeck sorriu.

— É verdade. Nos faz pensar em um corcel lustroso e potente que nos leva para onde queremos ir. Ora, por acaso você é poeta além de cavalariço? Uma caixinha de surpresas, pelo jeito. Bem, chegaremos a Natchez dentro de uma hora. Vamos atracar no cais, Under-the-Hill, como é chamado. Tome cuidado por lá. Tem muitos barqueiros com os bolsos cheios de dinheiro, o que significa que também tem muitos bares, antros de jogatina e bordéis. Dizem que por aquelas bandas a única coisa que vale menos que o corpo de uma mulher é a vida de um homem. Espero que não precisemos ficar muito tempo por lá. Vamos encontrar o cocheiro do coronel Bingaman, que nos levará à casa do coronel para passarmos a noite. Tenho certeza de que ele será pontual. Você vai ficar com Lexington na cocheira e, pela manhã, vai cavalgando nele até Fatherland, a fazenda de Bingaman. Não fica muito longe, cerca de seis quilômetros. Se chegarmos a tempo e o cavalo estiver em condições, você pode aproveitar para dar uma volta na cidade, pois talvez não tenha outra oportunidade como essa quando estiver instalado na fazenda.

— Acho que não vou. Não sou muito adepto de cidades.

— Bem, como quiser. Eu, por minha vez, vou dar uma passada na estimada barbearia de William Johnson para cortar o cabelo, fazer a barba e ouvir as notícias nuas e cruas de Natchez. Sujeito interessante, o Johnson. Fica de ouvido em pé para descobrir todas as coisas pomposas e esplendorosamente tolas que acontecem por aqui. Um bom amigo de Bingaman, na verdade, o que por si só já é digno de nota, uma vez que Johnson nasceu escravo. Aqui, não é comum se referir a um negro como "cavalheiro", mas Johnson é isso, em todos os sentidos que importam. Um homem de negócios tão bem-sucedido que metade dos brancos esnobes da cidade recorrem a ele quando precisam de um empréstimo. Além disso, tem uma casa na rua State, onde ficam as residências dos nobres. Conhecer um homem assim pode lhe fazer bem, Jarret. Ele só atende clientes brancos, mas não fará objeção à presença do meu escravo.

Meu escravo. Jarret olhou para o rio. Darley não era o único com um nome novo. *Jarret, propriedade de Ten Broeck.* Era quem tinha passado a ser. Não Jarret Lewis, um homem livre como o tal de William Johnson. Será que tinha agido certo naquela noite na floresta, ao mudar de ideia depois de ouvir a garota tagarelar sobre os perigos que ele enfrentaria dali em diante? Talvez ele fosse como um cavalo resgatado de um estábulo em chamas, que corre de volta para o conforto familiar da baia incendiada. Duas semanas no rio não tinham bastado para que tomasse uma decisão a esse respeito. E o que importava a Ten Broeck se Jarret conhecesse ou não esse tal de Johnson? Que bem faria a um cavaleiro escravizado conhecer um homem de negócios livre em uma cidade estranha? Bem, supunha que o único jeito de desvendar aquele enigma fosse ir à barbearia.

— Se Darley estiver bem, eu vou — murmurou o garoto.

— Pois bem, então. Vejo você quando o barco atracar.

Jarret admirou a paisagem adiante. As planícies começavam a se avultar em falésias de loesse, e, quando o barco fez a última curva, o amontoado de prédios de tijolinhos de Natchez despontou no horizonte. Já era fim de tarde, e uma névoa densa pairava sobre o leito do rio. Era possível ouvir o porto antes mesmo de divisar seus contornos: os insultos grosseiros que os barqueiros gritavam para seus trabalhadores, as risadas e os berros dos bares à beira-rio, o ranger de guinchos e rodas de carruagens. Enquanto o barco deslizava em direção ao cais, Jarret mal conseguia contar a quantidade de embarcações enfileiradas ali, disputando ancoradouros. Imensas embarcações marítimas cheias de cargas europeias assomavam sobre simples barcaças. Parecia haver centenas de barcos ancorados em uma fileira oscilante e instável enquanto as tripulações trocavam insultos. Os fardos de algodão à espera de exportação no ancoradouro avultavam como uma segunda falésia. Um odor fétido se desprendia da costa e invadia as narinas: cânhamo e piche, banha e lúpulo, suor humano e esterco animal.

Jarret estava perto de Lexington, que inflou as narinas e abanou as orelhas quando o casco de madeira do barco começou a raspar a lateral do cais. Cordas foram lançadas do convés para a costa e mãos habilidosas as prenderam aos postes de amarração. A pelagem de Lexington se contraiu de nervosismo, e Jarret sentiu a própria pele arrepiar. Aquele lugar era muito cheio de tudo. O cavalo sentiu o medo do garoto e sacudiu a cabeça. Jarret se esforçou para manter a compostura e respirou fundo apesar do fedor. Em seguida, chegou mais perto do animal e se dirigiu a ele com uma tranquilidade que não sentia. Quando o tripulante deu o sinal, Jarret puxou o trinco da baia e conduziu o cavalo até a rampa. Depois de colocar um dos cascos na tábua, Lexington estranhou o som oco e recuou. Mas Jarret o impeliu adiante, aos poucos, um passo hesitante por vez, até descer a rampa e chegar ao cais abarrotado. Ten Broeck estava acompanhado de um cocheiro negro e alto trajando uma libré vistosa e ricamente adornada, arrematada por um sobretudo e uma capa de veludo. A carruagem trazia o brasão da fazenda Fatherland.

— Você pode conduzir o cavalo pela mão, não é muito longe daqui — instruiu Ten Broeck. — Siga bem ao lado e não saia de perto.

O cocheiro ajudou Ten Broeck a subir na carruagem e depois se acomodou no banco aveludado da boleia, onde se sentou empertigado, austero como uma estátua de ébano, e impeliu os cavalos adiante pela rua Silver. Jarret fitou as casas pelas quais passavam. Moças jovens de cabelo solto debruçavam-se seminuas nas janelas, promovendo seu ofício. Ele nunca tinha visto seios femininos totalmente expostos — e de mulheres brancas, ainda por cima. Sentiu uma onda de calor e tratou de desviar o olhar, mantendo-o fixo nos sulcos da rua.

A colina se elevava abruptamente em curvas sinuosas e, conforme subiam, deixavam para trás o fedor do porto e dos lodaçais. Por fim, o terreno tornou-se plano e desembocou em uma larga avenida ladeada por casarões com jardins exuberantes e sebes altas e densas. Passaram por dois jovens cavalheiros de trajes elegantes que, à visão de Lexington, interromperam o passo e se puseram a admirar.

— De fato é um cavalo dos mais magníficos! — declarou um, apontando com a bengala. — Ora, sem dúvida ainda não havíamos tido o privilégio de encontrá-lo em Natchez, certo? Eu teria me lembrado dele. Por acaso, é o mais novo pangaré pomposo de Bingaman?

— Não, cavalheiros — respondeu Ten Broeck de dentro da carruagem. — Eu sou o feliz proprietário desta criatura. O sr. Pryor, que trabalha para o coronel, vai treiná-lo para mim aqui. Mas receio que vocês vão ser obrigados a ir até Metairie se quiserem assistir a uma corrida dele. Vai valer a pena, garanto. Este cavalo se chama Lexington. Não esqueçam o nome. Ele vai competir por Kentucky, no Great State Post Stakes, na próxima primavera. Se eu fosse vocês, apostaria nele!

Os rapazes riram, e o cocheiro impeliu os cavalos adiante.

Chegaram a uma trilha sombreada que conduzia a uma mansão de tijolos de aspecto notável graças à imensidão das colunas caneladas que ladeavam a porta de entrada. Jarret e Lexington seguiram atrás da carruagem enquanto dois escravos de libré se apressavam em carregar as bagagens de Ten Broeck e conduzi-lo até a porta. O homem se virou para Jarret.

— Eles vão lhe mostrar onde fica a cocheira. Mandarei alguém chamá-lo em breve.

As baias da cocheira eram de madeira laqueada, e o piso do corredor tinha sido meticulosamente escovado. As narinas de Lexington inflaram, sentindo os aromas desconhecidos de cera e polidor de metais. Jarret conseguia ver o próprio reflexo na superfície polida do cocho. Enfiou a mão na manjedoura e sentiu o cheiro de alfafa e capim-timóteo.

— Viemos parar em um lugar chique — sussurrou.

O cavalo relinchou em resposta e o empurrou para longe da comida tentadora. O garoto removeu a proteção de pano enrolada nas patas de Lexington e tateou a pelagem em busca de calor, como tinha feito durante a jornada, mas não havia nenhum. O cavalo lidava bem com viagens. Quando um rapaz apareceu com os cavalos da carruagem, Lexington nos saudou com um relincho. Em seguida, cheirou o feno e se pôs a comer. Jarret não tinha mais nada a fazer além de se dirigir à porta da baia e pendurar a guia do cabresto no gancho de latão que ficava ali.

Ten Broeck mandou que o chamassem logo depois.

— É bom irmos agora, antes que Johnson encerre o expediente. Essas roupas que está usando... — continuou, tocando a camisa de linho de Jarret. — Bem, são de boa qualidade, bem-feitas, mas você vai precisar de algo mais atual. E de um tecido mais leve, é claro. O clima de Nova Orleans pode ser bastante inclemente. Você verá. Vou pedir a Johnson que recomende um alfaiate que possa tirar suas medidas hoje mesmo e enviar os trajes novos para Fatherland.

A barbearia de Johnson era espaçosa e bem equipada, com cadeiras de couro e aparatos de porcelana. Funcionários em aventais brancos engomados espalhavam espuma no rosto dos clientes, depois os barbeavam e tonsuravam. Johnson, por sua vez, estava sentado a uma escrivaninha finamente entalhada junto à porta. Diante dele havia uma caneta-tinteiro de cristal e um frasquinho de tinta, além de uma caderneta de couro aberta em uma página quase inteiramente preenchida por uma caligrafia elegante.

— Cheguei em um horário bem movimentado — comentou Ten Broeck. — Estou vendo que quase não há cadeiras vazias nem barbeiros livres.

— Hoje em dia, o movimento é grande em qualquer horário — replicou Johnson. — Felizmente, esta cidade não empobrece. Mas ficarei feliz em atendê-lo pessoalmente.

Ten Broeck fez uma reverência.

— Seria uma honra.

Jarret se perguntou se algum dia chegaria a se acostumar com os modos extravagantes do homem.

Johnson vestiu um avental engomado que trazia suas iniciais douradas em um monograma bordado em fios de seda.

— Fiquei sabendo que você adquiriu um belo cavalo novo — comentou Johnson enquanto envolvia o pescoço de Ten Broeck com uma capa e cobria-lhe o rosto com toalhinhas aquecidas.

— Você atrai notícias com mais rapidez do que um ímã atrai limalhas — devolveu Ten Broeck, com a voz abafada pelas toalhas.

— É a minha moeda de troca — explicou Johnson. — É isso que os clientes desejam, talvez até mais do que minhas lâminas habilidosas.

— De fato. É sua sagacidade afiada que nos atrai. Bem, meu novo cavalo se chama Lexington, batizado em homenagem à cidade onde nasceu. Garanto-lhe que ele será o vencedor do Great State Post Stakes no ano que vem. E, se me permite um conselho: aposte a favor dele logo no início, enquanto ainda pode ter uma vantagem.

Johnson abriu um sorriso.

— Eu lhe devo uma pelo conselho, mas espero não ficar devendo nada à casa de apostas.

O homem removeu as toalhinhas e passou um pincel cheio de espuma sobre as bochechas de Ten Broeck.

— E o seu garoto aqui... Creio que também seja novo, não?

Jarret, que estava parado à porta, contorceu-se sob o escrutínio do barbeiro.

— É, sim. Esse é Jarret, minha propriedade e cavalariço de Lexington. Eu esperava que você pudesse me indicar um alfaiate... Pretendo encomendar umas roupas novas para o rapaz, trajes mais adequados para a fazenda Fatherland e, posteriormente, para Metairie.

— É claro — concordou Johnson. — Conheço Bon, um sujeito muito talentoso, hábil com as agulhas e justo com os preços. O estabelecimento dele não fica muito longe daqui. Eu lhe darei o endereço. Mas... você pretende enviar o garoto para Fatherland?

— Sim, amanhã mesmo, com meu cavalo. O garoto não saiu do lado dele desde que nasceu e é muito habilidoso, mesmo sendo tão jovem. Vou enviá-lo para lá na esperança de que Pryor o ajude a se tornar um treinador.

— Pryor? Ele está ciente disso?

— Creio que sim. Combinei tudo com Bingaman. Mas você parece surpreso...?

— E estou mesmo. O sr. Pryor é um treinador habilidoso, sem dúvida. O melhor, segundo dizem. Mas não é conhecido por aceitar aprendizes.

Um sujeito grandalhão com o rosto coberto de espuma gargalhou na cadeira ao lado.

— Ele preferiria tomar cicuta a dividir os créditos por uma vitória. Pryor é um lobo solitário, sempre foi. Tem ciúmes de dividir os louros. Ora, ele deixaria até os cavalos de fora se pudesse, e desfilaria sozinho pelo pódio.

A espuma escondia o rosto de Ten Broeck, então Jarret não conseguia ver como o homem reagiu a essa informação. O garoto já estava apreensivo por chegar sozinho a um estábulo estranho em uma fazenda que não conhecia, mas saber que seria um visitante indesejado — talvez até inesperado — fez o suor brotar em sua pele.

Um tempo depois, enquanto percorriam o curto trajeto entre a barbearia de Johnson e a alfaiataria, Ten Broeck virou-se para Jarret e disse:

— Não se preocupe com Pryor. Terei uma conversa com Bingaman assim que eu chegar a Nova Orleans.

— O coronel não está aqui em Natchez?

— Não. Nem aqui nem na fazenda Fatherland. Já faz um tempo que não dá as caras por essas bandas. Acho que não há mal em lhe contar, pois sem dúvida a história deve ser contada aos quatro cantos da senzala. Bingaman mora em Nova Orleans. Depois que a esposa faleceu, ele se mudou para lá com uma ex-escrava, uma boa mulher, devo admitir, a quem o coronel dedica grande devoção. Confidenciou-me que este relacionamento o fez abrir os olhos para o verdadeiro significado da união, ao contrário da farsa da maioria dos casamentos, que não passam de transações comerciais mascaradas por laços e fitas. Para provar o que dizia, decidiu alterar o testamento e deixar sua fortuna para os filhos que teve com essa mulher, o que causará um grande rebuliço um dia, mas ele não estará mais aqui para presenciar. O coração leva a melhor sobre a razão, ao que parece. Um sujeito brilhante, o primeiro da turma em Harvard. Bonito, de intelecto vivaz, e, ainda assim, pôs a própria vida sob a mira de um canhão.

Ten Broeck seguiu caminhando.

Os pensamentos de Jarret estavam em polvorosa. Primeiro, o impacto causado por Johnson em seu belo estabelecimento, depois a ideia de bastardos mulatos herdando a imensa fortuna de um fazendeiro branco. Sentiu que tinha entrado em um mundo às avessas. Onde arranjaria um ponto em que se apoiar?

Bon, o alfaiate, tirou as medidas de Jarret com uma eficiência vigorosa, virando-o de um lado para outro e levantando-lhe os braços como se fosse um manequim. Apresentou várias amostras de tecido para que Ten Broeck opinasse, e se pôs a tecer elogios efusivos a cada escolha.

— Esta cor estará muito na moda na próxima temporada. Uma textura suave, mas o tecido é bem durável.

Os dois tomaram o caminho de volta, avançando em silêncio ao cair do crepúsculo. Notas de violino e piano enchiam o ar, vindas dos salões daquelas belas casas. Jarret queria parar para ouvir o canto das cordas, tão diferente dos banjos que embalavam as noites de Meadows. Mas Ten Broeck limitou-se a seguir adiante, impassível. Quando chegaram aos portões de ferro da casa de Bingaman, um escravo de luvas brancas abriu o ferrolho e os conduziu para dentro com uma mesura.

— É provável que eu não o veja pela manhã, pois embarcarei logo cedo para Nova Orleans. Você pode partir um pouco mais tarde com o mensageiro. Ele lhe mostrará o caminho. Sua bagagem irá na frente com o resto dos suprimentos.

Ele fitou Jarret à luz difusa da lâmpada da carruagem.

— Ora, não precisa ficar assim — continuou. — Apenas faça o seu trabalho, como tem feito até então, mantenha a atenção no cavalo e siga as instruções de Pryor. Ainda temos quase dez meses até o torneio, então não há motivo para pressa. Treino leve, galopes tranquilos. Mas Pryor saberá disso, e não se esqueça de que ele é um cavalheiro muito íntegro e de caráter elevado, e não um imbecil incapaz de reconhecer o seu valor.

Jarret se sentiu um pouco melhor depois disso, e já estava se encaminhando para a cocheira quando Ten Broeck o chamou abruptamente.

— Jarret, esqueci de lhe dizer... Quando você sair da cidade amanhã, não tome o caminho para leste. Peça ao mensageiro que o leve pela estrada ao Sul. O trajeto é só um pouquinho mais longo.

Em seguida, o homem deu meia-volta e seguiu em direção aos pilares que ladeavam a entrada da casa. Jarret entrou na cocheira e foi conduzido até uma terrina com a sopa que havia sobrado do jantar. O cocheiro lhe ofereceu um catre no cômodo que ficava bem em cima das baias, mas o garoto recusou. Em vez disso, acomodou a sela em um cantinho da baia, apoiou a cabeça nela e mergulhou em um sono inquieto ao lado de seu cavalo.

Acordou com o som de grãos sendo despejados nos baldes enquanto o cavalariço servia a ração matinal. Um galo cacarejou ao longe para saudar o nascer do sol.

— Tem café e biscoitos de aveia quentinhos lá na casa... A cozinheira falou que é melhor você ir logo apanhar alguns.

Depois de supervisionar a distribuição dos grãos, Jarret deu a volta pelos fundos e foi até a estação de bombeamento para jogar uma água no rosto. Feito isso, dirigiu-se à porta da cozinha, onde uma garota lhe entregou uma xícara de café e um prato cheio de biscoitinhos recém-saídos do forno, cobertos por uma porção generosa de manteiga dourada derretida. Ele se aboletou debaixo de uma murta florida para desfrutar do desjejum, e estava saboreando a última migalha quando um rapaz alto com pele cor de sidra se aproximou, vindo do casarão, com uma bolsa de couro transpassada no peito.

— Meu nome é Ben — apresentou-se. — Sou eu que vou acompanhar você até a fazenda Fatherland. Acabei de ver o cavalo do seu sinhô. É bonito demais, não tem como negar.

Os dois seguiram juntos até a cocheira. A montaria de Ben, um grande baio capão, já havia sido selada por um cavalariço e estava escoiceando o chão com uma das patas, ansiosa para partir. Jarret encilhou Lexington e subiu na sela. Por um momento, apenas desfrutou da sensação de estar de volta ao lombo de um cavalo. A viagem de barco tinha durado duas semanas, e ele nunca havia passado tanto tempo sem cavalgar. O animal também parecia satisfeito: levantou a cabeça e dançou sem sair do lugar. Bastou Jarret segurar as rédeas para que ambos disparassem em um trote pomposo, como se impulsionados por um pistão, através dos portões e ao longo da ampla avenida, chamando a atenção de todos por quem passavam. Ben parecia conhecer todas as pessoas negras e a maioria das brancas, cumprimentando-as com um aceno de cabeça.

Pela posição do sol, Jarret sabia que estavam indo para o Sul, como Ten Broeck havia instruído. Emparelhou o cavalo ao lado de Ben e perguntou por que não tinham tomado a estrada a leste, que era mais curta.

— O mercado de escravos fica naquela direção. Forks... é assim que é chamado. Nunca seguimos por esse caminho. Não é seguro. E, com certeza, não é nada bonito. Milhares de pobres almas enclausuradas, aos prantos por terem sido separadas da família. É bem provável que tenha gente de onde você veio.

Continuaram trotando por mais alguns quilômetros.

— Algumas das pessoas que trabalham em Fatherland vêm de lá. Pode perguntar para elas, se estiver preparado para ouvir uma história triste. Uma delas me contou que foi parar lá depois de viajar por mais de mil quilômetros.

Jarret tentou imaginar essa jornada, pensando na distância que ele próprio havia percorrido no relativo conforto do barco a vapor.

— Uma vez, eu estava escovando um cavalo e o garoto novato que estava me dando uma mão começou a chorar de repente, dizendo que tinham feito a mesmíssima coisa com ele lá em Forks... Despido e escovado ali mesmo, em público, feito um animal. Neste caminho que tomamos agora, não precisamos ver esse tipo de coisa. E os comerciantes de lá às vezes pegam uma pessoa e vendem e, quando o sinhô de verdade fica sabendo, ela já está sabe-se lá onde e eles só falam "Ó, seu menino fugiu, eu não tenho nada com isso", e só Deus sabe o que vai acontecer com a pessoa depois disso.

Eles cavalgaram em silêncio enquanto as habitações ficavam cada vez mais espaçadas, e as árvores, cada vez mais próximas. O ânimo de Jarret melhorou quando se embrenharam por um bosque de sassafrás, espinheiros e carvalhos que cobriam a estrada sinuosa de sombra e frescor, deixando a trilha toda sarapintada. Grinaldas de barba-de-velho pendiam em ramalhetes dos galhos de carvalho e, nos pontos onde a estrada se estreitava, roçavam o rosto de Jarret. A pista era boa; solo de loesse macio. O cavalo implorava para seguir adiante, então Jarret o deixou avançar mais rápido, e Ben e sua montaria logo os alcançaram. Não tardou para que se pusessem a galope. Jarret pendeu a cabeça para trás e soltou um grito de puro prazer, e Ben fez coro. Galoparam por quase dois quilômetros, diminuindo o ritmo abruptamente quando chegaram ao fim do bosque, que se abria para uma vasta faixa de milharais e algodoeiros. Eles puxaram as rédeas para que os cavalos parassem.

— Aqui está a fazenda Fatherland — anunciou Ben enquanto se inclinava para a frente na sela para afagar o pescoço de sua montaria.

— Qual parte? — quis saber Jarret.

— Isso tudo.

Jarret nunca tinha visto uma propriedade de proporções tão colossais em Kentucky. Os algodoeiros, já com as folhas grandes e lustrosas, enfileiravam-se a perder de vista. Ao longe, homens conduziam parelhas de mulas para remover as ervas daninhas que brotavam no espaço entre as fileiras, enquanto trabalhadores — homens, mulheres e crianças com chapéus de palha — vinham logo atrás, munidos de enxadas. Um pouco mais além, o sol lançava seus raios sobre um riacho que serpenteava entre os algodoeiros e os milharais, que começavam a despontar em brotos esverdeados. Ainda mais além, onde as planícies se elevavam em pequenas colinas, Jarret só conseguia distinguir as fileiras de um grande pomar.

Os dois rumaram em direção ao portão principal, as rédeas pendendo soltas no pescoço dos cavalos, enquanto Ben apontava os diferentes trechos da plantação. Depois de atravessar o portão, Ben parou o cavalo e olhou para a direita. Ali, parcialmente cobertos por um emaranhado de árvores, estavam as construções da fazenda e os currais. Ben apontou para cada construção — o galpão onde ficavam os descaroçadores, o armazém de sementes, a leiteria, a forja e uma capelinha de ripas com uma cruz no topo. Mais adiante ficava a senzala — uma longa fileira dupla de cabanas que davam para uma viela compartilhada e hortas e galinheiros nos fundos. Bem no comecinho da viela havia uma construção de tijolos maior que as outras, rodeada por cercas.

— Aquela ali é a casa do capataz.

Uma reboleira de árvores ornamentais — magnólias, ciprestes e resedás — se interpunha entre as construções e a mansão branca que avultava no fim da alameda, encarapitada no topo de um outeiro.

— Um amontoado de pedras enorme desses e ninguém nele além de escravos, já que o sinhô arredou o pé daqui para morar em Nova Orleans.

Ben impeliu o cavalo adiante e virou para o oeste, seguindo por uma trilha que conduzia a outra elevação no terreno. Quando chegaram ao cume, Jarret ficou imóvel, mais uma vez estarrecido pelas dimensões colossais que se estendiam à sua frente. A estrada desembocava em uma pista de corrida em tamanho real com sua própria pequena arquibancada. Um denso aglomerado de celeiros e estábulos assomava um pouco adiante e, depois deles, pastos rodeados por cercas brancas se estendiam até onde a vista alcançava. Os cavalos, tendo cumprido seus afazeres matinais, fartavam-se em pastagens verdejantes.

— Está vendo aquele celeiro grandão com o cata-vento no topo? É lá que você tem que ir. Vou direto para a casa-grande agora, para ver se precisam que eu leve algum recado até a cidade.

Jarret cavalgou sozinho, em um misto de nervosismo e euforia. Fazer parte de uma operação tão vasta parecia importante. Quando ele chegou ao celeiro principal, um homem se aproximou a passos largos. Era um sujeito baixo, não muito maior que um jóquei, com cabelo cor de areia e pele rosada e sardenta de tanto sol. Não tirou o olhar impassível do cavalo por um segundo sequer.

Jarret apeou. Pryor nem olhou para ele, apenas caminhou ao redor do cavalo, contemplando a constituição física e assentindo. Quando chegou mais perto, o cavalo se esquivou. Jarret pôs a mão no pescoço do animal e cantarolou baixinho para acalmá-lo. Ao ver a cena, Pryor fechou a cara e tomou as rédeas da mão de Jarret. O cavalo empinou. Pryor puxou as rédeas com força. Querendo se ver livre do tranco, o animal se debateu de um lado para o outro, com os olhos dardejantes e as orelhas coladas contra o corpo. Certa vez, Harry dissera que a maioria dos treinadores tinha o costume de açoitar os animais. Jarret rezou para que Pryor não fosse um deles.

Pryor estalou os dedos e um homem veio correndo com um cabresto nas mãos.

— Henry, coloque esse cavalo na baia vazia do estábulo dos garanhões.

Jarret esticou o braço para desafivelar a cisgola da cabeçada, mas Pryor afastou-lhe a mão.

— Meu rapaz vai cuidar disso. Você já pode voltar para a fazenda. Peça para falar com Gossin... Ele vai arranjar algum trabalho para você. Já falei para o carroceiro deixar sua bagagem na senzala.

Jarret sentiu o sangue se esvair do rosto. Ficou parado onde estava.

— Mas o sinhô Ten Broeck me mandou para cá para trabalhar com você. Eu sou o cavalariço de Darley. Tenho que...

Pryor se virou, com os olhos azuis semicerrados.

— Darley? Mas quem diabos é Darley?

— Eu quis dizer Lexington...

— Mas que belo cavalariço, hein? Nem chama o cavalo pelo nome certo. Enquanto este animal estiver no meu estábulo, eu direi quem é ou não é seu cavalariço. Seu trabalho com ele já acabou. Agora, chispe daqui.

Henry arregalou os olhos para Jarret, como se tentasse adverti-lo. Depois, esticou a mão para remover a cabeçada. Lexington se esquivou outra vez, tentando se livrar do puxão de Pryor. O treinador arrancou as rédeas da mão de Henry e, empunhando a ponta feito um chicote, açoitou o ombro de Lexington. O garanhão rodopiou em um borrão de cascos e crina. Estava se preparando para sair em disparada quando Jarret pulou na frente dele, agarrou as rédeas soltas e virou-lhe a cabeça para longe de Pryor, sussurrando para tranquilizá-lo. Pryor continuou onde estava, mas crispou os lábios e deixou Jarret prender o cabresto antes de falar.

— Está na cara que você mimou esse pangaré. Mas isso não vai continuar assim. Entregue as rédeas para o Velho Henry e dê o fora daqui. Não quero ver sua cara aqui de novo, a menos que eu mande chamá-lo. Estamos entendidos?

Jarret ouvia as palavras, mas não conseguia assimilar nada. Pousou a mão na cernelha de Lexington e aconchegou-se junto ao corpo do cavalo.

— Você está me ouvindo? — berrou Pryor. — Dê o fora do meu estábulo!

Henry apareceu atrás de Jarret. Depois de tomar as rédeas, chegou mais perto e sussurrou:

— É melhor você ir logo. Mais tarde irei atrás de você na senzala.

Ainda que relutante, Jarret se afastou. Henry lutou para controlar o cavalo, que começou a relinchar, chamando por Jarret. Pryor avançou sobre o garoto e o empurrou com força.

— Faça logo o que eu mandei! — gritou. — Esse maldito cavalo não vai sossegar enquanto você ainda estiver por aqui.

Em seguida, virou-se para o outro lado.

— Zack! Abe! Onde diabos vocês se meteram?

Dois rapazes saíram correndo do estábulo.

— Peguem uma corda! Ajudem o Velho Henry com esse maldito cavalo!

Quando o líder e os dois cavalariços se abaixaram e tentaram agarrar o cabresto, Jarret sentiu os músculos se retesarem. Os punhos se cerraram. Ele era mais alto que Pryor. Visualizou a corda em suas próprias mãos, açoitando o homem como ele açoitara o cavalo. Mas o garoto sabia que a angústia e a agitação que sentia estavam sendo percebidas por Lexington, o que só aumentava o sofrimento do animal.

Ele chegou mais perto e o cavalo parou de escoicear. Depois, prendeu a segunda corda no cabresto e a entregou a um dos cavalariços.

— Vai ficar tudo bem — sussurrou para o cavalo.

Em seguida, deu as costas e se obrigou a se afastar a passos tranquilos. Foi só quando estava fora do campo de visão de Lexington que Jarret começou a correr, desesperado para deixar os relinchos angustiados do cavalo para trás.

Do outro lado da colina, ele se deteve e curvou o corpo para a frente, com as mãos apoiadas nos joelhos e a respiração ofegante. Em seguida, arrastou-se a duras penas na direção das construções da fazenda. Já estava quase na senzala quando avistou Ben, sentado em um toco enquanto saboreava uma coxa de frango.

— Por que você voltou para cá?

— Pryor não me quer por lá. Disse que não posso ficar com meu cavalo. Ele quer que eu converse com um tal de Gossin...

— É o homem branco que administra a fazenda. Mas isso não faz o menor sentido... Ora, um cavaleiro treinado como você não deveria trabalhar no campo.

— Não é comigo que estou preocupado. É com meu cavalo. Ele não está acostumado a ser açoitado. Eu não sei o que fazer. Meu sinhô queria que eu cuidasse dele.

— Pena que você não sabe escrever, ou podia mandar um recado para ele. Eu estou com umas cartas aqui para Natchez e para Nova Orleans que tenho que mandar para o coronel Bingaman da cidade...

O rapaz abriu a bolsa de couro que trazia pendurada no ombro e mostrou os envelopes de velino para Jarret.

Os endereços no verso das cartas despertaram um pensamento solto em sua cabeça. De repente, lembrou-se de William Johnson e sua caderneta, toda preenchida com caligrafia elegante.

— Você conhece aquele barbeiro de Natchez, o sr. Johnson?

— Ô se conheço. Todo mundo conhece.

— Ben, será que você poderia dar um pulinho lá... Parece que ele e meu sinhô se dão bem, e ele com certeza vai saber como transmitir o recado para ele... Aí você pode perguntar se ele pode escrever um bilhete para contar que me afastaram do Darley, que não me deixam trabalhar com ele, nem mesmo chegar perto dele. Você acha que ele faria isso?

Ben encolheu os ombros.

— Eu posso ver com ele.

— Nem sei o que vou fazer se algo de ruim acontecer com meu cavalo.

— Ora, não é culpa sua se o velho Pryor não tem miolos naquela cachola e não quis você como aprendiz. Ninguém vai culpar você por isso.

— Eu vou me culpar — respondeu Jarret com a voz embargada. — Esse cavalo é praticamente a única coisa que me importa no mundo.

— Tudo bem, vou dar uma passada na barbearia. Vou dizer a ele que você só quer que seu sinhô saiba o que está acontecendo. Ninguém vai criar caso com isso. Agora, é melhor você ir conversar com Gossin. Pergunte na senzala, vão saber informar onde ele está.

Ele atirou o osso da coxa para longe, limpou o queixo e partiu atrás de sua montaria.

Depois de uma longa e árdua caminhada em direção às plantações, Jarret encontrou Samuel Gossin conversando com um de seus cocheiros, enquanto uma multidão de mulheres e crianças empunhava enxadas em um milharal já colhido. Conforme Jarret se aproximava, percebeu que a natureza pitoresca daquele lugar tão abundante não se estendia às pessoas que trabalhavam nele. As mulheres tinham expressões abatidas e exaustas, as saias puídas enroladas na altura do quadril, as pernas cobertas por trapos para protegê-las dos pés de milho secos. Jarret sentiu que seus trajes chamariam muita atenção. Quando se apresentou a Gossin, o sujeito o encarou com perplexidade.

— Então quer dizer que Pryor não queria o cavalariço de Kentucky, escolhido a dedo por Richard Ten Broeck, em cima dele? — perguntou antes de soltar um risinho. — Isso é bem a cara dele. Mas não acho que Ten Broeck ficará muito contente se eu botar o garoto dele para trabalhar no campo.

Avaliou o corpo esguio e leve de Jarret.

— É, você não tem o físico para esse tipo de serviço. Deixe-me ver suas mãos.

Jarret virou as palmas para cima, e Gossin bufou.

— Um cavalariço franzino como você não tem muita serventia para mim. Dê uma passada na forja. Talvez o ferreiro fique feliz em receber uma ajudinha com as ferraduras.

Então Jarret foi trabalhar para Gem, um rapaz atarracado e musculoso, com uma pele escura como carvão que reluzia de suor. O grosso do trabalho na ferraria consistia em fazer a manutenção das ferramentas agrícolas — rodas de carroça, enxadas, arados, serras para os descaroçadores e correias de metal para prender os fardos de algodão.

— Pryor tem um ferrador próprio para os puros-sangues, mas eu me encarrego dos outros cavalos da fazenda — contou Gem.

Jarret levou o carvão para alimentar a forja e puxou o fole. Então, foi até o riacho e pegou água para resfriar o ferro, em seguida lixou e deu acabamento nos cascos depois que Gem já havia martelado a nova ferradura no lugar. Entre o rugido da fornalha e o ressoar das marretas se chocando contra o metal, não havia tempo para conversa fiada, mas Jarret não se importava. Gem estava feliz em receber uma ajuda, mas não tanto por ter que arrumar espaço para mais uma pessoa em sua cabana abarrotada.

Naquele primeiro dia, enquanto Gem o conduzia da forja até a senzala, Jarret tentou estimar quantas pessoas havia ali, mas logo se perdeu nos cálculos. Gem lhe contou que a fileira dupla de cabanas abrigava mais de duzentas pessoas.

— E tem mais gente nos alojamentos perto da casa-grande e lá para os lados dos estábulos, onde você deveria estar.

Eram pessoas que retornavam de seus afazeres diários e começavam uma segunda jornada de trabalho: cuidavam de suas hortas de feijão e batata-doce, costuravam e remendavam roupas, consertavam uma cerca, abatiam uma galinha para o ensopado.

Gem residia em um cômodo de solteiro com outros três homens; dois deles, Cato e Ira, eram jovens e não tinham parentes, e ainda não haviam recebido permissão para se relacionar com mulheres. Cato trabalhava no galpão de descaroçamento e Ira, no moinho. O terceiro era o pai de Gem, o Velho Gem, um viúvo com paralisia nas mãos e uma mente confusa. Tinha trabalhado como ferreiro, mas foi se tornando muito frágil e esquecido para se dedicar à forja, então fazia tarefas leves nos jardins da casa-grande, e ninguém o importunava muito quando esquecia onde deveria estar. Os quatro compartilhavam um pequeno cômodo com piso de cipreste, e alguns sacos de juta estufados com algodão faziam as vezes de cama. Mal havia espaço para Jarret acomodar seu saco de dormir.

O Velho Gem mantinha uma linha de pesca no laguinho. Jarret ajudou a despelar, estripar e filetar o bagre de aparência estranha, enquanto o Jovem Gem colocava um descanso de panela sobre a lareira e derretia um pouco de banha em uma frigideira de ferro fundido. Depois, o rapaz empanou os filés na farinha de milho e os fritou até ficarem dourados. Levaram alguns banquinhos para o lado de fora e acomodaram-se no pátio. O peixe estava gostoso e, mesmo sem apetite, Jarret conseguiu comer sua porção. Estava limpando a gordura das mãos quando o encarregado de Pryor, Henry, despontou na viela.

— Ah, aí está você. Eu disse que viria. Escute, não dê importância a como Pryor o tratou mais cedo. É só o jeitão dele. Às vezes perde as estribeiras. Quando percebi que você tinha uma conexão forte com aquele cavalo, soube logo de cara que Pryor jamais toleraria uma coisa dessas. Ele gosta de ser a única figura de referência para o cavalo.

— Como está Dar... Como está Lexington?

— Inquieto — respondeu Henry, cavando o chão com o pé. — Ainda não sossegou. Fica andando de um lado para o outro na baia.

Jarret passou a mão pela cabeça. Deveria estar lá embaixo naquela baia, para assegurar ao cavalo que tudo ficaria bem naquele lugar novo e estranho.

— Ele está se alimentando?

— Comeu um pouquinho de ração. Nem mexeu no feno.

— Se você puder aquecer um pouco de água e jogar no feno... Eu faço isso como um agrado de vez em quando. Ele gosta de comer assim.

Henry assentiu.

— Posso fazer isso, sim.

— Qual é a rotina matinal?

Henry encolheu os ombros.

— Geralmente colocamos o cavalo novo para pastar sozinho, deixamos que dê uma olhada nos outros, e que os outros deem uma olhada nele.

Jarret assentiu. Parecia uma boa estratégia.

— Mas que belo cavalo você tem aí... Qualquer imbecil pode ver, e Pryor não é nenhum imbecil. Eu sei que ele parece durão, mas não é tanto assim. E com certeza não é estúpido. Você acha que o coronel o deixaria encarregado de cuidar disso tudo — continuou, e apontou na direção do complexo de corridas — se o homem não fosse bom no que faz?

Jarret assentiu, mas o conforto não veio. Agradeceu a Henry por ter se dado ao trabalho de vir atrás dele. Depois, ficou sentado ali conforme a noite caía, afundado em preocupações. Ouviu os gorjeios queixosos das aves que brigavam por espaço nos poleiros e o coaxar cadenciado dos sapos na lagoa. À medida que o crepúsculo chegava, os vaga-lumes começaram a piscar aqui e ali, a princípio bem baixo na relva, depois subindo em um voo moroso. Jarret esperou, como quando era criança, até que os primeiros alcançassem os galhos das árvores, então entrou e se acomodou ao lado dos outros, que estavam se preparando para dormir. Cato se lançou em um acesso de tosse seca e sufocante que parecia não ter fim. O Velho Gem sentou-se no catre e se pôs a resmungar.

— Ora essa, pai, ele não tem culpa — repreendeu Jovem Gem aos sussurros. — É o pó de algodão — explicou ele para Jarret. — É só pisar no galpão de descaroçamento que o pó fica impregnado no corpo. Todo mundo que trabalha lá acaba tossindo assim.

Cato passou a noite toda lutando contra os acessos de tosse. Jarret se revirava sobre o estrado fino, da mesma forma que Darley, do outro lado da colina, se debatia em sua baia.

Um ruído estridente o despertou daquele sono inquieto. Ainda estava escuro. Ao lado dele, os homens resmungaram e se remexeram. Gem arrastou os pés até a lareira e soprou as brasas do fogão de volta à vida. Os outros pegaram água no barril para lavar o rosto. Gem entregou a Jarret uma fatia de pão de milho e uma xícara de uma bebida amarga à base de chicória. Quando o primeiro raio de sol atravessou o véu enevoado nas lezírias, os galos começaram a cacarejar suas hosanas. Dos currais veio o zurro relinchado de uma mula conforme o cocheiro a atrelava ao arado. Um clarão iluminou o horizonte enquanto os primeiros trabalhadores marchavam para os campos.

Nos confins das paredes enegrecidas da forja, o ar cheirava a carvão encharcado e pó de ferro, então foi com alegria que Jarret apanhou dois baldes e caminhou até o riacho. Um marreco-selvagem de cabeça iridescente abandonou seu refúgio e voou para longe com o companheiro, soltando grasnados de pura indignação. Jarret baixou o primeiro balde e sentiu os músculos contraírem conforme a água o enchia e tensionava a corda. A grama era exuberante naquelas planícies aluviais. O garoto arrancou algumas folhas e provou: suaves e macias, bem diferente do capim áspero que crescia no solo cálcico de casa.

Casa. Um lugar que ele jamais voltaria a ver. De súbito, abateu-se sobre ele um peso que não se dissipou à medida que os dias longos e enfadonhos se arrastavam, ocupados por uma labuta que não proporcionava desafio mental nem recompensa. Como a vida toda havia sido daquela forma, Jarret nunca percebera de fato o que significava ter talento em algo que era extremamente valorizado. De repente, tinha se tornado apenas um par de mãos igual a qualquer outro. Ansiava por Darley — o cheiro dele, a textura sedosa de sua crina. Era torturante saber que ele estava logo ali, além da colina, mas fora de seu alcance. Sempre que podia, Jarret ia até o topo da colina e esquadrinhava os pastos em busca de um vislumbre do cavalo, caso o tivessem deixado sair para pastar. Nessas ocasiões, chegava tão perto quanto a coragem lhe permitia e assistia ao animal pelo máximo de tempo que podia antes que alguém desse por sua falta na forja.

Conforme a primavera avançava, o ar se tornava denso e úmido, como a respiração de um cavalo depois de um esforço intenso. A enfermaria se encheu de pessoas acometidas por uma febre contínua e por outras doenças típicas do clima quente. As flores de algodão caíram e logo os campos começaram a atufar de um branco tão deslumbrante que por vezes Jarret precisava proteger os olhos da claridade.

A plantação começou a se preparar para a colheita: os informantes ficavam postados no fim das fileiras, as grandes enfardadeiras dispostas do lado de fora, o galpão de descaroçamento pronto para receber o que seria colhido. Jarret se perguntava se seu recado para Ten Broeck ao menos chegara ao barbeiro Johnson e se tinha sido passado adiante. Acordava todos os dias na esperança de que chegaria a notícia que mudaria sua sorte, levando-o de volta para perto de seu cavalo.

Mas, dia após dia, nenhuma notícia chegava. E quando a colheita, enfim, teve início, Jarret foi chamado aos campos. Todos eles, com exceção dos principais cavaleiros e das governantas mais idosas, tiveram que deixar as incumbências habituais de lado. Até mesmo os mais jovens foram postos para trabalhar: corriam por debaixo dos algodoeiros e colhiam os capulhos menores antes de integrá-los às nuvens espumosas que enchiam as sacas de juta.

Não tardou para que Jarret sentisse falta das tarefas enfadonhas da forja. O novo trabalho era inclemente; tinham que lidar com a pressão constante e cruel vinda dos capatazes, que exortavam as pessoas exaustas a trabalhar cada vez mais depressa. Jarret, a princípio lento pela falta de experiência e, mais tarde, pela dor dos músculos retesados e pelas dezenas de talhos cortados nas mãos, tornou-se um alvo particular. Na primeira vez que sentiu a chibata queimar suas costas, virou-se em um misto de incredulidade e fúria. Fez menção de se lançar sobre o homem que desferira o golpe, mas a garota que trabalhava ao lado agarrou-lhe o braço com força, soltou um muxoxo e balançou a cabeça.

— Você só vai piorar as coisas.

Se não corresse direto para o informante depois de encher a saca de algodão, logo ouvia a chibata estalando pouco antes de sentir o golpe. Ao final da semana, a camisa nova jazia em frangalhos, e vergões vermelhos floresciam sobre a pele dos ombros. Os dias eram passados em um borrão de dor lancinante e ânimos agonizados, desde antes do nascer do sol até o cair da noite. Jamais tinha imaginado que a vida poderia ser tão amarga.

O único alento vinha aos domingos. Em Meadows, não tinha dado muita importância aos cultos obrigatórios na igreja, onde a família Warfield adotava um austero estilo calvinista de adoração. Lá, os devotos negros eram mantidos separados, em uma ala nos fundos, fora de vista, e ninguém percebia quando alguém fechava os olhos e adormecia durante o culto. Jarret costumava se acomodar no banco duro e permitir que a mente vagasse para os assuntos do estábulo.

As coisas eram bem diferentes na capela de Fatherland, pois tinha sido construída para os escravizados. De alguma forma, a congregação exausta conseguia encontrar forças para entoar os cânticos e proclamar sua fé, um som alegre que vez ou outra era interrompido pelo sermão enfadonho do pregador branco sobre o dever de obediência e a promessa de recompensa no além pelas dificuldades enfrentadas na vida terrena.

— Este sujeito repete exatamente a mesma coisa em quase todos os sábados — sussurrou Gem. — Quando o tio Jack prega, conta as histórias de um jeito que faz parecer que a Bíblia aconteceu uma ou duas semanas atrás, bem aqui no Mississippi. Você poderia jurar que ele conhece Abraão e Isaque e toda aquela gente pessoalmente.

Quando tio Jack substituiu o pregador branco no segundo domingo da colheita, ficou claro para Jarret que Gem tinha razão. O homem pregou sobre o Livro de Jó e, ao longo de toda a semana que se seguiu, aquelas palavras fervilharam na mente de Jarret durante o trabalho. *Por que não morri ainda no ventre? E por que não pereci ao vir à luz?* Foi reconfortante saber que outro homem, de um tempo remoto e um lugar longínquo, tinha dado voz ao mesmo sofrimento. *Falarei na angústia do meu espírito; lamentarei na amargura da minha alma.* E, ainda assim, aquele homem persistira, de acordo com o relato que Jack fizera sobre a história. Em meio à angústia, Jarret tentava se agarrar a esse pensamento.

Naqueles dias difíceis, passou a nutrir uma gratidão renovada em relação ao pai, que havia enfrentado uma série de provações para alcançar um nível de dignidade que estendera seu manto protetor sobre a infância de Jarret. Naqueles campos, o garoto descobriu as coisas de que havia sido poupado até então. Compreendeu melhor aqueles que suportavam tal fardo e admirou os corajosos que arriscavam tudo para deixar aquela vida para trás. A empatia brotou dentro dele. Passou a observar as pessoas com a atenção cuidadosa que até então só despendera a seus cavalos. Observava a mãe que, por mais cansada e alquebrada que estivesse no fim do dia, ainda cuidava do filho; os irmãos que encontravam motivo para rir juntos. A garota que lançava um olhar para um rapaz e com ele se embrenhava no escuro. Jarret gostaria que uma garota o olhasse com uma expressão tão convidativa.

Esses pensamentos não lhe ocorriam antes. O mundo se estreitava e o esmagava e, mesmo assim, seu coração se expandia. Debruçado na colheita certo dia, viu uma pele de cobra, seca e retorcida, enganchada no caule do algodoeiro. Ficou imaginando se a cobra tivera que lutar para abandonar aquele invólucro apertado e se sofrera antes que pudesse se ver livre.

A pele translúcida oscilava ao sabor da brisa cálida. Talvez estivesse na sua vez de abandonar algo. Envolveu outro capulho com a mão dolorida e o enfiou na saca de juta. Resolveu que era isso mesmo que faria. Deixaria o menino para trás, abandonado na poeira daquele campo abominável. Ainda não sabia como, mas encontraria um jeito.

Seguiria adiante no mundo como um homem.

JESS

East End, Washington, D. C.
2019

Jess estava esperando por Theo no terraço do restaurante Art & Soul, onde ele tinha sugerido que almoçassem antes de irem dar uma olhada na pintura do cavalo.

Ela reconheceu seu andar gracioso a quarteirões de distância. Estava acompanhado de um cachorro — um kelpie australiano, ainda por cima. O primeiro que ela via desde que se mudara da Austrália. Sentiu a saudade apertar ao pensar em seu próprio bichinho, que estava envelhecendo na casa dos pais na Tasmânia. Nunca tinha cogitado adotar um cão nos Estados Unidos, pois ainda encarava sua vida em Washington como algo passageiro. Cedo ou tarde, acabaria voltando para casa e não queria submeter um cachorro, talvez já idoso àquela altura, a uma longa viagem e à quarentena exigida pelo país. Conforme Theo se aproximava pela rua, ela percebeu que o rapaz travava uma conversa unilateral com o kelpie. Jess gostava de pessoas que falam com os próprios bichos.

De repente, percebeu por que Theo tinha escolhido aquele restaurante em particular. Quase todas as mesas no terraço ao ar livre estavam ocupadas por pessoas com seus cachorros, e o cardápio incluía iguarias saborosas para eles: osso bovino congelado, lombo fatiado.

— Clancy! Igual ao poema! — exclamou Jess, encantada, quando Theo fez as devidas apresentações. — Que nome perfeito para um cão australiano. Nossa, você sente saudade da sua infância mesmo, hein?

Theo abriu um sorriso.

— Todo sábado, quando ia andar a cavalo com meu pai, eu via os kelpies em ação no rancho de ovelhas por onde passávamos. Eram cães formidáveis, capazes de pastorear centenas de merinos com um único olhar. Nunca me esqueci disso. Sempre quis ter um.

— Mas eles não são muito comuns por aqui, né? O seu é o primeiro que vejo.

— Pois é. Achei Clancy em um abrigo em New Haven quando eu ainda estava na faculdade. Eles não faziam ideia de que era de raça, achavam que era um vira-lata. Vai saber como o pobrezinho foi parar naquele abrigo... Bem, mas desde que o peguei, ele não saiu mais do meu lado: me acompanhava em todas as aulas, esperava do lado de fora da biblioteca Beinecke, se deitava aos meus pés nos auditórios. É um cachorro muito educado.

— Meu George também era assim — contou Jess.

Ela estendeu o celular para Theo. O fundo de tela era a foto de um vira-lata preto de focinho grisalho.

— Esse é o George. Ele é tão, tão mimado pelos meus pais. Morro de saudade dele.

Fizeram o pedido — camarão e *grits* para eles, um osso para Clancy. Jess foi pega de surpresa quando Theo pediu vinho para os dois.

— Terminei de escrever o artigo para a revista — anunciou ele, erguendo a taça. — Acho que isso merece um brinde.

Jess levantou a própria bebida e brindou com Theo.

Enquanto ele deslizava o dedo indicador pela borda da taça de vinho, Jess imaginou os ossos sob a pele: falanges e metacarpos longos, carpos protuberantes do pulso. Ele tinha dedos compridos e afilados. Ela visualizou cada uma das falanges: proximais, intermediárias, distais. Um caroço no dorso da mão indicava a calcificação defeituosa de um metatarso.

— Como foi? — quis saber ela.

— Como foi o quê?

— Que você quebrou a mão.

Ela esticou o braço sobre a mesa e pousou o dedo indicador na protuberância logo abaixo da junta. Theo cerrou o punho e fitou o osso saliente.

— Ah, isso aqui. Bem, eu estava jogando polo em Oxford, perdi o equilíbrio durante o primeiro *chukker* e torci a mão quando caí. Não parecia nada demais na época, então nem fui atrás para ver o que era. Ficou roxo, mas, como ninguém conseguia enxergar nada por causa da luva, continuei jogando.

— Deve ter doído...

— Quando se joga nesse nível, você está quase sempre todo dolorido. Depois das partidas, parece que seu corpo inteiro foi pisoteado.

Ele levantou os longos cachos que pendiam ao lado da orelha e mostrou uma cicatriz deixada pelos pontos.

— Levei uma bolada. É por isso que uso o cabelo assim, mesmo tendo que gastar litros e mais litros de shampoo. Nada de corte degradê para esse cara vaidoso aqui.

— Todo mundo na Inglaterra joga polo? É que você é o segundo jogador que conheço este mês. A veterinária com quem estou trabalhando também jogava. Mas ela disse que era péssima.

Ele tomou um longo gole de vinho, sem dizer nada.

— Aposto que você não era. Péssimo, quer dizer. Aposto que era bom pra caramba.

Theo coçou a cabeça, distraído.

— É, acho que eu era bom, sim.

— Você ainda joga?

Ele desviou o olhar.

— Não.

— Foi por isso que você parou, os machucados?

— Ninguém dá a mínima para os machucados. Não quando se está a toda velocidade pelo campo, você e o cavalo... — respondeu, subitamente animado. — É como se vocês fossem uma coisa só... como um centauro. Os melhores cavalos são atletas completos. Encontram a linha da bola sozinhos. Uma vez eu caí, por culpa minha, não da égua, e ela seguiu em frente, atravessou o campo e bloqueou a tacada do meu adversário como se eu ainda estivesse no lombo dela.

Jess recostou-se na cadeira e o encarou fixamente. O rosto de Theo assumira uma expressão ávida e feroz.

— Então por que parou de jogar, se gostava tanto assim?

Ele desviou o olhar de novo. Ainda conseguia ouvir os apelidos: Fuligem, Tição, Caca. Repetidos a esmo como se não passassem de brincadeiras. Não bastava ser o melhor jogador, ou o mais corajoso. O preço de estar ali também incluía não criar caso. Fingir que não doía, mesmo quando cada insulto arrancava um pedaço dele.

— Eles pegam no pé de todo mundo no internato — declarara Abiona, como se não fosse nada. — Até o príncipe Charles passou por isso. É como são as coisas por lá. Você vai sair dessa experiência mais forte ou mais fraco. E sei que você não vai permitir que ninguém tire sua força.

Depois de ter as queixas ignoradas pela mãe, Theo ficou relutante em mencionar seu desconforto para o pai. Mas quando Barry apareceu para levá-lo à Cornualha para o feriado de Páscoa, percebeu que havia alguma coisa errada com o filho. Enquanto caminhavam por aquela praia fustigada pela chuva, ele abordou Theo com delicadeza, tentando descobrir o motivo de tanta angústia. Chegou mais perto para o vento não abafar as respostas sussurradas do filho, depois o segurou pelos ombros e o puxou para um longo abraço. Quando se recordava daquele momento, Theo ainda conseguia sentir o cheiro da jaqueta impermeável do pai.

— Mas tem um lado bom nisso tudo, sabe — dissera Barry. — Mesmo sem querer, o preconceito dessas pessoas lhe dá uma vantagem. Como acham que você é inferior a eles, acabam o subestimando. Aproveite. Aprenda a usar isso a seu favor, e sairá na frente.

Depois do feriado, Theo voltou para a escola com essas palavras vívidas na mente. Construiu uma carapaça grossa para conter seu sofrimento. Prestou atenção aos comentários desdenhosos, aos momentos em que era subestimado, e aproveitou cada oportunidade para superar e contrariar as expectativas. Um dia depois de lhe dizerem que era o jogador mais bem classificado na história da escola, a equipe organizou uma festa no dormitório para celebrar. No dia seguinte, ele ainda estava desfrutando da calorosa sensação de pertencimento quando encontrou a mensagem "Macaco maldito" rabiscada na parte interna da camisa do seu uniforme. Varreu o vestiário com os olhos. Qualquer um deles poderia ter feito aquilo; ele jamais saberia quem.

As coisas melhoraram quando ele foi para Oxford: não era o único jogador não branco na equipe de lá. Mas então, em uma partida fora de casa, resolveu passar por uma das tendas para espectadores antes de vestir o uniforme de capitão. Um funcionário barrou sua entrada.

— Cavalariços não podem entrar aqui.

Certa vez, ouviu o treinador do time adversário — que contava com gente respeitável, inclusive da realeza — gritar com seus jogadores para acabar com a raça daquele filho da puta arrogante de cara preta. Nesse dia, Theo conduziu seu time a uma vitória esmagadora em uma partida tão violenta que até o árbitro acabou com uma costela quebrada e teve que ser carregado para fora do campo. No dia seguinte, ele abandonou o esporte.

Mas não estava a fim de entrar nesses detalhes com Jess.

— Acho que gostava mais do polo do que ele gostava de mim.

Não era seu trabalho educar pessoas brancas sobre o racismo delas. Tinha feito pouco caso daquele incidente da bicicleta, mas a verdade é que doeu. Talvez Jess nunca tivesse usado expressões racistas; talvez até tivesse chegado a ler alguns artigos de Ta-Nehisi Coates. Mas Theo podia apostar que ela segurava a bolsa com mais força quando um cara negro entrava no elevador. E, se desse uma olhada nos perfis dela nas redes sociais, não sabia se encontraria uma única foto com um amigo negro.

Bem nessa hora, o pedido deles chegou: o de Clancy veio em um potinho fofo com os dizeres "Bom AlmOsso" na lateral. Depois de rir do trocadilho, Theo fez o que sempre fazia: mudou de assunto. Em seguida, pediu mais uma taça de vinho para cada.

Depois do almoço, caminharam pelo National Mall conforme se dirigiam ao museu de arte. Mais uma vez, Jess reparou na forma graciosa com que Theo se movia. Visualizou a cabeça perfeitamente esférica do fêmur rotacionando suavemente na face semilunar do acetábulo.

— Você deve ter flexores de quadril bem fortes — deixou escapar.

Logo desejou poder retirar a idiotice que acabara de dizer. Onde é que ela estava com a cabeça?

Theo ficou um tanto perplexo.

— Quê?

— Eu... É que... Isso... — gaguejou, toda afobada. — Você tem muita flexibilidade rotacional... — Só estava piorando as coisas. — É só que... Bem, quando você passa tanto tempo trabalhando com ossos, é inevitável não reparar que... Eu sou obcecada com a forma como as pessoas são montadas. — *Pare. De. Falar.* Ela respirou fundo. — A maioria das pessoas, adultas, na verdade, não tem uma rotação de cem graus como a sua, a menos que tenha começado a praticar balé antes da puberdade.

De repente, Theo imaginou seus colegas de escola, todos jogadores de rúgbi que viviam com os joelhos enlameados, vestidos com tutus enquanto apresentavam *O Lago dos Cisnes*. Começou a rir.

— Infelizmente, balé não era uma atividade muito popular no internato que frequentei.

Ele não conseguia decidir se seu sentimento predominante em relação àquela mulher peculiar era perplexidade ou divertimento. Sem dúvida, nunca tinha conhecido ninguém igual a ela. Mas gostava de seu sotaque, mesmo quando estava sendo usado para dizer aquelas coisas tão estranhas. E Clancy tinha se afeiçoado a ela. Normalmente, os olhos pidões do kelpie nunca se desviavam de Theo. Naquele momento, porém, estavam fixos em Jess enquanto o cachorro a rodeava, cutucando sua mão para pedir carinho.

Talvez Clancy também tivesse lembranças remotas. Talvez tivesse morado na Austrália ainda filhote antes de ter ido parar em New Haven. Talvez Clancy também fosse maluco por aquele sotaque.

JARRET, PROPRIEDADE DE TEN BROECK

Fatherland, Natchez, Mississippi
1853

Depois que o último fardo de algodão foi prensado e embalado para o transporte, Jarret estava radiante por, enfim, retornar à forja. Encarou de bom grado até mesmo aquelas tarefas enfadonhas. Caminhar até o riacho sem a ameaça do aguilhão de um capataz, trabalhar em seu próprio ritmo; não tinha dado o devido valor a essas coisas. A corda dos baldes deixou sua pele em carne viva. Quando chegou ao riacho, mergulhou as mãos machucadas na água fria. Ao voltar para a forja, sentia os vergalhões nas costas arder toda vez que levantava o balde e o despejava no barril.

Ele se virou quando ouviu o som de cascos. Henry, o capataz de Pryor, vinha cavalgando com rapidez. O homem puxou as rédeas, e a montaria derrapou antes de estacar.

— Ei, você. Venha comigo depressa. Pryor quer dar uma palavrinha com você.

Henry jogou a cabeça para trás, indicando a garupa do cavalo. Jarret montou, agarrando-se à patilha da sela enquanto o animal dava meia-volta sobre as ancas e era impelido a um galope.

Pararam diante do estábulo dos garanhões.

— Entre.

Jarret desceu da sela. Estava com medo do que poderia ver lá dentro.

— Aqui! — chamou Pryor.

Jarret disparou pelo corredor. Lexington estava deitado na baia, de olhos fechados. O rapaz caiu de joelhos ao lado do cavalo e pressionou a orelha na barriga dele. Sentiu o calor: estava ardendo em febre.

— Adivinhe só se o Velho Henry não deixou o cavalo sair da baia durante a noite...

— Quieto! — exclamou Jarret. Pryor fechou a cara, mas se calou. — Não faça barulho. Ele está com cólica.

— Claro que está... Invadiu o galpão de grãos e comeu quase um saco inteiro de milho sozinho. Isso já tinha acontecido antes?

Jarret lançou um olhar furioso para Pryor.

— Nós nunca deixaríamos algo assim acontecer.

Em seguida, o rapaz olhou por cima do ombro do cavalo e viu uma bacia no chão, cheia de sangue até a borda.

— Mas por que diabos você o sangrou? Não é assim que se cura uma cólica.

— Não consigo fazer essa criatura imbecil tomar o remédio.

— Quanto tempo? — vociferou Jarret. — Você o deixou nesse estado por quanto tempo?

— O Velho Henry o encontrou de manhãzinha.

— Por que você não mandou me chamar na hora?

Pryor não respondeu. Jarret enfiou o dedo na mistura que o homem tinha preparado e provou.

— Isso aqui está errado. Nem tem óleo de linhaça.

— Que diferença faz? O cavalo não quer tomar mesmo.

— Ele vai tomar se vier de mim.

Nesse meio-tempo, Lexington tinha erguido a cabeça e a apoiado no ombro de Jarret.

— Eu preciso de óleo de linhaça... no mínimo dois litros, mas pode trazer mais, se conseguir. Também preciso de láudano, melaço, bicarbonato e água morna. Um balde cheio. Ande logo!

Pryor encarou aquilo como um desafio à sua autoridade. Seu primeiro instinto foi pegar uma chibata e dar uma coça naquele garoto insolente. Depois, ponderou por um momento. Se o cavalo morresse, Ten Broeck logo

Geraldine Brooks

ficaria sabendo de tudo. Sempre dava um jeito de descobrir. E Pryor não podia se dar ao luxo de ter aquele homem como inimigo.

Ele deu meia-volta e saiu do estábulo. Jarret não sabia como interpretar aquela saída silenciosa. Sabia, porém, que tinha se arriscado. Ainda assim, julgava o bem-estar do cavalo mais importante do que o próprio. Com delicadeza, mas com as mãos firmes, ajudou Lexington a se erguer sobre as patas cambaleantes. O cavalo tremia de cabo a rabo, seus músculos fortes transformados em geleia. Apesar da dor que sentia, o animal chegou mais perto de Jarret e encostou o focinho em seu rosto.

— Eu sei. Eu sei — sussurrou o rapaz. — Eu também estava com saudade.

Depois o levou para o lado de fora e, em seguida, o conduziu, devagar, por toda a extensão da cerca. O cavalo resistiu, sacudiu a cabeça e bateu a pata dianteira no chão, dando mostras claras de angústia. Mas Jarret o estimulou com palavras de incentivo, encorajando-o, e elogiou cada passo que dava.

Não tardou para que Pryor retornasse da casa principal, munido dos suprimentos que lhe foram pedidos. Jarret misturou os ingredientes, torcendo para que estivesse usando as proporções corretas, conforme Harry havia lhe ensinado.

Pryor tinha arregaçado as mangas, pronto para conter o cavalo enquanto Jarret ministrava a dose de remédio. Mas o rapaz o dispensou com um aceno.

— Ele fica agitado na sua presença — declarou.

Depois, pediu a Henry que elevasse a cabeça do animal enquanto ele próprio inseria a mistura viscosa goela abaixo. Lexington não tirou os olhos dele durante todo o processo. Estava apavorado, mas parecia confiar no garoto. Depois de ministrar quase três litros do preparo, Jarret pegou a guia e o incentivou a andar novamente, parando vez ou outra para tentar ouvir os movimentos intestinais do animal. A meia hora seguinte se arrastou, carregada de tensão. De repente, o cavalo parou, firmou os cascos no chão, ergueu o rabo e soltou uma pilha fumegante de excrementos. Jarret deixou escapar um grito de alívio.

— Tudo bem — falou Pryor com firmeza. — Agora já pode ir.

— Ir para onde?

— Para a forja.

Jarret o fuzilou com os olhos.

— Não, senhor.

— O que foi que você disse?

Jarret deu um passo em direção a ele.

— Eu não vou deixar meu cav... o cavalo do meu sinhô sozinho outra vez.

— Você vai fazer o que eu mandar.

Jarret baixou a voz para que os outros cavalariços não escutassem.

— Se você tivesse me deixado ficar aqui, ele nunca teria escapado da baia e se empanturrado até quase morrer. Só porque ele se aliviou uma vez não significa que já esteja curado. Vai ficar fraco por todo o sangue que perdeu. Pode até ficar com aguamento no casco.

Pryor fez uma careta. Era verdade. Levaria semanas até que pudessem ter certeza de que o cavalo não tinha sofrido danos graves. Os primeiros sintomas apareceriam no casco, sob a forma de um edema de crescimento lento. Se fosse letal, seria melhor manter o menino por perto para arcar com a culpa.

— Se ele estiver mesmo com aguamento, será por sua conta. Fique. Banque a babá. Limpe a baia, pegue água. Menos trabalho para os meus rapazes.

Então Jarret foi buscar suas coisas nos aposentos de Gem e colocou o saco de dormir na baia de Lexington. Naquela noite, porém, eles ficaram no piquete para que o cavalo pudesse andar à vontade e aliviar os músculos doloridos por conta das cãibras. Era noite de lua cheia, e nos campos se via um brilho perolado, quase tão claro quanto o dia. Jarret jogou uma manta de cavalos sobre os ombros e apoiou as costas contra um pilar. Observou a sombra comprida de Lexington disparar à frente conforme o animal se movia pela grama.

Quando o dia raiou, ele o levou para uma leve caminhada ao redor do piquete e tentou abrir seu apetite com alguns tufos verdes de forragem. Demorou uma semana para que o cavalo voltasse a se alimentar direito. Jarret montou em pelo e o impeliu adiante em um ritmo lento. Com os movimentos suaves e o cavaleiro familiar, Lexington foi relaxando o corpo dolorido aos poucos, até os passos ficarem mais desenvoltos. Percorreram toda a extensão do riacho e contornaram os campos sem pressa. Quando passaram por um grupo de trabalhadores, alguns olharam para cima e cumprimentaram Jarret, tecendo elogios ao cavalo.

Pouco a pouco, conforme os dias passavam e Lexington recuperava o peso de antes, sem aparentar danos duradouros pelo excesso de grãos, Jarret sentia uma melhora em seu próprio estado de espírito. Como não tinha outros afazeres além de cuidar do cavalo convalescente, experimentava os dias mais tranquilos que já vivera até então. Pela primeira vez, tinha algumas horas livres só para si, sem ninguém para lhe dizer o que fazer com elas. Isso lhe dava tempo para mergulhar em reflexões. Quando relembrava os acontecimentos que o tinham levado a Fatherland, seus pensamentos sempre enveredavam para o barbeiro de Natchez, William Johnson, e para a visão inusitada de um negro com um tinteiro de cristal e uma bela caderneta de velino. Havia algo poderoso na ideia de saber ler e escrever, ele sempre acreditara nisso, a despeito das opiniões do pai.

Naquele fim de tarde, encaminhou-se aos aposentos de Gem e perguntou se havia alguém em Fatherland que conhecesse o beabá.

Gem o encarou por um instante.

— Você não está inventando de fugir, está? Isso não acaba bem por essas bandas.

— Não, nada disso. Só quero aprender.

— Para quê, se não pretende forjar um bilhete de permissão? Seu cavalo não vai correr mais rápido se você ler para ele.

— Só estou com muita vontade de aprender — insistiu Jarret.

— Bem, se você já está de cabeça feita, o tio Jack sabe ler a Bíblia. Lembro que uns anos atrás ele falou alguma coisa sobre montar uma Escola Sabatina. Não é exatamente permitido, sabe, que pessoas como nós aprendam o beabá, então ele dizia que ia ser só um estudo bíblico. Mas, na época, ninguém quis nem saber. Quando chega o domingo, as pessoas só querem descansar ou então estão muito ocupadas cuidando da horta ou remendando as roupas. Mas ouvi dizer que ele ensina os filhos. — Gem sorriu. — E eles não têm muita escolha, então precisam aprender na marra.

Gem lhe mostrou onde ficava a cabana de Jack. Uma trepadeira de glória-da-manhã se derramava sobre um alpendre estreito que havia sido adicionado à entrada simples. A esposa de Jack, Eveline, estava sentada ali, costurando uma colcha com sacos vazios de açúcar, enquanto os dois filhos mais novos corriam de um lado a outro pelas fileiras de feijões e tomates. Quando ela se levantou para receber Jarret, o pano carmesim que lhe prendia o cabelo quase roçou o teto. Era uma mulher alta e bonita, com a silhueta esbelta mesmo depois de dar à luz quatro filhos.

— Volte no domingo depois do culto — recomendou ela. — Meu Jack ensina as Escrituras para nossos meninos nesse horário. Você pode ficar um cadinho e ver se quer mesmo se juntar a eles. Ficaremos felizes em receber você. Todo mundo deveria ser capaz de ler o livro do Senhor. Aí podem saber por si mesmos o que está lá mesmo e o que definitivamente não está.

Quando Jarret chegou à cabana de Jack no domingo, os quatro meninos estavam amontoados em uma mesinha de madeira, cada qual copiando um versículo das Escrituras em um pedaço de ardósia. Os dois mais novos tinham recebido versículos com palavras simples, ao passo que os mais velhos tinham sido encarregados de transcrever passagens mais longas e elaboradas.

Por um tempo, Jarret apenas observou enquanto cada um dos meninos se levantava e se esforçava para ler o que tinha acabado de escrever, enquanto o pai os corrigia. Depois que Jack escolheu uma nova passagem para cada um, voltou sua atenção para Jarret.

— Venha para o alpendre, filho, e sente-se aqui comigo enquanto descobrimos como vamos fazer para ensinar você.

Acomodaram-se no banquinho estreito. O ar estava carregado com o aroma de madressilvas.

— Eu vi você cavalgando naquele belo cavalo — continuou.

Depois, fechou os olhos e declamou de memória:

— "E não têm limites os seus tesouros; também a sua terra está cheia de cavalos." Isso é Isaías, dois-sete. Tem uma porção de cavalos na Bíblia, mas não me lembro de nenhum que se pareça com o seu. Temos pretos, brancos e pintados, mas nenhuma menção a cavalos com aquela cor de bronze.

Ficou pensando com seus botões por um instante, depois abriu a Bíblia puída em seu colo e correu um dos dedos pelo texto.

— Acho que você vai gostar destes versículos. Este aqui é o próprio Deus, se gabando de como criou o cavalo.

Ele pigarreou e começou a ler em voz alta com a voz de pastor:

É você que dá força ao cavalo
ou veste o seu pescoço
com sua crina tremulante?
Você o faz saltar como gafanhoto,
espalhando terror
com o seu orgulhoso resfolegar?
Ele escarva com fúria,
mostra com prazer a sua força
e sai para enfrentar as armas.
Ele ri do medo e nada teme;
não recua diante da espada.
A aljava balança ao seu lado,
com a lança e o dardo flamejantes.
Num furor frenético
ele devora o chão;
não consegue esperar
pelo toque da trombeta.
Ao ouvi-lo, ele relincha: "Eia!"
De longe sente cheiro de combate,
o brado de comando
e o grito de guerra.

Quando terminou de ler, o homem deu um tapinha na página.
— Eu acho que isto aqui é estupendo, não concorda?
Jarret repassou as palavras pela mente.
— "Veste o seu pescoço com sua crina tremulante" — repetiu baixinho.
— É bom mesmo. Assim dá para perceber como o pescoço é poderoso. E a parte sobre como ele devora o chão num furor... Às vezes parece que é assim mesmo que acontece. Mas não sei quanto a nada temer. A maioria dos cavalos que conheço tem medo de um monte de coisa.
— Bem, aqui as Escrituras estão se referindo aos cavalos de guerra. Imagino que sejam treinados para ser corajosos.

— Não é isso. Um cavalo de cavalaria é capaz de disparar contra um canhão simplesmente porque não sabe que pode morrer diante da bala. Tudo o que ele quer é ficar perto dos outros cavalos. Mas o exército aprendeu a usar esse medo que eles têm, de serem deixados para trás.

— Ora, meu rapaz, você sabe que isto aqui é a Palavra do Senhor, não sabe? Não cabe a nós duvidar do que está escrito. Se o Senhor diz que o cavalo é corajoso, então ele é corajoso e pronto.

Jarret não estava disposto a discutir com um pastor. Por isso, limitou-se a permanecer em silêncio.

— Se você quiser tentar aprender o beabá, vamos ter que fazer isso dentro de casa, e você não pode sair por aí espalhando a novidade aos quatro ventos, entendeu?

Jarret assentiu e seguiu Jack porta adentro. Em seguida, o homem começou a mostrar a ele como cada uma das letras na página tinha sons, e como esses sons mudavam a depender de como você as agrupava. Jarret achou tudo um tanto confuso, mas Jack o tranquilizou.

— Logo, logo tudo vai fazer sentido — declarou. — Não se come um pão de milho em uma só bocada. Primeiro é preciso partir em pedaços e engolir um naco por vez.

Deu a Jarret um pedaço de ardósia e um lápis e listou algumas palavras simples que ele deveria aprender.

— Quando você tiver aprendido estas aqui bem direitinho, volte e eu lhe darei mais.

Jarret agradeceu e voltou dali a uma noite para receber uma nova leva de palavras, e a mesma coisa se repetiu no dia seguinte. Todas as noites, antes de ir embora, pedia ao pastor que lesse para ele as partes da Escritura que falavam sobre o cavalo. Conforme ouvia, ia memorizando as palavras.

Depois de algumas semanas de repouso e passeios leves, Jarret achou que Lexington já estava pronto para ser montado novamente. Partiu a meio-galope até os limites da propriedade. Quando não havia mais nenhum grupo de trabalhadores à vista, Jarret se pôs a gritar os versículos que aprendera, cuidando para que seu ritmo estivesse em sintonia com a andadura de três tempos do cavalo.

— Ele devora o chão — gritou Jarret — num furor frenético.

Lexington virou as orelhas para trás, tentando entender o significado dessa nova brincadeira. Em seguida, deu um impulso com as ancas e se lançou em um galope. A terra se desprendeu do solo, salpicando o ar.

— Parece que ler faz você ir mais rápido *mesmo*.

Jarret riu, tirou o peso da sela e deixou que Lexington o levasse para onde bem entendesse.

A primeira coisa que Jarret fez depois de aprender o beabá foi escrever um pequeno bilhete para Richard Ten Broeck. Antes de tudo, foi atrás de Jack e perguntou se ele tinha papel para emprestar.

Jack o encarou, intrigado.

— Tem certeza de que quer que seu sinhô saiba que você está escrevendo? A maioria deles fica ofendida com esse tipo de coisa.

Isso nem tinha ocorrido a Jarret. Mas Ten Broeck não lhe parecia o tipo de pessoa que se incomodaria com isso. Então, Jack lhe arranjou um pedaço de papel de uma velha caderneta de contas e ensinou como escrever cada palavra a lápis.

Estou com Lexington de novo. Tudo certo por aqui. Jarret

Depois, o rapaz entregou o bilhete a um carroceiro que estava levando um carregamento de cipreste para o moinho de Natchez e pediu-lhe que o entregasse ao barbeiro, que então o remeteria para Nova Orleans.

Quando o carroceiro retornou à fazenda, Jarret ficou surpreso ao receber uma carta destinada a ele. Não conseguiu decifrar o texto rebuscado, mas Jack leu para ele:

— "Vou me certificar de que seu senhor receba sua missiva no dia 4 do mês vigente..." Ali ele está falando do seu bilhete, "missiva" é apenas uma forma elegante de dizer isso. E "vigente" significa o mês que estamos agora. "O sr. Ten Broeck ficará satisfeito, tenho certeza, ao ouvir suas notícias. Meus cordiais cumprimentos, Wm Johnson, Natchez."

Jarret pegou o bilhete e admirou a bela caligrafia azulada. Que coisa magnífica aquela, poder enviar e receber cartas. Achou que valeria mesmo a pena despender algum esforço para dominar essa habilidade. Por isso, dedicou-se com afinco renovado às listas de palavras que recebia.

Não demorou para que Jack dissesse que ele estava pronto para se juntar às lições de domingo, "pois já está quase no mesmo nível do meu filho mais novo".

Todos os dias, Jarret conferia os cascos de Lexington em busca de qualquer ondulação na superfície que sinalizasse o aguamento, e todos os dias se enchia de alívio quando não encontrava nada. Não forçou o cavalo em demasia, mas manteve uma rotina de exercícios leves logo pela manhã. Depois disso, procuravam um lugar tranquilo em uma reboleira ou às margens do riacho e Jarret deixava Lexington pastar na sombra enquanto estudava as letras e rabiscava palavras no pedaço de ardósia. Só retornavam aos estábulos quase à noitinha, lançando sombras compridas à frente enquanto o sol vitelino às suas costas mergulhava no horizonte nebuloso. À medida que o outono avançava, o ar perdia seu hálito denso e ficava mais fresco. Jarret se perguntava quanto tempo ainda lhes restava antes que Pryor pusesse fim àquele idílio e julgasse que o cavalo já estava apto para treinar.

Enquanto esse momento não chegava, Jarret evitava os exercícios de resistência que viriam com a preparação para as corridas. Em vez disso, desenvolveu atividades lúdicas que permitiam ao cavalo exercitar o cérebro. Deixava Lexington correr livre pelo redondel enquanto aperfeiçoava os comandos de voz, pedindo-lhe que realizasse um rendimento de perna ou uma meia-volta sobre as ancas. O cavalo parecia gostar desses exercícios e identificava o que Jarret queria com bastante rapidez. Quando fazia a coisa certa e recebia os devidos elogios, curvava o pescoço e fitava Jarret do alto de seu focinho comprido, como se dissesse: "Claro que consigo fazer isso. E agora?".

O rapaz logo conseguiu fazer o cavalo empinar ao simples comando de: "Para cima!" ou ao levantar a palma da mão. Depois, começou a ensiná-lo a cair de joelhos quando dissesse: "De joelhos!". Feito isso, Jarret o montou em pelo. Tinha acabado de dar o comando "De pé!" quando, atrás dele, uma voz gritou com raiva:

— Ora, isso aí é um cavalo de corrida ou um pônei de circo?

Lexington se esquivou ao ouvir o grito hostil e, com as orelhas pendendo para trás, deu meia-volta e ficou cara a cara com Pryor. Jarret e o cavalo se moviam em perfeita sincronia. Ele sentiu a raiva irromper no peito. Qualquer cavaleiro deveria saber que não se pode chegar atrás de um cavalo e berrar daquele jeito. Mas ele tratou de abafar o sentimento para não alarmar ainda mais o animal. Afagou o pescoço de Lexington para tranquilizá-lo e permaneceu em silêncio.

Havia uma carta amassada na mão de Pryor.

— Ten Broeck mandou chamar você. Disse que você deve partir para Nova Orleans no barco noturno de amanhã. Arrume suas coisas. Vão despachá-las antes.

Jarret o encarou, atordoado. Como ele poderia deixar Lexington para trás?

— Mas... Como... Por quê...

— Aqui está seu bilhete de permissão — disse o homem, atirando uma tira de papel ao chão. — E aqui está o dinheiro que ele providenciou para sua viagem. Jamais julguei aquele homem como um irresponsável, mas acho que me enganei. Ele decidiu botar o pangaré em uma corrida de rixa no dia 2 de dezembro. Boa sorte para deixar o animal em forma até lá... Um cavalo adoentado sem treinamento contra uma potra um ano mais velha que disputou várias corridas nesta temporada. O sujeito é um baita de um tolo.

Jarret apeou e tratou de recolher as cédulas e a tira de papel empoeirada antes que o vento as arrastasse para longe. Fitou o bilhete de permissão. Só conseguia distinguir seu próprio nome e o de Lexington, nada mais. Sentiu o nó se desfazer no peito. Os dois partiriam juntos. Deixariam aquele lugar para trás.

— Mas eu... não sei o caminho...

Pryor já tinha lhe dado as costas, então Jarret abriu a porteira, montou no cavalo e galopou atrás de Jack. Encontrou-o inspecionando as enfardadeiras e lubrificando os parafusos de prensagem. Então, o rapaz lhe mostrou o bilhete de permissão.

— Você deve zarpar de Under-the-Hill amanhã. Siga pela mesma estrada que você tomou para vir para cá. Não demora muito para chegar ao rio. Seu sinhô diz aqui que vai mandar alguém chamado... ora, não sei pronunciar esse nome... J-A-C-Q-U-E-S... Ja-cê-ques... seja lá como se fala isso... ficará à sua espera no cais para levar você para um tal de Metairie.

Jack ergueu os olhos da tira de papel.

— Vamos sentir sua falta, ô se vamos. Minha esposa e meus filhos se afeiçoaram muito a você, e estou orgulhoso de tudo o que você aprendeu em tão pouco tempo.

O homem inclinou o corpo e revirou a trouxa de pano que abrigava seu almoço e um copo de lata, e de lá tirou a Bíblia gasta.

— Fique com isto aqui e continue se esforçando para aprender a ler o que está escrito nela, entendeu?

— Mas eu não posso aceitar isso...

— O pastor branco tem um montão delas. Vai arranjar outra para mim. Fique com ela, filho. Vai precisar disso em Nova Orleans, vai, sim. É uma cidade cheia de *pecado*. Quase uma Babilônia, pelo que ouvi dizer...

Quando Jarret saiu pelo portão no dia seguinte, virou-se sob a sela e contemplou a fazenda. Lamentava que Pryor não tivesse se mostrado um homem diferente. Sentia que ele e o cavalo poderiam ter feito grandes avanços se as coisas tivessem acontecido de outra forma. Ainda assim, não se arrependia de ter visto o que vira e aprendido o que aprendera. Não apenas o aprendizado do beabá. Sentia que seu próprio espírito havia expandido. Em sua alma, havia um espaço reservado para o sofrimento dos outros. Decidiu levar a vida dessas pessoas em conta, bem como os fardos pesados que carregavam.

Permitiu que o cavalo avançasse a um meio-galope suave pela estradinha estreita que conduzia a Natchez. Ficou se perguntando se haveria algum jeito de deixar Lexington nas condições apropriadas para a corrida sem sobrecarregá-lo e submetê-lo ao risco de lesões. Estava feliz, pois o cavalo já não parecia mais sofrer de cólica, mas não fazia ideia de como colocá-lo em forma em menos de uma semana. Repassou as rotinas de treinamento na cabeça, tentando encaixar os exercícios necessários nos poucos dias que teria até a corrida.

Não tinha jeito. Teria que dizer a verdade ao sr. Ten Broeck. Parou de prestar atenção aos arredores, tão entretido estava em tais pensamentos, de modo que não viu os dois homens na carroça puxada a mula até que fez a curva e deu de cara com eles, ainda a meio-galope.

O cavalo diminuiu o ritmo, Jarret soltou o ar e levantou as rédeas para indicar que estava parando. Mas não antes que um dos homens, assustado, tivesse se atirado sobre os arbustos e caído de bunda no chão.

— Fique onde está! — ordenou o outro homem, erguendo uma das mãos para deter Jarret e estendendo a outra para ajudar o companheiro, que saiu xingando da vala em que tinha caído. — Quem você pensa que é? E onde diabos pensa que vai, aliás, montado nesse cavalo aí, como bem entende, sem nenhuma permissão?

Jarret fitou o homem com rosto de roedor e cenho franzido. Usava roupas sujas e esfarrapadas. A mula era tão magra que dava para contar as costelas saltadas. Homens que não podiam desprezar ninguém, exceto os escravizados. Homens sem nada a perder. Homens a serem temidos.

— Eu... Eu não vi vocês aí, por causa da curva na estrada. Não foi minha intenção, sinto muito.

— Sente muito, é? Vou fazer você sentir muito, ô se vou. Você não é daqui, garoto. Dá para perceber pelo jeito engraçado que você fala.

O homem deu um passo à frente, ameaçador. Lexington murchou as orelhas e inclinou a cabeça para o lado, acertando-lhe em cheio bem no ombro.

O outro sujeito enfiou a mão na carroça e puxou uma pistola.

— Desça daí.

Jarret hesitou. Poderia pedir a Lexington que partisse a galope, e sem dúvida conseguiriam escapar daqueles dois. Mas não conseguiriam escapar de uma bala, se o sujeito fosse bom de tiro. Não valia o risco. Ele deslizou para fora da sela, mantendo as rédeas bem firmes na mão. Conseguia sentir o cavalo tremer.

— Eu fiz uma pergunta, garoto. Quem é você?

— Sou Jarret, propriedade do sr. Ten Broeck.

— Ten Broeck? Mas que nome de forasteiro é esse?

— Eu... Eu... venho de Fatherland, da casa do coronel Bingaman. Estava trabalhando para o sinhô Pryor.

Era uma mentira necessária. Jarret percebia que esses eram nomes que aqueles dois reconheciam. E eles não estavam dispostos a se meter com a propriedade daqueles homens poderosos.

— Por acaso você tem um bilhete de permissão, garoto?

Jarret tirou o papel do bolso e o estendeu para eles. O sujeito com a pistola fez sinal para que o amigo o pegasse. Ele fingiu que estava lendo, depois se virou e cuspiu no chão.

— Parece estar tudo em ordem.

Quando o homem lhe devolveu o bilhete, Jarret percebeu que o papel estava de cabeça para baixo.

— Hoje é seu dia de sorte, garoto. Mas, se nos encontrarmos por aí outra vez, acho bom ser um pouquinho mais respeitoso. Agora, dê o fora daqui.

Jarret enfiou o pé no estribo e continuou em silêncio. Pediu a Lexington que avançasse em um trote e, assim que julgou que estavam fora do alcance dos tiros, impeliu-o a um galope e permitiu que a força das passadas aliviasse a tensão de seu corpo e a raiva de sua alma.

THEO

Museu de Arte Americana, Washington, D. C.
2019

— Ele é estonteante — comentou Theo conforme admirava a pintura do cavalo de pelagem brilhante e patas brancas.

Jess o encarou. Deve ser interessante, pensou ela, ser alvo de tanta admiração e apreço. Mas talvez fosse melhor não entreter esse tipo de pensamento. Por isso, voltou sua atenção para a pintura.

— Ele parece seu cavalo?

Theo se virou para ela com uma expressão intrigada.

— Meu cavalo?

— É, seu cavalo no polo. O que você costumava montar durante as partidas.

Ele abriu um sorriso compassivo.

— Eu não tinha *um* cavalo. No polo, geralmente vamos alternando entre vários deles. Pelo menos seis, no decorrer de uma partida típica. Às vezes, pode chegar a oito ou nove.

— *Nove*? Nossa, não me admira que seja um esporte de gente rica. Eu cresci em um fim de mundo cheio de gente da classe trabalhadora. Garotas como eu não podiam se dar ao luxo de fantasiar com pôneis e escolas de equitação. Nem com jogadores de polo bonitos, aliás.

— Eu não sei nadinha sobre cavalos. Quer dizer, pelo menos não sobre os vivos em carne e osso — continuou Jess, pensativa. — Meu único contato com cavalos era quando a polícia montada passava na frente de casa. Minha mãe tinha o péssimo hábito de recolher o esterco no meio da nossa rua movimentada para usar como adubo nos canteiros de rosas.

Theo tentou imaginar Abiona fazendo algo parecido. Era uma cena tão cômica que chegou a esboçar um sorriso. Jess retribuiu. Será que era culpa do vinho ou ela estava começando a ficar caidinha por aquele cara? Fosse como fosse, tinha que fechar a matraca para não fazer mais nenhum comentário estúpido. Havia um limite, e ela tinha certeza de que já o tinha ultrapassado, mesmo para alguém tão educado quanto Theo.

Os dois ficaram lado a lado, contemplando o lindo retrato a óleo de Lexington, feito por Thomas Scott no século XIX. A pedido de Jess, o curador havia encontrado a pintura e a colocado em um pequeno cavalete em uma das salas, junto com a pasta contendo a documentação do museu sobre a obra. Era uma tela de sessenta por noventa centímetros, um pouco maior que a pintura que Theo encontrara no lixo. O artista havia retratado o cavalo sozinho junto a um cocho de madeira, a cabeça régia virada para o lado, as orelhas em riste, como se interrompido por um barulho repentino. E enquanto a pintura de Theo retratava um potro jovem, aquela obra mostrava o cavalo maduro — um garanhão magnífico no auge de sua potência, o futuro promissor concretizado.

— A riqueza de detalhes anatômicos é impressionante — comentou Jess. — A musculatura, a forma como o pintor conseguiu captar o arco do pescoço.

— E a expressão no olhar — acrescentou Theo. — É inquietante. Este é um retrato extremamente primoroso. Não sei por que aquele restaurador resolveu tachar esse tal de Scott de pintor de segunda linha. É um trabalho muito refinado.

— Bem, é só a opinião de Raines — respondeu Jess enquanto pegava a pasta. — Scott devia ser bem-conceituado naquela época, ou então não teria sido contratado para fazer esta pintura, pois o cavalo já era famoso àquela altura. Aqui diz que foi pintado por volta de 1860 e que Scott nasceu em algum momento entre 1830 e 1832. Então, tinha quase trinta anos quando fez esse retrato. Teve um tempinho para aprimorar a técnica.

— Tem alguma coisa aí que pode ajudar no seu trabalho?

— Ah, sem dúvida. Agora, vendo esta pintura, tenho certeza de que o cara que montou o esqueleto nunca tinha visto o cavalo em vida. Simplesmente, colocou tudo de qualquer jeito como se fosse um cavalo qualquer. Mas este cavalo aqui tinha uma anatomia fora da curva. Os ossos têm uma massa muito mais elevada que a maioria dos equinos, por exemplo. Têm uma densidade bem alta, e nada da perda óssea que você esperaria em um cavalo dessa idade. E tem uns detalhezinhos mais específicos. Dê uma olhada na cernelha aqui... — pediu, e apontou para o quadro. — Está vendo como é alinhada? No esqueleto, está muito alta em relação ao restante. E outra diferença gritante: o da pintura tem os jarretes muito menos angulosos, ali ó, e as quartelas não deveriam ser tão inclinadas. Tem uma tonelada de informações úteis neste retrato.

— Aí diz como o quadro veio parar no Smithsonian? Chegou junto com o esqueleto?

— Não, eu também achei que fosse, mas já verifiquei, e chegou muito depois. Espere aí, vou verificar se temos mais alguma informação sobre isso.

Ela folheou os formulários na pasta. A papelada habitual de qualquer museu: manifestos de carga, registros de conservação. Por fim, ela encontrou uma cópia da escritura de doação.

— Ah, aqui está. Parece que fazia parte de um grande lote de doação em 1980 — anunciou Jess enquanto folheava o documento. — Nossa, que estranho...

— O quê?

— Bem, você entende disso mais do que eu...

Ela entregou a pasta para Theo e apontou para a lista de obras doadas.

— Veja se estou certa. Todas as outras obras desse lote de doação são, tipo, arte contemporânea bem famosa, não?

Theo correu os olhos pelo documento.

— Sim, sim, você tem razão. Tem praticamente todos os modernistas do pós-guerra listados aqui, Jim Dine, Diebenkorn, Oldenburg, Gorky, Hartigan... Expressionistas abstratos, representantes da Op Art... "Acervo memorial de Martha Jackson" — leu em voz alta. — Já ouvi falar dela. Era dona de uma galeria em Manhattan na década de 1950, quando o mundo da arte ainda era predominantemente masculino. Junto com Peggy Guggenheim, ajudou a moldar o rumo que o mercado de arte nova-iorquino seguiu naquela época tão importante. Tinha gostos bem extravagantes... Expunha artistas vanguardistas da Europa e do Japão, e foi uma das primeiras apoiadoras de Jackson Pollock, estava bem entranhada em seu círculo de conhecidos. Ela era amiga da esposa dele, Lee Krasner. Se não me engano, li em algum lugar que Martha estava com ela quando Pollock se matou.

— Minha nossa, eu não sabia que ele tinha se matado.

— Bem, isso não foi cem por cento provado, mas tudo indica que sim. Ele não pintava havia meses. Bêbado, em alta velocidade, acidente de carro. O passageiro também morreu.

Theo se deteve por um instante. A mente tinha se voltado para outro acidente. Uma estrada de terra na província de Helmande.

O pai dele estava a caminho de uma escola para meninas financiada pela Agência dos Estados Unidos para o Desenvolvimento Internacional. O Talibã odiava a ideia de garotas frequentando escolas, e a delegação foi avisada de que poderia haver um ataque. Estavam avançando em alta velocidade quando o SUV passou por um buraco na estrada, capotou e despencou de ponta-cabeça em uma vala.

Theo se lembrava da voz baixa do diretor ao fazer um breve relato do acidente. Lembrava-se de tremer sob o uniforme de polo úmido, de olhar fixamente para as gotas de chuva que serpenteavam pelos losangos das vidraças na sala do diretor. Dos feixes de luz fria que lançavam um brilho opaco sobre a mesa polida, do tapete persa. De perceber que as botas estavam enlameadas. De tentar manter a voz sob controle enquanto perguntava:

— Cadê minha mãe?

— Sua mãe... Na delegação, pelo jeito. É um membro importante. Negociações com o grupo Shabab em Adis Abeba. Estão em um momento delicado. Ela não pode sair agora, mas pediu que eu lhe avisasse que ligará para você assim que puder.

O diretor desviou o olhar e se pôs a fitar a janela para não ter que notar as lágrimas de Theo. Havia vozes sussurradas do lado de fora da sala.

— A enfermeira-chefe está aqui. Ela preparou uma xícara de chá para você na enfermaria. Agora, seja um bom rapaz e a acompanhe até lá.

A mãe acabou ligando naquela noite, mas não foi visitá-lo, mesmo depois que as negociações de Adis Abeba chegaram ao fim. Partiu em outra missão urgente, ele não conseguia se lembrar de qual. Naquele momento, Theo percebeu que o trabalho da mãe sempre tinha sido prioridade e sempre seria. Mais importante que seu casamento, mais importante que o próprio filho. Era uma verdade dolorosa para um garoto solitário como ele, mas também libertadora. Virou dono do próprio nariz muito antes que seus colegas sequer descobrissem essa possibilidade. Abraçou a vida como um solitário, sem raízes, tendo o mundo inteiro como quintal, mas sem pertencer de verdade a lugar algum. Confortável na presença de uma porção de pessoas, mas próximo de apenas um punhado delas.

Ele piscou e engoliu em seco. Abiona torceria o nariz se o visse ao lado daquela mulher branca de aparência um tanto desleixada. E, no entanto, havia alguma coisa em sua personalidade espontânea e atrapalhada e no profundo entusiasmo que nutria por sua estranha profissão. Jess o intrigava. Talvez, como ela mesma tinha dito, ele sentisse uma saudade demasiada da infância, daqueles poucos anos que passara na Austrália, quando se sentira totalmente seguro, totalmente amado.

Bem, se isso fosse mesmo verdade, qual o problema? Não era como se tivesse um mar de opções a seu dispor. Era professor assistente, então não podia sair com estudantes de graduação. Não era muito chegado em aplicativos de namoro; muitos encontros que não davam em nada, muita gente que sumia sem dar explicações. Logo depois que chegou a Georgetown, Daniel, um amigo de Yale, arranjou-lhe um encontro com Makela, uma nativa de Washington que trabalhava como curadora no museu Anacostia. Os dois se deram bem logo de cara. Theo gostou de seu jeito atrevido e sério. Depois de alguns encontros, porém, ela parou de responder a suas mensagens. Quando ele finalmente ligou para Daniel para perguntar se o amigo sabia o que tinha acontecido, ouviu um longo suspiro do outro lado da linha.

— Você quer mesmo saber? Ela disse que você não está "imerso o suficiente na experiência de negritude estadunidense".

— *Quê?*

— Ficou com a impressão de que precisava explicar mais coisas para você do que para um cara branco. Ela me contou o que rolou com "Dixie", e eu fiquei tipo, "Garota, eu entendo".

Theo grunhiu.

— Foi a última vez que ela saiu comigo.

Ele e Makela tinham ido ao supermercado comprar alguns quitutes para um piquenique, e uma versão de "Dixie" estava tocando nos alto-falantes. Mais tarde, quando estavam deitados em um cobertor no bosque, Theo tinha começado a assoviar a melodia sem nem se dar conta.

Makela se empertigara de súbito, como se ele a tivesse agredido.

— Como você consegue cantarolar essa música?

— Hum, acho que ela é meio chiclete.

— Você não sabe mesmo?

Ela se pôs a explicar a história da música e seus usos.

— Eles cantaram essa música na Universidade da Geórgia enquanto ateavam fogo nas efígies dos dois primeiros alunos negros admitidos lá.

Theo tinha ficado desconsolado, mas não percebeu que Makela veria isso como a gota d'água.

— Eu não acredito que ela contou isso para você.

— Não leve para o lado pessoal, cara. Ela só quer alguém com vivências mais parecidas com as dela, nada mais.

Theo despertou de seu devaneio e olhou para Jess. Se os dois começassem a sair, as questões seriam outras. Ele seria o único encarregado de dar explicações. Ficou cansado só de pensar. Talvez fosse melhor manter uma relação estritamente profissional entre os dois. Ele bateu a ponta da pasta na mesa para endireitar os documentos.

— Será que alguém sabe o que essa pintura equestre do século XIX está fazendo nesse lote de doação, no meio de todos aqueles expressionistas abstratos?

— Eu posso tentar descobrir. Se Martha era tão importante assim, é bem provável que a gente tenha um montão de documentos sobre ela enfurnado em algum lugar. Especialmente depois dessa doação tão considerável.

— Vou ver se também descubro alguma coisa. É uma história intrigante.

Encontraram Clancy tirando uma soneca onde o tinham deixado, com a guia amarrada à sombra de um canteiro. Os dois mergulharam em um silêncio constrangedor.

— Que tal um café? — sugeriu Jess.

— Claro, por que não? — respondeu Theo.

A caminho da cafeteria, tiveram que atravessar a rua correndo para o sinal não fechar. Theo esticou o braço para trás e agarrou a mão de Jess.

Mas, quando chegaram à calçada, ele não a soltou.

MARTHA JACKSON

Springs, Long Island, Nova York
1954

UMA RAJADA DE azul voejou na direção da enorme tela, rodopiando no ar como um laço de caubói. O homem mergulhou a viga na lata de tinta e a removeu com outro gesto amplo.

— Clem Greenberg andou falando que não entendo de cores, é? Ele que se foda!

A tinta zarpou pelo ar, acetinada e esvoaçante, e salpicou a tela em uma diagonal vigorosa.

— Vou mostrar para esse puto o que é cor.

Com a mão esquerda, pegou um copo de vodca apoiado na mesa de carteado, cujo tampo estava incrustado de estalagmites de tinta velha. Entornou a bebida de uma só vez e, sem olhar, devolveu o copo com um baque. O vidro atingiu a borda da mesa e se espatifou. Martha estremeceu. Cacos de vidro cintilavam na tela. O homem ficou de cócoras e passou a mão sobre os estilhaços, triturando-os na tinta. O sangue se juntou à profusão de cores que reluziam na base preta do linho: gotas e manchas carmesins em meio ao amarelo, ao prateado, aos filamentos de branco. E, retalhando tudo isso, vinha uma marcha agressiva de exclamações azuladas.

Martha estava apoiada na parede áspera do galpão, a saia volumosa do vestido enfiada atrás das pernas em uma tentativa de protegê-la dos respingos. A amiga estava do outro lado do ateliê, toda enrodilhada em uma cadeira, com as pálpebras semicerradas, relaxada como um gato. Martha ficou surpresa ao perceber que ela estava sorrindo. Como Lee tinha aprendido a ficar tão alheia à teatralidade violenta daquele homem?

Quando a última rajada de azul-prussiano atingiu a tela, ele deu um passo para trás e atirou longe a viga, que, em sua jornada pelo ar, acertou uma prateleira e derrubou duas latas de tinta. A tampa de uma saiu voando. Uma ravina de líquido brilhante banhou as tábuas de madeira em uma maré amarelo-cromo. O rosto de Lee permaneceu impassível conforme observava Pollock ali, palpitante, tenso feito um cabo de aço. Então, em um segundo, todo o seu corpo pareceu relaxar. Lee se desenrolou da cadeira e avançou como se quisesse pegá-lo, enlaçando-o por trás, para que os dois pudessem continuar fitando aquela obra.

— Está bom — declarou ela. — Está ótimo.

E estava mesmo. O que à primeira vista parecera descontrolado e aleatório não o era de fato. A composição da pintura era primorosa, com um movimento que vinha da base escura e seguia rumo à agitação da cor e da linha. Como o jazz que ecoava baixinho do rádio da casa, o bebop com sua síncope insistente: era um improviso estruturado, os enormes vergalhões azulados como as notas agudas poderosas e ousadas de um virtuoso.

Pollock se encolheu todo. Depois, ajoelhou-se no chão e esfregou os punhos no rosto, enfiando os nós dos dedos com força nas órbitas dos olhos. Lee ficou de cócoras atrás dele, tomou-lhe as mãos sujas de tinta e o aninhou junto a si enquanto os tremores sacudiam o corpo do homem.

Martha se afastou da parede e avançou de lado, feito um caranguejo, até alcançar a porta. Ergueu o trinco com delicadeza e saiu para o ar frondoso de outono. O sax alto de Charlie Parker soprava seus ritmos onomatopeicos. Ela correu devagar pela grama até chegar à casa, onde apanhou a bolsa, o suéter e o xale que tinha deixado na mesa da cozinha. Não tinha por que ficar. Não fecharia nenhum negócio naquele dia, nem no seguinte. Ele tinha um rompante de fúria, depois chorava, e, por fim, ficava retraído. Era sempre a mesma história desde que ele voltara a beber. E Lee teria que recolher os cacos.

Apesar do vento outonal que castigava seu rosto, Martha decidiu deixar a capota do conversível abaixada. Enrolou o xale ao redor da cabeça e dos ombros e, em seguida, o enfiou sob o suéter. Depois de manobrar até o meio-fio, virou o carro na direção de Manhattan e pisou fundo no acelerador.

Lee entenderia por que ela tinha ido embora sem se despedir. E a perdoaria por ter mencionado Greenberg, mesmo que Pollock não a perdoasse. Clem Greenberg tinha sido um dos primeiros críticos a sair em defesa de Pollock enquanto os outros ridicularizavam suas obras. Mas isso já não valia de nada, não desde que Greenberg declarara que Pollock poderia estar sofrendo de um bloqueio criativo. Pintando papel de parede, dissera ele. Os críticos eram criaturas volúveis. A maioria dos artistas aceitava isso. Mas Pollock, não. Tudo ou nada, era assim que funcionava com ele.

Como uma mulher que já havia se livrado de dois maridos problemáticos — o primeiro arruinado pela falência na Grande Depressão e o segundo, pelo estresse de servir na guerra —, Martha se alternava entre admirar a inabalável lealdade de Lee e quase desprezá-la. Martha tomara a decisão de abandonar ambos os casamentos em vez de ter sua vida reduzida a uma muleta emocional para a psique ferida dos homens. Lee tomou a decisão oposta, e Martha via o quanto aquilo custava à mulher e ao trabalho dela.

Lee Krasner foi uma das primeiras amigas que Martha fez na cidade, e nada poderia mudar isso. Tinham se conhecido na escola de arte, pouco depois de Martha ter se mudado de Buffalo. Gostou de Lee logo de cara: a franjinha curta e as opiniões afiadas, proferidas com o sotaque típico do proletariado do Brooklyn. Martha admirava a autoconfiança de Lee como artista e vivia imaginando tudo o que a amiga poderia conquistar se não estivesse condenada à servidão eterna por aquele marido sanguessuga.

Um sanguessuga genial. Esse era o problema. Na primeira vez que Lee a levou para ver o trabalho do marido, Martha logo sentiu a energia estalando na tela, sentiu-a na pele, pinicante. E esse era o dom de Martha: seu olho para o chocante, o novo, o genial. Parecia dotada de um quinto ou sexto sentido para o que seria relevante na arte. Quando os gostos convencionais estavam ocupados ridicularizando um novo estilo, Martha conseguia sentir a grandiosidade. E embora tivesse se mudado para Nova York com o intuito de se tornar artista, não demorou muito para entender que sua própria arte não estava destinada a ser grandiosa.

Essa verdade se abateu sobre ela de repente, como o início de uma febre. Tinha acabado de chegar, como fazia todas as manhãs naquele primeiro ano na cidade, para uma aula no ateliê de Hans Hofmann em um loft na rua Oito. Uma vez lá, porém, ela se viu congelada ao pé da escadaria. Ficou ali, apoiada no corrimão, e ordenou ao pé que pisasse no primeiro degrau. Mas ele ficou suspenso no ar, trêmulo.

Escada acima, esperando por ela em um cavalete, estava a tela em que estivera trabalhando na véspera. Era uma paisagem inspirada nas salinas e nas árvores retorcidas pelo vento de Provincetown, onde ela estudara com Hofmann no verão. Tinha pintado com pinceladas soltas e moldado o espesso impasto com a ajuda de uma espátula. Não estava ruim. Evidenciava um entendimento de composição, um certo domínio da técnica. Mas parada ali, com o trabalho estampado na mente, soube que não conseguiria voltar a encarar aquela tela. Não estava ruim, mas não era extraordinária.

Ela virou as costas e voltou para a rua, estreitando os olhos para se proteger do redemoinho arenoso de cinzas e fuligem. A rua Oito era um palimpsesto encardido, com as velhas fábricas exploradoras ainda discerníveis mesmo depois de terem sido convertidas em ateliês, e o afluxo de pintores e poetas estrangeiros substituindo a antiga geração de imigrantes que havia trabalhado ali no século anterior. Martha percorreu o quarteirão de uma ponta a outra, arrancando a cutícula do dedo indicador com os dentes, como se punisse a mão que fizera um trabalho tão inferior.

Amava a vida que tinha naquela cidade. Amava até mesmo as ruas imundas, os pardieiros com água fria onde seus amigos levavam uma vida bagunçada e despojada. Amava os recém-chegados obstinados da Rússia, da Itália e da Alemanha; as noitadas na Cedar Tavern, discutindo sobre pragmatismo, os fauvistas e William James; os casinhos imprudentes, as paixões incontroláveis. Era divertido rolar sobre colchões manchados em prédios sem elevador na rua Dez, com artistas cuja pele cheirava a terebintina e uísque barato, desde que depois pudesse retornar para o conforto de seus lençóis de linho no apartamento em que morava no Upper East Side.

Naquele momento, porém, o torvelinho de imagens e lembranças a enchia de vergonha. O que ela era, bem lá no fundo? Nada além de uma turista endinheirada, riscando itens da sua lista de desejos naquele país estrangeiro repleto de artistas de verdade. Como um dia tinha chegado a acreditar que pertencia àquele lugar? Os olhos ardiam em lágrimas, e ela as enxugou com a ponta da echarpe.

Hofmann, tomando o caminho contrário para seu ateliê, se dirigiu a ela com o sotaque alemão carregado:

— Martha! Por que você não está pintando?

Ele atravessou a rua como em um passo de dança, esquivando-se dos carros, gracioso, apesar do corpo atarracado. Pousou a mão na face úmida de Martha. O cheiro familiar de óleo de linhaça fez as lágrimas verterem com mais rapidez.

— Desculpe, é que eu...

Hofmann a silenciou. Depois, tomou-a pela mão e a conduziu a uma lanchonete mais abaixo na rua. Em uma mesa de tampo laminado, em meio à fumaça pungente de bacon e ovo frito, ele colocou um copo descartável de café na mão dela e a ouviu desabafar sobre suas dúvidas e seu sofrimento ao pensar em desistir da vida que tinha começado a criar para si mesma. Quando ela se calou, Hofmann soltou os dedos dela do copo com delicadeza e virou sua mão para cima, como se fosse ler a palma.

— Talvez você não tenha mão de pintora — disse-lhe ele. — Não sei dizer com certeza. Mas sei disto: você tem um olhar crítico. Consegue enxergar o que torna uma pintura boa. Isso também é um dom.

— É?

— Claro que é. Como você acha que os artistas ficam conhecidos? Críticos, marchands... são eles que desenvolvem o gosto do público. Sem eles, nós passamos fome.

Martha abriu um sachê de açúcar e observou os cristais mergulharem no café.

— Sempre que vou a uma galeria, gosto de brincar de um joguinho — contou ela em voz baixa. — Dou uma olhada bem rápida no que está à minha volta e escolho as três melhores obras do recinto. Acho que é importante conseguir decidir do que você gosta.

Hofmann assentiu.

— E — continuou ela — eu gosto mesmo de comprar quadros.

— Já comprou algum?

— Ah, sim. Uns dois ou três.

— Conte-me mais sobre eles.

Ele jamais imaginaria o que estava por vir.

— Um deles é uma pintura a guache de Marc Chagall. Foi a primeira coisa que comprei.

Hofmann recostou-se na cadeira e ficou olhando. Ele pigarreou.

— Como... Como você chegou a...

— Ora, já faz muito tempo. Fui a uma exposição em Baltimore e as três obras de que mais gostei foram um Picasso, um Seurat e um Chagall. Mas, em 1940, Chagall era o único desses três que dava para comprar neste país. Paguei quinhentos dólares por ele. Depois comprei uma pintura de Gorky de um conhecido lá de Buffalo. Ele estava um tanto arrependido, entende? Disse que não sabia muito bem por que tinha comprado aquele quadro... Não sabia se era bom. Mas eu sabia. Esboçou um sorriso à menção da lembrança. — Então eu me ofereci para livrá-lo do inconveniente.

Hofmann limpou a garganta.

— Como eu disse, você tem um olho para a coisa.

E, pensou ele, também deve ter os meios para adquiri-los. Fundo fiduciário? Herança? Era impossível dizer só de olhar para ela. Não saía por aí tentando ser o centro das atenções.

— Então vire uma marchand. Eduque as pessoas. Vou ajudar você.

E, assim, ela seguiu aquele conselho. Não era tão intransigente nos negócios como tantos outros marchands. No decorrer de poucos anos, abriu uma galeria modesta em uma pequena casa na cidade, com um acervo que conseguiu bancar graças a uma herança que recebera da avó. Ficou conhecida por ser uma ferrenha defensora dos pintores que representava. Até mesmo dos intratáveis. Até mesmo de Jackson Pollock.

JARRET, PROPRIEDADE DE TEN BROECK

Barco Natchez III, *rio Mississippi*
1853

JARRET SE EMPOLEIROU junto à proa do barco conforme a correnteza os empurrava com rapidez em direção a Nova Orleans. As falésias de Natchez logo deram lugar a uma planície infindável, pontilhada de verde pelas palmeiras e pelos arbustos lustrosos de azevinho, a brevidade selvática interrompida por plantações alinhadas de cana-de-açúcar e algodão. Do convés acima, o rapaz conseguia ouvir o vozerio dos passageiros, entregues a uma jogatina de dados ou cartas ou a uma discussão acalorada sobre política.

Bastou que se afastassem um pouco de Natchez para que os adornos da riqueza começassem a desaparecer. Depois de mais ou menos uma hora, as únicas moradias pelas quais passavam eram as cabanas simples dos lenhadores que forneciam madeira para alimentar os barcos a vapor. Quando a embarcação ancorou para pegar as toras, o comandante gritou: "Madeira!", e Jarret percebeu que esperavam que se juntasse à tripulação e aos outros criados para ajudar a transportar a carga. A miséria não lhe passou despercebida: crianças descalças com cabelos desgrenhados e roupas puídas, uma vaca magra, alguns porcos guinchantes, um lenhador esquelético tomado por suor e calafrios, provavelmente acometido por uma severa febre. Não era de admirar: à medida que a luz do dia dava lugar ao crepúsculo, os mosquitos enxameavam a região. Jarret cobriu a cabeça com um xale para mantê-los afastados e, de volta a bordo, jogou um cobertor sobre Lexington, apesar do calor atípico daquela noite. Uma lua brilhante despontou no céu, polindo a superfície do rio. Conforme as horas avançavam, o vozerio vindo de cima se tornava mais estridente. Jarret se acomodou ao lado de Lexington, determinado a não chamar atenção.

Estava moído de cansaço, mas a cautela não lhe permitia pregar os olhos. Era perigoso viajar sozinho, sem Ten Broeck para protegê-lo. Pensou nas inúmeras jornadas solitárias do pai, acompanhando os cavalos de corrida de Viley ou Burbridge, e torceu para que isso lhe inspirasse um pouco de coragem. Foi invadido por uma súbita saudade de casa — das cadeiras de balanço no alpendre, dos vaga-lumes volitantes e da voz do pai ao recitar linhagens. Mas, àquela altura, a noite estaria muito fria para vaga-lumes ou para se acomodar no alpendre. Que coisa estranha estar tão longe da única família que tinha a ponto de até o clima parecer diferente em sua pele. Pensou no pai, junto ao fogo dentro de casa, e se perguntou quem estaria cortando a lenha para ele, quem a estaria carregando. Esperava que o orgulho de Harry não o impedisse de pedir ajuda a um rapaz para as tarefas mais pesadas. Com certeza Beth ficaria de olho para que ele não se sobrecarregasse. Ocorreu a Jarret que se o pai ficasse mais fraco ou doente — e até mesmo se morresse — a notícia talvez nunca chegasse a ele. Esse pensamento doloroso fez sua garganta apertar e os olhos arderem.

Mais uma razão para continuar aprendendo o beabá. Com a ajuda de alguém, ele poderia escrever para Mary Barr e lhe pedir notícias de Harry. Decidiu que, tão logo o dia raiasse, pegaria a Bíblia e repassaria os versículos que já conhecia, para não perder o jeito da coisa. O plano lhe trouxe algum alento, então afofou a palha em um travesseiro confortável e tentou descansar um pouco antes que o navio atracasse no porto. Quando o céu clareou, ele acordou de seu cochilo inquieto e cuidou do cavalo. Em seguida, pegou a Bíblia e se pôs a folhear os Provérbios, aos quais havia se afeiçoado por suas inúmeras referências à natureza e à agricultura. Estava tão compenetrado em tentar decifrar uma palavra desconhecida que levou um instante para perceber a sombra que se derramava sobre a página. Jarret ergueu o olhar. Era um dos sujeitos grosseiros do convés de cima, com o rosto sombreado pela barba por fazer e as roupas salpicadas de tabaco mascado.

— Isso eu nunca tinha visto antes, não mesmo... Um da sua espécie com um livro. Isso não é contra a lei de onde você vem, garoto? Porque aqui é, sim... Ô se é. Fique de pé quando eu estiver falando com você, garoto!

Jarret tratou de se levantar, um pouco atrapalhado. Nesse exato momento, o barco balançou, trepidado pelo rastro de outra embarcação que passava. O sujeito perdeu o equilíbrio e despencou com força sobre os fardos de feno. Movido pelo instinto, Jarret estendeu a mão para segurá-lo, mas o homem se esquivou.

Jarret deu um passo para trás e abriu os braços para deixar claro que não pretendia encostar no homem, que fedia a sujeira e ao vômito seco impregnado na ponta de sua bota.

A Bíblia ainda estava na mão direita de Jarret, e os olhos embotados e vermelhos do homem lutavam para se manter fixos nela.

— É a Palavra do Senhor que você tem aí — disse o sujeito, a voz de repente menos beligerante. — Por acaso, você é um pastor negro?

Jarret vasculhou a memória em busca do versículo que o pastor branco mencionava todos os domingos em Fatherland. Tentou controlar o tremor na voz, abriu a Bíblia e fingiu que estava lendo:

— Escravos, obedecei aos vossos senhores terrenos em tudo, não apenas quando por eles supervisionados ou em busca de seu favor, mas com a sinceridade e temor de vosso coração, como a Cristo.

— Ora, amém para isso — respondeu o homem com a voz arrastada, e cambaleou para se aliviar um pouco mais além.

Quando Jarret pensava naquela primeira manhã em Nova Orleans, eram sempre o som e o cheiro que lhe voltavam mais vívidos à lembrança. Em meio ao emaranhado de mastros de navios, avistou os estandartes vivazes de todas as nações tremulando ao sabor da brisa. Viu os homens cobertos de suor empilhando fardos e caixotes nas docas apinhadas.

Com cuidado, conduziu o cavalo pela passarela do navio até chegar a uma profusão de sons e cheiros — a mistura de idiomas que, mais tarde, aprenderia a distinguir como francês e espanhol, italiano e português. Naquela primeira manhã, porém, todos se mesclavam em um borrão musical. Os cheiros eram variados, pungentes: o olor penetrante de sassafrás, o aroma abiscoitado de manteiga e farinha misturado em um *roux* escuro e encorpado, a fragrância inebriante de jasmins, rosas, magnólias e gardênias, e os perfumes intensos das mulheres — velhas, jovens, com peles de todos os tons, do linho ao mel, da noz-pecã ao ébano — envoltas em tecidos caros ou simples chitas, vestidas e adornadas com mais estilo e esmero do que qualquer mulher que ele já tinha visto.

Lexington manteve a cabeça erguida, as narinas infladas para inalar os odores desconhecidos, as orelhas atentas para captar os sons estranhos. Enquanto abriam caminho pelo cais lotado, uma voz amigável os saudou. Um homem elegante, não muito alto, avançava com autoridade no meio da multidão. Ten Broeck enviara seu mordomo, de ascendência crioula, nativo da cidade, chamado Jacques Garmond, para buscar os dois.

— Mas que cavalo! — exclamou. — *Celui-ci est magnifique!*

Jarret não compreendeu as palavras, e, a princípio, nem o que Jacques queria com aquela mão estendida. Será que esperava que Jarret lhe entregasse a guia? Não seria nem um pouco prudente fazer isso no meio daquela multidão toda. Então, para a completa perplexidade de Jarret, o homem agarrou sua mão e o puxou para um abraço, soprando beijos em ambos os lados de sua cabeça.

— *Bienvenue...* Bem-vindo a Nova Orleans. *M'seiur* Rishar deseja que você vá primeiro para a casa dele na cidade, *après* vamos para Metairie, onde você vai morar, *n'est-ce pas?*

A moradia de Ten Broeck era uma bela construção de tijolos avermelhados com três portas apaineladas altas que se abriam para uma varanda estreita rodeada por adornos de ferro fundido. A cocheira ficava nos fundos e não era muito ampla, mas bem equipada. Lexington estava inquieto no novo estábulo, então Jarret pegou alguns apetrechos e se pôs a escová-lo em movimentos relaxantes. Um pouco depois, Ten Broeck saiu da casa e o cumprimentou enquanto atravessava o pátio estreito.

— Traga-o para fora para mim, Jarret, por favor?

O rapaz conduziu o cavalo para o pátio. Ten Broeck o rodeou.

— Você fez um bom trabalho — elogiou. — Conseguiu mantê-lo em condições muito boas, mesmo depois de uma cólica severa. Estou em dívida para com você.

— Ele está bem o bastante, mas ainda não em condições de correr. E não vai estar tão cedo. Você disse que ele só correria daqui a quase um ano.

— Foi isso mesmo que eu disse, e era essa minha intenção. Mas me deparei com uma oportunidade que não posso recusar. É uma questão de honra, na verdade.

— Não há honra nenhuma em pressionar um cavalo que não está apto a correr — deixou escapar Jarret.

Ten Broeck desviou os olhos de Lexington bem devagar e os fixou em Jarret. O rapaz se encolheu sob a intensidade daquele olhar. E, ainda assim, estava determinado a falar, já que o cavalo não podia.

— Nenhuma honra e nenhum lucro, se ele for derrotado.

Ten Broeck fechou ainda mais a cara. Depois, cruzou as mãos às costas e pendeu a cabeça para o lado. Não tinha como Jarret voltar atrás, então decidiu seguir adiante.

— Ele nunca foi treinado para disputar páreos de cinco quilômetros. E aquela potra é um ano mais velha e correu durante toda a temporada. É pedir demais dele, tendo acabado de se recuperar de uma cólica.

O olhar de Ten Broeck estava duro feito basalto. Jarret teve que se esforçar para sustentá-lo. Não iria, não poderia, interromper o contato visual. O único som a cortar aquele silêncio carregado vinha do casco do cavalo, que espezinhava o chão de paralelepípedos para afastar uma mosca.

— Estou vendo que você não é de dourar a pílula.

— Não, senhor.

Ten Broeck tirou um lenço de linho do bolso e enxugou a testa com batidinhas. Jarret sentiu um filete do próprio suor escorrer pelo rosto — fruto da manhã quente, mas também do medo que sentia.

— Um rapaz muito direto e reto. Eu poderia encarar tudo isso como uma grande ofensa, sabe...

O homem se deteve por um instante. Jarret segurou a guia com mais força para que Ten Broeck não visse o tremor em sua mão.

— Poderia mesmo, mas não vou. Para ser sincero, essa falta de tato até me agrada. Valorizo sua sinceridade. Apesar disso, o cavalo vai, *sim*, correr. E como foi franco comigo, estenderei a você a mesma cortesia. O sr. Louis

Smith, do Alabama, tentou comprar Lexington do dr. Warfield pouco antes de Willa Viley e eu fazermos nossa oferta. O sr. Smith ficou extremamente ofendido por sua oferta anterior ter sido rejeitada e, a nossa, aceita. Agiu de forma tão pouco cavalheiresca que chegou a me acusar, pelas minhas costas, de ter feito alguma tramoia na negociação. Comecei a pensar que poderia ser obrigado a confrontá-lo, uma perspectiva que não me agrada nem um pouco. Ao contrário do genro esquentado de seu antigo proprietário, não sou adepto dos duelos.

"Felizmente, ele propôs outra forma de resolver a questão. Em sua hostilidade, sugeriu o que acredito ser uma aposta das mais imprudentes. Uma corrida contra a potra dele, Sallie Waters, na qual apostará cinco mil dólares contra os meus três mil e quinhentos. As perspectivas são muito boas, você há de convir. Mesmo que a corrida seja motivada por uma rixa, a cidade comparecerá em peso ao meu hipódromo, de modo que encherei os bolsos seja lá qual for o resultado na pista. E há outra questão além do dinheiro. A potra de Smith levou a melhor sobre meu Arrow, outro filho de Boston. Foi uma vitória muito acirrada e pretendo alcançar a desforra. De fato, serão páreos de cinco quilômetros, mas apenas dois. Eu vi seu cavalo queimar a largada e correr mais de três quilômetros no Phoenix, depois se recuperar em menos de cinco minutos... sim, eu cronometrei... e deixar alguns dos melhores cavalos puros-sangues do país comendo poeira. Não acredito que Lexington se sentirá sobrecarregado. Afinal, ainda temos mais uma semana para prepará-lo. Ficarei feliz em ouvir sua opinião sobre a melhor forma de proceder. Pode delinear seus planos para mim enquanto cavalgamos para Metairie à tardinha. Enquanto isso, você talvez queira aproveitar o tempo livre para passear pela cidade..."

Jarret fez careta. Jack não tinha dito que o lugar era praticamente uma Gomorra? Ao ver a expressão do rapaz, Ten Broeck sorriu.

— Ah, agora me lembro: você disse que não é muito de cidades. De um jeito ou de outro, terá alguns vislumbres dela mais tarde, quando partirmos. Até lá, descanse um pouco nos aposentos dos cavalariços. Pedi que lhe arrumassem um catre por lá. Ah, e também aproveite para comer um pouco. O chef que contratei costumava trabalhar para uma família de aristocratas de ascendência crioula, e eles não ficaram nada contentes quando o arrebatei para mim. É um *fin gourmet*, um sujeito deveras talentoso, a meu ver. Pedi a ele que separasse um pouco do que preparou para o meu próprio jantar, pois talvez seja do seu agrado ter um gostinho da culinária local.

Ten Broeck deu as costas e se encaminhou para a casa, enquanto Jarret observava a silhueta se afastar. Aquele homem era inacreditável. Dizer-lhe para "descansar" no meio de um dia de trabalho, com o sol a pino? Oferecer comida preparada pelo chef, em vez de um pedaço de toucinho entregue pela copeira? Ao que parecia, a vida tinha dado uma guinada das mais estranhas.

E, no entanto, depois de servir feno e água para Lexington, não lhe restava mais nada para fazer além de atravancar o caminho daqueles que varriam o pátio, pegavam água no poço ou cuidavam da hortinha primorosa cheia de ervas aromáticas. Estava faminto, como de repente percebeu, então se aproximou da porta da cozinha e bateu com timidez.

Uma criada idosa, com os cabelos presos por um lenço de renda elaborado que combinava com os punhos da blusa de linho, fez sinal para que entrasse e indicou um lugar já preparado para ele em uma mesa de pinho. A senhora serviu algumas conchas do ensopado aromático em uma cumbuca de cerâmica e a colocou diante dele com um sorriso e um *"Bon appétit"*. Quando Jarret mergulhou a colher no caldo fumegante, não conseguiu identificar nem a carne nem os legumes. Mas o aroma era apetitoso, então ele devorou as ostras escorregadias, os lagostins tenros e os quiabos viscosos. Achou tudo delicioso, mesmo que as especiarias desconhecidas fizessem sua boca formigar.

Retornou aos aposentos dos cavalariços. Pretendia ficar fora do caminho de todos, e aquele parecia o lugar mais adequado para isso. Estava determinado a cumprir sua resolução de praticar a leitura. Cair no sono não estava nos seus planos, mas a barriga cheia e a noite inquieta se abateram sobre ele de uma só vez. Nem sentiu quando a Bíblia escorregou de sua mão.

A voz de Ten Broeck parecia vir de muito longe, abafada, como alguém às margens chamando um nadador debaixo d'água. Jarret veio à tona depois de mergulhar em um dos sonos mais profundos de que tinha lembrança. A luz havia diminuído. Já era fim de tarde. Levantou-se de um salto, limpando o filete de baba que lhe escorria da boca. O que o homem devia pensar dele? Jarret estava estarrecido de vergonha.

Mas Ten Broeck parecia totalmente imperturbável.

— Tirou um bom cochilo? — perguntou. — Mais tarde você vai ver como lhe fez bem.

Pegou a Bíblia do chão.

— Fiquei feliz em saber de seu interesse em se tornar um homem letrado. Eu mesmo fui alfabetizado por um holandês severo que dava mais valor à palmatória do que aos livros. Estas habilidades lhe serão úteis. Foi uma boa forma de passar o tempo, já que as coisas com Pryor não correram como eu esperava. A culpa disso é toda minha. O barbeiro, Johnson, tentou me avisar. Se eu tivesse lhe dado ouvidos, você e o cavalo poderiam ter sido poupados do que aconteceu. Ah, bem...

Folheou as páginas da Bíblia a esmo antes de continuar:

— Eu mesmo nunca fui muito chegado às Escrituras. Prefiro os pagãos. Os gregos e romanos têm algumas histórias maravilhosas com muito mais coito que as dos hebreus. Vou tentar arranjar umas coisas menos edificantes e mais divertidas para aprimorar suas habilidades. O cavalariço já encilhou Lexington para você. São apenas cinco quilômetros, acho que vai ser bom para o cavalo alongar as pernas. Vamos?

Eles cavalgaram juntos pelas vielas estreitas. Seguiram a um ritmo lento conforme contornavam os transeuntes e os vendedores ambulantes com seus carrinhos de mão. O lugar tinha um clima bem diferente de Natchez, mais tranquilo e, ainda assim, mais agitado do que os arredores pacatos da cidade de Lexington, que parecia a Jarret um vilarejo se comparada àquele povoado fervilhante e buliçoso. Havia comércios por toda parte. Em uma barraquinha improvisada, um homem de sotaque estranho vendia laranjas, que Jarret já tinha visto antes, e bananas, que jamais vira. Um pouco além, uma mulher comandava uma barraca de café, e o aroma dos grãos torrados enchia o ar carregado. Canais abriam caminho entre as ruas e algumas crianças lançavam linhas nas valas. De uma lojinha de aves ouvia-se a cacofonia de guinchos de papagaio. Mulheres equilibravam bandejas na cabeça e anunciavam seus quitutes, figos aninhados em folhas de figueira ou pralinês aromatizados com açúcar mascavo.

Passaram por uma vitrine ampla exibindo roupas masculinas. Havia alguns homens negros bem-vestidos parados um pouco adiante, bem próximos uns dos outros. Conforme se aproximaram, Jarret percebeu que estavam acorrentados em fila, um grupo de escravizados sendo vestidos para o leilão.

— Vão tirar essas roupas deles assim que alguém bater o martelo — comentou Ten Broeck antes de estalar a língua e incitar o cavalo a um trote.

Por fim, desembocaram em uma estrada larga e elevada. A superfície ampla e descorada era incrustada de conchas de ostras pulverizadas que cintilavam à luz débil da tarde. A estrada de conchas se estendia entre pântanos pontilhados de íris e palmeiras verde-escuras. Ten Broeck estimulou o cavalo a um meio-galope e Lexington levantou a orelha, pedindo permissão para fazer o mesmo. Jarret respondeu com um resvalar do calcanhar, e Lexington disparou em seu galope fluido de cavalinho de balanço.

Não demorou para que a enorme arquibancada de Metairie avultasse no horizonte. Jarret ficou maravilhado com a grandiosidade da estrutura. Na entrada, um funcionário fez uma mesura para Ten Broeck, que acenou em resposta.

— Este é Jarret, de Kentucky, meu novo treinador assistente — declarou. — Ele pode ir e vir quando bem entender. Ofereça-lhe toda a assistência.

Treinador assistente. Jarret ficou tão surpreso ao saber dessa promoção repentina que acabou puxando as rédeas sem querer. Lexington se deteve a meio-galope e aguardou a próxima instrução. Ten Broeck, acreditando que Jarret havia parado para admirar a paisagem, também interrompeu o galope. Depois se equilibrou sobre os estribos, examinando sua criação.

— Está vendo o Pavilhão das Damas ali adiante? É algo que me enche de orgulho. A ideia foi toda minha. Antes disso, as *demoiselles* de ascendência crioula não tinham permissão para assistir às corridas. As *mères* aristocráticas não achavam que era um entretenimento adequado para as moçoilas. Mas enchi de carpetes, cadeiras de veludo, cortinas de seda e espelhos nas paredes, e agora *tout le monde* adora vir aqui. Muitas luvas de pelica já foram apostadas naquele pavilhão.

Enquanto estavam parados ali, uma fila de trabalhadores passou diante dos cavalos, empurrando padiolas. Ten Broeck os cumprimentou com um aceno.

— Estão espalhando areia no solo da pista. Faço isso antes de toda corrida importante... Deixa a pista mais dinâmica. Tivemos cavalos terminando a corrida em tempos impressionantes por aqui. Precisei redesenhar toda a pista. Antes mal dava para ver os cavalos durante metade da corrida... poderiam muito bem estar correndo no vilarejo vizinho. Venha, vamos adiante. Quero apresentá-lo a Henri Meichon, o jóquei, e depois um dos cavalariços lhe mostrará os estábulos e os seus aposentos. O ferrador deve vir de manhã para colocar as ferraduras de corrida.

O jovem jóquei os aguardava no lado oposto da pista, deslocando o peso de seu corpo esguio de um pé para o outro. Arregalou os olhos quando avistou Lexington, e a expressão apreensiva em seu rosto estreito deu lugar a um sorriso maravilhado.

— Ele é de ascendência crioula — murmurou Ten Broeck. — É talentoso, corajoso na pista, mas nada confiante fora dela. Não é muito experiente. Vai ter que se fiar em suas instruções.

Ten Broeck apeou e, mesmo não sendo um homem alto, avultou sobre o pequeno jóquei.

— Ora, boa noite para você, Henri. Espero que não o tenhamos feito esperar até muito tarde. Sei que você acorda bem cedo, e sua *maman* não vai ficar nada contente se eu o impedir de desfrutar de sua deliciosa comida e de seu merecido descanso. Este é o meu cavalo, aquele de que lhe falei. Pode ver que eu não exagerei ao listar suas qualidades. Estou confiante de que você me garantirá a vitória na corrida de sexta-feira. E este aqui — continuou — é meu Jarret. Ele conhece o cavalo. Siga os conselhos dele nos mínimos detalhes, como se viessem de mim.

Enquanto um cavalariço conduzia Jarret e Lexington a um estábulo amplo e arejado — tudo em Metairie tinha sido reconstruído desde a aquisição por Ten Broeck —, Jarret tentou ignorar o clangor dissonante das palavras de Ten Broeck. Meu cavalo. Meu Jarret. Arquibancadas novas, estábulos novos... O sujeito simplesmente comprava tudo o que lhe dava na telha? Jarret refletiu sobre como era possível ter tanto só de apostar em carteado e em cavalos. Se um homem era capaz de ganhar tudo aquilo, talvez também fosse capaz de perder. E se ele decidisse apostar Lexington ou Jarret? Os dois eram propriedade dele, afinal, assim como aquele estábulo.

A baia de Lexington já estava preparada para recebê-lo: seu nome estava gravado em uma placa de latão, uma camada grossa de palha revestia o chão e a manjedoura estava abarrotada de feno fresco. Diante dos estábulos havia um galpão cheio de beliches para os cavalariços. Mas quando Jarret, tendo acomodado o cavalo na baia, fez menção de seguir naquela direção, o garoto lhe agarrou pela manga da camisa e balançou a cabeça.

— Os treinadores ficam ali em cima — explicou ele, indicando a escada que conduzia ao palheiro.

Havia um quarto em cada ponta do sótão espaçoso. A bagagem de Jarret já havia sido deixada ao pé de uma das camas. Era um cômodo amplo e caiado de branco, com uma janela com vista para a pista e para a baía pantanosa um pouco além. O local contava com uma mesa e uma cadeira, uma pia com cuba de porcelana e um jarro, e uma cama coberta por uma colcha estampada com gansos em voo, semelhante a uma que Beth costurara para Harry pouco depois do casamento. Havia um jornal na mesa. Quando o cavalariço saiu, Jarret o apanhou e repetiu em voz alta o que dizia no cabeçalho: *Turf, Field & Farm*. Reconheceu o nome. Era o jornal para o qual o pintor Scott escrevia de vez em quando. Ten Broeck devia ter se encarregado de deixá-lo ali: talvez fosse o tipo de leitura menos edificante que ele havia prometido.

Jarret sentou-se na cama com cuidado. Era um colchão de verdade, não um catre improvisado. Deslizou o dedo pela colcha. Os retalhos eram feitos de um uniforme listrado igual ao que seu pai costumava usar. O rapaz se perguntou o que Harry pensaria se a distância entre os dois se dissipasse e ele visse o filho naquele lindo cômodo.

— Por mais que eu ainda seja Jarret, propriedade de Ten Broeck — murmurou para si mesmo —, pelo menos cheguei longe.

De manhã, o sol nasceu pálido como uma pérola. A névoa pantanosa da baía revestia os padoques. Conforme Jarret fitava a paisagem pela janela, parecia-lhe que os cavalos estavam flutuando em nuvens.

O raiar do dia trouxe o ferrador a reboque — um irlandês de rosto estreito e feições angulosas, com braços magros e joelhos ossudos que não pareciam propícios ao ofício que exerce. O avental de couro arranhado pendia até as canelas finas, e sua estatura parecia ainda mais diminuta ao lado do grande animal. Mas, ainda assim, levantou e estirou cada pata com uma confiança despreocupada, e sob seus cuidados Lexington mergulhou em um transe sonolento. Corpo curvado, casco preso entre as coxas, o ferrador arrancou uma ferradura gasta com um puxão, fazendo-a ressoar ao atingir as lajotas. Depois passou a lima sobre a superfície do casco, expondo uma brancura reluzente. Com as batidas habilidosas de martelo, cravejou a fina ferradura de corrida e removeu as pontinhas dos cravos. Lexington estava com o corpo relaxado, a cabeça tombada para a frente conforme o ferrador passava de casco em casco. Quando terminou o serviço, o sujeito alisou a crina sedosa e murmurou:

— Bom garoto.

Jarret queria colocar Lexington em movimento antes de o jovem jóquei chegar, então o selou e o conduziu até a pista de corrida. Tinha a pretensão de avançar devagar, em um meio-galope suave, mas Lexington gostou daquela pista maleável desconhecida e Jarret sentiu a gana do cavalo por velocidade conforme avançava a passos cada vez mais longos. A potência e a disposição tranquilizaram Jarret. Talvez estivesse em condições para a corrida, afinal.

Quando Meichon chegou, Jarret apeou e acomodou o menino na sela. Lexington estremeceu sob a leveza inesperada. Ele queria ver do que o jóquei era capaz antes de receber instruções, mas logo reparou que as mãos de Meichon tremiam ao segurar as rédeas. Enquanto o cavalo galopava e acelerava, o menino afundou na sela, com o corpo abaixado e os músculos rígidos. "Ele está com medo", pensou Jarret com seus botões. "Isso não é nada bom. Cadê aquela coragem que Ten Broeck mencionou?"

Depois de algumas voltas, Jarret fez sinal para que Meichon retornasse.

— Você precisa saber de uma coisa: este cavalo quer vencer. Você só precisa permitir, nada mais. Não fique tão colado nas costas dele, principalmente no começo. Encontre seu ponto de equilíbrio e deixe Lexington fazer a parte dele. Se você ficar afundado na sela como estava agorinha, vai atrapalhar o avanço dele. Ele gosta de se esticar adiante, baixo e plano. Mas não vai conseguir fazer isso se você pesar sobre ele feito uma pilha de tijolos. Desse jeito, ele não vai conseguir impulsionar as ancas. Fique mais levantado na sela... Isso, assim mesmo. Agora vá. Quero ver.

No segundo dia de treinamento, Henri já estava começando a se acostumar com a nova postura. Jarret estava assistindo, satisfeito, quando Ten Broeck se materializou ao lado.

— Você transformou meu francesinho em um símio — declarou. — Está todo desengonçado. Mas a aparência não importa. Ninguém leva em conta a elegância do jóquei ao fazer as apostas.

Um aguaceiro desabou naquela noite, e pela manhã a pista mais parecia um lodaçal. Lexington não se importou. Estava ganhando mais força e mais resistência a cada dia. Avançava em disparada pela lama, fazendo a água respingar do solo encharcado. Ainda chovia no último dia de treinamento. Jarret decidiu que fariam apenas exercícios leves, e Meichon, enlameado e desolado, alegrou-se com a notícia.

A chuva deu uma trégua ao nascer do sol na sexta-feira, e Ten Broeck ordenou que um batalhão de funcionários munidos de pás retirassem água da pista, aplainassem os torrões e arrastassem sacos de juta por todo o percurso para embebê-los com o máximo de líquido possível.

— Sei que Lexington é lameiro, mas não quero que Smith alegue que negligenciei a pista para beneficiar meu próprio cavalo.

As carruagens começaram a chegar no meio da manhã, dispostas a correr o risco de atolar no lamaçal em troca de uma visão privilegiada da pista. As damas puxavam a barra de seus vestidos elegantes tão alto quanto o pudor permitia, depois avançavam com dificuldade pela tábua improvisada e, enfim, chegavam ao conforto de seu pavilhão. Quando o início da corrida já se avizinhava, Jarret começou a abrir caminho pela multidão, tentando descobrir a quantas andavam as apostas. Todo o dinheiro estava apostado na égua de Smith, Sallie Waters. Os apostadores a conheciam. Tinha sido bem-sucedida durante toda a temporada. Doze dias antes, vencera com folga em uma corrida de três quilômetros. As chances eram de dois para um contra o garanhão desconhecido e inexperiente de Kentucky. Pelo que Jarret conseguiu entender das fofocas entreouvidas, apenas Ten Broeck e alguns de seus amigos mais íntimos tinham apostado em Lexington.

A princípio, Jarret nem quis cogitar a ideia. Mas não conseguia tirá-la da cabeça. Dois para um. Refez seu caminho em meio à multidão e retornou ao estábulo para preparar Lexington para a corrida. Quando terminou, postou-se diante do cavalo, nariz com nariz. Não tinha o costume de abordá-lo daquela forma, pois a visão periférica dos cavalos não englobava aquele ponto, mas sentia-se impelido a fitar Lexington bem de perto, olho no olho. Visualizou a pergunta na cabeça: "Você consegue?". O cavalo torceu as orelhas para a frente, arqueou o pescoço forte e pendeu a cabeça, como se tentasse assentir. Em seguida, inclinou a cabeça para o lado e fitou Jarret com um olhar que claramente dizia: "Por que a pergunta? Você sabe que consigo".

Jarret esticou o braço e acariciou uma orelha macia, depois a outra. O jovem jóquei apareceu, lívido de nervosismo. Jarret lhe entregou as escovas, ainda que a pelagem do animal já estivesse lustrosa. Mas ele sabia que não havia nada melhor para acalmar os ânimos do que escovar um cavalo. Depois, apanhou um dos limpadores de casco pendurados na parede e subiu a escada para seus aposentos. Tirou o colete amarelo de sua bagagem. Com delicadeza, passou o limpador sob a costura até romper as linhas, então tirou as cédulas: setecentos e cinquenta dólares. Em dois para um, no fim do dia aquilo poderia se tornar mil e quinhentos dólares. O preço que Ten Broeck havia pagado por ele. O preço que talvez pudesse garantir sua liberdade.

Saiu do estábulo às pressas e mergulhou novamente na multidão, mais numerosa àquela altura. Fitou os arredores em busca de alguém que pudesse aceitar sua aposta. Os lances à sua volta eram dos mais variados: fardos de algodão, tonéis de melaço. Jarret andou de esguelha pelos homens que apostavam as próprias colheitas. Não encontraria ninguém disposto a aceitar um lance em dinheiro por ali. Avistou um homem encarapitado em sua carruagem, alardeando os termos de sua aposta.

— Excelentes trabalhadores braçais para o campo, crioulos saudáveis...

Havia dois jovens da idade de Jarret ao lado da carruagem, com os tornozelos afundados na lama. Mantinham o olhar fixo à frente, com olhos remelentos e extremamente infelizes, enquanto a multidão enxameava com indiferença a seu redor.

Jarret observou os dois rapazes, os ombros arredondados, o rosto vazio. Bem nessa hora, um deles se virou e o encarou. Jarret sustentou seu olhar o máximo que conseguiu. Em seguida, continuou avançando.

Antes de ter visto os campos de algodão, Jarret teria desviado o olhar e passado direto por eles. Depois do que presenciara, porém, sabia que poderia muito bem ter sido ele ali, indefeso na lama. Se a mãe tivesse sido vendida para o Sul, se Harry não tivesse convencido o dr. Warfield a levá-lo para Meadows depois da morte dela... Mil chances teriam que cair em suas mãos para tirá-lo do alcance de homens que apostariam a vida dele em uma pista de corrida.

Apertou com força os dólares que trazia no bolso. Como tinha chegado a pensar em fazer uma aposta com homens como aqueles? Só podia estar louco para sequer ter cogitado uma coisa dessas. Pessoas como ele eram apostadas, não apostadoras. Qual daqueles homens aceitaria os setecentos e cinquenta dólares sem acusá-lo de roubo? Mesmo que aceitassem a aposta, como poderia confiar que lhe pagariam, caso ganhasse, em vez de lhe afanarem o dinheiro? O suposto código de honra daqueles homens não se estendia a gente como ele. Era tudo muito arriscado. Não havia ninguém em quem pudesse confiar. Não conhecia ninguém, com exceção de Henri Meichon e Richard Ten Broeck. E quão bem conhecia aqueles dois?

Não tinha muito tempo de sobra. Precisava retornar para junto de Lexington. Desolado, começou a se encaminhar de volta aos estábulos. Estava quase lá quando ouviu uma voz familiar chamar seu nome. Quando se virou, deu de cara com o pintor, Scott, caminhando em sua direção.

— Jarret! Estive procurando por você. Vim cobrir a corrida para o jornal. Posso conhecer o jovem jóquei? Pode fazer a gentileza de me apresentar?

Jarret assentiu.

— Ele está na baia com o cavalo. Posso levar você até lá. Mas antes disso... será que você poderia fazer algo por mim?

— O quê?

Jarret enfiou a mão no bolso do casaco e pegou as cédulas. Scott ficou surpreso, depois preocupado, enquanto Jarret explicava a origem do dinheiro e o que pretendia fazer com ele.

— Jarret... não faça isso. Estive com aquela potra agorinha mesmo. Vou lhe dizer, quando tiraram a manta de cima dela, todos no estábulo ficaram maravilhados com o que viram... É uma égua linda e em ótima forma. Todo mundo está dizendo que Darley... quer dizer, Lex... não está pronto. Sallie é a aposta mais segura. É uma fortuna que você tem aí. Não é nada sensato.

— Eu não me importo se é sensato ou não. Preciso fazer isso. Por favor. Você é a única esperança que tenho.

Scott fitou o horizonte e balançou a cabeça devagar.

— Não sei se devo fazer isso.

Jarret levantou a voz, tomado pelo desespero.

— Não posso continuar aqui. Tenho que voltar para perto do cavalo. Faça isso por mim. Eu imploro.

Scott estendeu a mão e aceitou o dinheiro. Jarret deu as costas e voltou correndo para o estábulo. O pintor fitou o maço grosso de cédulas que segurava, depois enfiou a mão no bolso do casaco puído e pegou algumas notas amassadas e outras moedinhas e se pôs a andar atrás de uma pessoa disposta a aceitar aquela aposta tola.

Enquanto acompanhava Meichon até a linha de partida, Jarret não se atreveu a olhar para Sallie Waters. Conseguia sentir a energia dela, o borrão de pavoneios e repuxões enquanto ela tentava se libertar da montaria que a acompanhava até a pista.

Mas ele não se virou para olhar diretamente. Não podia se dar ao luxo de perder a fé, pois temia que Lexington percebesse.

Quando já estava na hora de deixar Meichon seguir sozinho para a linha de partida, Jarret percebeu que o garoto tremia.

— Não fique nervoso. Apenas tenha em mente que ele quer vencer. Você só precisa permitir que ele faça isso.

Meichon assentiu.

Os dois cavalos precipitaram-se adiante, fizeram uma curva e, enfim, chegaram à linha de partida. O comissário baixou a mão, sinalizando para o rapaz com o tambor, que deu a largada. Sallie se lançou em direção à pista. Lexington, eufórico diante daquele desafio, saiu em disparada. Os dois cavalos avançavam em sintonia com suas passadas longas e rápidas. Torrões de terra molhada e areia voavam da pista, salpicando os trajes claros dos jóqueis até que cavalos e cavaleiros se tornassem um borrão amarronzado de lama e músculos. Quando contornaram a arquibancada, tinham se passado dois minutos e doze segundos, um tempo notável considerando a lama profunda que revestia a pista. Na segunda volta, Lexington começou a tomar a dianteira. Estava dois passos à frente quando contornaram a arquibancada pela segunda vez. O relógio revelava que Lexington tinha conseguido aumentar seu ritmo, a ponto de terminar a segunda volta em dois minutos e dez segundos. Sallie estava visivelmente cansada. O jóquei a esporeou e a chicoteou sem piedade conforme a égua lutava para avançar, embora qualquer olhar treinado pudesse ver que o páreo estava perdido. Lexington cruzou a linha de chegada sem esforço.

Jarret correu para pegar o cavalo. A família francesa de Meichon se aglomerou ao redor do menino. Dois de seus irmãos — rapazes robustos, bem diferentes do irmãozinho franzino — o arrancaram da sela e o ergueram sobre os ombros.

— *Attention!* — gritou Ten Broeck em tom cordial. — *Il a une autre course! Ne le laisse pas tomber!*

Jarret desfilou o cavalo pela multidão de pessoas atônitas, e muitas delas, ao perceber a tranquilidade de seu fôlego e a rapidez com que se recuperou, correram para fazer novas apostas. Quando chegou a hora do segundo páreo, as apostas estavam de cem para dez a favor de Lexington.

Dessa vez, Jarret fez questão de observar Sallie com atenção, conforme ela avançava em direção à largada. Era uma égua magnífica, com proporções perfeitas e músculos primorosos. Mas estava exausta. A cabeça pendia solta para a frente. O jóquei precisou esporear para convencê-la a trotar até a linha de partida.

— Isso não está certo — disse Jarret em voz alta. — Cadê o dono dela? Por que ele não a tira da corrida, não a poupa para outro dia? Qualquer imbecil pode ver que ela não está em condições de ganhar hoje.

Mas Jarret não conhecia a aparência de Smith. Esquadrinhou a multidão em busca de Ten Broeck. Avistou-o perto da pista, cercado de admiradores, imerso em uma conversa. Jarret o chamou, mas o burburinho da multidão abafou sua voz. Não conseguiu atrair a atenção do homem.

— Você está bem, Henri? — quis saber ele.

Meichon assentiu. Já não estava mais trêmulo, e sim confiante e decidido. Jarret lhe entregou as rédeas e se dirigiu à cerca que ladeava a pista. Ten Broeck se virou e o encarou, já com um sorriso no rosto. Quando viu a preocupação estampada no rosto de Jarret, porém, sua expressão se tornou sombria.

— O que aconteceu? Há algo errado com o cavalo?

Ele teve que levantar a voz para se fazer ouvir em meio à multidão.

— Não com o nosso, ele está bem. É aquela potra. Ela não está com uma aparência nada boa. É capaz até de ficar com aguamento. Seria melhor se não a deixassem competir.

Ten Broeck olhou na direção da égua, depois franziu o cenho.

— Acho que você tem razão.

Em seguida, uma expressão dura cruzou seu rosto e ele deu de ombros.

— Isso é problema de Smith. Se ele quiser me entregar a vitória, que assim seja.

— Mas isso não é...

Jarret não conseguiu concluir a frase. Bem naquela hora, o jóquei de Sallie conseguiu, enfim, arrastar sua montaria relutante para o lado de Lexington na linha de partida. A mão do comissário baixou, o tambor ribombou.

Em menos de um minuto, o que Jarret tinha visto ficou claro para todos. Lexington disparou na frente. Não demorou para que estivesse correndo sozinho, por mais que o jóquei de Sallie a chicoteasse e esporeasse até que seus flancos estivessem vermelhos. Meichon, empoleirado no topo da sela, cavalgou com as rédeas frouxas nas mãos por mais da metade da corrida. Sem precisar atender aos pedidos do jóquei nem competir com sua rival distante, o cavalo se impulsionou por conta própria, correndo por puro prazer. Completou os cinco quilômetros lamacentos em 6:24:5 — só um segundo a mais do que o primeiro páreo. Lexington pavoneou-se para fora da pista em meio aos gritos de que aquele era o melhor cavalo que já se vira em Metairie. Sallie, com o corpo trêmulo e a pelagem coberta de gotas brilhantes de sangue, cambaleou até sua baia. E lá morreu naquela noite, alquebrada e exausta.

MARTHA JACKSON

Rua 69 Leste, Nova York, NY
1955

Quando Martha abriu a porta do apartamento e sentiu o aroma pungente de óleo essencial de limão, logo soube que Annie, que limpava a casa três vezes por semana, tinha passado por lá. Mas a moça não tinha o costume de trabalhar aos sábados. Martha jogou as chaves na mesinha do hall de entrada e chamou por ela.

— Annie? Você está aqui?

A voz da jovem soou baixa em resposta, vinda da cozinha.

— Sim, senhora. E posso ir embora agora, se preferir.

— Não há necessidade disso, Annie, pode continuar.

Ao cruzar a sala de estar apainelada, reparou que Annie havia envernizado toda a madeira até que brilhasse. Era uma jovem meticulosa. Tinha arrumado as flores da sala de jantar, retirando as rosas murchas e reorganizando os botões restantes em um belo arranjo.

Martha se deteve na porta da cozinha. Annie estava diante da pia, cantarolando baixinho enquanto polia os talheres de prata, alheia ao olhar perscrutador da patroa. Era uma moça magra — até demais. Com o vestidinho de algodão solto no corpo esguio, ela mais parecia as pessoas esquálidas retratadas nas fotografias de Walker Evans. Dizia ter dezoito anos, mas isso parecia pouco provável. A promessa de beleza estava ali — ossos delicados, olhos luminosos —, mas era uma beleza infantil que ainda não tinha desabrochado em feminilidade. Por transitar pelos círculos penuriosos do mundo da arte, Martha Jackson estava mais consciente das mordazes garras da pobreza do que a maioria das pessoas ricas. Talvez a menina não estivesse comendo o suficiente. Ela teria que dar um jeito nisso.

— Não achei que você viria hoje.

Annie se virou, sobressaltada. A concha que estivera lustrando caiu no escorredor.

— Desculpe, senhora — respondeu, enquanto baixava o olhar. — É que eu arranjei um cliente novo, começo na segunda-feira, então pensei em vir aqui hoje, já que a senhora disse que passaria o fim de semana todo fora.

— O pintor que fui visitar ficou doente. Por isso voltei mais cedo. Não tem problema você ter vindo hoje. Mas você está trabalhando demais, sem dúvida. Seis dias por semana? Você precisa de mais do que um único dia de folga.

— Sete dias, senhora. Peguei um bico de domingo no mês passado.

— Annie, se você estiver precisando de um aumento, eu...

— Não, não, senhora. Não é isso... não é... de jeito nenhum. Já me paga mais do que a maioria dos meus clientes. É que preciso de uma renda extra agora. Meu irmão, que mora em Ohio, está planejando ir para a faculdade no ano que vem.

Ela abriu um sorriso tímido.

— Ele quer virar médico um dia — explicou.

— E você está ajudando a arcar com as despesas?

— Estou, sim, senhora.

— Espero que ele dê valor.

— Ah, ele dá valor, sim, senhora. Ele também trabalha muito. Passou este ano inteirinho frequentando a escola de dia e trabalhando como vigia durante a noite, e antes disso era repositor em um mercadinho.

— Bem, então vocês são trabalhadores esforçados. Seus pais devem ter muito orgulho de vocês.

— Eles tinham mesmo, senhora. Já faleceram. Meu pai há quatro anos, e minha mãe pouco antes de eu me mudar para cá. Então, agora somos só eu e Charlie.

— Sinto muito, Annie. Eu não fazia ideia. Sei como é perder a mãe tão jovem. Eu não era muito mais velha que você quando a minha faleceu.

— Está tudo bem, senhora. Minha tia-avó me acolheu. Ela não enxerga muito bem, então eu a ajudo em troca de comida e hospedagem. Moro com ela lá no Harlem, já que os filhos dela já estão todos crescidos e saíram de casa.

Martha estava irritada com a própria conduta. Como tivera coragem de comparar sua perda com a dessa menina? Viviam em situações bem diferentes. A própria dor de Martha tinha sido anestesiada por recursos que garantiram que sua vida mudasse o mínimo possível. Continuou sendo cuidada pelas mesmas empregadas irlandesas de sempre. Só precisou sair de casa quando decidiu partir — ávida e ansiosa — para a Smith College.

— Odeio ver você se matando de trabalhar. Quero ajudar como puder. Financeiramente.

— Ah, senhora. Não posso pedir uma coisa dessas.

Annie tornou a olhar para baixo, a mão agarrada com força a um pedaço de seu avental.

— Mas tem uma coisa... A senhora vende quadros e tudo isso. Há uma certa pintura que temos, minha família, quero dizer. Está conosco desde sempre, lá da época da minha tataravó, embora ninguém saiba dizer como ela a conseguiu. Estamos pensando em vender... para ajudar Charlie.

Martha visualizou algum quadrinho de caráter sentimental, o tipo de pintura — talvez até uma reprodução de uma pintura, será que Annie perceberia a diferença? — que poderia estar em posse de uma família negra interiorana de parcos recursos. Logo tratou de mudar de expressão. Não queria parecer esnobe.

— Bem, você sabe que eu trabalho com arte contemporânea...

Martha se deteve. Por que a jovem saberia disso, ou se importaria?

— Ah, claro que sei, senhora — respondeu Annie. — Dou uma passadinha na galeria sempre que venho para cá. Mas é claro, essa nossa pintura não se parece em nada com as coisas que tem por lá...

— Você visita a galeria toda vez que vem trabalhar?

— Oh, sim, senhora. Adquiri esse hábito logo depois de começar a trabalhar para a senhora. Tinha a pintura daquela senhora pendurada na sala de estar... aquela cheia de padrões que pareciam estar em movimento... e comecei a gostar bastante dela, de tanto olhar, aí pensei que poderia começar a gostar de outras, se as admirasse por um tempo.

Martha sorriu. Tinha deixado um Bridget Riley pendurado por vários meses antes de inaugurar sua exposição de Op Art, tão bem-sucedida que havia cunhado o nome de um novo movimento e lançado várias carreiras promissoras. Naquele momento, porém, a galeria exibia as mulheres exuberantes e voluptuosamente distorcidas de Willem de Kooning. Muitos dos colegas artistas do pintor achavam a série provocativa e desagradável.

— E no fim? Passou a gostar delas?

— Então... — Annie hesitou enquanto suas boas maneiras travavam uma guerra contra sua honestidade intrínseca. — Não gostei de muitas, não, para ser sincera.

Martha riu.

— Está tudo bem. Não tem muita gente que gosta. Mas fico feliz que você reserve um tempinho para admirá-las. E, em troca, será um prazer dar uma olhada na pintura da sua família e dar uma opinião sobre quanto vale. Traga o quadro quando puder.

— Ah, obrigada, senhora. Vamos ter que buscar lá onde está para trazer para cá, mas Charlie e eu ficaremos muito gratos. Já fazia um bom tempo que eu queria pedir isso para a senhora.

Martha não queria que ela criasse expectativas irreais.

— Bem, você sabe, o mercado de arte é muito volúvel. Tenho certeza de que sua pintura é ótima, mas até mesmo algumas obras muito boas não valem tanto dinheiro assim. O estilo de pintura, até os temas... são coisas que entram e saem de moda, entende?

Annie abriu um sorriso acanhado.

— Mas acho que a senhora vai gostar do tema dessa pintura. Sei que gosta de cavalos, já que tem aquele montão de retratos no seu quarto. Aquela senhora de vestido comprido saltando com o cavalo como se os dois pudessem voar.

— Aquela senhora era minha mãe. Aquele era o cavalo dela.

— Oh, senhora, me desculpe.

— Não tem por que se desculpar. Guardo aqueles retratos porque gosto de me lembrar dela daquele jeito. Ela adorava montar aquele cavalo.

— É mesmo? Ora, que coincidência. Porque a pintura que temos também é de um cavalo. E ele tem quatro patas brancas, iguaizinhas à do cavalo que sua mãe está montando.

JARRET, PROPRIEDADE DE TEN BROECK

Metairie, Louisiana
1853

ERA DOLOROSO ASSISTIR, mas Jarret não conseguia tirar os olhos. O condutor da parelha envolveu as pernas de Sallie Waters com as correntes, e o rapaz estremeceu quando o metal rilhou os tendões finos da égua. O jovem cavalariço de Sallie, que antes estivera ajudando o condutor, de repente saiu do estábulo aos prantos. Jarret entendia como ele se sentia. Queria ser capaz de oferecer algum consolo, mas não conseguia pensar em nada.

Os dois grandes cavalos de tração se inquietavam na parelha, bufando e se debatendo, desgostosos de se ver tão perto da morte. Quando as quatro patas da potra estavam bem presas, o condutor os impeliu adiante com um comando rouco. Os cavalos avançaram, as correntes se esticaram aos retinidos e o cadáver foi arrastado pelas tábuas do estábulo. Em Meadows, Jarret havia auxiliado no enterro de vários cavalos, e essa nunca era uma tarefa fácil ou agradável. Mas sempre eram animais mais velhos, acometidos por esparavão e poupados das doenças da idade. Ele nunca testemunhara o sepultamento de uma égua puro-sangue tão magnífica e jovem quanto aquela.

De dentro da baia, Lexington soltou um relincho ansioso, com as orelhas tombadas para trás e os olhos dardejantes. Jarret desviou o olhar da visão melancólica da potra morta, com a língua pendendo para fora da boca, arrastando a poeira em direção à cova que haviam acabado de cavar. Ele estendeu o braço e pousou a mão no pescoço de Lexington.

— Ela foi maltratada — sussurrou. — Mas você não tem culpa. Só fez o seu trabalho, nada mais. Se a culpa for de alguém, é de todos nós que enchemos os bolsos enquanto a vida se esvaía dela.

Scott aparecera tarde na noite anterior, ruborizado e com os olhos vidrados. Tinha se dirigido ao quarto de Jarret e, ao bater alto na porta, despertara a antipatia dos cavalariços que dormiam no andar de baixo. O pintor estava de bom humor, e um tanto embriagado. Entregou os ganhos de Jarret com um sorriso pesaroso.

— Bem que eu queria ter feito uma aposta igual à sua. O dobro de nada continua sendo nada, e foi mais ou menos isso que ganhei. Ten Broeck deve estar com calos nos dedos de tanto contar dinheiro. O pessoal da bilheteria me contou que arrecadaram três barris cheinhos de cédulas com a venda de ingressos, isso sem contar os cinco mil que Smith perdeu na aposta, e qualquer outra quantia que ele possa ter apostado em outro lugar hoje, a qual, se houver verdade nas fofocas que entreouvi na arquibancada, foi considerável. Ele está bem-humorado, então, se você quiser conversar sobre comprar sua liberdade, acho que agora é um bom momento.

Jarret não disse nada. Era igualmente provável, pensou com melancolia, que sua oferta parecesse insignificante diante do vultoso valor que Ten Broeck acabara de arrecadar.

Scott rodeou o cômodo aos cambaleios. De súbito, parou diante da pintura a óleo que fizera de Lexington quando ele ainda era um potro.

— Você a guardou — disse, surpreso.

— É claro que guardei.

Jarret tinha pedido ao carpinteiro de Metairie que fizesse uma moldura simples para a pintura, pois finalmente tinha um lugar para pendurá-la.

— Estes aposentos são muito bons — comentou Scott, avaliando a maciez do colchão. — Já tive que dormir em lugares bem piores que este. Não entendo muito bem por que você está com tanta pressa para comprar sua alforria e dar o fora daqui.

Jarret sentiu uma onda de raiva fervilhar no peito, mas permaneceu em silêncio.

—Achei que você só se importasse com o cavalo e nada mais. Cá para mim, se for isso mesmo, você está bem instalado aqui, por ora. Parece que ninguém está lhe pedindo que faça nada além do que lhe agrada fazer. Você não está planejando voltar para perto da sua família em Kentucky, está?

Jarret sentiu um nó na garganta à simples menção de Meadows. Era seu lar, e ele sentia saudade. Mas se limitou a balançar a cabeça em resposta.

— Não? É, foi o que pensei. Porque, depois de hoje, pode ter certeza de que o cavalo vai continuar aqui para competir no Great State Post Stakes, na primavera.

Scott tinha certa razão. De fato, não havia por que confrontar Ten Broeck naquele momento. Era melhor esperar até a primavera. O bom humor do homem melhoraria ainda mais quando Lexington arrebatasse o valioso prêmio do torneio.

Scott reparou no jornal aberto na mesinha de Jarret.

— Você consegue ler isso aí?

— Não muito bem, por enquanto. Mas estou tentando.

— Ora, fico feliz por você. É o jornal para o qual escrevo. Dê uma olhada nas reportagens assinadas por "Prófugo". Sou eu... esse é o meu pseudônimo. É uma forma antiga de se referir a pessoas que levam uma vida errante. E quem sabe um dia você não acabe indo parar em uma dessas histórias, hein?

Jarret tinha lido reportagens o suficiente para perceber que quando um jóquei branco ganhava uma corrida, seu nome era mencionado em meio a elogios por sua postura ou conduta. Mas se um cavaleiro negro ganhasse, nada era dito. Também não tinha visto nenhuma menção a treinadores negros. Mas imaginou que Scott não gostaria de ouvir suas opiniões a respeito do assunto. Quando o pintor saiu, Jarret pegou o dinheiro e, com todo o cuidado, devolveu as notas ao forro do colete amarelo, distribuindo-as de forma uniforme para não deixar nenhum calombo.

Depois da emoção da corrida, uma rotina simples e tranquila se estabeleceu em Metairie. A principal responsabilidade de Jarret era cuidar de Lexington e de seu condicionamento físico, mas ficava satisfeito em tratar dos outros cavalos de Ten Broeck sempre que podia. Em seu tempo livre, continuou praticando a leitura.

Tomando a carta que recebera de William Johnson como guia, escreveu um pequeno bilhete de próprio punho e o encaminhou para Mary Barr Clay, pedindo-lhe que o lesse para Harry. Enquanto lutava para formular as frases, lembrou-se da garota como a tinha visto pela última vez, a seda fina do vestido enrolada na mão, os sapatos de cetim salpicados com a terra do estábulo. Então, depois de pedir ao pai que mandasse notícias, acrescentou mais duas linhas: "Não precisa se preocupar comigo. Levo uma vida boa por aqui". Em seguida, mergulhou a caneta no tinteiro e copiou a saudação formal de Johnson: "Meus cordiais cumprimentos, seu filho Jarret".

A resposta veio destinada a Jarret na caligrafia delicada típica das seminaristas. O rapaz precisou de um bocado de tempo para decifrar cada palavra, mas logo compreendeu o assunto de maior importância.

"Ficamos muito surpresos ao receber uma carta escrita de seu próprio punho", escrevera Mary Barr. "Diria até que ficamos felizes, mas, como você há de descobrir dentro em pouco, a felicidade por seu feito foi atenuada pelas notícias que devo lhe transmitir nesta missiva. Quando seu pai sucumbiu à febre amarela este mês — o inverno está se mostrando implacável no que concerne às febres, e vários de nossos conhecidos, jovens e velhos, adoeceram —, fui invadida por um leve consolo ao pensar que ao menos você viveria na ignorância dessa perda. Infelizmente, é com grande pesar que lhe dou esta notícia agora. Seu pai faleceu no dia 20 do mês vigente, nas primeiras horas que antecedem o amanhecer, e sepultamos seus restos mortais no cemitério de que você bem se lembrará, sob um esplêndido espinheiro que agora está em flor. Posso lhe assegurar que seu pai recebeu todos os cuidados médicos que a formação de meu avô poderia oferecer. Devo dizer, ainda, que o arrependimento pesou sobre meu avô, pois não ignorava a infelicidade que causara ao seu pai ao privá-lo da presença do filho nesse momento difícil. Mas saiba que seu pai recebeu os mais tenros cuidados da esposa, que cuidou dele até seu último suspiro. Envio minhas mais sinceras condolências nestas linhas, e espero ter a oportunidade de expressá-las pessoalmente quando estivermos em Nova Orleans para testemunhar a vitória de Lexington no torneio. Lamento muito ser eu a lhe contar notícias tão terríveis. Os caminhos da Providência são inescrutáveis, e rezo para que não lhe faltem forças para suportar tamanha severidade. Atenciosamente, Mary Barr Clay."

MARTHA JACKSON

Rua 69 Leste, Nova York, NY
1955

DEPOIS QUE ANNIE foi embora, Martha Jackson retirou-se para o quarto. Mesmo que estivesse sozinha no apartamento, tratou de fechar a porta. Era um hábito antigo. Tinha crescido em uma casa com quatro empregadas que iam e vinham de seu quarto o tempo todo, então acabou aprendendo a resguardar a própria privacidade.

Ela se sentou na cama e observou os três retratos emoldurados na parede. A luz aquosa do fim de tarde tremulava nas imagens revestidas de prata coloidal. Cada uma mostrava a mãe dela em pleno ar, em meio a um salto inverossímil no lombo de um magnífico cavalo baio cujas patas — inteiramente brancas, como Annie havia notado — estavam perfeitamente dobradas abaixo do corpo. Aquele era Royal Eclipse, com pouco menos de um metro e sessenta, mas um dos melhores de sua modalidade no circuito de competição. Cyrena e Royal Eclipse: vencedores de três campeonatos nacionais no torneio National Hunt Team, no Madison Square Garden.

Cyrena sempre tinha sido apaixonada por cavalos. Era uma competidora ferrenha, famosa por percursos impecáveis. Nascida em berço de ouro e debutante da Era Dourada, Cyrena Case acabou conquistando o que em Buffalo era conhecido como "um partidão". Casou-se com o belo Howard Kellogg, herdeiro de um império de óleo de linhaça que abrangia fábricas, elevadores de grãos e caminhões-pipa espalhados pela região dos Grandes

Lagos da América do Norte. Howard também gostava de cavalgar, e acabou sendo atraído pela graça e coragem de Cyrena no circuito de competição. Depois que se casaram, ele continuou explodindo de orgulho diante de todas as conquistas da esposa, e de bom grado bancou cada um de seus desejos dispendiosos: os melhores instrutores, viajar com estilo no circuito, uma sucessão de campeões de sangue quente importados dos melhores estábulos europeus. Depois, veio Royal Eclipse: um puro-sangue norte-americano caro e de linhagem impecável. O parceiro equino perfeito para Cyrena.

Como filha única de Cyrena, Martha foi encorajada desde cedo a seguir os passos brilhantes de sua esplendorosa mãe, e se viu no lombo de um cavalo tão logo aprendeu a se sentar. Não tinha lembranças de uma vida sem cavalgar — para ela, tinha sido tão natural e inconsciente quanto andar sobre as próprias pernas. À medida que crescia, estudava os maneirismos da mãe e reproduzia seus entusiasmos, ávida por conquistar a reconfortante calidez de sua aprovação. Ela desabrochou em outra beleza efervescente de cabelos dourados, atlética e esportiva. Todo verão, a família debandava de Buffalo e se estabelecia em sua propriedade, Lochevan, perto de Derby. Era um paraíso verdejante de pastos rodeados de cerquinhas brancas e um grande estábulo com um cata-vento de cobre com a imagem de um cavalo a galope encarapitada no topo. A arena tinha um revestimento luxuoso feito de retalhos grossos de carpete. Martha sempre teve seu próprio cavalo por lá, desde o pequeno pônei da raça Shetland, passando pelos pôneis galeses, e depois os puros-sangues, cada vez mais poderosos, até chegar à melhor montaria de todas: Fashion Eclipse, meia-irmã do cavalo campeão que pertencia à mãe dela.

Por mais que tivesse herdado os nervos de aço da mãe, faltava-lhe o imperioso instinto competitivo. Ela gostava de vestir calças imaculadas e casacas feitas sob medida, e de ver as crinas trançadas e os cascos polidos, mas, assim que a competição tinha início, seu foco passava a residir na alegria dos saltos, não nos cálculos rebuscados necessários para reduzir uma fração de segundo no percurso à base de galões contados e linhas ajustadas. Deleitava-se em assistir a seus oponentes, livre da inveja e do desejo mordazes que corroíam a mãe quando outro cavaleiro se saía bem. Cyrena não entendia a postura despreocupada de Martha. Vivia pressionando a filha a saltar mais alto, a correr mais rápido. Assim que Martha começava a sentir que tinha certo domínio de um determinado nível, Cyrena tratava de passá-la para um mais avançado. "Não seguir em frente é o mesmo que cair ladeira abaixo" era o lema severo de Cyrena, e Martha fazia o que podia para realizar tudo o que a mãe exigia dela. Sabia que receberia toda a atenção dela durante os preparativos para as competições, e isso lhe era mais caro do que quaisquer medalhas e escarapelas.

Em uma agradável tarde de outono, quando os raios de sol já começavam a se dissipar, as duas cavalgavam lado a lado, em um ritmo ameno, retornando aos estábulos depois de uma corrida a toda brida no percurso de cross-country. Uma leve garoa caíra durante toda a tarde, e o solo encharcado dos pastos servia de alento para os cavalos exaustos.

— Vamos pular aquela cerca ali e seguir pela estrada. O caminho será mais tranquilo — sugeriu Cyrena.

Um seguido do outro, os cavalos voaram sobre a cerca de madeira e aterrissaram na pacata estradinha rural. Martha gostou de ouvir o estalar das ferraduras contra o asfalto, e, conforme avançavam lado a lado em um trote lento, a batida percussiva dos cascos dos animais embalava a conversa.

Martha nunca conseguia se lembrar do que estavam falando nos instantes que antecederam o tropeço de Royal Eclipse. Foi um ligeiro cambalear; a pata traseira cedeu por um segundo, uma guinada momentânea incapaz de derrubar um cavaleiro inexperiente, que dirá Cyrena, que não escorregava do lombo do cavalo nem ao saltar sobre os obstáculos mais altos. Mas ela estava se virando para responder a alguma coisa que Martha tinha dito, e perdeu o equilíbrio na sela. Logo escorregou e caiu do cavalo. Era para ter sido uma quedinha sem importância; parecia que ela conseguiria aterrissar de pé sem sequer sujar as calças de lama. Estava rindo de si mesma ao cair, disso Martha se lembrava — uma risadinha surpresa e autodepreciativa. Mas quando a bota pousou nas folhas escorregadias pela chuva, Cyrena perdeu o equilíbrio. Ainda trazia um sorriso no rosto enquanto girava os braços para os lados em uma tentativa vã de recuperar o equilíbrio. A parte de trás de sua cabeça atingiu o asfalto com um estalo nauseante. Enquanto o sangue se empoçava em um arco amplo e lustroso ao redor dos cabelos brilhantes, o cavalo — gentil, inteligente, atleta e competidor, o parceiro perfeito de Cyrena — baixou a cabeça e pousou o focinho macio no crânio despedaçado. E ali ficou, protegendo-a, até que a ambulância apareceu e a levou embora.

Não que o pai de Martha culpasse o cavalo. Sendo ele próprio um cavaleiro habilidoso, sabia que aquilo tinha sido fruto de um infeliz acidente. Ainda assim, não queria tornar a ver aquele animal, então tratou de despachá-lo sem demora para um leilão, mas não contou a Martha o que havia feito. Quando ela pensou em perguntar, o cavalo já estava em algum ponto do Canadá, já em posse de novos donos cujos nomes ela nunca chegou a descobrir. Martha competiu uma última vez, apenas para provar a si mesma que era corajosa o bastante para fazê-lo. Sem a mãe ao lado, porém, o evento parecia ter perdido qualquer resquício de alegria e de cor. Quando uma boa família demonstrou interesse em Fashion Eclipse, Martha a deixou ir com eles. Virou as costas para o mundo equestre e não levou muitos arrependimentos a reboque.

Mas o tempo passou e as lembranças fervilhavam em sua cabeça. A textura da crina da égua enquanto ela trançava os fios para a apresentação. A calidez do pescoço quando aninhava a cabeça ali. A pelagem macia se soltando sob a tosquiadeira no início da primavera, os tufos correndo pelo chão do estábulo feito animaizinhos peludos. Recordou a alegria intensa que sentiu ao receber a aprovação da mãe quando dominou uma mudança de pé, quando fez seu primeiro percurso perfeito, quando finalmente ganhou aquela indescritível escarapela azul.

Quando os últimos raios de sol foram embora, os postes de luz da rua se iluminaram, lançando um brilho alaranjado que aqueceu as fotografias prateadas. A expressão de Cyrena, elevando-se acima do pescoço do cavalo, estava eufórica. Martha nunca tinha visto outro cavaleiro tão fotogênico na hora dos saltos. A maioria franzia a testa e crispava os lábios, o rosto banhado em apreensão. Mas a beleza de Cyrena — sorridente, luminosa — atingia o ápice naqueles momentos em pleno ar.

Era por isso que Martha ainda guardava aqueles retratos; para se lembrar do quanto a mãe amava a coisa que a conduzira em direção à morte. Isso lhe trazia um pouco de paz. Annie tinha dito que queria mostrar a ela uma pintura de um cavalo parecido com Royal Eclipse. "Sei que gosta de cavalos", dissera a moça.

Martha tirou os sapatos, jogou as pernas sobre a cama e se enrodilhou feito um náutilo. Ah, Annie, pensou. É muito mais complicado que isso.

THOMAS J. SCOTT

Metairie, Louisiana
1854

UMA ENCOMENDA FEITA por Ten Broeck — que dádiva. Ganhos parcos, pagamentos por reportagem — como sempre, irrisórios e atrasados — não teriam me garantido uma estada muito longa em Nova Orleans, uma cidade cujos amplos prazeres sempre acabam pesando no bolso.

Tudo estava mudado desde a última vez que peguei o pincel para pintar o cavalo, até mesmo o nome da criatura. A luz leitosa da baía do pântano também trazia um elemento diferenciado à cena, fazendo surgir novas cores e tons na pelagem do cavalo. Jarret, que já não é mais um garoto, veio em meu auxílio por livre e espontânea vontade, embora isso já não seja requerido dele no posto mais elevado que agora ocupa. O rapaz passou por uma grande mudança, não apenas na situação em que vive, mas também nos modos e no porte. Por fim, devo admitir, meu próprio estado de espírito estava mudado. De repente me via em uma condição de bem-estar. Em Kentucky, vivia com os nervos à flor da pele.

Uma feliz junção dessas coisas garantiu que uma fluidez rara se revelasse na pintura. Quando larguei os pincéis e me afastei para avaliar o trabalho, devo ter deixado minha satisfação evidente, pois Jarret perguntou se poderia dar uma olhada. Por isso, me afastei ainda mais da tela para não lhe obstruir a visão. O sorriso do rapaz — demorado, iluminando todo o seu rosto — me pegou de surpresa e, devo admitir, me encheu de um enorme prazer. Ele ra-

ramente sorria. Foi com certa surpresa que percebi que a aprovação daquele rapaz era importante para mim.

Aproveitei a deixa para fazer algumas perguntas sobre Metairie, na esperança de levantar informações para minhas reportagens. Mas em uma coisa ele permanecia igual: não gosta de dar com a língua nos dentes. Para extrair qualquer informação é necessário agir como se estivesse atraindo um animal para uma armadilha. Em determinado ponto, para reavivar a conversa que ameaçava morrer, externei minha esperança de que o sr. Ten Broeck me indicasse novos clientes, pois assim eu poderia permanecer em Nova Orleans. O garoto me lançou um olhar inquisitivo.

— Você gosta da cidade? — perguntou.

— Muito mesmo — respondi, ao que ele me encarou com uma expressão intrigada. Não enveredei mais pelo assunto, pois mal podia lhe explicar o que motivava tal atração.

Eu já gostava de Nova Orleans antes mesmo de conhecer Julien. E não poderia tê-lo conhecido em nenhum outro lugar do mundo. Foi a natureza da cidade em si que o colocou no meu caminho. Esta cidade, acima de todas as outras, concede permissão para que se viva. Pode-se ir e vir de acordo com os próprios caprichos, sem temer os olhares censuradores e os dedos em riste de todas as pessoas de moral e bons costumes que eu gostaria de ter como clientes. Aqui, ninguém diz que não é respeitável frequentar este ou aquele estabelecimento ou ser visto em companhia de pessoas desta classe ou daquela outra. Em Nova Orleans, pode-se visitar todo o tipo de estabelecimentos de clientela variada e conhecer pessoas de todas as classes.

E de todas as cores, embora eu só tenha percebido que estava entre os irmãos de pele escura quando já era tarde demais para lamentar tal confraternização. *Les gens de couleur libres* — tais palavras soam muito mais leves ao ouvido do que "negros livres". Na penumbra do clube, não me dei conta de que o jovem elegante com quem conversava era um mulato. Nada em seus trajes — colete bordado, lenço refinado de pescoço — apontava para outra coisa senão um homem próspero com condições de frequentar um bom alfaiate. Fiquei arrebatado pela beleza do rapaz e surpreso com a coincidência de sermos ambos pintores. A bem da verdade, enquanto conversávamos, passei a julgá-lo superior a mim em todos os aspectos — detentor de mais estabilidade financeira e de maior conhecimento sobre quase todos os assuntos que tínhamos em comum.

Foi apenas no dia seguinte, quando aceitei o convite para visitar seu ateliê, que de repente me vi em um bairro de pessoas negras. Devo dizer que ele morava em uma casa de madeira deveras graciosa, sombreada por uma ampla varanda. Um criado — o rapaz tinha condições de arcar com esse tipo de coisa — me conduziu ao ateliê, um cômodo banhado pela luz que se infiltrava pela claraboia encarapitada no teto. Quando Julien chegou, a profusa claridade revelou sua pele escura.

Explicou-me que sua especialidade eram os retratos e que a maioria de sua clientela consistia em homens ricos que eram pais ou maridos de belas jovens *quadroons* e *octoroons* — palavras estranhas, essas, usadas para descrever mulheres tão refinadas como aquelas retratadas por Julien. Sobre o cavalete via-se uma pintura ainda não terminada: uma *quadroon* de feições delicadas, vestida como uma princesa em sedas claras e pérolas. O rapaz tinha adotado uma paleta de cores sutil e cintilante que revelava um virtuosismo que, a bem da verdade, me despertava inveja. Seria interessante, pensei, ter o domínio da técnica como meu novo jovem amigo, que era capaz de reproduzir com primor tanto o viço da pele quanto a resplandecência do tecido. Confessei-lhe que nunca tivera o talento necessário para pintar seres humanos.

Sua resposta: "Não é talento, *cher*. É técnica".

Contou-me que o pai, um magnata inglês do ramo de navegação, tivera condições para mandá-lo para Paris, onde arranjara uma vaga no ateliê de Abel de Pujol. Por sua expressão, deduzi que esperava que eu ficasse impressionado à menção daquele nome, então foi com certa vergonha que admiti que não o conhecia. Com graciosidade, explicou-me que Pujol foi aprendiz do grande pintor neoclássico Jacques-Louis David e emprega técnicas rigorosas em suas pinturas. Em seguida, pousou em mim aqueles olhos orlados de cílios grossos e timidamente se ofereceu para me transmitir alguns desses ensinamentos.

Vou dizer de uma vez: naquele momento, senti o roçar das asas de Eros. Tive que estender a mão para me firmar no encosto da poltrona na qual as belas moças de seus retratos costumavam se sentar. Senti que aquilo era um convite para mais do que uma mera relação pedagógica. Contudo, antes de me aventurar em águas perigosas, eu precisava ter certeza. Assim, lancei-me a brincadeiras e gracejos sobre as adoráveis *demoiselles* e tratei de perguntar a Julien se ele tinha uma relação especial com alguma das moças de seus retratos. Ele adivinhou meu propósito.

— *Pas du tout!* — exclamou aos risos. — Os pais dessas garotas da alta burguesia almejam mais do que um mero artista para as filhas, *m'sieur*. E, de toda forma... — E nesse ponto, ele se deteve e manteve o olhar fixo ao meu por um longo momento, como se me avaliasse. — Bem, digamos apenas que *chacun à son goût*...

Assim, comecei a passar muitas horas na rua Bienville, algumas delas diante do cavalete. E, para minha surpresa, Julien ficara deveras à vontade com a ideia de me acompanhar a Metairie. Na verdade, a sugestão partiu dele e, ao ver minha hesitação, riu de mim por achar que ele não seria aceito pelos "grã-finos" nas arquibancadas.

— Você ainda não conhece nossa cidade, *cher*. Ficaria surpreso com as coisas de que se pode desfrutar quando se tem um *père* rico e uma pele mais puxada para o olmo do que para o mogno.

E de fato, ao vê-lo transitar com fluidez entre aquela multidão na qual, ao que parecia, era conhecido por muitos, percebi que o deslocado ali era eu. Os modos elegantes e desenvoltos de Julien eram notáveis mesmo entre aqueles cavalheiros endinheirados. Eu, por outro lado, sofria ao me ver ali entre eles, com meus trajes surrados e fora de moda, e com os maneirismos do Norte que ainda não haviam recebido uma demão do polimento lustroso do Sul.

Achei divertido que Julien se recusasse a me acompanhar aos padoques ou aos arredores da pista. Ele não queria chafurdar as botas de couro de novilho no esterco nem ficar com os trajes elegantes e escuros cobertos de fiapos de palha. Os cavalariços e os tratadores não lhe despertavam o menor interesse. Mesmo quando o provoquei dizendo que até mesmo Degas — um artista que ele conhecia pessoalmente e por quem nutria grande admiração — havia chapinhado prontamente pelo barro que rodeava as cercas, não consegui convencê-lo a se juntar a mim naqueles recintos onde eu dava vazão aos meus maiores talentos.

E isto, consolei-me, era uma coisa de que eu era capaz, mas Julien não: trazer um cavalo à vida tanto em palavras quanto em uma imagem pintada.

JARRET, PROPRIEDADE DE TEN BROECK

Metairie, Louisiana
1854

A PRIMAVERA CHEGOU mais cedo a Nova Orleans e trouxe consigo uma visita inesperada. Jarret estava retornando de uma longa cavalgada de condicionamento no açude que margeava o lago. Acreditava que uma mudança de ares faria bem ao cavalo, pois assim escaparia da monotonia da pista de corrida. Avançavam a meio-galope quando o rapaz avistou Ten Broeck saindo dos estábulos, entretido em uma conversa com um sujeito de aparência familiar.

— Jarret, creio que você se lembre do capitão Viley, de Lexington, não? Willa, este aqui é o filho de Harry Lewis, que comprei de Warfield, como você deve se recordar, mais ou menos na mesma época em que compramos o cavalo dele.

Viley avaliou Jarret com escrutínio.

— É claro que me recordo. E ele parece promissor. Você, Richard, tem o dom de identificar coisas valiosas. O pai desse garoto foi um dos melhores investimentos que já fiz.

Jarret se esforçou para manter uma expressão impassível no rosto. O sofrimento pela perda do pai ainda ardia. Não tivera como vivenciar o luto; nenhum funeral, nenhum túmulo para visitar. Ouvir o nome de Harry daquele jeito era como jogar sal em uma ferida ainda aberta. Jarret tinha baixado a guarda nos meses anteriores em que vivera como um homem livre, com um ofício digno de respeito. Ser tratado como uma cabeça de gado o deixava com um gosto amargo na boca.

Ten Broeck interrompeu o discurso egocêntrico de Viley.

— Jarret trouxe o cavalo de Fatherland bem a tempo da corrida. E tem sido o responsável pelo treinamento desde então.

— Ele tem sido o *quê*? Ora, você deu a entender que Pryor seria o treinador. Foi esse o nosso acordo, não?

Ten Broeck abanou o ar com indiferença.

— Pryor se mostrou um sujeito difícil de lidar. Foi bastante inflexível em relação à corrida de dezembro. Por isso, fui obrigado a tomar certas providências.

— E essas "providências" significam deixar o treinamento do nosso cavalo a cargo desse rapazote inexperiente? — questionou Willa Viley, com o cenho franzido. — E você não achou por bem comunicar essa novidade a mim, seu sócio?

— Ora, Willa, deixe disso — respondeu Ten Broeck e, com um gesto amplo, apontou do pescoço poderoso de Lexington até o flanco musculoso. — Dê uma olhada no cavalo... Qualquer tolo pode ver que está em excelentes condições.

— Por acaso está me chamando de tolo?

— Mas é claro que não... É apenas modo de falar. Não quis ofendê-lo.

Ten Broeck estava ligeiramente corado. Até então, Jarret nunca o tinha visto demonstrar sequer uma pitada de embaraço.

— O cavalo está com uma aparência boa, devo admitir. Mas passarei a me encarregar do treinamento até o dia da corrida. Tenho certeza de que você tem outras tarefas para o garoto.

Um filete de suor escorreu pelo pescoço de Jarret. Será que Ten Broeck intercederia a seu favor? Se não o fizesse, Jarret teria que se pronunciar por conta própria. Depois do que tinha acontecido, não estava disposto a confiar o bem-estar do cavalo a um estranho outra vez.

Ten Broeck encolheu os ombros, estendendo os braços para baixo e abrindo as mãos.

— Na verdade, não tenho nenhuma tarefa urgente por ora. Deixe que ele continue como cavalariço. Melhor não arriscar nenhum transtorno nesta fase do treinamento... É um cavalo com temperamento arredio, muito difícil de lidar.

Jarret viu o esboço de uma piscadela enquanto Ten Broeck despejava essa mentira.

— É melhor deixá-lo aos cuidados de um garoto que ele já conhece — concluiu o homem.

Viley também encolheu os ombros.

— Bem, você é quem sabe. Garoto, leve o cavalo ali adiante e nos mostre do que ele é capaz.

Jarret olhou para Ten Broeck na esperança de que ele viesse em seu auxílio, mas o homem permaneceu impassível. Por isso, limpou a garganta e tratou de dizer:

— Capitão Viley, ele acabou de fazer um treino de quinze quilômetros. Eu estava levando Lexington para tomar água e pastar agora mesmo.

— Ah, é? Ora, supostamente você está "treinando" este cavalo para correr em disparada por mais de doze quilômetros. Resistência, garoto. Vamos ver se você o treinou para *isso*.

Jarret conduziu o cavalo em direção à pista. Quando passaram pela porteira, as orelhas de Lexington se retorceram, como se dissesse: "Isso não está certo". Jarret bateu os calcanhares para impeli-lo adiante, e o cavalo respondeu. Avançou a um ritmo rápido no início, depois, mergulhando e se esticando em suas passadas baixas, acelerou ainda mais. Enquanto o vento açoitava seu rosto, Jarret soltava gritos de pura alegria, desfrutando daquela fonte aparentemente ilimitada de poder a que Lexington recorria de bom grado.

Na marca de três quilômetros, Viley ergueu a mão e gritou:

— Já está bom!

Jarret pediu ao cavalo que diminuísse o ritmo e deu algumas voltas lentas para ajudá-lo a esfriar o corpo. Depois, apeou e conduziu o animal em direção à cerca, onde estava Viley, com uma expressão radiante.

— Esse cavalo se move com tanta flexibilidade que parece ter barba de baleia no lugar de ossos — disse ele a Ten Broeck. — E você — acrescentou, olhando para Jarret — é mesmo filho de seu pai. Agora, deixe-me delinear as linhas gerais do programa de treinos que tenho em mente. Quero que seja franco e me diga se acha que vai funcionar...

Ten Broeck ficou para trás conforme caminhavam até o estábulo e esboçou um sorriso ao ver as duas cabeças, prata e azeviche, inclinadas uma para a outra.

Na semana que se seguiu, Viley providenciou que vários dos melhores cavalos milheiros fossem levados para Metairie. Sua intenção era que Lexington treinasse por mais de seis quilômetros contra quatro cavalos muito rápidos, trocando de oponente a cada marcação da pista, para que o animal sofresse uma nova leva de pressão a cada velocista. Jarret achou a ideia engenhosa, certo de que ela se adequaria ao espírito competitivo do cavalo.

Um dos cavalos arranjados por Viley era o capão Little Flea, filho do famoso Grey Eagle e considerado o milheiro mais rápido do país.

— Vamos deixá-lo para a última parte da corrida — explicou Viley. — Este será o verdadeiro desafio.

E foi um desafio que Lexington superou sem esforço. Os três primeiros cavalos mal ofereceram concorrência, de modo que Lexington disparou sozinho em direção à terceira marca da pista. Uma vez lá, o jóquei impeliu Little Flea adiante e o milheiro se pôs a galope, tentando assumir a dianteira. Mas Lexington não estava disposto a permitir. Sem perder o ritmo, o garanhão empurrou o capão para fora do caminho e avançou com uma arrancada impressionante. Little Flea só cruzou a linha de chegada muito tempo depois, incapaz de ditar a velocidade para um cavalo que sabia muito bem como definir seu próprio ritmo alucinante.

Enquanto Viley, Jarret e Meichon se encarregavam dos cavalos, Ten Broeck traçava planos para chamar a atenção dos aficionados por turfe para sua grande corrida. De uma hora para outra, suas cartas passaram a pipocar nos jornais e revistas turfísticos, desafiando os criadores de cavalos de todos os estados a enviar seu melhor representante para o que ele apregoava como o teste definitivo de excelência, uma competição nacional para definir a supremacia de um puro-sangue. A corrida seria realizada em Metairie, no dia 1º de abril, com dois páreos de seis quilômetros. Como ele havia proposto desde o início, os proprietários teriam que desembolsar cinco mil dólares para inscrever cada cavalo, e os valores arrecadados seriam destinados ao vencedor, menos os prêmios de consolação de mil dólares para os participantes que terminassem a corrida.

Millard Fillmore, o ex-presidente que concluíra seu mandato na Casa Branca havia apenas um ano, anunciou que pretendia comparecer. Em meados de março, o interesse pela corrida tinha chegado a níveis tão intensos que Nova Orleans declarou feriado municipal. Não demorou muito para que todos os hotéis da região ficassem lotados. Mesmo em cidades distantes como Nova York, os apostadores estavam ansiosos para acompanhar a corrida por meio do novo telégrafo elétrico. A imprensa do turfe tratou de alertar o público contra os apostadores inescrupulosos que receberiam a notícia telegrafada e depois tentariam levar a melhor sobre aqueles que ainda não sabiam quem era o vencedor.

Por volta dessa época, Mary Barr escreveu para Jarret outra vez, confirmando os planos da família de comparecer à emocionante corrida. "Vamos ter que nos espremer no sótão dos empregados do Charles Hotel, pois, apesar de toda a influência de meu avô e de meu tio-avô, não conseguimos arranjar mais nenhuma acomodação. Estamos todos ansiosos para ver nosso garanhão de Kentucky vencer a corrida."

JESS

Capitol Hill, Washington, D. C.
2019

Na luz esverdeada da tarde, Jess se apoiou sobre um dos cotovelos e se pôs a tracejar os longos músculos da coxa de Theo.

— *Vasto* — sussurrou, enquanto deslizava o dedo indicador pela lateral externa de seu quadríceps, desde o quadril até o joelho. — *Sartório* — murmurou, conforme acariciava a parte central da perna. — *Grácil*...

Theo rolou de lado e agarrou a mão de Jess na parte interna da coxa dele.

— Aí, não! Faz cócegas!

Ele prendeu a mão dela no travesseiro antes de enterrar o rosto em seu pescoço e puxá-la para um beijo intenso.

Clancy, que até então havia esperado com paciência ao pé da cama, pulou entre os dois, com a língua de fora. Jess coçou a cabeça.

— Será que ele está com fome?

— É mais provável que esteja só entediado — respondeu Theo. — A gente geralmente sai para correr nesse horário.

— Se você quiser sair com ele, posso começar a preparar alguma coisa para o jantar... se você quiser ficar por aqui...

— Isso seria maravilhoso — concordou Theo. — Estou morrendo de fome.

— Acho que esquecemos de almoçar.

— É, esquecemos mesmo. Será que eu posso...?

Ele apontou para o banheiro.

— Claro.

Jess vestiu um robe de seda e saiu para pegar algumas toalhas limpas na secadora, mas antes parou e conferiu a despensa para ver se tinha tudo de que precisava para preparar o jantar. Nada daquilo tinha sido planejado. Antes da despedida no fim de semana anterior, Jess tinha se oferecido para levá-lo a um tour pelos bastidores do Museu de História Natural algum dia, e Theo respondera que gostaria de mostrar a ela algumas de suas pinturas preferidas.

No sábado seguinte, tornaram a se encontrar no Museu de Arte Norte-Americana. Jess sempre tinha gostado de arte, mas daquele jeito vago de que a maioria das pessoas gosta. Conforme Theo a conduzia de pintura em pintura, porém, ela começou a entender que aquilo significava algo bem diferente para ele. Theo encarava a arte como uma forma de reagir e moldar as mudanças sociais. Jess ficou impressionada ao ver seu conhecimento acerca daqueles artistas, sobre cujas excentricidades ele falava com carinho, como se estivesse se referindo a um amigo íntimo.

Ele a conduziu até a pintura de uma mulher negra vendendo flores, e Jess chegou mais perto para ler a plaquinha na parede.

— *Jovem mulher com peônias*, de Frédéric Bazille... Não conheço esse pintor.

— Ele fazia parte do círculo menos conhecido dos impressionistas franceses. Veja só como ela oferece o buquê para um cliente em potencial, mas não parece se importar se ele vai ou não comprar. A testa está ligeiramente franzida ali... Está vendo? "É pegar ou largar, senhor", como se tivesse perdido a paciência diante da indecisão dele. Não está ali para bajulações. E as peônias, é claro, são uma homenagem de Bazille a Manet, que era o líder dos artistas da vanguarda francesa na época. Manet era maluco por peônias, até as cultivava. Tem uma peônia bem no centro do buquê que a criada negra está entregando para a prostituta no *Olympia*, um quadro de Manet que estava no auge da notoriedade quando Bazille pintou este aqui. Todas as pessoas inseridas no mundo artístico parisiense entenderiam a referência.

— Uma criada negra no *Olympia*? Só me lembro da mulher branca nua de cara fechada e de como todos ficaram incomodados por Manet não a ter pintado em um estilo clássico.

Theo pegou o celular e encontrou o retrato em questão de segundos.

— Aqui — disse, entregando o aparelho para Jess.

— Nossa. Já vi esse quadro uma porção de vezes. Como nunca reparei nela antes?

Theo franziu o cenho.

— Acho que isso até me deixaria surpreso, não fosse pela vez que assisti a uma palestra de quarenta minutos sobre essa pintura e o professor nem sequer mencionou a mulher. Passou mais tempo falando sobre o gato preto aos pés da prostituta nua do que sobre a mulher interessante que ocupa metade da tela. Chamo isso de "Efeito do Homem Invisível" ou, neste caso, Mulher Invisível. Esse é basicamente o ponto principal do meu trabalho. Dizer: "Ei, nós estamos aqui. Sempre estivemos. Olhem para nós". Ah, aliás, temos que dar uma passadinha na Galeria Nacional de Retratos... Eu tenho que lhe mostrar uma coisa.

Jess teve que apertar o passo para acompanhar Theo enquanto ele se dirigia ao retrato de que tanto gostava. Ao chegar lá, viu-se diante de uma representação de um jovem negro em trajes modernos montado em um cavalo de guerra do século XIX.

— A composição é idêntica à de *Napoleão cruzando os Alpes*, de Jacques-Louis David, e é justamente isso que o artista, Kehinde Wiley, faz. Coloca negros dos dias de hoje em composições de pintores do passado. Para ser sincero, ele é uma inspiração para mim, de certa forma. Também tem ascendência nigeriana e também frequentou Yale, como eu.

Já era o meio da tarde quando eles finalmente saíram da galeria e foram procurar um lugar para almoçar. Estavam tão entretidos na conversa que deixaram Clancy ditar o caminho. Quando Jess percebeu que o faro do cachorro os conduzira a um quarteirão de sua casa, perguntou a Theo se queria parar e servir um pouco de água para Clancy.

O que veio depois aconteceu em meio a uma euforia urgente, mútua e silenciosa.

Quando ela parou ao lado do boxe para entregar as toalhas limpas, Theo esticou o braço e, agarrando-lhe o pulso, puxou-a para junto de si sob a cascata de água do chuveiro, enquanto o robe de seda caía em uma pilha molhada a seus pés. Ele a virou de costas para aplicar o xampu, depois usou os dedos fortes para massagear o couro cabeludo. Ela colou o corpo ao dele. Molhados e reluzentes, desabaram na cama outra vez, enquanto o cachorro os fitava com inquietação. Quando os dois se desenroscaram, Clancy soltou um ganido baixinho e inclinou a cabeça para o lado.

— Aposto que, se pudesse, ele estaria batucando os dedos de tanta impaciência — comentou Jess, rindo.

— Foi mal, Clancy. Agora a gente vai sair mesmo. É sério.

O cachorro disparou até a porta da frente e em seguida deu meia-volta e começou a rodear os pés de Theo conforme ele se vestia. Jess se empertigou na cama e ficou olhando enquanto os dois saíam.

Depois, vestiu uma camisola de algodão indiano e foi até a despensa para pegar os ingredientes do jantar. Decidiu que faria um molho *puttanesca* com os tomates orgânicos que havia comprado no Eastern Market. Pôs uma panela grande cheia de água no fogão, picou o alho, cortou as anchovas. Passados alguns minutos, o apartamento todo estava tomado por um aroma intenso e salgado. Jess cantarolou sozinha enquanto mergulhava cada tomate na água borbulhante e depois descascava as peles escorregadias. Theo voltou com uma baguete em uma das mãos e uma garrafa de um bom *cabernet sauvignon* na outra. Ao ver o rótulo, Jess assentiu com entusiasmo e lhe entregou o saca-rolhas. Mais tarde, enquanto ele raspava a última gota de molho com um naco de pão, Jess ergueu a taça e observou o brilho avermelhado absorver a chama da vela.

— Por que arte, e não relações internacionais, ou algo do tipo, igual a seus pais?

— Acho que eu poderia fazer a mesma pergunta a você: por que ossos? — questionou Theo. — Vai saber por que fazemos o que fazemos... — Ele pendeu a cabeça para o lado, pensativo. — Bem, acho que, no meu caso, começou com um professor especial. Ele pegava a classe toda, um bando de pivetes bagunceiros, e levava para dar uma volta na escola... Tinha umas pinturas bem impressionantes naquele lugar. Aí ele parava diante de um dos quadros e nos fazia passar a aula inteira contemplando a arte. A maioria dos meninos achava aquilo chato pra caramba. Mas eu comecei a gostar. Percebi que quanto mais você olhava, mais você entendia. Todos os "modos de ver" de que John Berger tanto falava.

Jess soltou uma risada engasgada.

— John Berger? Eles nos fizeram assistir aos documentários dele quando eu estava na escola. Mas você não acredita nas bobagens que aquele velhote britânico pomposo falava, acredita?

Theo pousou a taça na mesa.

— Na verdade, Berger passou a maior parte da vida na França — declarou, com uma repentina rispidez na voz. — Ele era metade italiano, metade judeu-marxista e desprezava a burguesia britânica. Dificilmente poderia ser considerado um "velhote britânico pomposo".

— Opa. Foi mal. Estou sendo uma australiana bronca?

Theo pegou a taça e olhou para Jess com frieza.

— Bronca?

— É, você sabe: grosseira, nada sofisticada. Da classe operária.

— Na verdade, não sei, não.

— Bem, desculpe — respondeu Jess, e sentiu as sílabas arrastadas escorrendo no seu sotaque. — Então acho que "bronco" é uma palavra que só os broncos usam.

Era como se uma velha ferida tornasse a abrir. Durante o primeiro ano da faculdade, Jess se sentira menosprezada por alguns alunos abastados de escolas particulares, todos dotados de um refinamento e de uma vivência que ela mesma não tinha. E, naquele momento, Theo a estava fazendo se sentir do mesmo jeito. Não o considerava um cara esnobe, mesmo que tivesse frequentado Oxford e Yale. Será que isso era uma espécie de racismo? Só porque era negro, ela presumia que não poderia ser um burguês palerma e pomposo? Por que de repente sentia aquele desejo irracional de insistir em uma opinião boba que havia sido formada quando ela tinha — o quê — uns treze anos?

— Nunca vi ninguém despejar tanta baboseira machista dos anos 1970 quanto Berger.

— *Berger*? Ora, Berger foi um crítico fervoroso da objetificação e da passividade feminina na arte ocidental. Inclusive, foi um dos primeiros a apontar a igualdade do arbítrio feminino em representações de sexo fora do Ocidente. Você o interpretou errado de tantas formas que nem consigo acreditar.

Jess fechou a cara. A atitude arrogante de Theo estava começando a lhe dar nos nervos.

Ao que parecia, era um sentimento mútuo. Ele se levantou, empurrou a cadeira para trás e jogou o guardanapo na mesa.

— Bom, fico feliz por termos descoberto essa discordância cataclísmica desde já. Esse relacionamento claramente não tem o menor futuro, já que temos visões tão discrepantes sobre a metodologia crítica entre os historiadores da arte marxistas-feministas.

Ele estava com a testa vincada, as sobrancelhas franzidas, os lábios crispados. Então, de repente, a cara amarrada deu lugar a um sorriso com covinhas. Jess começou a rir.

— Um pouco cedo para termos nossa primeira briga, não? — perguntou ela.

— Pelo menos não foi sobre qual é nossa Kardashian favorita.

Ele se deteve por um instante, a covinha cada vez mais evidente.

— Mas, para ser sincero, se não fosse por aquele molho *puttanesca* maravilhoso, talvez eu não conseguisse relevar.

Jess pegou o guardanapo e deu um peteleco no pulso dele.

— Viu só? Você é machista!

— Bom, nesse caso, será que posso sujeitá-la a uma dose mais intensa de olhar masculino?

Ele a tirou da cadeira com delicadeza e alcançou a barra de seu vestido.

— Só enquanto eu estiver exercendo a igualdade do arbítrio sexual.

Ela pousou as pontas dos dedos no peitoral de Theo e o empurrou de volta para o quarto.

— As miniaturas indianas me vêm à mente — comentou Theo. — Muito arbítrio feminino. Shiva azul, mulheres por cima. Podemos fazer um *tableau vivant*...

Jess o calou com um beijo demorado.

* * *

Ele dormiu na casa dela naquela noite. De manhã, levou Clancy para passear e voltou com croissants e a edição dominical do *New York Times*. À tarde, caminharam de volta para o National Mall. Quando chegaram ao Museu de História Natural, Jess passou reto pelas exposições interativas e chamativas e o conduziu para as áreas de pesquisa onde faziam a ciência de verdade. Depois, mostrou-lhe alguns projetos em que tinha trabalhado e o guiou pelos longos corredores cheios de armários que abrigavam ossos preparados havia mais de um século, parando vez ou outra para mostrar seus espécimes preferidos em alguma gaveta. Gostou de vê-lo embasbacado com a intrincada geometria de uma vértebra de tubarão, girando o delicado osso triangular na pontinha dos dedos. Deleitou-se ao ver a expressão maravilhada em seu rosto quando lhe entregou a mandíbula de um Utahraptor jovem que já estava morto havia cento e vinte e cinco milhões de anos. Quando chegou a hora da despedida, bem à noitinha, ela ficou observando enquanto ele atravessava o parque, imerso em uma conversa com o próprio cachorro.

No dia seguinte, sozinha nos recintos cotidianos e definitivamente nada românticos da sala de insetos que cheirava a excremento de besouro, Jess não conseguia parar de pensar nele. Theo não tinha nada a ver com os outros homens pelos quais ela tinha se apaixonado. Ela costumava se envolver com caras mais aventureiros que dominavam técnicas de sobrevivência na natureza e não tinham muitas aspirações intelectuais. Durante a universidade na Austrália, tinha saído com um ex-lenhador convertido a ambientalista que passara seis meses na copa de um eucalipto na Tasmânia para impedir que seus ex-empregadores cortassem a árvore. Durante o mestrado, tivera um casinho passageiro com um israelense capitão de um catamarã da Sea Shepherd que estava de partida para perseguir baleeiros nas Ilhas Faroé. E, um ano antes, tinha se envolvido com um franco-atirador islandês contratado pelo Smithsonian para proteger os cientistas em campo. O sujeito tinha sido mandado para o Alasca para atirar sedativos em ursos-polares que ameaçassem os ictiólogos fazendo a contagem dos peixes e decidira ficar por lá.

Ela sempre soubera que os relacionamentos com aventureiros viajados e ativistas dedicados provavelmente não seriam duradouros. E o fato de não ter que se preocupar em longo prazo tinha lhe feito bem. Mas enquanto cantarolava distraída pelo laboratório, percebeu que, apesar de seu jeito todo independente, tinha sentido saudade daquela sensação — os nervos à flor da pele, a atmosfera cintilante —, mesmo que isso atrapalhasse sua concentração em suas obrigações.

Mas ela tinha mesmo que trabalhar. Catherine estava esperando as tomografias computadorizadas prometidas, e Jess ainda nem havia terminado de desempacotar o esqueleto do cavalo. Espalmou as mãos na mesa de trabalho, uma de cada lado do crânio embrulhado, e tentou manter o foco. Em seguida, começou a retirar as camadas de espuma. Com cuidado redobrado, enfim removeu a última camada, que continha uma almofada de algodão ao redor dos delicados ossos nasais. Tinham permanecido intactos por tantos anos, e Jess não queria que fosse justamente ela a danificá-los.

Foi só quando o crânio estava todo à mostra que Jess percebeu algo errado. A lateral esquerda, o osso lacrimal, deveria ser uma meia-lua delicada margeando a cavidade da órbita ocular. Em vez disso, porém, era uma junta elevada e irregular.

O primeiro pensamento de Jess foi que o crânio tinha sido danificado durante a montagem; que o arame que sustentava o crânio na coluna vertebral poderia ter atravessado o osso lacrimal e ter sido coberto com gesso para esconder o acidente. Em uma análise mais detida, porém, percebeu que não era o caso. As marcas do suporte aramado estavam no lugar certo, os delicados parafusos de latão forjados à mão típicos do século xix bem onde deveriam estar.

A malformação estava no próprio osso. Alguma coisa tinha acontecido com aquele cavalo quando estava vivo. Alguma coisa terrível.

JARRET, PROPRIEDADE DE TEN BROECK

Metairie, Louisiana
1854

AO LONGO DE toda a semana, Jarret presenciou os aguaceiros que desabaram sobre a pista esponjosa de Metairie. Mas o dia da corrida amanheceu limpo e sem nuvens, como se Richard Ten Broeck tivesse o poder de controlar o clima. O homem tinha conseguido a pista perfeita para seu cavalo lameiro e um glorioso dia de primavera para atrair uma grande multidão ao torneio.

Quando chegou a hora da corrida, uma névoa cálida se desprendia do solo encharcado e espiralava sobre a pista. Em meio àquela bruma leitosa, tremeluziam facetas variadas em cores vivas: o rubi, o granada, o safira e o topázio dos trajes dos jóqueis. Nuvens de vapor reduziam os cavalos a um borrão de músculos arfantes conforme os encarregados os conduziam para assumir suas posições na linha de partida.

Jarret sentiu a pele ficar pegajosa. Àquela altura, o quimão bordado que Ten Broeck lhe dera para vestir estava tão encharcado por conta do suor apreensivo e do ar úmido que o tecido se colava ao corpo. Depois de agarrar as rédeas de Lexington e as do cavalo em que estava montado, tentou aliviar aquela sensação claustrofóbica. Olhou para Meichon, que estava tão nervoso que chegara a vomitar antes de se acomodar no lombo do cavalo. O suor empapava seus trajes cor de rubi, e as manchas escuras estavam grudadas em sua silhueta franzina, conferindo-lhe a aparência de uma pessoa banhada em sangue. Jarret admirou o azul cintilante do céu para esquecer aquela visão agourenta. Os outros encarregados começavam a se afastar dos cavalos, então, incapaz de prolongar aquele momento, ele entregou as rédeas a Meichon, proferiu uma última palavra de incentivo e virou sua montaria para se juntar aos outros na cerca mais afastada.

Ao se aproximar da multidão, Jarret sentiu os eflúvios de conhaque e vinho misturados com os aromas de queijo curado e ave assada. Quando perceberam que os cavalos estavam prestes a assumir suas posições, os espectadores embrulharam o que restava de seus piqueniques e se acotovelaram para conseguir a visão mais privilegiada da pista.

Richard Ten Broeck não parecia nem um pouco incomodado com o fato de apenas quatro estados terem comparecido a seu grande desafio. Quando Willa Viley argumentou que as tensões crescentes acerca da questão escravagista tinham minado a participação de competidores dos estados nortistas, Ten Broeck descartou a ideia.

— Desde quando um desportista, seja do Norte ou do Sul, permite que a política se meta entre ele e um prêmio em dinheiro? Não, Willa. Se não vieram é porque acham que não conseguem vencer. E embora causar burburinho não seja nada vantajoso para mim, acredito que tenham visto a questão com clareza.

Naquele momento, tinha deixado Viley encarregado de entreter o ex-presidente em meio ao esplendor das arquibancadas e avançava com sua compostura habitual pela multidão, respondendo aos cumprimentos da aglomeração multifacetada de pessoas. Qualquer que fosse o resultado na pista de corrida, já podia se considerar vitorioso pelos lucros arrecadados na bilheteria. Vinte mil almas tinham comparecido ao torneio, cada uma pagando um dólar para ter o privilégio de estar ali. Mesmo quando o primeiro páreo estava prestes a começar, as carruagens atoladas ainda congestionavam a estrada do lado de fora, uma fileira ininterrupta delas, estendendo-se por dois quilômetros ou mais. Do lado de dentro dos portões, rapazes — e um punhado de moças — encarapitavam-se nas copas das árvores para garantir uma visão da pista.

Conforme se aproximava da cerca, Ten Broeck repassava a corrida na cabeça. Três dos quatro participantes — Lexington, Lecompte e Arrow —

eram filhos de Boston, e o torneio serviria para determinar qual era o melhor dentre eles. Ten Broeck vendera Arrow para Duncan Kenner, um senhor de engenho da Paróquia da Ascension, pois castrar o cavalo não tinha aplacado seu temperamento arredio. Ele sentia uma pontada de preocupação ao pensar no jóquei que Kenner havia comprado para montar Arrow. Ten Broeck se deleitara com a leitura de uma matéria no *Spirit of the Times* que dizia que, graças à quantia vultosa do prêmio oferecido no Great State Post Stakes, o preço de venda de bons puros-sangues tinha disparado. Bem no fim da lista de cavalos que haviam sido vendidos por somas exuberantes, o jornal mencionava que propriedades humanas, tais como o "jóquei Abe", também foram um tanto inflacionadas. A nota dizia que Adam Bingaman, um bom amigo de Ten Broeck, tinha vendido Abe Hawkins para Kenner por dois mil e trezentos dólares.

Ten Broeck chegara ao final da leitura com um gosto amargo na boca. Os tênues escrúpulos que mantinha em relação à economia escravagista não o impediram de refletir, por um instante, se deveria ou não fazer uma oferta por Abe Hawkins. O garoto era chamado de Príncipe Negro por conta da pele de ébano, e no fim acabara sendo arrebatado por uma quantia principesca. Ainda inquieto, Ten Broeck se pôs a pensar nas corridas em que testemunhara Abe alcançar a vitória de virada depois de rompantes de coragem e nas outras ocasiões em que se lançara com unhas e dentes e temeridade para garantir o primeiro lugar. Se chegasse a tanto, o jovem francês Meichon não seria páreo para o rapaz. Highlander, o campeão de quatro anos do Alabama, também tinha um jóquei resistente e astuto: Gilbert Watson Patrick, que era branco e nova-iorquino, o que talvez explicasse as apostas pesadas que tinham feito dele o favorito.

Para Ten Broeck, porém, era o competidor do Mississippi que representava a maior ameaça. Lecompte, invicto em cinco corridas, pertencia a um cavalheiro por quem Ten Broeck nutria grande antipatia, o general Thomas Jefferson Wells, um fazendeiro da Paróquia de Rapides. Wells se ressentia da rápida ascensão de Ten Broeck na comunidade turfística de Nova Orleans e deixava bem claro que o considerava um *parvenu*, se não um trapaceiro. Lecompte tinha uma resistência impressionante e uma arrancada de tirar o fôlego. Representava uma ameaça tripla, pois era mais experiente e, sem dúvida, descendia da melhor égua, Reel, que alcançara sete vitórias consecutivas antes de se aposentar para virar matriz. O terceiro ponto era o estimado treinador negro de Wells, Hark. Já era um homem de idade com vasta experiência e havia superado as atrocidades do sistema escravagista até se ver à frente de toda a operação de corrida e reprodução de Wells.

Ten Broeck despertou de seu devaneio e, ao olhar para os cavalos que se debatiam e se pavoneavam perto da pista, percebeu que Abe havia dispensado a ajuda para conduzir sua montaria. Tinha levado Arrow para longe da comoção, esperando até o último momento para conduzi-lo adiante, e reclinava-se no pescoço do cavalo como se travasse algum tipo de negociação confidencial. Ten Broeck imaginou que aquela fosse a forma de Abe conter o notório temperamento do animal. Ah, se tivesse sabido antes que Bingaman pretendia vender o rapaz! Ainda assim, seriam dois mil e trezentos dólares por um jóquei que poderia ser arremessado e pisoteado em questão de segundos, um infortúnio que o deixaria desprovido de todo o valor. Uma vez inválido, não apenas o investimento iria pelos ares, mas também seria preciso arcar com as despesas. Era mais sábio pagar um homem livre, como o pequeno Meichon, cujo infortúnio só traria prejuízo aos ganhos de um torneio, não ao resto da vida. Talvez, falando em homens livres, teria sido melhor desembolsar uma quantia mais alta para garantir os serviços de Gil Patrick, cuja longa experiência poderia igualar o talento natural de Abe...

Não era do feitio de Ten Broeck perder tanto tempo remoendo as próprias decisões. Estava aborrecido com esse comportamento. Por isso, encolheu os ombros e parou de pensar em todas as coisas que não podia mudar. Precisava confiar em seu próprio julgamento. Tinha o melhor cavalo dali; disso tinha certeza. O resto seria apenas uma consequência.

Enquanto abria caminho pela multidão, percebeu que as apostas avançavam a um ritmo febril. Eram de todo tipo: as mulheres apostavam luvas de pelica e lenços de renda. Os homens apostavam pistolas, dinheiro ou suas colheitas de algodão. Quando Ten Broeck se encaminhou até a cerca para assistir à largada, um apostador desconhecido o segurou pela manga.

— Uma fazenda vai mudar de dono hoje — confidenciou o homem.

Com gentileza, Ten Broeck esticou a mão enluvada e desvencilhou os dedos do sujeito de seu casaco.

— Ah, mais de uma, senhor, posso lhe garantir — retrucou, e seguiu apressado para reivindicar seu lugar preferido ao lado da cerca conforme os ponteiros do relógio se arrastavam em direção às três e meia.

O tambor ribombou para anunciar a largada. Depois de um segundo de silêncio, os espectadores, enfim, perceberam que a corrida havia começado e irromperam em gritos e aplausos. Era um urro que vinha do âmago, animalesco, que começava na cerca e ondulava para trás, ganhando cada vez mais volume. Até as damas elegantes no topo das arquibancadas entreabriram os lábios delicados, ecoando seus guinchos de soprano pelo ar.

Lexington tomou a dianteira, com Arrow em segundo lugar e os outros dois cavalos em uma disputa acirrada logo atrás. Por um ou dois minutos que se esticaram feito borracha, contrariando a percepção humana da passagem do tempo, os animais mantiveram essa formação.

Na primeira marcação da pista, a formação ainda se mantinha. Quando alcançaram a curva oposta, o jóquei de Lecompte, John, incitou a montaria adiante. O cavalo ganhou terreno e abriu uma pequena margem em relação a Arrow. Abe e John trocaram olhares carregados de fúria. Abe içou o corpo, parecendo flutuar sobre os estribos, e brandiu o chicote.

Esse foi seu erro, pensou Jarret.

Um cavalo como Arrow, vítima de açoites frequentes e severos na tentativa de ter o temperamento domado, ficaria ressentido e injuriado pelo chicote. E não deu outra: o cavalo logo tratou de desacelerar o ritmo. Ficou para trás, apesar dos apelos insistentes de Abe. Por alguns instantes, a corrida se resumiu apenas a três cavalos. Em seguida, porém, Highlander começou a esmorecer. Por mais que tentasse, Gil Patrick não conseguia incitá-lo adiante.

Impelido por John, Lecompte diminuiu a distância e emparelhou com Lexington. Jarret observou os dois cavalos — o alazão lustroso e o baio revestido de bronze, com estilos de corrida completamente diferentes. Lexington esticava o corpo para a frente, ao passo que Lecompte o impelia para cima, avançando com movimentos altos e arqueados. Ele era maior do que Lexington e parecia se expandir ainda mais enquanto corria. Lançaram-se adiante, focinho com focinho. Mas então, de forma quase imperceptível, Lecompte foi ficando para trás. Centímetro a centímetro, o cavalo maior cedeu, deixando Lexington assumir a dianteira mais uma vez, por um pescoço de vantagem.

— Ele só está testando você, só isso — murmurou Jarret. — Não caia na dele, Henri.

Tinha medo de que o jovem Meichon concluísse que Lecompte já havia arrancado e, portanto, decidisse poupar a energia de Lexington para o segundo páreo antes da hora.

— Não caia nessa, Henri.

Jarret passou a emitir as palavras de alerta em voz alta, gritando-as inutilmente em meio à cacofonia da multidão.

— Não caia nessa, Henri! Não se deixe enganar.

Enquanto os cavalos percorriam o quilômetro final, Lexington ainda mantinha uma pequena liderança. Respingos de lama voavam em meio ao chapinhar de cascos, salpicando os espectadores que se amontoavam na lateral da cerca.

Jarret começou a nutrir a esperança de que Lecompte de fato não estivesse em condições de uma nova arrancada. Então, quando os cavalos dobraram a curva e entraram na parte reta da pista, Jarret manteve o olhar fixo nas mãos enlameadas de John, que seguravam as rédeas de um jeito peculiar. O jóquei estava refreando o animal, mas um espectador desavisado poderia jurar que o estava impelindo adiante. Astuto e paciente na reta final, John refreou Lecompte até o último instante. Em seguida o soltou, liberando a arrancada explosiva pela qual aquele filho de Boston era conhecido. O cavalo avançou em meio a uma saraivada de torrões voadores e emparelhou com Lexington. Jarret prendeu a respiração.

Mas Lexington avistou o rival e decidiu que não deveria ser desafiado. Trocou de marcha como se fosse uma máquina. Um passo à frente, dois passos. Mesmo depois de passar zunindo pela linha de chegada, com a vitória garantida, Lexington continuou aumentando a distância entre os dois. Nas arquibancadas, o contingente de Kentucky irrompeu em vivas. O cavalo de seu estado tinha vencido com três corpos de vantagem, pondo fim à sequência invicta de Lecompte.

Highlander conseguiu se classificar ao final da corrida e ganhou o direito de tentar se redimir no segundo páreo. Arrow, muito atrás da linha de chegada, foi desclassificado. Não voltaria a correr naquele dia. Ao sair da pista, o rosto de Abe Hawkins estava crispado de desgosto. Não estava acostumado a perder, muito menos a não cruzar a linha de chegada.

Jarret cavalgou ao encontro de Meichon, que tremia de exaustão. Fez sinal para que os outros cavalariços ajudassem o jovem jóquei a descer da sela, depois tomou as rédeas de Lexington.

— Não fique aí parado para colher os louros — disse ele a Meichon. — Ainda não ganhamos. Você vai ter que fazer tudo isso de novo daqui a uma hora. Vá descansar.

Jarret levou Lexington para dar uma volta e ouviu o burburinho da multidão aumentar conforme o champanhe fluía livremente. Pessoas desesperadas apelavam a esmo, ávidas por alguém, qualquer um, disposto a aceitar suas apostas no maravilhoso garanhão de Kentucky. Não demorou para que as apostas estivessem em cem dólares para cinquenta, Lexington contra todos os outros participantes.

Depois de se lavar e vestir trajes limpos, Henri Meichon parecia ter se recuperado um pouco. Estava muito mais calmo quando Jarret o acompanhou até a pista para o início do segundo páreo. Isso tranquilizou Jarret; não tinha gostado nem um pouco do tom acinzentado que a pele do garoto assumira depois da primeira corrida. O rapaz enxergava Henri como um potro promissor que havia sido domado cedo demais e montado à exaustão. Achava intrigante que Ten Broeck, com tanta coisa em jogo, tivesse depositado sua fé naquele garoto inexperiente. Mas logo tratou de deixar esses sentimentos de lado e, enquanto lhe entregava as rédeas, esforçou-se para que a única coisa que Henri visse em seu rosto fosse uma expressão confiante.

Enquanto se afastava da linha de partida, Jarret se pôs a analisar os outros cavalos. Como já imaginava, Lecompte tinha se recuperado muito bem; infelizmente, o mesmo podia ser dito de Highlander. Velocidade e resistência, pensou Jarret. Qualidades essenciais para cavalos fundistas, e presentes nos três participantes reunidos ali.

O diminuto número de competidores partiu em uma largada limpa. Lexington saiu na frente e avançou ao lado da cerca. Na primeira curva, Gil Patrick encorajou Highlander a contornar Lexington e assumir a pista. Em seguida, John conduziu Lecompte adiante e desafiou Highlander pela liderança, relegando Lexington ao terceiro lugar.

— Ele não vai gostar nadinha disso — murmurou Jarret.

Ao final da primeira volta, Lecompte corria com tranquilidade, bem longe de Lexington, mas Highlander começava a dar sinais de cansaço. Não havia nada que Gil Patrick pudesse fazer a respeito, então o cavalo acabou ficando para trás. Quando chegaram na penúltima volta, mais uma vez a corrida parecia ser disputada por apenas dois cavalos. Lecompte começou a abrir uma vantagem cada vez maior. Lexington parecia incapaz de igualar sua velocidade. Não tardou para que Lecompte estivesse oito corpos à frente. De uma hora para outra, Lexington tinha ficado em uma desvantagem assustadora.

— Não desista agora, Henri. Lexington não vai desistir. Não duvide dele. Não duvide — rogou Jarret, mas a voz se perdeu em meio aos gritos que escapavam dos lábios de cada um dos espectadores.

Para piorar, Jarret avistou um súbito relâmpago amarelado — os trajes do jóquei de Highlander — avançando a toda velocidade pela pista. Gil Patrick, em um rompante audacioso, apelara para as últimas forças de Highlander e conduzia o cavalo para tomar o segundo lugar de Lexington.

— Lá vem ele... Você está vendo? — berrou Jarret em vão.

O cavalo do Alabama alcançou a garupa de Lexington, depois a cernelha, até, enfim, chegar ao pescoço. Avançaram emparelhados, como se estivessem unidos por um jugo. Lançaram-se adiante, chapinhando na lama, lado a lado. Por um momento, Highlander ganhou uma ligeira vantagem.

Mas, pelo jeito, isso era demais para o coração competitivo de Lexington aguentar. Ele se afastou de Highlander e assumiu a dianteira. Meichon fustigou o chicote e impeliu Lexington adiante com determinação. Alcançaram Lecompte e continuaram avançando a toda velocidade, galopando tão perto um do outro que não sobrava espaço nem para um fio de cabelo.

Em seguida, como se essa tivesse sido sua intenção desde o início, Lexington arrancou mais uma vez e tomou a dianteira. Os gritos dos espectadores ficaram cada vez mais altos à medida que o cavalo avançava pelos últimos metros em direção à linha de chegada. No Pavilhão das Damas, as mulheres que torciam por Kentucky abriram mão do decoro e, ficando de pé nas cadeiras, puseram-se a berrar com uma alegria desenfreada. Um corpo de vantagem, depois dois. Os gritos se transformaram em um rugido quando Lexington cruzou a linha de chegada com quatro corpos de vantagem.

Quando Jarret alcançou Lexington para conduzir o vencedor pelo mar de admiradores, percebeu que não havia nem uma gota de lama no rosto do cavalo. A marcação no focinho reluzia de tão branca, como se ele nunca tivesse saído do estábulo.

— Como você conseguiu essa proeza, já que o outro cavalo passou quase a corrida inteira na sua frente?

Lexington desfilou para ser admirado por Millard Fillmore, enquanto Ten Broeck recebia aplausos pelo cavalo e pelo evento em si, que foi enaltecido por todos como o melhor dia de corrida da história da cidade. Como a pista estava encharcada, nenhum cavalo tinha batido marcas impressionantes de tempo — mais de oito minutos em cada páreo —, mas todos concordavam que avanços mais lentos não roubaram a emoção das corridas, com os magníficos cavalos pareados e a incerteza da vitória na reta final. Até mesmo Ten Broeck, que nunca perdia a compostura, permitiu-se abrir um largo sorriso, que era o equivalente à gargalhada estrondosa de qualquer outro homem.

Bem quando Jarret começou a pensar que Lexington já devia estar farto de lidar com a atenção da multidão, Ten Broeck o chamou com um aceno.

— Leve-o para esfriar o corpo, depois o acomode na baia e, pela manhã, tiraremos as ferraduras e o deixaremos passar o resto da primavera livre no pasto. Viley e eu acreditamos que ele estará em condições melhores para os torneios importantes do outono se tirar alguns meses de descanso. Enquanto isso, meu rapaz, você pode escolher: um prêmio de cinquenta dólares, um mês de folga para ir visitar quem quiser ou um tutor à sua disposição para estudos diários. Não precisa decidir agora. Conversaremos amanhã — despediu-se enquanto esboçava um sorriso. — Mas não me espere muito cedo.

Jarret tomou as rédeas e partiu com o cavalo. Depois de ajudá-lo a esfriar o corpo, pôs-se a escovar toda a pelagem, em seguida o alimentou com aveia e maçãs secas. Estava exausto quando galgou os degraus que conduziam a seu aposento. Abriu a porta e começou a despir o elegante quimão. Estava tão concentrado em desvencilhar os braços daquelas mangas afuniladas que a princípio não viu a figura imóvel sentada em sua cama, mergulhada em silêncio sob a luz tênue.

— Senhorita Clay? — disse ele, perplexo. — Não deveria estar aqui.

— Jarret, tenho a impressão de que você passou a vida inteira dizendo isso para mim, se não as mesmas palavras, ao menos algo parecido. Acho que "Boa noite" ou "Que bom ver você depois de tanto tempo" poderiam ser uma saudação mais adequada.

— Bem, eu só digo isso porque é verdade. Isto aqui não é lugar para uma dama, nos aposentos de um... de um...

— De um velho amigo de infância? Posso presumir que você seja meu amigo, Jarret? Porque eu sinto que é. E espero mesmo que seja.

Jarret sentiu o rosto arder. Mal sabia o que pensava sobre Mary Barr. Uma criança bastante doce. Uma aluna aplicada, quando ele a ensinou a montar. Uma garota digna de pena, arrastada pelo torvelinho do casamento infeliz dos pais. Alguém de quem aceitara um conselho durante um momento difícil de sua vida. Mas uma amiga?

Não, nunca a tinha visto como amiga. E ela tinha mudado nos poucos meses desde seu último encontro. A moça que se levantava da beirada da cama com um movimento gracioso não era a garota desajeitada que ele havia deixado em Lexington. Estava mais refinada, mais recomposta e muito mais confiante. Jarret teria ficado surpreso se soubesse que, ao olhar para ele, Mary Barr percebia uma mudança semelhante. Mal dava para reconhecer o garoto taciturno que vivera à sombra do pai em Meadows ao ver aquele rapaz bem-apessoado que se dirigia a ela com um ar de autoridade silenciosa.

— Senhorita Clay, precisa ir embora.

— Só estou aqui porque é impossível ter uma conversa franca com você em qualquer outro lugar em meio à essa multidão. Não tenho muito tempo. Vovô está comemorando com o capitão Viley e o sr. Ten Broeck agora mesmo, então aproveitei a deixa para escapulir, alegando que queria dar uma olhadinha em Darley. A bem da verdade, estão todos tão embriagados que dificilmente vão se lembrar do que eu disse. De todo modo, não vou me demorar. Na sua carta, você disse que as coisas andam boas por aqui, e fiquei feliz em saber disso. E agora posso ver com meus próprios olhos — disse, e indicou o cômodo com um gesto amplo do braço — que isso é verdade em muitos aspectos. Mesmo assim, estou preocupada com você.

— Não precisa se preocupar comigo, senhorita Clay. Como a senhorita mesma disse, as coisas estão muito boas por aqui, na medida do possível. Fiz bem em vir. Principalmente agora que meu pai se foi.

— E eu lamento muito por isso, e lamento muito por ter sido eu a lhe dar a notícia, quando você não tinha nenhum conhecido por perto para partilhar do seu sofrimento. Mas, Jarret, é importante que você saiba que as tensões entre a escravocracia e seus oponentes estão cada vez mais acirradas. Estão falando até em secessão. De acordo com meu pai, os homens estão dispostos a lutar para impedir que a escravidão se alastre por novos territórios.

— Senhorita Clay, não entendo por que isso diz respeito a mim neste momento. O que *diz* respeito a mim é a senhorita estar aqui, bem onde não deveria. Por favor, precisa ir embora...

Mary Barr abanou o ar para afastar a preocupação dele.

— Jarret, é claro que isso diz respeito a você. Tem tudo a ver com você. Por que você acha que nenhum cavalo do Norte disputou a corrida hoje? As coisas estão tão hostis que nem mesmo o turfe é considerado território neutro. E pode ser que você não fique sabendo dessas coisas aqui, com a cabeça enfiada nos fardos de feno, mas em janeiro deste ano o senador Douglas...

A voz foi se elevando à medida que Mary Barr ficava mais emotiva, e Jarret teve que levantar a mão para pedir silêncio.

— Senhorita Clay, precisa mesmo ir embora. Ainda não vejo como o que o senador Douglas fez ou deixou de fazer em janeiro pode dizer respeito a mim. Mas tenho certeza de que vou ser esfolado vivo se alguém aparecer aqui e der de cara com a senhorita.

— Está bem, eu vou embora. Mas só se você prometer que vai me visitar amanhã, no St. Charles Hotel.

Jarret assentiu com relutância. Era o único jeito de fazer a garota ir embora.

— Então, você vai me visitar mesmo, certo? Amanhã?

— Amanhã, depois que terminar meus afazeres.

Ele a enxotou para fora do quarto como se ela fosse uma galinha ciscando onde não devia. Em seguida, trancou a porta e deixou a raiva fervilhar dentro do peito. Como ela podia ser tão descuidada com a própria reputação e a própria vida?

Exausto como estava, a agitação lhe privou de qualquer chance de mergulhar em um sono tranquilo.

Pela manhã, Jarret apoiou o corpo cansado contra uma pilastra enquanto o ferrador arrancava os pregos e removia as ferraduras de corrida de Lexington. O homem estendeu as patas do cavalo e raspou cada um dos cascos para garantir que ficassem lisos. Em seguida, como da outra vez, deslizou a mão cheia de cicatrizes pela crina do animal.

— Ah, aí está meu garoto.

O cavalo respondeu com uma focinhada afetuosa no ombro estreito do ferrador.

— Ele não faz isso com quase ninguém — comentou Jarret enquanto soltava as cordas que mantinham o cavalo no lugar.

— Ah, bem — respondeu o ferrador, curvando-se para recolher as ferramentas. — Eles sabem quando alguém é amigo, ô se sabem, e você com certeza deve saber também.

Ten Broeck tinha explicado a Jarret como chegar à propriedade perto de Metairie onde Lexington descansaria até o fim da primavera. Era a fazenda de uma viúva que morava sozinha e contava com a ajuda de uma única pessoa. Como não cultivava mais nada em suas terras, alugava seus pastos verdejantes para tirar seu sustento. O capim da primavera havia brotado com exuberância, e a relva brilhava à luz da manhã, úmida e perfumada. Jarret desencilhou o cavalo e o conduziu em direção à pradaria. Enquanto abria a porteira, viu o focinho de Lexington tremer de empolgação. O cavalo ainda estava com metade do corpo para fora quando baixou a cabeça e começou a pastar. Jarret teve que dar um empurrão em seu lombo para convencê-lo a arredar o pé.

— Vá com calma! — exclamou, achando graça. — Você ainda tem semanas para comer tudo isso. Não precisa ter pressa.

Depois, pendurou a guia na porteira e se demorou ali por um instante enquanto ouvia o cavalo devorar os céspedes úmidos. O ato era embalado por um ritmo invariável de três batidas: o som arrastado de algo se rasgando, como o esfregar de dedos em uma tábua de lavar, depois duas pancadas suaves enquanto ele mastigava. Quando deu por si, Jarret estava batendo o pé na cerca em sintonia com aquele ritmo percussivo que mais parecia uma valsa.

Mais tarde naquele dia, selou Ghosthawk, o capão cinza que ele usava para acompanhar os cavalos em dias de corrida, e seguiu a um trote relutante pela estrada de conchas até chegar à cidade. Achou que seria melhor manter a promessa que fizera à garota Clay. Assim que ela saíra de seus aposentos, Jarret tivera tempo para refletir sobre o que ela lhe dissera. Não seria de todo ruim ouvir mais a respeito daquilo, embora não acreditasse naquela ideia sem pé nem cabeça de que os brancos pegariam em armas para defender os negros. Essas eram as opiniões do pai da garota, e aquele sujeito sempre remara seu barquinho por uma parte do rio pela qual ninguém mais pensava em se enveredar. Ao que parecia, ele tinha puxado a filha para o mesmo barco. Houvera uma época em que, se Cash Clay tivesse dito à Mary Barr para virar à esquerda, ela teria tratado de seguir pela direita só para irritá-lo, mas isso já eram águas passadas.

Mas o que isso significava para ele? Jarret sacudiu a cabeça para clarear os pensamentos. O que estava acontecendo com aquela garota e as pessoas a seu redor, fosse o que fosse, não tinha nada a ver com ele, exceto que naquele momento teria que separar um tempinho do seu dia para ir visitá-la em um lugar em que preferia não pôr os pés. Mas se não atendesse ao pedido da garota, como dissera que faria, aquela tolinha provavelmente voltaria a dar as caras em Metairie à sua procura. E ele não podia permitir uma coisa dessas.

Estava quase chegando ao fim da estrada de conchas, e a cidade já o envolvia. Muitos ruídos, muitos cheiros, muitas pessoas falando muitas línguas. Tantas palavras diferentes para dizer exatamente a mesma coisa. Jarret gostava mais da linguagem gestual dos cavalos. Para se comunicar, só precisavam tremular as orelhas ou sacudir a crina, e os movimentos não variavam de cavalo para cavalo. As pessoas, por outro lado, podiam facilmente ludibriar com palavras que pareciam amigáveis sem de fato ser. Quando uma égua murchava as orelhas, porém, era um sinal claro de que não estava ali para brincadeira. Palavras derramadas em uma página, contudo, já eram outra história. Nesses casos, era possível se demorar por ali por quanto tempo quisesse, até captar o sentido. E também era possível pular as partes tolas. Mas não se podia fazer isso quando se estava cara a cara com uma pessoa dizendo coisas sem sentido.

E lá estava Mary Barr, esperando por ele. Sentada sozinha em uma espreguiçadeira de vime na varanda daquele prédio que mais parecia um bolo de casamento. Estava tão entretida no livro que nem notou sua presença. Jarret conduziu o cavalo para seu campo de visão e esperou que ela olhasse para cima ao virar uma página.

Quando enfim o avistou, ergueu a mão em um aceno e deixou o livro de lado. Em seguida, ele apeou e ficou esperando enquanto ela puxava a barra da saia e descia os degraus para atravessar a rua lamacenta. Mesmo que não houvesse nada de extraordinário naquele encontro — uma jovem dama dando instruções para um servo negro, como pareceria a qualquer um que porventura resolvesse observá-los —, o desconforto de Jarret era tal que se pôs a alternar o peso de um pé para o outro. Enquanto isso, Mary Barr retomou de onde havia parado, discorrendo sobre o projeto de lei do senador Douglas que garantiria aos colonos ocidentais o direito de decidir se queriam ou não a escravatura.

— Já era para ter sido decidido; nada de escravidão no Norte, nunca. Meu pai acha que o Senado votará a qualquer momento. Se a lei for aprovada, ele tem certeza de que haverá derramamento de sangue nos territórios... no Kansas, no Nebraska. Disse que ninguém está disposto a ouvir o lado do outro. Talvez existam homens virtuosos em ambos os partidos, ao menos é o que meu pai alega... Mas eu não sei...

Duas manchinhas rosadas tingiram-lhe as bochechas, e a voz foi ficando cada vez mais aguda.

— Olhe, já que você sabe ler...

A jovem tirou um bilhete amassado do bolso da saia e entregou para Jarret.

— Eu tinha achado melhor não lhe mostrar isso, mas você precisa estar ciente da dimensão do ódio que está se alastrando. Leia. Foi destinado ao meu pai. Peguei na escrivaninha sem que ele percebesse.

Jarret pegou a folha. Fitou os arredores. Muita gente por perto. Ler não era uma atividade destinada a pessoas como ele. Por isso, devolveu o papel.

— Só me diga o que está escrito aí.

Mary Barr leu com a voz trêmula. *Você acha que pode atrair o povo de Kentucky para seu caminho infame e amaldiçoado. Mas ainda descobrirá, quando já for tarde demais, que as pessoas não são covardes... a corda está pronta para o seu pescoço... e está sedenta por seu sangue...*

— Acho que já está bom.

Jarret lamentou ter encostado naquele papel escrito por uma pessoa tão cheia de ódio. E tudo isso direcionado a um homem branco poderoso, só porque era a favor da emancipação. Levou a mão ao pescoço em um gesto involuntário.

Quando percebeu que finalmente tinha conseguido a atenção dele, Mary Barr chegou ao cerne da questão.

— Acho que você deveria voltar para Meadows com meu avô. Conversei com ele, e ele me disse que poderia pedir a Ten Broeck que o vendesse de volta, como um favor, por um valor que ele pudesse pagar. Comprar o cavalo rendeu tantos lucros ao sujeito que ele certamente estará com um humor generoso. Meu avô vai alegar que, agora que seu pai faleceu, ele precisa da sua ajuda com os cavalos.

— Você quer que eu deixe o cavalo para trás? Que abandone Lexington, depois de ter vindo até aqui com ele?

— Mas, Jarret, ele é só um cavalo. Ainda vai haver muitos outros...

— Não vai, não. Não igual a ele. Não para mim.

— Mas você estaria em segurança lá no Kentucky. Se uma guerra estourar enquanto você ainda estiver aqui, pode ser obrigado a fazer coisas perigosas.

Jarret tentou manter a voz sob controle.

— Senhorita Clay, eu sei que tem a melhor das intenções, e que ele é seu avô e tudo o mais, mas não tenho o menor motivo para confiar no sinhô Warfield. Nenhum motivo mesmo. Estou decidido a ficar aqui com o sinhô Ten Broeck. Pode ir dizer ao seu avô que a senhorita se enganou e que ele precisa me deixar onde estou.

— Mas, Jarret...

— Senhorita Clay, a única coisa que preciso da senhorita e da sua família é que me deixem em paz.

Deu-lhe as costas e equilibrou o peso sobre os estribos.

— Diga ao sinhô Warfield que mandei meus cumprimentos. Espero que a senhorita faça uma boa viagem de volta para casa.

Em seguida, virou o cavalo e partiu a meio-galope. A garota ficou parada ali, atônita, observando-o se afastar.

O sol estava quase se pondo quando Ten Broeck mandou chamar Jarret.

— Peço perdão por já estar tão tarde — disse com a cortesia cuidadosa de sempre. — Tive que fazer algumas visitas na cidade... — interrompeu-se com o esboço de um sorriso. — E, como já deve imaginar, não consegui sair muito cedo.

Se tinha passado a noite entregue a uma lauta comemoração, ao menos não demonstrou. Estava tão bem barbeado e elegante como sempre.

— Creio que o ferrador tenha vindo e que agora o cavalo esteja desfrutando de um merecido descanso, não?

Jarret assentiu.

— Ele já está bem instalado. É uma fazenda muito bonita.

— É mesmo. Estou cogitando comprá-la dos herdeiros da viúva um dia, pois são pessoas distantes que dificilmente vão querer ficar com aquela propriedade. O que vem bem a calhar para Metairie, convenhamos. Mas isso é um assunto para outro dia. Fiquei sabendo que você mesmo fez algumas visitas na cidade hoje, é isso?

Jarret pigarreou. Será que alguma coisa escapava ao escrutínio daquele homem? Por mais que não tivesse do que se envergonhar, sentia-se um pouco acanhado.

— A garota Clay, quer dizer, a senhorita Mary Barr Clay, queria me ver.

— Queria mesmo. Tanto que chegou a fazer uma visita muito imprudente por conta própria.

Jarret sentiu o rubor se esgueirar pelo pescoço até chegar às bochechas.

— Eu tentei dizer a ela que... Pedi que fosse embora assim que...

— Não se aflija. Eu sei que você fez isso. Mas ela é teimosa igual ao pai. Não dá o braço a torcer. E, assim como o pai, também pouco se importa com o que o mundo pensa a seu respeito. Ela vai precisar agir com cuidado nesse quesito. Uma coisa é um cavalheiro rico desrespeitar as convenções sociais, mas a sociedade é muito mais exigente no que diz respeito às moças.

Você não fez nada errado. Na verdade, fiquei muito satisfeito ao descobrir que demonstrou certa lealdade a mim.

— Por que não demonstraria? — questionou Jarret de pronto. — O senhor me trata feito gente.

Ten Broeck ficou surpreso.

— É triste que você tenha razões para achar isso admirável — respondeu, depois baixou o olhar e reorganizou alguns papéis na escrivaninha. — Mas a menina não está de todo errada, sabe. Nem o pai dela. Há uma porção de coisas que, se mal administradas, poderiam nos conduzir a um cisma muito lamentável. E receio que os líderes políticos não sejam... Enfim, de todo modo, já faz um tempo que venho entretendo a ideia de conduzir a campanha de meus cavalos na Inglaterra. Não quero deixar todos os meus ovos depositados na Louisiana se o clima nacional continuar a pesar dessa maneira. Estou lhe dizendo isso pois quero que saiba que, aconteça o que acontecer a este país, você ainda poderá continuar a meu serviço. Agora, já decidiu o que vai aceitar como minha forma de agradecimento?

— O tutor, se estiver tudo b...

— Excelente. Eu tinha esperanças de que você escolhesse essa opção. Pretendo colocá-lo a par dos meus negócios, e você precisará de proficiência para tanto.

Passada quase uma semana, Jarret estava debruçado sobre uma lição de aritmética quando foi interrompido por um cavalariço.

— O sinhô Ten Broeck falou que é para ir buscar Lexington na fazenda. O ferrador está a caminho para colocar as ferraduras dele. Estão fazendo os preparativos para ele voltar a correr no sábado que vem.

— Estão fazendo o *quê*?

Jarret se levantou de súbito, afastando os papéis.

— Não pode ser — continuou. — Isso é daqui a dois dias, e ele passou esse tempo todo sem fazer nada além de se empanturrar de capim. Cadê o sinhô Ten Broeck? Preciso falar com ele.

— Ele e o sinhô Viley estão na sala de jantar da arquibancada principal, mas não acho que você...

Jarret não ficou para ouvir o que o cavalariço tinha a dizer. Atravessou o padoque correndo e voou pelas escadas que conduziam à sala de jantar dos cavalheiros. A porta estava entreaberta. A voz de Viley parecia agitada enquanto defendia os mesmos argumentos que Jarret pretendia apresentar.

— Eles foram espertos o bastante para manter o cavalo em treinamento, ao contrário de nós. É loucura permitir uma corrida contra um campeão notório quando a da semana passada só serviu para deixá-lo ainda melhor. Ouvi dizer que Lecompte passou a semana toda se superando nos treinos. E Hark escolheu outro jóquei.

— Fiquei sabendo. Hark aconselhou Wells a manter Abe Hawkins a seu serviço.

— Exatamente. Acima de tudo, Kenner e Wells são homens da Louisiana. Não têm estômago para ser derrotados por nós... Você sempre será um nortista para eles. E estão de conluio contra nós. Pense bem, Richard. Sabe que Wells se ressente de sua vitória. Você levou a melhor bem aqui, na cidade dele, na atividade que ele mais gosta de praticar. E agora ele encontrou uma forma de instigar você. Wells está o tomando por um tolo!

— Você acredita mesmo nisso?

A voz de Ten Broeck estava baixa e calma. Jarret teve que se esforçar para entender alguma coisa do que dizia.

— Se acredito? Oh, eu *sei*. Você vai conseguir atrair uma multidão para assistir a uma revanche, não tenho dúvidas disso. Mas a que custo? Vai arruinar a reputação do cavalo enquanto ainda estamos nos esforçando para construí-la. Pior: vai acabar com ele. Não se esqueça do que aconteceu com Grey Eagle, aquele cavalo tão nobre, forçado a participar de uma revanche em menos de uma semana. Isso o destruiu. Não ceda a isso, eu imploro. Não ceda a essa... essa gana indecorosa por ganhos a curto prazo. Sejam quais forem os lucros de bilheteria, não podem valer a pena.

— Você mencionou a bilheteria. Devo admitir que os possíveis lucros não passam despercebidos por mim. Mas veja as coisas por este lado, Willa. É bem provável que haja apostas leviatânicas nessa corrida. Dois filhos de Boston, de origem nobre, ambos campeões notórios. É o início de uma rivalidade lendária. Teremos alguns dias para descobrir como Lexington se sai na prática. E aí saberemos em qual lado apostar. Afinal, não é preciso vencer a corrida para lucrar com ela.

— Você... você apostaria contra seu próprio cavalo? Isso é desonroso! Não vou permitir. Eu me recuso a participar dessa loucura. Estou dizendo: o cavalo não pode correr.

— Ah, está dizendo, é? Que pena. Receio já ter aceitado a proposta do general Wells. Prêmio de dois mil dólares, dois páreos de seis quilômetros, no dia 8 de abril em Metairie. Já está sendo noticiado via telégrafo.

— Então você precisa voltar atrás. Este cavalo também é meu. E não vou permitir.

— Voltar atrás não seria honrado.

— Não seria honrado! Ora, isso é interessante, vindo de você. E agora vejo muito bem: você é o que sempre disseram que era. Tem a audácia de se passar por um cavalheiro, de trocar saudações cordiais até mesmo com presidentes. E, no fim das contas, a verdade é que só nos espreita para tentar encher os próprios bolsos. E pensar que cheguei a defendê-lo! Estou envergonhado de ser seu parceiro de negócios. Você, senhor, não passa de um trambiqueiro.

Jarret teve que se escorar na parede. Richard Ten Broeck com certeza não permitiria que sua honra fosse insultada daquela maneira. O rapaz esperou pelo rompante inevitável, a altercação que se seguiria. Mas a voz do homem permaneceu baixa e inalterada.

— Ora, Willa. Lamento que você se sinta desse jeito. Mas saiba que será um prazer aliviá-lo do fardo de estar associado a mim. Quanto deseja por sua parte?

— Você pretende me excluir da parceria?

— Diga quanto quer.

Willa Viley mergulhou em silêncio. Jarret entendeu como a situação se desenrolaria. Viley pediria um valor alto. Ten Broeck, que nadava em dinheiro, pagaria. Lexington seria obrigado a correr, fora de forma depois de tanto pastar e de perder tantos dias cruciais de treinamento. Apoiou a cabeça na parede por um instante, tomado pelo desespero. Em seguida, deu meia-volta e desceu as escadas, afastando-se da arquibancada tão rápido quanto podia. Ten Broeck jamais poderia saber que mais alguém havia escutado os insultos de Viley. Não havia alternativa. Teria que ir buscar o cavalo.

Uma hora mais tarde, Jarret estava encostado na porta da baia enquanto o ferrador martelava a última ferradura de corrida no lugar. Quando terminou, repetiu o afago de sempre e se pôs a acariciar a crina de Lexington. Em vez do costumeiro "Bom menino", porém, Jarret o ouviu sussurrar:

— Só um homem muito asqueroso seria capaz de maltratar um cavalo esplêndido como você.

Não tinha chovido ao longo da semana, então a pista estava seca e dura. Quando Ten Broeck apareceu para assistir ao treino de galopes, não se via Willa Viley em lugar algum. Como já era esperado, o cavalo avançou a um ritmo lento nas primeiras voltas. Passado o primeiro quilômetro, Jarret chamou Meichon para junto da cerca.

— Já está bom por hoje. É melhor não exigir muito dele logo de cara. Amanhã vai ter um desempenho melhor.

Meichon virou-se para Ten Broeck em busca de confirmação, e o homem ergueu o queixo para dar seu aval. O jóquei apeou e Jarret levou o cavalo para esfriar o corpo, certo de que o treino do dia seguinte não seria nem um pouco melhor.

Não conseguiu pregar os olhos na noite de sexta-feira. Ficou se debatendo na cama até que enfim decidiu que passaria a noite em claro na baia de Lexington. Pela manhã, chamou Meichon de lado para conversarem a sós.

— Não posso dizer que você não deveria usar o chicote e a espora, mas estou pedindo que não o açoite. Ele vai fazer tudo o que puder, você sabe bem disso. Só não peça mais do que ele tem a oferecer.

Dez mil pessoas compareceram para assistir à corrida naquele sábado. Ao saber da revanche, alguns membros da delegação de Kentucky tinham decidido esticar sua estada em Nova Orleans. Jarret ficou aliviado ao perceber que o grupo de Warfield não estava entre eles. Não queria que o médico testemunhasse o que julgava que seria, para seu grande desespero, uma situação humilhante para Lexington.

Assim que foi dada a largada, Lecompte assumiu a liderança. Lexington ofereceu uma disputa acirrada, mantendo-se sempre a uma curta distância, mas não conseguiu superar o cavalo em melhor forma. No último quilômetro, Meichon, movido pelo desespero, pôs-se a distribuir golpes com o chicote e a espora. Jarret não conseguia assistir. Sabia que o garoto estava punindo o cavalo sem motivo. Lecompte abriu uma vantagem ainda maior e venceu com seis corpos de distância. Abe Hawkins, que havia cavalgado com as rédeas frouxas durante toda a corrida, não precisara recorrer nem à espora nem ao chicote. A plateia irrompeu em vivas quando a notícia do tempo se espalhou de boca em boca. Lecompte havia quebrado o recorde de maneira espetacular. Seus alucinantes sete minutos e vinte e seis segundos eram seis segundos e meio mais rápidos que o recorde anterior, que passara anos sem ser superado.

Quando Jarret se aproximou de Lexington, viu que os flancos arfavam e a cabeça pendia para a frente em angústia. Virou-se na direção de Meichon.

— Por que você o esporeou? — perguntou aos berros. — Dava para ver que ele não tinha condições de ir mais rápido.

Meichon assumiu um ar desafiador.

— O sinhô Ten Broeck falou que era para eu cavalgar depressa. Pelo que fiquei sabendo, ele apostou contra nós, então não deve querer que as pessoas aleguem que ele trapaceou.

Jarret jogou a cabeça para trás e praguejou em direção ao céu. Queria tomar o chicote da mão do jóquei e ir atrás de Ten Broeck, mas a respiração ofegante do cavalo o fez voltar a si. Precisava cuidar de Lexington ou o cavalo poderia colapsar de tanta exaustão. Afastou Meichon com um empurrão no peitoral frágil e delicado como o de um pássaro e conduziu o cavalo, em um ritmo lento e suave, até que as narinas dilatadas satisfizessem sua frenética ânsia por ar.

O rapaz encheu-se de alívio ao ver a recuperação do cavalo. Se não pudesse vencer aquela corrida miserável, ao menos não seria arruinado por ela. Quando chegou a hora do segundo páreo, Lexington parecia ter retomado seu temperamento de costume, e dançava na linha de partida. Quando foi dada a largada, ele assumiu a liderança e logo abriu dois corpos de vantagem. Jarret tinha certeza de que Abe estava refreando Lecompte. E não deu outra: no penúltimo quilômetro, o jóquei deu sua cartada. Jarret achou que Lecompte passaria zunindo por Lexington, mas a potência de antes já não estava mais lá. Depois de aumentar seu ritmo e fazer os dois se lançarem à frente, emparelhados, Lexington conseguiu manter a liderança.

Foi só quando se aproximaram da arquibancada que Lecompte representou uma ameaça, mas de repente um grito se desprendeu da multidão, alto e penetrante, acima de todo o burburinho.

— Henri! Pode parar! Pare o cavalo! A corrida acabou!

Meichon virou a cabeça, buscando a origem da voz, e Lecompte aproveitou a distração para tomar a dianteira.

— Não! — berrou Jarret. — Continue!

Mas, de onde estava, Meichon não conseguia escutá-lo. Jarret ouviu o tom melancólico de Scott, parado junto à cerca, gritando:

— Siga em frente e vença!

Meichon se virou outra vez, procurando a origem dessa nova voz. Só nessa hora, quando já era tarde demais, veio o rugido de Ten Broeck.

— Continue cavalgando, seu tolo! Ande!

O jóquei afundou na sela e apertou a espora. Metade da multidão aplaudiu seu avanço enquanto outros vaiavam e escarneciam. Em resposta, Lexington lançou-se em uma arrancada alucinante, mas já era tarde demais: Lecompte cruzou a linha de chegada e venceu por quatro corpos de vantagem. Abe ergueu o chicote e acenou para a multidão para celebrar sua vitória.

THOMAS J. SCOTT

Nova Orleans, Louisiana
1854

PERDI DINHEIRO NAQUELA corrida, mas não tardou para que o recuperasse. A demanda por relatos sobre a disputa estava nas alturas. Os jornais turfísticos de Nova York estavam ávidos por qualquer migalha de especulação. Em geral, tomavam o partido de Ten Broeck, sendo ele próprio nativo do Norte, mas o público via com certo opróbrio a ganância do homem em forçar um cavalo fora de forma a competir. Além disso, o tempo recorde de Lecompte merecia os mais verbosos elogios.

O general Wells tinha muito a dizer sobre o assunto nas entrevistas, é claro, mas fora delas sua fala ficava ainda mais prolífica ao tratar, de forma altamente caluniosa, de seu odiado rival. Viley tornou-se cúmplice nessa bravata e pôs-se a jogar cada vez mais lenha na fogueira para alimentar os boatos. Deixou clara sua desaprovação e fez questão de alardear que havia posto fim à parceria com Ten Broeck antes mesmo da corrida imprudente.

Entrementes, a controvérsia cercava o jovem jóquei, Meichon, cuja carreira sofreu um golpe mortal naquele dia. Alguém tinha mesmo lhe gritado que parasse, ou será que aceitara um suborno para entregar a corrida? O grito, se verdadeiro, teria sido um erro inocente ou um truque nefasto? Nesse último caso, quem estaria por trás dele? Ten Broeck ou Wells?

Ten Broeck dispensou Meichon de imediato — era necessário, se quisesse se afastar da suspeita — e enviou uma declaração para os jornais turfísticos. "É uma tarefa ingrata que o dono tenha que defender a derrota de seu próprio cavalo", admitiu e em seguida, sem a menor cerimônia, deixou a culpa recair sobre os ombros estreitos de seu jóquei inexperiente. Declarou que tinha ficado insatisfeito com o desempenho de Meichon já no primeiro páreo e deixara um jóquei pronto para tomar seu lugar no segundo, mas o dono do garoto mudara de ideia no último minuto. Parece improvável que o jovem Meichon volte a cavalgar em montarias notáveis tão cedo. Ainda assim, estou mais propenso a acreditar que o rapaz não passava de um peão em uma partida na qual havia muito em jogo.

Corriam boatos de que Ten Broeck fizera apostas vultosas contra seu próprio cavalo e plantara um cúmplice na arquibancada para confundir o jóquei imberbe e, assim, ter uma carta na manga caso seu cavalo fora de forma contrariasse as expectativas e assumisse a liderança. Não tinha deixado rastros, visto que era um sujeito muito astuto, e mesmo depois de sondar todos os meus contatos em Metairie — todos ricos de opiniões, mas carentes de provas — não consegui chegar a uma conclusão a respeito do assunto. Descobri, contudo, que Ten Broeck havia contratado Abe de Kenner em segredo, para o caso de haver uma revanche. Posteriormente, chegou aos meus ouvidos o boato de que Ten Broeck também contratara Gil Patrick, o que, se fosse verdade, deixaria Wells em apuros para arranjar um jóquei de primeira linha.

Munido de todas essas informações, debrucei-me sobre o trabalho e, pela primeira vez, fui devidamente recompensado. Todos desejavam me contar suas próprias teorias sobre o caso, com exceção de Jarret, é claro, que manteve-se reticente como de costume. Quando o vi ao lado de Ten Broeck, percebi, com grande interesse, que algo havia mudado na natureza de sua relação. Ao se dirigir ao homem, Jarret mal o olhava nos olhos. Eu estava inclinado a acreditar que o rapaz guardava rancor pela situação vexatória a que o cavalo fora submetido. Mas não conseguia deixar de pensar que ele talvez estivesse a par de uma corrupção ainda mais profunda.

Ten Broeck, entrementes, não agia como um homem caído em desgraça e infâmia. E, em Nova Orleans, parecia mais provável que o assunto fosse tratado como um breve fogo de palha, não como um incêndio duradouro. Dificilmente um homem tão rico, bem relacionado e apresentável como Ten

Broeck passaria tanto tempo sob a chibata moral, a não ser quando brandida pelos círculos mais puritanos. Em Nova Orleans, contudo, tais círculos eram tão diminutos quanto grãos de areia.

Sua primeira reação à derrota de Lexington foi lucrar em cima do interesse gerado por ela. Assim que fez os arranjos com os dois melhores jóqueis da região, escreveu uma carta aberta a Wells na qual propunha uma revanche no fim da primavera com o prêmio impressionante de dez mil dólares, mais uma porcentagem dos lucros de bilheteria. A resposta brusca de Wells: *Peço licença, mas terei que recusar.*

Se Ten Broeck se deixou abater por esse sucinto desdém, não demonstrou. Tentou fincar a espora em Wells com outra carta ácida ao *Spirit of the Times*, na qual insinuava que o sujeito não tinha confiança no próprio cavalo nem coragem de se arriscar em uma revanche. Wells tratou de responder, indignado, que Ten Broeck tentava atribuir uma "reputação fictícia" a seu cavalo e conquistar uma "notoriedade admirável" para si mesmo ao mesmo tempo que surrupiava o jóquei escolhido por Wells, "desse modo fortalecendo-se contra a possibilidade de um desafio justo e igualitário".

Ainda imperturbável, Ten Broeck passou a recorrer a alternativas engenhosas. Como lhe era negada a opção de alcançar a desforra com uma revanche habitual entre cavalheiros, fez uma proposta das mais inovadoras. Lexington apostaria uma corrida contra o relógio. Se o cavalo conseguisse bater o recorde de Lecompte, isso provaria sua superioridade tanto quanto qualquer revanche. Os aficionados por turfe têm grande apreço por novidades, de modo que essa era uma perspectiva tentadora. Dois cavalheiros ilustres da Virgínia aceitaram a ousada oferta de Ten Broeck e apostaram vinte mil dólares no relógio. Ten Broeck, ciente de que o fascínio do público aumentava quando havia grandes fortunas em jogo, aceitou de bom grado. Nesse ínterim, um relojeiro nova-iorquino engenhoso criou um cronômetro acessível e o propagandeou como um acessório indispensável para o que passara a ser anunciado como a Corrida Contra o Tempo.

A essa altura, já se abatera sobre Nova Orleans aquele marasmo de verão em que qualquer esforço físico é evitado ao máximo. Sem alarde — na verdade, até com certo efúgio —, Ten Broeck enviou Jarret e o cavalo para o Norte, onde o garanhão poderia se preparar em um clima mais ameno.

Fiquei sabendo disso muito por acaso. Certa noite, quando um ou outro assunto de trabalho artístico me levou a Metairie, saí em busca de Jarret na esperança de que as semanas tivessem soltado sua língua e, assim, pudesse me dizer mais sobre o que acontecera na infame corrida. Quando cheguei a seus aposentos, contudo, encontrei sua cama desarrumada e seus pertences desaparecidos. Logo depois, verifiquei a baia que trazia a placa com o nome de Lexington, mas também a encontrei vazia. Por mais que tentasse, não conseguia descobrir seu paradeiro. Era evidente que Ten Broeck tentava cercar de mistério as condições de treinamento do cavalo. Como isso também renderia boas matérias, não achei o desaparecimento de todo insatisfatório. As colunas que escrevi para especular sobre o paradeiro do veloz garanhão baio garantiram a comida no meu prato durante todo o verão, se não *boeuf au vin rouge*, ao menos feijão-vermelho e arroz.

Não consegui descobrir onde estiveram por aqueles meses até que a dupla retornou a Metairie, sem mais nem menos, bem no fim do outono. Quando os encontrei, estavam concluindo os exercícios da manhã. O cavalo baio estava em excelentes condições. Sempre o tinha achado um espécime esplêndido, mas naquele momento vi que fluía para sua postura baixa de corrida como se fosse feito de seda, e não de carne e osso. Quando saíram da pista, o rapaz apeou e não se deu sequer ao trabalho de conduzir o cavalo pelas rédeas. O animal avançava logo atrás e movia-se de um lado para o outro a um mero comando verbal. Eu nunca tinha visto um cavalo de corrida puro-sangue — um garanhão, ainda por cima — dócil a esse ponto.

Se o cavalo parecia melhor, o mesmo poderia ser dito sobre o rapaz. Os meses afastados lhe tinham imbuído de uma nova confiança. Parecia menos tímido na minha presença e, quando pedi, concordou de bom grado em me contar suas aventuras — e desventuras — no Norte. Segui a seu lado enquanto ajudava o cavalo a esfriar o corpo e depois o conduzia ao pasto. Ficamos encostados na cerca enquanto ele discorria sobre como tinham ido de barco até Louisville e depois sido acompanhados por um amigo de Ten Broeck, o capitão William Stuart, até Saratoga Springs, onde haviam rusticado entre as pessoas refinadas que se banhavam nas águas termais da cidadezinha. Depois desse interlúdio agradável, tinham seguido rumo a Nova York, para treinar no novo Hipódromo Nacional. Presumi que o rapaz não teria gostado de se ver em uma cidade tão grande quanto aquela, mas, quando lhe perguntei, ficou pensativo.

Disse que se sentira sobrepujado pelo barulho, que não dava trégua nem durante a noite, pois as pessoas nunca paravam de trabalhar. Tinha se alojado em uma pensão para pessoas negras em meio a trabalhadores livres e comerciantes, e dividira o quarto com um garoto que trabalhava nas docas e cheirava a piche. Confessou-me que vira isso como uma bênção, já que era um fedor limpo, forte o bastante para sobrepujar os aromas mais pestilentos do lugar.

No calor de fim de verão, o capitão Stuart fora acometido por uma moléstia repentina que acabou se revelando cólera. Jarret tinha auxiliado nos cuidados durante o curso horripilante da doença até o pobre homem dar seu último suspiro. Dava para ver que a experiência ainda o atormentava. Eu tinha aprendido um pouco sobre cólera na faculdade; a humilhação e o horror de ver todo o conteúdo verter de suas vísceras até que não restasse mais nada para expelir além das próprias entranhas. Lembrei-me da aparência abatida, semelhante a mingau de arroz, daqueles deixados à beira da morte por tais desarranjos. Não era uma coisa de que se pudesse esquecer.

Perguntei-lhe, depois de seu relato lúgubre dessa fatalidade, *por que raios* tinha gostado daquela cidade fétida, barulhenta e infestada de doenças. Lançou-me um olhar sincero e penetrante, como se avaliasse até que ponto podia me revelar suas verdadeiras opiniões.

Respondeu, então, que tinha gostado por conta das pessoas que conheceu na pensão, cada qual dotada de uma poderosa motivação para trabalhar em seu ofício, mesmo que fosse árduo, sórdido ou ingrato.

— Sabe por que faziam isso, sr. Scott? — perguntou-me ele.

— Conte para mim — respondi.

Ele estendeu as mãos diante do corpo, com as palmas voltadas para cima, e disse o que reproduzo agora, letra por letra: As mãos deles pertencem apenas a eles e a mais ninguém. Assim como o dinheiro colocado ali.

THEO

Georgetown, Washington, D. C.
2019

O telefone de Theo tiniu com as notas jazzísticas de Coltrane que serviam de toque para identificar seu amigo Daniel. Depois de aceitar a chamada, jogou-se no sofá.

— Fala, cara. Como andam as coisas aí na Cidade Chocolate?

Theo deu risada.

— Como é que vou saber? Eu moro na Baunilhândia.

— Ainda está na fossa por causa da Makela? Não arranjou outra mulher para mostrar a verdadeira face da cidade para você?

— Não estou na fossa, só partindo para outra.

— Ah, então você conheceu alguém?

Theo pigarreou.

— Então, eu meio que estou saindo com uma mulher, mas ela não é daqui. Na verdade, ela é menos daqui do que eu.

— Meio que está saindo? Ué, ou está saindo ou não está.

— Ela é branca — respondeu sem rodeios.

O silêncio reinou por alguns segundos. Theo se preparou para o que viria a seguir.

— Ah, isso não é nada. Você não é o primeiro irmão a se apaixonar por uma branquela.

— Eu não diria que estou exatamente apaixonado. Só faz algumas semanas que estamos saindo.

— Como vocês se conheceram?

Theo hesitou. Ser praticamente acusado de furtar uma bicicleta não era lá um jeito muito agradável de conhecer alguém.

— Hum, eu estava fazendo umas pesquisas para um artigo da revista *Smithsonian*. Ela é responsável por um dos laboratórios de lá.

Era melhor dar um jeito de mudar de assunto.

— Então — continuou —, como estão as coisas aí no laboratório novo? O que está achando de São Francisco?

Daniel havia tomado uma decisão drástica na metade do seu segundo ano de faculdade. Vindo de Baldwin Hills, em Los Angeles, ingressara em Yale com o intuito de cursar música e seguir os passos dos pais na indústria fonográfica. Mas bastou uma aula de introdução à genética — escolhida para ocupar a cadeira científica que o curso exigia — para que ficasse obcecado com o uso de biologia molecular no tratamento de cânceres quase incuráveis. Sua dissertação de mestrado, cujo tema era a desnaturação de uma proteína com o nome improvável de sonic hedgehog, rendera-lhe uma bolsa em uma incubadora de biotecnologia.

— O trabalho é puxado, mas o laboratório é muito maneiro. Se eu precisar de alguma coisa, seja espectrometria de massa, crio-ME ou sequenciador Illumina, é só pedir e pronto, está lá. É tudo novinho em folha. Mas eu literalmente tenho que passar por cima de gente dormindo na rua para entrar no prédio. A situação dos moradores de rua é bem complicada por aqui.

— Não é como se os pobres vivessem em condições melhores em New Haven.

— Não, mas lá o contraste não era tão gritante. Este lugar parece um retrato distópico da desigualdade. Sabe, tem gente dormindo na frente da Salesforce Tower. Enfim, liguei porque Hakeem está se matando de trabalhar em Stanford e Mike vendeu a alma para a Palantir... e aí chegamos à conclusão de que todos deveríamos tirar uma folguinha, um fim de semana prolongado, e fazer trilha em Tuolumne Meadows. Aproveitar para conhecer o lugar antes de a mudança climática acabar com a porra toda. Você acha que consegue ir?

— Vou adorar. Só preciso ver se consigo arranjar um voo barato.

Enquanto corria com Clancy no Rock Creek Park, Theo pensou na logística da viagem. Será que estaria apressando muito as coisas se pedisse a Jess que cuidasse de Clancy por um fim de semana? Talvez fosse menos complicado contratar uma *pet sitter*. Olhou para Clancy, que saltitava um pouco mais à frente. Sem dúvida o cachorro ficaria mais feliz com Jess do que com uma pessoa estranha. Então, por que estava tão relutante em dar esse passo na relação deles?

Por conta da ligação de Daniel, acabara saindo para correr um pouco mais tarde do que de costume. Percebeu que havia chegado um pouco depois do horário de entrada das crianças na escola. O lugar estava apinhado de mães, correndo em duplas ou trios, com regatas vibrantes e leggings curtas que deixavam os corpos bem cuidados e as panturrilhas tonificadas à mostra. Algumas sorriram e chegaram para o lado para deixá-lo passar na trilha estreita.

— Que cachorro fofo! — elogiou uma delas.

Theo se virou e andou de costas por um punhado de metros.

— Obrigado, mas não fale isso para ele. Vai ficar todo convencido!

Acelerou o ritmo e passou pelos grupos falantes em busca de uma trilha mais vazia. Em seguida, voltou ao ritmo em que preferia correr, ainda com o pensamento fixo em Jess. Ela era uma combinação tão estranha: superinteligente em diversos aspectos, superobtusa em outros. Theo gostava de seu senso de humor autodepreciativo e de como parecia confortável com o próprio corpo. Não tinha a menor vergonha de seus desejos e sabia muito bem do que gostava, o que era revigorante. Não esperava que ele lesse nas entrelinhas. E não havia um teor passivo-agressivo subentendido. Jess expressava seus sentimentos na lata. Além disso, era a mulher menos vaidosa com quem ele já tinha saído: não demorava nem dez minutos para se vestir e se aprontar, um contraste gritante com algumas de suas ex-namoradas.

Theo vasculhou a própria mente para descobrir a fonte daquela ambivalência. Ao que parecia, Daniel tinha lidado bem com a novidade. Será que era a certeza da desaprovação de Abiona que o incomodava? Na sua lista pessoal de coisas que uma mãe nigeriana nunca diria, "Por que você não arranja uma namorada branca?" estava muito perto de "Você tirou nove? Parabéns!". Era tão fácil imaginar a voz dela: maternal, profunda e melodiosa.

Era mais difícil imaginar a voz do pai. O que Barry teria dito? Theo não fazia ideia de quem o pai tinha namorado antes de conhecer Abiona. Era o tipo de conversa de homem para homem de que tinham sido privados. Sentia saudade do pai todos os dias, e ela tinha ficado mais apertada desde que se mudara para os Estados Unidos. Havia tantas perguntas que Barry poderia ter respondido; tantas que Theo nem teria precisado perguntar. Poderia apenas observar como o pai interagia com o mundo e usar isso como fonte de inspiração. Não se arrependia de ter sido criado no exterior: alegrava-se por ter morado em três continentes antes de se mudar para os Estados Unidos e, embora amasse os amigos, às vezes ficava surpreso com sua insularidade. Certa vez, quando sugerira que passassem as férias no México, ficou chocado ao saber que Mike e Hakeem nem tinham passaporte. Mas sentia-se triste e traído por nunca ter visitado os Estados Unidos ao lado do pai.

Estava quase chegando ao carvalho onde costumava parar para alongar os músculos quando assobiou para Clancy. O cão deu meia-volta e veio para junto de seus calcanhares, a respiração ofegante e regular como um pistão. Theo se escorou no tronco áspero e crocodilino da grande árvore e alongou as panturrilhas e os músculos posteriores da coxa. Em seguida, sacudiu os braços e as pernas para se livrar da autopiedade. Decidiu correr por mais um quilômetro. O coração acelerou à medida que avançava.

Confie em si mesmo: todo coração vibra a essa corda de ferro. De onde era essa citação? Ralph Waldo Emerson? Sim, era isso mesmo. Daquele ensaio estúpido, "Autoconfiança". Theo tinha sido obrigado a ler para um seminário sobre o idealismo norte-americano. Escrevera uma resposta raivosa, argumentando que a maior fraqueza dos Estados Unidos era aquele individualismo exacerbado que beirava a infantilidade. Alegou que a insistência de Emerson em ter apenas a si mesmo e outras pessoas como ele como aliados, além de definir a esmola doada aos dissemelhantes como "um dólar perverso", era o tipo de pensamento que sustentava a desigualdade escancarada no país. Traçara, ainda, um nítido contraste com o éthos mais comunitário que prevalecia em sociedades que ele tinha vivenciado em primeira mão — iorubá, australiana e até mesmo a britânica em tempos de crise.

Mas ali, anos depois, alguns trechos do ensaio odioso voltaram a ressoar em seus ouvidos. *Diga hoje o que pensa com palavras tão inflexíveis quanto balas de canhão e amanhã...* Como era mesmo? E amanhã torne a dizer o que pensa com palavras igualmente inflexíveis, mesmo que se contradiga por completo. Algo do tipo. E também tinha uma parte sobre alguma criatura folclórica. Theo sorriu e enxugou o suor que escorria pelo rosto. *Sic transit* os anos em colégios caros. Pesquisaria a citação correta depois de uma boa chuveirada. Em seguida, deu as costas e tomou o caminho para casa.

Perguntaria a Jess se ela podia ficar com Clancy, arriscaria um pouquinho mais de intimidade.

Confiaria na corda de ferro do próprio coração. Por ora.

JARRET, PROPRIEDADE DE TEN BROECK

Metairie, Louisiana
1855

JARRET ESTAVA AO lado de Lexington, com a mão pousada com delicadeza sobre o ombro do animal, quando Gilbert Watson Patrick chegou para a primeira manhã de treinamento com o cavalo.

Embora Jarret lamentasse a desgraça que se abatera sobre o jovem Henri Meichon e a julgasse despropositada, a verdade é que nunca o considerara um jóquei digno de Lexington. Estava satisfeito por Ten Broeck ter contratado um profissional mais experiente para a Corrida Contra o Tempo. A longa carreira de Gil Patrick estava chegando ao fim, e corriam boatos de que aquela corrida tão inusitada poderia ser seu canto do cisne. Jarret sabia que o jóquei era um cavaleiro tão habilidoso quanto qualquer outro no país. Só faltava descobrir se podia confiar nele.

Visto de longe, Patrick parecia uma criança: tinha menos de um metro e meio de altura e era magro como um palito. Algumas pessoas o chamavam de "Pequeno Gil", mas sempre pelas costas. Seu outro apelido, "o Punidor", não se referia ao tratamento que dispensava aos cavalos, e sim à sua capacidade de tornar a corrida infernal para os outros jóqueis, caso nutrisse um rancor contra eles ou contra o dono dos cavalos. Do alto de seus trinta anos, a bela pele inglesa que herdara dos pais imigrantes havia adquirido uma textura coriácea, quase simiesca, vincada por linhas profundas. Mas o rosto se iluminou, admirado, enquanto ele olhava para Lexington.

Aproximou-se do cavalo devagar. As narinas de Lexington inflaram para sentir seu cheiro. O jóquei estendeu a mão e a deixou parada enquanto o cavalo a farejava com o focinho macio.

— Já cavalguei no seu pai e na sua mãe — sussurrou Patrick para o cavalo. — Você é muito mais calmo que os dois.

Ele se virou para Jarret, arregaçou a manga e mostrou uma cicatriz rosada no antebraço.

— Isso aqui foi obra de Boston, naquela corrida contra Fashion em 1842, quando eu ainda era apenas um garoto. Ele não ficou nada feliz em ser derrotado por aquela potra. Eu também não.

Quando Patrick flexionou a perna, Jarret o ajudou a se acomodar na sela. Em seguida, conduziu os dois até a pista e, antes de chegarem à porteira, passou o caminho todo travando uma conversa sussurrada com Lexington.

Patrick começou com um aquecimento leve por um quilômetro ou dois, depois pediu ao cavalo que acelerasse o ritmo. Jarret podia ver que Patrick testava as reações de Lexington, pedindo-lhe que reduzisse o galope por meio quilômetro, para, em seguida, arrancar com tudo outra vez. Por quase uma hora, os dois trabalharam em conjunto, estabelecendo uma parceria. Foi um treino impecável. Mas quando Patrick devolveu o cavalo a Jarret, não demonstrava a euforia que costumava acompanhar tal cavalgada. Quando deslizou para fora da sela e entregou as rédeas a Jarret, o rosto estava contorcido de apreensão.

— Quanto tempo? — perguntou.

— Quanto tempo o quê?

— Deixe disso, garoto. Você sabe muito bem do que estou falando. A razão pela qual você vive em um lenga-lenga interminável com este cavalo.

— Já faz três meses. Não mais que isso. Talvez tenha começado antes da última corrida, mas não tenho como saber. Percebi que os olhos dele estavam inflamados assim que o páreo terminou, mas achei que daria para resolver com compressas frias. E eu tentei, mas...

— Ten Broeck já sabe?

— Ainda não.

— Você vai contar para ele?

— Você vai?

O homem mais velho fitou o rapaz mais alto, seus olhos azul-claros fixos nos castanho-escuros.

— Não sei.

— Ele ainda consegue correr. Tão bem quanto antes, talvez até melhor.

Patrick assentiu devagar.

— Isso é verdade.

— E, além dele, só vai ter o cavalo que marca o ritmo. Não é como se fosse estar rodeado de competidores.

— Isso também é verdade.

Bem nessa hora, Jarret deixou escapar o que o afligia.

— Tenho medo de que Ten Broeck descubra e decida apostar contra Lexington. E se ele fizer isso...

Ele se deteve. Já tinha falado demais.

Patrick ajeitou o capacete de jóquei sobre o cabelo ralo e ruivo.

— Se ele fizer isso, você tem medo de que ele possa tomar outras medidas para garantir a derrota?

— Não foi isso que eu disse.

— Não, não foi. Mas eu vi Meichon aos prantos no meu quarto. E sei o que aquele menino acha que aconteceu na última vez que Ten Broeck apostou no cavalo rival.

Gil Patrick desviou o olhar de Jarret e acariciou o flanco de Lexington.

— Um treino desses e ele mal está suando. Você fez um ótimo trabalho com ele.

O jóquei se pôs a fitar a pista enquanto avaliava suas opções. Em seguida, assentiu com a cabeça.

— Tudo bem. Vou guardar seu segredo. Só por esta corrida. Depois disso, não prometo mais nada.

JESS

*Centro de Referência do Museu Smithsonian, Maryland
2019*

JESS ESTAVA ENCOSTADA na fria bancada de aço enquanto Catherine examinava o crânio.

— Não é o que você acha.

— Não é uma lesão?

— Tenho quase certeza de que não. Meu palpite é que essa malformação teve uma causa orgânica. Na verdade, pode ter acontecido ao longo de vários anos. É provável que tenha sido tão gradual que o cavalo nem chegou a sentir.

— Ufa, assim é melhor. Eu já tinha imaginado um montão de possibilidades horríveis. Alguém espancando o pobre animal ou uma queda feia durante uma corrida. Acha que foi uma doença?

— É o mais provável. Mas uma lesão foi uma suposição razoável, considerando que o dano não é bilateral e que não tem mais nenhum sinal de morbidade no resto do esqueleto. Foi um palpite inteligente.

— Então, por que você acha que tem uma causa orgânica?

— A primeira pergunta que me faço é: o que sei sobre o crânio de um *Equus ferus caballus* em seu estado normal?

Catherine pegou o crânio e o virou.

— Como é lindo, frágil e complicado.

— Trinta e quatro ossos distintos — comentou Jess. — O dos humanos tem só vinte e dois.

— Isso, e assim como os nossos, esses ossos têm inúmeras outras funções além das mais óbvias, proteger o cérebro e operar a mandíbula. Tem uma porção de fendinhas aqui e ali para transportar sangue, linfa e líquido cefalorraquidiano. Passagens conectadas ao cérebro para os nervos. E para infecções também. Muita coisa pode dar errado por ali.

Catherine devolveu o crânio à bancada e tracejou as tênues linhas de sutura enquanto Jess enumerava os ossos.

— Occipital, parietal, processos nasais, zigomático e...

Ela hesitou.

— Vômer — completou Catherine.

— Vômer. E depois a deformidade, bem ali no osso lacrimal.

— É uma deformidade bem grosseira. É triste, mas tratei muitos cavalos que tinham algo parecido... uma espécie de desequilíbrio nos ossos cranianos. Não tão pronunciado quanto esse, sem dúvida, mas é preciso levar em conta que este cavalo é bem mais velho. No mundo das corridas, geralmente me chamavam para cuidar de potros de dois anos. Nesses casos de cavalos mais jovens, os problemas ósseos costumavam ser relacionados a uma lesão direta. Ou tinham batido no portão de largada ou se debatido quando amarrados ou alguma outra travessura típica de cavalos mais jovens.

Ela deslizou o dedo sobre a dentição do crânio.

— Os dentes deste cavalo estão péssimos, mesmo considerando a idade que tinha quando morreu. Patologias dentárias graves. Os cavalos não têm como avisar que estão com dor de dente, então a coisa pode ficar bem feia antes que alguém perceba o problema.

— Sempre ouvi a expressão "a cavalo dado não se olha os dentes" e que é possível determinar a idade deles assim — comentou Jess.

— É, dá mesmo, e em geral o tratamento dentário dispensado aos cavalos se limitava a raspar os dentes quando estavam grandes demais. As melhorias no atendimento odontológico de equinos são recentes. Cavalos têm bocas compridas e mandíbulas poderosas, então ninguém quer enfiar a cabeça lá dentro para ver como estão as coisas. Foi só com o surgimento das microcâmeras que essa área deslanchou. Como só faziam a raspagem, as patologias complexas eram jogadas para escanteio. É como diz aquela expressão: para quem só tem um martelo, todo problema é um prego.

Catherine foi até a pia para lavar as mãos.

— Mas tem outra possibilidade. Considerando que era um cavalo mais velho que não vivenciou os avanços da prática veterinária moderna, talvez tenha sido garrotilho. *Streptococcus equi equi*. Uma doença terrível que causa abscessos no tecido linfoide do trato respiratório superior. Se não for tratada, tem potencial de deformar ossos. Podemos colher uma amostra e procurar por sinais de organismos infecciosos. Ver se conseguimos encontrar algum patógeno no DNA. Isso, é claro, se você estiver mesmo interessada...

De repente, Jess se deu conta de que queria mesmo saber. Tinha desenvolvido certa obsessão por aquele cavalo. Afinal, o primeiro encontro com Theo acontecera graças a ele.

— Podemos fazer aqui no meu laboratório. Acho importante descobrirmos tudo o que esses ossos podem nos revelar. Talvez ele volte a ser popular um dia, como o Seabiscuit, e aí as pessoas vão querer saber mais sobre sua história.

— Nesse caso, acho bom pedirmos uma tomografia computadorizada do crânio. Conheço um veterinário lá da faculdade que é especialista em cirurgia maxilofacial equina... Se eu mostrar os exames, talvez ele possa nos dar uma luz.

Catherine tinha passado o dia supervisionando a análise dos ossos locomotores do esqueleto. Jess acabou convidando-a para jantar e, quando já estava quase na hora, enviou uma mensagem para Theo perguntando se ele também queria ir, já que os dois tinham a Inglaterra e Oxford em comum.

Parou no Eastern Market enquanto pedalava para casa, chegando lá um pouco antes de sua peixaria preferida fechar. Escolheu alguns camarões bonitos para preparar um sambal malaio picante. Quando Catherine chegou, Jess estava com os olhos marejados por conta da pimenta assada. Catherine tossiu quando os aromas pungentes se infiltraram por sua garganta. Começou a ajudar sem nem perceber, como tinha feito da primeira vez, e se pôs a picar capim-limão e alho enquanto Jess refogava nozes-da-índia e pasta de camarão.

Quando Theo chegou à soleira e entrou pela porta aberta, cambaleou de surpresa.

— Está um cheiro maravilhoso aqui dentro.

O focinho de Clancy se agitou com os odores desconhecidos.

— Espero que você goste de coisas apimentadas — disse Jess. — Isso aqui não é para amadores. Theo, quero que você conheça a...

De trás da bancada da cozinha, Catherine sorriu e acenou com a mão suja de alho.

— Já conheço você, Número Três. Eu estudava em Oxford quando você jogava polo. Eu era fã de carteirinha do esporte. Não perdia uma partida sequer.

Depois, virou-se para Jess e acrescentou:

— Quando você disse que era um jogador de polo, jamais imaginei que seria *ele*. Este homem era um *craque*. Ficamos arrasados quando ele saiu do time. Todo mundo achava que ia virar jogador profissional.

— Bem, com certeza daria mais dinheiro do que história da arte — comentou Theo com um sorriso. — Desculpe por não ter reconhecido você logo de cara...

— Ah, pode parar de fingir — interrompeu Catherine, rindo. — Até parece que você ia se lembrar de mim. Nunca fomos apresentados. Eu era só mais uma das garotas que ficavam zanzando perto dos cavalos e pisoteando os torrões de grama no intervalo — acrescentou, antes de se virar para Jess. — O time tinha um fã-clube e tanto, principalmente esse cara aí.

Enquanto Jess servia o sambal avermelhado em cumbucas de arroz, Theo e Catherine conversavam sobre amenidades e trocavam figurinhas sobre a época de Oxford. Ela era mais velha e já estava na metade da pós-graduação quando Theo ingressou na faculdade. Polo era a única coisa que tinham em comum, e Jess percebeu que Theo parecia tentar se esquivar do assunto. Catherine, com uma sensibilidade inglesa, seguiu a deixa e tratou de falar de outra coisa, embora sua decepção tenha ficado evidente para Jess. Se Theo tivesse dado a menor brecha, com certeza a mulher teria relembrado cada partida nos mínimos detalhes.

Em vez disso, porém, enveredou para o interesse de Theo por arte equestre.

— Tenho um quadro de Stubbs, sabe. Fica pendurado do lado de fora do meu escritório. Dizem que é uma pintura e tanto, mas, como veterinária, devo admitir que não ligo muito para ela. A anatomia é toda bizarra. Para falar a verdade, chega até a me dar nos nervos quando olho. Principalmente porque Stubbs poderia ter sido um anatomista de mão-cheia. Seus esboços sobre anatomia equina eram primorosos.

Depois que Jess terminou de tirar a mesa, Catherine mostrou uma foto do retrato que Stubbs fizera de Eclipse. Theo leu a legenda em voz alta:

— *Eclipse com cavalariço*. Acho que eu nunca tinha visto este aqui. A composição é boa, mesmo que a anatomia do cavalo esteja errada. Ele gostava de incluir os servos nas pinturas, não?

— Gostava? Não conheço o trabalho dele tão bem assim para saber se é algo recorrente.

— Ah, sim, é bem recorrente. Quase sempre tem um cavalariço ou um jóquei. Ou os dois. Às vezes tenho a impressão de que os homens só são incluídos na pintura para aumentar a imponência do cavalo, sabe. O animal se impõe sobre o humano, com uma grande crista arqueada e um olhar desdenhoso, provavelmente como os próprios donos gostavam de se enxergar em relação ao resto do mundo. Acho que não seria exagero presumir que a nobreza se identificava com seus cavalos puros-sangues.

— Ora — respondeu Catherine. — Aí é que está. Tudo na Inglaterra se resume a classe. Imagino que não fosse igual por aqui.

Theo se recostou na cadeira, com o cenho franzido.

— Você imagina que não? As classes escravocratas viam os escravizados como subumanos. Referiam-se a eles como "a escória necessária" sobre a qual se construiria uma sociedade superior.

— Que conceito perturbador — comentou Catherine. — Mas não tenho certeza de que seja muito pior do que a atitude da classe alta em relação às classes mais baixas. Bem, nem tudo precisa ser sobre raça, não acha?

— Talvez não, para uma pessoa branca.

— Bem, eu não quis relativizar...

Theo se remexeu na cadeira. Já imaginava que ela veria aquela conversa como um exemplo de como era fácil ofender uma pessoa negra. Ficou irritado e logo foi invadido por um cansaço repentino. Apesar de ser avesso aos maus modos, permitiu-se desfrutar de um grande bocejo.

— Acordei muito cedo hoje — explicou enquanto dobrava o guardanapo. — Estava corrigindo alguns trabalhos bem medianos sobre as tendências maneiristas de Michelangelo. Na verdade, acho que é melhor eu ir andando... ainda tenho um montão para corrigir.

Ele se levantou, pegou a cumbuca vazia dele e a de Catherine e as levou até a pia. Clancy o seguiu silenciosamente. Jess também se pôs de pé e o acompanhou até a porta, saindo para o ar frio da noite.

— Você está bem? — sussurrou.

— Estou ótimo.

— Eu esperava que... eu achei que você ia querer ficar aqui. Não tem nada de errado, tem?

Tinha? Theo não sabia dizer. Ele chegou mais perto e deu um beijo displicente na testa dela.

— Eu ligo para você.

E quando ligar, pensou ele, vai ser para dizer que esse relacionamento não tem futuro.

Jess o observou ir embora a passos rápidos. No fim da rua, apenas Clancy se virou para olhar para trás.

Quando ela fechou a porta, Catherine estava girando a taça de vinho na mão.

— Espero não ter dito nada errado — comentou, então fitou o vinho por um instante e soltou um suspiro. — Hoje em dia, parece que é impossível falar a coisa certa.

JARRET, PROPRIEDADE DE TEN BROECK

Metairie, Louisiana
1855

COM UMA APOSTA de vinte mil dólares no resultado da corrida, Ten Broeck esperava reunir um público considerável. Mas a multidão que apareceu para assistir à Corrida Contra o Tempo superou em muito suas expectativas.

E lá estavam eles, apinhando a estrada de conchas outra vez. A arquibancada pública tinha capacidade para mil e quinhentas pessoas, mas, à medida que a hora da corrida se aproximava, enchia-se com uma lotação muito maior. O *Picayune* publicou uma longa reportagem naquela mesma manhã, tecendo elogios à "temeridade do proprietário de Lexington em propor este desafio ao mundo diante de uma derrota tão recente". Se alcançar o sucesso nessa empreitada, escreveu o jornal, "o homem terá a orgulhosa satisfação de possuir o campeão dos Estados Unidos".

Ten Broeck sorriu ao pensar em como tal reportagem, publicada no jornal de sua cidade natal, provavelmente tinha arruinado o café da manhã de Wells. Talvez o homem tivesse ficado mais satisfeito com a matéria do *Daily Crescent*: "Acreditamos que Lexington vencerá sua corrida contra o tempo, mas ainda achamos que não será capaz de derrotar Lecompte". O jornal contestou a decisão dos juízes de permitir que Lexington fizesse uma largada em movimento, em vez de se posicionar no partidor, e que fosse acompanhado por cavalos marcando o ritmo.

Fazia um belo dia, apesar do vento que tremulava as gavinhas de musgo dependuradas nos carvalhos. Ten Broeck avistou Jarret na pista e semicerrou os olhos quando o viu ajoelhado no chão. O que tinha na cabeça para se comportar daquele jeito já com os trajes de corrida? Se soubesse o preço daquele quimão bordado, não estaria tão disposto a enchê-lo de terra.

Ten Broeck abriu caminho pela multidão e acenou para chamar a atenção do rapaz. Jarret se levantou, espanou a sujeira das mãos e se aproximou com uma expressão séria no rosto.

— Eles limparam a pista — disparou antes que Ten Broeck tivesse a chance de ralhar pelo estado de suas roupas. — Está lisinha, do jeito que o senhor queria, mas dura feito pedra. Tiraram uma camada muito grossa de solo.

— Eu disse que queria uma superfície lisa e dura — respondeu Ten Broeck. — Queremos uma pista rápida.

— Bem, parece até que é feita de ferro — comentou Jarret. — Perdeu todo o amortecimento.

Ten Broeck encolheu os ombros e apontou para as manchas de terra que sujavam os joelhos da calça do rapaz.

— Tem outra para vestir? Você arruinou essa aí.

— Eu estou mais preocupado em não arruinar o cavalo — retrucou Jarret.

Ten Broeck ignorou o tom mordaz.

— Tenho certeza de que não chega a tanto. Mas, em todo o caso, não há nada que possamos fazer a essa altura. Vá ver se Gilpatrick precisa de alguma coisa, sim?

O homem tinha adquirido o hábito de aglutinar o nome e o sobrenome do jóquei em uma coisa só. Depois de olhar feio para Ten Broeck, Jarret saiu batendo os pés em direção aos estábulos. Poderia ao menos se certificar de avisar o jóquei do estado lastimável da pista, muito diferente da superfície em que haviam treinado.

Quando estava quase na hora da corrida, os cavalariços conduziram os dois cavalos que desafiariam Lexington a bater seu melhor tempo. Um capão chamado Joe Blackburn daria a largada ao lado dele nas três primeiras voltas, depois Arrow, com ânimo renovado, desafiaria o competidor na segunda metade da corrida.

Gilpatrick colocou Lexington em movimento, contornou a porteira e se pôs a todo galope quando passaram pelos juízes e ouviram o ressoar do tambor. Por toda a arquibancada, os espectadores pressionaram o botão para iniciar a contagem em seus cronômetros novinhos em folha.

Jarret havia se posicionado junto da cerca, o mais perto possível de Ten Broeck. Quando Lexington disparou por metade da primeira volta, a preocupação vincou o rosto do homem. Quando o cavalo ultrapassou a primeira marca, ele fitou o cronômetro: 1:47:25. Rápido demais.

— Ele não vai conseguir manter esse ritmo — murmurou.

Quando Gilpatrick passou por ali, o homem bradou uma ordem:

— Desacelere! Desacelere!

Obediente, o jóquei fez o que lhe foi pedido e diminuiu o ritmo, de modo que Lexington terminou a segunda volta com pouco menos de dois minutos. Mesmo assim, o capão Joe Blackburn não conseguiu acompanhar. Com apenas três minutos de corrida, tinha ficado tão para trás que já não tinha mais utilidade. Ten Broeck berrou que mandassem Arrow antes da hora. O jóquei esporeou o cavalo descansado para desafiar Lexington enquanto faziam a curva. Ao ouvi-lo se aproximar, Lexington lutou contra as rédeas de Gilpatrick e insistiu para galopar a toda brida. O jóquei permitiu que o cavalo avançasse mais rápido para se manter à frente do adversário. Lexington cruzou a marcação na pista outra vez. Os cronômetros pararam. Terceira volta: 1:51:5.

Desafiar Lexington em tal velocidade exigiu muito de Arrow, então Ten Broeck fez sinal para que Joe Blackburn voltasse à corrida. Nenhum dos cavalos conseguiu reunir velocidade o suficiente para se fazer útil. Mas não importava. Lexington não precisava de adversários para ditar seu próprio ritmo.

Jarret percebeu que Lexington tentava lutar contra Gilpatrick ao longo da última volta, como se tentasse se afastar da cerca.

— Ele está procurando um trecho mais macio na pista — gritou Jarret para Ten Broeck.

— Gilpatrick não pode tirá-lo da raia — respondeu o homem.

Foi só na reta final que o jóquei deixou o cavalo galopar a toda brida, permitindo-lhe terminar os últimos metros em menos de vinte e cinco segundos. Quando Lexington disparou pela linha de chegada, os espectadores pausaram os cronômetros. Houve um instante de silêncio enquanto conferiam o tempo, incrédulos. Em seguida, irromperam em vivas entusiasmados. Correndo sozinho, Lexington havia terminado as quatro voltas em um tempo recorde: 7:19:75. Tinha batido os 7:26 de Lecompte.

Quando Gilpatrick conduziu o cavalo de volta para Jarret, logo ficou óbvio que as duas ferraduras dianteiras estavam soltas. O rapaz gritou para o jóquei apear. Gilpatrick obedeceu e ficou ali, com uma expressão preocupada, enquanto Jarret levantava a pata direita de Lexington e depois a esquerda. As duas ferraduras especiais de corrida tinham se soltado e chacoalhavam contra o casco do cavalo. Em uma delas, só restavam três dos dez cravos. Os outros estavam dobrados e retorcidos.

— Ele deve estar morrendo de dor — comentou Jarret.

Gilpatrick ajeitou o boné.

— Se as ferraduras estivessem no lugar, ele teria terminado a corrida com uns quatro ou cinco segundos a menos. Isso mostra como ele é corajoso... Correr desse jeito, com as ferraduras nesse estado — declarou. — Não conheço outro cavalo que continuaria avançando como ele fez, e deixando os outros comendo poeira. Acho que ele provou algo hoje, sem dúvidas. Não é apenas o cavalo mais rápido da história, mas talvez o mais corajoso também.

Na manhã seguinte, Gilpatrick estava escorado na porta da baia de Lexington enquanto Jarret mergulhava o casco direito do animal em uma tina.

— Você tem que contar para ele — disse bem baixinho para que mais ninguém pudesse ouvir.

Jarret se pôs de pé e enxugou as mãos.

— Essa pata ainda está muito quente.

— As patas vão ficar bem depois de algumas compressas frias. É a outra coisa que me preocupa. E deveria preocupar você também.

— É claro que me preocupa.

Jarret acariciou a crina de Lexington. O cavalo aceitou o toque e não se esquivou quando o rapaz tracejou o osso protuberante que rodeava seu olho.

— Passo cada minuto do dia preocupado.

330 *Geraldine Brooks*

— Você sabe que estão prestes a definir as condições para a revanche, certo? — perguntou Gilpatrick. — O velho Wells só falta implorar.

— Fiquei sabendo que ele está beirando a histeria agora que estão tratando Lexington como o cavalo de corrida mais rápido da história.

Gilpatrick deu uma risada seca.

— Ele caiu feito um patinho na arapuca que Ten Broeck armou para ele — comentou. Depois, adentrou ainda mais a baia e continuou em voz baixa: — Acho que isso só vai ter fim se você se pronunciar. Conte a verdade para Ten Broeck.

Jarret, ocupado em limpar a outra pata, nem respondeu.

— Jarret! — insistiu Gilpatrick em um tom imperativo. — Se você não contar, eu conto. Você não me deixa escolha.

— Você tem escolha, sim. Não precisa montar.

Gilpatrick socou as tábuas da baia.

— Como você é cabeça-dura, garoto! Sabe muito bem que quero disputar essa corrida. Mas o dono do cavalo tem o direito de saber o que está acontecendo — respondeu, depois baixou a voz para um sussurro. — Ten Broeck precisa saber que o cavalo já não consegue enxergar.

— Consegue, sim. Ainda consegue ver sombras.

— Mas está piorando.

Jarret se empertigou e, enfim, retribuiu o olhar de Gilpatrick.

— Ah, isso é verdade. Está bem pior.

Tinha começado com a inflamação. Mas Jarret tratara de fazer compressas frias, e o inchaço havia diminuído. Depois, em Saratoga Springs, ele percebera que o cavalo parecia assustadiço de um jeito que não lhe era peculiar. Mas o rapaz atribuíra isso ao ambiente desconhecido e ao estresse da longa jornada rumo ao Norte. Quando o cavalo começou a tropeçar durante os exercícios, Jarret suspeitou que as ferraduras tinham sido colocadas por um ferrador inexperiente, e chamou o homem de volta para refazer o trabalho.

Quando Lexington deu de cara com uma carriola que algum desavisado tinha deixado no meio do padoque, porém, Jarret começou a suspeitar da verdade. Tratou de tirar um lenço do bolso e o sacudir no ar. O cavalo saltou para o lado e o rapaz inundou-se de alívio. Mas quando repetiu o teste do outro lado, Lexington não teve reação.

A visão de um dos olhos estava comprometida. Houvera alguns sinais: o cacoete de inclinar a cabeça para favorecer o olho bom, a forma como baixava o focinho para sondar o solo, principalmente quando havia uma mudança repentina na iluminação da superfície. O cavalo tinha sido engenhoso. Nos terrenos familiares de Metairie, traçara seus próprios mapas mentais e seguira em frente mesmo quando o mundo escurecia a seu redor.

Um cavalo cego tem outros sentidos apurados: olfato, audição e o tato delicado na pelagem fina que reveste o rosto. E com eles consegue trilhar os caminhos familiares de seu mundo com tranquilidade. Longe de casa, contudo, o medo tomava conta.

Harry sempre dissera a Jarret que a cegueira de Boston tinha sido causada por um açoitamento particularmente cruel e que não seria transmitida aos potros. Mas, diante daquela situação, o rapaz se perguntava se o pai não tinha se enganado. Talvez a cegueira de Boston *fosse* hereditária. Na fazenda em Saratoga, levou Lexington até a baia e examinou os olhos de perto. Não estavam turvos e não havia sinal de secreção. Mas, de repente, seus dedos encontraram o caroço no osso deformado. Tateou o outro lado — nada de caroço. Ao menos era uma boa notícia. Sabia que havia vários cavalos que corriam muito bem com a visão parcialmente comprometida. Mas o que poderia ter deformado o osso daquele jeito? Jarret estivera ao lado do cavalo desde o primeiro dia, com exceção daquelas semanas difíceis em Fatherland, e, mesmo lá, o havia observado de longe e teria percebido qualquer ferimento. Pryor o tinha chamado por conta da cólica; sem dúvida teria feito o mesmo diante de outros problemas. Não conseguia conceber o que, além de uma lesão grave, seria capaz de deformar um osso e prejudicar a visão de um cavalo daquele jeito.

Quando saíram de Saratoga e se encaminharam para os estábulos do National Race Course em Nova York, Jarret inventou várias desculpas para evitar que Lexington fosse colocado com os outros cavalos e deu um jeito de cuidar do garanhão por conta própria. Foi fácil convencer os cavalariços de que Lexington tinha um temperamento difícil, já que isso era praxe para muitos garanhões. Acreditaram piamente em Jarret e deixaram tudo, desde a limpeza da baia até os galopes matinais, a cargo dele. Então, quando o capitão Stuart adoeceu e morreu de cólera, a tragédia acobertou seu retorno prematuro ao Sul. Como o homem era bem relacionado no hipódromo, Ten Broeck havia confiado nele para despertar o interesse por uma competição nortista. Com a morte do amigo, Ten Broeck parecia ter perdido o ânimo para promover tal corrida, e mandou levar o cavalo de volta para casa, em uma jornada gradual, para mantê-lo em boas condições para a Corrida Contra o Tempo.

Jarret tinha feito justamente isso, e aproveitou cada oportunidade durante a longa viagem ao Sul para fortalecer seu vínculo de confiança com o cavalo e expandir a gama de comandos verbais a que Lexington obedecia. Tinham feito longas paradas nas fazendas de conhecidos de Ten Broeck, e, a cada lugar desconhecido, Jarret fazia questão de treinar com Lexington do amanhecer ao anoitecer para aumentar a confiança do animal. Dormia no pasto para que seu cheiro familiar tranquilizasse Lexington. No fim da jornada, nem mesmo um padoque desconhecido era capaz de amedrontar o cavalo.

Naqueles dias, o rapaz estivera confiante de que Lexington faria um trabalho excelente na Corrida Contra o Tempo. Agora estava igualmente certo de que, se tivesse tempo para sarar as feridas nos cascos, Lexington levaria a melhor sobre Lecompte. Talvez, com a pressão de um desafiante à sua altura, o animal chegasse a bater seu próprio recorde mundial.

Jarret queria essa oportunidade. A cegueira estava progredindo com rapidez. Apesar de suas esperanças, a visão do olho bom também havia começado a degringolar. Temia que logo, logo a visão estivesse toda comprometida. E ninguém arriscaria colocar um cavalo completamente cego para correr.

Se Lexington derrotasse Lecompte, porém, ele se provaria o melhor garanhão da época, o que lhe garantiria uma vida boa e cheia de mimos como reprodutor. Não precisava enxergar para fazer isso.

Jarret tirou o casco de Lexington da tina e secou cada pata com cuidado. Gilpatrick segurou a porta da baia enquanto o rapaz levava a tina para a entrada do estábulo e despejava a água em um arco amplo e cintilante.

Os dois saíram para a manhã quente de primavera. As rugas do jóquei estavam vincadas em uma expressão aflita. Jarret suspirou e disse:

— Acha mesmo que ele vai cancelar a corrida se você contar a verdade?

— Sim, acho... Pelo menos espero que sim...

— Então, você não o conhece. Nada no mundo vai fazer Ten Broeck voltar atrás. Ele quer que essa seja a maior corrida do século. Acha que é mais importante do que a de American Eclipse contra Sir Henry em 1823, mais importante do que quando você montou Boston naquela corrida contra a potra Fashion em 1842.

— Mas tinha setenta mil pessoas naquela corrida! Não é possível que ele ache que...

— Acha. É exatamente o que ele acha. Ele viu quantas pessoas apareceram para assistir a uma corrida contra o relógio, e agora acha que essa rivalidade entre os dois grandes filhos de Boston vai chamar a atenção da imprensa turfística e entusiasmar qualquer um que já tenha visto uma corrida de cavalos na vida, ricos e pobres, velhos e jovens. É isso que ele acha. Nada do que eu e você dissermos vai deter Ten Broeck.

Jarret fitou os arredores para se certificar de que não tinham sido ouvidos.

— Mas você pode acabar o incitando a cometer alguma tolice. Assim como falamos da última vez. Aquele homem é capaz de qualquer coisa. Você sabe muito bem disso.

Gilpatrick encarou o rapaz alto enquanto pensava com seus botões. No decorrer de sua longa carreira, tinha competido contra jóqueis negros talentosos e montado em cavalos campeões treinados por homens negros experientes. Quaisquer noções prévias sobre inferioridade natural tinham sido apagadas havia muito graças a essa experiência. Sabia muito bem que Jarret tinha um dom prodigioso com cavalos. Mas e quanto aos homens? Será que também fazia um bom julgamento de suas motivações, especialmente de um sujeito tão perspicaz quanto Ten Broeck? Gilpatrick não tinha tanta certeza.

No fim das contas, limitou-se a ficar em silêncio, e a data da corrida foi marcada para 14 de abril. A imprensa esportiva ficou em polvorosa, como Ten Broeck havia previsto, aclamando Lexington e Lecompte como "os grandes astros da época" e proclamando que sua corrida merecia ser tratada com "o mesmo interesse e avidez que o provável destino de uma nação".

Ao que parecia, os leitores concordavam. Nova Orleans foi tomada, mais uma vez, por fãs de turfe atraídos pelo talento de Ten Broeck em apelar para as massas. Vindos de Red River, os amigos de Wells enxamearam a cidade, ávidos por ver o homem colocar o intruso nortista de volta em seu lugar. Não podiam permitir que o cavalo de Kentucky e seu dono nova-iorquino garantissem outra vitória triunfal. A irmã de Wells se gabou de que metade de Rapides Parish tinha aparecido para apostar em Lecompte "não apenas porque o consideravam o melhor cavalo do mundo, mas porque pertencia a Jeff Wells".

Ao meio-dia, coches e carruagens lotavam os arredores do hipódromo, transportando uma algazarra de passageiros. Conforme o relógio avançava lentamente para as três da tarde, quando começaria a corrida, trupes de menestréis, acrobatas e dançarinos de ascendência crioula entretinham a multidão. Vendedores equilibravam pilhas e mais pilhas de frutas e bebidas geladas em suas bandejas. Não tardou para que as pessoas lotassem as fileiras espalhafatosas das arquibancadas, que tinham sido decoradas com festões em cores brilhantes a mando de Ten Broeck. Árvores cediam e galhos estalavam sob o peso dos espectadores. O evento já podia ser considerado, de acordo com os habitantes franceses, um *"succès fou"*, mesmo antes de os cavalos saírem do estábulo.

Ten Broeck ia e vinha pela multidão, absorto nos próprios pensamentos. Ao que parecia, os homens de Red River não estavam apostando no próprio cavalo. Ten Broeck não conseguia entender o motivo, e isso era uma experiência inusitada. Levando-se em conta a situação, o cavalo deles deveria ser o favorito. Para começar, Gilpatrick estava acima do peso ideal, então Lexington carregaria quase quinze quilos a mais que Lecompte. Não era uma questão sem importância, considerando que Lecompte pesava setenta quilos a mais que Lexington. E não era como se Ten Broeck não estivesse a par das condições do cavalo de Wells. Tinha desembolsado uma boa quantia para ser informado sobre o desempenho de Lecompte nos treinamentos. Alguns dias antes, o informante lhe enviara um recado dizendo que o cavalo estava estupendo e apresentava um desempenho perfeito nos treinos. Então, por que todos estavam apostando em Lexington? O que estava desestimulando o interesse no cavalo de Wells?

Ten Broeck remoeu o assunto enquanto rodeava os estábulos em busca do informante que havia contratado. Não podia perguntar pelo garoto, pois isso poderia levantar suspeitas. Mas sua busca pelos aposentos dos cavalariços se mostrou infrutífera. O informante não estava em lugar algum. Aborrecido, foi atrás de Jarret, que estava preparando Lexington para a corrida.

— Você ouviu alguma coisa que poderia explicar a falta de apostas do pessoal de Red River?

Jarret negou com a cabeça.

— Mas pode perguntar ao pintor, o sr. Scott. Eu sei que ele esteve em Rapides Parish na semana passada... e conhece boa parte do pessoal que trabalha com Hark e...

Ten Broeck não esperou que Jarret concluísse a fala. Tinha visto Scott perto da pista um pouco antes, então se viu obrigado a abrir caminho pela multidão para encontrá-lo. Scott, caderneta na mão, pé na cerca, estava fazendo anotações para sua coluna de jornal. Ten Broeck cutucou a manga de sua camisa.

— Você sabe por que ninguém está apostando em Lecompte?

Scott olhou por cima dos ombros e respondeu em voz baixa:

— Três dias atrás, o cavalo foi acometido por uma cólica severa que veio do nada. Muito repentina. Hark insistiu em um tratamento drástico. Conseguiu botar o cavalo de pé, mas ouvi dizer que ele não está se alimentando e perdeu a velocidade de galope.

— Obrigado por me contar. Imagino que tenha feito uma aposta, já que está munido dessa informação.

Scott esboçou um sorriso.

— Teria feito, se tivesse dinheiro para tanto.

Ten Broeck deu um tapinha no braço do sujeito.

— Vou fazer uma aposta em seu nome.

Antes que Scott tivesse tempo de responder qualquer coisa, o homem tornou a se misturar na multidão.

No padoque, Lexington se agitou com uma empolgação que dizia a Jarret que seus cascos estavam totalmente curados. Os cavalariços de Wells conduziram Lecompte para fora. Era uma procissão impressionante. Hark, o treinador, seguia de sobrecasaca e cartola de um dos lados e Abe Hawkins, vestindo os trajes dourados de Wells, vinha do outro. Os cavalariços removeram a capa que cobria Lecompte, deixando a pelagem alazã luzidia à mostra. Depois de selado, porém, teve que ser impelido em direção à pista. Um sorteio de cara ou coroa determinou que Lexington escolheria a posição de largada.

Ao ribombar do tambor, os dois competidores dispararam em alta velocidade. Na primeira curva, Abe desafiou Gilpatrick pela liderança, mas o veterano não cedeu. Chegaram emparelhados ao primeiro trecho. Ninguém jamais tinha presenciado um arranque tão precipitado — ambos os cavalos seguindo a todo vapor — no primeiro trecho de uma competição de quatro voltas. Ten Broeck pausou o cronômetro quando cobriram um quarto da primeira volta. Vinte e cinco segundos e meio.

— Isso é suicídio. Eles não vão aguentar.

Jarret não tinha tanta certeza. Podia ver que Lexington nem havia sido impelido por Gilpatrick quando avançou e assumiu a liderança na curva oposta. Abe respondeu com o chicote e a espora, pressionando Lecompte a diminuir a vantagem.

O alazão se esforçou ao máximo. Quando o ouviu se aproximar, Gilpatrick bateu os calcanhares em Lexington uma única vez e o cavalo logo respondeu: ampliou ainda mais a liderança enquanto Lecompte avançava com dificuldade e dava mostras de angústia sob o açoite impiedoso de Abe. Quando Jarret viu o rabo do cavalo baixar, soube que o espírito do grandioso Lecompte tinha se rendido. Logo à frente, Lexington avançava com o rabo em riste, como um penacho triunfal. Gilpatrick tentou refrear o animal, temendo que ele não conseguisse sustentar aquele ritmo alucinante. Quando passaram pelas arquibancadas, porém, o cavalo pareceu motivado pelos aplausos e vivas efusivos da multidão. Apesar de toda a sua força esguia e habilidade, Gilpatrick não era páreo para ele. Lexington seguiu a toda velocidade e cruzou a linha de chegada.

Sete minutos e vinte e três segundos. Lexington parecia tão bem ao final da corrida que estava claro que poderia ter batido o próprio recorde se tivesse sido desafiado por Lecompte.

O cavalo adversário, contudo, estava ofegante e cabisbaixo, coberto de sangue e de suor. Os cavalariços de Wells invadiram a pista com panos úmidos e leques para ajudá-lo a esfriar o corpo. Na meia hora que se seguiu, Wells acatou o veredicto de Hark: o cavalo não se recuperaria a tempo do segundo páreo. Exigir isso dele poderia ter consequências fatais. Seria necessário retirá-lo da corrida. Enquanto o contingente de Red River ia embora, tomados pelo desgosto e pela derrota, a maior parte da multidão permaneceu para assistir e torcer enquanto o novo campeão imbatível repetia o percurso em um trote lento para garantir uma vitória fácil e um título indiscutível: o melhor cavalo da época.

THEO

Georgetown, Washington, D. C.
2019

O DIA DE Theo começou como de costume: um focinho peludo pousado em seu rosto. Sentiu o hálito úmido, metálico. Clancy não cutucou nem se mexeu, apenas pousou o focinho gelado na bochecha do dono.

Se Theo continuasse de olhos fechados e tentasse voltar a dormir, Clancy deixaria escapar um leve suspiro e se aprumaria em cima da cabeça dele, como uma grande coroa peluda. Cochilaria ali mesmo até que Theo resolvesse se mexer — o que não demorava muito, já que não era nada fácil cair no sono com um cachorro de quinze quilos estirado sobre a cabeça.

— Bom dia, despertadorzinho — cumprimentou Theo em meio a um bocejo, esticando a mão para acariciar Clancy entre as orelhas.

Sabia muito bem que algumas pessoas não permitiam cachorros dentro de casa, muito menos em cima da cama ou dividindo o mesmo travesseiro. Abiona era uma delas. Não que a mãe não gostasse de cachorros, mas também não via muito sentido neles, a menos que fossem cães de guarda como os que patrulhavam as altas cercas que rodeavam a casa dela em Lagos. O pai de Theo tinha sido um grande amante dos animais, mas não a ponto de confrontar a esposa.

Confrontar Abiona. Algo que o próprio Theo teria que fazer se não pulasse fora do relacionamento com Jess. Mas a mãe estava a quase dez mil quilômetros de distância, então não precisava se preocupar com isso por ora. Algo que vinha bem a calhar, já que preferia passar aqueles momentos lânguidos e sensoriais entre o sono e a vigília pensando em Jess.

Tinha ido embora da casa dela fervilhando de raiva, e saiu para dar uma corrida rápida pelo National Mall para tentar espairecer. Em retrospecto, percebeu que não deveria ter aceitado aquele convite de jantar de última hora, pois já estava mal-humorado mesmo antes de pisar no apartamento.

Primeiro viera a notícia de que teria que cancelar o fim de semana com os amigos no Parque Yosemite.

— Parece que as mudanças climáticas chegaram lá primeiro — dissera Daniel. — Os incêndios florestais da Califórnia estão deixando o ar muito comprometido para fazer trilha. Além disso, o supervisor do Hakeem estava soltando os cachorros para cima dele por tirar um fim de semana de folga. Sabe como é, o homem negro sempre tem que se esforçar o dobro...

Theo estava cabisbaixo, mas não apenas porque a passagem barata que tinha comprado não era reembolsável e ele não podia se dar ao luxo de rasgar dinheiro. Tinha ficado ansioso para reencontrar os amigos e, com os planos frustrados não fazia ideia de quando poderiam traçar outros.

Depois disso, tinha se reunido com a orientadora do doutorado, algo que também não correra nada bem. Ela era a única professora titular não branca do departamento, uma especialista na filosofia estética pós-contemporânea com um interesse particular na arte da diáspora africana. Theo admirava o trabalho da mulher e achava que seu histórico — Costa do Marfim, Universidade de Bordeaux — poderia fornecer uma perspectiva única para sua tese. Esperava ser recebido com o calor da África Ocidental, mas deparou-se, em vez disso, com uma camada gélida de *froideur* francês. Àquela altura, no entanto, já era tarde demais para mudar de ideia. Não era como se convites para programas de pós-graduação na área dele dessem em árvore.

Tinha nutrido a esperança de que a frieza diminuiria conforme ela o conhecesse melhor e lesse mais sobre seu trabalho. Quase seis meses depois, contudo, ela permanecia terrivelmente reservada. Talvez houvesse um motivo para estar sempre com o pé atrás (e não era para esconder as sandálias elegantes de tira que ressaltavam os tornozelos finos), então ele tentou se colocar no lugar dela. Não devia ter sido nada fácil chegar aonde chegou: uma imigrante negra nas torres de marfim chauvinistas da academia.

Agarrou-se a esse pensamento enquanto ela o tratava com frieza, com o olhar fixo no documento à mesa enquanto ele se contorcia na cadeira. Não conseguia adivinhar a idade dela. Embora seu currículo deixasse claro que já devia estar pelo menos na casa dos cinquenta anos, aparentava ser muito mais jovem. Usava suéteres de decote canoa que deixavam à mostra o pescoço longo e os braços esbeltos e expressivos. Os cabelos brilhantes e alisados estavam sempre presos em um coque baixo elegante. A proposta revisada de Theo estava na mesa da orientadora, que tamborilava sua inseparável caneta Mont Blanc sobre o manuscrito.

— Escute, *Teh-o*... — Ela pronunciava o nome dele como se houvesse um acento agudo no "e". — Sobre essa guinada estranha no seu tópico... Achei um pouco decepcionante. Um tanto... nichado, não?

Theo se conteve para não dizer que, por definição, teses de doutorado eram coisas "nichadas".

— Por que você diz isso?

— Esses artistas que você propôs estudar, esses... — Fez uma pausa antes de concluir, com a voz baixa: — Esses homens brancos... Não são muito *intéressants*, creio eu. Não são muito relevantes.

— Bom, na verdade, são os negros retratados que eu pretendo est...

Ela bateu a caneta com mais força e o interrompeu.

— E também não estou muito convencida em relação aos seus princípios dialógicos de interação intercultural.

Fez uma pausa para ajeitar os óculos com o dedo indicador comprido e esmaltado.

— O que está em jogo? — continuou. — As pessoas retratadas são negras, os pintores são brancos, e ainda assim você quer argumentar *contra* a objetificação nesse caso? Caso decida seguir com essa abordagem, o que você tem de útil a acrescentar sobre a estética do hibridismo e da transculturação? Creio que seja uma escolha um tanto perversa, não? Por que destacar esses casos, em que pessoas escravizadas *não* são retratadas de um jeito desumanizado e estereotipado? São uma rara exceção.

— Aí está, professora. Você respondeu por mim. Quero fazer isso justamente por ser uma rara exceção.

Ela se recostou na cadeira, virou as palmas das mãos para cima e deu de ombros.

— Pode ser. Se você insiste. Mas devo dizer que você escolheu trilhar um caminho muito difícil.

Theo saiu da sala tomado pela irritação. Tinha se mudado para Washington pelo mar de oportunidades que poderiam lhe garantir um futuro emprego em meio a tantos museus excepcionais. Mas o Departamento de Belas-Artes era minúsculo, e o programa de doutorado ainda muito recente. E ele tinha acabado se prendendo a uma orientadora que não gostava nem um pouco de seu trabalho. Estivera remoendo tudo isso antes mesmo de chegar à casa de Jess. E aí dera de cara com aquela veterinária inglesa. Tagarelando sobre a carreira de polo dele abortada. Trazendo todas as dores do passado de volta à tona. A última coisa de que ele precisava: um lembrete do caminho que não havia tomado. Não era de admirar que tivesse saído batendo o pé, tanto quanto uma pessoa tão educada quanto ele era *capaz* de sair em um rompante.

Enquanto saía do National Mall e enveredava pelas ruazinhas de Georgetown, contudo, lembrou-se da expressão magoada e confusa de Jess ao vê-lo sair porta afora. Quando chegou em casa, percebeu que se enfurnar na cama com o cachorro não parecia uma ideia tão boa assim. Olhou no fundo dos olhos brilhantes de Clancy sobre o travesseiro.

— Tá bom, tá bom. Não precisa me olhar desse jeito.

Esticou o braço e tateou o colchão em busca do celular. Decidiu que enviaria uma mensagem para Jess antes de cair no sono. *A gente se vê no próximo fim de semana?* A resposta veio na hora: *Claro*. Ele se deitou de barriga para cima e soltou o ar.

— Você também gosta dela, não gosta, Clancy? — perguntou enquanto o cachorro se aninhava a seu lado.

Clancy deu um longo suspiro em resposta, como se dissesse: "Mas é óbvio que gosto".

Pela manhã, Theo saiu da cama e vestiu uma bermuda de corrida, passou um café e serviu um punhado de ração no pote de Clancy. Tomou alguns goles de café expresso enquanto Clancy arrastava a tigela pelo chão e devorava até a última migalha. Correram por mais de uma hora. Theo queria que se exercitassem bem antes de ir para a Biblioteca do Congresso, onde pretendia passar o dia pesquisando Scott, Troye e quaisquer outros pintores de arte equestre do século XIX que pudessem ter retratado cavalariços negros.

Ao chegar à biblioteca, ficou satisfeito ao descobrir que as obras de Troye e Scott tinham sido reproduzidas em inúmeras gravuras e publicadas em peso na imprensa turfística da época. Em uma edição mensal muito antiga da revista *Harper's*, deparou-se com uma referência intrigante a uma pintura de Scott. A pintura em si não tinha sido reproduzida, mas havia uma descrição rica em detalhes, e o tema era o cavalo Lexington.

Uma das melhores pinturas do animal é de autoria de Scott, que o retratou ao lado de Jarret, seu cavalariço negro.

Será que era o mesmo cavalariço daquela fotografia antiga que Jess lhe mostrara? Theo anotou o nome e o grifou.

A cabeça está voltada para o lado, então temos uma visão completa dos olhos embotados e cegos. A pata dianteira direita está erguida, como se procurasse um terreno sólido no qual firmá-la. Toda a constituição do cavalo exala cegueira, e é impossível contemplar a imagem sem recordar os brilhantes triunfos do passado e sentir uma profunda tristeza.

Cegueira. Era uma informação interessante. Explicava por que o cavalo tivera uma carreira tão curta nas corridas. Theo precisava perguntar a Jess sobre o assunto. Ao avançar na leitura, descobriu que todos concordavam que o retrato era a obra-prima de Scott. Em 1866, ficava pendurado na redação do jornal *Turf, Field & Farm*, em Nova York. Mas o jornal foi perdendo força à medida que a paixão nacional por corridas esmorecia, e acabou fechando as portas em 1903. Onde será que a pintura tinha ido parar depois disso?

Theo consultou o único catálogo das obras de Scott, publicado em 2010. Como já era de esperar, a pintura que ele resgatara do lixo não figurava na lista, mas havia dois outros retratos de Lexington. Um deles era a bela obra deixada por Martha Jackson que eles tinham visto no Smithsonian. O outro — o último e supostamente o melhor, que retratava o cavalariço negro chamado Jarret — estava listado no catálogo com uma nota desanimadora: *Nunca foi encontrado.*

JARRET, PROPRIEDADE DE TEN BROECK

Metairie, Louisiana
1855

JARRET NÃO OUVIU Ten Broeck se aproximar do curral. Estava concentrado no cavalo enquanto treinavam os comandos de voz. Por um instante ou dois, o homem ficou em silêncio atrás deles, com o pé apoiado nas tábuas da cerca.

— Você acha que eu também sou cego?

Jarret se virou na direção da voz.

Havia se passado mais de uma semana desde a vitória contra Lecompte. Ten Broeck, ocupado em organizar festas luxuosas na cidade, não tinha dado as caras em Metairie desde então. Aqueles dias ociosos depois do sucesso triunfal de Lexington deveriam ser motivo de alegria para Jarret. Em vez disso, porém, o rapaz tinha sido tomado por uma preocupação crescente que consumia sua alma. Havia cumprido seu objetivo: o potrinho de quatro patas brancas tinha sido aclamado como o melhor cavalo de corrida do país. Então, escrevera para Ten Broeck pedindo para comprar a própria liberdade. Não haveria momento mais propício.

Mas não recebeu nada em resposta. E a cada dia ficava mais claro para Jarret que a cegueira de Lexington só piorava. Para ele, que sabia da doença, estava óbvio que o olho esquerdo — o comprometido, aquele onde parecia haver um caroço no osso — tinha começado a perder o brilho e a forma. Outros cavalariços tinham reparado no comportamento atípico do animal.

Jarret fora tomado pela preocupação, sem saber qual seria a reação de Ten Broeck ao descobrir a verdade.

E, de repente, lá estava: a questão pairava entre eles em meio ao ar enevoado da manhã.

— Não vai dizer nada?

Jarret piscou. O silêncio ficou ainda mais carregado. Ten Broeck virou-se abruptamente.

— Acompanhe-me até meu escritório. Agora.

O rapaz o seguiu pela relva ondulante ainda amassada e remexida pelas botas da multidão. Ten Broeck adentrou o escritório e se postou diante da janela, de costas para Jarret, com o olhar fixo no cavalariço que conduzia um cavalo ao redor da pista.

— Feche a porta — ordenou, ainda sem se virar. — Não nos conhecemos há muito tempo e, mesmo assim, sinto-me estranhamente irritado por você saber tão pouco a meu respeito. Realmente achou que tinha escondido um assunto tão grave de mim? Eu já sabia que o cavalo estava perdendo a visão há quase tanto tempo quanto você, creio eu. Não, eu não sou cego. Longe disso. Tenho olhos por toda parte, cuidando de meus interesses.

Ele se virou e lançou um olhar duro para Jarret antes de continuar:

— Muito me surpreende que você não seja esperto o bastante para perceber. Por que acha que desisti da ideia de uma corrida em Nova York?

— Eu pensei... achei que era por causa do capitão Stuart...

— Porque ele morreu? Sim, foi uma morte lamentável, diria até que trágica. Mas eu não precisava dele para organizar a corrida... Não mesmo. Desisti da ideia porque não queria obrigar um cavalo com visão comprometida a correr em um campo cujo tamanho e natureza eu não poderia controlar. Não antes de ele ter me garantido a vitória na Corrida Contra o Tempo. Por isso, trouxe vocês dois de volta para Metairie, e dia após dia nutri a esperança de que você viria até mim para contar o que sabia. Fiquei muito decepcionado quando não o fez. Acho que sei seus motivos, mas devo dizer que não sinto nenhuma obrigação em relação a uma pessoa que me engana e desconfia de mim. Por isso, serei forçado a negar seu pedido. Você não pode comprar sua liberdade agora. Na verdade... — Fez uma pausa enquanto fitava a escrivaninha de nogueira e remexia alguns papéis. — Eu vendi você.

A visão de Jarret ficou turva. O rapaz esticou a mão e se segurou na borda da mesa enquanto Ten Broeck o encarava com frieza.

— Por um valor muito justo, devo dizer. Mas não tão alto quanto o que receberei por Lexington.

Jarret sentiu um nó na garganta.

— Você... você vendeu nosso cavalo? — perguntou em um sussurro.

— Tenho a leve impressão de que Lexington pertence a mim e, até onde sei, a opinião predominante neste país é que um homem pode fazer o que bem entender com suas posses. Então, sim. Eu vendi *meu* cavalo. Por quinze mil dólares. O que é, tenho prazer em dizer, o valor mais alto já pago por um cavalo puro-sangue neste país. Um lucro considerável, tendo em conta quanto paguei por ele. Abocanhei a maior parte dos prêmios, isso sem contar minhas apostas vencedoras e os lucros de bilheteria. Uma gorda quantia. Então, podemos dizer que essa parceria foi um sucesso estrondoso.

Pensar naquele mar de dinheiro pareceu aplacar os ânimos exacerbados de Ten Broeck. Ele se acomodou à escrivaninha, já livre da expressão raivosa que revestira seu rosto pouco antes.

O estômago de Jarret se revirou. Teve que engolir a bile que ameaçava saltar pela boca.

— Por Deus, rapaz, sente-se um pouco.

Jarret afundou em uma cadeira de madeira.

— Antes que eu o deixe ir embora, é importante que você compreenda a extensão de sua tolice. Permita-me explicar. Como já mencionei, muito me preocupa que as atuais tensões regionais deste país deflagrem em algo pior. Por isso, pretendo me estabelecer na Inglaterra. Serei o primeiro proprietário dos Estados Unidos a viajar para lá com uma porção de excelentes cavalos do meu país, e espero elevar a posição do turfe norte-americano para rivalizar com sua antiga contraparte. O mundo esportivo está há anos esperando por um evento desse porte. Eu pretendia que minha estratégia girasse em torno de Lexington, mas isso já não será possível. Por isso, Lecompte terá que servir.

Jarret ergueu a cabeça de súbito ao ouvir isso.

— Está surpreso? Também fiquei. Mas é verdade: Wells vendeu o cavalo para mim. Imagino que não o queria por perto como um lembrete constante da humilhação que sofreu. Também levarei Stark, Pryor e Prioress, já que todos estão com um desempenho bom nas corridas. Também pretendia que você me acompanhasse como treinador, e Gilpatrick como jóquei. Como você já deve saber, sua condição não existe mais na Inglaterra, então, assim que pisasse naquele solo, você estaria livre para se manter a meu serviço ou não, como quisesse. E também poderia guardar o dinheiro que, devo presumir, está em sua posse, já que propôs comprar sua própria alforria. Em respeito ao serviço que você me prestou, não confiscarei esse valor, embora, como bem sabe, seja meu direito fazê-lo, pois a lei determina que escravos não podem ter posses.

Por um instante, Ten Broeck se deteve para olhar para Jarret. Seu rosto suavizou. A expressão aflita no rosto do jovem despertou uma migalha de compaixão.

— Para resumir, estou mandando você de volta para Kentucky com o cavalo. Enquanto explorava minhas opções na Inglaterra, acabei conhecendo o sr. Robert Alexander, que tem uma propriedade na Escócia e agora também possui terras adjacentes às de Viley. Apesar de você ter me faltado com a honestidade, falei bem a seu respeito. Disse a ele que seria sábio mantê-lo para cuidar do cavalo enquanto ele se acomoda como garanhão reprodutor. Você está encarregado de levar Lexington até ele e assumir quaisquer tarefas que ele lhe passar.

Jarret mal escutou o que Ten Broeck disse em seguida. A mente espiralava de um lado para o outro. Poderia ficar com Lexington. Quando esse pensamento se estabeleceu, o rapaz percebeu que, enfim, conseguia respirar.

Ten Broeck ainda falava, então Jarret teve que se esforçar para prestar atenção.

— Até onde sei, Alexander tem uma reputação ilibada. A verdade é que se tornou, em pouquíssimo tempo, o criador de animais de excelência mais bem-sucedido do país. Cavalos puros-sangues, ovelhas, gado... ele busca produzir os melhores representantes de cada espécie. É justamente por isso que deseja ter Lexington como garanhão reprodutor. Está com a ideia de fazer o cavalo procriar com éguas geradas por Glencoe. De fato, muito interessante. Bem, junte suas coisas. Você partirá de barco com o cavalo logo pela manhã. Aquele pintor, Scott, vai acompanhá-los, pois o sr. Alexander encomendou alguns dos seus quadros. Um dos funcionários dele vai encontrá-los no porto em Louisville. Bem, isso é tudo. Acredito que não tornaremos a nos encontrar.

JESS

Centro de Referência do Museu Smithsonian, Maryland
2019

De Londres, Catherine ligou para Jess para compartilhar os resultados dos exames que havia levado com ela.

— Infecção craniofacial que resultou em malformação do osso. Esse é o diagnóstico oficial. Como você bem sabe, o osso que reveste aquela cavidade é muito fino, então é bem fácil acontecer uma deformação por doença. Nos exames, dá para ver que os dentes interagem de forma anormal com o complexo sinusal, então a hipótese é que a protuberância tenha sido causada por uma infecção dentária.

— Coitado desse cavalo — comentou Jess.

— Coitado mesmo — concordou Catherine. — Mas pode ser que tudo tenha começado com um banquete nos comedouros.

— Como assim?

— É só um palpite. O cavalo pode ter escapado e se empanturrado. A comida foi para onde não devia e causou um abscesso oculto no revestimento da cavidade. Resultado: osteomielite erosiva. É bem provável que isso também tenha causado a cegueira... A infecção danificou o nervo óptico.

— Mas por que ficou cego dos dois olhos? A malformação é apenas em um dos lados.

— Não precisa chegar ao outro olho para afetá-lo. Ocorre uma reação simpática no olho "bom", e essa informação causa o dano. Mas, sabe, talvez até tenha sido uma bênção. Caso contrário, ele provavelmente teria sido despachado para a Inglaterra e obrigado a correr até não aguentar mais.

— Inglaterra? Por que Inglaterra?

— Estive lendo sobre um dos donos dele... Acabei descobrindo que existe uma perspectiva bem inglesa nessa história. Ten Broeck... um nome estranho, talvez holandês... que era o dono de Lexington no auge de sua carreira no turfe, acabou se tornando uma celebridade por aqui. Foi o primeiro a trazer cavalos dos Estados Unidos para a Inglaterra. Na época, a imprensa se referia a isso como "a invasão americana". O sujeito chegou a ganhar algumas corridas importantes e se aproximou do príncipe galês, do duque de Edimburgo e de diversos outros membros da realeza europeia, com quem manteve contato por mais ou menos trinta anos. Mas aí acabou perdendo tudo o que tinha. Morreu sozinho em um chalé na Califórnia, sem ter nem um tostão no bolso. O homem que encontrou o corpo tinha ido comprar seus troféus de corrida. Pelo jeito, era tudo o que lhe restava para vender.

Fez uma pausa antes de continuar:

— Enfim, acabei me desviando do assunto. A questão é que, por conta da cegueira, ele não levou Lexington para a Inglaterra. Assim, Lecompte acabou se tornando seu astro principal. Mas o cavalo não lidou muito bem com a viagem marítima e morreu pouco depois de sua primeira corrida em solo inglês. Esse poderia ter sido o destino de Lexington. Em vez disso, porém, seu cavalo levou uma vida tranquila como garanhão reprodutor. Não era como nos dias de hoje. Agora os pobres garanhões são tratados feito máquinas, por vezes obrigados a copular três vezes ao dia, durante o ano todo. Não podem mais passar o inverno descansando nos pastos. Agora, chegam até a mandar os cavalos para o Hemisfério Sul quando as éguas de lá entram no cio. Naquela época, porém, os garanhões só precisavam procriar com algumas dezenas de éguas na primavera, e depois podiam tirar o resto do ano de folga.

— Nada mau levar uma vida assim, então.

— Nada mau mesmo.

JARRET, PROPRIEDADE DE ALEXANDER

Rancho Woodburn, Woodford, Kentucky
1861

JARRET CONSEGUIA VER a própria respiração se condensar. Levantou-se de sua mesa no canto do estábulo das éguas e ficou de cócoras para abrir a portinhola do fogão a lenha. As dobradiças de metal rangeram. Depois de alimentar o fogo, afastou-se um pouco enquanto as brasas consumiam o pedaço de lenha. Do lado de fora, os pastos estavam cobertos por um manto cintilante de geada, e uma bandeira do Reino Unido tremulava ao sabor dos ventos gélidos de janeiro. O barulho da adriça chicoteando o mastro ficava mais alto à medida que o vento ganhava força. Quando a chaleira começou a chiar sobre o fogão, Jarret preparou um bule de chá inglês bem forte. Tinha começado a gostar da iguaria nos seis anos que passara em Woodburn.

O garoto Belland chegou, segurando o jornal matutino com os dedos azulados de frio. Estivera quebrando as placas de gelo nos bebedouros dos cavalos. Jarret serviu-lhe uma xícara de chá.

— Pode se sentar aqui um pouco para se aquecer — instruiu, puxando outro banquinho para perto do fogão.

O garoto aceitou o chá, mas não se aproximou do fogo. Em vez disso, postou-se junto à janela arejada e se pôs a observar a bandeira que tremulava na adriça. Jarret imaginou que a manhã não devia ser tão fria para alguém de Quebec. Em seguida, abriu o jornal na mesa e correu os olhos pela primeira página. A garota Clay tinha acertado em cheio: a guerra que ela havia previsto tantos anos antes parecia inevitável. Todos estavam escolhendo lados.

— Bem, Napoleon, nosso condado já chegou a uma decisão. Aqui diz que vamos ficar do lado da União.

— E isso é bom ou ruim?

Napoleon Belland entendia inglês muito bem, mas tinha vergonha de falar com seu sotaque carregado. Fazia Jarret se lembrar de si mesmo quando não passava de um menino, mais confortável com a linguagem dos cavalos do que das pessoas. Ele gostava do garoto. Era um cavaleiro talentoso e um trabalhador esforçado e, como só estava em Kentucky havia menos de um ano, ainda não tinha adquirido o antagonismo que os outros funcionários brancos demonstravam diante da autoridade de Jarret.

Jarret virou as palmas para cima e encolheu os ombros.

— Kentucky está dividido entre três opiniões: há aqueles a favor da União, outros a favor da secessão e muitos em cima do muro, que dizem que não devemos tomar partido nenhum.

Por serem rodeados de estados escravistas e de estados livres, os condados de Kentucky estavam divididos, assim como suas famílias. Jarret suspeitava que nem uma mísera alma em seu condado havia votado a favor da União com o intuito de pôr fim à escravidão. Pelo contrário, tinham tomado partido do presidente eleito porque ele era astuto o bastante para assegurar-lhes que poderiam continuar com seus escravizados caso permanecessem leais.

— Para a União, contar com o apoio de mais um condado de Kentucky é uma boa notícia. Mas, para o rancho, quem sabe? Se você toma partido de um lado, acaba tendo o outro como inimigo.

Napoleon virou a cabeça na direção da bandeira, suas listras azuis e vermelhas brilhantes embaçadas pela vidraça ondulada da janela.

— Ele acha que *aquilo* ali vai nos ajudar?

— Ele quer que os rebeldes confederados saibam que este rancho pertence a um britânico, já que os britânicos estão do lado deles.

Jarret não achava que um pedaço de pano esvoaçante faria muita diferença para bandoleiros que roubavam cavalos. Mas tranquilizava-se um pouco em saber que o sr. Alexander tinha ido comprar terras em Illinois para o caso de precisarem levar os cavalos para um lugar mais seguro. Jarret esperava que o poderio superior do Norte conseguisse dar um basta na rebelião muito antes de chegar a esse ponto.

Depois que Belland saiu para o treino de equitação, Jarret se dedicou a delegar o restante das tarefas do dia. Quando se tratava de puros-sangues, ele respondia apenas ao próprio Alexander e ao administrador do rancho, Dan Swigert. Supervisionava mais de setenta éguas reprodutoras, além de cinco garanhões e quarenta e quatro potros, potras, potrinhos desmamados e outros com mais de um ano. Era responsável por medicá-los, exercitá-los, domá-los e prepará-los para as vendas de primavera.

Seis anos antes, Robert Aitcheson Alexander nem sequer sabia o nome do cavalariço que levara Lexington para o Norte. O homem delineou seus planos gerais para o negócio de criação, contratou um bom administrador e não deu muita importância aos pormenores do dia a dia. Para ele, Jarret era apenas mais um entre dezenas de empregados.

Mas isso havia mudado em uma tarde tranquila de domingo. Alexander topou com Jarret na saída do estábulo dos garanhões e percebeu que o rapaz tinha um livro em mãos. Fez sinal para que Jarret se aproximasse.

— Você sabe ler?

Esticou o braço para pegar o volume surrado, já sem a capa e a lombada.

— Mas onde foi que arranjou isso?

— Encontrei no cesto de acendalhas.

— E o tirou de lá?

— Eu não queimo livros.

— Consegue entender o que está escrito?

— Nem todas as palavras, mas a maioria.

— A maioria, é? Consegue mesmo? — perguntou Alexander, com um sorriso cheio de dúvida. — E será que poderia compartilhar algum trecho de que gostou?

Ele entregou o livro a Jarret.

— Bem... — respondeu o rapaz. — Tem esta parte aqui, em que o príncipe diz... — Virou as páginas e começou a ler: — "Não troco meu cavalo por nenhum outro que ande sobre quatro patas. Quando monto nele, alço voo. Viro um falcão. Ele trota no ar. A terra canta sob seus cascos."

Depois daquele dia, Alexander começou a prestar mais atenção em Jarret e instruiu o administrador do rancho a lhe passar alguns trabalhos burocráticos além das tarefas habituais do estábulo. Em pouco tempo, Jarret estava encarregado de anotar os registros de garanhões e éguas no catálogo. Um pouco depois, quando Alexander descobriu que o rapaz tinha uma memória excelente para linhagens, pediu-lhe que fizesse um registro meticuloso da árvore genealógica de cada cavalo levado para procriar no rancho. Com o tempo, Alexander passou a consultá-lo antes de decidir quais cavalos comprar e quais vender.

Depois de passar as instruções necessárias para as tarefas do dia, Jarret se afastou da mesa e jogou um casaco de feltro pesado sobre os ombros. Do lado de fora, a geada estalava sob suas botas. Conforme se aproximava do estábulo, sentiu que o nó em sua cabeça começava a desatar.

Adorava aquele momento — era a melhor parte de seu dia. Quando arrastou a porta pesada, Lexington sentiu seu cheiro e levantou a cabeça, com as orelhas viradas para a frente. Trocou o peso de um casco para o outro, como se dançasse de alegria. Como de costume, Jarret deu seu assobio de três notas e o cavalo relinchou em resposta. Já tinha sido encilhado por um cavalariço, então Jarret fez sinal para o menino abrir a porta da baia. Enquanto o comando de voz não vinha, Lexington permaneceu imóvel. Em seguida, o garanhão saiu da baia e cruzou o corredor com confiança antes de chegar à escadinha auxiliar. Depois, baixou o focinho para identificar o local exato e parou para esperar por Jarret.

— Para onde quer ir esta manhã? — perguntou o rapaz. — Éguas, potros? Você é quem manda.

Aos onze anos de idade, Lexington continuava em ótima forma. A cegueira que trouxera um fim prematuro para sua carreira nas corridas também o salvara antes de ter as articulações afetadas pelo esforço extenuante das competições. Mesmo no frio, movia-se com flexibilidade e retitude. E embora o vento atrapalhasse a audição e o olfato, a confiança que depositava em Jarret era tal que logo se pôs a trotar, assim como teria feito em um dia limpo quando as orelhas e o nariz se esforçavam para mapear o mundo a seu redor.

Ninguém tinha conseguido bater seu recorde de corrida até então. E, ainda assim, Lexington parecia prestes a se tornar ainda mais famoso como garanhão reprodutor. Tinha se mostrado um cavalo viril e fecundo. Jarret percebera logo de cara que não havia necessidade de um rufião. Assim que uma égua no estro sentia o cheiro de Lexington, mostrava que estava receptiva a ele. E o cavalo tinha conseguido emprenhar uma quantidade excepcional das éguas com quem procriou, arrecadando cem dólares para cada. Em 1859, sete dos seus potros venceram dez corridas, todos frutos de sua primeira prole. No ano seguinte, doze deles competiram e venceram trinta e sete corridas, com um prêmio em dinheiro bom o bastante para classificá-lo como o segundo melhor garanhão reprodutor de 1860. Jarret tinha plena confiança de que ele encabeçaria a lista no ano seguinte.

Enquanto cavalgavam, o rapaz teve que cobrir os olhos para se proteger da luminosidade que refletia do solo revestido de gelo. Muitas vezes desejava que o cavalo pudesse ver onde estavam. Mesmo em pleno inverno, Woodburn tinha paisagens de tirar o fôlego: mil e setecentos hectares de campos ondulantes rodeados por cercas brancas e muros de pedra, cobertos pelo que devia ser um dos solos mais férteis do mundo. Em um campo logo adiante, o enorme rebanho — composto por cerca de setecentas ou oitocentas ovelhas da raça Southdown — amontoava-se para reter o calor. O gordo gado Durham estava espalhado em outro campo mais além, todos de frente para o vento, atentos como uma plateia assistindo a um espetáculo. Árvores crescidas, com troncos laqueados de preto, espichavam-se rumo ao céu. Os galhos formavam rendilhados negros e delicados contra as nuvens esbranquiçadas, que, para Jarret, lembravam rabiscos de lápis em uma tela nevada.

Sempre havia algum artista em Woodburn — Alexander precisava de retratos de seus belos espécimes para os catálogos de venda. Algum tempo antes, o pintor suíço, sr. Troye, tinha passado mais de três meses hospedado ali enquanto fazia apenas dois retratos. Jarret teve que aguentar as reclamações de Swigert, o administrador do rancho, pois ele e a esposa grávida eram encarregados de receber as visitas durante os períodos que Alexander se ausentava de Woodburn. O administrador observara, irritado, enquanto o artista esvaziava a adega do patrão — "e, no fim das contas, o retrato de Belmont não ficou nem um pouco parecido com ele, apesar de todo o rebuliço que o sujeito causou".

Jarret tinha acompanhado o artista suíço durante a pintura malsucedida de Belmont e, com maior prazer, durante a de outro cavalo, Woodford, que o artista conseguiu retratar com esmero. Parecia-lhe óbvio que Troye tinha maior domínio da técnica do que Thomas Scott, mas ainda assim admirava o vigor do artista mais jovem e sua habilidade de terminar a pintura sem retoques e sem obsessão por detalhes.

Troye recomendara Scott a Alexander quando as encomendas de Woodburn se tornaram demasiado numerosas para um homem só. Alexander, que viajava pela Inglaterra quando comprou Lexington de Ten Broeck, fazia questão de ter um retrato de sua mais recente aquisição, mas Troye estava muito ocupado, de modo que Scott acompanhara Jarret e o cavalo em sua jornada de Nova Orleans rumo ao Norte.

Jarret tinha ajudado o pintor, como de costume, tranquilizando o cavalo cego naquele pasto desconhecido rodeado por cercas altas. Scott conseguiu capturar o esplendor do cavalo de primeira, mas não estava satisfeito com a paisagem ao fundo. Como sabia que Alexander estava acostumado com os acabamentos refinados de Troye, decidiu arriscar uma segunda tentativa. Foi justamente esse quadro que ele entregou ao sr. Alexander. O outro, deu de presente para Jarret.

— Se Lexington for tão bom reproduzindo quanto era correndo, você vai conseguir vender este quadro algum dia. Aceite-o como um pagamento por toda a ajuda que me prestou ao longo desses anos.

O tempo passou, e Jarret não sabia se um dia voltaria a ver Scott. Antes de ir embora de Woodburn, o pintor confessara que, em caso de guerra, pretendia se alistar.

— Para qual lado?

— Ora, para o Norte, é claro. Não estava óbvio?

— É difícil saber de que lado as pessoas estão. Tem famílias sendo divididas e tudo mais.

— É, pode ser. Mas só porque trabalho para aqueles sulistas não significa que aceito essa história de escravidão.

Pode não aceitar a *escravidão*, pensou Jarret, mas não se importa nem um pouco em aceitar o *dinheiro* proveniente dela.

Enquanto contornavam a residência de Alexander, Jarret pediu a Lexington que diminuísse o ritmo. Era uma casa ripada de dois andares com uma ampla varanda. Também contava com alguns anexos, construídos para acomodar os interessados em comprar os animais do rancho.

Jarret deixou a rédea solta, então Lexington podia escolher por onde seguir. Ao se aproximarem do pasto das éguas, o cavalo ergueu a cabeça e farejou o ar. Na primavera anterior, Lexington havia cruzado com duas filhas do grande Glencoe, Nebula e Novice, ambas éguas excepcionais. O rapaz já tinha escolhido o nome para a prole de Nebula: Asteroid, que soava rápido e poderoso, e serviria tanto para um potro quanto para uma potra.

O quadro de Scott ficava na cabana de Jarret, pendurado logo acima da cornija da lareira. Era a primeira coisa que ele via quando voltava para casa à noite: aquela pintura em tons de mel sobre o fogo acolhedor, onde May já teria começado a preparar algo apetitoso. Ela tiraria os olhos do bordado e abriria aquele sorriso tímido e vagaroso que o derretia por dentro. O filho dela, Robbie, viria correndo para abraçar os joelhos de Jarret com os bracinhos roliços, implorando para ser rodopiado no ar. Ele era a única figura paterna que o menininho conhecia.

Jarret tinha reparado em May, que trabalhava como costureira e lavadeira para o sr. Alexander, assim que pusera os pés em Woodburn. O administrador, Dan Swigert, percebeu seu interesse e tratou de adverti-lo.

— Pode esquecer aquela lá — avisou. — Ela é casada com Robert, o carpinteiro da fazenda de Hawthorne. Aliás, está grávida dele, então é melhor tirar os olhos da moça.

O bebê ainda mamava no peito quando Hawthorne vendeu Robert para comerciantes que lucravam com as crescentes demandas de mão de obra ocasionadas pela expansão do sudoeste. Por mais que Alexander se compadecesse da condição de May, tal compaixão não era o bastante para atender ao apelo da mulher de comprar Robert do dono.

— Já tenho um carpinteiro, May. Não preciso de outro. Mas, se quiser, você pode ir se despedir de Robert em Frankfort antes que ele vá embora do estado.

Alexander pediu a Jarret que providenciasse um cavalo manso e a acompanhasse nessa jornada. Conseguiram encontrar Robert quando ele estava prestes a embarcar em uma carroça, com o pescoço envolto por uma corda e o braço preso aos outros desafortunados a caminho do Oeste. May correu ao lado da carroça e conseguiu segurar a mão do marido. Avançou aos tropeços, agarrando-se a ele, até não conseguir mais correr. Sentiu a mão escorregar até que apenas as pontas dos dedos se tocassem. Quando ela caiu de joelhos na terra, o braço de Robert ainda estava estirado em sua direção.

Jarret se aproximou com os cavalos e ficou por perto enquanto ela irrompia em lágrimas. Quando parecia propício, o rapaz a levantou e a acomodou na sela, enfiando cada pé nos estribos com cuidado. Enquanto enrolava as rédeas de couro em seus dedos inertes, sentiu algo se escancarar no peito. Foi invadido por um sentimento de ternura por May, e de uma urgência em cuidar dela e do bebê.

Nas semanas que se seguiram, Jarret enviara uma porção de cartas para tentar descobrir o paradeiro de Robert. Depois de quase um ano sem respostas, May disse a Jarret que havia perdido as esperanças.

— Talvez volte a encontrar Robert no paraíso, mas não o verei mais nesta terra.

Alguns dias depois dessa conversa, Jarret, com toda a delicadeza, propôs que ela fosse morar com ele. May disse que pensaria no assunto. Mas os dias se passaram e ele não teve mais notícias dela. Temia que a tivesse ofendido e que a moça estivesse fazendo de tudo para evitá-lo. Até que, certa noite, voltou dos estábulos e encontrou sua cabana tomada pelo aroma de pão recém-saído do forno. Quando May se aproximou a passos tímidos e o ajudou a tirar o casaco de trabalho, Jarret foi tomado por um contentamento que nunca havia sentido até então.

May decidira morar com ele pois achava que era o melhor para o filho, mas também porque Jarret podia oferecer um lugar mais seguro, longe dos inúmeros viajantes que passavam pela mansão de Woodburn. Para os mais cruéis entre eles, May não passava de um dos animais do sr. Alexander, e seu catre, em uma alcova ao lado da lavanderia, não lhe fornecia a segurança de uma chave ou um trinco. Desde então, ela e Jarret viviam em uma intimidade precária, a única possível quando um dos envolvidos ainda é perdidamente apaixonado por outra pessoa.

Quando se acomodava junto à lareira, bem embaixo da pintura a óleo de Lexington, Jarret fitava o rosto adorável de May iluminado pelas chamas e tentava se esquecer daquele detalhe. Da mesma forma que tentava esquecer que não eram casados perante a lei e que, a despeito de toda a autoridade que tinha em Woodburn, ele ainda era um homem escravizado.

MARTHA JACKSON

Galeria MJ, rua 69 Leste, n.º 32, Nova York, NY
1956

CHOVERA NAQUELA NOITE. Um longo feixe de alvorada prateava o asfalto molhado da rua 69 Leste, estendendo-se desde o rio East até o Central Park. Martha piscou quando o reflexo atingiu seus olhos, sentindo-se grata pela enorme vitrine que adornava a fachada de sua nova galeria. A luz natural inundava o ambiente e chamava — exigia — a atenção de qualquer um que passasse por ali.

Não que houvesse muitas pessoas na rua àquela hora. Martha estava ali para receber um carregamento de esculturas pesadas para uma exposição de Hepworth, e os encarregados achavam melhor transportá-las antes de as ruas ficarem apinhadas de gente. Enquanto descia a ampla escadaria de metal que interligava os quatro andares da área de exposição, mais uma vez desejou ter alugado aquele espaço quando lhe ofereceram pela primeira vez. Se tivesse feito isso, tinha certeza de que já estaria representando Pollock e Kline e outros nomes de peso cujo potencial ela havia enxergado anos antes do que todo mundo.

Mas não tinha dinheiro na época. E nenhum banco estava disposto a conceder um empréstimo para uma mulher, principalmente quando se tratava de um ramo tão especulativo. Nem mesmo o próprio pai depositara muita fé nela.

— Você não tem plano de negócios, não tem experiência — reclamou ele.

E ela sabia, mesmo que não tivesse dito com todas as letras, que o pai não acreditava que uma mulher pudesse se dar bem no mundo dos negócios. Os barões ladrões que construíram Buffalo não tinham contado com a ajuda de nenhuma baronesa.

Martha fora obrigada a viver com o dinheiro que tinha, e por isso sua primeira galeria ficava em uma casinha cujo aluguel ela conseguia pagar, por pouco, graças à herança que recebera da avó. Tinha abandonado seu lindo apartamento em Sutton Place para viver em uma alcova com cozinha improvisada enquanto convertia a casa em galeria. A tinta branca ainda estava fresca nas paredes quando ela organizou sua primeira mostra de aquarelas norte-americanas. Conseguiu vender metade das obras. Dali em diante, passou a sediar uma nova exposição a cada mês. Os expressionistas abstratos de Long Island se acostumaram com a presença dela em seus ateliês. Quando não conseguia arranjar pintores norte-americanos para as exibições da galeria, voltava-se para o exterior e trazia nomes desconhecidos com visões radicais.

O ritmo acelerado e a ambição desenfreada a fizeram se destacar. Os lucros de uma exibição mal eram suficientes para arcar com os custos da mostra seguinte, e ela passou dois anos se deixando embalar por essa marcha frenética. Nas inaugurações, a casinha ficava tão abarrotada que as pessoas saíam e espalhavam-se pela rua, conferindo um empolgante senso de urgência às obras exibidas lá dentro. Ela se movia pela multidão enquanto servia vinho barato em taças de brechó que não combinavam entre si e trocava ideias sobre quem incluir em sua lista de endereços, vasculhando catálogos de museus atrás de nomes de doadores e implorando aos amigos que lhe passassem seus contatos. E então, em 1955, quando o imóvel na rua 69 Leste ficou disponível outra vez, Martha deu um jeito de raspar até o último tostão para garantir o aluguel.

O chiado dos freios pneumáticos anunciou a chegada do caminhão. A plataforma traseira se chocou contra o asfalto. Homens musculosos começaram a lutar com as esculturas encaixotadas. Em questão de segundos, uma cacofonia de buzinas ecoou pelo ar quando os motoristas perceberam que teriam que desviar do caminhão. Martha, ocupada em conduzir os sujeitos ao elevador de serviço, a princípio não viu Annie, que esperava na rua com uma expressão hesitante, segurando um embrulho em papel pardo. Martha fez sinal para que ela entrasse.

— Você chegou cedo hoje — comentou.

— Sim, senhora. Meus parentes de Ohio chegaram ontem à noite com isto aqui. Não tivemos coragem de mandar por correio, e eu queria muito trazer logo para a senhora.

— Esse é o retrato que você quer que eu avalie?

— Sim, senhora.

Martha mal se lembrava da conversa que haviam tido sobre a pintura. Já fazia alguns meses, e Annie não tocara mais no assunto desde então. Se valesse uma ninharia, como suspeitava, ao menos esperava que não tivesse sido muito trabalhoso transportá-lo de Ohio para Nova York.

— Certo, então. Vamos ao meu escritório para que eu possa dar uma olhada.

Martha percebeu que as mãos da garota estavam trêmulas enquanto ela lutava para desatar o barbante. Pobre criança, pensou. Devem estar desesperados para ganhar algum dinheiro com isso. Seja lá o que tenha por trás desse papel pardo, terei que comprar por no mínimo cem dólares.

Annie afastou o embrulho e deu um passo para o lado. Martha ofegou. O cavalo da mãe dela. A pelagem baia reluzente, o olhar luminoso, a expressão inteligente e a face manchada de branco. As quatro patas brancas.

— Royal Eclipse! — sussurrou.

Quando as palavras escaparam de seus lábios, porém, ela já sabia que não podia ser o mesmo cavalo. A pintura era muito antiga, certamente do século anterior.

— Perdão, senhora, mas esse não é o nome deste cavalo aqui. Ele se chama Lexington, igual à cidade, ou pelo menos foi o que sempre nos disseram na família.

— Lexington?

— Sim, senhora.

— Essa é uma pintura do *Lexington*?

A voz de Martha ficou mais aguda, e Annie ficou alarmada.

— É, sim, senhora. Até onde sei.

— Lexington foi progenitor de quarta geração do Royal Eclipse.

— Progenitor de quarta geração?

— É, como um trisavô... o pai do seu bisavô.

— Mas nem sei direito quem foi *meu* bisavô, que dirá o pai dele. Como a senhora sabe tudo isso sobre um cavalo?

Martha abriu um sorriso.

— Esse não é um cavalo qualquer, Annie. Lexington foi o maior reprodutor puro-sangue da história das corridas. Nenhum outro cavalo jamais o superou. Ao longo de dezesseis anos, todos os potros dele que disputaram uma corrida ganharam mais prêmios em dinheiro do que quaisquer outros cavalos. Tenho certeza de que você já ouviu falar de alguns deles... Preakness é um exemplo. Mesmo hoje, tem gente que paga milhares de dólares por cavalos da linhagem de Lexington. Meu pai desembolsou uma fortuna por Royal Eclipse.

Martha admirou a pintura. Estava tão empolgada com aquela coincidência improvável que mal tinha reparado na qualidade da arte. Enquanto fitava o quadro, percebeu que a pintura a óleo tinha sido feita com esmero. Com um refinamento um tanto desigual, talvez, entre o cavalo e a paisagem retratada ao fundo. O cocho de água, o muro de pedra, os tufos de grama — tudo isso parecia ter sido feito às pressas, ao passo que cada detalhezinho da anatomia e da expressão do cavalo tinha sido executado com primor. Conferiu a assinatura. O nome Scott não lhe era familiar, pois nunca tinha se interessado muito pelo figurativismo do século XIX.

Queria a pintura para si. Sabia que Annie ficaria mais do que satisfeita com o que ela tinha a oferecer, mas a consciência não lhe permitia tirar vantagem da garota. Conhecia alguém que poderia — e quase certamente aceitaria — pagar muito mais.

— Eu não sou nenhuma especialista em pintura equestre do século XIX, mas conheço alguém que é.

— A senhora acha que vale alguma coisa?

— Oh, Annie. Sim. Com certeza vale.

THOMAS J. SCOTT

Rio Stones, Tennessee
1863

Cher Julien,

    Muito me alegrou receber uma carta sua depois de tantos meses e descobrir, direto da fonte, que você está em segurança em Nova York e bem longe dos campos de batalha. Ainda assim, sua missiva veio impregnada com o aroma de óleo de linhaça, com o silêncio do pincel sobre a tela — lembranças das tardes de trabalho longas e cálidas passadas em seu ateliê. Aqui, a única tela é o material manchado e encharcado que nos fornece um abrigo parco; os únicos aromas são de pele suja, lã úmida e o fedor de uma latrina que poderia ter sido cavada um pouco mais afastada deste bivaque. Sou embalado por um coro de tosses carregadas — muitos dos homens estão doentes. Meus ouvidos continuam amoucados depois do clangor da última batalha. Depois de tantos disparos de canhão, acredito que não voltarei a ouvir tão bem quanto antes.

    Somos um exército exaurido, esfarrapado e com pés doloridos que, enfim, está desfrutando de um merecido descanso depois de cinquenta e seis dias de luta ininterrupta. Não lhe descreverei as batalhas nesta carta: sem dúvida, você leu os relatos nos jornais nova-iorquinos. Dizem que estamos vencendo esta guerra. É o que dizem e, no entanto, tais palavras já não carregam o mesmo significado de antes. Isso não parece uma vitória, mesmo quando os canhões se calam e me levanto, com a cabeça zumbindo e rodeado de árvores despedaçadas e corpos destroçados, e vejo que há mais de nós vivos e mais deles mortos. Não darei mais detalhes sobre esse tipo de coisa. Em vez disso, contarei sobre as figuras que se tornaram um ponto central da vida que levo agora.

Começarei com o mais importante entre eles, um outro Thomas, que é nosso capelão. Quando nos conhecemos, não parecíamos ter absolutamente mais nada em comum além do nome.

Bastou este jovem do clero pôr os olhos em mim para decidir que não nutriria nenhum apreço por minha pessoa. Percebi que não me julgava digno do seu grupo de rapazes abastados de Lexington. Quase todos tinham frequentado a mesma escola. Para o capelão, eu não passava de um estranho indesejável que blasfemava e tirava o sustento das corridas de cavalo, um ofício que ele considerava desonesto. Estava claro que não me queria por perto.

Bem, você me conhece e sabe que gosto de um desafio. Por isso, decidi que me aliaria ao jovem pároco Gunn antes que nosso 21º Batalhão de Infantaria de Kentucky chegasse ao acampamento. Naquela noite, esperei até que ele posicionasse seu saco de dormir e, em seguida, dispus o meu bem ao lado. Quando percebeu, lançou-me um olhar de puro desgosto, virou-se de lado, enfiou um toco de vela na baioneta e a acomodou no chão. Percebi que estava se preparando para ler o Testamento. E foi aí que enxerguei minha primeira oportunidade.

Apoiei-me em um dos cotovelos e olhei para ele.

— Pároco Gunn — comecei, alto o bastante para que todos os dezesseis homens na tenda pudessem ouvir. — Pode ler o Testamento em voz alta, por favor? Todos aqui precisam ouvir mais do que você.

Vi seu rosto imberbe corar à luz de velas.

— Mas é claro — respondeu ele —, se todos estiverem de acordo.

— Ah, mas é claro que estão, são todos filhos de Lexington bem-educados e tementes a Deus! — exclamei. — Não estão, senhores?

Houve alguns murmúrios de concordância pouco convincentes. Então, o capelão se pôs a ler o Evangelho de João. Quando finalmente fechou o livro e se virou para apagar a vela, perguntei:

— Você pretende orar agora? Nesse caso, posso pedir que o faça em voz alta, já que todos aqui precisamos mais de orações do que você?

Ouvi alguns suspiros abafados enquanto os homens se agitavam na terra dura. Mas o jovem capelão recitou o Pai Nosso e depois rogou por nossa segurança na batalha que se avizinhava. No dia seguinte, percebi que me observava com ares de especulação. Minha causa recebeu certa ajuda quando o comandante do batalhão, o célebre cirurgião Ethelbert Dudley, determinou que meu treinamento farmacêutico e meu breve período como estudante de medicina me qualificavam para o cargo de intendente no hospital de campanha. Contei a notícia para Gunn e roguei que orasse pelos homens de quem cuidaríamos lado a lado, pois cabia a ele aliviar a alma daqueles cujos corpos eu não conseguisse salvar.

Naquela noite, mais uma vez convenci o capelão a ler o Testamento em voz alta, depois perguntei se não poderia nos contar sobre seu caminho até a evangelização. Eu sabia muito bem que nada dá mais prazer a um homem do que discorrer sobre a própria história, e isso se mostrou verdade para o capelão, que relatou sua jornada até Clarksville, no Texas. Recém-saído da faculdade e mal adentrando a casa dos vinte anos, tinha conquistado o cargo de vice-diretor em uma escola naquelas paragens. Os duzentos alunos, que ele descreveu como pequenos patifes, estavam ali para ser "domados e disciplinados" por meio de "uma sábia combinação de oração e palmatória".

Todos os dias, a escola inteira se dirigia a um bosque grande e sombreado onde os meninos passavam uma hora lendo as Escrituras em voz alta. Foi bem naquele lugar, contou ele, que lhe aflorou a convicção de que tinha o dever de se tornar um embaixador do Senhor Jesus Cristo. Por um golpe lastimável do destino, suas contemplações celestiais foram interrompidas pelos violentos murmúrios da guerra. No mesmo dia que Lincoln foi eleito, a bandeira com estrelas e faixas foi tirada sem cerimônia da escola e substituída pelas bandeiras da estrela solitária e da cascavel.

Esse assunto, sem dúvidas, despertou um interesse muito maior nos meus companheiros de tenda do que a leitura do Evangelho, pois ficaram agitados e começaram a perguntar a Gunn como ele tinha se saído naquele ninho de cobras traiçoeiras no Texas. E foi de bom grado que o sujeito satisfez a curiosidade de todos. Gunn percebera logo de cara que ser simpatizante da União poderia deixá-lo em apuros por aquelas bandas.

Ainda assim, chegou a passar um tempo expressando suas opiniões abertamente. Mas, então, um pastor foi enforcado em uma cidade vizinha por ser um apoiador fervoroso da União. Outros que nutriam sentimentos semelhantes foram condenados à prisão. Assim, Gunn começou a guardar suas opiniões para si, mas ainda temia que pudesse falar durante o sono e se entregar para algum companheiro de quarto.

Em fevereiro, o Texas declarou sua secessão dos Estados Unidos, e a escola de Gunn recebeu ordens para se tornar um colégio militar e preparar tropas para o exército confederado. Ele fugiu antes que os novos cadetes recebessem armamento, e chegou em casa bem a tempo de se alistar. A mãe, em vez de tentar dissuadi-lo da luta, praticamente o empurrou porta afora:

— Se Deus tiver uma missão para você — disse-lhe ela —, vai resguardá-lo para que possa cumpri-la.

Naqueles primeiros dias de guerra, nossa missão não parecia ter sido enviada por Deus. Passávamos quase o dia todo em treinamento: marchar, volver, marcar passo e reclamar com amargura que não tínhamos nos alistado para trotar até morrer.

Kentucky, como você bem deve saber, deveria se manter neutro naquela época. Mas os simpatizantes da secessão eram numerosos, e tropas irregulares de guerrilheiros estavam se formando por todo o estado para lutar por Jeff Davis. Ao saber disso, aquele tolo inflou-se de coragem e enviou suas tropas para ocupar as encostas de Columbus. Tal ato serviu de estímulo para aqueles que ainda estavam em cima do muro. As pessoas se rebelaram pela violação de nossa suposta neutralidade. Como bem deve se lembrar, logo em seguida Kentucky votou para se juntar à causa da União, então recebemos ordens para marchar para o Sul.

As senhoras da Sociedade Bíblica de Lexington presentearam cada um de nós com um Testamento, e uma banda marcial tocou enquanto marchávamos por Nicholasville Pike. Alguns dos homens foram obrigados a ver as esposas, mães, amigas e crianças pequenas, em carruagens ou a pé, banhadas em lágrimas. Naquele momento, fiquei feliz por você não estar em Lexington, e pelo fato de eu não ter mais nenhum laço afetivo que pudesse ser demonstrado tão publicamente.

Partimos com a certeza de que iríamos até o Tennessee, mas tivemos que parar já na ponte do rio Verde, pois ficamos encarregados de protegê-la. Ali passamos o inverno, travando combates corpo a corpo contra o sarampo, a escarlatina, a diarreia e a decepção dos homens ávidos por uma luta de verdade.

Talvez não tivessem ficado tão ávidos se soubessem o que estava por vir. Não vou entrar em detalhes aqui, exceto para confessar-lhe que, por mais terrível que seja a batalha, sempre sou invadido, antes do combate, pela mesma euforia profunda que sentia antes de o tambor anunciar a largada em uma corrida.

Ah, mas o que vem depois... Tudo se passava em um borrão enquanto cuidávamos dos feridos, ocupados em amputar membros, tratar feridas, escrever as últimas cartas, lavar e enterrar os mortos. Gunn foi meu companheiro inseparável nessa labuta. Na primeira vez que lhe pedi que ministrasse o clorofórmio, o pobre homem quase desmaiou. Tive que sacudi-lo e dizer-lhe que precisava controlar os nervos. Não ajudou muito que o paciente, enquanto o clorofórmio surtia efeito, não parasse de invocar o nome da noiva em seu pranto:

— Oh, Lamira, seu Samuel vai voltar para casa com um braço só... esta mão arou sua última lavoura...

E tinha mesmo razão. O braço estava sem a pele, como um modelo anatômico, e os ossos se esmigalharam em pedacinhos. Mais tarde, quando acordou, insistiu que buscássemos o membro amputado para que pudesse vê-lo uma última vez. Não sossegou até que fomos obrigados a ceder, e Gunn foi buscar aquela coisa hedionda na lixeira.

Samuel entrelaçou seus dedos àqueles outros, já endurecidos, e berrou:
— Adeus! Até a Ressurreição!

Vi os olhos de Gunn se encherem de lágrimas, e em seguida ele tratou de recuperar o braço e dar a ele um enterro apropriado. Era um homem dado a essas pequenas gentilezas. Quando ia me lamentar sobre algum pobre rapaz que estava além de qualquer ajuda, acabava rogando:

— Se tiver alguma palavra de conforto para o rapaz, agora é a hora.

Quanto a mim, não tinha nada a oferecer além das minhas parcas habilidades e, quando isso se esgotava, um pouco de ternura. É doloroso quando, depois de ter salvado a vida de um homem por um triz após alguma batalha, torno a vê-lo pela segunda vez dali a alguns meses, quando retorna aos meus cuidados. Se o segundo ferimento se revelar mortal, esforço-me para ficar ao lado daquele soldado até que a morte venha reivindicá-lo.

Julien, já estou farto de tanta carnificina. Devo parar por aqui, pois minha mão está dolorida de tanto escrever. Minhas unhas amoleceram, meus dedos *amaciaram de tanto contato com o sangue dos outros. Como gostaria de abandonar a serra cirúrgica e segurar, uma vez mais, os meus pincéis de pintura.*

Dizem que esse dia está para chegar, pois o Sul é como um homem que, tendo recebido um golpe mortal, avança aos cambaleios rumo a seu fim inevitável. Eu me juntarei em oração ao meu amigo, o capelão Thomas, para que esse momento não tarde a chegar.

Respeitosamente etc...

MARTHA JACKSON

Rua 70 Leste, n.º 125, Nova York, NY
1956

MARTHA JACKSON ESTAVA irritada consigo mesma. Sentiu uma pontada de nervosismo enquanto o mordomo a conduzia em direção à biblioteca de Paul Mellon. Lembrava-se da suntuosidade da mansão do avô, mas a casa em que se encontrava naquele momento exibia um novo patamar de riqueza.

A construção de cinco andares parecia mais um *château* francês do que uma mansão em Manhattan. A luz da manhã se derramava por três portas envidraçadas que davam para o pátio. Lá fora, uma equipe de jardinagem podava as topiarias que circundavam o espelho d'água. As pedras do piso intertravado tinham sido escolhidas por sua pátina; os buxeiros maduros pareciam estar ali desde sempre. Apenas a circunferência moderada dos troncos das árvores jovens indicava que aquele amplo jardim era uma adição recente.

Martha sentiu que alguém a observava. Quando se virou, viu que o retrato de uma jovem a fitava com uma convicção divertida, com um terrier apoiado na lateral da cintura envolta por uma faixa vermelha. Martha retribuiu o olhar, intrigada. Tinha a impressão de já ter visto aquele quadro antes.

— É de John Singer Sargent — disse Paul Mellon enquanto cruzava o corredor de seu escritório. — A única pintura que ganhei de meu pai. Quando a estavam empacotando com todas as obras-primas que ele decidiu doar para a Galeria Nacional, ele se virou para mim e disse: "Você gosta de terriers, então deveria ficar com esse". Ele nunca me deixou ter um cachorro de verdade, entende?

Bem, pensou Martha, que jeito inusitado de se apresentar. Ela ainda não conhecia o bilionário, um sujeito dado à leitura e aos estudos que passara a colecionar arte pouco tempo antes, influenciado pela segunda esposa. A primeira, Mary, nutrira mais entusiasmo pelos interesses equestres do marido, e o casal mal saía de sua propriedade na Virgínia. Mesmo depois que o médico avisou Mary de que os cavalos pioravam suas crises de asma, ela se recusou a abrir mão de acompanhar Paul nas caçadas. Foi uma crise no fim de um desses passeios que a matou.

Bunny, amiga de Mary, tratou de se livrar do próprio marido para consolar o vizinho enlutado e, tempos depois, lá estava ele torrando dinheiro com os pintores franceses de quem ela mais gostava: Renoir, Matisse, Cézanne e Monet. Mellon não tinha apreço por artes contemporâneas ousadas, de modo que nunca tinha pisado nas galerias de Martha Jackson. Bunny preferia as paisagens impressionistas; Paul, por sua vez, tinha mais interesse em artes equestres. Depois de sondar um pouco, Martha acabou descobrindo que a primeira pintura comprada por ele retratava um cavalo de corrida: *Pumpkin com cavalariço*, de George Stubbs. Ela também havia descoberto que, pouco antes, o homem adquirira algumas cenas de corrida pintadas por Degas e Lautrec.

O retrato modesto que ela carregara até ali não se enquadrava naquela mesma categoria, nem na mesma faixa de preço. Em circunstâncias normais, não despertaria em Mellon o menor interesse, mas Martha sabia que aquela obra resguardava certa atração que poderia levá-lo a ignorar o relativo anonimato do artista.

Mellon apontou para uma das mesas da biblioteca, e Martha pôs o quadro sobre o tampo polido antes de começar a remover o embrulho. Mais uma vez, ficou irritada com o próprio comportamento. As mãos estavam trêmulas como as de Annie uma semana antes. Não conseguia entender por que se importava tanto se aquele homem iria gostar ou não da obra. Afinal, aquilo não passava de um favor para sua faxineira. Era improvável que Mellon se tornasse membro de sua clientela. E, mesmo assim, atrapalhou-se para desatar os nós até que Mellon pegou um abridor de cartas de madrepérola da mesa e cortou o barbante.

— Depois que você entrou em contato, resolvi fazer umas pesquisas sobre esse pintor. Não era de primeira linha. Troye talvez pudesse me despertar algum interesse, mas...

E então ele se deteve e arfou.

Em seguida, deu um passo para trás.

— Ora, agora entendi.

— Exatamente — concluiu Martha, tomada por um misto de satisfação e alívio ao ver a reação do homem.

Paul Mellon adorava seus cavalos de corrida, em especial seus grandes campeões, Mill Reef e Arts & Letters. O primeiro era um puro-sangue inglês, mas sua linhagem remontava a Lexington por três vias. O sangue de Lexington também corria nas veias do segundo campeão. Por isso, Martha tinha imaginado que o homem ficaria tentado por um retrato daquele grande progenitor.

— É de fato uma pintura muito aprimorada. Tenho interesse. Quanto você quer por ela?

Martha tinha matutado um pouco sobre essa questão. Paul Mellon era conhecido por sua aversão a barganhas. Achava uma prática pouco cavalheiresca. Se não gostasse do preço oferecido, não diria nada — simplesmente desistiria da compra. Pelo bem de Annie e do irmão, Martha não queria vender a pintura por menos do que valia. Mas também não queria pedir demais e acabar perdendo a venda.

— Por que você não fica com o quadro por uma semana, reflete sobre o assunto e faz mais algumas pesquisas, se assim desejar? Depois pode me dizer quanto acha que vale.

Um homem acostumado a pagar o que os impressionistas franceses pediam, raciocinara ela, poderia chegar a um valor bem mais elevado do que ela se atreveria a sugerir.

Os lábios finos de Mellon esboçaram um sorriso. O homem sabia reconhecer uma jogada sagaz. Em seguida, olhou para Martha com um interesse renovado. Talvez valesse a pena acompanhar o trabalho daquela marchand.

— Pois bem. Antes precisarei mostrar o quadro à minha esposa, pois sempre tomamos essas decisões juntos. Ela tem um gosto impecável.

— Claro — respondeu Martha. — Os jardins dela, em particular, são muito admirados.

— Eu a invejo. Ela nutre essa paixão desde os cinco anos de idade. Poucos de nós conseguem encontrar um *métier* assim tão jovem. Devo pedir a Christopher que lhe chame um táxi?

— Ah, não precisa. Vou a pé, muito obrigada. Minha galeria fica bem perto daqui. Talvez você e a sra. Mellon possam fazer uma visita qualquer dia desses.

— Quem sabe...

Em seguida, a um toque da sineta de Mellon, o mordomo apareceu para acompanhá-la até a porta.

Já em seu apartamento, Martha se acomodou na cama e fitou a parede vazia onde antes estivera a pintura de Lexington.

Antes da reunião com Mellon, tinha deixado o quadro pendurado bem ao lado das fotos da mãe. Aquela visão a enchera de prazer. Mas, naquele momento, tudo o que restava ali era um espaço vazio. As fotos em preto e branco de Royal Eclipse pareciam ter perdido o brilho, o vigor. Levantou-se da cama e avançou, inquieta, até a escrivaninha, onde ficava a caderneta de couro na qual anotava seus rendimentos e gastos. Era uma conta enxuta, como de costume. Sem as retiradas trimestrais de seu fundo de herança, já estaria afundada em dívidas. Guardou a caderneta. Não era do seu feitio ficar apegada a uma pintura. E, no entanto, lá estava aquela sensação. Metade dela torcia para que Mellon fizesse uma oferta generosa, ao passo que a outra esperava que ele oferecesse uma ninharia, pois assim ela poderia igualar a oferta.

Ouviu Annie cantarolar enquanto limpava outro cômodo. O mais importante era ajudar a garota. Martha não podia se esquecer disso.

Talvez pudesse vender o carro esportivo. Mal o tinha usado durante o inverno. Na última vez que estivera em Long Island, Pollock ofereceu um quadro em troca do automóvel. Com a aproximação da primavera, talvez ele se sentisse mais tentado a comprar o conversível. Talvez Martha pudesse pedir dois quadros em vez de um — não era como se as galerias estivessem apinhadas com as novas obras dele. Na verdade, ele mal pintava naqueles dias. Quem sabe? Talvez o carro renovasse seus ânimos. Se Martha conseguisse dois quadros pelo carro, poderia vender um e guardar o outro como investimento. Assim, poderia oferecer um valor decente pelo retrato de Scott e pagar as contas da galeria por mais um mês. Mas o que Lee acharia disso? Talvez ela não quisesse o marido com um carro esportivo, caso tivesse voltado a beber. Os dois não estavam se dando bem, disso Martha sabia. Ouvira dizer que havia outra mulher na história. Depois de tudo que Lee tinha aturado, depois de tudo que tinha feito para apoiá-lo. Sim, Martha definitivamente deveria consultar a amiga antes de abordar o assunto do carro com Pollock.

A semana passou sem notícias de Mellon. Mais uma semana. Depois um mês. Não queria importunar o homem, mas percebia que Annie estava apreensiva. E sempre que Martha entrava no quarto, seus olhos logo recaíam sobre o espaço vazio na parede. Ora, se ele não pretendia comprar o retrato, então ela o queria de volta. Decidiu oferecer um adiantamento a Annie antes da possível venda se concretizar. Quando Martha entregou o envelope, a jovem mal conseguiu conter as lágrimas.

Deixá-la esperando daquele jeito era uma tremenda falta de consideração por parte de Mellon. Martha decidiu que, se ele não ligasse até o fim de semana, ela mesma trataria de entrar em contato, por mais que esse pensamento lhe desagradasse.

Às quinze para as cinco da sexta-feira, Martha estava plantada ao lado do telefone. Faltavam dez para as cinco quando ela respirou fundo, posicionou o dedo no disco e ligou para o número dele.

Como já esperava, foi a secretária inglesa de Mellon que atendeu. A voz da mulher era tão gélida quanto uma noite de inverno. A própria Martha soou nortista demais enquanto explicava o motivo de tal ligação.

— Compreendo — respondeu a gélida mulher. — Devo lhe dizer que o sr. Mellon não está acostumado a esse tipo de cobrança.

— Cobrança? Ora, mas eu não estou cobrando ninguém! Só estou fazendo uma pergunta. O combinado era que eu deixaria a pintura com ele por uma semana. Já faz seis semanas. Acredito que seja tempo de sobra.

— Bem, receio informar, mas o sr. e a sra. Mellon foram para Paris.

— E quando voltam?

— Só daqui a algumas semanas. Até onde sei, eles pretendem passar a primavera toda por lá.

— E quando você acha que conseguirá falar com eles?
— Não sei ao certo.

Martha estava fervilhando de raiva do outro lado da linha. Sentiu a coluna se retesar. Pendeu a cabeça para a esquerda e para a direita, tentando aliviar a tensão acumulada no pescoço.

— Sendo assim — continuou ela —, será que você poderia fazer a gentileza de pedir ao mordomo... Christopher, acho? Poderia pedir que deixe a pintura separada? Mandarei alguém buscá-la amanhã bem cedinho.

— Compreendo — repetiu a mulher, mas Martha percebeu a surpresa em sua voz. — E o que devo dizer ao sr. Mellon?

— Diga a ele que tenho outro comprador interessado, que já foi muito paciente, e como você mesma disse que não há previsão para o retorno...

— Bem, nesse caso, talvez eu possa, *sim*, tentar contatar o sr. Mellon em Paris...

— Nem precisa se dar ao trabalho. Tenho certeza de que é um assunto de menor importância para ele. Não quero incomodá-lo. Bem, adeus.

Antes que a secretária confusa pudesse responder, Martha pressionou o botão com um estalo decisivo.

Enquanto devolvia o fone ao gancho, abriu um sorriso. Jamais teria imaginado que dar um fora em um cliente bilionário pudesse ser tão gratificante.

JARRET, PROPRIEDADE DE ALEXANDER

Rancho Woodburn, Woodford, Kentucky
1865

Jarret saiu esgotado do estábulo dos garanhões e se arrastou por todo o caminho até a cabana. Tinha passado quase toda a noite em claro para ajudar uma égua com complicações no parto e, como costuma acontecer quando se menos espera, o dia sucedeu em uma sequência interminável de problemas. Uma égua com cólica, feno mofado, um cavaleiro novato que caiu e quebrou o pulso.

Ele não via a hora de se acomodar em sua poltrona, pegar o menino no colo, todo cheio de abraços e pequenos segredos, e de ver o sorriso doce de May enquanto ela o ajudava a tirar as botas e lhe servia alguma comida quente e apetitosa.

Mas, quando abriu a porta, não havia sinal do sorriso de May. Seu belo rosto estava contorcido, como se tivesse chorado. O menino, que geralmente corria para os braços de Jarret, estava agarrado na saia da mãe, com os olhos arregalados.

— Ora, May, minha querida, o que foi que aconteceu...

Quando Jarret estendeu a mão para acariciar o rosto da mulher, ela se encolheu e se afastou.

Um homem alto apareceu e se postou atrás dela. Vestia os trajes azuis da União e trazia o braço apoiado em uma tipoia.

— Jarret, é o Robert — anunciou May em um sussurro.

Jarret recuou até a soleira. Em um esforço para manter a compostura, fechou os olhos, respirou fundo, voltou para dentro da cabana e fechou a porta.

— Olá, Robert.

— Olá, Jarret.

Foi um jantar desconfortável. O cômodo mergulhou em longos silêncios, interrompidos apenas pelo raspar de colheres nas cumbucas e pelo crepitar da lenha na lareira. Por fim, Jarret acabou descobrindo que Robert Hawthorne, como passara a se intitular, tinha sido vendido na Louisiana. Passou algum tempo trabalhando como carpinteiro em um campo de algodão até ouvir a notícia de que os exércitos da União estavam se aproximando. Depois de escapar, fugiu para um campo de contrabandos de guerra e se alistou no exército. Quando estava construindo parapeitos temporários no Tennessee, teve o braço esquerdo perfurado por um projétil de mosquete.

— A guerra acabou para mim naquele dia — contou o homem. — Mas meu braço bom continua aqui, então ainda posso trabalhar.

May saiu da mesa para lavar as cumbucas e colocar Robbie na cama.

Através da parede fina, Jarret conseguia ouvi-la ninar o filho com uma canção doce.

— Por que não mandou um recado? — perguntou ele em voz baixa. — O que você fez com May... com todos nós... foi errado.

— Eu sei disso. E sinto muito. A verdade é que eu não queria conversar com May até que pudesse dizer exatamente o que vim dizer hoje. Que economizei meu pagamento do exército, conversei com o sinhô Alexander e ele aceitou o valor que ofereci pelos dois. Então, May e o menino estão livres para vir comigo, se ela quiser.

Jarret engoliu em seco.

— E... ela quer?

— Ainda não me respondeu. Disse que, antes de qualquer coisa, precisa conversar com você.

Os dois permaneceram em silêncio enquanto contemplavam as brasas.

— Eu sei que você proporciona uma vida boa para ela e para o menino. Agradeço por isso.

Talvez, pensou Jarret. Mas nunca tivera certeza de que May gostava da vida que tinham. Por mais que o casamento entre escravizados não fosse reconhecido por nenhuma lei, isso não fazia dele menos verdadeiro para duas pessoas que se amavam. Quando estava na cama de Jarret, May nunca tomava a iniciativa de começar a relação sexual e sempre desviava o olhar durante o ato. Era inevitável não imaginar que ela devia estar pensando em Robert. Com isso, o desejo de Jarret também minguou. Diante da situação em que se via naquele momento, percebeu que tinha sido melhor que as relações sempre fossem tão esparsas e que não tivessem gerado um bebê.

Sabia qual seria a resposta de May. Ela partiria com Robert, mesmo que não soubesse que tipo de vida ele poderia lhe oferecer.

— Para onde vocês vão?

— Vamos seguir para o Norte, rumo a Ohio. Um dos libertos da minha unidade disse que poderíamos ficar com a família dele... eles têm uma pequena fazenda de porcos nos arredores de Ripley. A mãe dele é viúva e está sozinha lá, então ele disse que uma ajuda bem que viria a calhar, já que ele e o irmão ainda estão lutando na guerra.

Embora desejasse ter May em seus braços por uma última noite, Jarret saiu da cabana com a desculpa de que precisava ajudar outra égua a parir. Em vez disso, porém, dirigiu-se ao estábulo dos garanhões e passou a noite no chão da baia de Lexington, onde a respiração compassada do cavalo apaziguou seu coração.

Assim que o dia raiou, May veio ao seu encontro. Sabia exatamente onde ele estaria. Jarret a pegou pela mão e a conduziu para a privacidade do bosque. As lágrimas encheram os olhos de May antes de escorrerem pelo rosto. Ele as enxugou com delicadeza, usando os dois polegares.

— Não precisa chorar — tranquilizou-a com a voz suave. — Você tem sido boa para mim, mas nunca foi minha. Eu sei disso.

— Jarret, eu...

— *Shhh...* — disse ele. — Robert é o pai do seu filho. Ninguém tem o direito de ficar entre um homem decente e o filho. E ele garantiu a liberdade de vocês dois, qualquer que seja o resultado dessa guerra.

Ele a puxou para perto e a beijou pela última vez.

Caminharam lado a lado de volta à cabana, mas sem se tocar. Enquanto May arrumava suas coisas, Jarret pegou a pintura de Lexington de cima da cornija, tirou-a da moldura e a enrolou em um saco de juta. Depois, entregou o embrulho a May.

— É a pintura de Lexington que o sr. Scott me deu um tempo atrás.

— Jarret, não posso aceitar uma coisa dessas...

— Claro que pode. Ainda tenho a outra pintura que ele fez para mim quando eu era um menino e Lexington não passava de um potrinho. Posso pendurar aquela na parede. Você fica com essa aí, e, se precisar de dinheiro para o menino, basta vender. Não aceite menos de dez dólares por ela. Alguém pode oferecer até uns vinte, se souber de que cavalo é.

MARTHA JACKSON

Springs, Long Island, Nova York
1956

Lee Krasner jogou mais um suéter na mala aberta sobre a cama. O roupão cor de ameixa pendia solto ao redor do corpo, então ela tratou de prender a faixa na cintura.

— Dê o maldito carro para ele. Não estou nem aí.

Era um dia claro e frio de fevereiro, e o sol tingia a lagoa de prateado. Martha, vestida com casaco e calças de lã, sentia frio só de olhar para a amiga. Mas o rosto de Lee estava corado de inquietação. O fogo que ardia em seu interior parecia protegê-la do vento que chacoalhava as janelas envidraçadas.

— É só que... Eu não queria fazer isso se for lhe causar alguma preocupação...

— De que ele dirija bêbado? Olhe, Martha, vou ser bem sincera. Já me preocupo com ele há tempo demais. Não posso continuar levando Pollock pela mão. Fiz tudo o que pude para protegê-lo, e isso só serviu para que ele se virasse contra mim. Foi por isso que decidi ir para Paris. Se aquela interesseira acha que consegue convencê-lo a ficar sóbrio e voltar a pintar, que tente. Eu é que não vou me meter.

Todo mundo em Nova York já estava sabendo da nova amante de Pollock, uma estudante de arte com metade da idade dele, com pinta de estrela de cinema e predileção por homens famosos. Corria o boato de que ela perseguira Pollock, depois de pedir a um amigo que desenhasse um mapa de onde o pintor costumava se sentar na Cedar Tavern. Outro rumor dizia que a garota estava no recinto com outra pessoa, e Pollock é quem caíra matando em cima *dela*. Qualquer que fosse a verdade, não fazia muita diferença. Inchado, calvo, sem nenhuma obra relevante em três anos, Pollock tinha sido um alvo fácil.

Lee fechou a mala com um baque e fez força para prender os fechos.

— Em Paris, talvez eu consiga trabalhar nas minhas próprias obras, para variar.

— Suas obras são estupendas.

— Que bom que você acha. É a única.

— Isso não é verdade, Lee. É sempre mais difícil para as mulheres.

Lee se jogou na cama. O rubor nas bochechas se espalhou pelo restante do rosto. Ela enxugou os olhos. Martha se levantou da cadeira junto à janela e cruzou o quarto para se acomodar ao lado da amiga.

— Essa história não vai durar. Você sabe disso. Quando voltar de Paris, ele já estará farto dela e desesperado atrás de você.

Lee suspirou.

— É o que venho repetindo para mim mesma. Mas você viu a mulher... Que homem não desejaria alguém como ela? Sabe, ele sempre disse para todo mundo que sou sem graça. Agora, finalmente, arranjou a garota glamorosa que acha que merece.

— Ah, Lee — disse Martha. — Isso não é verdade. Ele tem verdadeira adoração por você. E vai acabar se lembrando disso.

Lee passou os dedos manchados de tinta pelo cabelo, respirou fundo e mudou de assunto.

— Quais pinturas ele ofereceu em troca?

— Duas feitas com tinta esmalte preta de um total de cinquenta e uma obras. Aquela de que sempre gostei, sabe? A número cinco... a que chamo de Dama Elegante.

— Você sabe que ele odeia quando você resolve nomear as pinturas...

— Eu não faço isso na frente dele. A outra é a número vinte e três... Acho que vou chamá-la de Homem-rã, mas não conte nada a ele.

Lee soltou uma risada abafada.

— Nunquinha — respondeu, em tom divertido. — Ou talvez eu conte, só para irritá-lo.

Uma semana mais tarde, de volta a Nova York, Martha Jackson entregou as chaves do conversível a Pollock. Ainda não era nem meio-dia, mas a fala do homem já estava arrastada. Ela o observou sair da galeria aos cambaleios e entrar no carro. A mulher, que o aguardava do lado de fora, deslizou pelo banco, jogou uma cascata de cabelos escuros e brilhantes para trás e enfiou a mão entre as pernas dele. Martha viu os lábios carnudos, os olhos escuros. Jovem, exuberante. Pobre Lee. Ouviu o ronco do motor quando Pollock, sem o menor jeito para a coisa, engatou a primeira marcha. Martha estremeceu. O carro acelerou e saiu cantando pneu pela rua 69.

Em seguida, ela encolheu os ombros. Não dava para viver a vida pelos outros. Só restava ajudar como podia. Depois de apanhar o talão de cheques, escreveu: *Pago por este cheque a quantia de mil dólares a Annie Hawthorne*.

Era muito dinheiro. Mas Annie dissera que o irmão pretendia ser médico, então cada centavo viria a calhar. E, em posse de dois quadros de Pollock, aquele valor não seria problema para Martha.

Encostou as duas pinturas de tinta esmalte na parede da galeria, sem conseguir tirar os olhos dos traços enérgicos de caligrafia preta. Soltou um suspiro satisfeito. Pegou o quadro antigo e modesto que tinha comprado por mais do que valia e subiu a ampla escada da galeria até seu apartamento.

Pendurou o retrato de Lexington na parede do quarto, entre as fotografias da mãe. Em seguida, riu de algo que lhe ocorreu.

— Martha Jackson, quando você morrer e os abutres começarem a rondar sua coleção de arte, todos vão olhar para esta pintura e se perguntar: Mas que raios *este* quadro está fazendo aqui?

JARRET, PROPRIEDADE DE ALEXANDER

*Rancho Woodburn, Woodford, Kentucky
1865*

JARRET COMPROU DUAS mulas para May levar para a viagem ao Norte. Certificou-se de que fossem animais confiáveis e mansos. Quando chegassem à fazenda em Ohio, poderiam vender uma e usar a outra para arar a terra.

Por mais que tentasse, ele não conseguia se esquecer daquele último vislumbre deles: May e o menininho no lombo de uma mula enquanto Robert Hawthorne seguia ao lado em seu uniforme azul, conduzindo o outro animal com a corda que segurava na mão boa.

Por isso, quando estava no estábulo naquela manhã e viu um soldado da União parado à porta, com a silhueta ofuscada pela luz que vinha por trás, Jarret achou que Hawthorne tivesse retornado. Foi invadido por uma onda de alegria e medo — a esperança de ver May outra vez, o pavor de que algo tivesse acontecido com ela. Mas logo seu lado racional tomou as rédeas das emoções. A silhueta na porta era muito mais esguia, e, quando saiu do clarão, Jarret percebeu que era uma pessoa branca. Precisou de mais alguns instantes para, enfim, reconhecer a figura.

Tinha envelhecido muito naqueles três anos de guerra. A farda pendia solta no corpo franzino de Scott, e seu rosto, outrora tão jovem e expansivo, drapejava em rugas abatidas. O pintor, por sua vez, mal reconheceu a figura elegante que se levantou da mesa. Com o rosto vincado de perplexidade, tentava sobrepor a imagem do homem que conhecera àquela bem à sua frente.

— Sr. Scott...?

— Soldado Scott, Jarret. Agora pertenço à infantaria.

— Infantaria? Ora, poderia jurar que você se juntaria à cavalaria.

Scott encolheu os ombros.

— Para isso, é necessário ter uma montaria. Eu pinto cavalos, mas não tenho como arcar com os custos de um.

— É bom ver você aqui, ainda inteiro. Mas o que veio fazer por essas bandas?

— Bem, fui maluco o bastante para me alistar outra vez, então me deram uma licença. E, como meu batalhão está acampado aqui perto, o sr. Alexander teve a gentileza de me convidar para passar uns dias aqui, oferta que aceitei com grande prazer. Ouvi tudo sobre seus feitos por aqui, Jarret. Vi a montaria do general Grant, Cincinnati. É um cavalo e tanto, muito especial. Você acertou em cheio naquele ali.

— Quase toda a prole de Lexington está se mostrando muito especial — concordou Jarret. — No ano passado, ele completou três anos consecutivos como principal reprodutor, este ano será o quarto... e isso considerando que metade de sua prole está indo para o exército, não para as pistas de corrida. Assim como Cincinnati.

— Bem, Grant ama aquele cavalo, e é um sujeito que entende dessas coisas. Não deixa mais ninguém montar Cincinnati, só o presidente.

— O presidente Lincoln já cavalgou no lombo de Cincinnati? Mas que alegria saber disso.

Jarret desejou poder contar ao pai que tinha criado um cavalo digno de um presidente. Harry Lewis teria se enchido de orgulho.

— Quer dar uma olhada em Lexington?

— Você sabe que quero.

Enquanto caminhavam para o estábulo dos garanhões, Scott, com os músculos exauridos e fatigados, teve dificuldade em acompanhar o passo acelerado de Jarret.

— Como vocês se saíram por aqui durante a guerra?

— Tivemos muita sorte — respondeu Jarret. — Guerrilheiros confederados invadiram algumas fazendas vizinhas e roubaram cavalos a torto e a direito. Mas, ao que parece, os secessionistas tomaram o sr. Alexander por um simpatizante da causa deles, por ser britânico e todo o resto. Quanto ao governo, eles pagaram pelos cavalos que receberam de nós, incluindo Cincinnati. Mas agora que você me contou onde aquele cavalo foi parar, só me resta torcer para que os rebeldes confederados não descubram que estamos fornecendo as montarias dos generais da União.

Encontraram Lexington no piquete, pastando sob sua árvore preferida, uma grande faia. Jarret assobiou. O belo pescoço do cavalo se ergueu, as orelhas tremelicaram. Jarret assobiou outra vez e o garanhão se aprumou e galopou para onde estavam, bem perto da cerca. Inflou as narinas para farejar Scott, depois baixou a cabeça para receber um afago de Jarret.

— Eu já achava isso antes e continuo achando... Ele é o cavalo mais bonito que já vi.

— Pretende fazer outro retrato dele, agora que está aqui?

— Eu adoraria, mas não estou com meu material de pintura.

— O sr. Troye deixou um bocado de tintas, linho e coisas do tipo da última vez que esteve aqui. Ele pretendia voltar, mas duvido que venha antes do fim da guerra.

Scott flexionou os dedos. Que maravilhoso seria, pensou, voltar a empunhar um pincel, perder-se outra vez em uma pintura. Pôs-se a fitar o cavalo cego, cuja cabeça estava aninhada no ombro de Jarret. Depois de seus estudos ao lado de Julien, Scott já não se intimidava mais com a ideia de retratar figuras humanas. Percebeu que seria um feito e tanto capturar o vínculo entre Jarret e aquele cavalo. O garanhão ainda conservava a antiga glória, mas também exibia um quê de vulnerabilidade. Scott, no entanto, não sabia se tinha a habilidade necessária para transmitir algo tão desafiador.

Naquela tarde, ele pediu a Jarret que posasse com o cavalo. O rapaz ficou desconcertado enquanto o pintor o observava. A mente rodopiava ao pensar em todas as obrigações deixadas de lado enquanto permanecia ali. Ainda assim, dias depois, quando viu a pintura concluída, percebeu que Scott conseguira transmitir tanto a grandeza de Lexington quanto sua vulnerabilidade. Jarret não tinha se preocupado muito com a própria aparência, então mal se reconheceu no cavalheiro jovem e esbelto que Scott havia retratado. Scott tinha pedido que posasse com uma camisa de manga comprida, pois achava que os tons brancos e cremes do linho ficariam bonitos em contraste com a lustrosa pelagem baia do cavalo. Na pintura, Jarret fitava o cavalo com um olhar pensativo, o perfil quase todo à mostra, e o braço segurava uma corda, erguido em um arabesco gracioso. Naquele gesto e naquele olhar, de alguma forma Scott tinha conseguido transmitir a onda de afeto e confiança que fluía entre o cavalo e o homem.

— Acho que é o melhor que você já fez. E não digo isso só porque estou nele... — Jarret se deteve enquanto buscava um jeito de expressar o que queria dizer. — Desta vez, você conseguiu transmitir quem Lexington realmente é.

Scott contemplou sua obra e sentiu a verdade incutida nas palavras de Jarret. Era a melhor pintura que já tinha feito. Trataria de enviar o retrato para Julien em Nova York, onde poderia ser exposto ao público e, assim, ajudar a construir sua reputação como artista.

Sentia-se grato a Jarret. Mas que jornada tinha sido, desde aquele dia no piquete de Warfield. Aquele garoto tímido que limpava estrume tinha chegado muito longe, considerando o sistema vil que o restringia. Enquanto se encaminhavam ao estábulo dos garanhões, Scott baixou a voz e pousou a mão no braço de Jarret.

— Sabe, quando eu for embora, você poderia vir junto.

— Como assim?

— Bem, o exército da União está recrutando soldados negros agora... o que significa que você seria emancipado. Eu poderia acompanhá-lo até a unidade dos homens negros e apresentá-lo ao oficial encarregado.

Jarret estancou tão de repente que Scott quase tropeçou nas próprias pernas.

— Por que você acha que sabe o que é melhor para mim?

— Bem, você não quer...

— Ser livre? É claro que quero. Mas um soldado não é um homem livre.

Pensou no marido de May, com um braço esmigalhado e um futuro incerto.

— Eu respeito os homens que se juntaram ao seu exército — continuou. — Respeito mesmo. Mas passei a vida toda recebendo ordens, e agora sou eu quem as dito. Eu praticamente dirijo este lugar, sr. Scott. E sou pago por isso.

Ele percebeu a expressão surpresa de Scott.

— O sr. Alexander começou a nos pagar salário logo depois da declaração do presidente. Por que você acha que eu abriria mão de tudo isso para receber ordens de um oficial branco, um estranho qualquer, que não se importa se chegarei vivo ou morto ao fim do dia? Até onde vejo, é só mais um sinhô. Já sofremos muito por causa da escravidão. Não pretendo sacrificar minha vida para acabar com ela. Foi seu povo que começou com essa bagunça, então acho que são vocês que devem limpá-la.

Jarret saiu andando e Scott o observou se afastar. Não tinha como discordar daquela lógica.

O pintor foi convidado para jantar com Alexander e Dan Swigert. Estava decidido a ficar tão apresentável quanto seu modesto guarda-roupa permitisse. Alguém já tinha deixado um jarro de água morna no lavatório. Enquanto se barbeava, encarou o próprio reflexo no vidro salpicado. Tinha trinta e dois anos, mas sentia-se muito mais velho. O rosto estava mais encovado e, como anatomista, era inevitável não imaginar o crânio que se escondia sob aquela pele exaurida. Ergueu a bochecha com o dedo indicador, tentando encontrar o rosto do homem mais jovem que ele vestira não tanto tempo antes.

Por que tinha se realistado? Era certo que não tinha mais ímpeto para lutar. Em parte, teve que admitir para si mesmo, era por conta do vínculo que estabelecera com aqueles homens. Quase todos os membros da unidade tinham se alistado de novo, e ele era necessário por lá. No exército, tinha mais utilidade do que jamais tivera na vida — e que provavelmente jamais voltaria a ter. Graças a ele, muitos homens tinham evitado a morte. Isso não era de se jogar fora.

E tinha outra questão: passara a nutrir uma crença ferrenha nos ideais do lado que defendia na guerra. Tal convicção tinha sido regada por muito mais do que a mera lealdade à pátria e à nação que motivara seu alistamento. No início, tinha passado muito tempo com os prisioneiros de guerra. Era seu dever cuidar deles, caso estivessem feridos. A princípio, via aqueles homens com ternura, jovens como eram, garotos do campo magricelas, por vezes descalços, quase todos de fazendas pobres demais para arcar com escravos. Parecera-lhe um golpe maligno do destino, um mero acidente geográfico, que forçara aqueles garotos a pegar em armas no que era, a seu ver, uma guerra para proteger a riqueza dos homens ricos. Sempre conversava com eles, mais do que os cuidados exigiam, para tentar compreender melhor a mente de cada um. Depois de um tempo, porém, parou de buscar esse diálogo. Tinham sido levados, todos eles, por uma narrativa que não se prendia a nenhuma das coisas que ele próprio reconhecia como verdadeiras. Pareciam nutrir a opinião insana de que o presidente Lincoln era uma prole satânica do próprio diabo, além de menosprezar — negar — a humanidade dos escravizados e sustentar noções fantasiosas de quais males o governo federal pretendia lhes infligir se fossem derrotados. Todas essas coisas estavam tão arraigadas que era impossível extirpá-las mediante fatos ou um diálogo razoável. Scott tinha se convencido de que o único jeito era obliterar aquela rebelião por completo. E como as coisas pareciam se mover nessa direção, estava decidido a ir até o fim.

Enquanto alisava sua única camisa limpa, sentiu certa apreensão em relação ao jantar. Ainda não sabia muito bem o que pensar sobre seu sagaz anfitrião. Por um lado, Alexander tinha sido sábio em proteger tudo o que construíra e todos que dependiam dele para ter sustento e segurança. E, ainda assim, portar-se como alguém que nutria certa simpatia, ou mesmo neutralidade, em relação à causa dos escravagistas lhe parecia uma questão moral mais difícil de engolir. Scott abotoou o paletó do uniforme, perguntando-se como faria para demonstrar, nos dias seguintes, a gratidão apropriada a seu anfitrião por aquele convite gentil, sem deixar escapar as dúvidas que rondavam seu coração. Do jeito que as coisas aconteceram, porém, nem precisava ter se preocupado.

Quando entrou na sala de jantar, ouviu o tilintar de cristal refinado, melodioso como um sino, quando Alexander removeu a tampa do decanter de vinho. Ele se virou do aparador para saudar Scott, mas as palavras nem chegaram a sair de seus lábios. Uma ajudante de cozinha irrompeu na sala com os olhos arregalados e berrou:

— Eles estão aqui! Estão aqui! Tem rebeldes no estábulo, estão roubando cavalos.

— Em plena luz do dia, Sara? Ora, isso parece pouco prov...

Enquanto Alexander falava, o rimbombar de passos ecoou pelo longo corredor da cozinha, e logo Swigert irrompeu no cômodo.

— Estão no estábulo de treinamento... oito ou dez deles... E acho, na verdade tenho certeza, de que aquele vira-lata do Quantrill está no comando, e aqueles patifes dos irmãos James estão com ele. Já pegaram Asteroid e Bay Dick, os dois potros de Lexington. Não sei se pegaram mais algum.

— Proteja a casa. Passe o trinco nas janelas.

Alexander atravessou o cômodo e abriu o tampo de sua escrivaninha. Enfiou uma pistola no cinto e segurou outra, engatilhada, na mão direita. Depois, virou-se e perguntou:

— Está armado, sr. Scott?

— Não neste momento.

— Posso sugerir que vá providenciar?

Scott galgou dois degraus por vez ao subir as escadas que levavam a seu quarto. Já tinha ouvido falar do notório William Quantrill. O brutamontes havia liderado um massacre surpresa contra os antiescravagistas em Lawrence, no Kansas. Mataram todos na calada da noite — velhos, jovens, um acampamento inteiro de recrutas negros desarmados. Pilharam e incendiaram a cidade. A unidade de Scott tinha sido avisada de que o bandoleiro poderia ter se infiltrado em Kentucky acompanhado de alguns de seus assassinos mais desesperados. Ele sentiu a pele formigar e o coração bater mais rápido. Fazia dias que não limpava a arma. Não estava pronto para se juntar àquela luta.

Alexander tinha saído pela porta da frente para confrontar os invasores. Deu de cara com eles enquanto seguiam em direção ao pátio diante da cozinha. Assim que os viu, ergueu a mão e gritou:

— Alto lá! O que desejam, cavalheiros?

Scott se esgueirou pela porta dos fundos e contornou a casa até chegar ao esconderijo fornecido por um pequeno bosque. Avançou furtivamente, uma árvore por vez, até chegar aos fundos do celeiro. Queria ter uma boa visão do bando para descobrir quantos homens teriam que enfrentar. Guerrilheiros confederados eram rápidos e imprevisíveis como mercúrio — agiam em bando para executar grandes manobras, depois se dividiam em pequenos grupos para se esconder do governo. Tal estratégia garantiu as empreitadas sanguinárias dos assassinos ao longo da guerra.

Assim que os avistou, Scott percebeu por que haviam tido a coragem de viajar em plena luz do dia. Estavam vestidos com os trajes azuis da União. Quando chegou mais perto, porém, a natureza desordenada de seu disfarce ficou evidente. Usavam uma combinação heteróclita de trajes, provavelmente saqueados dos cadáveres de soldados mortos por eles. Quase todos tinham cabelos longos e desgrenhados, o estilo mais adotado pelos guerrilheiros sanguinários. Scott avistou um cordão estranho no pescoço de um homem e de repente, em uma pontada de náusea, percebeu que o colar era feito de escalpos humanos. Foi tomado por um desespero terrível — será que tinham passado pelo acampamento de sua unidade? Com certeza não — eram oportunistas que só atacavam os mais fracos. Não arriscariam um combate justo com um batalhão numeroso e bem equipado.

Ele avançou mais um pouco e se escorou na parede do celeiro. Através de uma frestinha na tábua, conseguiu mirar sua arma no líder dos guerrilheiros. Quantrill era um jovem bonito, de cabelos escuros, com sobrancelhas definidas e lábios carnudos que pareciam curvados em uma perpétua expressão zombeteira. Seu rosto liso e livre de rugas desmentia os atos diabólicos que diziam ter cometido. Mas suas vítimas — as poucas que viveram para contar a história — sempre comentavam com espanto sobre sua aparência tão jovem.

Scott mergulhou em uma reflexão sombria. Com um disparo, poderia apagar aquela expressão zombeteira de uma vez por todas. Mas era um atirador medíocre. Poderia acabar errando. Mesmo que acertasse o alvo, os homens de Quantrill certamente partiriam para cima de Alexander e de todos os outros.

Alexander olhou para Quantrill que, equilibrado no lombo de um cavalo, acabara de dizer que se chamava "Marion" e insistia na conversa fiada de que liderava um destacamento da União, enviado ali para conseguir boas montarias para a cavalaria.

— Então, mostre-me as ordens que recebeu — pediu Alexander calmamente.

Com isso, a mentira caiu por terra. Quantrill levantou a arma, e todos os seus homens repetiram o gesto.

— *Estas* são as nossas ordens.

Alexander, ainda impassível, pendeu a cabeça para o lado.

— Ora, se você está determinado a ficar com os cavalos, não vejo motivo para brigas. Mas se estiver determinado a lutar, saiba que meus homens estão armados e prontos para revidar com unhas e dentes.

A um sinal de Quantrill, um dos invasores arrastou o que parecia ser um pônei de criança sobre o qual estava estirada uma figura inerte. O homem estava apoiado na cernelha do animal, seu rosto sombreado por um capuz. Quantrill balançou a cabeça e o invasor puxou o capuz, revelando Willa Viley, amarrado e amordaçado, já coberto de hematomas.

— Reconhece seu amigo?

Pela primeira vez, Alexander pareceu abalado.

— Ora, tenha a piedade de soltar meu vizinho. Já é um senhor de idade! Não merece ser tratado assim.

— Vou desamarrá-lo quando você me entregar os cavalos, dar o fora com os homens armados de que se gabou e entregar suas armas.

— Não farei nada disso, senhor.

Quantrill esticou o braço e arrancou a mordaça da boca de Viley com um puxão violento. Um filete de sangue fresco escorreu pela barba prateada.

— Fale com ele, velho.

— Tenha piedade, Alexander — pediu Viley com a voz rouca. — Faça o que ele quer. Eles incendiaram o terminal e os vagões de carga da Estação Lair ontem à noite. Tentei detê-los. Eu... — A voz falhou. — Eles vão incendiar tudo aqui se você não fizer o que estão pedindo.

Quantrill assentiu.

— Vou mesmo. Agora, me diga: onde estão os cavalos? Vou ficar com Lexington.

— Ora, mas você já deve saber que Lexington é cego! É impossível de cavalgar. Eu posso oferecer um...

Quantrill ergueu a mão.

— Ouvi dizer que tem um garoto aqui que consegue cavalgá-lo muito bem. Vou levá-lo junto.

— Mas ora... Posso lhe oferecer duas das melhores montarias, não vai encontrar coisa igual...

— Já tenho um comprador para o seu campeão cego. Mas já que ofereceu, também levarei as duas montarias.

— Seja lá o que tenham oferecido por Lexington, posso pagar o mesmo valor.

— Então traga o dinheiro e veremos. E também aquelas armas que você mencionou.

— Mas já vou lhe entregar os cavalos. Preciso das armas para me proteger. Se libertar o capitão Viley, vou pedir aos meus homens que as deixem empilhadas até você partir.

Scott, com o corpo pressionado contra as tábuas do celeiro, mediu a distância entre seu esconderijo e o estábulo dos garanhões. Estava disposto a se arriscar e atravessar o pátio para avisar Jarret. Talvez conseguisse passar despercebido enquanto os dois sujeitos se ocupavam com as barganhas. Afastou-se do celeiro e mergulhou nas sombras. Os homens de Quantrill estavam com as armas apontadas para Alexander, todos atentos à conversa travada entre os dois. Se continuassem virados para aquele lado... Scott pisou com cuidado no tapete de folhas macias, tentando evitar o estalar de um galho que pudesse denunciar seu avanço.

— Então traga as armas para cá, e, se alguém disparar um tiro sequer, vou atear fogo em tudo.

— Se alguém atirar, com certeza será um de seus homens.

Alexander deu meia-volta e seguiu na direção da casa. A mente fervilhava de possibilidades. Assim que abriu a porta da cozinha, porém, viu-se cara a cara com um dos guerrilheiros de Quantrill. O homem, que estava molestando a jovem esposa de Daniel Swigert, virou-se para olhar quando Alexander irrompeu porta adentro. Em seguida, mirou a pistola na têmpora da mulher. A filha dela, uma garotinha de dois anos, agarrou a saia da mãe e se pôs a chorar.

Isso foi a gota d'água. Movido pelo impulso, Alexander partiu para cima do homem, desviando a pistola para longe da mulher e da garotinha. O invasor se lançou sobre ele e os dois caíram, atracados, no chão duro de arenito. A pistola disparou. Alexander desferiu uma joelhada potente contra a virilha do invasor. O sujeito berrou feito um bezerro castrado, encolheu o corpo e vomitou. Alexander se levantou com dificuldade e puxou a mulher e a criança para o corredor, depois trancou a porta atrás de si. Em seguida, correu para fora.

A noite já havia caído, mas uma fogueira perto do estábulo de treinamento lançava chamas ao ar. Alexander viu quatro dos homens de Quantrill conduzindo vários cavalos para fora. Em seguida, seu olhar recaiu em Scott, amarrado e indefeso no chão.

Os invasores surgiam de todos os lados, munidos com os produtos do saque — castiçais, pinturas —, qualquer objeto que pudesse ser carregado. Alguém tinha pilhado a cabana de Jarret e enfiado o retrato de Lexington no alforje da sela. Outro jogou um dos novilhos premiados de Alexander no chão ao lado de Scott, com o joelho pressionado sobre a cabeça do animal. O bezerro mugiu quando o sujeito cravou a faca em seu pescoço arfante. O sangue carmesim jorrou em um arco, e o uniforme de Scott foi salpicado pelas gotas quentes.

Quantrill girou sua montaria e apontou a pistola para Alexander.

— Estava hospedando esse federalista asqueroso na sua fazenda, não é, seu traidor de uma figa? Nosso acordo está desfeito. Mostre onde Lexington está ou vou atirar nesse verme agora mesmo.

Alexander, tomado pela impotência e pela fúria, avançou rumo ao estábulo dos garanhões. Percebeu, com grande satisfação, que alguém havia passado o ferrolho na porta. Dois dos capangas de Quantrill golpearam as tábuas da construção com ripas que tiraram da cerca. Os cavalos relincharam do lado de dentro. Por fim, as tábuas estremeceram e cederam.

Alexander passou por cima dos escombros e adentrou a escuridão do estábulo.

A baia de Lexington estava vazia.

— Jarret? — chamou.

Não houve resposta.

Alexander se permitiu esboçar um sorriso, mas a fúria de Quantrill logo pôs fim à sua alegria.

— Peguem tudo que estiver aqui dentro — ordenou o guerrilheiro. — E tragam o federalista e o velho.

Depois, deu meia-volta com o cavalo e partiu com os invasores a reboque. Um deles jogou a carcaça ensanguentada do novilho sobre a sela. Saíram a galope na direção do portão, levando Scott, Viley e quase uma dezena de cavalos puros-sangues.

Através da mata densa, a cerca de um quilômetro estrada abaixo, Jarret observou-os passar. Deixou que abrissem uma vantagem considerável para, só então, pedir a Lexington que galopasse atrás deles.

THEO

Georgetown, Washington, D. C.
2019

— Mas ela jogou fora. Botou na pilha de lixo.
— Eu sei...
— Você não é obrigado a...
Theo serviu uma taça de vinho e entregou a Jess.
— Eu sei...
Estavam sentados no sofá, observando a pintura recém-limpa apoiada na mesa. Jess aninhou a cabeça no ombro de Theo. Clancy rodopiou três vezes antes de se acomodar, com um suspiro, aos pés dos dois.
Um Lexington muito jovem — ainda um potro com menos de um ano — fitava a paisagem de Meadows com seu olhar cintilante.
— É uma pintura muito bonita, agora que conseguimos ver em detalhes.
— Sim, e deve ter passado *anos* sem ser admirada desse jeito... — concordou ele antes de tomar outro gole de vinho. — As pinceladas são enérgicas, o que é um pouco inusitado para o estilo da época. Tem-se a impressão de que o pintor estava em um bom dia, como se não precisasse se esforçar para fazer o trabalho.
— É por isso que acho que você não deveria devolver. Ela não dava o devido valor ao quadro.
Theo enrolou no dedo uma mecha do cabelo de Jess.

— Ela já é uma senhora, Jess. Uma viúva. E pobre, ao que parece. Ela não fazia ideia de que o quadro fosse tão valioso. Quinze mil dólares fazem uma grande diferença para gente como ela.

— Quinze mil dólares também fazem diferença para um doutorando. Foi você quem suspeitou que tivesse algum valor... Foi você quem descobriu que, de fato, *tinha* valor. É você quem deve se beneficiar com essa história, não essa mulher.

Theo encolheu os ombros.

— Recebi mil dólares pelo artigo que escrevi para a *Smithsonian*. Acho que é um lucro e tanto para algo que encontrei na calçada. Isso sem contar que inspirou o tema da minha tese. E consegui acrescentar uma nova obra ao catálogo *raisonné* de Scott... Isso não é de se jogar fora, sabe, no âmbito da história da arte. É o tipo de coisa que motiva pessoas como eu a acordar todas as manhãs: acrescentar nossa pitada de tempero ao ensopado da história.

Theo tinha enviado um e-mail para a historiadora de arte que compilara o catálogo das obras conhecidas de Scott. Além de contar sobre a descoberta, também enviara uma imagem do quadro em alta resolução. Uma semana depois, tinha recebido uma ligação dela sobre um comprador de Kentucky interessado na pintura.

— É uma emoção gigantesca quando encontramos uma obra nova — dissera ela. — Principalmente com autenticação tão confiável.

Depois, contou que Scott vinha despertando o interesse de colecionadores desde 2010, quando ela havia organizado a primeira exposição de suas obras. Desde então, as pinturas vinham sendo vendidas por um valor mais alto do que o esperado.

— Se você decidir leiloar o quadro, pode conseguir até mais... É possível que um retrato inédito de Lexington seja vendido por preço recorde.

Mas Theo teria que pagar uma comissão e arcar com os custos de seguro e transporte, ao passo que uma venda direta lhe renderia o valor cheio.

— Não estou argumentando a favor de nenhum lado. Mas me avise quando decidir o que pretende fazer.

Assim que ficou sabendo quanto a pintura valia, Theo decidiu que a devolveria.

Ele afagou os cabelos de Jess. Gostava do fato de cada fio ser de um tom ligeiramente diferente, como os grãos de areia na praia.

— Não estou precisando tanto assim desse dinheiro, Jess. Recebi a herança do meu pai. Não é muita coisa, mas dá para o gasto. É mais do que muita gente tem... mais do que *ela* tem.

— Mas você disse que ela era preconceituosa.

— Jess... — respondeu com mais rispidez na voz. — *Ela* pode ser o que for, mas isso não significa que *eu* vou deixar de fazer a coisa certa.

Jess suspirou, derrotada, e sorriu para ele.

— Acho que você é uma pessoa melhor do que eu, então. Quando pretende levar o quadro para lá?

— Não sei, talvez amanhã cedo? Eu queria que você passasse a noite lá em casa e me acompanhasse até a casa dela antes de ir para o trabalho. Acho que ela vai ficar mais tranquila se vir uma mulher branca na porta, e não apenas eu.

— Que coisa horrível.

Ele sentiu uma pontada de raiva.

— Você acha que não sei disso?

— Sinto muito.

Theo envolveu o rosto dela entre as mãos. Até então, tinha pensado que os olhos dela eram verdes, mas percebeu que eram mais do que isso. Eram sarapintados com todas as cores da floresta: marrom-avermelhado, bronze e dourado.

— As coisas são como são — declarou. — Mas não posso permitir que isso mude minha essência. Você entende isso, não entende?

— Claro que entendo.

E é por isso que estou me apaixonando por você. Jess queria tanto dizer isso em voz alta, mas Theo já estava se desvencilhando de seus braços.

— Quero correr um pouquinho antes do jantar.

— Mas ainda está chovendo! E já está escuro! — protestou ela. — E o moussaka está com um cheiro tão gostoso...

— Vai estar ainda mais gostoso daqui a uma hora. E está só garoando agora... Além disso, Clancy passou quase o dia inteiro enfurnado dentro de casa, não é, garotão?

O cachorro olhou para ele e pendeu a cabeça para o lado, como se assentisse.

— É, isso é verdade... Tenho monopolizado você.

Aquele estava sendo um domingo agradável. Na noite anterior, tinham saído para jantar com Lior e a esposa em um restaurante etíope na rua U, depois pulado de boate em boate, algo que nenhum deles fazia desde a época da faculdade. Tinham dormido até tarde e depois caminhado até a cafeteria preferida de Theo. Então, quando começou a chover, voltaram correndo para o apartamento dele. Enquanto as roupas de Jess secavam, Theo lhe emprestou a camiseta com a estampa de Hoyas que ele costumava usar para correr. Ficava tão comprido nela que passava dos joelhos.

Ele vasculhou a gaveta por alguns minutos até se dar conta de que ela ainda estava usando o moletom. Bem, de todo modo, fazia mais sentido sair com uma jaqueta impermeável naquelas condições, então tratou de vestir uma.

— Pode fazer o favor de tirar o moussaka do forno daqui a quinze minutos? Precisa descansar um pouco para apurar os sabores...

— Eu sei, eu sei.

Jess rolou no sofá e pegou uma revista *New Yorker* de uma pilha no chão.

— E pode deixar que vou arrumar a mesa.

Theo deu risada.

— Não esqueça o castiçal.

Não tinha mesa de jantar no cubículo em que ele morava, então os dois teriam que comer sentados no sofá.

Ele saiu de casa e entrou direto na chuva. Uma névoa fina cintilava em ondas amplas e arqueadas, como uma cortina soprada pelo vento. Clancy pateou o chão, ansioso pelo passeio. Theo olhou para ele e sorriu. Era graças ao cachorro que ele tinha adquirido o hábito de correr. Antes de resgatar Clancy daquele abrigo em New Haven, nunca tinha sido muito dado a corridas, mas o animal precisava de uma forma de liberar toda aquela energia acumulada. E, assim que começou a correr, Theo percebeu que seu corpo de atleta já vinha ansiando por isso havia um tempo.

Começaram em um ritmo lento e foram aumentando a intensidade quando chegaram ao parque. Theo decidiu seguir pela trilha que corria paralela ao riacho, quase na extremidade leste do parque. Mesmo em meio ao burburinho do trânsito da avenida Rock Creek, dava para ouvir a água, reabastecida pelo dia chuvoso, escorrer pelos pedregulhos. Theo encheu e esvaziou os pulmões, sentindo que o ar úmido era tão revigorante quanto um coquetel. Antes de Jess, nunca tinha parado para pensar na anatomia do próprio corpo. Apenas esperava que as pernas adotassem os movimentos que tinham aprendido quando os humanos evoluíram para perseguir presas e fugir de predadores. Mas, graças a Jess, tinha passado a prestar atenção na mecânica de seus ossos, na conexão intrincada entre cada tecido, nos nervos viajando pelas vértebras para se entranhar nos aglomerados de músculos. E foi nisso que pensou, de bom grado, enquanto apertava o passo e aumentava o ritmo.

Maceradas sob seus pés, as folhas escorregadias exalavam um aroma fresco e amadeirado. Theo estabeleceu um ritmo agradável para a corrida. Prestou atenção à frequência cardíaca, que acelerava sem esforço para bombear o sangue para os músculos. Clancy parou diante dele para sacudir o pelo molhado, lançando gotículas por toda parte. Ao redor do parque, os postes de luz piscavam em meio ao véu lustroso da noite. Theo percebeu que a adrenalina da corrida começava a inundar seu corpo com uma sensação de bem-estar. Então, aumentou o ritmo, sentindo o coração acelerar enquanto corria por uma ligeira elevação no terreno. A trilha se estreitou quando o aclive deu lugar a uma colina, que se lançava sobre o riacho bem no ponto onde seu leito fendia às rochas, formando uma pequena ravina. Theo continuou subindo até chegar ao cume. Depois, quando começou a descer, ele diminuiu o passo e tomou cuidado para não tropeçar em raízes e pedras soltas. Conforme a noite avançava, ficava cada vez mais difícil enxergar. Percebeu que era melhor ir embora o quanto antes. Um pouco adiante, a cerca de meio quilômetro, havia uma ponte sobre o riacho, e seria dali que ele tomaria seu rumo para casa.

A trilha serpenteava em uma curva acentuada à direita. Clancy disparou na frente até sumir de vista. Quando chegou àquele ponto, Theo quase tropeçou no cachorro, que estava imóvel no meio do caminho, olhando para alguma coisa no fundo da ravina.

— O que foi, Clancy? Viu algum cervo?

O cachorro soltou um ganido. Theo espichou o pescoço e olhou para o riacho lá no fundo. Cerca de cinco metros abaixo, havia uma figura — uma mulher — estirada sobre as rochas.

— Senhora? Está tudo bem? — gritou Theo.

Não houve resposta.

— Moça? — tornou a dizer. — Consegue me ouvir?

Uma cicatriz fendia a margem lamacenta do rio, o rastro deixado por sua derrapagem. Ou ela havia escorregado ao fazer a curva e batido a cabeça ou desmaiado em plena caminhada e despencado lá de cima. Theo vasculhou os bolsos em busca do celular. Tentou ligar para a emergência, mas logo praguejou. Não tinha sinal.

Então, escorregou pela ribanceira para chegar até a mulher. Seu corpo esguio estava envolto por trajes de fibra sintética em cores vivas. Usava tênis de maratonista — parecia levar a corrida a sério. Hesitante, ele envolveu o pulso dela para medir os batimentos. A pele estava fria ao toque — já devia estar desmaiada havia um tempo —, mas a pulsação, quando enfim a encontrou, estava forte. Ele soltou o ar, aliviado.

Depois, esquadrinhou a memória para se lembrar dos poucos ensinamentos de primeiros socorros que conhecia. Não havia nenhuma lesão aparente. A legging de elastano estava manchada em um dos lados, por onde ela escorregara na ribanceira, mas não havia sinal de sangue. Os cabelos louros eram muito curtos, então dava para ver que não havia nenhum ferimento externo. De repente, ele se lembrou de alguma coisa sobre a posição lateral de segurança — tinha que colocar a pessoa inconsciente virada sobre o lado esquerdo, com os joelhos dobrados, para ajudar no fluxo sanguíneo. Theo hesitou, sem saber se era uma boa ideia movê-la. Em seguida, ajoelhou-se e se inclinou sobre o corpo inerte. Com delicadeza, virou-a de lado bem devagar. Enquanto ele tentava dobrar os joelhos dela, a mulher deixou escapar um ganido felino. Theo pegou o celular de novo, tentando encontrar um sinal.

Ela abriu os olhos.

— A senhora caiu — disse Theo. — Está tudo b...

Bem nessa hora, um facho de luz branca se acendeu sobre a ponte, lançando um clarão sobre Theo ajoelhado ao lado da mulher. Ele ergueu o olhar, cego pelo brilho repentino.

— Polícia! Fique onde está! — gritou uma voz de cima da ponte.

Theo ergueu o celular para proteger os olhos da claridade.

E, no momento seguinte, o uivo agudo de Clancy rasgou a noite.

JARRET, PROPRIEDADE DE ALEXANDER

Estrada para Midway — Condado de Woodford, Kentucky
1865

JARRET CONDUZIU LEXINGTON a meio-galope através da escuridão crescente, mantendo-se a uma distância em que ainda conseguia ouvir o ressoar dos cascos à frente. O cavalo parecia reavivado pela intensidade do que acontecera naquela noite. Jarret teve que impedir que avançasse a todo galope, caso contrário acabaria por ultrapassar aqueles cujo rastro estavam seguindo.

O céu estava coberto de nuvens, e a lua crescente, já gibosa, oferecia apenas uma luz esporádica.

— Nós dois estamos cegos esta noite — murmurou Jarret.

O bando de Quantrill continuou avançando pela estrada, o que vinha bem a calhar, pois Jarret não sabia se conseguiria conduzir Lexington se o guerrilheiro tivesse enveredado pela floresta com seus capangas. Ele tentou adivinhar para onde iam. Conhecia quase todas as famílias que moravam na região. O bando rumava para o Oeste, então ele traçou um mapa mental das fazendas que ficavam por lá. Será que alguma daquelas pessoas simpatizava com os confederados a ponto de oferecer refúgio a homens como aqueles? Mas Jarret não conseguia imaginar qual delas seria capaz de uma coisa dessas. Muitas famílias do condado apoiavam a causa dos rebeldes; alguns até tinham filhos que lutavam no exército confederado mais ao sul. Mas aqueles homens seguiam as regras da guerra. O bando de Quantrill era composto por assassinos. E Willa Viley era respeitado por todos. Jarret não conseguia imaginar que alguma daquelas famílias toleraria um ataque àquele homem idoso.

Bem nessa hora, a lua se esgueirou por trás de uma nuvem aconchegada e iluminou um embrulho pálido e irregular disposto um pouco mais adiante na estrada. As narinas de Lexington inflaram. Jarret o fez diminuir o ritmo quando se aproximaram do pacote. A princípio, pensou que os guerrilheiros tivessem descartado um saco de dormir ou deixado cair um de seus farnéis.

Jarret olhou para baixo quando o tecido se mexeu. Depois, apeou do cavalo.

— Capitão Viley, é o senhor?

Viley gemeu. Estava com a cara enfiada na terra, do jeito que tinha caído. Tentou se virar, mas não conseguiu e tombou de volta, impotente.

— Capitão, sou eu, Jarret. Posso ajudar o senhor a se levantar?

Viley esticou o braço em um gesto débil e Jarret o segurou pelos ombros, depois o ajudou a se sentar. A pele do homem ardia em chamas, e o rosto se contorcia de agonia a cada movimento.

— Jarret? — perguntou com a voz rouca. — Como você... menino, você não deveria ter vindo atrás deles... Eles querem você e aquele seu cavalo. É melhor você voltar.

— Eu sei que eles querem. Ouvi tudo... Foi por isso que tirei Lexington de lá. Mas preciso ajudar o sr. Scott e resgatar os outros cavalos. Conseguiram afanar seis ou mais dos filhos de Lexington, incluindo Asteroid, e esses cavalos são bons demais para gentalha como eles.

— Não sei o que você pode fazer para resolver isso — respondeu Viley. — Onde está Alexander?

— Tentando conter o incêndio que eles provocaram. Ou pelo menos é o que eu acho. Para ser sincero, não esperei para ver.

— Você é um menino tolo.

— Eu não sou um menino... senhor.

Viley respirou com sofreguidão, depois olhou para Jarret como se o visse pela primeira vez. Os olhos de Jarret cintilavam no escuro, sem quebrar o contato visual. Viley pendeu a cabeça para baixo antes de assentir.

— Não, não é mesmo. Você é...

Ele irrompeu em um ataque de tosse e curvou o corpo para a frente.

— Acho que quebrei algumas costelas — continuou, arfante. — Eu caí do pônei... era o pônei do meu neto... Não tive escolha, era a única montaria que estava selada quando o bando imundo de Quantrill invadiu minha propriedade. Fui tolo como você e achei que poderia ir atrás dele. E agora olhe meu estado...

Tossiu outra vez, e um filete de sangue escuro empapou sua barba.

— Eles me deixaram para morrer aqui — declarou, ofegante. — Deixaram os cavalos passarem por cima de mim. Nenhum daqueles demônios tem um pingo de consciência.

— Você sabe para onde eles estão indo? Consegue pensar em alguém que estaria disposto a acolhê-los?

— Arrisco dizer que o juiz Sayers — respondeu Viley, esbaforido. — A esposa dele, Finetta, é uma velha amiga daqueles malditos irmãos James que estavam com Quantrill. Ouvi um deles... acho que se chama Jesse... falar dela. Os dois moram na estrada para Taylorsville, entre Samuel's Depot e Deatsville. Você sabe onde fica?

— Acho que sei... Uma casa grande de tijolos... branca, não?

— Isso, essa mesma.

— Mas primeiro temos que cuidar do senhor.

Viley foi acometido por mais um violento acesso de tosse, e lágrimas de dor escorreram por seu rosto ensanguentado.

— Não adianta. Eu não vou conseguir montar um cavalo nessas condições.

— Não diga uma coisa dessas. Acho que estamos perto da fazenda Cane Spring, da família Kirkland. Podemos ir até lá, e alguém pode entrar em contato com seu filho.

Jarret pediu a Lexington que se ajoelhasse, depois pegou Viley no colo e o acomodou sobre a sela.

— Você só precisa se agarrar à crina. O cavalo não vai deixar você cair.

Em seguida, estalou a língua para que o cavalo se levantasse. Jarret estimava que a propriedade da família Kirkland ficasse a pouco mais de um quilômetro de onde estavam, mas respirou aliviado quando descobriu que, na verdade, era bem mais perto, pois Viley já estava perdendo a consciência.

Os Kirkland saíram com as armas em riste, mas as baixaram e correram para acudir assim que reconheceram Viley. Quando Jarret ajudou o idoso alquebrado a descer do cavalo, o homem o agarrou pelo braço com uma súbita explosão de força.

— Não deveríamos ter agido daquela forma... Este cavalo deveria ter sido seu. Richard e eu... fui eu que o convenci... mostrei a ele como dar a volta em Warfield. Foi errado. Lamento muito por termos passado a perna no Velho Harry. Nunca deveríamos ter feito isso.

Jarret deixou uma onda de raiva se formar e dissipar antes de responder.

— Não tem por que se preocupar com isso agora. Harry Lewis já se foi há muito tempo.

Ele seguiu ao lado de Lexington enquanto conduziam Viley para o interior da propriedade. Aceitou o pão e o cantil que a esposa de Kirkland ofereceu, depois montou e cavalgou em direção a Taylorsville.

Conduziu Lexington para fora da estrada antes de chegarem aos portões da residência da família Sayers. Enquanto atravessava o piquete, escolheu com cuidado um caminho que o levasse para mais perto da casa. Conseguia ver as luzes bruxuleantes em um dos cômodos do andar de baixo. E, na floresta logo atrás, havia uma pequena fogueira. Talvez Quantrill e os irmãos James estivessem com os amigos na casa principal, enquanto o resto do bando montava acampamento do lado de fora.

Jarret decidiu encontrar um esconderijo seguro para Lexington e trilhar o resto do caminho a pé. Avançou ao lado da cerca, descendo uma colina suave enquanto seguia os sons de um riacho. Deixou o cavalo matar a sede e depois o amarrou com um nó frouxo em uma árvore em um pequeno bosque. Em seguida, esperou pelo luar. Quando uma borda luminosa emergiu de trás das nuvens, Jarret esquadrinhou o pasto para decidir qual caminho tomar. No momento seguinte, tudo estava mergulhado em escuridão outra vez. Ele aproveitou a deixa e correu na direção das árvores.

Avançou a passos furtivos de árvore em árvore até encontrar um lugar com uma visão privilegiada da fogueira. De longe, observou as silhuetas em movimento. Só havia quatro homens ali. Então tinham mesmo adotado as estratégias de costume e se dividido em pequenos grupos para despistar os perseguidores. Seria muita sorte se fosse justamente aquele que estivesse com Scott. Precisaria ter paciência. Percebeu, pelas falas emboladas, que deviam ter entornado uísque. À medida que a lua inconstante ficava cada vez mais alta no céu, as arengas bêbadas ficavam mais ruidosas.

Uma hora se passou. Jarret ficou cheio de cãibras nos músculos enquanto tentava se manter imóvel. Quando o ar esfriou, as roupas e a pele ficaram úmidas com o relento. A conversa se reduziu a murmúrios esporádicos. Jarret arriscou se esgueirar para mais perto.

Avançou até se postar bem atrás dos homens. Só dois ainda permaneciam acordados, acomodados perto da fogueira quase extinta. Outro roncava. Ele tentou ouvir o que diziam, mas era difícil distinguir qualquer coisa em sua fala arrastada. Ao que parecia, estavam entregues a uma conversa enfadonha sobre um saque a uma loja de aviamentos. Até que:

— Não sei por que não matamos *esse* federalista assim que pusemos os olhos nele, igual fizemos com aqueles malditos comerciantes holandeses.

— Quantrill quer trocar o sujeito pelos cinco dos nossos que foram capturados no condado de Mercer... Jim, Andy e os outros. Os federalistas levaram todos eles para Louisville e pretendem enforcá-los em um grande espetáculo.

— Bem, não gosto nadinha de ter que arrastar esse verme para cima e para baixo.

— Nem eu.

O homem bocejou, espreguiçou-se e depois se levantou com dificuldade. Em seguida, cambaleou para longe da fogueira. Jarret ouviu o som de uma bota se chocando contra carne, seguido por um gemido abafado.

— Cale a porra da boca.

Outro chute, outro gemido.

Um som sibilante. Jarret percebeu que o confederado estava urinando em cima de Scott. O outro sujeito achou graça e se pôs a rir, ainda embriagado. Levantou-se com esforço e começou a abrir a braguilha da calça. Os dois homens adormecidos nem se mexeram.

O confederado parecia estar com dificuldade para abaixar a própria calça. Olhou para baixo, praguejou e urinou assim mesmo. Jarret só precisou esticar o braço, agarrar um tufo do cabelo comprido e puxar sua cabeça para trás. Em seguida, afundou a faca na lateral do pescoço do homem e a puxou em um arco amplo. O sujeito tombou para a frente, engasgando-se no próprio sangue, e Jarret o estirou no chão.

O outro guerrilheiro, que pairava sobre a figura inerte de Scott, virou-se para olhar.

— Jimbo, você não vai...

Mas Jarret já estava atrás dele, e a pergunta morreu em seus lábios antes que pudesse externá-la.

Em meio ao bruxulear da fogueira quase extinta, Jarret viu os olhos claros de Scott, arregalados e incrédulos, enquanto o rapaz serrava a corda que atava seus tornozelos. Mas não podiam perder tempo serrando as que prendiam seus pulsos. Scott levantou-se com dificuldade enquanto o sangue voltava a fluir para os seus pés. Avançou cambaleante, escorado em Jarret, enquanto se embrenhavam no meio das árvores.

Jarret só parou para serrar as cordas do pulso do pintor quando eles já estavam longe do bosque. Depois, arrancou a mordaça imunda que cobria sua boca.

— Onde estão os cavalos? — sibilou Jarret.

— No celeiro, mas não podemos arriscar...

— Podemos, sim. E é o que vamos fazer.

Àquela altura, as luzes já estavam apagadas no casarão. Deram a volta na construção para o caso de terem deixado alguém de sentinela, mas Quantrill devia estar convencido de que ninguém sabia sobre aquele refúgio. Quando Jarret teve certeza de que não havia ninguém de guarda, avançou até o celeiro e abriu a porta com cuidado.

Um jovem cavalariço negro acordou sobressaltado e lutou para ficar de pé. Jarret agarrou o garoto pela camisa e pressionou um dedo sobre seus lábios.

— Você nem chegou a nos ver, porque o deixamos inconsciente antes. Entendeu?

O garoto assentiu.

— Não vou machucar você, mas preciso que pareça que machuquei, entendeu?

Ao ver Jarret puxar sua faca ensanguentada, o garoto se encolheu e arregalou os olhos. Jarret passou a mão pela lâmina e esfregou o sangue na testa do cavalariço. Depois, passou direto por ele e foi de baia em baia. Cinco dos cavalos roubados de Alexander estavam lá, incluindo Asteroid.

Prendeu as rédeas em Asteroid e na égua puro-sangue, Nanny Butler. Movendo-se com rapidez, tratou de amarrar os outros cavalos juntos com um lais de guia, depois os levou para fora do celeiro. Nunca tinha conduzido tantos puros-sangues ao mesmo tempo, então rezou para que mantivessem a calma.

— Rápido — disse ele, fazendo sinal para Scott montar em Asteroid. — Vá atrás do seu batalhão. Ninguém vai conseguir alcançá-lo nesse cavalo. Depois volte com eles para cá, dê um jeito nessa bagunça e descubra onde está o resto dos cavalos.

Enquanto falava, Jarret montou no lombo de Nanny Butler e puxou os outros cavalos atrás de si.

— Para onde você está indo?
— Buscar Lexington.
— E depois disso?

Jarret não se virou.

— Norte — respondeu enquanto conduzia os cavalos rumo à escuridão.

JESS

Georgetown, Washington, D. C.
2019

FAZIA MAIS DE meia hora que o moussaka estava esfriando na bancada da cozinha. Jess deu uma olhada no relógio. Ele dissera que seria uma corrida rápida.

— Se esse é o conceito dele de rápido... — murmurou consigo mesma enquanto fatiava um limão.

Embora estivesse bebendo vinho, a ligeira irritação que sentia pedia por algo mais forte, então tratou de preparar um gim-tônica e o bebericou enquanto examinava as estantes abarrotadas de livros de arte.

Um título chamou sua atenção: *You Are an Acceptable Level of Threat*. Colocou o dedo na parte superior da lombada e a puxou para baixo. Banksy. Acomodou-se no sofá e se pôs a folheá-lo. Aquele atraso beirava a falta de educação. Não era do feitio de Theo. Devolveu o livro à prateleira e pegou um volume mais grosso sobre o Museu de Arte Antiga e Nova da Tasmânia. Parecia promissor. Theo pelo visto nutria grande entusiasmo pela Austrália, o que era uma baita mudança em relação à maioria dos norte-americanos, cujo interesse parecia se limitar à carismática fauna da região. Já fazia um tempo que Jess vinha acumulando seu período de férias para poder passar três semanas na Tasmânia com os pais no inverno seguinte. Talvez pudesse convencer Theo a ir com ela, se os dois ainda estivessem juntos até lá. A mente de Jess se lançou em uma exploração agradável do itinerário. Tassie, ou Tasmânia, primeiro, depois Uluru para conhecer um lado bem diferente da Austrália — ele ficaria muito interessado nos artistas de Papunya Tula — e mais uns dias em Sydney antes de voltar para casa. Se ele se encantasse pelo lugar, talvez os dois pudessem até se mudar para lá...

Tratou de dar um basta naquele devaneio. Estava colocando o carro na frente dos bois. Foi até a mesa de Theo e deu uma olhada nas folhas da tese que ele imprimira para revisar. Estava trabalhando em um capítulo sobre Harry Lewis, o homem que ele tinha identificado como o treinador negro retratado por Troye na pintura intitulada *Richard Singleton com Harry, propriedade de Viley, Charles e Lew*. Jess pegou uma das folhas.

Existem evidências de que o direito à posse do cavalo de corrida Lexington tenha sido tirado de Lewis contra sua vontade. A cópia de Willa Viley do código de conduta do hipódromo da Associação de Kentucky traz uma anotação sugestiva: alguém, talvez o próprio Viley, traçou um xis ao lado da seguinte regra: "Nenhum negro ou mulato tem permissão para inscrever competidores em nenhum torneio a ser sediado nesta pista". Como Viley conseguiu adquirir uma participação valiosa nos direitos à posse de Lexington, é plausível que tenha tirado proveito dessa regra para forçar a venda do cavalo.

Jess colocou a página de volta no lugar. Lembrou-se de como Theo tinha ficado empolgado ao encontrar aquela anotação entre o acervo de documentos de Viley. Era uma das coisas que eles tinham em comum, esse entusiasmo por buscar pequenos fragmentos de conhecimento.

A chuva voltou a ficar forte, e as gotas se chocavam contra a janela. Jess foi dar uma olhada no moussaka. A camada de bechamel estava esfriando, quase gelada. Sem dúvida, com uma enxurrada daquelas, Theo chegaria a qualquer minuto — ensopado, com um cachorro encharcado logo atrás.

Decidiu ligar para o celular dele. Por que não tinha pensado nisso antes? Digitou os números no teclado. Respirou fundo. Não queria deixar toda a sua irritação transparecer.

A voz do outro lado da linha não era de Theo. Em vez do "Oi, Jess" com um sotaque rebuscado e oxfordiano, foi saudada por um sotaque brando de Baltimore.

— Quem está falando?

— Jess. Quem é *você*? Cadê o Theo?

— Theo. — A voz repetiu o nome sem inflexão. — Que Theo?
— Theo Northam. Por que você está com o celular dele?
— É a sra. Northam que está falando?
— Não tem nenhuma sra. Northam. *Quem é você?* O que está acontecendo?
— Senhora, qual é a sua relação com o sr. Northam?
Algo na forma como o homem disse "senhora" fez a cabeça de Jess girar.
— Eu sou... — Fez uma pausa. — Sou a namorada dele. O que aconteceu? Ele sofreu um acidente?
Sua voz falhou de uma hora para outra. As pernas começaram a tremer. Ela afundou no sofá. Não sabia o que viria a seguir, mas, fosse o que fosse, não queria ouvir. As palavras vieram do outro lado da linha:
— Agressão interrompida. Disparos feitos pela polícia. Detetive de homicídios.
Jess as ouviu, mas nenhuma fez sentido para ela.
— Mas ele só saiu para correr... com o cachorro dele.
— Sim. Bem... Como eu disse, o inquérito está sendo feito. Você pode me dizer o nome do parente mais próximo dele?
— Parente mais próximo? Tipo a mãe dele?
— A mãe. Ou o pai.
— O pai dele morreu no Afeganistão. A mãe dele mora em Lagos.
— Lagos?
— Na Nigéria.
— Não tem mais ninguém? Irmão, irmã?
— Não, ele é filho único.
— Então talvez você precise vir aqui para identificar o corpo.
— Corpo?
— Isso.
Jess sentiu um nó se formar no peito. Não conseguia respirar.
— O que aconteceu? — perguntou mais uma vez.
O detetive pigarreou. Parecia que estava prestes a ler alguma coisa.
— Às sete e vinte da noite, um policial interrompeu uma agressão e roubo em andamento no Rock Creek Park. A vítima era uma mulher branca. Quando o policial pediu ao agressor que ficasse parado onde estava, o

suspeito pareceu levantar uma arma, então o policial respondeu com um disparo letal.

— Mas o que isso tem a ver com Theo? Ele testemunhou o crime ou algo assim?

— Senhora, ele era o agressor.

Jess soltou uma risada abafada.

— Agressor? O Theo? Ele é historiador da arte. É doutorando em Georgetown.

Seguiu-se um longo momento de silêncio.

— Senhora, está em D. C. agora?

— Sim, estou na casa dele. Estávamos com tudo pronto para jantar...

— Se puder me passar o endereço... vou precisar de uma declaração.

Jess, anestesiada pelo choque, abriu a porta para o detetive alguns minutos depois. Ele estava acompanhado por uma policial. Os dois estavam ensopados. O detetive era um sujeito magro, de aparência abatida, com olhos castanhos inquietos que pareciam examinar tudo a seu redor. Enquanto esquadrinhava o apartamento organizado de Theo, com seus móveis vintage-modernos e as paredes forradas de livros, uma expressão tensa cruzou seu rosto. O detetive e a policial se entreolharam.

Passo a passo, pediram que Jess recriasse os acontecimentos do dia até o momento em que Theo saiu para correr. Ela se ouvia responder às perguntas, mas a mente estava no parque, tomada pela agonia, tentando entender que diabos tinha acontecido por lá.

— O policial na cena do crime disse que o suspeito estava usando um moletom preto. Tem algum motivo para ele usar roupas pretas para correr à noite?

— Era uma jaqueta impermeável, não um moletom. Ele geralmente usa isto aqui para correr — disse ela, mostrando o moletom branco com dizeres em azul.

— Você comentou mais cedo que os pais dele eram da Nigéria? Afeganistão? Então ele é imigrante? Muçulmano, talvez?

Jess sentiu o choque dar lugar a uma explosão de raiva.

— Ele é norte-americano. O pai dele trabalhava para o Departamento de Estado e foi morto em serviço no Afeganistão. Até onde sei, tem uma estrela no Muro de Honra da CIA.

Mais uma vez, ela viu a troca de olhares sombria entre o detetive e a policial.

Ficou de pé, trêmula.

— Já acabamos.

Tremia dos pés à cabeça. Mal conseguia atravessar os poucos metros que a separavam da porta.

— Deem o fora daqui. Não quero vocês na casa dele.

A policial olhou para o detetive, que deu um leve aceno e se pôs de pé. Anotou alguma coisa em sua caderneta, arrancou a página e a colocou sobre a mesinha de centro.

— Aí está o endereço do necrotério. As identificações dos contatos mais próximos acontecem das dez da manhã às quatro e meia da tarde. Eu agradeceria se pudesse passar lá logo pela manhã.

Depois que eles saíram, Jess fechou a porta sem responder. Escorou-se na madeira e lutou contra um soluço ofegante. Em seguida, ela se virou, abriu a porta e saiu correndo debaixo de chuva, esquadrinhando a rua à procura dos policiais. Já estavam na metade do quarteirão, quase na viatura.

— Esperem! — berrou. — Cadê Clancy? O que aconteceu com o cachorro dele?

JARRET, PROPRIEDADE DE ALEXANDER

Estrada para Midway — Condado de Woodford, Kentucky
1865

Norte, ele dissera. Mas, para chegar lá, primeiro precisaria cavalgar para o Oeste. E, para isso, precisaria de documentos falsificados. Jarret sacudiu a cabeça, tentando se livrar do medo e do cansaço. Precisava pensar, o que era algo difícil de ser feito quando se tinha que conduzir tantos cavalos em meio ao breu. A mente fervilhava com a sensação suave e úmida da faca sendo cravada, da calidez da carne sob seu punho, do roçar da barba por fazer. Homens matavam uns aos outros na guerra; ele sabia disso. Mas a teoria era muito diferente da prática.

Lexington relinchou ao sentir o cheiro dos outros cavalos se aproximando. Jarret assobiou baixinho para que ele o reconhecesse. Permitiu que o garanhão cheirasse cada uma das montarias, pois assim saberia que todos pertenciam à sua manada familiar. Em seguida, refez o nó na corda para colocar Lexington na dianteira. Antes de montar de novo, foi até o riacho e lavou o sangue incrustado nas mãos e nos antebraços. Tentou fitar a pele sob uma réstia do luar inconstante, mas não conseguiu enxergar se tinha sobrado algum resquício de sangue.

Precisava de papel. E de uma caneta. Decidiu que o melhor a fazer era retornar à fazenda onde havia deixado o velho Viley. Seria reconhecido por lá.

Os irmãos saíram com as armas em riste, como tinham feito da primeira vez. Estavam com os nervos à flor da pele.

— Achamos que seria o jovem Viley, vindo buscar o pai, mas quando ouvimos todos esses cavalos aí, pensamos que Quantrill tivesse voltado para atear fogo em nós. São os cavalos do sr. Alexander?

— Sim, senhor.

— Você resgatou todos eles? Nossa. É um feito e tanto. Vai levá-los de volta para lá agora?

— Não, senhor. Não quero arriscar. Não enquanto Quantrill estiver à solta por aí. Meu plano é levar todos eles para a outra fazenda do sr. Alexander, lá do outro lado do rio. Ele pretendia levar os melhores cavalos para lá se as coisas ficassem feias por aqui.

Os garotos murmuraram em uníssono, depois assentiram.

— Nossa irmã vai arranjar uns suprimentos para você.

Na cozinha, a garota serviu uma jarra de água e Jarret bebeu com sofreguidão. Depois, ela preparou um embrulho com pão e um punhado de queijo. Quando o colocou sobre o tampo de madeira, deu um passo para trás, assustada.

— Não é o sangue do capitão Viley na sua camisa, é?

— Não, senhorita.

— Por acaso você...

— Tive que matar dois dos capangas de Quantrill para resgatar o sr. Scott, o soldado da União que eles tinham feito de refém.

A garota torceu o avental de algodão em uma das mãos. Depois, tirou o xale que lhe cobria os ombros e o entregou a Jarret.

— Vista isso enquanto lavo sua camisa ensanguentada.

— Muito obrigado, senhorita. Como está o velho Viley?

— Péssimo. Está ardendo em febre... Acho que não passa desta noite.

— Vocês conseguiram chamar o filho dele?

— Um dos meus irmãos foi atrás dele. Mas se não se apressar...

Ela se virou de costas enquanto Jarret despia a camisa. Depois, esticou o braço para trás e a apanhou da mão dele.

— Senhorita, será que poderia me arranjar papel e caneta?

— Acho que sim. Mas por quê?

— Preciso mandar um recado para o sr. Alexander.

— Então você sabe escrever?

— Sim, senhorita.

Jarret escreveu um recado para Alexander, no qual listou os cavalos que tinha conseguido reaver e explicou seu curso de ação. Depois, contudo, escreveu mais dois recados e falsificou a assinatura de Alexander em cada um. O primeiro afirmava que os cavalos de Woodburn estavam sendo levados para o exército de Grant; o outro dizia que eram um presente-surpresa ao general confederado John Hunt Morgan. Assim, se Jarret topasse com uma unidade do exército da União ou com uma milícia rebelde, os papéis poderiam evitar que os cavalos fossem levados.

A sorte estava a seu lado: viajou noite adentro, por estradas secundárias, e chegou à travessia do rio sem grandes problemas. Ao conversar com o barqueiro que os conduziria para Illinois, contou a simples verdade: estava levando os cavalos mais valiosos de seu sinhô para a segurança de uma propriedade no condado de Sangamon, bem longe da guerra.

Jarret conhecia o caminho. Tinha visitado a fazenda com Napoleon Belland pouco depois de ser adquirida por Alexander. Havia sido encarregado de escolher um lugar apropriado para construírem o estábulo e instruir o garoto Belland a deixar tudo pronto para acomodar os animais. Os meses se passaram, porém, e nenhum cavalo foi levado para lá. Alexander tinha depositado uma fé inabalável em sua posição de neutralidade. Com o tempo, Jarret acabou se ressentindo de todo aquele esforço desperdiçado. Mas não se sentia nem um pouco arrependido enquanto conduzia os cavalos enfileirados através da escuridão.

Os primeiros raios de sol se lançavam sobre a colina quando, enfim, chegaram ao local. Belland irrompeu pela porta da casa de fazenda, esfregando os olhos de tanto sono.

— Finalmente trouxe trabalho para você — anunciou Jarret.

Juntos, os dois conduziram aquela pequena fortuna na forma de cavalos pelos portões e em direção aos pastos.

Alguns dias depois, um trem carregado com mais uma dúzia de cavalos de Alexander chegou na calada da noite. Quando a guerra chegou ao fim, quase todos os cavalos já tinham sido levados para Illinois, e Jarret cruzara a fronteira para o Canadá — não como um fugitivo em busca de liberdade, e sim como representante de confiança de Robert Aitcheson Alexander, encarregado de comprar e vender cavalos puros-sangues em nome dele.

JESS

Colina do Capitólio, D. C.
2019

JESS PASSOU A noite na cama de Theo, com o rosto enterrado nos objetos impregnados com o cheiro dele. Não conseguiu pregar os olhos. Sem acesso ao celular de Theo, não tinha como contatar ninguém — nem a mãe dele na Nigéria, nem os amigos de quem ela tinha ouvido falar. Assim que a primeira luz cinzenta clareou o dia, Jess se levantou, esgotada, e atravessou a cidade para chegar ao seu apartamento. Debaixo do chuveiro, virou o rosto para a água cascateante e chorou.

Pouco antes das dez da manhã, percorreu a curta distância de sua casa até um edifício pelo qual tinha passado centenas de vezes — uma vasta construção com fachada de vidro na Rua E. Nunca tinha reparado muito nele; era apenas mais um bloco cintilante na imensidão burocrática de D. C. Nunca tinha parado para pensar que aquelas paredes de vidro brilhantes escondiam um palácio de tristeza.

Mostrou a carteira de identidade para o segurança, passou por um detector de metais e foi direcionada para uma sala sem janelas. Uma mulher de fala mansa com tranças fulani e unhas de gel decoradas com estrelinhas fez sinal para que ela se sentasse. Era um sofá moderno, contemporâneo, que parecia ter saído direto da sala de espera de um consultório médico sofisticado.

— Vou lhe entregar esta prancheta. Nela, tem uma foto virada para baixo do falecido. Quando você estiver pronta, faça o favor de virá-la e depois, se puder, diga se é ele ou não.

— Foto? Então não posso vê-lo?

A mulher balançou a cabeça, lançando as tranças de um lado para o outro.

— Aqui em D. C., não deixamos os conhecidos da vítima entrarem no necrotério. As pessoas ficam muito emotivas. As coisas saem um pouco do controle.

Jess tinha se preparado para gavetas de metal, etiquetas penduradas no dedo dos pés, um saco para cadáver aberto por um médico-legista cheio de compaixão. Fitou a pequena fotografia quadrada sobre a prancheta. Depois de ter se inflado de coragem para suportar a visão do corpo de Theo, aquele procedimento parecia inadequado, desumano.

— Quando estiver pronta — repetiu a mulher com a voz suave.

Nunca estaria pronta. Obrigou o polegar a soltar o clipe. Depois, deslizou a fotografia pela prancheta e a virou. Ficou sem fôlego. Lá estava Theo, seu lindo rosto. Parecia exausto, como se tivesse caído no sono depois de um longo tormento. Jess queria acariciar aquele rosto. Pousou o dedo na foto. Passado um bom tempo, devolveu tudo para a mulher com as unhas estreladas.

— Sim — declarou. — É ele mesmo.

Depois de preencher a papelada necessária, saiu cambaleante para a manhã clara que a aguardava lá fora. A chuva tinha dado uma trégua, e as ruas exalavam o aroma almiscarado de folhas molhadas e concreto úmido. Jess fez sinal para um táxi e passou o endereço de um abrigo de animais.

— Pode entrar, já estávamos à sua espera — chamou a atendente, em meio a um coro de latidos e uivos.

— Estavam?

— Sim. A polícia ligou. Disse que você viria por volta dessa hora para buscar o cachorro.

Isso, pelo menos, tinha sido gentil da parte deles.

— Ele está muito abatido. Acho que vai ficar mais animado ao ver um rosto familiar. Espere aqui um pouquinho, já vou buscá-lo.

Um minuto depois, a mulher apareceu com Clancy, que estava com o corpo curvado e o rabo enfiado entre as pernas.

Quando o viu, Jess se agachou para ficar na altura dele.

— Bom dia, amigão — sussurrou.

Clancy ergueu a cabeça e, quando Jess estendeu os braços, lançou-se na direção deles, choramingando.

— Eu sei — disse ela. — Eu sei.

Depois, enterrou o rosto no pelo. Estava duro, emaranhado. Jess deslizou a mão na pelagem. Os dedos ficaram salpicados de um pó cor de ferrugem.

— Nossa, desculpe mesmo, não deu para darmos um banho nele. Só temos um funcionário no turno da noite. Eu ia fazer isso agora de manhã, mas...

— É sangue — sussurrou Jess.

— É. Eu sinto muito. O policial que o trouxe disse que ele ficou deitado sobre o corpo... Não deixava ninguém chegar perto.

— Ah, Clancy...

Jess se acomodou no chão que cheirava a desinfetante, depois aninhou o cachorro nos braços. Os dois ficaram ali por um bom tempo, entregues ao choro e ao lamento. A atendente buscou uma caixa de lencinhos de papel, depois um pote com água e, por fim, um pouco de chá, os quais deixou no chão.

Jess tateou às cegas para apanhar os lenços, depois o chá. A mãe dela sempre dizia que um chazinho curava tudo. Mas duvidava que a mãe teria considerado a bebida sépia clara no copinho de papel como chá de verdade.

Depois de agradecer à mulher pela gentileza, Jess assinou a papelada e saiu do abrigo com Clancy. O cão abanou o rabo uma única vez quando saíram do prédio. Jess se abaixou e fez carinho para acalmá-lo.

— Ah, amigão. Você achou que eu ia abandonar você, né? Esqueci que ele resgatou você de um abrigo. Deve ter sido horrível ficar ali. Vamos passar na sua casa para pegar suas coisas, depois você pode vir ficar comigo. Podemos ficar tristes juntos.

Era uma hora de caminhada do abrigo até a casa de Theo, mas Jess não tinha a menor pressa de chegar lá. Achava que uma boa caminhada faria bem aos dois, e tentou aplacar a mente e se concentrar na sensação do sol na pele. Quando dobraram a esquina da rua de Theo, Clancy tentou correr para a frente, mas a coleira o deteve.

— Ele não vai estar lá, amigão. Sinto muito mesmo.

Mas alguém estava. Havia uma jovem negra parada diante do prédio estudantil, curvando-se para ler os nomes nas campainhas. Jess a viu apertar o botão ao lado do nome de Theo.

— Não adianta. Ele não está lá.

—Ah, eu sei. Só achei que poderia ter alguém no apartamento... Você mora aqui? Você o conhecia?

Jess não respondeu.

— Desculpe, me chamo Justine Treadwell, sou repórter do *Washington Post*. Estou escrevendo uma matéria sobre o incidente.

— Estou familiarizada com seu trabalho.

Antes de conhecer Theo, Jess só passava os olhos pelas reportagens de Treadwell. Os bairros e assuntos abordados — perfilamento racial, uso excessivo da força policial — não pareciam ter muito a ver com ela. Em tempos mais recentes, porém, tinha passado a ler aquelas matérias com mais atenção. Eram relatos escritos de forma meticulosa, cheios de detalhes reveladores que lançavam uma luz sobre as pessoas a respeito das quais tratavam.

— Imagino que esse seja o cachorro dele, certo?

— Isso, é o cachorro do Theo.

— Um colega meu que estava na cena do crime contou que o cachorro não queria sair de perto do dono por nada. Tiveram que chamar um cara do centro de zoonoses para tirá-lo de lá com um daqueles cambões.

O rosto de Jess se contorceu.

— Desculpe, eu não deveria ter.

— Não — interrompeu ela, vasculhando a bolsa atrás de um lenço para assoar o nariz. — Eu quero saber. Preciso entender como foi que isso aconteceu. Eu sou... Eu era...

O quê, exatamente? Tinha dito à polícia que era namorada dele. Mas os dois não tinham assumido nada. O romance curto e intenso que tinham vivido dificilmente lhe dava o direito de reivindicar qualquer coisa.

— Eu era amiga dele. Quer entrar?

— Quero, obrigada. Estou com um relatório policial emitido hoje de manhã, se você quiser dar uma olhada. Não tem muita coisa... por enquanto.

Do lado de dentro, Jess serviu um copo de água para Justine e se acomodou para ler o breve relatório, que consistia em uma única página:

Incidente envolvendo policial do Departamento de Polícia Metropolitana
Rock Creek Park
6 de setembro de 2019

Aproximadamente às sete e vinte da noite, um policial de patrulha do Quarto Distrito interrompeu um aparente ataque a uma corredora caucasiana cometido por um homem negro. Ao ouvir um grito da vítima, o policial se identificou e ordenou ao suspeito que ficasse parado onde estava. O suspeito levantou um objeto que o policial supôs ser uma arma de fogo, e nesse momento o policial disparou sua própria arma uma vez, atingindo o suspeito. Os serviços de emergência médica de D. C. atenderam a ocorrência. O suspeito foi declarado morto e a vítima foi levada para um hospital da região para tratar os ferimentos leves que sofreu.

O falecido foi identificado como Theodore Naade Northam, de vinte e seis anos, doutorando na Universidade de Georgetown. O policial envolvido foi colocado em licença, seguindo a política do Departamento de Polícia Metropolitana. Este caso continua em investigação. Quem tiver informações deve entrar em contato pelo telefone (202) 727-9099.

Jess atirou o relatório na mesinha de centro.

— Isso é um absurdo. Até parece que Theo agrediria alguém. E tenho certeza de que ele não tinha arma nenhuma.

— É, o investigador de polícia não deu muitos detalhes, mas admitiu que não encontraram nenhuma arma no local. Por sorte, seu amigo era um acadêmico de Georgetown e não um garoto de bairros como Shaw ou Deanwood, ou teriam plantado uma arma na cena do crime.

— E a mulher? Você sabe quem é? Conversou com ela?

— Conversei, mas infelizmente não deu em nada. Ela fraturou a fíbula e está com algumas contusões típicas de uma queda. Também teve concussão. Disse que não se lembra de nada. Meu palpite é que seu amigo a viu cair ou chegou logo depois da queda e tentou ajudar.

— É — respondeu Jess. — Ele teria feito exatamente isso. Mas e agora, o que acontece?

— Vai haver uma investigação, o policial vai ser absolvido e o caso vai ser mais um a entrar na estatística da longa história de assassinatos de pessoas negras neste país.

— Como assim vai ser absolvido? Ele atirou em um homem desarmado.

Justine Treadwell encolheu os ombros.

— Geralmente a coisa se desenrola da seguinte forma: o policial vai alegar que *pensou* ter visto uma arma e temeu pela própria vida. Ele é um novato, pelo jeito. Está na polícia há menos de um ano... Então pode ser que usem esse argumento. Por enquanto, a concussão da mulher é um ponto a favor deles. A menos que ela se lembre do que aconteceu, ninguém tem como provar que seu amigo estava só ajudando. Vão continuar alegando que *foi* um ataque.

— Mas isso é uma mentira escabrosa.

— Eu sei disso. Mas é assim que as coisas são. Se o pai dele ainda estivesse vivo, talvez... Até onde descobri, ele era um astro em ascensão no Departamento de Estado. Estava atuando como chefe-adjunto de missão quando morreu no Afeganistão, mas todos achavam que o próximo passo era se tornar embaixador.

— Mas e a mãe dele? Será que ela não pode...

— A Nigéria foi acrescentada à lista dos "países de merda" pelo nosso presidente, esqueceu? Ela não consegue nem tirar um visto. E não vai conseguir tão cedo. Isso sem contar que está muito abalada por tudo o que aconteceu, como já era esperado. Consegui contatá-la em Lagos.

— Mas ela trabalha no serviço exterior, não trabalha? Deve poder mexer uns pauzinhos, não?

— Ela *trabalhava* no serviço exterior. Agora são outras elites que estão no poder e, ao que parece, o ex-general com quem ela se casou não é muito querido pelo novo regime.

— Como você conseguiu descobrir tudo isso tão rápido assim?

— Correspondente estrangeiro. Nosso correspondente na África Ocidental está sempre por dentro do que acontece na Nigéria... quem está por cima ou por baixo... Toda aquela história com o Boko Haram, os problemas nos campos de petróleo...

Jess se levantou e caminhou até a minúscula cozinha do apartamento.

— Aceita alguma coisa? Chá? Café? Eu preciso beber alguma coisa. Talvez um pouco de gim...

Não. Gim, não. Nunca mais. Sentiu náuseas só de pensar. O cheiro da bebida sempre a faria se lembrar daquele telefonema.

— Um café seria ótimo, obrigada. Ainda tenho muito chão pela frente nessa história. Mesmo que acabe não fazendo a menor diferença, acho que escrever um perfil de Theo pode dificultar um pouco o trabalho deles de varrer tudo isso para baixo do tapete. Você pode me ajudar?

Jess destacou uma folha de papel-toalha, enxugou os olhos e assoou o nariz.

— É claro que posso. Vou contar tudo o que sei.

E, de repente, foi invadida por um pensamento desolador: nunca mais descobriria algo novo a respeito de Theo.

Ela pensava que eles ainda tivessem todo o tempo do mundo pela frente.

JARRET LEWIS

Park Row, Nova York, NY
1875

JARRET TIROU o relógio do bolso do colete e conferiu a hora. Estava adiantado para seu compromisso do meio-dia.

Do outro lado da rua, a luz do sol se derramava sobre uma estátua recém-instalada, realçando o bronze reluzente que a revestia. Jarret se perguntou a que nobre com barriga saliente e cara de poucos amigos se destinava aquela homenagem, então se aproximou para ler a placa. BENJAMIN FRANKLIN. *Tipógrafo, patriota, filósofo, estadista.* Estranhou a forma como os feitos do homem estavam elencados. Será que aquele senhor gostaria de como tinha sido representado naquela estátua? Robert Alexander tivera um retrato muito mais lisonjeiro de Franklin, uma pintura a óleo que ficava pendurada ao lado da mesa de jantar. O pai de Alexander servira como secretário particular daquele grande homem em Paris.

Tipógrafo. Bem, a estátua realmente ficava virada para a sede do *New York Times*. Jarret imaginou que Franklin gostaria de estar perto das prensas. Quando os sinos do meio-dia começaram a badalar em uma igreja nas redondezas, Jarret se encaminhou para o prédio abobadado do outro lado da rua. Ao adentrar o vestíbulo, sentiu o aroma de névoa de tinta no ar.

— Sou Jarret Lewis e estou aqui para ver o coronel Sanders Dewees Bruce. Ele está me esperando.

— Está, é?

O porteiro fitou Jarret de cima a baixo. Botas engraxadas, casaco feito sob medida, luvas de pelica amareladas, chapéu de pele de castor, gravata de seda simétrica como as asas de uma mariposa.

— A redação do *Turf, Field & Farm* fica no terceiro andar — murmurou o sujeito.

Jarret subiu as escadas, passando por fileiras de compositores tipográficos dispondo os blocos de metal e repórteres debruçados sobre mesas, escrevendo artigos para a edição matutina do *Times*. A redação do *Turf* ficava escondida em um cantinho discreto de um andar alugado para diversas publicações.

O coronel Bruce, que estava sentado a uma grande mesa de carvalho, levantou-se assim que o viu.

— Jarret Lewis? Eu estava ansioso por este encontro. Meus pêsames, meus mais sinceros pêsames. Espero que tenhamos feito justiça a ele no obituário que escrevemos...

Jarret tirou o chapéu e inclinou a cabeça.

— Foi uma homenagem muito apropriada.

Jarret tinha lido o obituário com os olhos ofuscados de lágrimas. As palavras estavam gravadas em sua memória. *Ele era tão superior a todos os cavalos que o precederam quanto os raios de um sol tropical são superiores ao brilho tênue e quase indistinto da estrela mais distante.*

— Eu nunca tinha ouvido falar do escritor... sr. Simpson, é isso? Mas ele fez uma descrição primorosa da excelência de Lexington.

Acomodou-se na cadeira que Bruce puxou para ele, então, tirou as luvas.

— Era um cavalo e tanto — comentou o homem. — Será que veremos outro à altura dele? Não enquanto eu estiver vivo, isso é certo. Não apenas o mais rápido, mas também o maior garanhão reprodutor da história. Absolutamente notável, especialmente levando-se em conta que boa parte de sua prole não pôde correr por conta da guerra. Deixe-me ver o que Tom Scott escreveu para nós...

Ele remexeu em alguns papéis na mesa.

— Aqui, separei isto quando soube que você viria.

Depois, correu os olhos pela folha de jornal.

— "Os membros flexíveis foram um legado que Lexington transmitiu a muitos de seus filhos e filhas... e alguns deles, como Norfolk, Asteroid, Kentucky, Lightning..." Minha nossa, eu não lembrava que a lista era tão longa... parece não ter fim.

Foi passando o dedo por toda a extensão da linha.

— Ah, aqui está! Nesse ponto ele retoma seu argumento: "mostraram-se quase tão poderosos quanto ele nas pistas de corrida, mas será que algum deles chegará perto da fama do pai como reprodutor quando cruzados com éguas nativas de Kentucky?". Uma boa pergunta, mas, cá entre nós, eu duvido muito. É improvável que outro cavalo consiga gerar tantos campeões. Ele encabeçou a lista de reprodutores por quanto tempo mesmo? Uns dezesseis anos?

— Isso mesmo — respondeu Jarret em voz baixa. — Dezesseis anos sendo o melhor garanhão reprodutor. Até voltou ao topo da lista no ano passado.

— Isso é extraordinário. E ouvi dizer que Alexander estava cobrando quinhentos dólares por cada cruzamento... Um valor sem precedentes!

Jarret, ocupado em remexer na costura da luva que descansava no colo, permaneceu em silêncio. Bruce tossiu, desconfortável, e tratou de aplacar os ânimos exacerbados.

— Dizem que você não saiu do lado de Lexington desde o dia em que ele nasceu até o dia em que morreu... É verdade?

Jarret assentiu.

— No fim da guerra, e nos anos que se seguiram, por vezes tive que passar alguns meses no Canadá para tratar de negócios. Mas eu estava ao lado dele no final, sim, assim como estive no começo.

— Quando fiquei sabendo que você pretendia nos visitar, passei a nutrir a esperança de que pudesse nos agraciar com um relato do grande campeão em seus últimos dias. O apetite por histórias sobre Lexington é insaciável. Nossos leitores, como você bem deve saber, querem ouvir tudo a respeito desse cavalo.

Jarret respondeu em voz baixa. Já havia se passado um mês, mas ainda era difícil falar sobre aquele dia.

— Eu estava com a sensação de que poderia ser o último verão dele, então fui embora do Canadá e voltei para Woodburn bem no comecinho da primavera. Ainda tinha que cumprir meus afazeres, mas conseguia passar boa parte do meu tempo ao lado de Lexington. Ele ainda estava muito bem, e assim continuou até o fim. Não tinha muitas das fraquezas esperadas de um cavalo de vinte e cinco anos. Ainda saíamos para cavalgar todas as manhãs. Nesses últimos anos, quase sempre em um ritmo bem lento. Mas ele parecia ansiar pelos aromas diferentes da fazenda, pela sensação do solo sob seus cascos. Certa vez, quando achei que Lexington já não tinha mais vontade nem capacidade de continuar com esses passeios, ele próprio tratou de tirar a guia do gancho e trazê-la para mim.

Bruce, encantado com a anedota, fazia anotações rápidas em uma folha de papel. Em seguida, ergueu o olhar, com a caneta em riste.

— Se me permite a pergunta, o que o levou, no fim?

— No fim? Ele só exauriu suas forças. Nunca sofreu nada muito grave. Nunca quebrou um único osso, e as patas continuaram tão sadias quanto de um potro até seu último suspiro.

Embora o cavalo tivesse um apetite voraz, Jarret havia passado muitas horas alimentando-o com as próprias mãos enquanto via os ajudantes do estábulo varrerem o feno que Lexington, já idoso, não conseguia mais mastigar.

— No primeiro dia de julho, ele se recusou a comer e começou a ter dificuldade para respirar. Mas continuou bem desperto até o fim. Nós o enterramos na colina com vista para os pastos verdejantes onde as éguas dele pastavam.

— Um lugar muito apropriado.

Bruce virou uma página em sua caderneta. Enquanto o homem escrevia, Jarret relembrou o calor ameno da noite de julho, a exuberância da grama, o peso da cabeça do cavalo em seu colo à sombra da grande faia. Lembrou-se de ver os olhos cegos se fecharem. Da estranha sensação de algo fluir por seu corpo quando o garanhão exalou seu último suspiro. Um fim tão calmo e sereno depois de uma vida regada a velocidade e perigo.

Perdido em pensamentos, Jarret mal percebeu que o coronel Bruce tinha parado de escrever e o fitava cheio de expectativa.

— Claro, se você preferir não responder...

— Desculpe, qual foi a pergunta?

— Sobre seus planos para o futuro, agora que o cavalo...

— Ah. Meus planos. Já decidi que esta será minha última vez neste país. O Canadá é meu lar agora, e meus negócios estão centrados lá.

— Ora, é mesmo? Não pretende voltar? Certamente ainda deve haver muitas oportunidades...

Jarret interrompeu:

— Coronel Bruce, o senhor deve estar ciente da dificuldade que homens como eu enfrentam no mundo dos cavalos puros-sangues. Deve saber que a guerra ainda não acabou para alguns dos que apoiaram a causa sulista. Lamentam as coisas que perderam e não querem ver pessoas como eu alcançando o sucesso. Isso gera algumas situações desagradáveis que eu prefiro... evitar. Mesmo os melhores jóqueis, homens pelos quais todos adoram torcer, já não podem mais arranjar corridas decentes, nem no Norte nem no Sul. E, mesmo quando conseguem, estão sujeitos a riscos. Os jóqueis brancos fazem conluio para derrubá-los do cavalo. Um treinador tão grandioso quanto Charles Stewart agora foi relegado a servo doméstico, encarregado de cuidar de cavalos de carruagem.

Jarret sentiu a raiva fervilhar dentro do peito.

— Não abordar tais assuntos em seu jornal é um desserviço ao turfe, coronel. Este esporte, que outrora reunia todas as classes e, sim, cores, não prosperará por muito tempo se continuar cuspindo nos talentos que fizeram dele o que é.

Bruce fitava as próprias mãos. Jarret lhe lançou um olhar carregado de frieza. Estava determinado a dizer aquelas verdades. O homem precisava ouvir.

— Você parece surpreso por eu dizer que vejo meu futuro no Canadá. Permita-me explicar: tomei essa decisão assim que cruzei a fronteira pela primeira vez. Lá eu tinha direito ao voto, entende, ao passo que aqui ainda me consideravam três quintos de um homem. Nos últimos anos, voltei ao Kentucky única e exclusivamente por causa do cavalo. E, como deve imaginar, agora isso já não é necessário.

Jarret encolheu os ombros antes de acrescentar:

— Minha esposa e meu filho estão muito contentes com essa mudança.

Pensou em Lucinda, radiante à luz da manhã, parada na varanda da casa de fazenda deles enquanto se despedia com um aceno, o bebê aninhado no colo. Nascida e criada no Canadá, filha de uma fugitiva, Lucinda era tão destemida e engenhosa quanto a mãe. Quando Jarret a conheceu, sentiu que tudo que fizera na vida o tinha guiado àquele momento. Ela correspondera à sua paixão com o mesmo ardor, e um pouco depois viera o filho, Lucien Lewis. Dali a dois dias, sua linda esposa e seu filho estariam na varanda de casa para lhe dar as boas-vindas. Pensar nisso aplacou sua raiva.

— Acho que você sabe muito bem, coronel Bruce, que não vim aqui para ser entrevistado.

— Sei, sim. Sua carta... Você viu o artigo.

— Vi.

Jarret tirou uma folha de jornal do bolso do colete, desdobrou-a e começou a ler em voz alta.

— "Uma das melhores pinturas de Lexington é de autoria de Scott, que o retratou ao lado do negro Jarret, seu cavalariço... Nossos amigos podem nos fazer uma visita se quiserem examinar a pintura." Bem, coronel, embora eu não me atreva a me considerar um amigo, creio que ainda seja o "negro Jarret", embora já não seja mais cavalariço. E cá estou eu fazendo uma visita, então será que podemos examinar a pintura agora?

— Claro, claro. Acompanhe-me, por favor.

Os dois atravessaram a pequena redação até chegar a uma biblioteca revestida com painéis de madeira. O retrato de Lexington cintilava sobre a cornija. Jarret sentiu o amor pelo cavalo arder no peito. Fitou o rosto desprovido de rugas de seu eu mais jovem, alheio aos terrores que viria a enfrentar.

Tanta coisa acontecera com aquele rapaz da pintura. Às vezes ainda acordava encharcado de suor ao se lembrar da desesperadora jornada noturna no lombo do cavalo cego, do fedor de uísque e urina, do deslizar da faca. Baixou a cabeça, pegou um lenço no bolso e enxugou os olhos enquanto tentava manter a compostura. O coronel Bruce, parado logo atrás, esticou o braço. A mão pairou a alguns centímetros do ombro de Jarret antes de recuar.

Jarret dobrou o lenço.

— Você teve notícias do sr. Scott? Trocamos algumas correspondências, mas já faz um tempo que não recebo cartas dele.

— Imagino que já saiba que ele, enfim, se casou?

— Com uma viúva. Sim, fiquei sabendo. Na verdade, a última coisa que enviei a ele foi um cartão de congratulações.

— Talvez tenha sido uma mensagem um tanto precipitada. Os dois mal tinham compartilhado três meses de felicidade conjugal quando ela decidiu voltar para junto da família em Long Island, e Scott retomou suas peregrinações por aquelas regiões onde tudo gira em torno dos cavalos.

Bruce deu risada.

— Ele não escolheu o pseudônimo Prófugo à toa: "aquele que perambula e foge". Bem, com a morte repentina do sr. Troye no ano passado, é de esperar que ele tenha mais sucesso em "perambular". Acho que podemos dizer que ele tomou o posto de Troye como pintor de cavalos puros-sangues mais popular deste país.

— Eu adoraria contribuir com os frutos dessa perambulação. Já tive dois retratos de Lexington feitos por Scott, mas agora não tenho nenhum.

Jarret recordou-se com amargor da pintura a óleo que Scott fizera para ele em Meadows, quando Lexington não passava de um potro. Nunca tinha sido recuperada do bando de invasores liderado por Quantrill. E havia também o outro retrato, feito um pouco mais tarde, quando Lexington chegou a Woodburn. O mesmo que ele dera a May. Queria saber se ela tinha chegado a vender o quadro, ou se a vida que levava com Hawthorne tinha sido próspera o bastante para que isso não se fizesse necessário. Esperava que ela ainda o tivesse. Esperava que fitasse a pintura vez ou outra e pensasse em Jarret com carinho, assim como ele pensava nela. Depois que descobriu como era ser verdadeiramente amado, deixou de lamentar tudo o que acontecera entre os dois. A volta de Hawthorne tinha deixado seu caminho desimpedido para encontrar Lucinda, e ele agradecia por isso todos os dias.

E estava prestes a possuir uma pintura de Lexington outra vez.

— Se bem entendi, você está vendendo esta pintura em nome de Tom Scott, não?

Aquela, a melhor de todas, mais do que compensaria a perda das pinturas anteriores.

— Bem... — respondeu Bruce. — Tom nunca deu instruções muito claras a esse respeito. Enviou esta pintura para cá durante a guerra, entende, por meio de um amigo dele, um rapaz negro afrancesado de Nova Orleans.

O sujeito também pintava bem, de acordo com Tom, mas não tive a chance de analisar suas obras. Teve uma morte repentina... cólera, se bem me recordo... Lembro-me de que Tom ficou muito abalado. Enfim, ele não parecia muito desesperado para vender este quadro, ao contrário de algumas outras obras que nos enviou. Ele a considerava uma forma de expor suas habilidades, e deixou a pintura sob nossos cuidados para mostrarmos àqueles que poderiam se inspirar a encomendar quadros dele. E de fato inspirou, muitas vezes, ao longo da última década. Ele me disse: "Sandy, você tem minha permissão para vender a pintura se alguém oferecer um valor exorbitante por ela".

Jarret tirou um papel do bolso do colete e entregou a Bruce.

— E então? Acha que isso está dentro do valor que ele tinha em mente? Quando desdobrou o papel, Bruce arregalou os olhos.

— Bem, hum, sim, acredito que... — gaguejou. — Pensei que... sua carta... imaginei que você pretendia apenas dar uma olhada na pintura, por razões sentimentais. Você não está... está? Oferecendo-se a pagar essa quantia?

— Se olhar para o papel, verá que é um cheque emitido pelo Banco Imperial do Canadá assinado em meu nome. Então, sim, é exatamente o que estou oferecendo.

— Mas é uma quantia formidável.

— E esta é uma pintura formidável. Como você mesmo disse, a obra-prima de Scott. E mesmo que não fosse, tenho meus motivos, todos pessoais, que a tornam mais valiosa para mim do que, talvez, para qualquer outra pessoa. Razões sentimentais, pode-se dizer.

— Ora, então tenho certeza de que, por este valor, Tom concordaria em vender... e considerando que são conhecidos de longa data, é claro...

— Excelente. Se não for pedir muito, será que pode providenciar que seja embrulhada? — perguntou Jarret enquanto consultava o relógio de bolso. — Tenho uma longa viagem de trem pela frente e adoraria já estar passando por Albany ao anoitecer.

— Então a pintura irá para o Canadá?

— Para o Canadá, isso. Para o meu lar.

JESS

*Terminal de cargas do aeroporto de Los Angeles
Janeiro de 2020*

JESS FEZ UM último carinho entre as orelhas pontudas de Clancy, enrolou o moletom do Hoyas ao redor do corpinho dele e então fechou a porta da caixa de transporte.

— Odeio fazer isso com você, amigão. Mas prometo que vai valer a pena quando a gente chegar lá.

Ela tirou o papel adesivo do certificado do veterinário e o colou sobre o trinco, conforme fora instruída a fazer. A caixa de transporte só seria aberta dali a mais ou menos quinze horas, quando um agente do Departamento de Biossegurança abordasse o avião. Eles removeriam o moletom e o queimariam. Jess não estava tão abalada com isso. Sempre que punha os olhos naquele moletom, revivia a pior noite de sua vida. Estava disposta a deixá-lo ter uma última função — cercar Clancy de um cheiro amado e familiar — e depois nunca mais precisaria ver nem sinal dele.

Ela verificou o bebedouro mais uma vez, depois enfiou a mão na bolsa para pegar a pasta abarrotada de comprovantes de vacinação, números de microchips e licenças de importação. Sua mão tremia quando entregou os documentos para o agente de carga. O sujeito abriu um sorriso bondoso.

— Os cães ficam muito tranquilos nesses voos, sério. Ele provavelmente vai dormir melhor do que você durante a viagem, não vai, carinha? Qual é seu nome, amigão?

— É Clancy — respondeu Jess, fungando.

— Clancy — repetiu o agente.

Em seguida, usou uma caneta permanente preta para anotar o nome em um cartão e o prendeu no topo da caixa: *Oi, eu sou o Clancy. Fale comigo.*

— É um recado para os caras da rampa de carregamento. Vamos cuidar direitinho dele, não precisa se preocupar.

— Você tem certeza de que ele vai ficar bem?

— Absoluta.

Jess deixou Clancy lamber seus dedos pela grade antes de lhe dar as costas, relutante. O crepúsculo já se esgueirava lá fora, e ela se sentiu completamente arrasada enquanto esperava o ônibus para o terminal de passageiros. Dois dias depois de Theo ter sido baleado, fora organizado um protesto na Universidade de Georgetown, ao qual Jess compareceu. A multidão de jovens fervilhava de raiva e tristeza. Ativistas negros discorreram sobre violência policial e a necessidade de combater a crescente onda de supremacia branca sancionada pela Casa Branca. Uma aluna de uma das turmas de Theo desmoronou enquanto falava sobre perder um professor tão estimado. Depois, foi a vez da orientadora dele pegar o microfone. Jess sabia que os dois haviam tido algumas divergências, mas a professora dirigiu-se ao público com uma fala precisa e passional, colocando Theo no panteão dos intelectuais negros cuja contribuição tinha sido abafada e extirpada pelo racismo. Para encerrar, um aluno leu uma lista longa e melancólica: o nome de pessoas negras desarmadas que tinham sido assassinadas pela polícia. Havia nomes que Jess conhecia muito bem: Eric, Michael, Philando. Mas também muitos outros de quem nunca tinha ouvido falar: Aiyana, Rekia, Ezell, Akai. Cada nome era um soco no estômago. Jonathan, Dontre, Laquan, Jerame. Até que, no fim da lista, Theodore Naade Northam. A multidão fez um minuto de silêncio antes de começar a entoar: *"We gon' be all right"* — *nós vamos ficar bem.*

Jess saiu do campus contagiada pela esperança daquelas vozes jovens, convencida de que daquela vez a polícia teria que responsabilizar o assassino de Theo.

Quando o *Post* publicou o perfil que Justine Treadwell escreveu sobre Theo — o intelectual negro brilhante, filho de um diplomata corajoso —,

Jess ficou ainda mais convicta. Mas então cometeu o erro de ler os comentários nas redes sociais. Não fazia ideia de como Justine conseguia aguentar tudo aquilo: o fel racista dirigido tanto a ela quanto a Theo. Jess evitou a Fox News e as emissoras de direita, mas uma ou outra coisa acabou chegando a seus ouvidos: *Nada garante que ele não estava prestes a estuprar aquela pobre mulher. Só bandidos usam roupa preta nos parques à noite. Predador. O jovem policial só estava fazendo seu trabalho.*

Quando a investigação policial foi concluída, Jess já tinha se preparado para o pior. Os investigadores concluíram que o policial tinha motivos para acreditar que havia um ataque em andamento e que o agressor estava armado. O homem foi absolvido e reintegrado ao cargo. Houve uma recomendação vaga sobre oferecer treinamento adicional para policiais no primeiro ano de serviço — um prêmio de consolação patético que provavelmente nunca seria posto em prática.

Jess deu uma olhada nas redes sociais dos ativistas para ver se tinham anunciado mais algum protesto e acabou descobrindo que, na noite anterior, um estudante de ensino médio desarmado tinha sido baleado na frente de casa no quadrante sudeste de D. C. A família e os vizinhos clamavam por respostas, então a comunidade se juntou para apoiá-los. Jess compareceu ao protesto, levando a raiva e a tristeza a reboque. Mas quando as vozes começaram a entoar seu canto, a voz de Jess a deixou na mão. Torcia mesmo para que os jovens à sua volta ficassem bem, mas a convicção já não estava mais lá.

Mais tarde naquela semana, Jess recebeu uma ligação de um número desconhecido. Era Daniel, um amigo de Theo. Ele tinha vindo de São Francisco para resolver toda a burocracia da morte do amigo no lugar de Abiona, já que o visto dela ainda não tinha sido liberado. A polícia havia entregado os pertences pessoais de Theo para ele.

— Encontrei seu número no celular dele — explicou a Jess. — Vou esvaziar o apartamento dele hoje. Eu queria saber se você quer ficar com alguma coisa...

— Só com o cachorro — respondeu ela. — Eu realmente adoraria ficar com ele. Tudo bem por você?

— Mas é claro. Todos nós, todos os amigos dele de Yale, estamos aliviados por Clancy estar sendo bem cuidado. Esse cachorro e Theo...

A voz dele ficou embargada.

Jess preencheu o silêncio, perguntando a Daniel se ele tinha encontrado as folhas da tese de Theo.

— É que eu conversei com o editor de Theo na revista *Smithsonian* e ele acha que pode publicar o trabalho na forma de um artigo.

— Isso é ótimo. Sim, eu separei os papéis. Cheguei a ler alguns trechos... Está muito bom mesmo. Vai ser um prazer entregar a tese para o editor.

Jess passou o endereço de Lior para ele e estava quase desligando quando se lembrou do cavalo.

— Ah, tem mais uma coisa. É meio que o último desejo de Theo, acho.

Ela contou a Daniel sobre a pintura e o que Theo pretendera fazer com ela.

— A última conversa que tivemos foi sobre isso, então eu...

— Claro. Eu entendo. Dê uma passada aqui.

Ela tocou a campainha, embora ainda tivesse a chave. Daniel abriu a porta. O sofá já tinha sido levado, as estantes estavam desmontadas e jaziam em uma pilha de tábuas e meia dúzia de caixotes de leite. A bicicleta de Theo não estava pendurada nos ganchos da parede. Jess esticou o braço e tocou uma mancha escura deixada pelo pneu dianteiro. Daniel ajustou os óculos de aro de tartaruga na ponta do nariz.

— Eu mal tinha acabado de postar o anúncio da bicicleta quando meu telefone foi bombardeado por pessoas querendo comprar — contou. Estava cercado por caixas, quase todas abarrotadas de livros de arte. — Esses aqui vão ser doados para a biblioteca de uma escola de ensino médio no Sudeste que não tem muitos recursos para comprar livros. Vai saber... Talvez algum aluno fique inspirado e acabe virando um nerd de arte como ele era.

Jess lutava para manter a compostura. Era difícil estar no apartamento dele outra vez, ver tudo desarrumado.

— Ainda não consigo acreditar.

— Aham. Imagino.

Daniel passou a mão pelos *dreadlocks*.

Ela captou uma pontada de raiva na voz dele.

— Bem, não consigo mesmo.

— Ele também não acreditava nesse tipo de coisa. Já eu... nós, todos os amigos dele... sempre tivemos bastante noção do perigo. Quem é *maluco* de fazer uma coisa dessas? Ajudar uma garota branca. Em um parque. No quadrante noroeste de D. C. No meio da noite. Ele balançou a cabeça e jogou outro livro na caixa.

— O *que mais* ele poderia ter feito?

Daniel se empertigou.

— Ora, garota, ele deveria ter apertado o passo, corrido até uma estrada bem iluminada e chamado alguns brancos para ajudar a mulher. Mas a verdade é que ele não sabia como teria que se portar se quisesse viver neste país.

Ele suspirou antes de continuar:

— Nós tentamos. Tivemos uma "conversa" com ele, igual a nossos pais faziam quando éramos crianças — contou, depois balançou a cabeça. — Ele achava que conhecia os policiais. Mas só conhecia os da Inglaterra, e noventa por cento deles não andam armados. Não, na verdade nenhum devia andar armado nos bairros burgueses onde ele cresceu. Historiador de arte, sotaque de pequeno lorde, aluno de Yale e Georgetown... nada disso seria o suficiente para mantê-lo em segurança. Como eu falei, nós tentamos avisar. Mas parece que a ficha nunca caiu. E nós não estávamos aqui... — Ele olhou feio para ela. — Mas você estava.

Jess sentiu a dor daquela acusação.

— Eu não sei o que você quer dizer com isso.

— Olhe só. Você não tem culpa de as coisas serem mais fáceis para você, mas nós não podemos nos dar ao luxo de viver da mesma forma. Sir Galahad era um cara branco. Theo deveria ter ficado com alguém que o lembrasse dessas coisas. Só isso.

— A sorte lhe sorri até não sorrir mais — falou ela bem baixinho.

— Quê?

— Ah, não é nada. Meu pai vivia dizendo isso... Sobre esperar que o mundo seja bondoso com você.

— Ah, sim. Bem, as pessoas negras nos Estados Unidos com certeza não podem se dar a esse luxo.

Jess virou-se de costas. Não queria desmoronar ali. Apertou o punho contra o rosto e se esforçou para manter a compostura.

— Ei — chamou Daniel, com a voz mais branda. — Vamos fazer uma homenagem póstuma na primavera, lá em Yale. Fim de semana de ex-alunos. Vai haver uma bolsa de estudos em nome dele. Você deveria dar uma passada.

— Eu adoraria, mas não estarei mais aqui. Depois do que aconteceu... — A voz falhou. — Entreguei meu aviso prévio. Vou voltar para casa.

— Ah, então a Austrália é um grande bastião da luta antirracista? Acho que essa notícia me passou batida.

— Sei lá, só tenho a impressão de que há mais chances de mudar as coisas por lá. Bem, pelo menos lá as pessoas *querem* que todos votem...

Daniel deu de ombros e voltou sua atenção para as caixas.

— Obrigada por me avisar da homenagem. Acho melhor eu ir embora para você poder terminar o que está fazendo.

— Claro. A pintura está ali, do lado da porta.

— Obrigada.

Jess pegou o quadro, depois deu uma última olhada no apartamento. Logo voltaria a ser uma moradia estudantil como qualquer outra. Não sobraria nenhum resquício da mente brilhante de Theo, de sua vida intensa. Ela colocou a chave do apartamento em cima de uma caixa e foi embora.

Do outro lado da rua, a mulher abriu a porta, mas deixou a corrente presa no trinco. Espiou Jess pela fresta. Um cheiro rançoso — cigarro e mofo — emergiu de dentro da casa.

— Oi. Você não me conhece. Eu era amiga de Theo.

A testa da mulher, fina como papel, ficou toda franzida.

— Amiga de quem?

— Do seu vizinho da frente. Você jogou isto aqui fora, mas ele descobriu que vale quinze mil... e queria devolver.

— Ele... Ele... O quê? Quinze mil *dólares*? Essa velharia? Nós... quer dizer, meu marido não fazia ideia. Ele disse que foi uma herança do bisavô, da época da Guerra de Secessão.

Os cantos de seus lábios finos se curvaram em um sorriso amargo.

— Se ele soubesse o quanto valia, aposto que não teria dado a mínima para a memória do velho avô. E seu amigo... isso é muito generoso da parte dele. Onde ele está? Preciso agradecer.

— Bem, não tem como você fazer isso — respondeu Jess. — Ele morreu. Um policial o baleou no parque.

— Então era *ele*?

Os olhos de Jess se encheram de lágrimas. Ela enfiou o quadro pela frestinha da porta.

— Aqui. Pegue. E aqui está o telefone da pessoa de Kentucky que tem interesse em comprá-lo.

Jess se virou e desceu os degraus às pressas. Queria ir para bem longe do olhar desbotado e franzido da mulher.

— Sinto muito pelo seu amigo — disse a mulher. — Ele era um bom sujeito, mesmo sendo...

— Cale a boca! Não termine essa frase!

Jess saiu em disparada, correndo às cegas.

— ... um estudante.

A mulher espichou o pescoço pela fresta da porta e observou Jess se afastar pela rua.

Depois disso, Jess evitou Georgetown. Saía do apartamento direto para o laboratório, fazendo horas extras para finalizar projetos e ajeitar tudo para a pessoa que assumiria seu cargo. Quando voltava para casa, levava Clancy para longos passeios, depois se encarregava de reduzir a quantidade de coisas que tinha, doando a maior parte de seus pertences.

Tomou a decisão de voltar para casa antes mesmo de pensar no que faria quando chegasse lá. Estava cogitando um doutorado; algo que redirecionasse seu trabalho para espécies ameaçadas de extinção. Mas quando Catherine inesperadamente a creditou como coautora na pesquisa, Jess se tornou referência para todos que, de uma hora para outra, ficaram fascinados por Lexington. Não demorou para que a comunidade equestre estivesse implorando ao Smithsonian que emprestasse o esqueleto por tempo indeterminado ao Museu Internacional do Cavalo, em Kentucky, onde poderia ser exibido como merecia: a peça central de uma exposição sobre a história daquele puro-sangue norte-americano. Jess ficou fascinada com a ideia e fez de tudo para convencer os setores responsáveis a tirá-la do papel. Em vez de ser tratado apenas por "Cavalo", Lexington voltaria a ser quem realmente foi, retornaria à sua terra natal, o astro de sua própria história extraordinária.

Em suas últimas semanas de trabalho no Smithsonian, Jess projetou as embalagens que garantiriam a segurança dos ossos frágeis durante o transporte. Depois, foi até Kentucky para supervisionar a instalação. Quando adentrou a sala onde o esqueleto ficaria exposto, parou para observar tudo. Pendurada na parede, já rotulada e iluminada, estava a pintura que Theo havia recuperado.

Ela se aproximou para ler a placa. "Lexington, ainda potro, pintado por Thomas J. Scott em Meadows, por volta de 1851. Doado em memória de Theodore Naade Northam."

Jess se virou para o diretor do museu, os olhos marejados.

— Como você conseguiu esse quadro?

— Um de nossos doadores comprou para o museu.

— Mas de onde ele conhecia Theo Northam?

—Acho que não conhecia. Pelo que sei, aquela homenagem foi um pedido especial da pessoa que vendeu. Na verdade, foi uma exigência para a venda ser concretizada.

Jess se virou para o outro lado. O diretor a fitou com preocupação.

— Você está bem?

— Estou — respondeu, enxugando os olhos. — Só estou surpresa... por ver isso de novo.

— Ah. Certo. Fiquei sabendo que foi restaurado e autenticado no Smithsonian. Você estava envolvida no processo?

— Estava — respondeu Jess baixinho. — Estava, sim.

No dia seguinte, ela estava no topo de uma escada para encaixar o crânio no cavalo — era complicado manusear os minúsculos parafusos de latão do século xix — quando o diretor do museu adentrou o salão de exposições ao lado de um homem alto e pálido com longos cabelos grisalhos. Jess nem prestou muita atenção; o fluxo de repórteres, apoiadores do museu e figurões locais tinha sido intenso desde a chegada do esqueleto de Lexington. Pensou, distraída, que aquele visitante particular deveria ser um doador importante, pois o diretor do museu parecia muito animado com sua presença. O convidado contornou o esqueleto, entregue a uma análise detida e silenciosa enquanto o diretor exalava doses cavalares da hospitalidade sulista. Por fim, o sujeito se virou.

— Será que pode fechar a matraca? Estou tentando ver essa maldita coisa.

Jess reconheceu o sotaque australiano. Deslizou as lupas binoculares para a testa para enxergar melhor a cena. Tinha quase certeza de que o conhecia de algum lugar. Matemático, apostador, colecionador de arte. Com um sistema de apostas sofisticado que lhe rendeu uma fortuna. Tinha ganhado dezesseis milhões em uma única Melbourne Cup e depois gastado cada centavo para construir um museu de arte. Sua coleção pessoal compunha o acervo, que ia desde antiguidades egípcias até instalações contemporâneas mais ousadas, tudo interligado por seu fascínio por morte e sexo.

— Por que o osso da órbita está todo esquisito?

Jess desceu a escada e lhe contou a história do cavalo, explicando a hipótese do que causara a deformação. O homem ouviu tudo, depois se virou e foi embora sem dizer nada. O diretor correu atrás dele, virando o rosto para lançar um olhar de desculpas para Jess.

Um dia depois, Jess recebeu um e-mail do australiano com uma oferta de trabalho. Ao longo dos anos, escreveu ele, tinha acumulado os restos mortais de mais de uma centena de animais extintos, e queria que ela preparasse os ossos e articulasse os esqueletos de um jeito muito peculiar.

"Quero todos eles trepando", dizia o e-mail. "O ato regenerativo que não pode regenerar. O preço do Antropoceno." Ele bancaria uma passagem de avião na primeira classe e a hospedaria em um dos apartamentos à beira do rio que costumavam abrigar as pessoas abastadas que visitavam seu museu. "Minha coleção também conta com os restos mortais de um *Eohippus* encontrado no sítio fossilífero de Messel. De quarenta e sete milhões de anos."

Ela esfregou as pontas dos dedos, pensando na delicadeza dos ossos fossilizados. O *Eohippus*, também chamado de cavalo da alvorada, era o antepassado mais antigo dos equinos modernos. Eram animaizinhos pequenos, com apenas sessenta centímetros de altura, com dedos humanoides no lugar de cascos. Estudar aqueles ossos seria incrível, mas articular um *Eohippus* seria muito desafiador. Apesar disso, era um projeto ridículo. Um desperdício frívolo de materiais científicos importantes. Estava fora de questão: ela teria que recusar.

Mas, pensando bem... Talvez uma instalação impactante sobre algo tão chocante como a extinção em massa não fosse algo frívolo. A ciência não tinha comovido as pessoas, mas talvez a arte pudesse fazer justamente isso. Sem dúvida era nisso que Theo acreditava. Ele tinha dedicado a vida à proposição de que a arte era importante, que tinha potencial de mudar a forma como enxergamos o mundo.

Por fim, Jess decidiu que, se aquela oferta maluca estivesse de pé, ela toparia. Pelas espécies extintas... e por Theo.

Pegou o número que estava no e-mail e ligou para a assistente dele, uma pessoa rápida e profissional.

— O estúdio estará pronto para você em janeiro. Por favor, me avise de que equipamentos precisa e eu vou encomendar.

A voz de Jess deve ter entregado a apreensão que sentia, porque a assistente riu.

— Se serve de consolo, saiba que esse é o mais normal dos planos dele.

Jess tinha trocado a passagem de primeira classe por uma de classe executiva e usado a diferença para custear o transporte de Clancy. Tinha alugado um carro e atravessado o país aos poucos, tanto para tornar a viagem mais tranquila para o cachorro quanto para poder se despedir com calma do país que tinha lhe dado — e tirado — tantas coisas. Quando chegaram aos limites desérticos e irregulares de Los Angeles, ela já estava pronta para partir.

Enquanto fazia o percurso enfadonho de filas para *check-in*, inspeção e embarque, percebeu que várias pessoas usavam máscaras cirúrgicas. Ficou se perguntando se não estavam sendo paranoicas com aquele novo vírus sobre o qual ela tinha ouvido falar. Ao sair da ponte de embarque e adentrar o avião, ela se deu conta de que passaria quinze horas trancafiada em um tubo de metal com centenas de pessoas. Desejou ter pensado em arranjar uma máscara também. Era uma boa hora para voltar para casa; se o vírus se espalhasse, talvez as viagens aéreas se tornassem mais complicadas. Mas bastou dar uma olhada ao redor — pessoas acomodando as malas de mão nos compartimentos superiores, ajustando as almofadinhas de pescoço e avaliando o catálogo de filmes — para descartar a ideia. Humanos eram seres inquietos. Era impossível impedi-los de viajar.

Depois de encontrar sua poltrona, Jess deu início ao seu próprio ritual que realizava sempre antes de voar e tratou de deixar tudo arrumado para as longas horas que teria pela frente. Quando o avião decolou, ela espiou o estranho na poltrona ao lado. Era para ser Theo ali. Os dois deveriam ter feito aquela viagem juntos. A mente precisou de um bom tempo para se acalmar. Quando, enfim, caiu em um sono agitado, o avião já sobrevoava o oceano, e o ar turbulento a embalava como um berço.

Jess sonhou que Lexington galopava pelo solo vermelho do deserto australiano. Conseguia ver os ossos longos e fortes que impulsionavam seus passos elásticos, mas também o brilho brônzeo da pelagem que o revestia. Ele reluzia à luz do sol, cada passo lançando partículas finas de terra vermelha no ar luminoso. E, saltitando a seus pés, havia uma manada de minúsculos cavalos da alvorada.

Posfácio

A ficção é obrigada a se ater às possibilidades; a verdade não.
— MARK TWAIN

ESTE LIVRO É uma obra de ficção, mas quase todos os detalhes sobre a brilhante carreira de Lexington como cavalo de corrida e garanhão reprodutor são verdadeiros. Ele cruzou com novecentas e sessenta éguas e gerou quinhentos e setenta e cinco potros, um feito impressionante por si só. Muitos desses potros acabaram se tornando campeões excepcionais, quatro deles venceram o Belmont Stakes e três venceram o Preakness Stakes — o próprio Preakness que inspirou o nome do torneio era um dos filhos de Lexington.

Ao reconstruir os aspectos da vida dele, recorri a reportagens da agitada imprensa turfística da época. Em um período em que a vida rural ainda dominava grande parte do país, tais publicações tinham uma base de leitores numerosa e, mesmo em Nova York, dois dos três principais jornais eram dedicados às corridas de cavalos.

Também é verdade que o esqueleto de Lexington, outrora um item célebre de exposição, passou anos enfurnado em um sótão do Smithsonian antes de ser emprestado ao Museu Internacional do Cavalo, em Kentucky, em 2010, quando ouvi falar dele pela primeira vez. Em um almoço dos patrocinadores do museu Plimoth Patuxet, sentei-me bem diante de Harold A. Closter, diretor da Smithsonian Affiliations, que acabara de resolver os trâmites da entrega. Como uma pessoa apaixonada por cavalos, fiquei hipnotizada pelos detalhes que ele compartilhou e resolvi mergulhar mais fundo nessa trama.

Isso me levou à impressionante história de vida de Thomas J. Scott, cujas obras estavam voltando à tona naquela época graças a uma pintura que Gordon Burnette, responsável pelas instalações físicas da Universidade de Kentucky, recuperou na pilha de descartes de um vizinho. Burnette ficou encantado com aquele retrato sujo de uma égua e seu potro e resolveu pesquisar mais sobre o pintor. As descobertas dele inspiraram a historiadora de arte Genevieve Baird Lacer a catalogar e expor grande parte das obras conhecidas de Scott em 2010. O catálogo feito por ela, *A Troye Legacy: Animal Painter T. J. Scott*, é o melhor relato da vida e obra do pintor publicado até hoje.

Detalhes do período que Scott serviu na Guerra de Secessão foram extraídos de um livro de memórias do capelão de sua unidade, Thomas M. Gunn. O relacionamento de Scott com o pintor de Nova Orleans e seu papel na invasão a Woodburn são frutos da minha imaginação.

Embora as corridas norte-americanas de cavalos venham sendo cada vez mais alvo de escrutínio e controvérsias pelo tratamento dispensado aos equinos, é importante apreciar a imensa popularidade que tinham na sociedade pré-guerra. Para os ricos, tanto do Norte quanto do Sul, ter cavalos de corrida era considerado um grande prestígio. Essa indústria próspera foi construída graças ao trabalho e às habilidades de cavaleiros negros, muitos dos quais eram ou tinham sido escravizados. Depois do período da Reconstrução dos Estados Unidos, a segregação chegou à indústria das corridas, de modo que esses cavaleiros negros foram jogados para escanteio. Jóqueis brancos conspiravam para colocar seus oponentes negros em risco durante as corridas. Alguns deles foram forçados a continuar a carreira na Europa; outros se afundaram na miséria. Quando comecei a pesquisar a vida de Lexington, logo percebi que este livro não poderia tratar apenas de um cavalo de corrida; também precisaria abordar questões raciais. Fazendas de cavalos como Meadows e Woodburn prosperaram graças ao trabalho forçado e ao talento extraordinário de cavalariços, treinadores e jóqueis negros. Apenas em tempos recentes o papel vital que desempenharam na geração de riquezas da indústria dos cavalos puros-sangues no período pré-guerra começou a ser pesquisado e reconhecido.

Descrições da pintura desaparecida de Lexington sendo conduzido pelo "negro Jarret, seu cavalariço" (principalmente na *Harper's New Monthly Magazine* de julho de 1870) me levaram a uma busca vã por mais informações a seu respeito. Não consegui encontrar mais nenhuma referência ao nome dele. Havia uma possível menção no *Kentucky Live Stock Record*, que diz que Lexington foi transportado de Natchez aos cuidados de um "escravo escuro" e graças a esses fiapos de informação, reforçados por detalhes de outros cavaleiros negros habilidosos envolvidos na criação do garanhão, comecei a imaginar o personagem retratado no livro.

A vida de Harry Lewis foi mais bem documentada. Era um dos treinadores de maior excelência na época e foi responsável pelo sucesso inicial de Lexington, período durante o qual era o detentor dos "direitos de corrida" do cavalo. Sou extremamente grata ao livro *The Great Black Jockeys*, (Forum, 1999), de Edward Hotaling, no qual ele detalha a anotação do capitão Willa Viley das Regras da Associação de Kentucky, ao lado do parágrafo que proíbe qualquer "negro ou mulato" de inscrever cavalos para correr naquela pista. É possível que essa regra tenha sido usada para pressionar Lewis a abrir mão da posse de Lexington, já que o cavalo foi vendido a um condomínio, como são chamadas essas copropriedades de cavalos de corrida, que incluía Viley e Ten Broeck.

Os livros *Race Horse Men: How Slavery and Freedom Were Made at the Racetrack* (Harvard University Press, 2014), de Katherine C. Mooney, e *Bound in Wedlock: Slave and Free Black Marriage in the Nineteenth Century* (Belknap Press, Harvard University Press, 2017), de Tera W. Hunter, forneceram detalhes históricos valiosos sobre a vida das pessoas negras naquela época. O primoroso ensaio de Jessica Dallow, "Antebellum Sports Illustrated: Representing African Americans in Edward Troye's Equine Paintings", moldou o que eu pensava sobre as representações de cavaleiros negros em obras de arte.

O rancho Woodburn foi alvo de duas invasões durante o período da Guerra de Secessão, inclusive pelos jagunços assassinos de Quantrill, que roubaram a prole de Lexington. Infelizmente, os relatos de tais invasões são incompletos e um tanto conflitantes. Acrescentei muitos aspectos fictícios ao meu relato do incidente, incluindo os papéis desempenhados por Jarret e Scott. Mas, depois das invasões, Lexington e muitos outros cavalos de Woodburn realmente foram levados para Illinois para passar a guerra em um lugar seguro.

A doação de Martha Jackson ao Smithsonian de fato incluía a pintura de Lexington, um quadro que destoava das obras-primas de arte moderna encontradas em sua propriedade. Tentei imaginar uma explicação para aquela pintura ter ido parar nas mãos de uma modernista tão ferrenha quanto ela. Embora a mãe de Martha tenha mesmo sido uma campeã de hipismo que morreu após cair do cavalo, a conexão entre aquele cavalo e Lexington é obra da minha imaginação. Mas os registros do Smithsonian de fato revelam que a pintura esteve na posse de Paul Mellon por um breve período, e é verdade que Jackson Pollock morreu no conversível que Martha Jackson lhe ofereceu em troca de duas pinturas. Muitos detalhes presentes neste livro foram tirados de uma entrevista de história oral feita com Martha Jackson em 1969, localizada nos Arquivos de Arte Americana do Smithsonian.

Sou extremamente grata a Harold A. Closter e a muitos outros do Instituto Smithsonian por toda a ajuda que prestaram à minha pesquisa. Um agradecimento especial a Darrin Lunde, diretor do setor de Coleções da Divisão de Mamíferos, e a Eleanor Jones Harvey, curadora sênior do Museu de Arte Americana. Daniella Haigler, que comanda o Laboratório de Preparação Osteológica do Centro de Referência do Museu, e sua assistente, Teresa Hsu, fizeram um trabalho incrível ao me mostrar aquela enorme casa dos tesouros em Suitland, Maryland, e o cantinho esquisito que abriga o insetário.

No Centro de Conservação Straus da Universidade de Harvard, mais uma vez meu conterrâneo australiano Narayan Khandekar foi de grande ajuda, assim como sua colega Kate Smith, que trabalha como conservadora de pinturas.

No Museu Internacional do Cavalo, que agora tem o esqueleto de Lexington como peça central de uma magnífica exposição, o diretor Bill Cooke fez a gentileza de compartilhar anos de pesquisa sobre Lexington e a história de cavaleiros negros. Foi graças aos anos de insistência de Cook que finalmente levaram Lexington para o Kentucky. A pesquisa dele sobre a contribuição dos cavaleiros negros pode ser vista no blog africanamericanhorsestories.org. Quando procurei guias turísticos na região de Kentucky, acabei dando a sorte de encontrar Mary Anne Squires, que me proporcionou um acesso privilegiado a pistas, galpões de reprodução, pastos e propriedades senhoriais da terra natal de Lexington. O relato do marido dela, Jim, sobre o sucesso improvável que tiveram como criadores de um vencedor do Kentucky Derby, *Horse of a Different Color*, (Public Affairs, 2002), consegue ser hilário e horripilante ao mesmo tempo.

Muitos veterinários me ajudaram a entender seus métodos de pesquisa e a fisiologia dos cavalos. Sou especialmente grata a Renate Weller, professora de Imagiologia Comparativa e Biomecânica do Royal Veterinary College de Londres; a Michael Moore, do Instituto de Oceanografia de Woods Hole; a Denis Verwilghen, da Universidade de Sydney; e a Dennis E. Brooks, da Universidade da Flórida.

Como sempre, contei com a ajuda de muitos bibliotecários generosos. Agradeço à Biblioteca Keeneland, à Sociedade Histórica Filson e à minha indispensável Biblioteca West Tisbury.

Minha amiga e agente, Kris Dahl, é uma pessoa maravilhosa, e minha longa parceria com toda a equipe da Viking Penguin é uma dádiva. Um agradecimento especial, como sempre, ao meu editor Paul Slovak e a Louise Braverman, diretora de publicidade e muitas outras coisas.

Todos os meus livros contaram com o apoio dos leitores beta; neste, eles se provaram indispensáveis. Meus queridos amigos Salem Mekuria, Misan Sagay e Ed Swan, que foram generosos e pacientes ao ler os primeiros rascunhos e compartilharam sua visão sobre a experiência negra contemporânea, assim como meu filho Bizu. Tenho a sorte de ter escritores na família que não têm medo de usar e abusar da caneta vermelha. Minha irmã Darleen Bungey, meus sogros Elinor e Joshua Horwitz, e meu filho Nathaniel foram leitores com olhar afiado. Também recebi opiniões inestimáveis de Fred e Jeanne Barron, Richard Beswick, Jane Cavolina, Kate Feiffer, Fiona Hazard, Allie Merola e, como sempre, Graham Thorburn, *mio miglior fabbro*.

Minha égua, Valentine, e seu companheiro, Screaming Hot Wings, foram minha inspiração diária e ofereceram suas opiniões na linguagem dos *Equus*.

Comecei a escrever este livro com o incentivo de meu marido, Tony Horwitz, o verdadeiro historiador da família. Ele não ficou muito empolgado com meu último mergulho romancista na história e nos mitos bíblicos, mas abraçou por completo meu envolvimento com uma época mais recente que ele conhecia e amava. Muitas vezes, um artigo pertinente ou uma fonte promissora que ele havia descoberto vinha parar na minha escrivaninha. Viajamos juntos para o Kentucky, acompanhados de Bizu, e lá muitas vezes nossa pesquisa se sobrepunha de maneiras intrigantes enquanto ele seguia o rastro de Frederick Law Olmsted para seu livro *Spying on the South* (Penguin Press, 2019). Quando voltamos para casa, os gracejos de Tony sempre me faziam voltar ao trabalho depois de um momento de procrastinação: "Pelo jeito o cavalo não vai cruzar a linha de chegada hoje".

Tony morreu repentinamente durante a turnê de divulgação de seu livro, pouco depois de palestrar para uma plateia entusiasmada na Sociedade Histórica Filson, em Louisville. Era meu parceiro no amor e na vida, de quem sinto saudade todos os dias.

West Tisbury, 20 de julho de 2021

Conexões históricas de Lexington

Robert Aitcheson Alexander, 1819-1867

Alexander herdou uma propriedade escocesa do tio e lá residiu por nove anos antes de retornar à sua terra natal em Kentucky e estabelecer Woodburn, um proeminente haras de criação de animais. Comprou Lexington de Ten Broeck em 1856, quando ainda estava na Inglaterra. A essa altura, o cavalo já estava atuando como garanhão reprodutor em uma fazenda vizinha em Kentucky. Enquanto Alexander ia e voltava da Europa para estudar as práticas de criação e reprodução, dois de seus homens escravizados, Ansel Williamson e Edward D. Brown (comprado aos sete anos de idade por Alexander), tomavam conta das operações dos cavalos puros-sangues de Woodburn. Williamson treinou Asteroid, um dos potros de Lexington, que teve uma carreira invicta como cavalo de corrida. Depois disso, passou a treinar Aristides, o campeão do primeiro Kentucky Derby. Em seu começo como jóquei, Brown venceu a primeira corrida aos catorze anos, tendo Asteroid como montaria. Posteriormente, venceu o Belmont Stakes como jóquei de Kingfisher. Emancipados depois da Guerra de Secessão, ambos os homens permaneceram a serviço de Alexander até a morte dele, depois seguiram uma carreira independente como treinadores de sucesso. Brown morreu em 1906 como um homem rico, mas só foi incluído no Museu Nacional de Corridas e Hall da Fama em 1984. A inclusão de Williamson aconteceu em 1998. Embora Thomas J. Scott tenha pintado um cavalariço chamado Jarret ao lado de Lexington em Woodburn, não consegui encontrar detalhes da vida do rapaz, então me inspirei na história desses dois cavaleiros talentosos para moldar a carreira de meu personagem fictício.

Richard Ten Broeck, nascido em 1812 em Albany, Nova York, e falecido em 1892 em San Mateo, na Califórnia

"Ele vivia em clubes, sempre cercado de gente, e morreu já na velhice, abandonado e sozinho, mas sem uma mácula de desonra em seu nome", dizia a manchete de seu obituário no *San Francisco Call*. Depois de apenas um ano matriculado, Ten Broeck saiu abruptamente da Academia de West Point, onde foi colega de classe de Robert E. Lee, e trabalhou com William R. Johnson, conhecido como o Napoleão do Turfe, de onde adquiriu a experiência que garantiu seu sucesso como empresário de corridas. Além de ter sua própria pista, também se saiu bem competindo nas corridas. Foi o primeiro a levar cavalos puros-sangues norte-americanos para competir na Inglaterra, onde conquistou a amizade de aristocratas britânicos, além de quase duzentos mil dólares em prêmios. Retornou aos Estados Unidos em 1889, falido, em um casamento infeliz e com a saúde debilitada.

Cassius Marcellus Clay, 1810-1903, condado de Madison, Kentucky

Filho de fazendeiros ricos, Clay foi inspirado por William Lloyd Garrison enquanto frequentava Yale e tornou-se editor do *True American*, um jornal emancipacionista. Sobreviveu ao ataque de uma multidão que invadiu a redação do jornal e a duas tentativas de assassinato, nas quais conseguiu subjugar os atacantes armados com a ajuda de sua faca Bowie. Um dos membros fundadores do Partido Republicano, foi nomeado pelo presidente Lincoln como embaixador na Rússia e foi responsável por angariar o apoio do czar à União durante a Guerra de Secessão. Enquanto esteve na Rússia, teve um caso com uma bailarina, o que pode ter contribuído para se divorciar, depois de quarenta e cinco anos de casados e dez filhos, de Mary Jane Warfield.

Mary Jane Warfield Clay, 1815-1900

Mary Jane foi uma das primeiras líderes do movimento sufragista, e suas filhas acabaram se tornando as sufragistas mais conhecidas de Kentucky. Enquanto o marido estava na Rússia, ela administrou a propriedade com astúcia, além de fazer uma renovação inovadora na mansão de White Hall e ganhar um bom dinheiro vendendo produtos agrícolas para o exército.

Mary Barr Clay, 1839-1924

Quando a mãe ficou sem ter onde morar depois do divórcio, perdendo a propriedade que havia administrado tão bem, Mary Barr ficou consternada com a injustiça. Ela se juntou ao movimento pelos direitos das mulheres e inspirou as três irmãs mais novas a fazer o mesmo. Em 1883, foi eleita presidente da Associação Americana do Sufrágio Feminino.

William Johnson, 1809-1851, conhecido como "O Barbeiro de Natchez"

Liberto da escravidão aos onze anos de idade, Johnson tornou-se um empresário de sucesso e desenvolveu uma relação notavelmente próxima com Adam Bingaman, em cuja fazenda Lexington foi treinado. Johnson, que manteve um diário detalhado por dezesseis anos, passou a nutrir um grande interesse por corridas de cavalos e até enveredou pelo ramo de criação, pois Bingaman permitiu que alguns de seus garanhões renomados cruzassem com as éguas do barbeiro. Quando morreu, Johnson mantinha dezesseis pessoas escravizadas. Atualmente, sua casa no centro de Natchez é a sede do Serviço Nacional de Parques e um museu.

Harry Lewis, nascido em 1805

Lewis trabalhou como treinador para Robert Burbridge e para o capitão Willa Viley, para quem treinou Richard Singleton, que, à época, era considerado o melhor cavalo de Kentucky. Graças à sua experiência, conseguiu acumular o dinheiro necessário para garantir sua alforria. Depois disso, foi trabalhar como um homem livre para o dr. Warfield, onde treinou Darley, que mais tarde passou a se chamar Lexington, durante suas primeiras vitórias. Nessa época, ele era detentor das "propriedades de corrida" do puro-sangue. Casou-se com Winnie e teve um filho, Lewis. É possível que o "Lew" retratado ao lado de Harry no retrato de Troye — o cavalariço ou o jóquei — seja esse filho.

John Benjamin Pryor, 1812-1890

Proprietário de vinte e sete pessoas escravizadas e treinador de cavalos de corrida renomado, Pryor passou um tempo a serviço de Adam Lewis Bingaman, um proeminente político do Mississippi. Recebeu amplo crédito pelas corridas bem-sucedidas de Lexington em Metairie, embora pelo menos uma das duas moléstias de Lexington — o incidente da cólica — tenha acontecido quando o cavalo estava sob sua supervisão. Em 1881, fez um relato do incidente em uma carta ao *Kentucky Livestock Record*, no qual se referiu a Lexington como "sem dúvida, o melhor cavalo de corrida que já existiu". Assim como Ten Broeck, Pryor foi para a Inglaterra durante a Guerra de Secessão. Morou lá ao lado da esposa, Frances, uma mulher negra que provavelmente era uma das filhas de Adam Bingaman. Pryor treinou cavalos na Chesterfield House, no condado de Cambridge, e também na Roden House, em Berkshire. Ele escreveu: "Ao longo de cinco anos, vi os melhores cavalos correrem por aqui em todas as distâncias, e posso afirmar, com total certeza, que Lexington era superior a todos os cavalos da Inglaterra ou de qualquer outro país". Quando a família retornou aos Estados Unidos em 1872, estabeleceu-se em Nova Jersey, onde pelo menos quatro de seus filhos também seguiram carreira como treinadores de cavalos.

Thomas J. Scott, nascido em 1831 em Tulllytown, Pensilvânia, e falecido em 1888 em Lexington, Kentucky

Formado em farmácia, Scott tornou-se um pintor itinerante de cavalos puros-sangues conhecido por incorporar traços da personalidade dos animais em seus retratos. Ele também trabalhou como correspondente para os jornais *Turf, Field & Farm* e o *Kentucky Livestock Record*. Durante a Guerra de Secessão, serviu como intendente hospitalar na Companhia E, 21º Batalhão de Infantaria de Voluntários de Kentucky: duzentos e dezoito homens do batalhão morreram em batalha; cento e cinquenta e dois morreram por alguma doença. Em 1878, Scott visitou o esqueleto de Lexington no Smithsonian, em Washington. Depois de perceber várias imprecisões anatômicas, escreveu: *A fim de ser útil para o sr. A. H. Ward, de Rochester, NY, que preparou e montou o esqueleto de Lexington, sugiro que, como um guia útil, ele sempre obtenha uma descrição precisa do animal em vida daqueles familiarizados com sua constituição física*. Scott se casou tarde, em 1871. Embora tivessem quatro filhos, ele e a esposa só dividiam o teto de tempos em tempos, pois Scott retomou sua carreira itinerante três meses após o casamento.

Edward Troye, nascido em 1808 na Suíça, falecido em 1874 em Georgetown, Kentucky

Troye, o retratista de cavalos mais proeminente da época, ensinou Scott a desenhar e pintar em meados da década de 1850, e os dois continuaram próximos desde então.

Willa Viley, 1788-1865

Viley foi capitão na guerra de 1812, fazendeiro, criador de puros-sangues e o primeiro presidente da Associação de Corrida de Lexington. Integrou, ao lado do cunhado Junius Ward, o condomínio que comprou Darley do dr. Warfield. Seu filho Warren tinha uma fazenda perto de Woodburn, onde Viley foi capturado pelo bando de invasores de Quantrill e resgatado após uma perseguição perturbadora que acabou em troca de tiros.

Elisha Warfield Jr., nascido em 1781 no Condado de Anne Arundel, Maryland, falecido em 1859 em Lexington, Kentucky

Warfield foi nomeado pela *Thoroughbred Heritage* como "uma das figuras mais importantes nos primórdios das corridas e criação de cavalos em Kentucky", além de ter sido o fundador do Jockey Club de Lexington. Empresário, fazendeiro, médico e professor de cirurgia e obstetrícia, foi o médico responsável pelo parto que trouxe Mary Todd Lincoln ao mundo. Em 1945, sua coudelaria, Meadows, tornou-se um loteamento residencial de mesmo nome nos arredores de Lexington. Sua graciosa mansão de tijolos de dezesseis cômodos foi demolida em 1960.

ESTE LIVRO, COMPOSTO NA FONTE FAIRFIELD,
FOI IMPRESSO EM PAPEL PÓLEN NATURAL 70G/M² NA BMF.
SÃO PAULO, BRASIL, JANEIRO DE 2023.